Gisa Pauly
Zugvögel

PIPER

Zu diesem Buch

Mamma Carlotta steht für ordentlich Trubel! Wann immer sie ihren deutschen Schwiegersohn Erik und ihre Enkel Carolin und Felix auf Sylt besucht, sorgt ihr italienisches Temperament bei der Familie für eine Menge Abwechslung vom Alltag. Und diesmal hat die Nonna es doch tatsächlich geschafft, eine Verwandte ins Haus zu holen, neben der selbst Mamma Carlotta still wirkt! Erik ist alles andere als begeistert von der Anwesenheit der quirligen Violetta, zumal sich die Cousine seiner Schwiegermutter auch noch in seine Mordermittlungen einmischt und die Lösung des Falls gefährdet. Auch Mamma Carlotta kommen Zweifel. So anstrengend hatte sie ihre Cousine gar nicht in Erinnerung ... Hätte sie Violetta vielleicht lieber nicht sagen sollen, dass sich ihre ehemals große Liebe ausgerechnet auf Sylt aufhält?

Gisa Pauly hängte nach zwanzig Jahren den Lehrerberuf an den Nagel und widmete sich ganz dem Schreiben. Seitdem lebt sie als Autorin, Journalistin und Drehbuchautorin in Münster, ihre Ferien verbringt sie am liebsten auf Sylt oder in Italien. Sie wurde mehrfach ausgezeichnet, darunter mit der Goldenen Kamera des SWR. Die Leser der Fernsehzeitschrift rtv wählten sie zur beliebtesten Autorin des Jahres 2018. Ihre Krimireihe um Mamma Carlotta stürmt Jahr um Jahr die Bestsellerliste.

Gisa Pauly

ZUGVÖGEL

Ein Sylt-Krimi

PIPER

Mehr über unsere Autoren und Bücher:
www.piper.de

Wenn Ihnen dieser Kriminalroman gefallen hat, schreiben Sie uns unter Nennung des Titels »Zugvögel« an *empfehlungen@piper.de,* und wir empfehlen Ihnen gerne vergleichbare Bücher.

Von Gisa Pauly liegen im Piper Verlag vor:

Mamma-Carlotta-Reihe:
Band 1: Die Tote am Watt
Band 2: Gestrandet
Band 3: Tod im Dünengras
Band 4: Flammen im Sand
Band 5: Inselzirkus
Band 6: Küstennebel
Band 7: Kurschatten
Band 8: Strandläufer
Band 9: Sonnendeck
Band 10: Gegenwind
Band 11: Vogelkoje
Band 12: Wellenbrecher
Band 13: Sturmflut
Band 14: Zugvögel

Siena-Reihe:
Band 1: Jeder lügt, so gut er kann
Band 2: Es wär schon eine Lüge wert

Dio Mio! Mamma Carlottas himmlische Rezepte
Der Mann ist das Problem
Venezianische Liebe

FSC
www.fsc.org
MIX
Papier aus verantwortungsvollen Quellen
FSC® C083411

Originalausgabe
ISBN 978-3-492-31447-3
Mai 2020

Umschlaggestaltung: Martina Eisele
Umschlagabbildung: Bigstock (foodbytes; berkay; Alexey V Smirnov; SoleilC) und Motive von Shutterstock.com
Satz: Kösel Media GmbH, Krugzell
Gesetzt aus der Scala
Druck und Bindung: CPI books GmbH, Leck
Printed in the EU

Die Sache war immer gefährlich. Von hinten ein Drängler, von vorne ein Kompromissloser, aus dem Hinterhalt ein Egoist und von links und rechts mehrere Chaoten! Wer bei Feinkost Meyer in Wenningstedt nur schnell eine kleine Besorgung machen wollte, durfte eben nicht ausgerechnet zu dieser Zeit dort erscheinen. Nicht an einem sonnigen, aber kühlen Vorfrühlingstag, wenn die Osterferien begannen, wenn der Wind auffrischte, der Strand sich leerte, die Einkäufe fürs Mittagessen gemacht und die Weinvorräte in den Ferienwohnungen aufgefüllt wurden. Dann tobte dort der Krieg zwischen den Fahrern der Einkaufswagen – Ehemännern, die es nicht gewohnt waren, vor einer Kasse Schlange zu stehen, Frauen, die sich in Luxushotels wohler gefühlt hätten, und denjenigen, denen es im Urlaub genauso ging wie zu Hause.

Carlotta Capella kaufte eigentlich gern bei Feinkost Meyer ein. Aber dies war einer der Augenblicke, in denen sie sich in den Alimentari ihres umbrischen Bergdorfes zurücksehnte. Da gab es zwar auch Stoßzeiten – wenn der Weinbauer mit der Lese fertig war und seine Frau nicht genug Eier im Vorrat hatte, damit er ein kräftigendes Rührei vorgesetzt bekam, oder ein Maurer Feierabend machte, der sich nichts sehnlicher wünschte als eine Panettone, für die nicht genug Mehl im Hause war. So eine eilige Hausfrau ließ man selbstverständlich vor und plauderte währenddessen mit einer Nachbarin, die genug Zeit hatte. So was war auf Sylt nicht denkbar. Obwohl hier Menschen einkauften, die Urlaub, also Zeit hatten, wurde gedrängelt und gestoßen und darüber debattiert, wer zuerst vor dem Käsestand angekommen war oder ein Recht darauf hatte, vor einem anderen zur Kasse zu kommen.

Mamma Carlotta wollte sich nicht drängen lassen, wollte sich auch nicht über Drängler ärgern und genügend Zeit haben, um die Kassiererin zu begrüßen, wenn sie endlich dran sein würde. Sie gehörte ja weder zu den Einheimischen noch zu den Touristen. Sie war die Schwiegermutter des Kriminalhauptkommissars und regelmäßig zu Gast auf der Insel. Das war etwas ganz anderes. Ein Gast wurde mit offenen Armen begrüßt und wehmütig wieder verabschiedet, während die Sylt-Touristen zwar durchaus freudig begrüßt, aber genauso freudig wieder entlassen wurden, wenn sie bezahlt hatten und Platz für andere zahlende Gäste machten. Carlotta Capella war kein zahlender Gast, sondern jemand, der die Familie besuchte, den Schwiegersohn und die beiden Enkelkinder, jemand, der zum Grab der Tochter ging, den Haushalt auf Vordermann brachte, der während ihrer Abwesenheit ohne ordnende Hand auskommen musste, und die Enkel mit Mutterliebe überschüttete, wenn sie auch schon zu groß waren, um das zu würdigen und zu genießen.

Sie hatte gerade eingesehen, dass aus dem gemütlichen Einkauf wohl nichts werden würde, dass sie nur hastig Zucchini, Lauch, Staudensellerie und Schalotten für die Suppe würde einkaufen können, Rindernacken und mageres Schweinefleisch für die Füllung der Ravioli und Mandarinen für das Soufflé, das es zum Nachtisch geben sollte. Alles andere war Gott sei Dank im Haus. Eigentlich betastete sie ja immer gerne ausgiebig das Gemüse, ließ sich von dem Filialleiter erklären, wie und wo es geerntet worden war, und diskutierte mit dem Metzger über die Garzeiten des Fleisches. Aber wenn der Laden so voll war, hatte niemand Zeit für ein Gespräch. Auch die Kassiererinnen hatten dann nur Augen für die Kasse und blickten kaum auf. Mamma Carlotta nahm es hin, dass sie nur flüchtig begrüßt werden konnte, dass niemand Zeit haben würde, sich die schwere Geburt einer Großnichte anzuhören und sich mit Mamma Carlotta gemeinsam darüber zu entrüsten, dass eine andere Großnichte mit vierzehn Jahren schwanger geworden war. Diese Neuigkeiten würde sie wohl für einen günstigeren Moment zurückhalten müssen.

Damit hatte sie sich gerade abgefunden und wollte ihren Einkaufswagen in Richtung Kasse schieben – da sah sie es. In dem Gewühl achtete niemand darauf, die Frau hatte sich wirklich den richtigen Moment ausgesucht. Und wäre Carlottas Blick nicht zufällig auf das Regal mit den Aperitivi gefallen, und wäre ihr dabei nicht die Frage in den Sinn gekommen, ob noch genug Limoncello im Hause war, hätte sie vermutlich nichts bemerkt. Aber sie kannte diesen Blick. In dem Alimentari von Signora Esposito war es ein paarmal vorgekommen und der Täter bald identifiziert worden, weil er sich genauso verhalten hatte wie diese Frau. Sie duckte sich jetzt hinter ein Regal und wollte den Eindruck erwecken, nach einem ganz bestimmten Sherry zu suchen, der wohl zu den nur selten verkauften gehörte und deshalb im unteren Fach stand. So hatte der Tourist es auch gemacht, der zwei Wochen in Panidomino verbracht und während dieser Zeit dafür gesorgt hatte, dass Signora Esposito um ihren ohnehin schmalen Gewinn gebracht wurde. Er hatte auch immer einen besonders harmlosen Gesichtsausdruck aufgesetzt und lange in den Regalen herumgesucht, bis er mit einem einzigen Artikel zur Kasse gegangen war und mit ausgebeulten Hosentaschen den Laden verlassen hatte. In der zweiten Woche seines Aufenthaltes in Panidomino hatten sämtliche Nachbarinnen Posten bezogen und ihn hinter der nächsten Hausecke gestellt, wo er gerade die Hosentaschen ausleerte, um seine Beute ganz bequem in den Packtaschen seines Trekkingrades zu befördern. Schon am nächsten Morgen war er weitergereist, obwohl er den Zeltplatz auf der Wiese des Weinbauern noch für eine Woche gebucht und im Voraus bezahlt hatte.

Diese Frau machte es ähnlich. Sie trug denselben harmlosen Gesichtsausdruck, was sogar trotz ihrer großen Sonnenbrille zu erkennen war, und tat sehr interessiert, während sie mit der Rechten eine kleine Flasche vor die Augen führte, um den Aufkleber zu studieren, und mit der Linken eine andere in ihrer großen Manteltasche verschwinden ließ. Möglicherweise vertraute sie auf ihr imponierendes Äußeres. Sie trug einen Pelzmantel, viel Schmuck klimperte an ihren Handgelenken, der breitkrempige Hut und die riesige Sonnenbrille gaben ihr etwas Mondänes. Alles Fassade, sagte sich Mamma Carlotta zornig. Vermutlich bestand der Mantel aus Webpelz, der Schmuck war nicht echt, der Hut aus dem Secondhand-Kaufhaus an der Keitumer Landstraße und die Sonnenbrille gestohlen. Sie, Carlotta Capella, ließ sich nicht von dieser Fassade beeindrucken. Sie selbst trug nur ein schlichtes, dunkles Kleid, das sie schon jahrelang besaß, darüber eine Jacke, die sie selbst gestrickt hatte, und Pantoletten, die in Umbrien von März bis November das am besten geeignete Schuhwerk waren. Aber alles, was sie besaß, war redlich erworben!

Unauffällig, doch mit festen Schritten ging sie auf die Frau zu und weidete sich an deren Erschrecken, als sie sich aufrichtete und in Carlottas zorniges Gesicht sah.

Mamma Carlotta sprach ganz leise: »Allora, Signora ... Sie haben die Chance, die Sachen unverzüglich zurückzulegen. In diesem Fall will ich nichts gesehen haben. Andernfalls werde ich den Filialleiter verständigen.«

Aus der Nähe kam ihr der Pelzmantel nun doch echt vor, der Schmuck ebenfalls, und der Duft, den diese Dame verströmte, war teuer, davon war Mamma Carlotta überzeugt. Warum hatte es so eine Frau nötig zu stehlen?

»Ich werde schweigen. Aber nur, wenn Sie mir versprechen, so etwas nie wieder zu tun.«

Die Frau sagte kein Wort, sah sich nur um, vergewisserte sich, dass niemand sie beobachtete, dann griff sie in ihre Manteltasche, legte das Fläschchen zurück, griff in die andere Tasche, beförderte ein Matchboxauto und ein Nähnadelsortiment zutage und legte beides daneben.

»Gut, ich verspreche es«, murmelte sie.

Mamma Carlotta zögerte. »Va bene«, sagte sie dann. »Aber wenn ich das noch einmal sehe, dann ...« Sie sprach den Satz nicht zu Ende. Was sie ausdrücken wollte, war sowieso klar.

Die Frau jedenfalls nickte, nahm den Einkaufskorb, der neben ihren Füßen stand und nichts als drei Orangen enthielt, und ging hoch aufgerichtet zur Kasse. Kein Wort des Dankes, kein freundlicher Blick. Dabei war sie doch soeben der peinlichen Situation entkommen, eine Ladendiebin genannt zu werden. Vielleicht sogar so laut, dass alle es gehört hätten.

»Inaudito«, murmelte Carlotta empört. »Incredibile!«

Erik Wolf, Kriminalhauptkommissar auf Sylt, sah sich in seinem Büro um wie ein Kapitän, dem eine lange Reise über die Weltmeere bevorstand und der sich fragte, wie das Haus, das er verließ, nach seiner Rückkehr aussehen würde. Dabei neigte er gar nicht zur Sentimentalität. In diesem Fall erst recht nicht, denn dass das Polizeirevier Westerland einer gründlichen Renovierung bedurfte, war offensichtlich. Bei dem Versuch, die Revierräume optisch auf Vordermann zu bringen, waren erhebliche Mängel am baulichen Zustand entdeckt worden, und das hatte niemanden verwundert. Doch das Provisorium in der Stephanstraße, in das er nun ziehen musste, behagte ihm gar nicht. Eine Polizeiwache, die in Containern untergebracht wurde! Keine angenehme Vorstellung. Aber das Polizeirevier am Kirchenweg gab es seit 1906, damals war es als Amtsgericht erbaut worden und stand unter Denkmalschutz. Ansonsten hätte wohl jeder für Abriss und einen Neubau plädiert.

Er hievte einen großen Pappkarton auf den Schreibtisch und fing an, die Akten zu den Fällen, die er derzeit bearbeitete, einzupacken, genau wie die Gesetzestexte, die er immer zur Hand haben wollte, eine Kartei, die ihn daran erinnerte, dass er sie seit Monaten aktualisieren wollte, und schließlich seine persönlichen Sachen, die sich in der Schreibtischschublade befanden. Seine Pfeife mit den dazugehörigen Utensilien, sein Vorrat an Trauben-Nuss-Schokolade, Auto- und Hausschlüssel, ein Mäppchen mit Kundenkarten, die er nie benutzte, Quittungen, die er statt in den Umzugskarton in den Papierkorb beförderte.

Zuletzt holte er das Familienfoto hervor, das seine verstorbene Frau und seine beiden Kinder zeigte. Lange hatte es auf seinem Schreibtisch gestanden, aber nach Lucias Tod hatte er nicht ertragen können, täglich in ihr lachendes Gesicht zu sehen. Sie war so glücklich gewesen an diesem Tag, an dem er das Foto gemacht hatte, hatte die Kinder in ihre Arme gezogen und in die Kamera gestrahlt. Wer hätte damals ahnen können, dass sie nur noch wenige Wochen leben würde! Hätte sie doch nur einen Autozug später genommen, wäre sie langsamer oder schneller nach Niebüll gefahren, dann wäre der Unfall nicht geschehen. Erik drückte das gerahmte Foto kurz an seine Brust, ehe er es in den Karton schob, an die Seite, sodass es nicht mehr zu sehen war.

Er strich lange seinen Schnauzer glatt, wie immer, wenn er in Gedanken war, dann hob er die Pappkiste an und warf einen letzten Blick in den Raum. Kahle Wände, leere Regale, schmutzige Fenster. Es war gut, dass die Zeit vom Beginn der Umzugsarbeiten bis jetzt, zur endgültigen Umsiedlung in das Provisorium, endlich vorbei war.

Sören Kretschmer kam herein, auf seinen Armen einen ähnlichen Karton, wie er auf Eriks Schreibtisch stand. »Endlich fertig, Chef?« Er setzte seine Kiste neben Eriks ab und blickte ihn aufmunternd an. »Haben wir alles?«

»Sieht so aus.«

»Dann also los.« Sören nahm seine Habseligkeiten wieder auf und ging voraus. Trotz des hinderlichen und schweren Kartons ging er dynamisch und leichtfüßig, während Erik am liebsten an jeder Fensterbank eine Pause eingelegt und seine Last abgestellt hätte. Sören war eben nicht nur jünger, sondern vor allem sportlicher als er. Hinzu kam auch, dass er vor ein paar Tagen zum Oberkommissar befördert worden war, was seiner Energie noch mal ordentlich Antrieb gegeben hatte. Sein rundes, rosiges Gesicht, das Erik immer an einen überreifen Apfel erinnerte, war seitdem noch rotbackiger. Sören sah aus, als wäre er tagelang von der Sonne beschienen worden.

Er klinkte mit dem rechten Ellbogen die Tür auf, die zum Parkplatz führte, öffnete sie mit der Schulter und hielt sie dann mit seinem Rücken auf, damit Erik ohne zu zögern hindurchtreten konnte.

Ein böiger Wind empfing sie, kalt und salzig. Erik bereute, dass er seine Jacke schon ins Auto gebracht hatte. Der Wind ging durch den dünnen Pullunder, den er übers Hemd gezogen hatte, er spürte seine kalten Finger auf der Haut. Vom Bahnhof kam das Kreischen einer bremsenden Lok, der Verkehr rauschte Richtung Keitum vorüber und kam vor der Ampel zum Erliegen. Ein ungeduldiger Autofahrer hupte, als sie wieder auf Grün wechselte. Erik blickte hoch, während er seinen Wagen aufschloss. Die Möwen kreisten am Himmel, lagen mit gespreizten Flügeln auf dem Wind, ließen sich treiben, verhielten sich aber ruhig. Nur gelegentlich ein schriller Schrei, in den alle anderen Möwen jedoch nicht einstimmten.

Sören öffnete den Kofferraum und wuchtete beide Kartons hinein. »Dann mal los, Chef!«

Er schwang sich auf den Beifahrersitz, während Erik das rechte Bein hineinsetzte, sich am Lenkrad über den Fahrersitz zog, sich dann fallen ließ und sein linkes Bein nachholte. Er musste endlich etwas für seine Fitness tun! Natürlich könnte er, genau wie Sören, jeden Morgen mit dem Fahrrad ins Polizeirevier fahren, die Strecke von Wenningstedt nach Westerland betrug nicht mehr als fünf Kilometer. Dann wäre er vermutlich bald sein leichtes Übergewicht los, geriete nicht so schnell aus der Puste, wenn sie eine Verfolgung aufnehmen mussten, und brächte vielleicht sogar seine grauen Zellen auf

Trab. Gelegentlich machte er sich Sorgen, wenn es ihm so schien, als würde er immer langsamer, körperlich und geistig. Er war doch erst Mitte vierzig. Wenn er da an seine Schwiegermutter dachte, die bereits die sechzig überschritten hatte! Wie flott die auf den Beinen war und wie fix sie denken und kombinieren konnte! Erik seufzte.

Als wollte er den Gegenbeweis antreten, wendete er zügig, fuhr mit quietschenden Reifen an, stoppte vor der Einfahrt in den Kirchenweg so jäh, dass Sören nach vorn geworfen wurde, und bog rechts ab, als ginge es darum, einen Flüchtigen zu verfolgen.

»Was ist denn mit Ihnen los, Chef?«, fragte Sören. »Können Sie nicht früh genug im Container ankommen?«

»Wir ziehen in das Telekomgebäude«, brummte Erik. »Schon vergessen?«

Die Kriminalpolizei hatte dort ein paar Büroräume zur Verfügung gestellt bekommen, dennoch war sowohl bei den Mitarbeitern der Sylter Polizeiwache als auch bei den Kripobeamten nur vom Umzug in die Container die Rede. Schließlich gehörten sie alle irgendwie zusammen. Und wenn die Mehrheit in der nächsten Zeit die Arbeit in diesem Provisorium verrichten musste, gehörten sie demnächst doch alle zu den Bewohnern dieses Containerdorfes, auch wenn einige wenige ihre Büros nebenan in festen Behausungen hatten.

So führte ihr erster Weg auch in einen der Container, an dem sehr groß und unübersehbar das Schild *Polizeirevier Sylt – Wache* angebracht war. Erik und Sören wollten sehen, wie die Kollegen sich eingerichtet hatten, wollten sich anhören, wie sie stöhnten oder sich über die neuen Arbeitsbedingungen lustig machten.

Doch dort hatte niemand Zeit. Es summte und brummte wie in einem Bienenkorb, Kollegen kamen herein, rannten hinaus, durchquerten die Räume, suchten etwas, fluchten ausgiebig, wenn sie es nicht sofort fanden, und riefen sich Fragen zu, die nicht beantwortet wurden. Mehr als ein knappes »Moin!« bekamen Erik und Sören nicht zu hören.

Sie zuckten mit den Achseln und nahmen ihre Kartons wieder auf, die sie auf der Theke des Revierzimmers abgestellt hatten. »Dann gucken wir uns erst mal unsere Büros an«, meinte Erik.

Sie verließen die Wache und gingen in das mehrstöckige Nachbargebäude, das der Telekom gehörte. Dort gab es zum Glück einen Aufzug, der sie in die dritte Etage brachte. *Kriminalpolizeistelle, bitte klingeln* stand auf dem Schild vor der Tür. Sie folgten der Anweisung, denn noch war ihnen kein Schlüssel ausgehändigt worden.

In Carlotta Capellas Mitte rumorte es nach wie vor, wenn sie an die Frau in dem teuren Pelzmantel dachte. So elegant und dennoch eine Ladendiebin! »Incredibile!«

Ihre dunklen Locken, die nur wenige graue Strähnen aufwiesen, wippten vor Empörung, ihr Busen wogte, ihre Pantoletten klatschten im schnellen Rhythmus gegen ihre Fersen, die Einkaufstasche schlug bei jedem Schritt an ihr Bein. Carlotta Capella war noch immer außer sich. Sie öffnete die Knöpfe ihrer Jacke, weil Empörung sie stets erhitzte, und blieb gleich darauf stehen, um sie wieder zu schließen. Kurz vor Ostern war die Luft auf Sylt nicht wärmer als in ihrem italienischen Bergdorf kurz vor Weihnachten. Vor allem vor dem Wind, den es in ihrer Heimat so nicht gab, schützte Carlotta sich gern. In Panidomino fuhr er lau unter die Kittelschürze und blähte sie nur auf, wenn er ungewöhnlich kräftig daherkam, auf Sylt griff er dagegen mit eisigen Fingern zu und zerrte an der Kleidung.

Carlotta vergaß ihr Erlebnis bei Feinkost Meyer erst, als sie sah, dass sich am Süder Wung eine Gartenpforte öffnete. Die Nachbarin der Wolfs trat auf die Straße.

»Huhu, Frau Kemmertöns!«

Die Nachbarin war in Mamma Carlottas Alter, ebenso rund wie sie und ähnlich gekleidet. Beide trugen knielange Röcke aus dunklem Stoff, dazu beige Strickjacken mit Kordeln in der Taille. Weitere Ähnlichkeiten gab es jedoch nicht. Frau Kemmertöns war behäbig, oft geradezu stoisch, bewegte sich langsam, sprach langsam und dachte langsam. Vom Temperament einer Italienerin war sie so weit entfernt wie ein Eskimo von einer Hula-Tänzerin. Dass sich jemand so schnell bewegen konnte wie die Schwiegermutter von Kriminalhauptkommissar Wolf, dass sie mit großer Behändigkeit mehrere Dinge gleichzeitig erledigte, redete, ohne vorher gründlich nachzudenken, und spontane Entschlüsse fasste, ohne die Konsequenzen im Auge zu haben, war für Frau Kemmertöns immer wieder eine Quelle des Staunens. Und wenn sie von Mamma Carlotta ins Haus gebeten, zu einem Espresso eingeladen und mit Gebäck aus dem Vorrat bedient wurde, griff sie sich an den Kopf, weil ihr oft schwindelig wurde. Verhielt es sich umgekehrt, gelang es Carlotta ausnahmsweise einmal, ins Nachbarhaus vorzudringen, fühlte sich Frau Kemmertöns genötigt, einen Kaffee zu kochen und nach Konfekt oder Keksen zu suchen, kam meist einfach eine Likörkaraffe auf den Tisch, die immer griffbereit dastand, womit der Bedarf an Flüssigkeit und Süßigkeit gleichzeitig gedeckt wurde.

»Sie denken an unser Treffen heute Nachmittag?«, fragte sie, als Mamma Carlotta herangekommen war.

»Naturalmente! Ich habe mir überlegt, dass ich einen Kaffeewärmer häkeln könnte.«

Frau Kemmertöns war nicht besonders angetan. »Kaffeewärmer? Was ist das denn?«

»Eine große Häkelmütze, die man über die Kaffeekanne stülpt, damit der Kaffee heiß bleibt.«

»Heutzutage gibt es doch Thermoskannen.«

Dieser Einwand war leider nicht von der Hand zu weisen. Mamma Carlotta fiel ein, dass der Kaffeewärmer, den ihre Mutter gehäkelt hatte, in ihrem Haushalt auch nicht mehr gebraucht wurde. »Dann vielleicht Topflappen?«

Aber Frau Kemmertöns fand auch gehäkelte Topflappen nicht mehr zeitgemäß. »Wie wär's, wenn Sie einen flotten Schal stricken? Mit dicker Wolle und dicken Nadeln.«

Diesen Hinweis verstand Mamma Carlotta sofort. Dicke Nadeln und dicke Wolle bedeuteten, dass man schneller fertig wurde.

»So was tragen auch junge Frauen gern. Das wird bestimmt gut verkauft. Darauf kommt es schließlich an, wenn es um Charity geht.«

»Scheri...« Mamma Carlotta hatte Schwierigkeiten mit diesem Wort.

»Charity«, wiederholte Frau Kemmertöns langsam, mit weit geöffnetem Mund, damit Carlotta sehen konnte, was sie mit ihrer Zunge machte, um das englische R zu produzieren.

Aber Carlotta konnte ein R nur rollen und lehnte es ab, daraus einen Laut zu machen, der sich anhörte, als würde er gekaut und kurz vor dem Erbrechen heruntergeschluckt. »Wann geht es los mit diesem ... diesem Häkelclub?«

»Um drei!« Frau Kemmertöns stellte fest, dass ihr ein Häkelclub auch besser gefiel als eine Charity-Veranstaltung. »Ich werde übrigens filzen, das ist jetzt ganz modern. Trendige Armstulpen zum Beispiel.«

Mamma Carlotta musste nun erst mal ihren Wortschatz erweitern. Filzen, trendig, Stulpen – diese Vokabeln waren ihr nicht geläufig. Als Frau Kemmertöns ihr erklärt hatte, worum es ging, war sie noch nicht viel schlauer, nur dass es bei einem trendigen Artikel um etwas Modernes, also um qualcosa di moderno ging, verstand sie. Die Verarbeitung von Filz war ihr fremd, und der praktische Wert von Stulpen, die nur die Handgelenke wärmten, ebenfalls. Aber was spielte das für eine Rolle? Sie würde an diesem Nachmittag und an vielen folgenden mit Frauen zusammensitzen, mit ihnen gemeinsam handarbeiten und dabei plaudern, und das Ganze für einen guten Zweck! Floras Charity, das wusste Mamma Carlotta, war mittlerweile in ganz Deutschland berühmt. Eine wichtige Dame, die Ehefrau eines noch wichtigeren Mannes, hatte es sich zur Aufgabe gemacht, überall im Land Wohltätigkeitsgruppen zu bilden, die strickten, nähten, häkelten, um ihre Werke anschließend zu verkaufen und den Erlös Bedürftigen zukommen zu lassen. »Charity« und »Geselligkeit« – diese beiden wichtigen Begriffe hatte sie zusammengeführt, wollte den Bedürftigen etwas geben und denen, die sich für sie engagierten, gleich mit. In diesem Fall sollte das Geld, das man später auf dem Basar einnehmen würde, der Seenotrettung zugutekommen. Mamma Carlotta freute sich auf das Treffen des Häkelclubs und war Frau Kemmertöns, die dafür gesorgt hatte, dass sie mitmachen durfte, dankbar. Sie musste nur sehen, dass sie vor lauter Plauderei nicht das Handarbeiten vergaß.

»Dieser Ernest Engelbeck …« Sie versuchte sich an das zu erinnern, was Frau Kemmertöns ihr erzählt hatte, »… der Ehemann von Flora Engelbeck …«

»Ex-Mann«, korrigierte Frau Kemmertöns.

»Die beiden sind geschieden?« Mamma Carlotta war enttäuscht. Der Glorienschein, den sie Flora Engelbeck aufgesetzt hatte, seit sie von deren karitativem Engagement gehört hatte, saß prompt ein wenig schief.

»Das Übliche«, gab Frau Kemmertöns zurück. »Er ist nun mit einer Jüngeren zusammen. Seine Villa auf Sylt hat er noch, aber da residiert jetzt die Neue. Für Flora Engelbeck ist nicht viel übrig geblieben nach der Scheidung. Sie wissen ja, wie so was ist. Männer wie Ernest Engelbeck haben immer die besseren Anwälte.«

»Die arme Frau!« Der Glorienschein saß nun wieder gerade und fest auf Flora Engelbecks Kopf. »Und trotzdem kümmert sie sich um die Bedürftigen.«

»Mit ihren Charity-Clubs hat sie sich einen Namen gemacht.«

Frau Kemmertöns ging mit kleinen und sehr langsamen Schritten am Zaun entlang zum Eingang des Hauses Wolf. »In einer Zeitschrift habe ich mal gelesen, was sie nach der Scheidung gesagt haben soll.« Sie räusperte sich, als müsste sie ihre Stimme zurechtrücken für das Belangvolle, das folgen sollte. »Wenn sie auch nicht mehr die Ehefrau von Ernest Engelbeck wäre, die Charity-Lady bliebe sie. Das wäre ihr Eigenes, das ließe sie sich nicht nehmen.«

Mamma Carlotta war beeindruckt. »Man hat in einer Zeitschrift über sie geschrieben?«

»Die Scheidung ging durch alle deutschen Blätter. Ernest Engelbeck ist nicht nur ein erfolgreicher Unternehmer, er will sogar in die Politik. Wenn so einer sich scheiden lässt, erfährt die ganze Welt davon.« Sie zögerte und setzte hinzu: »Oder sagen wir … ganz Deutschland.«

Während Frau Kemmertöns langsam und sehr bedächtig weiterging, sperrte Carlotta die Haustür auf und ließ sie mit einem lauten Knall ins Schloss fallen. Es wurde Zeit fürs Mittagessen. Erik und Sören würden sicherlich pünktlich kommen – zurzeit gab es auf Sylt ja keine Kapitalverbrechen – und Carolin ebenfalls, sie hatte nur einen Weg von wenigen Minuten zurückzulegen. Mamma Carlotta seufzte, während sie die Zucchini wusch und zerteilte. Was für ein Glück, dass das Kind wieder einen Ausbildungsplatz gefunden hatte! Das neue Hotel, in dem sie zuvor angestellt gewesen war, hatte schon bald nach der Eröffnung wieder schließen müssen. Monatelang hatte das Haus, das nicht einmal richtig fertig geworden war, leer gestanden, und Carolin war arbeitslos gewesen. Dann endlich hatte sich ein neuer Besitzer gefunden. »Che fortuna!«

Diesmal allerdings kein Italiener. »Che peccato«, murmelte Mamma Carlotta. Wirklich bedauerlich! Und natürlich stand nun auch der italienische Name des Hotels nicht mehr am Eingang, das Haus war umbenannt worden. Es hieß Horizont, weil man in der zweiten Etage angeblich den Horizont sehen konnte. Besonders gut gefiel Mamma Carlotta dieser Name nicht.

Zornig schnitt sie den Lauch und die Sellerie in Scheiben und warf alles in die zerlassene Butter. »Perle von Sylt« oder »Stern des Nordens« hätte ihr besser gefallen, »Horizont« erschien ihr zu banal. Der Apfel und der fein gewürfelte Knoblauch flogen in die Pfanne, Curry und Kurkuma wurden nicht wie vorgesehen darübergestäubt, sondern geworfen, denn leider ging Mamma Carlotta, wenn sie sich beim Kochen mit einer Niederlage beschäftigen musste, oft das Fingerspitzengefühl verloren.

Sie hatte selbstverständlich an dem Wettbewerb teilgenommen, zu dem die Bevölkerung Sylts aufgerufen worden war. Wer den besten Namen fand, sollte ein Wochenende kostenlos in dem neuen Hotel wohnen dürfen. Aber weder Perle von Sylt noch Stern des Nordens war ausgewählt worden, sondern der prunklose Name Horizont. Und die Frau, die ihn gefunden hatte, war nicht einmal sympathisch gewesen. Carlotta kannte sie. Eine Kundin der Bäckerei, die gern darüber redete, dass ihre Tochter einen Doktortitel trug, und im gleichen Atemzug den Bäcker fragte, ob seine Tochter nun endlich den Hauptschulabschluss geschafft habe. Mamma Carlotta hatte sich einmal dazu verleiten lassen, in den Wettbewerb einzusteigen und von den guten Abiturnoten ihrer Enkeltochter berichtet. Aber sie hatte sich gleich darauf wie eine Verräterin gefühlt und sich geschämt, als der Bäcker ihr trotzdem einen Panino zusätzlich in die Tüte gab, mit besten Grüßen an den Hauptkommissar. Ausgerechnet diese Frau hatte den Wettbewerb gewonnen! Mit einem Hotelnamen, der keine Klasse verriet, der es auf den müden Wellen der Beliebigkeit nicht einmal bis zum Horizont schaffen würde. »Orizzonte«, murmelte sie verächtlich und pürierte die Suppe, dass es nur so spritzte.

Die Küchentür schob sich auf, Kükeltje, die kleine schwarze Katze der Wolfs, erschien auf der Bildfläche. Sie hatte vermutlich auf Felix' Bett gedöst und war nun durch das Öffnen und Schließen der Kühlschranktür auf den Plan gerufen worden. Maunzend ging sie Carlotta um die Beine, so lange, bis etwas von dem Parmesan, der eigentlich für die Ravioli gebraucht wurde, für sie abgefallen war.

Felix erschien bereits, als die Ravioli noch in der Brühe schwammen. »Das war's«, rief er und warf seine Schultasche in die Ecke. »Osterferien!«

Er kraulte Kükeltje mit der rechten Hand das Fell und klaute sich mit der linken mehrere Amaretti, die es zum Espresso geben sollte. Erwartungsgemäß regte sich seine Nonna schrecklich darüber auf, schickte ihn zum Händewaschen und rief ihm hinterher, welche Keime er von der Schule in den Süder Wung geschleppt habe, wie sie sich jetzt in der Küche verbreiten und in Kükeltjes Fell festsetzen würden.

Felix war das Familienmitglied, das sich am wenigsten von dem Gezeter der Nonna beeindrucken ließ. Er war durch und durch italienisch, hatte von dem Phlegma und der Leidenschaftslosigkeit seiner Sylter Verwandtschaft nichts abbekommen und lachte nur, wenn Erik und Carolin Mamma Carlotta erschrocken ansahen, weil ihnen ihr Temperament Angst machte. In Panidomino, dem kleinen umbrischen Bergdorf, in dem Carlotta lebte, hielten es alle so wie sie. Wer wütend war, schimpfte so lange und so laut, bis die Wut verrauchte, wer traurig war, klagte durchdringend, weinte lauthals und zerriss sich unter Umständen sogar die Bluse, was Erik einmal miterlebt hatte und seitdem als Trauma mit sich herumtrug. Wer unzufrieden über seine Familie war – und das war in Panidomino jede zweite Frau mehrmals täglich – rief den lieben Gott an und fragte ihn, womit er sie mit diesem Ehemann und den missratenen Kindern strafen wolle. Aber wenn das alles vorbei war, ging das Leben weiter wie gewohnt. Felix hatte sich immer wohlgefühlt, wenn er bei den Verwandten seiner Mutter zu Besuch war, während Erik und Carolin nie verhehlen konnten, dass sie froh waren, wenn es wieder gen Norden ging.

Als Felix in die Küche zurückkehrte, sah er kopfschüttelnd zu, wie seine Nonna das Mandarineneis-Soufflé zubereitete. Sie schlug die Eier mit dem Zucker schaumig, dass es nur so spritzte, und fügte den Mandarinenlikör derart unvorsichtig hinzu, dass Felix sagte: »Ich bin noch im Wachstum, Nonna, so viel Alkohol ist schädlich für mich.«

Wie erwartet verteidigte Mamma Carlotta die Likörmenge mit ihrem unbestechlichen Augenmaß und wies Felix' Verdacht, ihr schmecke alles besonders gut, was besonders viel Alkohol enthalte, entrüstet zurück. Ein falscher Verdacht, auf den die Strafe des Sahneschlagens stand. Felix übernahm es grinsend und reagierte nicht auf das Gezeter seiner Nonna, die verhindern wollte, dass er seinen Zeigefinger in die Sahne steckte und genüsslich ableckte. »Ich habe doch extra die Hände gewaschen!«

Kopfschüttelnd beobachtete er später, wie seine Großmutter die Sahne zu dem Eier-Zucker-Gemisch klatschte und alles zusammenrührte, als ginge es darum, einen Geschwindigkeitsrekord aufzustellen. »Hast du es eilig?«

»Certo!« Carlotta probierte den Mandarinenlikör, der ihr zu süß erschienen war, obwohl es nun natürlich zu spät war, etwas zu ändern. Währenddessen erzählte sie ihrem Enkel, dass sie Frau Kemmertöns begleiten wolle. »Floras … Häkelclub.«

Felix krauste die Stirn. »Meinst du etwa die Charity-Veranstaltung von Flora Engelbeck?«

»È vero. Ich werde in Zukunft mitmachen.«

Felix drehte grinsend an seinen Ohrringen, während er verkündete: »Ich komme mit, ich will mir eine Mütze häkeln.«

Mamma Carlotta fuhr herum. »Du?«

»Häkelmützen sind jetzt total in.«

»Du bist ein … Junge.«

»Na und?«

»Jungen häkeln nicht.«

»Wo steht das?«

»Das steht … überall.«

»Schau mal ins Grundgesetz. Die Gleichberechtigung gilt nicht nur für Frauen. Auch für Männer.«

»Du bist noch kein Mann.«

»Mädchen dürfen Schraubenzieher in die Hand nehmen. Und mir willst du die Häkelnadel wegnehmen?«

»Das ist …«

»Was anderes?«

»Esatto! Außerdem handarbeitet man dort nicht für sich selbst, sondern für andere. Die Sachen werden verkauft. Für einen guten Zweck.«

»Weiß ich. Da will ich lernen, wie es geht. Solange Floras Charity auf Sylt ist, will ich mitmachen. Verena kommt auch.«

»Come?«

»So sehen moderne Männer aus, Nonna! Verena findet das auch cool.«

»Wer ist Verena?«

»Ein Mädchen aus meiner Klasse.«

Mamma Carlotta witterte Amore und verlor einen Teil ihrer Empörung. Wenn ein Junge etwas für ein Mädchen tat, in das er verliebt war, konnte es für sie gar nicht verrückt genug sein. »Diese Verena ist damit einverstanden, dass du häkelst?«

Felix ahmte seine Großmutter nach und antwortete grinsend: »Esatto!«

Erik und Sören sprachen gerade über das, was Mamma Carlotta nur kurze Zeit zuvor durch den Kopf gegeistert war. Die Besuche der norddeutschen Verwandtschaft in Umbrien, das erkennbare Unbehagen von Erik und Carolin, das Getöse im Haus, das Vater und Tochter jedes Mal zusammenzucken ließ, während es Felix nicht laut genug sein konnte, sowie Mamma Carlottas Bemühen, es allen recht zu machen und dafür zu sorgen, dass Erik und Carolin sich dennoch in Lucias Elternhaus wohlfühlten.

»Ja, ja, nett ist sie«, bestätigte Erik, nachdem Sören sich mal wieder ausgiebig darüber gefreut hatte, dass er immer, wenn die Schwiegermutter seines Chefs zu Besuch war, im Hause Wolf essen durfte. Sämtliche Mahlzeiten nahm er dann dort ein, schon zum Frühstück erschien er im Süder Wung, und Mamma Carlotta wäre tödlich beleidigt gewesen, wenn er das abgelehnt hätte. Sie brachte ihm sogar jedes Mal Marmelade mit, die sie aus den Feigen in ihrem Garten selbst gekocht hatte.

»Wenn sie nur nicht so anstrengend wäre«, fügte Erik an und dachte an seine verstorbene Frau, die genauso anstrengend gewesen war. Das wusste er – und doch war es für ihn etwas ganz anderes. Lucia hatte er geliebt, an ihr war alles richtig gewesen. Als seine Schwiegermutter nach dem Tod ihres Mannes zum ersten Mal nach Sylt gekommen war, hatte er geglaubt, keinen zweiten Besuch ertragen zu können. Aber natürlich hatte sie sich nicht davon abbringen lassen, den Haushalt der verstorbenen Tochter drei-, viermal im Jahr auf Vordermann zu bringen, die Tiefkühltruhe mit leckeren Pastagerichten zu füllen, all seine Hemden zu bügeln und die Kleidung der Kinder auszubessern. Dazu gehörten zu Felix' Entsetzen auch immer die Jeans, die an den Knien durchgescheuert waren und deswegen cool waren, was seine Nonna einfach nicht einsehen wollte. Mittlerweile brachte er seine besten Jeans, also die, die besonders löcherig waren, in Sicherheit, bevor Mamma Carlotta auf Sylt erschien, damit sie nicht auf die Idee kam, sie zu flicken.

Als sie in den Süder Wung einbogen, sahen sie, dass Carolin soeben das Haus betrat. »Bin ich froh«, murmelte Erik, »dass der neue Hotelbesitzer ihr die Chance gegeben hat, die Ausbildung fortzusetzen.«

»Der scheint ein anderes Konzept zu verfolgen«, meinte Sören. »Er geht mehr auf Masse als auf Klasse.«

»Hauptsache, der Laden brummt.« Erik stellte den Motor ab und öffnete die Fahrertür. »Die bekannte Charity-Lady hat er gleich auf seine Seite geholt. Floras Charity wird im Horizont abgehalten.«

Sören schwang sich aus dem Wagen und lachte. »Lassen Sie mich raten … Ihre Schwiegermutter ist dabei?«

Eriks Lächeln fiel gequälter aus. »Sie wird jede Menge Schürzen besticken und Topflappen und Bettjäckchen häkeln, die kein Mensch haben will. In Panidomino kann man solche Artikel noch in vielen Läden kaufen, hier interessiert sich kein Mensch dafür.« Er steckte den Autoschlüssel ein und ging auf die Haustür zu. »Ich hoffe, sie ist schon wieder abgereist, wenn der Basar stattfindet. Dann merkt sie nicht, dass ihr altmodisches Zeug liegen bleibt.«

Aus der Küche drang ein verführerischer Duft. Sören hängte seine Jacke an die Garderobe und flüsterte seinem Chef zu: »Gut, dass wir zurzeit nur mit Handtaschen- und Ladendiebstählen zu tun haben. Der Einbruch in Rantum ist so gut wie aufgeklärt. Wir können in aller Ruhe Mittagspause machen.«

»Besser, Sie reden nicht darüber«, warnte Erik. »Sonst kommt gleich ein Anruf. Leiche gefunden!«

»Malen Sie den Teufel nicht an die Wand, Chef!« Sören betrat die Küche, versorgte die Köchin mit allen Komplimenten, die ihr unbedingt zustanden, bestaunte die altbekannte Tatsache, dass es wieder mal drei Gänge gab, obwohl er wusste, dass für Mamma Carlotta ein Essen immer aus Vor-, Haupt- und Nachspeise bestand, behauptete, er habe schon immer mal Zucchini-Curry-Suppe probieren wollen. Und Ravioli, für die eine Hausfrau extra den Fleischwolf aus dem Keller holte, stünden auch schon lange auf der Liste seiner kulinarischen Wünsche. Seine Mutter hatte die Ravioli immer im Kühlregal eines Supermarktes gefunden und ihn verblüfft angesehen, als er ihr von dem frisch zubereiteten Nudelteig, den handgefertigten

Teigquadraten und den aufwendig zubereiteten Füllungen erzählt hatte.

»Grande, Signora!«

Mamma Carlotta strahlte. Sören hatte viel schneller gelernt, einer italienischen Hausfrau zu schmeicheln, als ihr Schwiegersohn. Sören gingen die Komplimente, die in Deutschland, und besonders in Norddeutschland, als übertrieben und heuchlerisch galten, mittlerweile leicht von der Zunge.

Erik lehnte sich entspannt zurück, als sein Suppenteller leer war, und trommelte mit den Fingerspitzen auf seinen Bauch, als wollte er dort Platz für weitere Nahrungsaufnahme schaffen. Seine bequeme Breitcordhose vertrug zum Glück leichte Gewichtszunahmen, und der Pullunder versteckte die Tatsache, dass sich die Knopfleiste seiner Hemden gelegentlich spannte. Schön, wenn der Dienst nach Plan verlief, keine besonderen Vorkommnisse ihn störten und die Mittagspause ruhig mal etwas länger ausfallen durfte. »Wir müssen über ein Abschiedsgeschenk für Dr. Hillmot nachdenken«, sagte er zu Sören. Der Gerichtsmediziner würde in Kürze in den Ruhestand gehen.

»Ich habe schon gesammelt«, kam es von Sören zurück. »Für einen Kochkurs. Wenn er pensioniert ist, kann er sich nicht mehr damit rausreden, dass er keine Zeit zum Kochen hat und deswegen gezwungen ist, Fast Food zu essen. Er will ja demnächst abnehmen, sogar Sport treiben. Und dazu gehört auch eine vernünftige Ernährung.«

Mamma Carlotta hielt es für ausgeschlossen, dass der Dottore, der jede Gelegenheit nutzte, sich in dieser Küche den Bauch vollzuschlagen, jemals in der Lage sein würde, sich selbst ein gesundes Essen zuzubereiten. Darüber entspann sich eine Diskussion, die so hitzig geführt wurde, als wäre von großen politischen Entscheidungen die Rede, die die Welt verändern könnten. Wie so oft, und für Erik immer völlig unverständlich, veränderten sich die Inhalte der Debatten, in die seine Schwiegermutter verwickelt war, dann in einem Tempo, das ihn nicht selten hilflos zurückließ. Gerade, als Erik eine Gesprächslücke nutzen wollte, um sich ebenfalls zum Übergewicht des Gerichtsmediziners zu äußern, war bereits die Rede von Felix' gepiercten Augenbrauen, den Ohrsteckern und seinem Nasenring. All das war seiner Nonna ein Dorn im Auge. Und bis Erik Argumente gefunden hatte, mit denen er seinem Sohn zur Seite springen konnte, war Carolin schon genötigt worden, etwas von Flora Engelbeck, der Charity-Lady, zu erzählen, die zurzeit im Horizont wohnte. Jetzt erfuhr Mamma Carlotta auch, dass sie ebenfalls Italienerin war, aus dem Süden stammte, wo sie ihren Mann, den Unternehmer Ernest Engelbeck, kennengelernt und später geheiratet hatte.

»Una italiana?«

Erik verdrehte die Augen. Die arme Charity-Lady würde am Nachmittag alle Mühe haben, sich seine Schwiegermutter vom Hals zu halten, die mit ihr nach gemeinsamen Erlebnissen, Erinnerungen und Verwandten suchen würde, nur weil sie in demselben Land geboren waren.

Mamma Carlotta war, als sie am Nachmittag mit der Nachbarin aufbrach, noch immer alarmiert. »Una italiana!«, hielt sie Frau Kemmertöns vor, die an dieser Tatsache nichts Besonderes fand.

»Hier wohnen viele Sylter. Bin ich jeden Tag aufs Neue hingerissen, wenn ich anderen Syltern begegne?«

»Das ist doch was ganz anderes! Wären Sie in Italia, würden Sie sich auch freuen, wenn Sie einen Sylter kennenlernten.«

Darüber musste Frau Kemmertöns eine Weile nachdenken. Als sie auf der anderen Seite der Westerlandstraße angekommen waren, hatte sie sich zu einer Auffassung durchgerungen. Ja, nun sah sie ein, dass es ein Grund zur Freude war, in der Ferne einen Menschen aus der Heimat zu treffen.

Doch ehe sie diese Meinung äußern konnte, hatte Mamma Carlotta ihr längst von einer anderen Sensation berichtet. Wie immer kam Frau Kemmertöns nicht nach, wenn die Schwiegermutter ihres Nachbarn etwas erzählte. Das ging ihr alles viel zu schnell, und wenn Carlotta von einem Thema zum anderen sprang, konnte sie sowieso nie folgen. Für eine Friesin musste alles schön langsam gehen, und vor allem immer eins nach dem anderen.

»Artisten? Was meinen Sie?«

Mamma Carlotta fing noch einmal an. »Ein Varieté, das in List gastiert.«

»Das Fliegende Varieté. Davon habe ich gehört.«

»Carolin hat von einem Gast drei Karten für die Vorstellung heute Abend geschenkt bekommen. Er musste wegen eines Todesfalls in der Familie früher zurück nach Hause.«

»Wer?«

»Der Hotelgast!« Mamma Carlotta wurde nervös. Wenn jemand so gedankenträge wie Frau Kemmertöns war, redete sie immer sehr laut, wie sie es bei ihrem Onkel Alberto getan hatte, der mit seinem guten Gehör leider auch den scharfen Verstand verloren hatte. »Er wollte die Eintrittskarten nicht verfallen lassen.«

Carolin hatte zunächst ein großes Geheimnis daraus gemacht, hatte bei der Vorspeise vage von einer Unternehmung am Abend gesprochen, ohne sie zunächst beim Namen zu nennen. Und als es heraus war, hatte sie einen nach dem anderen angesehen und so getan, als dächte sie intensiv darüber nach, wer auserkoren werden sollte, sie zu begleiten. Schließlich war die Wahl auf ihre Nonna und ihren Bruder gefallen.

»Ich muss sofort nach Hause zurück, wenn wir fertig sind mit Häkeln und Stricken. Dann richte ich die Reste vom Mittagessen für Enrico und Sören an, und wir brechen nach List auf. Hoffentlich macht Enrico rechtzeitig Feierabend. Wir brauchen das Auto.«

Sie bogen in den Hochkamp ein und von dort in die Straße Im Grund. Das Horizont war ein flaches Gebäude, nur insgesamt drei Stockwerke hoch, mehr sah der Bebauungsplan an dieser Stelle nicht vor. Auf den ersten Blick schien es ein kleines Haus zu sein, was daran lag, dass die Fassade nicht breit war und sich das Gebäude vor allem nach hinten erstreckte. Es hatte einen Innenhof, in den man durch einen Torbogen gelangte. Dort gab es einen Eingang, der direkt zu den Hotelzimmern im Anbau führte. Er wurde spätabends jedoch geschlossen, dann war nur der Weg durch den Haupteingang möglich. Der vordere Teil des Hotels hatte im Erdgeschoss keine Gästezimmer. Neben der Lobby gab es dort das kleine Restaurant, das morgens als Frühstücksraum diente, einige Büroräume und mehrere Gesellschaftszimmer, die vermietet wurden. Sie konnten von Firmen für Tagungen gebucht werden, aber auch für Familienfeste oder Veranstaltungen, für die im Kurhaus kein Platz war oder für die dessen Räume zu groß waren.

Als sie das Hotel betrat, winkte Mamma Carlotta Carolin an der Rezeption zu. Sie telefonierte gerade und nahm ihre Großmutter nicht zur Kenntnis. So konnte Carlotta ihre Enkelin ausgiebig betrachten und brauchte sich ihre Rührung, die bei den Kindern immer für peinliche Verlegenheit sorgte, nicht aus den Augen zu wischen. Ihre kleine Carolina! Nun war aus ihr eine junge Dame geworden. Als Kind war sie blass und unauffällig gewesen, hatte Wert darauf gelegt, sich so zu kleiden, dass sie übersehen wurde, und keine anderen Farben als Grau und Beige an sich herangelassen. Dann war eine Zeit gekommen, in der das Make-up gar nicht schrill genug und Frisuren und Outfit nicht unkleidsam genug sein konnten. Mittlerweile sah sie aus, wie sich jeder Hoteldirektor eine Mitarbeiterin wünschte: korrekt frisiert und dezent geschminkt. Das Schüchterne hatte sie auch abgelegt, ihr Lächeln war professionell geworden.

Mamma Carlotta blieb stehen und sah sich um. »Madonna!«, flüsterte sie. Was war aus dem eleganten Hotel geworden? Die Palmen, die in der Lobby gestanden hatten, waren durch künstliche Gewächse ausgetauscht, der Teppichboden war herausgerissen und durch einen praktischen Bodenbelag ersetzt worden. Das Vornehme, das das Hotel ausgestrahlt hatte, als es noch Frangiflutti hieß, war dahin. Carlotta Capella war sehr enttäuscht.

»Kommen Sie«, drängte Frau Kemmertöns, was sehr ungewöhnlich war. Normalerweise war sie es, die vorwärtsgetrieben werden musste.

Mamma Carlotta hätte eigentlich gern mit Carolin über die Veränderungen in der Lobby gesprochen, aber ihre Enkelin war nach wie vor beschäftigt. Außerdem war es vermutlich besser, erst zu Hause darüber zu reden, wenn ihr Chef nicht mithören konnte, was ihrer Oma an der neuen Ausstattung missfiel.

Also folgte Carlotta der Nachbarin aus der Lobby heraus in einen Gang, der zu den Gesellschaftsräumen führte. Der Raum, der für Floras Charity reserviert worden war, stand offen.

Flora Engelbeck bemerkte die beiden Eintretenden nicht. Sie ging gerade von einer Frau zur anderen, ließ sich erklären, wie weit jede von ihnen mit ihrer Handarbeit gekommen war, wie lange sie noch brauchen würde und wie das Ergebnis aussehen sollte.

Für Floras Charity war das Horizont ideal. Dreißig bis vierzig Frauen passten ohne Weiteres in den Raum, den Flora Engelbeck gemietet hatte, saßen an Tischen, die zu einem großen U aufgestellt waren. Auf ihnen war Platz für Wolle, Schnittmuster, Strick- und Häkelanleitungen und sämtliche Arbeitsutensilien, die benötigt wurden. Mindestens dreißig Frauen saßen bereits da, als Mamma Carlotta mit Frau Kemmertöns den Raum betrat. Nein, nicht nur Frauen, auch einige Mädchen waren schon angekommen … und Felix! Feixend sah er ihr entgegen, während das Mädchen an seiner Seite Wolle und eine Häkelnadel vor ihn hinlegte und ihn mit einem Lächeln bedachte, das alles verriet. Jedenfalls einer Frau wie Mamma Carlotta, die immer sofort merkte, wenn irgendwo Amore im Spiel war. Das musste Verena sein. Sie häkelte gerade vor Felix'

Augen ein paar Luftmaschen und verband sie zu einem Kreis. Nun fing sie an, Felix zu erklären, wie daraus eine Mütze werden sollte.

Auch die anderen hatten ihre Handarbeiten aus den Taschen genommen, aber noch nicht mit der Arbeit begonnen. Sie unterhielten sich lebhaft, lachten und freuten sich augenscheinlich auf das gemeinsame Werkeln. Einer der Gründe, warum auch Mamma Carlotta gern handarbeitete, war, dass dies in Gesellschaft möglich war, dass man dabei sehr gut reden und zuhören konnte, jedenfalls dann, wenn man sich nichts Kompliziertes vorgenommen hatte, bei dem ständig die Maschen gezählt oder Maß genommen werden musste. Dennoch war immer klar, dass es sich um Arbeit und nicht etwa um eine fröhliche Freizeitgestaltung handelte. Keiner der Ehemänner in Panidomino wäre auf die Idee gekommen, seiner Ehefrau Müßiggang vorzuwerfen, wenn sie mit ihren Freundinnen zusammen handarbeitete. In diesem Fall, in dem es um einen guten Zweck ging, war so etwas erst recht nicht zu befürchten.

»Ich stelle Sie Frau Engelbeck vor«, sagte Frau Kemmertöns und griff nach Carlottas Arm.

Diese folgte ihr wie hypnotisiert, mit offenem Mund und aufgerissenen Augen. Madonna! Was war das? Wer hätte gedacht, dass sie Frau Engelbeck bereits kennen würde? Sie hörte nicht, dass die Apothekerin ihr einen Gruß zuwarf, dass die Verkäuferin der Bäckerei sich freute, weil sie sich auch an der Arbeit für den guten Zweck beteiligen wollte, und eine Serviererin nach ihren Wünschen fragte. Diese Frau! Die kannte sie doch! Oder … irrte sie sich? Sie hatte am Vormittag eine riesige Sonnenbrille getragen, einen großen Hut mit breiter Krempe … dennoch war Mamma Carlotta, als sie vor Flora Engelbeck stand, ganz sicher, dass sie sich nicht irrte. Und als sie den kurzen Schreck in deren Augen sah, zweifelte sie keine Sekunde mehr. Flora Engelbeck, die bekannte Charity-Lady, war von ihr, von Carlotta Capella, beim Ladendiebstahl erwischt worden.

Sie fuhren auf der Westerlandstraße, die am Ortseingangsschild von Westerland zur Norderstraße wurde. Erik versuchte sich an die neue Unterbringung zu gewöhnen, indem er sich sagte, dass der Weg zum Dienst nun ein wenig kürzer war. Schon nach wenigen Minuten bogen sie links ab und fuhren auf den hohen, schmalen Turm zu, das Wahrzeichen der Telekom Sylt. An seinem Fuß waren mehrere Container errichtet worden. Einige Einsatzfahrzeuge standen auf dem kleinen Parkplatz daneben, Erik bugsierte seinen alten Ford auf einen schmalen Platz, der für ihn reserviert worden war. Wie lange dieses Provisorium wohl bestehen bleiben würde? Man kannte das ja. Die zeitliche Planung bei einem Bauvorhaben wurde fast immer überschritten. Und bei einem alten Gebäude wie dem Polizeirevier Westerland musste man immer damit rechnen, dass sich Überraschungen in Form von baulichen Mängeln ergaben, mit denen niemand gerechnet hatte.

Sein Büro war klein, viel kleiner als das im Polizeirevier am Kirchenweg. Erik wusste, es würde lange dauern, bis er sich in der neuen Umgebung wohlfühlte. Er mochte keine Veränderungen. Jahrelang hatte er mit geschlossenen Augen neben sich greifen und einen Aktenordner aus dem Regal holen können, den er sogar im Schlaf gefunden hätte. Nun musste er nach allem, was er brauchte, erst suchen.

Es erfüllte ihn mit Befriedigung, dass es Sören nicht anders ging, obwohl er doch jünger, flexibler und ohnehin mental leichtfüßiger war. Er hörte ihn nebenan rumoren und leise schimpfen, weil er etwas suchte, was sonst immer auf der Fensterbank gelegen hatte. In diesem Büro jedoch waren die Fensterbänke zu schmal, um sie als Ordnungsfläche zu missbrauchen, und so musste Sören sein Ablagesystem ganz neu erfinden.

Erik setzte sich, betrachtete sein Umfeld, hörte auf die neuen Geräusche, auf den Hall im Treppenhaus, auf Stimmen, die er nicht kannte, und griff nach dem Ordner, der für den Diebstahl in Rantum angelegt worden war. Erledigt! Der Täter war gefasst, zwar noch nicht geständig, aber die Beweislage war derart erdrückend, dass er bald einknicken würde. Also konnte er diese Akte gut und gerne beiseitelegen, bis sie zu den erledigten geheftet werden konnte.

Er wischte sich über die Augen. Am liebsten hätte er sie geschlossen, aber er wusste, dass seine Müdigkeit dann nur weiter zunehmen würde. An seinem alten Arbeitsplatz hätte er es riskiert, weil er die Geräusche dort kannte und wusste, dass, wenn die Tür zum Revierzimmer klappte, noch genug Zeit war, bis ein Mitarbeiter sein Büro betreten würde, Zeit, um sich aufrecht hinzusetzen und einen ausgeschlafenen Eindruck zu machen. Hier wusste er nicht genau, womit er zu rechnen hatte. Ein schrecklicher Gedanke, dabei erwischt zu werden, wie der Kriminalhauptkommissar ein Schläfchen am Schreibtisch hielt. Womöglich noch von einem Mitarbeiter der Telekom! Er war am Morgen kaum in seinem Büro angekommen, da war einer hereingeplatzt, der einen Kollegen suchte, der vor ein paar Tagen noch in diesem Raum gesessen hatte. Bei der Telekom herrschte also genauso viel Verwirrung wie bei den Polizeibeamten der Insel.

Er hätte früher schlafen gehen sollen! Jedenfalls bevor seine Schwiegermutter und die Kinder zurückkehrten. Aber er hatte die Ruhe so genossen, die Stille, das Alleinsein, und war deshalb im Wohnzimmer sitzen geblieben. Die Füße auf dem Sofatisch, ein Kissen im Rücken, die Fernbedienung des Fernsehers in greifbarer Nähe und irgendein uralter Film mit Marlon Brando, den er schon mehrmals gesehen hatte, vor Augen. Herrlich! Sören war nicht lange geblieben, sie hatten gemeinsam die Reste des Mittagessens verzehrt, die Suppe hatte er Sören ganz überlassen, der nicht genug davon bekommen konnte, die Ravioli hatten sie brüderlich geteilt. Es war wirklich genug da gewesen, um satt zu werden, obwohl Mamma Carlotta mehrmals ihre Sorge in laute, durchdringende Worte gekleidet hatte, dass die beiden schwer arbeitenden Polizeibeamten womöglich nicht satt werden könnten. Sogar von dem Mandarineneis-Soufflé war noch einiges im Kühlfach gewesen.

Dann hatte Erik sich ein Glas Rotwein eingegossen, es zu schnell ausgetrunken, sich ein zweites gegönnt und – wenn er sich richtig erinnerte – sogar noch ein drittes. Kein Wunder, dass er schläfrig geworden war. So hatte er dummerweise den Zeitpunkt verpasst, ins Bett zu gehen, bevor seine Schwiegermutter mit den Kindern nach Hause kam. Er kannte sie ja und wusste, dass sie alles, was sie erlebt hatte, auf der Stelle haarklein erzählen musste und immer erst ins Bett fand, wenn sie alle Emotionen verarbeitet hatte. Diese großartigen Artisten, die Bodenakrobaten, die Schlangenmenschen, die Komiker und die Frau mit der Pudeldressur. Er hatte gewusst, dass sie vor Begeisterung außer sich sein würde, wenn sie heimkam. Sie war ja noch nie in einem Varieté gewesen. Früher, in ihrer Kindheit, war gelegentlich ein kleiner Zirkus nach Panidomino gekommen, der von Dorf zu Dorf gezogen war und nicht mehr zu bieten hatte als zwei lahme Pferde, ein Kamel und einen alten Elefanten, der gehätschelt wurde, damit er noch lange lebte. Aber irgendwann waren ihm doch die Vorderbeine eingeknickt, als er die sogenannte Zirkusprinzessin, eine Fünfzigjährige mit Übergewicht, dem Publikum auf dem Rüssel präsentieren sollte. Mit ihm starb die allerletzte Attraktion der Zirkusfamilie. Der Clown, der ebenso alt zu sein schien wie der Elefant, und die beiden Reiterinnen, denen es seit gut zwanzig Jahren gelang, auf dem Rücken von zwei sanftmütigen Schimmeln mittelmäßige Attraktionen vorzuführen, konnten den Zirkus nicht retten.

Und nun diese Vorstellung von hochklassigen Artisten auf Sylt! Sie war wie erwartet hingerissen, als sie zurückkehrte, und hatte jede Menge zu erzählen. In diesem Fall besonders viel, da sie einen der Artisten zu erkennen geglaubt hatte. Einen Jongleur und Feuerakrobaten, der mit Bällen, Ringen und brennenden Fackeln umging wie ein Zauberer, der ein Kaninchen aus dem Hut holte und ein anderes darin verschwinden ließ. Ein besonders vielseitiger Artist, dem alles zu gelingen schien, der mit seiner Partnerin sowohl bei den Jonglagen als auch bei den Zaubereien zu den besten zählte und großen Mut bewies, als er sich von einer Akrobatin an einem Seil unter die Decke des Varieté-Zeltes ziehen ließ.

»Das war Renato! Ich habe ihn sofort erkannt. Der war als junger Mann schon ein Mille… Tausend… wie sagt man hier?«

»Tausendsassa«, murmelte Erik. Nun hatte er sich doch gegen seinen Willen aus seiner Schläfrigkeit holen lassen. »Den kennst du?«

»Sì. In dem Zirkus seines Vaters ist er verkleidet aufgetreten. Als Jongleur war er Renato, als Zauberer trug er eine graue Perücke und hieß … non so, weiß ich nicht mehr. Und dann trat er auch noch auf als … weiß ich auch nicht mehr. Dann jedenfalls trug er einen Hut und klebte sich einen Bart an. Die Zuschauer sollten denken, der Zirkus Capotto hätte mehrere gute Artisten zu bieten.«

Erik schwante Böses. »Du willst den hoffentlich nicht zum Essen einladen?«

»No, no!« Das wies seine Schwiegermutter empört zurück. »Der kommt mir nicht ins Haus!« Dieser Renato hatte nämlich angeblich Cousine Violetta vor vielen Jahren die Ehe versprochen und ihr dann das Herz gebrochen. »Ein Casanova! Ein richtiger … Donnaiolo! Ein Weiberheld! Sagt man das so, Enrico?«

Die Kinder hatten augenscheinlich schon viel von dieser Liebschaft zu hören bekommen, sie waren sofort in ihre Zimmer gegangen und hatten ihren Vater mit der Nonna und ihren Erinnerungen allein gelassen.

»Stell dir vor, Enrico! Violetta ist damals von zu Hause ausgerissen, hat sich in Renatos Zirkuswagen versteckt und ist mit ihm zusammen weitergereist. Madonna, was hat sich Tante

Galatea aufgeregt! Zum Glück hatte Violetta einen Brief hinterlassen, sonst hätte sie noch geglaubt, ihre Tochter wäre entführt und ermordet worden.«

Erik hatte seine Ohren auf Durchzug gestellt. Geschichten aus der Verwandtschaft seiner Schwiegermutter hingen ihm längst zum Hals raus. Es ging ja immer um das Gleiche: um Frauen, die von Männern betrogen wurden, um Männer, die die falsche Frau geheiratet hatten, um Ehen, die einem Kriegszustand glichen, um undankbare Kinder und erfolgreiche Nachkommen, um die ihre Eltern beneidet wurden.

Er hatte versucht, sich zu erheben, und mit dem Hinweis, er sei müde, ins Bett zu kommen – aber das war ihm nicht gelungen. Jemand, der vor dem Fernseher saß, war natürlich nicht besonders glaubhaft, selbst dann nicht, wenn er mehr schlafend als interessiert angetroffen worden war. Seine Schwiegermutter hatte weitergeredet, hatte irgendwas von Untreue gefaselt und die Arme zur Decke gestreckt, als davon die Rede war, dass Cousine Violetta ins Elternhaus zurückkehren musste, weil der Zirkus mit ihrem Geliebten, aber ohne sie weitergezogen war.

»Violettas guter Ruf war dahin! Sie hat nie geheiratet! Der junge Mann, der an ihr interessiert war, bevor der Zirkus ins Dorf kam, wollte nichts mehr von ihr wissen. Ein Mädchen, das wochenlang mit einem Mann in einem Zirkuswagen gelebt hatte? Nein, so eine wollte niemand zur Ehefrau!«

Es war ein schwerer Fehler gewesen, dass er eine Frage gestellt hatte. Damit war ihm natürlich Interesse unterstellt worden, und auf seine Müdigkeit konnte er nun nicht mehr verweisen. »Bist du denn sicher, dass dieser Artist der Mann ist, von dem deine Cousine betrogen wurde?«

Selbstverständlich war Mamma Carlotta hundertprozentig sicher. »Er hieß Renato.«

»So wie dieser … Tausendsassa, den du in List gesehen hast?«

»No, no, der hieß Mago. Aber das ist natürlich nur ein Künstlername. Mago heißt so viel wie Zauberer.« Sie war aufgesprungen und in die Diele gelaufen, wo das Telefon stand. »Ich muss unbedingt Violetta anrufen.«

Er hatte sie eigentlich darauf aufmerksam machen wollen, dass es schon beinahe Mitternacht sei, aber dann war ihm eingefallen, dass die Verwandten in Italien nie früh schlafen gingen, und vor allem, dass dieses Telefon seine Chance war. Also hatte er nicht verhindert, dass seine Schwiegermutter nach Violettas Nummer suchte, sondern war hinter ihrem Rücken die Treppe hinaufgehuscht und schlafen gegangen, ehe das Telefonat beendet war. Während er einschlief, hatte er noch ihre aufgeregte Stimme gehört.

Und natürlich hatte sie am Morgen gleich wieder mit diesem Thema angefangen. Mit einer ausführlichen Schilderung über ihre Teilnahme an Floras Charity hatte er gerechnet, mit einer Beschreibung der vornehmen Dame, die sich diese Wohltätigkeit leisten konnte, mit der Aufzählung sämtlicher Frauen, die daran teilnahmen, und der detaillierten Beschreibung aller geplanten Handarbeiten. Doch der Artist, der einer Cousine vor Jahren die Zukunft ruiniert hatte, war noch ein ganzes Stück interessanter. Mamma Carlotta redete und redete, schaffte es aber zum Glück, trotz ihrer aufregenden Neuigkeiten das Rührei weder zu versalzen noch anbrennen zu lassen.

Zum Glück hatte Erik seinen Assistenten mit einem ausdrucksvollen Blick darauf hinweisen können, dass es besser sei, möglichst schnell aufzubrechen, damit sie das Gerede seiner Schwiegermutter nicht länger zu ertragen hatten. Und Sören hatte verstanden. Ihn interessierte die Liebschaft von Carlottas Cousine Violetta, die viele Jahre zurücklag, mindestens genauso wenig wie Erik. Und da die Kinder sich schon verdrückt hatten, war es sehr vernünftig, zu behaupten, sie hätten viel damit zu tun, sich in der neuen Behausung des Polizeireviers einzurichten.

Das entsprach sogar der Wahrheit. Fast den ganzen Vormittag hatte Erik damit zugebracht, seinen Büroschrank so einzuräumen, dass sich eine Ordnung ergab, die er auf den ersten Blick durchschaute, und alles Wichtige, was er mehrmals täglich brauchte, schnell zur Hand zu haben. Sören ging noch weiter und versuchte, seinem Zimmer eine wohnliche Wärme zu geben. Er hatte die Topfpflanzen eingepackt, die Erik eigentlich ihrem Schicksal überlassen wollte, und nun waren Hammerschläge aus Sörens Zimmer zu hören. Scheinbar hatte er auch die Kalenderblätter mitgenommen und dekorierte jetzt die Wände.

Erschrocken richtete Erik sich auf, als das Telefon klingelte. Da waren ihm doch tatsächlich die Augen zugefallen. Und als er den Hörer abnahm und sich meldete, bemühte er sich um eine besonders dynamische Stimme. »Wolf!« Er war sicher, dass Rotkäppchen sich erschrocken hätte, wenn es am anderen Ende gewesen wäre.

Aber es war seine Tochter Carolin, die ihn anrief. »Papa, du musst sofort kommen.«

Erik war verwirrt. »Wohin?«

»Ins Hotel natürlich!«

»Warum?«

Nun flüsterte Carolin: »Ein Gast ist gerade tot aufgefunden worden.«

Erik war nicht halb so beeindruckt, wie seine Tochter angenommen hatte. »Herzinfarkt?«

»Nein, Mord«, zischte Carolin zurück. »Er ist umgebracht worden.«

Mamma Carlotta hatte drei Hemden gebügelt, als ihr klar wurde, dass diese Beschäftigung nicht die richtige für sie war. Eins hatte sie zu heiß gebügelt, das Eisen war auf der Manschette kleben geblieben, die anderen beiden waren nicht richtig glatt geworden. Daraufhin hatte sie es mit dem Fensterputzen versucht, es aber ebenfalls aufgegeben, als die Sonne kurz herauskam und ihr verriet, dass das Terrassenfenster voller Streifen war. Dann war sie in den Keller gegangen, um die Waschmaschine zu füllen und anzustellen. Dass sie für die Buntwäsche den Kochwaschgang gewählt hatte, fiel ihr zum Glück noch rechtzeitig auf, ehe sie die Waschküche wieder verließ. »Madonna!«

Heute war kein geeigneter Tag für Hausarbeit. Sie war noch viel zu aufgewühlt von den Ereignissen des vergangenen Abends und zu sehr mit ihnen beschäftigt. Dies war einer jener Tage, an dem sie den randvollen Wischeimer umkippen, den WC-Reiniger mit dem Geschirrspüler verwechseln und beim Treppenputzen einen schweren Unfall erleiden würde. Es war wohl besser, wenn sie nichts Wichtiges erledigte, was fatale Folgen nach sich ziehen würde, wenn es misslang. Mit einem einfachen Mittagessen, mit Gerichten, die sie tausendmal gekocht hatte, wäre sie auf der sicheren Seite. Also das marinierte Gemüse als Antipasti, das sie immer am ersten Tag ihres Aufenthaltes auf Sylt einlegte, dann Spaghetti bolognese, als Hauptgericht Reispfanne mit Cabanossi, das ging alles sehr schnell und war nicht kompliziert. Als Dolce würde ein Vanille-Eis herhalten, das sie in der Tiefkühltruhe hatte, dazu ein Pfirsich, das musste genügen. Sie schaute in die Vorratskammer und stellte fest, dass es dort keine Cabanossi gab, wie sie geglaubt hatte, stattdessen aber eine dünne, harte friesische Mettwurst. Die würde auch gehen. Und die beiden Paprikaschoten, die sie im Kühlschrank fand, würden die Reispfanne bunt machen. »Basta!« Ein Mittagessen, das in einer knappen Stunde fertig sein würde. An Tagen, die emotional anstrengend waren, sollte man keine komplizierten Gerichte auf den Speiseplan setzen. Das hatte schon Carlottas Mutter gewusst, der an dem Tag, als sie einen Heiratsantrag erhalten hatte, ein Ossobuco völlig danebengegangen war. Vielleicht wäre es zu retten gewesen, wenn damals der Richtige den Antrag gemacht hätte, aber von dem war der Antrag erst später gekommen, an einem Sonntag, an dem eine alte Tante der Familie zum Essen eingeladen hatte, also demnach keine Gefahr bestand.

Mamma Carlotta blieb auf der oberen Stufe der Kellertreppe stehen und lauschte auf die Stille. So eine Lautlosigkeit gab es in Panidomino nie. Irgendjemand war immer im Haus, mindestens ein schreiendes Baby. Wie sollte man ein so aufwühlendes Erlebnis verarbeiten, wenn man nicht darüber reden konnte? Natürlich hatten sich Carolin und Felix viel anhören müssen, und auch Erik war die Flucht ins Bett vereitelt worden, aber das reichte nicht. Ihre seelische Aufwallung hatte sie noch längst nicht im Griff. Zu dumm, dass Frau Kemmertöns vormittags in der Kurverwaltung arbeitete. Am Nachmittag würde sie ihr natürlich alles haarklein erzählen, aber so lange konnte sie unmöglich warten. Ein Einkauf bei Feinkost Meyer? Wenn sie Pech hatte, waren die Kassiererinnen wieder schwer beschäftigt und konnten ihr nicht zuhören. Der Bäcker hatte ebenfalls nie so lange Zeit, wie in diesem Fall erforderlich war, die Apothekerin zog die Kunden vor, die nicht zum Plaudern, sondern zum Einlösen eines Rezeptes gekommen waren. Nein, es gab nur einen Ort, wo sie loswerden konnte, was sie zurzeit bewegte: Käptens Kajüte. In der Imbissstube konnte sie sich alles von der Seele reden, was sie bedrückte, der Wirt würde mit stoischer Miene zuhören oder wenigstens so tun, und der Strandwärter von Wenningstedt, der dort garantiert sein Frühstücksbier trank, würde vielleicht sogar ein wenig interessiert sein. Auf eine Meinungsäußerung würde sie vergeblich warten, das war Mamma Carlotta klar. Aber besser als gar nichts! Vielleicht konnte ihr der Besuch in Käptens Kajüte helfen, ihr seelisches Gleichgewicht zurückzuerlangen.

Sie warf sich eine Jacke über, denn der Wind war kalt und fuhr in jedes Knopfloch und in alle nachlässig geschlossenen Kleidungsstücke. Und das, obwohl es auf zwölf zuging, die Zeit, zu der es in ihrer Heimat besonders heiß war. Carlotta erinnerte sich noch genau, wie erschrocken sie bei ihrem ersten Besuch gewesen war, als sie von einem warmen, sonnigen Mai in Umbrien nach Sylt gekommen war, wo es zwar sonnig, aber alles andere als warm gewesen war. Doch mittlerweile hatte sie sich an die kalte Luft gewöhnt, sie hatte sie sogar lieben gelernt. Sich vom Wind durchpusten zu lassen, hieß oft, dass man hinterher die warme Stube besonders genoss.

Während sie zum Hochkamp ging, hielt sie ihr Gesicht dem Wind und der Sonne hin, genoss die Wärme in einem Moment der Flaute und das Kalte, Frische, wenn sie von einer neuen Bö getroffen wurde.

Die Tür der Imbissstube stand offen. Tove Griess war wohl der Ansicht, dass die Sonne gratis erledigte, was eine Heizung nur mit erheblichen Stromkosten schaffte. Heraus drang »Ne Besuch im Zoo, o-o-o-o«, als wäre Karnevalszeit und der Wirt der Imbissstube mit Luftschlangen und Konfetti beschäftigt. Das war noch nie vorgekommen und auch nicht die richtige Zeit dafür. Da Karneval zudem etwas mit Fröhlichkeit zu tun hatte, konnte Mamma Carlotta nur an einen Zufall glauben, als sie das Lied hörte.

»Buon giorno!«, rief sie schon, bevor sie eintrat, als könnte sie es nicht erwarten, die prickelnde Sylter Luft gegen den Mief aus tausendmal benutztem Frittierfett und verkohlter Bratwurst zu tauschen.

Tove dachte tatsächlich nicht daran, mit einem heiteren »Helau« zu antworten, und auch Fietje, der wie immer auf seinem Stammplatz saß, schien an Karneval nicht zu denken. Der Wirt packte gerade missmutig sein Frühstücksangebot zusammen, das augenscheinlich nicht ausreichend gewürdigt worden war. Zum Glück war niemand da, der Bratwurst und Pommes frites bestellte. So hatte er Zeit, sich die Erzählungen anzuhören, die nun sturzflutartig über ihn hereinbrechen würden. Oder vielmehr … er musste sie sich anhören, weil er schließlich vor der Schwiegermutter des Kriminalhauptkommissars nicht weglaufen konnte, obwohl er so aussah, als würde er nichts lieber tun.

Seufzend lehnte er sich an den Zapfhahn, breit und missmutig, die Mundwinkel herabgezogen und die buschigen Brauen so tief über die kleinen, sturmgrauen Augen gewölbt, dass sie kaum zu sehen waren. Gelangweilt öffnete und schloss er seine haarigen Fäuste, als wollte er wissen, ob sie noch gut funktionierten, wenn er in eine Schlägerei geriet, während Fietje seine Bommelmütze in den Nacken schob und einen kräftigen Schluck Bier nahm. Beide kannten Mamma Carlotta inzwischen lange und gut genug. Wenn sie derart aufgekratzt in die Imbissstube platzte, noch lauter und aufgekratzter als sonst, dann mussten sie sich darauf einstellen, dass eine lange Geschichte auf sie einprasseln würde, für die es keinen Schirm und keine Kapuze gab und keinen Ort, an dem sie sich unterstellen konnten.

»Allora, Signori …«

»Wie wär's erst mal mit einem freundlichen Moin«, knurrte der Wirt. »Was Sie da immer von sich geben, klingt ja, als wollten Sie einen erschießen oder zumindest schwer beleidigen. Auf Sylt begrüßt man sich anders, das sollten Sie mittlerweile wissen.«

Mamma Carlotta versuchte sich an dieser merkwürdigen Silbe, die ihr jedes Mal vorkam, als würde sie erst gekaut und dann ausgespuckt. »Moin.«

Die Erwiderungen fielen nicht besser aus. Toves Gruß klang keineswegs freundlich, und Fietje Tiensch grinste nur kurz und zog die Mütze wieder so tief wie möglich in die Stirn.

»Ich bin Morgenmuffel«, brummte er. »Das wissen Sie doch.«

»Sie sind ein Tagesmuffel«, konterte Mamma Carlotta und sah den Strandwärter von Wenningstedt pikiert an. »Wieso sind Sie nicht an Ihrem Arbeitsplatz?« Diese Frage stellte sie immer dann, wenn sie ärgerlich auf Fietje war. Sie wusste, dass sie damit einen wunden Punkt traf. Er hielt nichts von geregelten Arbeitszeiten, ließ sich am Strand von Wenningstedt nur blicken, wenn er glaubte, dass es dort etwas zu tun, zu kontrollieren, zu beaufsichtigen gab. Bei schlechtem Wetter, wenn sich keine Kinder in der Brandung tummelten, hielt er es nicht für nötig, sich in sein Strandwärterhäuschen zu setzen und die Gästekarten zu kontrollieren. Für die paar Feriengäste, die an der Wasserkante entlangspazierten, lohnte sich das doch nicht, fand Fietje Tiensch. Die Kurverwaltung sah das verständlicherweise anders, aber bisher hatte es nie etwas Schlimmeres als eine Verwarnung gegeben, sodass Fietje Tiensch sein Frühstück in Käptens Kajüte nach wie vor so weit ausdehnte, wie es ihm gefiel. Dieses Frühstück bestand aus zwei bis drei Gläsern Jever, die er entweder eilig herunterkippte, wenn die Sonne schien, oder genüsslich austrank, wenn kein ideales Strandwetter war.

An diesem Tag hatte er sich offenbar für die gemütliche Variante entschieden. »Am Strand ist noch nix los.«

Er würde also auf seinem Platz an der Theke hocken bleiben und seinem Frühstück gleich das Mittagessen hinzufügen, zwei bis drei weitere Biere.

Er pustete einen Wollfaden aus seinem Gesicht, der sich aus dem Rand seiner Bommelmütze gelöst hatte. Die trug er immer, tagaus, tagein, im Sommer genauso wie im Winter.

»Was ist mit Ihrer Mütze passiert?«, fragte Mamma Carlotta. »Sieht aus, als würde die aufribbeln.«

Fietje nahm den Faden, der über seinem rechten Auge hing, und stopfte ihn unter die Mütze. »Wird Zeit für eine neue«, meinte er. »Ich hab mich schon erkundigt. Im Hotel Horizont ist jede Menge Wolle abgegeben worden. Alles Spenden von freundlichen Bürgern.« Er holte tief Luft und wirkte so, als sei er mit einem Mal sehr erschöpft. Das war Fietje nach drei vollständigen Sätzen immer. Wie jemand so laut und lange reden konnte wie Mamma Carlotta, war ihm ein Rätsel. Wenn sie etwas loswerden wollte, was länger als der Verzehr einer Bratwurst oder das Trinken eines Bieres dauerte, staunte er sie immer an wie ein kleines Weltwunder.

»Das müssen Sie doch mitbekommen haben«, fuhr Tove für ihn fort. »Ihre Enkelin arbeitet im Horizont. Da findet dieses ... wie heißt das noch ...? Floras Sherry. Oder so. Jau, das findet dort statt.«

Mamma Carlotta jubelte. Noch ein Thema, über das sich zu reden lohnte! Und dabei hatte sie mit dem anderen noch nicht einmal angefangen! »Sie meinen den Häkelclub?« Sie legte die Unterarme auf die Theke und beugte sich vor, die Körperhaltung, in der es sich angenehm plaudern ließ. »Dieses englische Wort kann ja kein Mensch aussprechen.«

In einer Kurzfassung berichtete sie von dem wunderbaren Zusammensein am Vortag, von den netten Frauen, mit denen sie zusammengesessen, geplaudert und natürlich nebenbei auch einen Schal zu stricken begonnen hatte. Von den diversen Lebensläufen, die ihr zu Ohren gekommen waren. Von der Frau, die ihr, während sie putzige Eierwärmer mit Tiergesichtern häkelte, von ihrer Schwiegermutter erzählte, von der sie seit ihrer Eheschließung drangsaliert wurde. Und von der Krankenschwester, die während ihrer kargen Freizeit lieber für die Wohltätigkeit handarbeitete, als bei ihrem arbeitslosen Mann zu Hause zu sein, der alle Menschen hasste, die in Lohn und Brot standen. Nur die Anwesenheit ihres Enkels verschwieg sie, mit der sie sich noch nicht ganz abgefunden hatte.

Nachdem sie sich lang und breit über die Anzahl der Maschen bei dem Schal, den sie strickte, ausgelassen und eine Weile darüber lamentiert hatte, dass sie wundersamerweise mit dreißig Maschen pro Reihe begonnen hatte, nun aber bei achtundzwanzig angekommen war, brach sie ihre Erzählung ab, ohne dass es zu einem echten Höhepunkt gekommen war. Das war dem Wirt und dem Strandwärter neu. Carlotta Capella redete eigentlich immer so lange, bis eine Geschichte wirklich zu Ende war. Nicht nur das, sie fügte dem Ende auch immer noch eine Reihe von Vermutungen an, erst dann wandte sie sich dem nächsten Thema zu. In diesem Fall jedoch schien ihr eingefallen zu sein, dass es noch ein interessanteres Thema gab. So weit kannten der Wirt und der Strandwärter sie inzwischen.

Tove Griess runzelte misstrauisch die Stirn. Man merkte, dass er sich sorgte. Wenn die Schwiegermutter von Hauptkommissar Wolf die Mitteilungsfreude aus den Augen leuchtete, musste man sich auf etwas gefasst machen, das wusste er mittlerweile. Dann gab es noch ein weiteres Thema, das derart delikat war, dass es ans Ende ihrer Darbietungen geschoben worden war. So, wie es jeder Dramaturg handhabte, der das Spannendste an den Schluss setzte.

Da war es besser, das Gesprächsthema in eine andere Richtung zu lenken, wenn man in der nächsten Stunde seine Ruhe haben wollte. Wenn Tove auch keine Ahnung hatte, wo in diesem Fall die andere Richtung war. »Ich hab mich auch für Floras … Sherry beworben. Diese reiche Dame hätte mit ihrem Grüppchen auch bei mir handarbeiten können. Aber nein … es musste ja das Hotel Horizont sein. Bei mir war es der Dame nicht fein genug.«

Er schien auf Protest zu hoffen. Scheinbar sollte Mamma Carlotta empört erklären, dass es doch sehr nett sei in dieser Imbissstube, dass die erbsgrünen Bodenfliesen recht behaglich aussähen und die Holzvertäfelung, die das Fett von mindestens zehn Jahren eingesaugt hatte, sehr hübsch glänzte, und eigentlich sei es doch auch sehr lustig, dass das Mobiliar in Käptens Kajüte, die wenigen Tische und Stühle, fröhlich wackelten, trotz der Bierdeckel unter den Tischbeinen.

Aber Mamma Carlotta warf nur einen vielsagenden Blick auf die Papierdecken und Plastikblumen, auf die Marzipanhasen und Schokoladenweihnachtsmänner, die seit mehreren Jahren auf dem Sims über einem der Fenster standen. Zu der Musik sagte sie auch nichts, ließ sich nicht erklären, warum Tove sich an diesem Tag für Karnevalsschlager am laufenden Band entschieden hatte, und verriet ihm nicht, dass ihr *Es gibt kein Bier auf Hawaii* überhaupt nicht gefiel. So, wie sie sich die Bemerkung verbot, dass auch sie lieber im Hotel Horizont handarbeitete als hier, in Käptens Kajüte. Ebenso verbot sie sich, darüber zu reden, dass sie Flora Engelbeck, die bundesweit bekannte Charity-Lady, beim Ladendiebstahl erwischt hatte. Oder sollte sie doch …? Diese Neuigkeit brannte ihr unter den Nägeln und auf der Zunge. Etwas derart Interessantes für sich zu behalten, brachte sie beinahe zum Platzen. Wem konnte sie sich sonst anvertrauen? Den Kindern? Nein, mit derartiger Unmoral wollte sie die beiden nicht belasten. Vor allem Carolin nicht, die zurzeit oft mit Flora Engelbeck zu tun hatte und ständig mit ihrem Gerechtigkeitssinn würde kämpfen müssen, wenn die Charity-Lady Wünsche äußerte oder etwas zu beanstanden hatte. Erik? Madonna, er würde womöglich sofort ein Strafverfahren einleiten. Frau Kemmertöns? Auch nicht denkbar. Die würde das Schweigen ebenso wenig aushalten wie Carlotta, die eine oder andere Bemerkung fallen lassen, die dann in veränderter Form weitergetragen würde. Am Ende stünde ein Vorwurf im Raum, der mit dem tatsächlichen Vergehen Flora Engelbecks nichts mehr gemein hatte. Sie kannte das ja. Das war auf Sylt nicht anders als in Panidomino.

In Käptens Kajüte gelang so etwas besser. Tove und Fietje hörten sich immer alles an, ihnen fehlte jedoch die Gelegenheit, es weiterzuerzählen. Außerdem hatten sie gar keine Lust, mit Leuten Gespräche zu führen, die Interesse an Klatsch und Tratsch hatten. Die Entrüstung, die einem entgegenschlagen musste, wenn es Spaß machen sollte, etwas eigentlich Geheimes in ein anderes Ohr zu tuscheln, würde Carlotta sowieso nicht ernten. Dem Wirt und dem Strandwärter waren Untugenden viel vertrauter als anständiges Verhalten, sie würden vermutlich nur die Schultern zucken, wenn sie hörten, was sie zu berichten hatte, und am nächsten Tag alles vergessen haben. Aber sie würde sich einen kleinen Teil von der Seele geredet haben und sich leichter fühlen.

Vorsichtshalber ließ sie die beiden aber noch schwören, nichts von dem, was sie ihnen anvertrauen wollte, weiterzutragen, verlangte sogar, dass sie die Finger zum Schwur hoben, was Fietje nur ungern und Tove äußerst gelangweilt tat. »Eigentlich habe ich nämlich versprochen zu schweigen!«

Dann erzählte sie flüsternd, obwohl sich sonst niemand in der Imbissstube aufhielt, was sie bei Feinkost Meyer beobachtet hatte.

Wie erwartet, waren Tove und Fietje nicht sonderlich beeindruckt. »So was soll's geben«, meinte Tove, »dass reiche Leute Spaß am Klauen haben. Wegen dem Nervenkitzel.«

»Ne, das ist psychisch«, behauptete Fietje. »Klauen als Krankheit. Wenn die damit zum Doktor geht, kriegt sie eine Bescheinigung, und wenn sie später beim Ladendiebstahl erwischt wird, nicht mal 'ne Geldstrafe.«

Das fand Tove Griess, der schon mehr als einmal bei Erik erscheinen musste, weil es eine Anzeige wegen Ladendiebstahls gegeben hatte, unerhört. »Da sieht man's mal wieder. Die Kleinen hängt man, die Großen lässt man laufen.«

»Ich gehe da übrigens auch hin«, erklärte Fietje.

»Wohin?« Tove glotzte ihn verständnislos an.

»Zu Floras Charity.« Fietje gelang das englische R anstandslos. »Da stricke ich mir eine neue Bommelmütze. Ich brauch' Hilfe. Allein kriege ich das nicht hin.«

Tove tippte sich an die Stirn. »Da geht man nicht hin, wenn man zu geizig ist, sich Wolle zu kaufen, und zu blöd ist zum Stricken. Da macht man was für andere, was dann verkauft wird. Wohltätigkeit heißt das. Oder eben Sherry.«

»Genau«, bestätigte Mamma Carlotta. »Und der Erlös wird dann gespendet.«

»Na und?« Fietje wollte sich nicht beirren lassen. »Muss ja

keiner merken, dass die Mütze für mich ist. Außerdem kann ich dann ja noch eine stricken, wenn ich mit meiner fertig bin.«

»Da sind nur Frauen zugelassen«, ereiferte sich Mamma Carlotta.

»Das kann nicht sein. Wozu gibt's in Deutschland die Gleichberechtigung?«

»Madonna!«, flüsterte Carlotta. Was war nur aus den Männern geworden? Erst Felix und nun auch Fietje Tiensch!

Sie merkte nicht, dass Tove ihr einen Cappuccino hinstellte, und genauso wenig, dass sie die Tasse austrank. Als Tove jedoch ein Weinglas auf die Theke stellte und eine Flasche mit dem Rotwein aus Montepulciano hervorholte, den sie am liebsten trank, war Schluss mit ihren Bemühungen, die neuen Regeln der modernen Zeit zu erlernen. In diesem Punkt sollte jedenfalls alles beim Alten bleiben. »No, Signor Griess! Kein Alkohol, bevor die Sonne untergegangen ist.« Sie schob das Glas beiseite und bestellte sich einen weiteren Cappuccino. »Jetzt wird es aber Zeit, dass ich Ihnen erzähle, weswegen ich eigentlich gekommen bin. Allora … ich war gestern mit den Kindern in List …«

Sören sah auf die Uhr, als sie nach Wenningstedt hineinfuhren. »Wir sollten Ihrer Schwiegermutter Bescheid sagen, damit sie nicht mit dem Essen auf uns wartet. Wenn Carolin recht hat und wir wirklich auf ein Mordopfer stoßen …« Er führte den Satz nicht zu Ende, sondern holte sein Handy hervor und wählte die private Telefonnummer seines Chefs. Aber niemand nahm ab. »Wahrscheinlich ist sie bei Feinkost Meyer.«

Zum Glück sprang der Anrufbeantworter an. Sören drückte sein Bedauern in so schönen und berührenden Worten aus, dass Erik lächeln musste. »Vielleicht schaffen wir es heute Abend pünktlich, dann freuen wir uns, Ihr Schwiegersohn und ich, wenn wir das Mittagessen aufgewärmt bekommen.«

Er steckte sein Handy zurück, als sie in den Hochkamp einbogen. Die Tür von Käptens Kajüte stand offen, und Erik warf einen Blick nach links. Dann sah er kopfschüttelnd wieder geradeaus. »Da saß eine Frau an der Theke, die aussah wie meine Schwiegermutter.« Aber als er nach rechts einbog, war das, was er gesehen hatte, schon wieder vergessen.

Er stellte den Wagen nicht auf dem Parkplatz ab, sondern ließ ihn einfach vor dem Hoteleingang stehen. Ein Kriminalbeamter im Einsatz durfte das.

Carolin lief ihm entgegen, als er in die Lobby trat. »Endlich!«

Erik hatte das Gefühl, einen Vorwurf zu hören zu bekommen. »Wir sind sofort losgefahren.«

»Ja, ja.« Carolin warf einen Blick zurück, wo der Chef der Rezeption stand und den Versuch machte, trotz der ungeheuren Vorkommnisse in diesem Hause Ruhe und Zuverlässigkeit auszustrahlen. »Das Zimmermädchen hat ihn gefunden. Als sie mit der Arbeit fertig war und sich bei ihm noch immer nichts rührte, hat sie ins Zimmer geschaut.«

»Und sie hat sofort gemerkt, dass er tot ist?«

Carolin schluckte. »Nach dem, was sie erzählt hat, konnte es keine großen Zweifel geben.«

Nun wurde Carolin an die Rezeption zurückgewinkt, und der Hotelier erschien auf der Bildfläche. Adolf Gravenaar stellte sich mit seinem kompletten Namen vor, so als wäre er stolz auf seinen Vornamen. Erik betrachtete ihn kurz. Gravenaar konnte nicht älter als sechzig sein, musste also nach dem Krieg geboren sein. Was waren das für Eltern, die ihren Sohn in den Fünfzigerjahren auf den Namen Adolf taufen ließen?

»Es ist schrecklich«, stöhnte er. »Ob das ein schlechtes Omen ist? Ich habe mir lange überlegt, ob ich den Laden kaufen soll, und mir meine Entscheidung wirklich nicht leicht gemacht. Und nun das!« Er wischte sich über die schweißnasse Halbglatze, und Erik gefiel der Gedanke nicht, dass er ihm kurz vorher noch die Hand gereicht hatte. Wie oft mochte Adolf Gravenaar sich an diesem Tag schon den Schweiß vom Kopf gewischt haben?

»Wer ist der Tote?«, unterbrach Erik das Lamento des Hoteliers.

»Gunnar Thomann!« Der Tonfall, in dem Gravenaar antwortete, zeigte Erik, dass es sich um einen Mann handelte, der entweder reich oder populär oder beides war. Selbst ihm, der sich nicht in der Promiszene auskannte, kam der Name vage bekannt vor.

»Ein Filmproduzent«, antwortete Sören, der sich besser auskannte als sein Chef. »Ich habe schon gehört, dass er auf Sylt ist. Sein nächster Film soll auf der Insel spielen.«

Adolf Gravenaar nickte eifrig. »Ich hoffe, mein Hotel kommt vor.«

Erik wies in die Richtung, in der es zu den Zimmern ging. »Führen Sie uns bitte zu ihm.«

Der Anblick war wirklich schrecklich. Was er mit dem Zimmermädchen angerichtet hatte, mochte Erik sich gar nicht vorstellen. Der Hotelier hatte vorsichtig aufgeschlossen, so als hätte er Angst, jemanden zu wecken. Dann war er schnell beiseitegegangen, als fürchtete er sich davor, versehentlich einen Blick in das Zimmer zu werfen. Mit dem Rücken an der Wand war er stehen geblieben und hatte die Polizeibeamten eintreten lassen.

Erik schloss die Tür hinter sich, nachdem Sören an seine Seite getreten war. Dass es in diesem Raum kein Leben mehr gab, war nicht nur zu sehen, sondern vor allem zu riechen und auch zu spüren. Der Tote lag auf der Seite des Doppelbettes, das dem weit geöffneten Fenster zugewandt war, auf seiner linken Seite. Hätte er die Augen geöffnet, wäre sein Blick ins Zimmer gegangen. Sein Kopf lag in einer riesigen Blutlache, das Gesicht allerdings war unversehrt. Das Blut war scheinbar in Strömen aus der Stichverletzung ausgetreten. Das Messer, das noch in seinem Hals steckte, hatte augenscheinlich die Hauptschlagader getroffen. Das Blut war aus der Wunde hinausgeströmt, über den Hals, die Schulter, auf die Brust, von dort aufs Bett, aufs Laken, auf den Bezug. Das Bett unter der Leiche war blutgetränkt. Der Mann war allem Anschein nach im Schlaf überrascht worden. Der Angriff musste derart unvermittelt und so zielsicher gekommen sein, dass er nicht erwacht war.

Erik hörte, dass Sören die Tür öffnete und mit dem Hotelbesitzer sprach, der es wohl nicht gewagt hatte, wieder in sein Büro zu gehen. »Der Gerichtsmediziner wird jeden Augenblick eintreffen, die Spurensicherung auch. Sorgen Sie dafür, dass die Kollegen schnell in dieses Zimmer kommen.«

Prompt begann das Wehklagen, das Erik kannte. Hotel- und Geschäftsbesitzer waren immer in allergrößter Sorge, dass das Erscheinen der Polizei ihnen die Kunden vergraulte.

»Wenn Sie nicht möchten, dass es jemand merkt«, hörte er Sören sagen, »müssen Sie eben dafür sorgen, dass sie ungesehen ins Haus kommen.« Seine Stimme wurde nun schärfer. »Jedenfalls können wir nicht warten, bis es dunkel wird und Ihre Gäste schlafen.«

Das sah Adolf Gravenaar ein, trotzdem versuchte er einen letzten Einwand: »Wir haben noch einige Mittagsgäste im Restaurant.«

Darauf ging Sören nicht ein. »Sorgen Sie bitte auch dafür, dass Ihre Mitarbeiter gleich für eine Befragung zur Verfügung stehen. Vielleicht müssen wir auch mit einigen Gästen reden.« Das Gewimmer des Hoteliers wischte er mit dem nächsten Satz zur Seite: »Sie können sich schon mal überlegen, wo wir die Befragungen durchführen können.«

Die Behauptung, es gäbe im ganzen Hotel kein einziges freies Zimmer, das für die Befragung von mehreren Menschen geeignet sei, hörte Sören sich nicht mehr an. Die Tür fiel ins Schloss, Sören kehrte an Eriks Seite zurück.

Schweigend sahen sie eine Weile auf den Toten herab, dann ging Sören zum Fenster. »Hier muss er reingekommen sein.

Leichtsinnig, bei offenem Fenster zu schlafen. Jedenfalls dann, wenn das Zimmer im Parterre liegt.« Er beugte sich heraus. »Hochparterre«, korrigierte er. »Trotzdem nicht einfach, an der Wand hochzukommen.«

»Vorsicht«, warnte Erik. »Dass Sie bloß keine Spuren verwischen.«

»Bin ich ein Anfänger?«

Erik kam nicht dazu, sich zu entschuldigen, denn in diesem Moment wurde an die Tür gepocht. Die KTU! Anscheinend war Adolf Gravenaar nicht schnell genug gewesen. Kommissar Vetterich, der Leiter der Kriminaltechnischen Untersuchungsstelle, und seine Leute waren durch die Lobby getrampelt. Sicherlich hätte der Hotelier sie lieber durch den Innenhof gelotst und durch die Hintertür ins Haus gelassen. Das wäre den Spurensicherern im Übrigen auch lieber gewesen. Kommissar Vetterich war froh, als er von Erik hörte, dass er den Wagen mit allen Gerätschaften im Innenhof abstellen und sich so weite Wege ersparen konnte.

»Sie haben nichts angefasst?«

Nun war es Erik, der antwortete: »Bin ich ein Anfänger?«

Kommissar Vetterich winkte ab. »Könnte ja sein, dass Sie feststellen wollten, ob er noch lebt.« Er war so schnell nicht durch kurz angebundene Entgegnungen zu kränken. Eher im Gegenteil. Vetterich konnte Langatmigkeit nicht ausstehen. Wenn er die Schwiegermutter des Kriminalhauptkommissars traf, nahm er immer am liebsten Reißaus.

Dr. Hillmot war ebenfalls schnell auf Posten. Erik öffnete die Tür schon, bevor es klopfte. Das Schnaufen und die schweren Schritte waren auch durch die geschlossene Tür zu hören. Und Dr. Hillmots wütende Stimme erklang schon, als er draußen merkte, dass drinnen jemand zur Klinke griff. »Verdammt noch mal! Muss das denn sein? Eine Leiche kurz vor der Pensionierung! Hätte das nicht eine Woche Zeit gehabt? Dann wäre ich nicht mehr zuständig gewesen.«

Erik ließ den dicken Gerichtsmediziner eintreten und warf einen Blick in den Flur. Mehrere erschrockene Gesichter ließen sich blicken. Aus zwei Türen schauten Hotelgäste, zwei weitere schielten durch den Eingang, der vom vorderen Teil des Hotels in den Anbau führte. Kurz darauf sah Erik, dass auch im Innenhof ein paar Gäste erschienen.

»Sagen Sie Gravenaar«, bat er Sören, »dass er niemanden in den Innenhof lassen darf. Die Leute zertrampeln wertvolle Spuren.«

Sören nickte und lief hinaus. Aber Erik schüttelte den Kopf und sah Kommissar Vetterich bedauernd an. »Ich glaube, da draußen ist heute schon einiges los gewesen. Sollte mich wundern, wenn Sie vor dem Fenster Spuren finden.«

Vetterich war Kummer gewöhnt und nickte nur. »Aber sicherlich am Fenster oder vielleicht auch noch direkt davor. Wenn der Kerl die Mauer herauf ist …« Er blickte aus dem Fenster. »Kann ich mir aber eigentlich nicht vorstellen.« Er zuckte mit den Schultern. »Vielleicht hat er eine Leiter gehabt?«

Erik ging auf den Flur, weil das Zimmer zu klein war, um alle aufzunehmen, die jetzt dringend ihrer Tätigkeit nachgehen mussten. »Eine Leiter? Dann musste es in dunkler Nacht geschehen sein. Die wäre doch jemandem aufgefallen. Wer eine Leiter vor einem geöffneten Fenster sieht, schlägt Alarm. Oder?«

Während Dr. Hillmot und die KTU im Zimmer des Toten arbeiteten, ging Erik in die Lobby, wo Carolin allein hinter der Rezeption stand. »Das Tor zum Innenhof ist nachts abgeschlossen?«

Sie sah sich um, als wollte sie etwas Verbotenes sagen, das niemand hören sollte. »Früher war es so. Aber Herr Gravenaar nimmt das nicht so genau. Eigentlich sollte der Innenhof nachts verschlossen sein. Er sagt das auch allen Gästen, damit sie keine Angst haben. Ich habe gestern noch gehört, dass er jemanden beruhigt hat, der sich fürchtete, bei offenem Fenster zu schlafen.« Sie ahmte den Ton ihres Chefs nach. »Keine

Sorge, hier kann Ihnen nichts passieren. In der Nacht kommt niemand in den Innenhof.« Nun tuschelte sie ihrem Vater zu: »Aber ob das Tor wirklich abgeschlossen war?« Sie zuckte mit den Schultern.

Adolf Gravenaar kam dazu, winkte Erik und Sören in sein Büro und gab Carolin und dem Chef der Rezeption, der gerade neben ihr erschienen war, einen Wink. Anscheinend sollten sie alles tun, damit niemandem auffiel, dass im Hotel Horizont ein Mord geschehen war.

Die Frage, ob der Innenhof in der Nacht verschlossen gewesen war, brachte ihn prompt ins Schwitzen. Carolin hatte recht gehabt, er wusste nicht einmal, wer dafür zuständig war. Natürlich beteuerte er, dass er die Anweisung gegeben habe, aber dass er jemals überprüft hatte, ob sie befolgt worden war, konnte er nicht behaupten. Erik war sicher, dass irgendein völlig Unschuldiger dafür würde büßen müssen, dass ein Mörder in den Innenhof des Hotels gelangt war.

Carolin würde es nicht sein, das beruhigte ihn. Gravenaar würde es nicht wagen, der Tochter des Ermittlers etwas anzuhängen. Das ließ der Hotelier auch sogleich durchblicken, indem er nebenbei erwähnte, wie zufrieden er mit seiner Auszubildenden sei, und wie leid es ihm täte, dass sie es schon so kurz nach ihrem Arbeitsantritt mit etwas so Schrecklichem wie einem Mord zu tun bekam. »Aber wenn der Vater Kriminalbeamter ist, kennt sie sich mit solchen Horrormeldungen vermutlich aus.«

Erik antwortete nicht darauf, sondern fragte nach dem Toten. »Was wissen Sie über … wie hieß er noch gleich?«

»Gunnar Thomann.« Gravenaar stand auf und holte einen Ordner mit den Anmeldeunterlagen hervor, bevor Erik danach fragte. Dort herrschte Ordnung, er hatte sofort den richtigen Anmeldebogen zur Hand und auch den Mailwechsel, der zur Buchung des Zimmers geführt hatte. Damit besaß Erik sämtliche Kontaktdaten des Opfers: Mailadresse, Festnetznummer,

Mobiltelefonnummer und die Adresse seiner Firma in Flensburg. »Seine Privatadresse haben Sie nicht?«

Adolf Gravenaar bedauerte. »Seine Rechnung sollte an die Firma geschickt werden.«

Erik winkte ab. An Gunnar Thomanns Privatanschrift zu kommen würde kein Problem sein.

»Was wissen Sie über Thomann? Ist Ihnen irgendwas während seines Aufenthaltes aufgefallen?« Er blickte auf den Anmeldebogen. »Er wohnt immerhin schon fast zwei Wochen hier.«

Gravenaar hob die Hände und ließ sie ausdrucksvoll wieder fallen. Und wieder wischte er sich über den Schädel, damit die Schweißperlen nicht auf die Schreibtischplatte tropften. Der Mann war ein einziges Nervenbündel. Erik gab sich Mühe, all das zu vergessen, was Carolin über Gravenaar erzählt hatte. Sie mochte ihren Chef nicht besonders. Er sei ein Choleriker, hatte sie erzählt, ungerecht, besserwisserisch und leicht von Titeln, Geld und protzigem Gebaren zu beeindrucken. Schon kurz nach den ersten Erfahrungen mit ihm hatte Carolin verkündet, dass sie sich nach Beendigung ihrer Ausbildung sofort einen neuen Arbeitsplatz suchen wolle. Erik war froh gewesen, dass sie nicht auf die Idee gekommen war, die Lehrstelle an den Nagel zu hängen, nur weil ihr der Chef nicht gefiel. Aber … dass er ihr nicht gefiel, konnte er gut nachempfinden. Mit Adolf Gravenaar hätte er selbst auch nicht gern zusammengearbeitet.

»Schauen Sie im Internet nach«, schlug Gravenaar vor. »Da können Sie alles über ihn lesen. Der Mann ist in der Branche bekannt wie ein bunter Hund.« Und natürlich kam der Satz, den Erik erwartet hatte: »Ich kümmere mich selbstverständlich nicht um das Privatleben meiner Gäste.«

»Hatte er Kontakt hier im Hotel? Hat er mit irgendwelchen Leuten gesprochen? Hat er sich mit jemandem getroffen?«

Aber Gravenaar zuckte mit den Schultern. »Schon möglich. Ich habe ihn mal im Restaurant mit zwei Herren gesehen, da ging es wohl um Berufliches.« Er stand auf und winkte den Rezeptionisten herein. »Herr Winter! Haben Sie nicht mal mit Herrn Thomann geredet?«

Herr Winter war ein Mann um die vierzig, der sich große Mühe gab, so Respekt einflößend zu wirken wie ein Sechzigjähriger. Erik konnte sich an seinen Vorgänger erinnern, der nach dem Konkurs des Frangiflutti schnell einen anderen Arbeitsplatz auf dem Festland gefunden hatte. Er war so gewesen, wie Herr Winter gerne wäre.

»Er hat mir mal erzählt, dass er auf Sylt sei, um sich die Insel in Ruhe anzusehen. Er wollte nach geeigneten Schauplätzen suchen und hat mich gelegentlich etwas gefragt. Zum Beispiel historische Einzelheiten.« Herr Winter straffte sich. »Da habe ich ihn an das Archiv in Westerland verwiesen. Oder er wollte einen Kontakt mit Herrn Gosch haben, weil in einem der Restaurants ein paar Szenen spielen sollten. Ich konnte ihm die Kontaktdaten vermitteln.«

»Aber nichts Persönliches?«, hakte Erik nach.

Herr Winter schüttelte bedauernd den Kopf. Als er gehen wollte, stoppte er in der offenen Tür, trat zurück und ließ Kommissar Vetterich herein.

»Haben Sie was Interessantes gefunden?«, fragte Sören.

Die Antwort ging in die Richtung des Hotelbesitzers. »Der Tote ist letzte Nacht nicht allein gewesen.«

Tove Griess glotzte Mamma Carlotta ungläubig an, und auch Fietje Tiensch vergaß sein Jever und hob den Kopf.

»Sie haben einen Kerl wiedererkannt«, fragte Tove misstrauisch, »den Sie seit dreißig Jahren nicht gesehen haben?«

»Der hatte sich gar nicht so sehr verändert«, behauptete Mamma Carlotta schnell, als sie merkte, dass ihr nicht geglaubt wurde.

»Und was hat der nun genau verbrochen?«, erkundigte sich Fietje, der mal wieder nicht mitgekommen war, weil Mamma

Carlotta redete wie ein Maschinengewehr, vor dem sich jeder vernünftige Mensch lieber in Sicherheit brachte, ohne auf jeden einzelnen Schuss der Salven zu achten.

Sie kämpfte mit ihrer Ungeduld. »Meine Cousine Violetta ist von diesem Mann schwer hintergangen worden.« Sie sah Fietje streng an. »Sie kennen das doch. Eine Frau ausnutzen und sie dann fallen lassen und verschwinden.«

»Er hat ihr ein Kind angehängt?«, fragte Fietje, der natürlich genau wusste, worauf Mamma Carlotta anspielte. Es war erst ein paar Monate her, da hatte Fietje erkennen müssen, dass eine Liebschaft in Italien, die lange zurücklag, ihn zum Vater gemacht hatte, ohne dass er es geahnt hatte.

»Zum Glück nicht«, antwortete Carlotta. »Aber er hat ihr die Ehe versprochen. Violetta hatte alles für ihn aufgegeben, war von zu Hause ausgerissen, hatte sich in seinem Zirkuswagen versteckt und war mit ihm weitergezogen. Madonna, war das ein Theater damals! Meine Tante und mein Onkel waren außer sich. Sie dachten, ihre Tochter sei entführt worden.«

»Hatten sie denn Kohle?«, fragte Tove.

»No, sie waren arm wie … wie sagt man? Topi di chiesa?«

»Kirchenmäuse«, übersetzte Fietje.

»Sì, so arm waren sie. In Calabria gibt es keine reichen Leute. Das Armenhaus von Italia, so sagt man. Der kleine Bauernhof hat sie nur mit Mühe ernährt. Der alte Capotto, der Zirkusdirektor, war auch in Kalabrien geboren, und sein Zirkus ist nie bis nach Umbrien oder gar in die Toskana gekommen. Ein so erbärmlicher Circo! Ein paar magere Pferde, ein alter Elefant, ein armseliges Kamel! Capotto hat immer erst den Tieren etwas in ihren Trog getan, bevor la famiglia etwas zu essen bekam. Wissen Sie, was es kostet, Zirkustiere zu ernähren?«

Tove und Fietje hatten keine Ahnung, wollten es aber auch gar nicht so genau wissen.

»Der Jongleur und die Trapezkünstlerin mussten manchmal hungern. Wie soll man mit knurrendem Magen sieben Ringe auf einmal in die Luft werfen oder sich an ein Trapez hängen? Im Circo Capotto hat es keiner lange ausgehalten, nur la famiglia. Der blieb ja nichts anderes übrig.«

»Der Inselzirkus hat gepfefferte Preise«, überlegte Fietje, als wollte er nicht an die Überlebensschwierigkeiten eines Zirkus glauben.

»Auf Sylt gibt es genug Leute, die sie bezahlen können«, unterbrach Mamma Carlotta. »In Calabria nicht. Da gibt niemand Geld für so was aus. Da sind alle froh, wenn sie genug fürs tägliche Leben haben. So war es mit Violettas Familie auch. Meine Cousine wollte ja immer raus! Raus aus den ärmlichen Verhältnissen. Immer nur Lavoro, arbeiten, nie ein Vergnügen. Und keine Zeit für Kunst. Dabei wäre Violetta so gerne Tänzerin geworden. Wenn sie ihre Pantoffeln anzog, die mit den dicken Sohlen und der schweren Kappe, dann konnte sie sogar auf der Spitze tanzen. Madonna! Auf jeder Familienfeier musste sie ihren Spitzentanz vorführen.« Mamma Carlotta schwang die Arme anmutig hin und her, um Tove und Fietje einen Eindruck davon zu vermitteln, womit Violetta früher die Verwandten zum Staunen gebracht hatte.

»Passen Sie doch auf!« Tove brachte im letzten Moment sein Usambaraveilchen in Sicherheit, das schon seit Jahren seine Theke zierte und beinahe ins Spülwasser gefallen wäre. Was ihm vielleicht sogar gutgetan hätte, dann wären die Plastikblätter und -blüten endlich von dem Fettfilm befreit worden, der ihnen schon lange anhaftete.

»Violetta wollte so gerne auf einer großen Bühne tanzen, aber wie sollte das gehen? Sie wusste, das würde niemals klappen. Also beschloss sie, sich einen Mann zu suchen, der sie aus Kalabrien und den ärmlichen Verhältnissen rausholte. In ein besseres Leben.«

»Da war so ein Zirkusheini ja genau der Richtige«, sagte Tove verächtlich.

Mamma Carlotta seufzte. »Violetta hat wohl nur an das

Abenteuer gedacht. Sie meinte wirklich, mit Renato würde alles anders.«

»Wurde es sicherlich auch«, meinte Fietje. »Noch schlimmer.«

»Sì, sì.« Mamma Carlotta war noch immer bekümmert, wenn sie daran dachte, was ihrer Cousine widerfahren war. »Sie glaubte wohl wirklich, sie hätte das große Los gezogen. Renatos Tante war Seiltänzerin. Allora ... das Seil war so dick wie ein Schiffstau, und es hing höchstens dreißig Zentimeter über dem Boden, weil sie öfter herunterfiel und sich nicht die Füße brechen wollte ... aber für Violetta war sie trotzdem eine große Künstlerin, weil die paar Leute, die zu einer Zirkusvorstellung kamen, ihr applaudierten. So etwas wollte sie auch, als Renatos Tante ihr einredete, sie sei sehr begabt. Violetta hat geübt und geübt ... und dabei wohl gar nicht gemerkt, dass sie Renato immer mehr auf die Nerven ging. In irgendeinem dreckigen Dorf hat er sie dann einfach zurückgelassen und ist ohne sie weitergezogen. Violetta blieb nichts anderes übrig, als nach Hause zurückzugehen. Dio mio, was hat mein Onkel sie verprügelt! Und der Sohn des Bäckers, der sich einmal für sie interessiert hatte, wollte nichts mehr von einer Verlobung wissen. Dabei hatte Zia Galatea sich schon große Hoffnungen gemacht, demnächst ihr Brot billiger zu bekommen. Aber ein Mädchen, das mit einem Mann vom Zirkus durchgebrannt war, wollte keiner mehr. Nicht einmal Angelo, der alte Witwer, der eine Frau für seine sechs Bambini brauchte.«

»Gibt's den Zirkus immer noch?«, erkundigte sich Tove.

»No, no! Renato wurde von einem großen Zirkus abgeworben. Er war ja der Einzige, der als Artist etwas taugte. Danach konnte Capotto dichtmachen.«

»Und nun?« Tove holte noch einmal die Weinflasche hervor. »Brauchen Sie nicht doch einen Rotwein aus Montepulciano?«

Mamma Carlotta tat so, als hätte sie seine Frage nicht gehört, als wäre sie derart gedankenschwer, dass sie gar nicht mitbekam, was Tove tat, und als merkte sie nicht, dass sie am helllichten Tag einen Rotwein trank, der ihr garantiert nicht bekommen würde.

Aber es ging ihr besser, als sie das Glas geleert hatte und damit auch den Rest der Geschichte losgeworden war. Es tat gut. Sie hatte sich alles von der Seele geredet und war sogar auf Interesse gestoßen. Oft genug hatte sie erlebt, dass Tove Griess ihre Neuigkeiten sofort wieder vergaß und Fietje Tiensch nicht einmal aufmerksam zuhörte. Aber diesen Fall fanden sogar die beiden spannend, obwohl sie ihn andererseits offen anzweifelten. »Nach so vielen Jahren! Wie können Sie da so sicher sein? Wie oft haben Sie ihn überhaupt gesehen?«

Nur ein einziges Mal, musste Mamma Carlotta zugeben. Sie war zur Silberhochzeit von Violettas Eltern gefahren und ein paar Tage länger geblieben. Während dieser Zeit war der Zirkus Capotto in dem kalabrischen Dorf aufgetaucht und Violetta auf der Stelle in Schwärmerei verfallen. Carlotta war froh gewesen, dass sie, als sich ihre Cousine entschloss, Renato Capotto zu folgen, schon wieder nach Panidomino zurückgekehrt war. Am Ende hätte man sie noch der Mittäterschaft bezichtigt. Dabei hatte sie genauso wenig wie alle anderen damit gerechnet, dass ihre Cousine sich zu diesem großen Schritt entschloss. Angekündigt hatte sie ihn, das hatte Carlotta damals aber vorsichtshalber verschwiegen, sonst wäre ihr vorgeworfen worden, Violetta nicht zurückgehalten zu haben. »Ich hätte niemals gedacht, dass sie es wirklich tut.«

Der Abend mit den Kindern war wunderbar gewesen. Auf dem großen Parkplatz am Lister Hafen, der zum Erlebniszentrum Naturgewalten und zum Gosch-Zentrum gehörte, war ein großes weißes Zelt errichtet worden, das keine Ähnlichkeit mit dem mehrfach geflickten und schmuddeligen kleinen Zelt der Capottos hatte. Es war durch viele flexible Anbauten erweitert worden, in denen sich die Büroräume und die Toilettenanlagen befanden, und einen großzügigen Eingangs- und Pausenbereich, der sogar eine Bar enthielt.

Trotzdem war Carlotta im ersten Augenblick enttäuscht gewesen. Das war kein Zirkus. Was hier geboten wurde, nannte sich ja auch Varieté, aber sie hatte geglaubt, das sei nur ein moderner Name für Zirkus. Doch sie merkte schnell, dass sie sich geirrt hatte. Zwar gab es auch hier ein großes Rund, von Zuschauerreihen umstanden, aber es wurde nicht Manege, sondern Bühne genannt. Es gab auch keinen Zirkusdirektor, sondern einen Conférencier, der durch das Programm führte, nicht mit viel Prahlerei und Übertreibungen, wie es früher die Art der Zirkusdirektoren gewesen war, die Sensationen ankündigten, wenn es gar keine waren, sondern mit viel Witz und Charme. Ihm ging es darum, die Leute zum Lachen zu bringen, während sie informiert wurden, was als Nächstes auf dem Programm stand.

Nach der vorerst enttäuschenden Erkenntnis, dass ein Varieté etwas anderes war als ein Zirkus, war Mamma Carlotta begeistert gewesen. Sie hatte die Schlangenmenschen bewundert, die Bodenakrobaten, den Artisten, der in einem ständig kreiselnden, mannshohen Ring waghalsige Tricks vollführte, die junge Frau, die mit unzähligen Hula-Hoop-Reifen ihre Zuschauer zum Schwindel brachte, und den Clown, der kein bisschen an den Hanswurst aus dem Zirkus Capotto erinnerte, sondern intelligente Späße machte und auch nicht wie ein Clown geschminkt war. Und schließlich hatte Carlotta die gleiche Spannung empfunden wie alle anderen, als der Jongleur angekündigt wurde. Mit Worten, die einem Superstar zur Ehre gereicht hätten. Ein Artist mit jahrelanger Zirkuserfahrung, mit diesen Worten wurde er avisiert, der Sohn eines Zirkusdirektors, ein Mann, der im Zirkus groß geworden war, ein Vollblutartist, der viele Talente besaß und in mehreren Künsten Hochleistungen vollbrachte. Im Fliegenden Varieté würde er als Geschicklichkeitskünstler beeindrucken, der angeblich auf der Welt einmalig war.

»Mago! Der Zauberer der Jonglage, mit seiner Partnerin Peggy!«

Als er hinter dem Vorhang hervorkam, war Mamma Carlotta schnell klar geworden, wen sie da sah. Mago war Renato Capotto, da war sie ganz sicher. Dreißig Jahre älter, grauhaarig, faltiger, aber immer noch schlank und drahtig und sogar noch attraktiv. Erst recht, als er, während er den Applaus entgegennahm, an den Rand der Manege trat und sich lächelnd verbeugte. Sie hatte ihm ins Gesicht sehen können und war daraufhin ein Wagnis eingegangen.

»Renato!«, hatte sie gerufen. Sie wollte es einfach wissen und ließ sich nicht von ihren peinlich berührten Enkelkindern zurückhalten. »Renato!«

Aber er hatte keine Reaktion gezeigt. Er war hinter der Bühne verschwunden, gefolgt von dem Applaus, den er sich wirklich verdient hatte. Nur seine Partnerin hatte einen Blick zurückgeworfen, ehe sie hinter dem Vorhang verschwand.

»Zu Hause habe ich natürlich sofort Violetta angerufen.« Mamma Carlotta blickte auf die Uhr und rutschte von ihrem Barhocker. »Madonna, hat die gekreischt! Die Kinder ihres Bruders sind aufgewacht und haben geweint.« Sie zog sich ihre Jacke über und legte ein paar Münzen auf die Theke. »Nun muss ich aber gehen. Das Mittagessen kocht sich nicht von selbst.«

Fietje winkte ihr lachend nach. »Bis später, Signora. Wir sehen uns im Horizont.«

Vetterich blieb dabei: »In dem Doppelbett hat eine zweite Person geschlafen. Und im Badezimmer gibt es auch jede Menge Spuren von einer zweiten Person. Ich vermute, eine Frau. Wir haben unter der Heizung einen Tampon gefunden und auf der Fensterbank einen Lippenstift.«

Adolf Gravenaar fiel aus allen Wolken. »Das ist ja unerhört! Sie meinen, er hat eine Frau in sein Zimmer geschmuggelt? Ein Doppelzimmer genutzt und ein Einzelzimmer bezahlt?«

Dazu wollte Vetterich nichts sagen. Das interessierte ihn

nicht. Ihm ging es nur darum, zu erfahren, ob diese Frau bekannt war. »Dann brauche ich die Spuren nicht umständlich auszuwerten. Dann muss ich sie nur vergleichen.«

Aber der Hotelier schüttelte heftig den Kopf. »Herr Thomann hat ein Einzelzimmer gebucht. Wir haben im Hotel aber nur Doppelzimmer. In einem solchen Fall wird natürlich das Doppelzimmer als Einzelzimmer vergeben und entsprechend abgerechnet.« Er sprang auf und lief zur Rezeption, wo sich Carolin von Herrn Winter gerade etwas erklären ließ. Sören merkte, was er vorhatte, sprang ebenfalls auf und lief ihm nach. In diesem Augenblick schüttelten Winter und Carolin schon heftig die Köpfe.

Erik hörte, wie Sören sagte: »Die Befragungen übernehmen wir selbst, Herr Gravenaar. Sagen wir … in zwei Stunden? Bis dahin können Sie mir sicherlich eine Liste der Mitarbeiter ausdrucken, die Herrn Thomann kennengelernt haben. Und natürlich die Zimmermädchen, die sein Zimmer geputzt haben.«

»Die sind nicht alle im Haus.«

»Dann sorgen Sie bitten dafür, dass sie in zwei Stunden da sind.« Das Knurren, das Erik hörte, sollte wohl Zustimmung sein. »Und natürlich müssen wir leider auch mit einigen Gästen sprechen. Mit welchen, das lassen wir Sie noch wissen.«

Erik hatte sich mittlerweile auch erhoben, war zu Sören gegangen, und gemeinsam kehrten sie zu Thomanns Zimmertür zurück, hinter der noch eifrig gearbeitet wurde. Sie klopften leise und wurden hereingelassen.

Dr. Hillmot richtete sich gerade auf, schwitzend und stöhnend. »Immerhin liegt meine letzte Leiche auf dem Bett und nicht auf dem Boden. Eine freundliche Geste des Schicksals.« Er sah Erik streng an. »Ich hoffe doch, dass es meine letzte ist.« Als könnte Erik aus purer Niedertracht dafür sorgen, dass sich ein weiterer Mord auf der Insel ereignete.

»Schon irgendwelche Erkenntnisse?«, fragte Erik.

Dr. Hillmot schüttelte den Kopf. »Nur das, was offensichtlich ist. Das Opfer wurde im Schlaf erstochen.«

Einer der Spurensicherer ergänzte: »Mit einem sehr guten Küchenmesser. Ziemlich neu. Hervorragende Klinge.«

»Spuren?«

»Auf den ersten Blick nicht. Mal schauen, was wir auf den zweiten Blick finden.«

»Tatzeit?« Diese unbeliebte Frage richtete sich wieder an Dr. Hillmot.

»Das kann ich nur sehr vage sagen«, kam es so verärgert zurück, wie Erik erwartet hatte. »Vor sechs bis acht Stunden etwa.«

Erik sah auf die Uhr. »Jetzt ist es zwei. Also am frühen Morgen?« Er rechnete nach und ergänzte: »Vermutlich im Morgengrauen? Vor sechs Stunden war es acht Uhr. Dann sind schon viele Gäste auf den Beinen.«

»Vielleicht auch fünf Uhr oder sechs Uhr.«

»Warum hat niemand etwas davon mitbekommen? Das Fenster war offen. Ein Schrei müsste doch gehört worden sein.«

Dr. Hillmot schüttelte den Kopf. »Ich bezweifle, dass er noch zum Schreien gekommen ist. Da war jemand am Werk, der genau wusste, wie und wo er zustechen musste.«

»Mit aller Kraft?«, vermutete Erik. »Messerstecher agieren im Blutrausch.«

»Ich weiß, was Sie meinen«, antwortete Dr. Hillmot. »Opfer einer Messerattacke reagieren oft verzögert. Sie bleiben zunächst stehen, sodass der Täter meint, sein Angriff sei erfolglos gewesen. Sie stechen dann mehrmals zu, sodass es wie eine Tat im Blutrausch aussieht. Das muss nicht immer stimmen. In diesem Fall war es sowieso anders, weil das Opfer ja im Schlaf lag.« Dr. Hillmot dachte noch einmal nach und schüttelte dann langsam den Kopf. »Nein, kein Blutrausch. Das Messer ist nicht tief eingedrungen, aber an genau der richtigen Stelle.«

»Also könnte auch eine Frau zugestochen haben?«

»Durchaus.« Dr. Hillmot packte seine Sachen zusammen. »Ich gehe davon aus, dass der Mann praktisch auf der Stelle tot war. In dem Moment, in dem die Halsschlagader durchtrennt ist, wird das Hirn nicht mehr mit Blut versorgt, das Opfer wird bewusstlos. Das geht schnell.« Er betrachtete den Toten mit einem Blick, als hätte er etwas vor sich, was er selbst mit viel Liebe und Zuwendung geschaffen hatte. Ein Bild vielleicht oder eine Skulptur. »Oft verblutet das Opfer nach innen, dann fließt kaum Blut. Aber in diesem Fall hat die Waffe die Wunde nicht verschlossen. Sie ist rausgerutscht, also konnte Blut, sehr viel Blut austreten. Daher ist der Tote so bleich. Totenflecken sind auch kaum zu erkennen, weil er derart ausgeblutet ist.« Dr. Hillmot gab seinen Mitarbeitern einen Wink. »Sie können ihn jetzt ins Kühlfach bringen. Oder besser ... gleich auf meinen Tisch. Ich komme unverzüglich nach.«

Erik ging zurück in die Lobby. Dort wandte er sich an Carolin, da Adolf Gravenaar nicht zu sehen war. »Der Tote wird gleich weggebracht. Ich nehme an, die Hotelleitung möchte nicht, dass der Sarg durch die Lobby getragen wird?«

Carolin erschrak. »Um Gottes willen! Der Wagen des Bestatters soll im Innenhof parken.«

Erik sagte nicht, dass er auch dort nicht unentdeckt bleiben würde. Er hatte schon bemerkt, dass sich auffällig viele Hotelgäste in der Nähe ihrer Fenster aufhielten.

Herr Winter mischte sich ein. »Am besten parkt er unter dem Baum in der Nähe der Tür. Dort fällt er am wenigstens auf.«

Erik gab die Empfehlung weiter, dann fragte er Herrn Winter: »Wo kann ich die Befragungen vornehmen?«

Winter blätterte nervös in seinen Unterlagen. »Alle Räume sind belegt.« Er legte den Finger unter eine Zeile und zögerte, ehe er sagte: »Okay, wir nehmen Floras Charity! Die Damen können auch woanders handarbeiten. Das ist bei den Fortbildungstagungen anders. Da wird ein Beamer gebraucht, ein Flipchart, Mikroanlage …«

»Muss das sein, Papa?« Carolin war in diesem Moment keine Tochter, sondern eine Vertreterin des Hotels. »Frau Engelbeck hat den Raum gebucht. Sie hat ein Recht darauf.«

Herr Winter hielt sich zurück, als er merkte, dass die junge Auszubildende in diesem Fall mehr Einfluss haben könnte als er selbst.

Erik wurde ärgerlich. »Befragungen in der Lobby sind der Hotelleitung sicherlich auch nicht recht.«

Adolf Gravenaar kam dazu. Er hatte Eriks Satz gehört. »In der Lobby? Unmöglich!«

»Der Frühstücksraum?«, fragte Erik ohne jede Hoffnung.

»Der ist ab Mittag unser Restaurant. Das ist gut besucht.« Er wandte sich an Herrn Winter. »Sind wirklich alle Gesellschaftsräume besetzt?«

Winter wies auf die Liste, die er vor sich liegen hatte. »Mein Vorschlag war, Frau Engelbeck zu bitten, einmal auf den Raum zu verzichten.«

Gravenaar überlegte nicht lange. »Das ist die einzige Möglichkeit. Wenn die Damen mal einen Tag nicht zum Handarbeiten kommen … das wird schon gehen.«

Carolin runzelte die Stirn. »Einfach ausfallen lassen?« Erik wunderte sich, wie hartnäckig seine Tochter war. »Besser wäre es, wenn wir Frau Engelbeck eine Alternative vorschlagen könnten.«

Adolf Gravenaar gefiel diese Idee seiner Auszubildenden. »Sie kennen sich in Wenningstedt aus. Was schlagen Sie vor?«

Carolin sah ihren Vater fragend an. »Käptens Kajüte?«

Erik hob nur hilflos die Schultern. Frau Engelbeck würde es dort wohl kaum gefallen. Sicher war aber, dass dort genug Platz sein würde. Denn dass in Käptens Kajüte alle Tische und Stühle besetzt waren, kam praktisch nie vor.

Mamma Carlotta war schwer verärgert, als Felix nach Hause kam. Sie wies auf die Antipastiplatte, die auf dem Tisch stand, und knallte wütend den Brotkorb daneben. »Endlich kommt jemand. Du bist der Einzige, der pünktlich ist.«

»Ehrlich?« Dieses Lob traf Felix selten. So selten, dass er nicht daran glauben konnte, es zu Recht erhalten zu haben. Er ging in die Diele zurück und rief: »Da sind drei Nachrichten auf dem AB. Hast du das nicht gesehen?«

Nein, seine Nonna hatte keinen Blick für das blinkende rote Lämpchen am Telefon gehabt, war nur im Eiltempo ins Haus und in die Küche gestürzt, um sich unverzüglich um die Antipasti zu kümmern, damit etwas auf dem Tisch stand, wenn Erik, Sören und Carolin heimkamen. Dann hatte sie sich gleich an die Bolognesesoße gemacht und nebenbei die Wurst für die Reispfanne geschnitten.

Nun hörte sie durch die geöffnete Tür, dass Erik und Sören verhindert waren, weil ihnen ein Tötungsdelikt dazwischengekommen war, und Carolin nicht in die Mittagspause gehen durfte, weil im Hotel so viel zu tun war.

»Tötungsdelikt«, wiederholte Mamma Carlotta misslaunig. Diese Vokabel kannte sie nicht. Was sollte das sein? Ein Mord? Oder nur der Versuch, einen anderen umzubringen? Oder ging es um jemanden, der mit einem Mord gedroht hatte? Vielleicht auch einer, dem ein Mord angedroht worden war? Und war das überhaupt erlaubt, einer Auszubildenden die Mittagspause zu streichen?

Leider konnte Mamma Carlotta diese Fragen nicht beantworten, sie hatte nicht einmal Zeit, sich eine Antwort zu überlegen. Denn nun drang eine dritte Nachricht durch die geöffnete Küchentür an ihr Ohr. »Sono Violetta.« Ein Schwall italienischer Sätze prallte ins Haus, so laut wie möglich, so schnell wie möglich, derart aufgeregt und haspelnd, dass Felix kein Wort verstand. Mit hochgezogenen Schultern erschien er wieder in der Küche, die Mundwinkel herab, die Stirn hochgezogen, ein großes Fragezeichen im Gesicht. »Hast du das verstanden, Nonna?«

Carlotta sank erschüttert auf einen Stuhl. »Das war Violetta.«

»Die, von der du gestern gesprochen hast? Deine Cousine?«

»Sì.« Carlotta konnte nur flüstern.

Felix konnte sich nicht erinnern, Violetta jemals begegnet zu sein. Als seine Nonna jedoch darauf bestand, dass er sie schon mehrfach bei Familienfeiern begrüßt habe, gab er auf. Der italienische Teil seiner Familie war derart groß und unübersichtlich, dass er sich nur an diejenigen erinnern konnte, die in dem Haus wohnten, in dem seine Mutter aufgewachsen war, und die Onkel, Tanten, Cousins und Cousinen, die in Panidomino wohnten. Alle anderen, vor allem diejenigen, die nur Italienisch sprachen, konnte er nicht auseinanderhalten. Und da Violetta zu denen gehörte, die nur zu großen Festen, zu runden Geburtstagen, Verlobungen, Hochzeiten, Silber- und Goldhochzeiten zu Besuch kamen, zusammen mit Hunderten anderen, hatte er keine Erinnerung an sie. Er wusste also nur das, was seine Nonna am Vorabend von ihr erzählt hatte.

»Was will sie?« Er warf sich auf einen Stuhl und griff mit den Fingern nach einer marinierten grünen Spargelstange.

Seine Nonna war noch derart erschüttert, dass sie vollkommen vergaß, ihn deswegen auszuschimpfen. »Sie kommt.«

»Nach Sylt? Wann?«

»Das weiß sie noch nicht. Sie will sehen, dass sie einen günstigen Flug bekommt. So bald wie möglich.«

Felix wurde unruhig. »Warum freust du dich gar nicht, Nonna? Sonst bist du doch immer total aus dem Häuschen, wenn Verwandte zu Besuch kommen.«

Carlotta rutschte unruhig auf ihrem Stuhl hin und her. »Weil ... Violetta ist so ... wie soll ich sagen?« Sie sprang auf und lief zur Tür. »Ich muss das Gästezimmer herrichten.«

Felix ging hinter ihr her. »Was ist mit ihr?«

Auf der Treppe blieb Mamma Carlotta stehen. »Dein Vater hat mal gesagt, sie wäre ihm zu anstrengend.«

Felix zuckte mit den Schultern. »Anstrengend?« Das waren seine italienischen Verwandten alle. Und das war genau das, was Felix gefiel.

»Als deine Eltern Verlobung gefeiert haben, hat er sogar behauptet, Violetta wäre wirklich in einem Zirkus am besten aufgehoben gewesen. Schade, dass nichts daraus geworden ist, hat er damals gesagt.«

Sie wollte weiter die Treppe hinaufsteigen, aber Felix hielt sie zurück. »Was ist mit meinem Mittagessen, Nonna? Nur weil Papa, Sören und Carolin keine Zeit haben, soll ich auch nichts bekommen?«

Mamma Carlotta sah ein, dass man so mit einem Enkel, der pünktlich zum Essen heimgekommen war, nicht umspringen durfte, und kam in die Küche zurück. »Allora ... du hast recht.«

Felix war immer noch beunruhigt. Dass der Besuch, der sich angekündigt hatte, keine reine Freude bei seiner Nonna auslöste, gab ihm mächtig zu denken. Und da von ihr sogar die Gäste, die gewöhnlich das Nervenkostüm der Familie mit Lärm, stundenlangem Reden, lauter Musik und nächtlichen Gelagen überstrapazierten, freudig begrüßt wurden, mochte er sich nicht vorstellen, wie es sich mit einer Verwandten verhielt, der sogar seine Nonna mit Skepsis entgegensah. »Was will diese Violetta hier?«

Carlotta konnte nur flüstern: »Rache.«

Felix war verblüfft. »Du meinst ... sie will diesen Mago ... nur, weil er damals ...« Ihm verschlug es die Sprache. Die große Liebe war ihm noch nicht begegnet, die Folgen eines solchen Gefühls kannte er nur aus der Literatur, wenn überhaupt, und dass er das Ganze noch nie aus der Perspektive einer Frau gesehen hatte, war sicher.

»Du musst sie verstehen, Felice. Renato hat ihr damals alles genommen.«

Das wollte Felix erst einsehen, als ihm eindringlich vor Augen geführt worden war, dass es in Süditalien anders zuging als auf Sylt, dass der Unterschied vor dreißig Jahren noch größer gewesen war als heute und dass Violetta damals keine andere Chance gehabt hatte, ihren Lebensunterhalt zu sichern, als zu heiraten. Dass diese Chance vertan war, als sie ins Elternhaus zurückgekehrt war, musste Felix erst an vielen Beispielen erklärt werden, von denen Mamma Carlotta zum Glück unzählige parat hatte, und das dauerte, bis die Reispfanne auf den Tisch kam. Ein Junge wie er, der auf seiner Insel mitbekam, wie die Reichen, Schönen und Prominenten mit Liebe, Ehe und Moral umgingen, brauchte lange, um zu verstehen, dass die moderne Zeit in manchen Ecken Europas noch nicht angebrochen war. Vor dreißig Jahren sowieso nicht, aber auch heute sah es in den abgelegenen Orten von Kalabrien und Umbrien noch anders aus, als Felix sich vorstellen konnte.

»Wovon lebt sie?«, fragte er vorsichtig.

Das Schicksal der Cousine war ihm scheinbar zu Herzen gegangen, und ihr Wunsch, sich an Renato zu rächen, verständlicher geworden.

Mamma Carlotta überlegte, während sie ihrem Enkel beim Essen zusah. Ihr selbst war der Appetit vergangen. »Zia Galatea hat mal erzählt ... vor vielen Jahren ... dass Violetta anderen Bauern auf dem Feld hilft. Sie hat ja nichts gelernt. Violettas Bruder hat den Hof der Eltern übernommen, wollte aber seine Schwester nicht mit durchfüttern. Immerhin darf sie bei ihm wohnen.«

»Was für eine Sauerei!«, ereiferte Felix sich und beschrieb in den schönsten Farben, wie hochherzig er mit Carolin umgehen würde, sollte sie jemals in eine ähnliche Lebenslage geraten.

»Deine Schwester wird Hotelkauffrau«, erinnerte Mamma Carlotta. »Die wird es nie nötig haben, ihren Bruder um Almosen zu bitten.«

Dann fiel ihr ein, dass sie sich Sorgen wegen Floras Charity machen musste. »Ich habe Frau Kemmertöns versprochen, in den nächsten Tagen dabei zu sein. Und sie hat mich angemeldet. Frau Engelbeck soll sich sogar darüber gefreut haben, dass der Kreis sich vergrößert hat. Wie soll ich mich da um Violetta kümmern?«

Felix sah das erheblich lockerer als seine Nonna. »Wer als Überraschungsbesuch irgendwo erscheint, kann nichts verlangen«, meinte er. »Soll sie doch mitkommen.«

Mamma Carlotta fiel ein, dass Violetta für die Hochzeit einer Verwandten Kleidchen für alle Blumenkinder gehäkelt hatte. Während sie noch darüber grübelte, wie sie mit der Braut, die sich damals schon in reiferen Jahren befunden hatte, verwandt war, überlegte Felix, wie die Cousine seiner Nonna eigentlich ihre Rache geplant hatte. »Will sie ihn etwa abmurksen?«

Mamma Carlotta erschrak. »Madonna! Was wird Enrico dazu sagen?«

»Der wird sie verhaften, und basta!«

»Eine Verwandte von Lucia?«

»Da macht der keine Unterschiede.«

»Dio mio!« Mamma Carlotta wurde der Besuch, der auf sie zukam, immer unheimlicher. »Wir müssen ihr das ausreden.«

»Wir?« Felix sah keinen Grund, sich in diese Angelegenheit hineinziehen zu lassen. »Ich habe damit nichts zu tun.«

»Aber du warst dabei, als ich Renato gesehen habe.«

Das sei keine Begründung, meinte Felix, außerdem glaube er sowieso nicht, dass es sich tatsächlich um diesen Mann gehandelt habe. »Vor dreißig Jahren sah der bestimmt ganz anders aus.« Eine solche Zeitspanne war für Felix kaum vorstellbar. »Wahrscheinlich kommt Violetta hier an, stellt fest, dass Mago doch nicht ihr Renato ist, und geht uns noch wochenlang auf die Nerven, bis sie wieder nach Hause fährt.« In diesem Augenblick kam ihm ein rettender Gedanke. »Woher hat sie überhaupt das Geld für ein Flugticket?«

Darauf konnte Mamma Carlotta keine Antwort geben.

Felix schnippte erfreut mit den Fingern. »Wetten, dass sie einen Herzinfarkt bekommt, wenn sie hört, was ein Flug nach Deutschland kostet? Damit hat sich die Sache erledigt, du wirst sehen.«

Diese Aussicht erleichterte auch seine Großmutter. Ja, Felix hatte recht. Für diese Reise hatte Violetta kein Geld. »Sicurissimo! Todsicher!«

Mit dieser wunderbaren Hoffnung ließ sie sich sogar ohne Widerspruch von Felix vorhalten, dass es fahrlässig gewesen sei, die Cousine auf der Stelle anzurufen, nachdem sie Mago und seine Partnerin gesehen hatte. »Da verschafft man sich doch erst mal Sicherheit.«

Mamma Carlotta war bereit, zu allem zu nicken und ihren Enkel für einen klugen Menschen zu halten. Ja, das nächste Mal würde sie nicht so spontan reagieren und sich erst mal ganz genau überlegen, ob es wirklich sein konnte, dass Renato Capotto nach dreißig Jahren auf Sylt auftrat und als ungefähr Fünfzigjähriger noch immer ein gefragter Artist war.

Erik und Sören ließen sich vorsichtshalber nicht blicken, als die Mitglieder von Floras Charity im Horizont erschienen. Herr Winter gab sich viel beschäftigt, als die ersten Damen die Lobby durchquerten, und Adolf Gravenaar war weit und breit nicht zu sehen. So blieb es der Auszubildenden überlassen, die Mitglieder des Charity-Clubs aufzuhalten und ihnen mitzuteilen, dass an diesem Tag im Horizont kein Platz für sie war. »Es tut mir sehr leid.«

Erik lauschte auf ihre Stimme, die nicht leise und schüchtern war wie sonst, sondern klar und sehr bestimmt. Er war stolz auf seine Tochter. Das hatte er ihr nicht zugetraut. Dem Unmut einiger Damen hielt sie stand und wiederholte nur, dass sie den Auftrag habe, Floras Charity in eine Imbissstube ganz in der Nähe zu schicken, wo es genug Platz geben würde. »Ich hoffe, die Damen haben Verständnis.«

Bevor sie zu Ende sprechen konnte, rief eine junge, männliche Stimme: »Damen? Floras Charity ist keine Frauenveranstaltung.«

Erik fuhr hoch. »Das ist doch ...«

Sören war es, der ergänzte: »Felix?« Ungläubig sah er seinen Chef an.

Dann lauschten beide wieder auf Carolins Stimme. Offenbar ließ sie sich nicht anmerken, dass sie ihren Bruder vor sich hatte, den sie vermutlich am liebsten mit ein paar derben Worten aus dem Hotel gejagt hätte. Nein, sie entschuldigte sich formell für ihren Fehler und schloss ihn von da an in ihre Anrede ausdrücklich ein. »Meine sehr verehrten Damen und Herren ...«

Der Gedanke an Käptens Kajüte sorgte allerdings für Unmut. »In dieser Bruchbude?«, hörte Erik jemanden sagen.

Aber eine andere, fröhliche Stimme antwortete: »Ist doch egal. Hauptsache, wir können zusammensitzen und klönen.«

»Der Wirt weiß Bescheid«, sagte Carolin. »Er hat alles vorbereitet und wird dafür sorgen, dass Sie ungestört sind.«

»Das dürfte kein Problem sein! Da ist ja nie was los.«

»Ungestört sind wir da garantiert.«

Aber diese Einwände kamen bereits lachend. Es schien so, als wäre es Carolin gelungen, in den Mitgliedern des Charity-Clubs Einsicht zu wecken. »Wir konnten nicht damit rechnen.«

»Schon klar!«, rief eine barsche Stimme. »Ich habe die Polizeiwagen gesehen. Die erkennt man, auch wenn sie aussehen wie Zivilfahrzeuge. Hier ist was passiert. Stimmt's?«

Erik und Sören sahen sich erstaunt an. Dann stöhnte Erik auf, als er eine Stimme hörte, die ihm wohlbekannt war. »Madonna! È vero?«

»Hoffentlich fragt sie jetzt nicht nach mir«, murmelte Erik. »Dann steht sie hier gleich auf der Matte und will alle Einzelheiten wissen.«

»Das würde sie niemals tun.« Sören verteidigte die Schwiegermutter seines Chefs grundsätzlich. Aber Erik sah, dass auch er sorgenvoll horchte und durchaus für möglich hielt, was Erik befürchtete.

Doch kurz darauf atmeten beide erleichtert auf. Die Stimmen der Frauen bewegten sich zum Eingang, nun war auch der Bass des Hoteliers zu hören, der seinen Charme sprühen ließ, nachdem er gemerkt hatte, dass mit Beschimpfungen und Beschwerden nicht zu rechnen war. »Morgen bekommen Sie alle einen Prosecco zur Wiedergutmachung.«

Dieses Versprechen schien zu wirken. Gelächter und Gekicher waren jedenfalls deutlicher zu vernehmen als Gemurre.

Aber Flora Engelbeck ließ sich nicht so schnell abwimmeln wie die Mitglieder ihres Clubs. Sie erschien in dem Zimmer, das eigentlich ihrem Charity-Club zur Verfügung stehen sollte, und sah Erik und Sören so zornig an, als wären sie zwei Schüler, die eine Standpauke zu erwarten hatten. »Es muss doch irgendwo einen anderen freien Raum geben«, fauchte sie.

Sie war eine große, üppige Frau mit blond gefärbten Haaren, die sie hochgesteckt trug, auf dem Hinterkopf zu einer sogenannten Banane eingedreht. Ihr schönes Gesicht war nur leicht geschminkt, die braunen Augen mit viel Wimperntusche betont, die Lippen trugen rosa Lipgloss. Eine sehr gepflegte Erscheinung. Ihre Kleidung war schlicht, aber erkennbar teuer, die weiße Hose saß perfekt, die hellen Sneaker hatten Schnürbänder im gleichen Rosaton wie ihre Bluse. Ihr Selbstbewusstsein hielt sie hoch wie eine Flagge, die den Sieg verkündete.

Erik und Sören erhoben sich. »Tut mir leid«, sagte Erik und zog seinen Dienstausweis hervor und hielt ihn ihr hin. »Wir brauchen den Raum. Besondere Umstände.«

Herr Winter steckte den Kopf herein. »Die ersten Mitarbeiter sind da.«

Nun veränderte sich Flora Engelbecks Blick, das Hochfahrende vermischte sich mit Verständnis. »Ist was passiert?«

Erik tat so, als wollte er ihr etwas anvertrauen, was sonst niemand erfahren durfte. Er beugte sich vor, raunte »ein Kapitalverbrechen« und sah sie bedeutungsvoll an.

Sie griff sich erschrocken an die Brust. »Dio mio!«

Bis zu diesem Augenblick war Erik nicht aufgefallen, dass sie Italienerin war. Ihr Akzent war kaum zu erkennen, ihre Grammatik war einwandfrei, ihr rollendes R nur schwach ausgeprägt.

»Sie verstehen?«, schob Erik nach und hatte sie damit tatsächlich zu seiner Komplizin gemacht.

»Natürlich!« Sie drehte sich zur Tür um. »Obwohl ich mit Herrn Gravenaar noch ein Wörtchen reden werde. Da hätte ja auch eine andere Gruppe ausweichen können ...«

Herr Winter hatte diesen Satz mitbekommen. »Ich erkläre es Ihnen, Frau Engelbeck.«

Damit schien sie zufrieden zu sein. Ihr letzter Einwand kam nur noch schwach und ohne Empörung heraus. »Was ist mit dem großen Korb mit der Wolle und den Stoffproben? Den brauche ich.«

»Den werden wir Ihnen selbstverständlich in die Imbissstube bringen lassen«, versicherte Herr Winter.

Während sie mit dem Chef der Rezeption den Raum verließ, trat eine junge Frau zu Erik und Sören, die sehr verlegen wirkte. Daina, eine Lettin, die seit einem halben Jahr auf Sylt arbeitete, um ihren Kindern, die bei ihrer Großmutter in Riga geblieben waren, ein besseres Leben zu ermöglichen. Ihr Deutsch war schlecht, ihre Auskünfte waren entsprechend ungenau und schwer verständlich. Sie war für das Zimmer zuständig, in dem Gunnar Thomann tot aufgefunden worden war, so viel war klar. An diesem Tag hatte sie sich darüber gewundert, dass sich dort nichts rührte, und auf Anweisung von Herrn Winter die Zimmertür geöffnet.

»Schrecklich! So viel Blut!«

Auf Eriks Frage nach Herrn Thomann konnte sie nur die Schultern zucken. Sie hatte ihn nie kennengelernt, ihn einmal beim Verlassen des Zimmers gesehen. Aber alle zwei, drei Tage hatte er ihr einen Zehneuroschein aufs Kopfkissen gelegt.

»Haben Sie jemals eine Frau in seinem Zimmer gesehen?«, fragte Erik.

Und Sören verdeutlichte: »Haben Sie bemerkt, dass er die Nacht nicht allein verbracht hat?«

Es dauerte eine Weile, bis Daina verstand, dann nickte sie zögernd. Ja, auch ihr war aufgefallen, dass Gunnar Thomann Besuch von einer Frau gehabt haben musste. Die Bettwäsche auf der anderen Seite des Doppelbetts war benutzt worden, und sie hatte Pads zum Abschminken im Abfalleimer des Badezimmers gesehen. Aber wer diese Frau gewesen war, dazu konnte sie nichts sagen.

Ein Hotelmitarbeiter nach dem anderen erschien vor Erik und Sören, doch es war keiner dabei, der Auskünfte geben konnte, die weiterhalfen. Jeder verließ den Raum wieder mit einer Visitenkarte der Mordkommission in der Hand und hatte versprochen, sich zu melden, wenn ihm etwas einfallen sollte. Die meisten Mitarbeiter des Zimmerservices wussten jedoch nicht einmal, wer der Tote gewesen war und wie er ausgesehen hatte.

Bei den Restaurantmitarbeitern sah es etwas anders aus. Zwei Kellner konnten sich gut an Gunnar Thomann erinnern. Er war ein freundlicher, großzügiger Mann gewesen, der nicht mit Trinkgeld gegeizt hatte. Meistens hatte er allein an einem Tisch in der Ecke gesessen, der für ihn freigehalten wurde, als klar geworden war, dass er ihn bevorzugte. Sein Frühstück hatte er immer allein eingenommen, abends war er gelegentlich in Gesellschaft gewesen.

»Geschäftsfreunde.« So war es Michael Gebauer, einem der beiden Kellner, vorgekommen. »Da war nur von Filmen, Schauspielern, Fördergeldern und Produktionskosten die Rede.«

Sein Kollege jedoch sprach auch von einer Frau, die er mit Gunnar Thomann im Restaurant gesehen hatte. »Ein Hotelgast. Aber den Namen weiß ich leider nicht. Die beiden wirkten jedoch sehr vertraut miteinander.« Manuel Preuß glaubte sogar die beiden einmal in der Braderuper Heide gesehen zu haben, wo sie Hand in Hand gegangen waren. Allerdings war er sich nicht ganz sicher. »Ich habe sie nur von Weitem gesehen.« Er wollte sich nicht mal darauf festlegen, dass der Mann, den er beobachtet hatte, wirklich Gunnar Thomann gewesen war, und bei der Frau, die in seiner Begleitung gewesen war, erst recht nicht.

»Wie sah sie aus?«, fragte Erik.

Manuel Preuß überlegte lange. »Mitte dreißig, würde ich sagen«, begann er zögernd. »Sehr schlank, fast mager. Maskulin mit kurzen Haaren. Der Typ Frau, der jeden Tag mit Joggen beginnt und nach dem Frühstück mit Kraftsport weitermacht.« Hastig ergänzte er: »So sah sie jedenfalls aus. Ob das der Wahrheit entspricht, weiß ich natürlich nicht.«

Sören fragte: »Gibt es im Hotel einen Fitnessraum?«

Manuel Preuß bedauerte. »Früher, als das Hotel noch Frangiflutti hieß, hatten wir einen. Aber die neue Hotelleitung hat daraus einen weiteren Tagungsraum gemacht.«

Sören ging zur Rezeption und sprach mit Herrn Winter, der lange darüber nachdachte, ob es einen weiblichen Hotelgast gab, auf den die Beschreibung des Kellners zutraf. »Mitte dreißig«, wiederholte er nachdenklich, »sehr sportlich, dunkle, kurze Haare … « Schließlich erhellten sich seine Züge. »Das könnte Frau Wernicke sein. Der Gast aus Zimmer 35.«

Felix schob sich an Mamma Carlottas Seite. »Hast du eine Ahnung, was im Horizont passiert ist?«

Seine Nonna schüttelte den Kopf. »Ich habe noch kurz mit Carolina sprechen können. Aber die wollte nichts verraten.«

Felix stieß sie in die Seite und nickte zu einem Auto, das direkt vor dem Hoteleingang geparkt hatte. »Papas Wagen.«

Carlotta blieb mit offenem Munde stehen und reagierte nicht

auf die Beschwerde einer Frau hinter ihr, der sie den Weg blockierte. »Du meinst…« Sie senkte ihre Stimme. »Ein Mord?«

Felix griff nach ihrem Arm und zog sie mit sich. »Kann schon sein.«

Mamma Carlotta musste so intensiv nachdenken, dass sie dabei unmöglich schnell voranschreiten konnte. »Sollte Enrico einen Mord am Hals haben, dann ist es für ihn noch schlimmer, wenn außerdem Verwandtenbesuch im Haus ist. Was, wenn Violetta doch irgendwie das Geld für ein Flugticket auftreibt?«

Felix wusste, was dann auf sie zukommen würde: »Jede Menge Ärger.«

Mamma Carlotta blickte sich um und sah, dass Flora Engelbeck der Gruppe in großem Abstand folgte. Sie hatte ihr Smartphone am Ohr und telefonierte mit großen Gesten, als wäre sie sehr aufgeregt.

Felix zog das Mädchen an seine Seite, das ihm am Tag zuvor bei den ersten Maschen seiner Mütze geholfen hatte. »Verena will übrigens Filzblumen herstellen.«

Carlotta ließ sich ausgiebig erklären, wie dieses Filzen vonstattenging, von dem Frau Kemmertöns bereits gesprochen hatte. Während Verena ihr die Technik erklärte, stellte sie fest, dass es sich um ein sehr nettes Mädchen handelte, und nahm sich vor, Verena demnächst zum Essen einzuladen, damit sie sie noch besser kennenlernen konnte. Dass Felix in Verena verliebt war, hatte sie natürlich gleich durchschaut. Da musste es richtig sein, als Großmutter dafür zu sorgen, dass aus der jungen Liebe etwas wurde.

An der Theke von Käptens Kajüte saß eine Frau, die in diese Imbissstube passte wie Paris Hilton an eine Bar an der Reeperbahn. Sie war nicht mehr jung, sicherlich Mitte vierzig, wenn nicht älter, war klein und zierlich, trug eine weite, bunte Hose, die sie in dunkle Cowboystiefel gesteckt hatte, darüber eine weiße Folklorebluse, die durch einen nietenbesetzten Gürtel im Form gehalten wurde. Auf dem Kopf hatte sie einen grellbunten Turban drapiert, der nicht zu den Farben der ebenfalls bunten Hose passte. Wie ein Papagei aus dem tropischen Regenwald, der sich in einen Taubenschlag in Recklinghausen verirrt hatte, so saß sie auf einem Hocker vor dem Tresen. Wie auf einer Stange und als wagte sie nicht, sich aufzuplustern.

Als die Tür aufsprang und ein Schwall gut gelaunter Frauen in Käptens Kajüte eindrang, der nicht enden wollte, griff sie in den Brustbeutel, den sie unter der Bluse trug, holte einen Geldschein hervor und legte ihn auf die Theke.

»Du kriegst noch was zurück«, rief Tove, als sie vom Hocker rutschte und sich gegen den Strom der Frauen einen Weg zum Ausgang bahnte.

»Ist schon okay«, gab sie zurück. »Ich habe das nächste Mal einen gut.«

»Alles klar.« Tove schien bester Laune zu sein. So sehr, dass Mamma Carlotta sich die Dame, die sich aus der Imbissstube drängte, genauer ansah. Tove Griess war derart freundlich zu ihr gewesen, wie es eine Kundin in Käptens Kajüte selten erlebte. Nun wieselte er hinter der Theke hervor, begrüßte die Damen von Floras Charity sogar höflich und rückte Tische und Stühle zurecht, damit alle Platz fanden. Er schien einen guten Tag zu haben.

Fietje Tiensch schob sein Bierglas zur Seite und stand auf. Ohne ein Wort drückte er sich an den Tisch, an dem Mamma Carlotta mit Frau Kemmertöns Platz genommen hatte, und ließ sich neben Felix nieder. Anscheinend half es ihm, nicht der einzige Mann in der Frauenrunde zu sein.

Nicht alle fanden auf Anhieb Platz. Tove rollte zwei Bierfässer herein und räumte die Fensterbänke frei, damit auch dort jemand sitzen konnte. Besonders komfortabel war es nicht, aber es trug zur allgemeinen Erheiterung bei. Mamma Carlotta erinnerte sich an eine Hochzeit, bei der es sehr vornehm und förmlich zugegangen war und keiner sich zu lachen getraut hatte, als eins der Blumenkinder sich nach dem übermäßigen Genuss von Weincreme in den Schoß der Brautmutter erbrach. Obwohl alle das feierliche Ambiente, das köstliche Essen, die stilvolle Dekoration und die geistreichen Festreden gelobt hatten, war es erst lustig geworden, als sie sich nach dem Ende der Feier in Carlottas Küche zusammengefunden und Grappa aus Eierbechern getrunken hatten, weil die Schnapsgläser nicht reichten.

Tove war scheinbar entschlossen, dem Horizont das Wasser abzugraben, und servierte eine Runde Hugo auf Kosten des Hauses. Als Flora Engelbeck kurz darauf eintrat, war sie bereits zu spät, um ihre Mission wieder mit dem nötigen Ernst zu versehen. Angesichts der kichernden Mitglieder von Floras Charity bemerkte sie zunächst nicht einmal, wie schäbig die Kulisse war, in der es um ihre prunkende Nächstenliebe gehen sollte.

»Prost!«, schallte es schon bald durch die Imbissstube. Nun wirkte Flora Engelbeck leicht verärgert. Ihr schien endlich aufzugehen, wohin sie mit ihrer Charity-Gruppe geschickt worden war. Und in Mamma Carlotta stieg sofort die Angst hoch, sie würde Carolin später dafür verantwortlich machen. Dass es ihr in Käptens Kajüte nicht gefiel, war offensichtlich. Noch offensichtlicher war ihr völliges Unverständnis darüber, dass die Damen, die sich der Wohltätigkeit verschrieben hatten, hier, an diesem schrecklichen Ort, kaum noch an Wohltätigkeit dachten. Die Bestellungen nach weiteren Hugos schwirrten durch den Raum, hinter der Theke knallte der Korken einer Proseccoflasche, Toves Kaffeeautomat produzierte einen Latte macchiato nach dem anderen. Mit den Händen auf dem Rücken, den Kopf vorgestreckt, drängte Flora Engelbeck sich durch den Raum, augenscheinlich auf der Suche nach Mängeln, die sie Adolf Gravenaar am nächsten Tag unter die Nase halten konnte. Als sie sogar hinter die Theke ging, während Tove ein Tablett mit gefüllten Gläsern herumreichte, stand Mamma Carlotta auf und folgte ihr. Sie sah Flora Engelbeck fest in die Augen, während sie die offen stehende Lade von Toves Kasse energisch schloss …

Amy Wernicke war so, wie sie Erik beschrieben worden war: sehr schlank, geradezu hager, mit eingefallenen Wangen, als gönnte sie sich nur wenig Nahrung. Ihr Alter war schwer zu schätzen. Einerseits wirkte sie durch ihre dynamische Figur jung, andererseits aber durch ihr ausgemergeltes Gesicht älter. Erik schätzte Amy Wernicke auf Mitte dreißig.

»Erzählen Sie mir von sich«, forderte er sie auf.

»Was soll ich Ihnen erzählen?« Sie sah ihn an, als hätte er etwas Ungebührliches von ihr verlangt. »Ich bin Journalistin. Aus Solingen. Verheiratet, kinderlos. Sonst noch was?« Sie war nervös, knetete ihre Finger, fuhr sich mit beiden Händen durch die Haare und knetete erneut. »Die Polizei im Hotel? Was hat das zu bedeuten?«

Erik erklärte ihr vorsichtig und umständlich, dass es einen Todesfall gegeben habe, ein Mordopfer, das ihr bekannt sei. »Gunnar Thomann. Er wurde heute Morgen tot in seinem Bett gefunden.«

Sie erschrak, riss die Augen auf, stöhnte, griff sich an den Hals und stotterte: »Was? Das kann doch nicht wahr sein!«

Dennoch hatte Erik das Gefühl, dass ihr Erschrecken gespielt war. Es schien ihr schon zu Ohren gekommen zu sein, dass Gunnar Thomann ermordet worden war, und sie zog es aus irgendeinem Grunde vor, so zu tun, als wüsste sie nichts davon. So jedenfalls kam es Erik vor.

»Sie kannten ihn.«

Amy Wernicke nickte. »Ich bin seinetwegen auf Sylt.«

Sie wischte sich über die Augen, aber Erik war sicher, dass es dort keine Tränen gab. »Ich will über seinen neuen Film berichten. Er hat mir die Exklusivrechte angeboten.«

Sören ging dazwischen. »Ist so was üblich?«

»So kann man es nicht nennen, aber … wir haben schon

öfter miteinander zu tun gehabt. Thomann haben meine Reportagen immer besonders gut gefallen. Er hat mal zu mir gesagt, ich gehöre zu den wenigen Journalisten, die den Kern einer Aussage erkennen, auf Emotionen nicht verzichten und doch ohne Übertreibungen auskommen.«

»Wie darf ich mir so eine Zusammenarbeit vorstellen?«, erkundigte sich Erik. »Sie haben vermutlich viel miteinander gesprochen, er hat Ihnen Unterlagen überlassen …?«

»Ich habe den Entwurf und das Treatment zu lesen bekommen. Das Drehbuch ist noch nicht fertig. Die Namen der Schauspieler, die die Hauptrollen übernehmen, sind auch noch ein Geheimnis. Eigentlich … ist der ganze Film ein Geheimnis. Es geht um Namen, große Namen, Leute, die sich in den Fünfzigerjahren auf Sylt vergnügt haben. Jeder weiß ja von den Playboy-Cliquen, die damals hier Urlaub machten. Und auch von den Leuten, die in Kampen wohnten, Berthold Beitz, Gunter Sachs … Aber Gunnar hatte wohl etwas herausgefunden, von dem noch niemand was wusste. Dieser Film, so glaubte er, würde eine Familie an den Pranger stellen, die bis jetzt eine weiße Weste hatte.«

»Er will Namen nennen? In einem Kinofilm?«

Sie zögerte, zupfte an ihren halblangen Haaren, als wollte sie dafür sorgen, dass sie schneller wuchsen. »Nein, die richtigen Namen sollen wohl nicht genannt werden. Aber die Darstellung wird keinen Zweifel daran lassen, wer gemeint ist.«

»Das ist gefährlich«, meinte Sören. »Wenn man so was plant, sollte man nicht bei offenem Fenster schlafen.«

»Es wusste ja niemand«, meinte Amy Wernicke. »Eigentlich …« Sie brach ab.

»Eigentlich wusste es niemand«, übernahm Sören, »aber irgendjemand hat dann doch Wind davon bekommen, hat etwas verlautbaren lassen … man kennt das ja.«

»Heute Abend wollte er mir mehr erzählen. Meine Aufgabe sollte es später sein, die Berichterstattung in die richtige Richtung zu lenken. Wenn die Yellow Press und die Sensationspresse ihre Verkaufszahlen mit Halbwahrheiten steigern, sollte ich dafür sorgen, dass die Öffentlichkeit auf der richtigen Spur bleibt. So lange, bis der Film anläuft und die Bombe zum Platzen bringt.«

»Bombe?«

Amy hob die Schultern und ließ sie wieder fallen. »Gunnar hat gesagt, der Stoff ist sauber recherchiert. Da kann nichts passieren. Das ist natürlich wichtig. Wenn Leute mit viel Geld und großem Ansehen mit einem Mal bloßgestellt werden, reagieren sie nicht zimperlich.«

»Können Sie mir den Entwurf und das Treatment überlassen?«

Sie schüttelte den Kopf. »Ich habe es ihm zurückgegeben. Er wollte das so. Bloß nichts im Hotelzimmer herumliegen lassen, hat er gesagt.«

Erik runzelte die Stirn. »Herr Thomann selbst hat auch ein Hotelzimmer.«

»Die Zimmersafes im Horizont sind klein. Er hat ein Tresorfach im Büro von Herrn Gravenaar gemietet. Da hat er alles untergebracht, was ihm wichtig ist.«

Erik und Sören nickten sich zu. »Dann wollen wir uns da mal umsehen.« Beide standen auf und warteten, dass auch Amy Wernicke sich erhob. »Sie werden noch auf Sylt bleiben?«

»Eigentlich könnte ich ...«

»Es ist wichtig, dass Sie noch zur Verfügung stehen«, sagte Erik schnell.

»Also gut, mein Zimmer ist ja bis Ende der Woche gebucht.«

Carlotta Capella kannte sich mittlerweile auf Flughäfen aus. Wenn sie da an ihre erste Reise nach Sylt dachte! Wie eine verirrte Ameise in einem Heuhaufen war sie sich vorgekommen. Auf dem Weg zu dem wichtigen Ort, der sich Gate nannte, hatte sie jeden angesprochen, der ihr kompetent erschienen war, und hatte sich vergewissert, dass sie nicht in die falsche Richtung lief. Noch heute war sie jedes Mal erstaunt, dass am Ende von unzähligen Gängen, Rolltreppen und Wartehallen genau das Gate erschien, an dem das Flugzeug festmachte, das auf sie wartete. Wie ein kleines Wunder kam es ihr immer wieder vor. Sie hatte sogar schon erwogen, dem Leiter des römischen Flughafens einen Brief zu schreiben, um ihm ihre Hochachtung auszusprechen, weil er den Überblick über dieses Gewimmel behielt. Aber ihr Ältester hatte sie davon abgehalten. Der Flughafendirektor würde sich am Ende noch verspottet fühlen, wenn er für etwas gelobt wurde, was für ihn eine selbstverständliche Pflicht war.

Der Hamburger Flughafen war zum Glück nicht so riesig wie der römische, am Abend war er auch nicht so voll wie tagsüber. Trotzdem war Mamma Carlotta verwirrt, als sie vor der riesigen Anzeigetafel stand, auf der alle ankommenden Flüge aufgelistet waren. »Madonna!« Sie hatte noch nie jemanden vom Flughafen abgeholt, bis jetzt war es immer umgekehrt gewesen. Dass es Carolin gelang, den richtigen Ausgang zu finden, aus dem Violetta heraustreten musste, fand sie bewundernswert. »Grande, Carolina.«

Aber Carolin war an diesem Tag emotional schwer zu erreichen. Sie war mit ihren Freundinnen verabredet gewesen, ein gemeinsamer Kinoabend hatte auf dem Programm gestanden und der anschließende Besuch irgendeines angesagten Clubs. Und nun? Sie musste mit ihrer Großmutter nach Hamburg fahren, um eine Verwandte vom Flughafen abzuholen, die keiner im Hause haben wollte. Aber Erik hatte ihr klargemacht, dass er in den ersten Stunden nach einem Mordfall einfach keine Zeit hatte. Carolin hatte es einsehen müssen, also traf ihr Zorn auch nicht ihren Vater, der ihr bedauernd den Autoschlüssel hinhielt, sondern ihre Nonna, die ihr die Suppe eingebrockt hatte. Da sollte sie bloß nicht meinen, dass ein bisschen Lobhudelei an ihrer schlechten Laune etwas änderte!

Carolin war sauer, stinksauer. Und Mamma Carlotta wäre wieder mal froh gewesen, wenn ihre Enkelin etwas von dem italienischen Temperament geerbt hätte, das seit jeher in der Familie Capella ein probates Mittel gegen Misslaunigkeit war. Dann hätte Carolin während der Fahrt zum Autozug laut geflucht, mit den Handflächen aufs Lenkrad geschlagen, alle anderen Autofahrer beschimpft, wenn sie nicht bereit waren, die Höchstgeschwindigkeit zu überschreiten, Violetta die Pest an den Hals gewünscht … und wäre dann froh und erleichtert zur Tagesordnung übergegangen. Die ganze Wut wäre verarbeitet gewesen. Aber Carolin war ja anders. Sie fraß alles in sich hinein, verstummte vollends, ließ die Mundwinkel hängen und antwortete, wenn überhaupt, nur einsilbig. Entsprechend dauerte der Zustand ihrer Übellaunigkeit auch viel länger, manchmal so lange, bis niemand mehr genau wusste, was ihr die Laune eigentlich verhagelt hatte. Für Mamma Carlotta war es also eine Tortur, mit einer friesischen Enkeltochter unterwegs zu sein, die ihre schlechte Laune partout nicht rausschreien und loswerden wollte, sondern sie in sich hinein schwieg. Sie war nicht einmal bereit, ihrer Großmutter von dem Mord zu erzählen, den es im Horizont gegeben hatte. »Irgendein Hotelgast.« Mehr war aus ihr nicht herauszubekommen. Das sollte wohl die Strafe sein, weil Mamma Carlotta ihr den Abend kaputt gemacht hatte.

Dabei bereute diese selbst mittlerweile schwer, ihre Cousine alarmiert zu haben. Hätte sie nur ihren Mund gehalten! Wenn sie gewusst hätte, dass Violetta auf der Stelle ihre Koffer packen und nach Sylt kommen würde, hätte sie kein Sterbenswörtchen verlauten lassen. Was sollte es bringen, dass Violetta sich Renato vorknöpfte? Inzwischen war Carlotta auch gar nicht mehr so sicher, dass es sich wirklich um Renato handelte, den sie im Fliegenden Varieté gesehen hatte. Was, wenn sie sich irrte? Mamma Carlotta sah sich schon der geballten Wut sämtlicher Familienmitglieder gegenüber. Und das ausgerechnet jetzt, wo Erik wieder mal einen Mordfall aufzuklären hatte und deswegen Ruhe, nahrhaftes Essen und ein harmonisches Familienleben brauchte!

Dass Violetta sich geändert haben könnte, hoffte sie mittlerweile nicht mehr. Sie hatte ihre Cousine ja lange nicht gesehen, aber ein ungezügeltes Temperament, das wusste sie, legte sich nicht mit dem Alter. Allenfalls konnte man vielleicht darauf hoffen, dass sie eins ihrer Probleme in den Griff bekommen oder mittlerweile verstanden hatte, damit umzugehen. Etwas, was häufig Kirchenbesuche verzögert hatte, Mahlzeiten hatte kalt werden lassen und Geburtstagsständchen zum Erliegen gebracht hatte, war, dass Violetta oft und immer völlig unvermutet nach einer Toilette suchen musste. Auf jede kleinste Aufregung hatte sie früher mit akutem Harndrang reagiert. Mamma Carlotta erinnerte sich daran, dass Violetta die Ringe anvertraut worden waren, als ihre gemeinsame Cousine Alma heiratete. Sie sollte sie zum Altar bringen, wenn der Pfarrer auf den Höhepunkt der Zeremonie zusteuerte. Aber dummerweise hatte das Brautpaar vor dem Traualtar so lange warten müssen, bis Violetta einen Vikar überredet hatte, ihr Zutritt zu der Toilette zu gewähren, die eigentlich nur den Geistlichen zur Verfügung stand. Das hatte eine Weile gedauert, währenddessen die Mutter der Braut schon von der Sorge befallen wurde, der Bräutigam könnte es sich in dieser langen Zeit des Wartens anders überlegen und behaupten, die Eheschließung stünde unter einem schlechten Stern.

Mittlerweile war Carlotta auch eingefallen, dass auf einer Familienfeier erzählt worden war, Violetta hätte mit ihrem Wunsch, Tänzerin zu werden, noch immer nicht abgeschlossen. Auf der Silberhochzeit eines Onkels väterlicherseits hatte sie angeblich versucht, die beiden Jubilare in einem selbst genähten Tutu mit einem Ausdruckstanz zu erfreuen. Lange war danach in der Familie darüber diskutiert worden, ob der Schlaganfall, den der Großonkel gegen Mitternacht erlitt, damit in Zusammenhang gebracht werden durfte.

Die Stimme, die Carlotta aus dem Anrufbeantworter entgegengeprallt war, erschien sogar für italienische Verhältnisse laut und schrill, für friesische war sie absolut markerschütternd. »Holt ihr mich heute Abend in Hamburg ab? Ich habe last minute einen Flug bekommen. Sogar ziemlich günstig. Und jede Menge Wut im Gepäck! Grazie! Ciao!«

Carolin hatte das Gesicht verzogen, als wäre ihr ein Pfefferkorn in einen hohlen Zahn geraten, nur Felix hatte gelacht. »Mago tut mir jetzt schon leid.«

Als Violetta dann auf der Bildfläche erschien, war Mamma Carlotta verblüfft. Kurz vorher hatte sie sich ausgerechnet, dass sie ihre Cousine seit zwölf Jahren nicht gesehen hatte, seit der Beerdigung ihrer Tante, Violettas Mutter, der ein Familiendrama gefolgt war, mit dem niemand etwas zu tun haben wollte. Einen Besuch in Kalabrien hatten nur noch die ganz Hartgesottenen gemacht. Alle anderen mieden den Streit zwischen Violetta und ihrem Bruder, die sich um das Erbe gezankt hatten, als ginge es um ein Millionenvermögen. Dabei war das alte Haus, in dem Violetta und ihr Bruder aufgewachsen waren, längst baufällig und nicht viel wert. Dass sich jemand fand, der es kaufte, war schon ein großes Glück, aber wahrlich kein Lottogewinn. Irgendein deutscher Künstler hatte es erworben, der wohl zu denen gehören wollte, die einen Landsitz in Italien besaßen. Für ein Haus in der Toskana hatte es nicht gereicht, also war er nach Kalabrien ausgewichen. Violetta musste von da an im Haus ihres Bruders wohnen, führte ihm den Haushalt, versorgte seine Kinder und verbrachte den lieben langen Tag damit, sich mit ihrer Schwägerin zu zanken. Ein schreckliches Leben, das jede Frau niederdrücken und mutlos machen musste. Ein Leben in Armut, ohne eigenes Einkommen, auf die Duldsamkeit des Bruders und seiner Frau angewiesen, als billige Arbeitskraft ausgenutzt.

Carlotta beschloss, noch ein bisschen an den unterhaltsamen Nachmittag zu denken, statt sich das verhärmte Gesicht ihrer Cousine vorzustellen. Zu dumm aber auch, dass keine Zeit gewesen war, durch die Verwandtschaft zu telefonieren, um herauszubekommen, wie Violetta ihr Leben ertrug und woher sie das Geld haben konnte, einen Flug nach Sylt zu nehmen …

Erik und Sören blätterten ein letztes Mal durch die Unterlagen, die Gravenaar aus seinem Bürosafe geholt hatte, dann sahen sie sich ratlos an.

»Für mich ein ganz normaler Filmstoff«, meinte Erik. »Jedenfalls auf den ersten Blick.«

»Wenn man unvoreingenommen an die Geschichte rangeht, mag das stimmen«, wandte Sören ein. »Aber nur, weil keine Namen genannt werden. Stellen Sie sich vor, Chef, dieses Paar, um das es geht, hat reale Vorbilder. Leute, die jeder kennt.« Er stieß laut die Luft aus. »Mein lieber Herr Gesangsverein!«

»Demnach gibt es irgendwo Menschen, bekannte Unternehmer, prominente Künstler, die ein Geheimnis hüten, das Gunnar Thomann ans Licht bringen wollte.« Erik ließ den Blick nicht von dem Filmtitel. »*Der Sieg*. Einfach nur eine spannende Geschichte, wenn sie denn frei erfunden wäre …«

Sören fasste zusammen: »Der Mann ist schon fast dreißig, als er ein minderjähriges Mädchen vergewaltigt. Die Kleine ist gerade mal vierzehn. Sie wird schwanger, was sie zu spät bemerkt. Eine Abtreibung ist nicht mehr möglich, sie muss das Kind zur Welt bringen. Heimlich, so verlangen es ihre Eltern, danach wird das Baby weggegeben. Die junge Frau heiratet später, auch der Vergewaltiger geht eine Ehe ein. Beide lassen sich aber scheiden. Und dann sehen sie sich wieder. Aber der Mann, der für das traumatische Erlebnis der Frau verantwortlich ist, erkennt sein Opfer nicht. Er beginnt einen Flirt mit ihr. Der Hass, der immer in der Frau geschwelt hat, gerät dadurch wieder in Brand. Sie schwört Rache.«

Eine kurze Stille entstand zwischen den beiden, in der jeder nach einem Namen suchte, ohne ihn zu finden. »Sie macht ihn fertig«, murmelte Sören. »Wirtschaftlich und privat. Als er begreift, wen er geheiratet hat, kann er sich nur noch den Strick nehmen.«

»Wer hat in letzter Zeit sein Vermögen verloren?«

»Schlecker. Aber der kann nicht gemeint sein.«

»Nein, der ist viel zu lange verheiratet. Es muss ein Mann sein, der, ohne es zu ahnen, die Frau heiratet, die er als junges Mädchen – als Kind! – vergewaltigt hat.«

»Puh. Ältere Männer mit Kohle, die junge Frauen heiraten, gibt's wie Sand am Meer.«

»Aber wer ist pleite gegangen?«

»Vielleicht kommt das ja noch. Vielleicht ist die Fassade bis jetzt noch heil. Erst wenn der Film Premiere gehabt hat, gibt's den großen Knall.«

»Andererseits mag es Verfremdungen geben. Wir können nicht davon ausgehen, dass Thomann ein menschliches Schicksal realitätsgetreu darstellt. Ein Leben passt nicht in eine Drei-Akt-Struktur.« Er wies auf das Deckblatt, auf dem unter dem Titel stand: *Exposition, Konfrontation, Auflösung*, dahinter in Stichworten die Handlungsabläufe in jedem Akt. »Auch Biografien müssen verändert werden, damit die Wendepunkte an den richtigen Stellen stehen, nicht an denen, die das Leben geschrieben hat.«

»Sie kennen sich ja richtig aus, Chef.«

Erik erhob sich und dehnte sich. »Die Recherchen können wir den Kollegen überlassen. Enno Mierendorf und Rudi Engdahl sollen sich darum kümmern.«

»Und wenn sie einen Mann entdeckt haben, auf den alles zutrifft, was Gunnar Thomann aufgeschrieben hat, dann haben wir unseren Mörder?« Sören schien diese Sache zu einfach zu sein.

Aber Erik gefiel der Gedanke. »Klar! Wir müssen das dann nur noch beweisen.«

Sie gingen durch die Lobby, winkten Carolin zu und traten vor die Tür. »Dieser Film ist nur eine Spur«, meinte Sören. »Wir haben noch eine: die Frau, die in Thomanns Zimmer übernachtet hat.«

»Hoffentlich findet Vetterich irgendetwas, was sie verrät.«

»Dann haben wir vielleicht einen Mord aus Eifersucht, der mit dem Film gar nichts zu tun hat.«

Vor dem Hotel wartete ein Wagen auf sie, den die Bereitschaft geschickt hatte. Das erinnerte Erik daran, dass Carolin mit seinem Wagen auf dem Weg nach Hamburg war. »Ich nehme es Ihnen nicht übel, Sören, wenn Sie heute Abend woanders essen möchten. Bei uns wird es womöglich ungemütlich.«

Sören kam nicht zum Antworten, denn Eriks Handy klingelte. Er warf einen Blick aufs Display und stöhnte: »Die Staatsanwältin!«

»Moin, Erik! Wieso erfahre ich eigentlich nicht von dir persönlich, dass es auf Sylt einen Mord gegeben hat?«

Mamma Carlotta spürte in ihrem Kopf immer noch den Hugo um den Prosecco kreiseln, als Violetta Menardo endlich in die Ankunftshalle trat. Deswegen glaubte sie im ersten Moment, ihre Erinnerung sei so unzuverlässig wie zurzeit ihr Körper, wenn sie sich zu schnell bewegte. Das sollte Violetta sein? Die Verstoßene, die Verhärmte, die Unglückliche, die Verschmähte? Violetta, ohne Geld, auf Almosen, auf die Mildtätigkeit ihres Bruders und die Geduld ihrer Schwägerin angewiesen?

Nichts, was sie vermutet hatte, traf auf Violetta zu. Sie erschien erwartungsvoll, lebensfroh und sogar einigermaßen unauffällig gekleidet vor ihrer Cousine. »Ciao, Carlotta! Wie schön, dass wir uns wiedersehen!«

Sie war eine große, stattliche Frau, ohne dick zu sein, vollbusig, ohne den Blick auf ihre Brust zu lenken, von der Natur mit allem üppig ausgestattet, ohne den Verdacht zu erregen, dass es ihr darauf ankam. Und das trotz ihrer Präsenz, auf die es ihr aber auch nicht ankam. Es war nicht ihre Schuld, dass sie überall als Erste gesehen und gehört wurde. Ihre Stimme war nun mal laut, ihr Tempo beängstigend, ihre Gesten waren überschäumend, ihre Bewegungen dreimal so schnell wie bei anderen. So war sie nun mal! Was konnte sie dafür? Vorzuwerfen war ihr lediglich, dass sie sich nicht um Zurückhaltung bemühte, nicht wenigstens versuchte, leiser und langsamer zu reden, und keinen Augenblick darüber nachdachte, ob sie andere störte, deren Freiheit beschnitt und ihre Nerven strapazierte. Das alles kannte Mamma Carlotta, so war sie gewesen, als der Zirkus Capotto noch nicht in ihrem Dorf seine Zelte aufgeschlagen hatte, als sie noch der Stolz ihrer Eltern gewesen war. Damals durfte sie auch noch im Kuhstall tanzen, in den Rübenfeldern Pirouetten drehen und das Tischdecken mit Spitzentanz kombinieren, ihre Eltern waren dennoch stolz auf sie gewesen.

Nach ihrer Rückkehr als gefallenes Mädchen, nach dem Tod der Eltern war in der Verwandtschaft jedoch nur noch von der armen Violetta die Rede gewesen, die schwer schuften musste, um ihren Lebensunterhalt zu sichern, und nichts mehr für sich und ihre Zukunft erhoffen durfte.

Sie riss Carlotta an ihre Brust, schnappte sich Carolin und schwenkte sie herum, dann sah sie sich um und lachte. »Buono! Wusstet ihr, dass ich inzwischen un po' tedesco spreche?«

Mamma Carlottas Verblüffung wuchs. »Come?«

»Das erzähle ich euch später.« Sie führte die Fingerspitzen vor ihrer Nase zusammen, öffnete dann die Arme, so weit es ging, und streckte sie zu beiden Seiten aus, als wollte sie den Airport von Hamburg an ihre Brust ziehen. Dann griff sie nach ihrem Koffer und rannte los, ohne zu fragen, wohin es ging. Einfach geradeaus, über einen kleinen Hund hinweg, der erschrocken aufschrie, an seinem Herrchen vorbei, das entsetzt die Hundeleine an sich riss und somit verhinderte, dass Violetta darüberstolperte und statt im Walzerschritt über den Terrazzoboden der Ankunftshalle zu schweben, bäuchlings auf demselben landete.

Mamma Carlotta und Carolin stolperten hinterher, die eine blindlings, die andere unter gemurmelten Entschuldigungen. Violetta einzuholen, schien dennoch unmöglich. Vor der Tür blieb sie endlich stehen, streckte die Hände zum Himmel, legte den Kopf in den Nacken, schloss die Augen und rief: »Molto freddo!« Dann lockerte sie ihre Arme und Schultergelenke, als sei ihr Training nun beendet, als wäre sie nun bereit für die Kür. Sie strahlte Carolin an, als hätte sie jetzt erst begriffen, dass ihre Cousine Carlotta von ihrer Enkelin begleitet worden war. »Schön. Meraviglioso!«

Carolin hatte ihre Sprache noch nicht wiedergefunden, wies nur nach links, wo es zum Parkhaus ging, in dem sie den Wagen abgestellt hatte. Bevor Mamma Carlotta sich nach Violettas Flug erkundigt hatte, nach ihrem Bruder und seiner Familie, rief Violetta: »Ich habe unterwegs mitbekommen, dass Gunnar Thomann ermordet wurde!« Strahlend wandte sie sich um. »Ich weiß, wer ihn umgebracht hat.« Auf eine Reaktion wartete sie nicht, sondern kniff mit einem Mal die Oberschenkel zusammen und sah sich hektisch um. »Gibt's hier un gabinetto?«

Die Staatsanwältin hatte geweint. Erik war noch immer fassungslos, und Sören wollte gar nicht glauben, was sein Chef ihm berichtete. »Geweint? In echt? So richtig mit Tränen und Schluchzen?«

Keiner von beiden konnte sich die knallharte Dr. Tilla Speck traurig und zartfühlend vorstellen. Zwar war es während des letzten Falls zu einer Annäherung gekommen, die Erik früher nicht für möglich gehalten hätte, aber an seiner Meinung hatte das nichts geändert. Er redete es sich immer wieder vor: Die Staatsanwältin war grob und unhöflich, besserwisserisch und intolerant. Früher hätte er noch ergänzt, dass sie ihn nicht ausstehen konnte und dass er sie genauso wenig leiden konnte, da war er mittlerweile jedoch vorsichtig geworden. Diese glasklare Aussage war nicht mehr ganz so klar. Da hatte jemand den Weichzeichner angesetzt, wenn Erik auch nicht genau wusste, wer das eigentlich gewesen war. Tatsache war jedenfalls, wenn er sich auch sehr ungern daran erinnerte, dass sie in einer Hotelbar viele Cocktails getrunken hatten, die sich »Dirty Daniel« nannten, und sich als Folge davon einmal vergessen hatten. So sah das vermutlich die Staatsanwältin, Erik nannte es mittlerweile nach den vielen Wochen, die vergangen waren, ein reines Versehen. Sie waren betrunken gewesen, hatten geschwankt, die Staatsanwältin, die ja am liebsten High Heels trug, war ins Straucheln geraten, er hatte natürlich dafür sorgen müssen, dass sie nicht stürzte ... ja, und da hatte sie eben plötzlich an seiner Brust gelegen, und er hatte sie ... geküsst. Das war selbstverständlich nur seiner Trunkenheit zuzuschreiben gewesen, und er wusste nicht einmal, ob es schön gewesen war. In den letzten Wochen hatte er sich erfolgreich einreden können, dass ihn dieser Kuss in keiner Weise berührt hatte, dass er so gewesen war wie ein Kuss im Karneval. In Köln und Düsseldorf wusste am Aschermittwoch niemand mehr, wen er am Rosenmontag geküsst hatte. So ähnlich verhielt es sich auch mit diesem Kuss. Und dass die Staatsanwältin ihn seitdem duzte, fand er völlig unpassend. Sehr unprofessionell! Über so was ging man hinweg, tat am nächsten Tag so, als wäre nichts gewesen, so hätte das laufen müssen. Aber sie ... sie sagte nun Erik zu ihm, und er musste sie ebenfalls mit ihrem Vornamen ansprechen. Zum Entzücken seiner Schwiegermutter, das war ja klar. Die hatte nie einsehen können, warum er die Dottoressa nicht ausstehen konnte. Und Sören und alle anderen Mitarbeiter des Polizeireviers waren ebenfalls hocherfreut über die Annäherung ihres Chefs mit der Staatsanwaltschaft Flensburg. Alle hofften, dass sich das Verhältnis nun schlagartig verbessern und Frau Dr. Speck die Beamten des Polizeireviers Westerland nicht mehr ansehen würde, als erinnerten sie sie alle an Wachtmeister Dimpfelmoser aus dem Räuber Hotzenplotz.

»Ich wusste«, sagte Erik, »dass sie mal mit einem Filmproduzenten liiert war, aber seinen Namen kannte ich nicht.«

»Sie hat noch Gefühle für ihn?« Sören hatte die Information, dass die Staatsanwältin geweint hatte, noch nicht verarbeitet.

Erik merkte, dass ihm diese Frage nicht gefiel, und verbot sich, über die Antwort nachzudenken. »Jedenfalls nimmt sie morgen früh den ersten Autozug. Den Mörder ihres früheren Liebhabers will sie partout höchstpersönlich fangen.«

»Muss das sein?«, maulte Sören.

»Sie wird uns sicherlich helfen können. Vermutlich telefoniert sie heute noch mit Leuten, deren Namen wir mühsam hätten herausfinden müssen. Wetten, dass sie morgen schon mit neuen Erkenntnissen auf Sylt auftaucht?«

Zu Hause trafen sie nur Felix an. »Carolin und die Nonna sind noch nicht zurück. Es wird nur die Reste des Mittagessens geben.«

»Das ist gut so«, meinte Erik. »Käme hier ein Festessen auf den Tisch, würde Violetta am Ende noch glauben, wir hätten uns auf sie gefreut.« Er ging in die Vorratskammer und kam mit einer Flasche Campari zurück. »Wir genehmigen uns jetzt erst mal einen Aperitif.«

»Wir könnten ja auch schon den Tisch decken«, schlug Sören zögernd vor, ließ sich aber schnell davon überzeugen, dass man es der Schwiegermutter seines Chefs nie recht machen konnte, die Hilfe im Haushalt selten willkommen hieß, sondern meistens störend fand.

Sie prosteten sich zu, und schon während sie den ersten Schluck nahmen, fuhr Eriks Auto vor. Das Türschlagen wurde mühelos von einer schrillen Stimme übertönt, die deutsche und italienische Wörter durcheinanderrief, als hätte sie mit dem Versuch, die deutsche Sprache zu erlernen, die italienischen vergessen. Oder umgekehrt … Himmel, Möwen, Wind, Kälte, Sonne – jedes Wort wurde zweisprachig vorgebracht, in immer neuen Varianten.

»O Gott«, stöhnte Erik. »Nun ist es mit der Ruhe vorbei. Zwei Italienerinnen, von denen eine doppelt so laut und schnell redet wie meine Schwiegermutter – das wird hart.«

Insgeheim wunderte er sich darüber, dass eine Frau, die derart vom Schicksal gebeutelt worden war wie Carlottas Cousine, eine so starke Präsenz hatte, zumindest akustisch. Dass es sich optisch nicht anders verhielt, bekam er bald zu sehen. Allerdings erst, nachdem sie auf ihn zugestürzt war, seinen Kopf in beide Hände genommen, ihn abgeküsst und er sich von dem Überfall erholt hatte. Als sie von ihm abließ, konnte er sie endlich betrachten, während sie Sören auf die gleiche Weise begrüßte, weil sie ihn wohl für ein Familienmitglied hielt. Felix entzog sich ihren Händen, indem er ihr den Rücken zudrehte und so tat, als suche er in einer Küchenschublade etwas, aber der Klaps auf den Po, den er daraufhin kassierte, brachte ihn noch mehr aus der Fassung. Selbst Kükeltje, die nach Carlottas Rückkehr auf Essensvorbereitungen und damit auf das eine oder andere Leckerchen hoffte, das für sie abfallen würde, verzog sich umgehend wieder.

Violetta drehte sich einmal um sich selbst und schrie etwas an die Zimmerdecke, was sich anhörte wie »Gut, dass ich auf Sylt bin und es diesem Mistkerl heimzahlen kann!«. Sie hatte begreiflicherweise nicht damit gerechnet, Renato Capotto jemals wiederzusehen, und war ihrer Cousine Carlotta unendlich dankbar, dass sie es ihr ermöglicht hatte. Das brachte sie in Italienisch, erstaunlicherweise auch in Deutsch vor und schließlich in einem Kauderwelsch, das aus beiden Sprachen bestand. Im Rhythmus ihre Worte wippte sie auf den Fußspitzen und legte die Hände in die Taille, als bereite sie eine komplizierte Schrittfolge vor.

In einem unbeobachteten Moment fragte Erik seine Schwiegermutter mit hochgezogener Stirn, weit aufgerissenen Augen und angehobenen Schultern, was es mit dieser Violetta auf sich hatte, die doch angeblich eine gebeugte, verhärmte Frau geworden war, nicht nur von dem Mann, den sie geliebt hatte, sondern vom Leben selbst betrogen. Einmal aufgelehnt, einmal eine eigene Entscheidung getroffen – und dann bis zum Tode dafür gebüßt! So oder so ähnlich hieß es in Carlottas Verwandtschaft, wenn das Gespräch auf Violetta kam. Und nun stand diese Frau in der Küche am Süder Wung. So ganz anders. Stark und regelrecht Furcht einflößend.

Carlotta sorgte dafür, dass Eriks Gedanken sich positiv veränderten. »Du hast doch erwähnt, Enrico, dass es im Hotel Horizont einen Toten gegeben hat.«

Erik antwortete nicht. Es stand ihm ins Gesicht geschrieben, dass er sich fragte, was, um Himmels willen, die Cousine seiner Schwiegermutter damit zu tun hatte.

»Violetta hat auch davon gehört.«

»Wie bitte?« Erik und Sören riefen es unisono.

Violetta fühlte sich bewogen, die Sache zu verdeutlichen, warf mit Begriffen wie Internet, Tablet und Smartphone um sich und nannte den Namen Gunnar Thomann gleich mehrere Male.

Mamma Carlotta wartete, bis sie fertig war, dann drückte sie Violetta auf einen Stuhl und sorgte dafür, dass auch Erik und Sören am Tisch Platz nahmen. »Violetta hat ein bisschen Deutsch gelernt. Und sie sagt, es stünde im Internet.«

»Woher weiß sie das?«

»Ihr Sitznachbar im Flugzeug hatte so was ... wie heißt das, Enrico? Ich kenne das nicht. Wenn ich viele Gläser von der Küche ins Wohnzimmer tragen will ... So ähnlich.«

»Ein Tablet?«

»Sì. Und ein Smartphone hatte er auch. Sie kann damit

umgehen, weil der Mann, für den sie arbeitet, auch so was besitzt. Sie hat sogar ein Handy. Ein altes Ding zwar, aber immerhin.« Sie betrachtete Violetta, als könnte sie immer noch nicht glauben, was aus ihrer Cousine geworden war. »Madonna, wenn das Zia Galatea wüsste!«

Aber Erik winkte ab, darüber wollte er anscheinend nicht reden. »Sie hat also von Thomanns Tod etwas gelesen.«

»Sì.« Mamma Carlotta wurde nervös. Das hatte sie doch schon mehrfach gesagt! Dass Erik aber auch immer so lange brauchte, bis er verstand, worum es ging! »Und sie weiß, wer ihn umgebracht hat.«

Sie sah ihren Schwiegersohn erwartungsvoll an, aber der reagierte noch immer nicht so, wie sie es erwartet hatte. Madonna! Warum konnte er sich nicht freuen? Violetta nahm ihm die Arbeit ab. Sie sorgte für einen Ermittlungserfolg, ohne dass er sich anstrengen musste. Und da schaute er immer noch drein, als wüsste er nicht, ob er lachen oder sich ärgern sollte? Mamma Carlotta verstand die Welt nicht mehr.

»Capisci?«, fragte sie vorsichtshalber. »Hast du verstanden, was ich gesagt habe?«

Als Antwort stand er auf und holte Teller und Besteck aus dem Schrank.

»Dio mio!« Er wusste doch, dass sie Hilfe im Haushalt nicht leiden konnte. Zornig nahm sie ihm alles aus der Hand und deckte den Tisch selbst. Merkte er denn nicht, dass Violetta etwas von ihm erwartete? Lob! Anerkennung! Zumindest musste er jetzt nachfragen, sonst würde Violetta glauben, man nähme sie nicht ernst. Sie war doch eine Verwandte von Lucia! Die konnte er nicht damit brüskieren, dass er sie behandelte wie eine Hobbydetektivin, die besserwisserische Argumente präsentierte.

Trotzdem sah Erik so aus, als würde er sie am liebsten aus dem Hause werfen. »So, so, das ist natürlich interessant.«

Sie bekam mit, dass er die Augen in Sörens Richtung verdrehte, um ihm zu zeigen, dass es am besten war, Violetta einfach zu ignorieren. Dio mio!

Sie stellte die Vorspeisenplatte auf den Tisch, holte die aufgebackenen Panini aus dem Ofen und entschuldigte sich wortreich dafür, dass es nur Reste vom Mittagessen gab. Ganz nebenbei konnte sie Erik noch erläutern, dass es Violetta gar nicht so schlecht ging, wie alle vermutet hatten. »Der Verkauf ihres Elternhauses hat nicht viel eingebracht, aber immerhin. Violetta hat ein bisschen eigenes Geld, und da die Hälfte aus dem Erlös des Hauses natürlich ihr Bruder erhalten hat, ist er nicht mehr ganz so garstig zu seiner Schwester. Es war schließlich Violetta, die diesen Käufer gefunden hat. Ohne sie wäre das Haus abgerissen worden, und der Nachbar hätte das Land billig bekommen, um Sonnenblumen anzupflanzen.«

Erik hatte das Haus, in dem der kalabrische Zweig der Familie Capella wohnte, nie gesehen, wusste aber aus Erzählungen, wie ärmlich die Behausungen dort waren.

»Wer hat denn die Bruchbude gekauft?«, fragte er mit geringschätziger Miene.

Carlotta sah ihn strafend an. Wie konnte er nur so unhöflich sein?

»Un artista«, schrie ihm Violetta entgegen, die ihn verstanden hatte, aber dennoch nicht beleidigt war.

»Ein Künstler«, übersetzte Carlotta. »Der wollte unbedingt ein Domizil in Italien haben. Für die Toskana hat es nicht gereicht, Umbrien war ihm auch noch zu teuer, also hat er sich was in Kalabrien gesucht.« Mit einem vorsichtigen Seitenblick auf Violetta ergänzte sie: »Da, wo die Häuser für einen Spottpreis zu haben sind. Jedenfalls eins wie das von Violettas Eltern. Mitten auf dem Land, kein Baum und kein Strauch ringsum, nur verbrannte Erde, dürre Felder und das Meer weit weg. Ein Dorf, das eine Bushaltestelle hat, mehr nicht.«

»Aber er kann von einem Feriendomizil in Italien sprechen«, meinte Sören spöttisch.

Mamma Carlotta riss die Küchentür auf und befehligte Felix mit lauter Stimme in die Küche zurück. Er kam kurz darauf mit Kükeltje auf dem Arm herein, die jedoch panisch flüchtete, als Violetta Anstalten machte, sie auf ihren Schoß zu reißen.

»Der Mann ist Schauspieler«, erklärte Mamma Carlotta, die auf dem Weg von Hamburg nach Westerland über alles informiert worden war. »Er hat von Violetta verlangt, dass sie Deutsch lernt. Er will zwar in Italien wohnen, aber nicht italienisch sprechen.« Sie verdrehte die Augen, dann ergänzte sie: »Und er kennt Gunnar Thomann sehr gut.« Sie wandte sich an Violetta. »È vero?«

Ein Schwall von italienischen und deutschen Vokabeln prasselte auf Erik und Sören ein, so laut, dass sie sich unwillkürlich duckten. »Film, Rullino, Delusione, verschwunden, mancante!« Das waren die Wörter, die Erik aufschnappte und hilflos wiederholte.

Mamma Carlotta übernahm auch hier die Erklärungen. »Violetta arbeitet für den Schauspieler. Sie hält ihm das Haus sauber, passt darauf auf, wenn er weg ist, putzt, wäscht und kocht für ihn, wenn er anwesend ist. Er bezahlt sie dafür. Wenn er gerade kein Engagement hat, ist es weniger, aber wenn er eine gute Rolle bekommen hat, ist er sehr großzügig. Und was er nicht mehr braucht, bekommt Violetta. Zum Beispiel sein altes Handy. Endlich hat sie ein eigenes Einkommen.«

»Aha.« Endlich schien Erik zu verstehen. »Aber warum glaubt Violetta zu wissen, wer Gunnar Thomann ermordet hat?«

Mamma Carlotta holte tief Luft. »Der Schauspieler …«

»Wie heißt der?«, warf Felix ein, der immer an prominenten Namen interessiert war.

Violetta hatte die Frage verstanden und antwortete: »Damian Staufer!«

»Ehrlich?« Felix' Blicke für die lästige Verwandte wurden freundlicher. »Der hat doch in diesem Polit-Thriller mitgespielt. Wie hieß der noch gleich?«

Mamma Carlotta unterband seine Frage. Endlich erschien ein schwaches Interesse in Eriks Blick, da wollte sie sich nicht schon wieder ausbremsen lassen.

»Der Schauspieler hat in letzter Zeit viel mit Gunnar Thomann telefoniert, sagt Violetta. Sie haben gestritten. Thomann hatte Staufer eine Rolle versprochen. Der hat dafür ein anderes Impegno ... wie sagt man?«

»Engagement«, warf Violetta ein.

»Sì. Das hat er abgesagt, weil er lieber in dem Film von Thomann mitspielen wollte. E poi? Er hat nichts. Niente! Beide Rollen weg, weil Thomann es sich auf einmal anders überlegt hat. Wütend ist er abgereist. Nach Germania. Er wollte Thomann die Meinung sagen. Er hat sogar damit gedroht, ihn umzubringen. Und seitdem ...« Sie hob die Schultern, als müsste Erik sich den Rest des Satzes denken können.

»Mancante«, half Violetta.

»Verschwunden?« Erik starrte Sören an, der blickte genauso fassungslos zurück.

Erik schlich auf leisen Sohlen die Treppe hinab. Im Stillen betete er, Violetta möge eine Langschläferin sein, die erst in der Küche erscheinen würde, wenn er sich bereits ins Büro aufgemacht hatte. Er war guter Hoffnung, als im Haus alles ruhig blieb. Carlotta und Violetta hatten bis tief in die Nacht zusammengesessen und jedes Ereignis, das einer von ihnen in letzter Zeit aus der Verwandtschaft zu Ohren gekommen war, von allen Seiten betrachtet. Sämtliche Eheschließungen, inklusive der Prognosen über ihre Haltbarkeit, alle Schwangerschaften und Geburten mit den Mutmaßungen, die mit jeder Fortpflanzung einhergingen, die beruflichen Veränderungen, die einen undurchschaubaren Grund hatten, und die Scheidungen, die erwartet wurden oder schon eingereicht worden waren. So was dauerte. Erik hatte sich frühzeitig verabschiedet, war aber immer wieder von Lachsalven und albernem Gekreische wach geworden, das letzte Mal gegen drei Uhr. Dann hatte er jedes Mal eine Weile wach gelegen und dummerweise an die Staatsanwältin denken müssen. Daraufhin hatte er Probleme gehabt, wieder in den Schlaf zu finden, nachdem ihm eingefallen war, was sie im Herbst zum Abschied gesagt hatte: »Ich mag deinen Schnauzer. Er ist so herrlich altmodisch.«

Er hatte sich darüber geärgert, denn natürlich hatte sie ausdrücken wollen, dass ihr sein Schnauzer nicht gefiel. War doch klar! Etwas Altmodisches gefiel einer Frau wie Dr. Tilla Speck nicht. Aber was ging sie sein Schnauzer an? Hatte er ihr jemals gesagt, dass ihm ihre High Heels nicht gefielen?

Er hatte länger im Bad gebraucht als sonst, denn er fühlte sich allein im Haus. Natürlich war das nicht der Fall, aber es war so still wie sonst nie. Seine Schwiegermutter würde länger schlafen, Felix hatte Ferien, wie Carolins Arbeitsplan aussah, wusste Erik nicht. Aber da sich in ihrem Zimmer nichts rührte, hatte sie wohl eine spätere Schicht. Er würde Sören an der Tür empfangen und mit ihm in ein Frühstückscafé gehen. Am besten ins Entree im Bahnhof, dann konnten sie bei dieser Gelegenheit einen Blick auf den Stand der Umbauarbeiten im Polizeirevier werfen.

Vorsichtig schob er die Küchentür auf, damit kein Geräusch die Ruhe im Haus störte – und erstarrte. Am Tisch saß seine Schwiegermutter, mit einer Espressotasse vor sich, die Beine von sich gestreckt, mit geschlossenen Augen. Erschrocken fuhr sie in die Höhe – und musste sich an der Tischkante festhalten, als die Beine unter ihr nachzugeben drohten. Entweder aufgrund des Schrecks oder der diversen alkoholischen Getränke, die während der Wiedersehensfeier konsumiert worden waren.

»Enrico! Wie kannst du dich so anschleichen?«

»Ich dachte, du schläfst noch.«

»Io?« Sie ging zum Kühlschrank und holte Eier und Speck heraus. »Ich mache dir selbstverständlich dein Frühstück. Wenn ich auf Sylt bin, sollst du dich nicht selbst ums Essen …«

Sie fuhr herum und starrte ihn an. Ihre berühmt-berüchtigte Auffassungsgabe hatte eindeutig gelitten. Ohne die Wiedersehensfeier mit ihrer Cousine und den dazugehörigen Sektportionen hätte sie sicherlich sofort bemerkt, was ihn verändert hatte.

»Wo ist dein Baffi geblieben?«

Das hörte sich so an, als hätte er seinen Schnauzer in der Nacht verklüngelt und am Morgen nicht wiedergefunden. Erik grinste leicht. »Abrasiert. Man muss sich doch mal verändern.«

»Ma …« Carlotta sank auf einen Stuhl und ließ die Kühlschranktür offen stehen. »Aber … du hast noch nie …«

»Doch! Als ich Lucia kennenlernte, hatte ich keinen Schnauzer.«

»Aber ihr gefiel er.«

»Mir auch. Ich wollte nur … wollte mal anders aussehen. Wenn es mir nicht gefällt, lasse ich ihn wieder wachsen. In ein paar Tagen sehe ich dann wieder so aus wie immer.«

Seine Schwiegermutter hatte Schwierigkeiten mit dieser ungewohnten Aufgeschlossenheit. Eigentlich mochte Erik keine Veränderungen, das wusste sie, und wenn sie unumgänglich waren, musste er trotzdem lange darüber nachdenken, ehe er sich zu einer Neuerung entschloss. Diese spontane Entscheidung, die während der paar Schritte vom Schlafzimmer ins Bad gefällt worden war, hatte sie ihm nicht zugetraut.

»Dio mio! Hast du das wegen Tilla gemacht?«

Diese Frage gefiel ihm gar nicht. »Was geht Tilla mein Schnauzer an?«

»Sie hat … ich glaube, sie hat mal gesagt …«

Erik wollte nicht hören, was Tilla Speck gesagt hatte. »Was ist mit Violetta?«

»Die schläft noch.« Carlotta holte mit großem Gepolter und Geklirr Besteck und Geschirr aus dem Schrank und deckte den Tisch. »Heute Abend wollen wir nach List fahren. Du weißt ja …«

»Der Artist im Fliegenden Varieté«, vollendete Erik. »Man sollte den armen Kerl warnen.«

»Enrico!« Mamma Carlotta war empört. »Er hat sich wie ein Schuft benommen. Es geschieht ihm ganz recht, wenn Violetta ihm die Meinung sagt.«

»Was hat sie davon?« Erik gähnte.

»Allora ...« Diese Frage konnte Carlotta nur schwer beantworten. »Sie ist dann richtig fertig mit ihm. Basta!«

Sie betrachtete ihn ein weiteres Mal intensiv, schüttelte dann den Kopf und wandte sich seufzend der Arbeit zu.

Erik dachte nach, während er seiner Schwiegermutter beim Schinkenwürfeln zusah. Der Anblick machte ihn jedes Mal nervös. Aber er wusste ja, dass der kleinste warnende Hinweis dafür sorgen konnte, dass sie sich schnitt, während meist alles gut ging, wenn sich niemand zu ihrem mörderischen Tempo äußerte. »Oder kann es sein, dass sie sich erneut Hoffnungen auf ihn macht? Immer noch? Dass sie ihn unter Druck setzen will? Nach so vielen Jahren?«

»Au!« Nun war es doch passiert. »Wie kannst du mich so erschrecken, Enrico?«

»Ich dachte nur ...« Erik machte sich auf die Suche nach einem Pflaster, während Mamma Carlotta ihren Finger unter kaltes Wasser hielt. »Eine so weite Reise, nur um dem verflossenen Liebhaber den Marsch zu geigen ... ist das nicht ein bisschen viel Aufwand?«

Er merkte sofort, dass seiner Schwiegermutter diese Idee auch schon gekommen war. Wenn sie so barsch reagierte wie jetzt, fühlte sie sich immer ertappt. Sie riss ihm das Heftpflaster aus der Hand und klebte es sich selbst auf den Finger. »Vielleicht wollte sie einfach mal raus. Eine Urlaubsreise nach Sylt.«

»Jetzt, wo sie es sich leisten kann«, ergänzte Erik.

Mamma Carlotta nickte und machte sich wieder an die Arbeit. »Nur ... wenn der Schauspieler verschwunden bleibt, für den sie arbeitet, wer bezahlt sie dann?«

»Oder wenn er im Gefängnis sitzt.«

Es klingelte, und Sören erschien. Mit frischen roten Wangen, in einer Wolke aus Morgenkälte. Er starrte Erik an, als hätte dieser sich die Haare grün gefärbt. »Wie sehen Sie denn aus, Chef?«

»So wie gestern! Nur der Schnauzer fehlt.«

»Ich habe Sie noch nie ohne gesehen.«

»Na und?«

»Aber warum …?«

Erik unterband diese Frage, indem er gleich auf Dienstliches zu sprechen kam. »Wir müssen herausbekommen, wo Staufer sich aufhält.«

Während Sören sich aus seiner Jacke schälte und den Fahrradhelm abnahm, antwortete er: »Ich habe heute Morgen gleich bei seinem Agenten angerufen und ihm auf den AB gesprochen. Ich hoffe, er meldet sich bald.« Händereibend folgte er Erik in die Küche, begrüßte Mamma Carlotta, die ihn mit dem Duft von kross gebratenem Schinken empfing, und fand wohl, dass es wieder einmal an der Zeit war, so zu tun, als hätte er nicht damit gerechnet, mit einem opulenten Frühstück empfangen zu werden. »Dass Sie das jeden Morgen für mich machen, Signora …«

Wie zu erwarten, wehrte Mamma Carlotta seine Bescheidenheit vehement ab, sodass Sören schnell wieder zum Alltäglichen übergehen konnte. »Haben Sie schon was von der Staatsanwältin gehört?«

Ehe Erik antworten konnte, fuhr Mamma Carlotta herum. »Kommt Tilla nach Sylt?«

Erik verzog das Gesicht, als hätte er Zahnschmerzen. Tilla! Er hasste es, wenn seine Schwiegermutter die Staatsanwältin beim Vornamen nannte! Sie war ja die Erste gewesen, die es zu dieser Vertraulichkeit gebracht hatte, weil sie die Staatsanwältin einmal als Dolmetscherin nach Italien begleitet hatte, wo sie sich aus Gründen der Geheimhaltung als Tante und Nichte ausgegeben hatten.

»Dio mio!« Mamma Carlotta schlug die Hände über dem Kopf zusammen. »Hoffentlich werde ich Zeit finden, um für sie zu kochen.«

»Sie kommt nicht, um bei uns zu essen.«

»Warum kommt sie überhaupt?«

»Hast du vergessen, dass wir einen Mordfall haben?«

»Madonna! Naturalmente! Im Moment ist aber auch wirklich viel los. Erst Violetta, und dann noch die Staatsanwältin.« Sie sah Erik ängstlich an. »Glaubst du, dass die beiden sich verstehen werden?«

Nun wurde Erik zornig. »Die beiden brauchen sich nicht einmal kennenzulernen. Die Staatsanwältin kommt nicht als Privatperson nach Sylt, sondern um hier mit uns zusammen zu ermitteln. Wir werden viel zu tun haben! Capito?«

Carolin warf ihrer Großmutter einen bedeutungsschweren Blick zu, der nicht davon kündete, dass die Freude groß war, eine so muntere und unterhaltsame Verwandte im Haus zu haben. »Ich glaube, Mama konnte sie auch nicht leiden«, flüsterte sie, als Violetta gerade so freundlich war, im Bad zu verschwinden.

Carlotta konnte sich nicht daran erinnern, hielt es aber für möglich. Sie nickte betreten, weil in Carolins Augen schon wieder die Frage erschien, die mit den Worten begann: »Wie konntest du nur …?«

Ja, sie wusste nun selbst, dass es ein Fehler gewesen war, Violetta auf der Stelle zu alarmieren, als sie aus List zurückgekehrt waren. Mittlerweile war Carlotta nicht einmal mehr sicher, ob sie recht gehabt hatte oder falschlag. Was, wenn dieser Artist, den sie im Fliegenden Varieté gesehen hatte, gar nichts mit Renato Capotto zu tun hatte? Carlotta wusste nicht, ob sie sich wünschen sollte, sich geirrt zu haben. Wenn Violetta dann umgehend wieder abreiste, kam ihr diese Möglichkeit ziemlich erstrebenswert vor.

»Dass du mir nicht mit ihr im Horizont auftauchst«, zischte Carolin ihrer Großmutter beim Abschied zu. »Am Ende verliere ich meine Ausbildungsstelle, wenn so eine Verwandte in die Lobby schneit! Ich weiß wirklich nicht, wie Gravenaar reagieren wird, wenn sie vor der Rezeption einen Spagat versucht.«

Das fand Mamma Carlotta maßlos übertrieben, war aber froh, nicht mehr über Violetta selbst, sondern über ihre Wirkung lamentieren zu können. Sie sei eben temperamentvoll, das habe sie von ihrer Mutter, die Natur habe sie mit einer lauten Stimme bedacht, dafür könne sie nichts, sie habe immer schnell reden müssen, um in ihrer Familie Gehör zu finden, und die unglückliche Liebe zu Renato habe sie zur Außenseiterin gemacht. Und das habe – »Naturalmente!« – dazu geführt, dass sie niemandem mehr vertrauen könne. »Nur noch sich selbst!« Das sei auch der Grund, warum sie versuche, durchs Leben zu tanzen, solange Kraft und Gelenke es noch zuließen. »Das Tanzen hat ihr einmal Hoffnung gegeben. An dieser Hoffnung hält sie sich immer noch fest.«

Aber Carolin wollte von diesen Entschuldigungen nichts hören, wiederholte ihre Warnung nur und schien froh zu sein, das Haus verlassen zu können.

Anschließend stand Mamma Carlotta in der Küche und fragte sich, was nun geschehen sollte. Der Tag dehnte sich vor ihr aus, eine lange Zeit, die gefüllt werden musste. Eigentlich wollte sie an diesem Vormittag die Fenster putzen. Ob Violetta bereit war, dabei zu helfen? Natürlich könnten sie auch gemeinsam zu Feinkost Meyer gehen und dann für die Familie kochen. Nur … Carolin wollte lieber im Hotel etwas zu sich nehmen, statt sich von ihrer Großcousine beim Essen unterhalten zu lassen, und Felix war, nachdem er gemeinsam mit Violetta gefrühstückt hatte, schlagartig eingefallen, dass er gegen Mittag Fußballtraining hatte und deshalb schweren Herzens auf die Beköstigung am heimischen Herd verzichten müsste. Und

Erik und Sören hatten klipp und klar erklärt, dass sie keine Zeit für Antipasti, Primo, Secondo und Dolce haben würden, wie immer, wenn ein Mord auf Sylt geschehen war. Und da außerdem die Staatsanwältin erwartet wurde, konnte Erik erst recht keine Zusage geben. Obwohl Carlotta ja ziemlich sicher war, dass Tilla Speck das Mittagessen gern in ihrer Küche einnehmen würde. Mindestens das Abendessen! Aber auch daraus konnte nichts werden, weil Violetta keinen Tag darauf warten wollte, Renato zu sehen und zur Rede zu stellen. Am Abend stand also ein weiterer Besuch des Fliegenden Varietés auf dem Programm. Mamma Carlotta seufzte. Viel lieber hätte sie der Staatsanwältin ein aufwendiges Essen vorgesetzt, sich in ihrem Lob gesonnt und sich angesehen, wie Erik mit Tilla Speck umging. Dass die beiden sich bei Carlottas letztem Besuch auf Sylt geduzt hatten und die Staatsanwältin ihren Schwiegersohn mit einem gehauchten Kuss begrüßt hatte, konnte sie noch längst nicht richtig einordnen. Da würden noch einige Einladungen zum Essen nötig sein, bis sie alles herausgefunden hatte, was sie wissen wollte. Und nun noch der abrasierte Schnauzer! Mamma Carlotta war sicher, dass Eriks Entschluss etwas mit Tilla Speck zu tun hatte. Und wenn … war das nicht ein Beweis dafür, dass er der Staatsanwältin gefallen wollte? Und warum wollte ein Mann einer Frau gefallen? Die Antwort war so sonnenklar, dass man sie gar nicht zu geben brauchte.

Violetta platzte in ihre Überlegungen. »Ich will zum Strand!« Sie kenne nur den Strand von Rimini, den sie vor lauter Sonnenschirmen nicht gesehen hatte, und das Mittelmeer, das lauwarm ans Ufer schwappte. Diesen riesigen Strand, den sie auf Bildern gesehen habe, und das tobende Meer müsse sie sich unbedingt ansehen. Am liebsten auf der Stelle!

Sie wählten den Strandübergang, an dem Fietjes Standwärterhäuschen stand. Der war sogar im Dienst und staunte nicht schlecht, als die Schwiegermutter des Hauptkommissars in Begleitung einer Dame erschien, die, als sie ein paar Schritte auf den Holzplanken gemacht hatte, einen so markerschütternden Schrei ausstieß, dass Fietje beinahe seine Bommelmütze verloren hätte. Die hatte bisher jedem Sturm getrotzt, schien aber der Gefühlsaufwallung von Violetta Menardo nicht gewachsen zu sein. Was vielleicht auch daran lag, dass ihr Rand sich noch weiter aufgeribbelt hatte und damit die Passform allmählich verloren ging.

»Il mare!« Violetta breitete die Arme aus, als wollte sie sich vom Wind erfassen und davontragen lassen. Eine Gefühlsregung, die dem stoischen Fietje völlig fremd war.

Mamma Carlotta flüsterte ihm zu, dass sie Besuch aus Italien habe. »Sie wissen doch, Italiani sind ein bisschen ... anders.«

Die beiden lachten sich verständnisinnig an, so als wären sie beide Norddeutsche, die noch nichts vom südländischen Temperament gehört hatten. Dann folgte Mamma Carlotta ihrer Cousine die Holztreppe hinunter zum Strand. Der Wind war frisch, griff mit kurzen, spitzen Böen an, das Meer hatte eine herrliche tintenblaue Färbung, wodurch die Gischt schneeweiß wirkte. Was Violetta zu sehen bekam, war wie das Gemälde eines Malers, dem es egal war, dass man seine Kunst post mortem kitschig nennen würde.

Wieder streckte sie beide Arme aus und rief Richtung Horizont, dass sie noch nie etwas Schöneres gesehen habe. Dann machte sie sich im Walzerschritt auf den Weg zur Wasserkante und wandte sich Westerland zu. »Da will ich hin.« Sie streckte den rechten Zeigefinger aus, als ging es um eine Ballettpose.

Mamma Carlotta seufzte. Sie fand das Wandern im Sand beschwerlich, aber andererseits würden sie die Zeit auf diese Weise so verbringen, dass Violetta eine schöne Erinnerung mit nach Hause nehmen konnte. Die Arbeit im Häkelclub würde ihr auch Spaß machen. Den Vorschlag, sich daran zu beteiligen, hatte sie begeistert aufgenommen. Schon als kleines Mädchen war sie sehr geschickt darin gewesen, aus abgelegten

Kleidungsstücken Röcke und Blusen für ihre Puppe zu nähen. Sie würde also mitkommen, wenn am Nachmittag für die Wohltätigkeit gearbeitet wurde. Zum Glück in Käptens Kajüte und nicht im Horizont, wo Carolin keinen Verwandtenbesuch wünschte.

Mamma Carlotta stapfte hinter Violetta her, die erstaunlich zügig vorankam, betrachtete die dünne Wolljacke, die ihre Cousine sich übergeworfen hatte, während andere Sylt-Touristen mit wattierten Steppjacken unterwegs waren. Aber Violetta schien nicht zu frieren, obwohl sie bisher nichts anderes als heiße Sommer und milde Winter kennengelernt hatte. Sie schrie gegen den Wind an, ohne dass Mamma Carlotta verstand, was sie sagte, sie fing ihn mit beiden Armen ein und fächerte ihn in ihr Gesicht, sie rief den Dünen etwas zu … und blieb mit einem Mal wie angewurzelt stehen. Mamma Carlotta, die gerade noch auf ihre Fußspitzen geschaut hatte, wäre beinahe in sie hineingelaufen.

»Guarda qui!«

Mamma Carlotta machte einen langen Hals. Worauf hatte Violetta sie aufmerksam gemacht? Sollte sie sich ein Tier anschauen? Eine seltene Pflanze?

Nein, Violetta war etwas anderes aufgefallen. Sie habe gehört, sagte sie, dass die Dünen an der See nicht betreten werden dürften. Und dann, als Mamma Carlotta es bestätigt hatte, zeigte sie auf eine Spur, die in die Dünen führte. Eine breite Schleifspur. Sie verlor sich im Strandhafer, der niedergedrückt war. Zu Boden getrampelt?

Mamma Carlotta zögerte nicht. Sie lief los, gefolgt von Violetta, die nun mit einem Mal langsamer wurde und nicht mehr auf den Walzerschritt bedacht war. Sie zögerte, als hätte sie Angst, etwas zu sehen zu bekommen, was sie erschrecken könnte. Mamma Carlotta dagegen ging energisch auf ihr Ziel los. Vor der Spur, die Violetta aufgefallen war, blieb sie stehen und betrachtete sie eine Weile. War das wirklich eine Schleifspur? Oder war ein Kind beim Morgenspaziergang mit seinen Eltern auf die Düne geklettert und heruntergerutscht? So was gab es immer wieder, Eltern, die ihren Kinder nichts verbieten wollten, Kinder, die auf niemanden hörten.

Aber dann spürte sie etwas, was landläufig ein Bauchgefühl genannt wurde – bei ihr zu Hause Istinto. Auch Erik, dem es immer auf Beweise ankam, hatte diesen Begriff schon im Mund geführt. Einem Bauchgefühl war auch er schon nachgegangen, ohne von Indizien oder einem konkreten Verdacht getrieben zu werden. Für Mamma Carlotta war Istinto etwas ganz Normales, sie kam ja immer ohne Indizien und Beweise aus. Istinto verriet ihr, wenn ein Enkel sie anlog, weil er eine schlechte Note verschweigen wollte, wenn ein Händler auf dem Markt ihr einen überteuerten Preis nannte, oder wann der Bohneneintopf gar war. In diesem Augenblick sagte ihr Bauchgefühl, dass hier etwas passiert war. In dieser Düne, ein paar Schritte von ihr entfernt.

Auf allen vieren kraxelte sie hoch, nur so weit, dass sie sehen konnte, was sich in der nächsten Mulde befand. Dann ließ sie sich in den Sand fallen und rutschte, wie es eigentlich nur Kinder taten, den Sandberg wieder hinunter. Direkt vor Violettas Füße.

Die half ihr erschrocken auf. »È successo qualcosa.«

Es war keine Frage, es war eine Feststellung. Violettas Bauchgefühl hatte ihr längst verraten, dass etwas geschehen war.

Mamma Carlotta nickte, als sie wieder auf beiden Beinen stand. »Wir müssen sofort meinen Schwiegersohn anrufen.«

Die Staatsanwältin war noch immer aufgewühlt. Das erkannte Erik, als er zufällig aus dem Fenster blickte und ein Taxi vor dem provisorischen Polizeirevier vorfahren sah. Tilla Speck stieg mit eckigen Bewegungen aus, blickte nicht hoch, riss dem Fahrer den Koffer aus der Hand und stapfte auf den Container zu, dass er die Absätze ihrer High Heels durchs geschlossene

Fenster aufs Pflaster knallen hörte. Sie quälte den Koffer durch die schwere Tür und verschwand in dem behelfsmäßigen Revierzimmer, wohl um sich zu erkundigen, wo die Kriminalpolizei untergekommen war.

Erik verließ sein Büro und das Gebäude der Telekom. Als er auf den Container zuging, trat die Staatsanwältin bereits wieder heraus und hatte erneut damit zu tun, den widerspenstigen Koffer über die Schwelle zu zerren.

Erik beschleunigte seinen Schritt, um ihr zu helfen. »Moin!«, rief er ihr zu.

»Ah, Erik!« Sie blickte auf, lächelte aber nicht. Im Gegenteil! Sie starrte ihn entgeistert an, und Erik bereute den spontanen Entschluss des Morgens. »Was hast du gemacht?«

Er tat so, als verstünde er sie nicht. »Was meinst du?«

»Dein Schnauzer! Wo ist er geblieben?«

»Was glaubst du? Denk mal nach, vielleicht kommst du drauf.«

Sie lachte noch immer nicht, kommentierte seine Veränderung aber nicht. Erik fragte sich, was das zu bedeuten hatte. Gefiel ihr sein bartloses Gesicht besser? Oder fand sie das Altmodische doch nicht so schlecht?

Zu seinem Leidwesen bestand sie darauf, ihm nicht die Hand zu reichen, sondern eine Umarmung anzudeuten und ihm einen Kuss links und rechts an die Wangen zu hauchen. Was für eine dämliche Angewohnheit! Sie trafen sich hier doch nicht zum Small Talk, sondern um gemeinsam einen Mord aufzuklären!

»Ich zeige dir mein neues Büro.« Erik ging ihr voran und wunderte sich, wie langsam er sich bewegen musste, damit die Staatsanwältin mit ihren hohen Schuhen und den kurzen Schritten ohne Mühe folgen konnte.

»Wie geht's Carlotta?«, fragte sie, als sie in seinem Büro angekommen waren.

»Geht so«, gab Erik zurück. »Sie hat Besuch von einer

anstrengenden Cousine.« Er zeigte zu dem Koffer. »Wo wirst du wohnen?«

Er war froh, dass die Staatsanwältin mit diesem Koffer nicht im Süder Wung aufgetaucht war. Die Sorge, seine Schwiegermutter könnte Tilla das Gästezimmer anbieten, war immer noch wach.

»Ich gehe wieder ins Hotel Windrose«, sagte sie. »Heute Mittag kann ich dort einchecken.«

Sie setzte sich auf den Stuhl vor seinem Schreibtisch und zog den kurzen Rock so weit zu den Knien, wie es möglich war. Erik war es schon häufig aufgefallen, dass Frauen einerseits gewagte Miniröcke trugen, dann aber andererseits, sobald sie sich setzten, an den Säumen herumzupften, damit die Röcke länger wurden.

»Jetzt aber erst mal der Fall Thomann.«

Erik sah, dass sie absichtlich diese sachliche Ausdrucksweise gewählt hatte. Anscheinend wollte sie sich damit vor Emotionen schützen. Aber das funktionierte nicht. Ihre Unterlippe zitterte, und sie schluckte schwer.

»Steht er dir noch nahe?«, fragte er leise.

Sie schüttelte den Kopf, trotzig, als wollte sie etwas bestreiten, was ihr vorgeworfen worden war. »Das ist längst vorbei. Andererseits ... wir sind nicht im Streit auseinandergegangen. Es war mehr eine Frage der Vernunft. Wir hatten eingesehen, dass wir nicht zusammenpassten. Er in dieser leichtlebigen Welt mit Partys, Schickimicki und Karrierebesessenheit, ich dagegen in diesem sachlichen Beruf, Recht und Ordnung, feste Dienstzeiten, klare Rahmenbedingungen ... das konnte nicht gut gehen.«

»Ihr seid, wie man so schön sagt, Freunde geblieben?«

Sie lachte. »So steht es in schlechten Drehbüchern. Aber in unserem Fall stimmte es. Wir hatten regelmäßig Kontakt.«

Erik beugte sich vor. »Dann kannst du dir vielleicht vorstellen, wer ihn umgebracht hat?«

»Leider nicht.« Nun schüttelte sie ihre Betroffenheit ab und wurde so sachlich, wie man sie als Staatsanwältin kannte. »Ich habe natürlich schon einige Telefongespräche geführt. Gunnar hatte eine erwachsene Tochter aus einer frühen Beziehung, die schon zu Ende gegangen war, als das Kind geboren wurde. Ich habe sie damals kennengelernt und hatte noch ihre Telefonnummer. Aber sie kann sich nicht vorstellen, wer ihrem Vater nach dem Leben getrachtet haben könnte.« Dann berichtete sie weiter, dass sie sämtliche Telefonnummern angerufen habe, die noch in ihrem Verzeichnis standen. »Alle, die ich über Gunnar kennengelernt hatte. Aber niemand kann sich einen Reim auf seinen schrecklichen Tod machen.« Auch in der Produktionsfirma hatte sie angerufen, mit Gunnars Sekretärin und mit seinen engsten Mitarbeitern gesprochen. »Überall herrscht tiefe Betroffenheit. Und jeder – absolut jeder! – sagt, dass Gunnar Thomann ein beliebter Mann war. Niemand – absolut niemand! – kann sich vorstellen, warum er umgebracht wurde.«

Nun unterbrach Erik sie. »Komischerweise hat ausgerechnet die Cousine meiner Schwiegermutter eine Idee.« Er berichtete kurz von dem Schauspieler, dem Violetta den Haushalt machte und der von Gunnar Thomann eine Rolle versprochen bekommen hatte. »Zwischen den beiden hat es einen heftigen Streit gegeben, als Thomann das Rollenangebot zurückgezogen hat. Damian Staufer hatte ein anderes Angebot abgelehnt und war sehr verärgert. Violetta behauptet, er habe Gunnar Thomann alles Mögliche angedroht. Und er sei nach Deutschland gereist, um sich Thomann zur Brust zu nehmen.«

Die Staatsanwältin sah ihn stirnrunzelnd an. »Glaubst du das? Ich meine … im ersten Zorn sagt man vieles, was man niemals tun würde.«

Sören betrat den Raum, in den Händen eine Liste, auf der einige Namen und Telefonnummern standen. Er stutzte, als er die Staatsanwältin sah. »Moin.«

Sie nickte nur und fragte: »Sie ermitteln wegen des verschwundenen Schauspielers?«

Sören bejahte erstaunt. »Sein Agent hat länger nichts von ihm gehört, aber er sagt, das sei nichts Ungewöhnliches. Allerdings hat er ihm auf der Mailbox vor zwei Tagen eine Nachricht hinterlassen, die Damian Staufer bisher nicht beantwortet hat. Doch er sagt, auch das wäre seine Art. Er lässt sich nicht zu jeder Zeit stören. Dadurch hätte er schon einmal eine Rolle verloren, weil er sich nicht rechtzeitig zurückgemeldet hatte.« Er betrachtete seine Liste und fuhr fort: »Der Agent hat mir ein paar Namen genannt, aber dort habe ich auch nichts erreicht. Damian Staufer ist tatsächlich … verschwunden.« Das letzte Wort kam zögernd, und Sören ergänzte hastig: »Aber alle sagen, dass sie ihn so kennen. Damian Staufer scheint jemand zu sein, der sich zurückzieht, wenn er etwas zu verarbeiten hat. Meist in sein Haus in Kalabrien …«

»Dass er dort nicht ist, wissen wir.«

Sören lehnte sich gegen die Wand, weil es in Eriks kleinem Büro keine weitere Sitzgelegenheit gab. »Andererseits habe ich nicht das Gefühl, dass er gewalttätig werden könnte, nur weil er etwas nicht bekommen hat, was er haben wollte. Damian Staufer ist nie straffällig geworden, und nach allem, was ich in der letzten Stunde gehört habe, ist er ein freundlicher Mann mit ein paar Macken.«

»Die herausragende Macke ist, gelegentlich zu verschwinden?«, fragte die Staatsanwältin.

Für Sören schien sich diese Frage anzuhören wie ein Vorwurf. »Leute, die häufig von der Presse und von Fans bedrängt werden, entwickeln solche Macken, um sich zu schützen. Nicht alle lieben es, ständig Autogramme zu geben und für Selfies zu posieren, wenn sie eigentlich nur einen Spaziergang machen wollen.«

»Ja, für einen Haftbefehl reicht das auf keinen Fall«, meinte die Staatsanwältin.

Erik brachte das Gespräch auf die Frau, die in Gunnar Thomanns Zimmer übernachtet hatte. »Wir haben Fingerabdrücke genommen, aber das hat zu nichts geführt. Diese Frau ist nie auffällig geworden, es gibt kein Vergleichsmaterial.«

Die Staatsanwältin wurde nachdenklich. »Hm, als ich das letzte Mal mit Gunnar telefonierte, hat er mir erzählt, dass er sich verliebt hat.«

»In wen?«, fragte Sören schnell.

»Einen Namen hat er nicht genannt. Er hat nur gesagt, dass es für ihn eine ernste Sache werden könnte …«

»Aber irgendetwas sprach dagegen?«, vermutete Erik.

Frau Dr. Speck nickte. »Sie war verheiratet. Das hat ihm echt zu schaffen gemacht. Auf ein sexuelles Abenteuer hat sie sich zwar eingelassen, aber zu mehr war sie nicht bereit. Noch nicht. Er hoffte natürlich, dass sich das ändern würde.«

»Wie lange ist dieses Gespräch her?«, fragte Erik.

Sie überlegte. »Vier Wochen etwa.«

»Dann könnte sich an der Einstellung der Frau etwas geändert haben.«

»Also könnte es auch ein Mord aus Eifersucht sein.« Sören stieß sich von der Wand ab. »Aber wir haben noch eine zweite Spur. Die prominente Familie, die Thomann mit seinem Film an den Pranger stellen will.« Er sah die Staatsanwältin an. »Wissen Sie etwas darüber?«

Tilla Speck hatte keine Ahnung. »Wir müssen das recherchieren. Ich könnte Gunnars Mitarbeiter anrufen.«

Sören winkte ab. »Rudi Engdahl und Enno Mierendorf kümmern sich darum. Wenn die keinen Erfolg haben, können Sie immer noch Ihre Beziehungen spielen lassen.«

In diesem Augenblick ging Eriks Telefon. Am anderen Ende war ein Mann, dessen Namen Erik nicht verstand. Der Wind fuhr ins Handy, die Brandung war im Hintergrund zu hören, der Anrufer schrie ins Telefon, um sich verständlich zu machen. »Hier ist jemand, der Sie sprechen will.«

Kurz darauf prallte die Stimme seiner Schwiegermutter an sein Ohr. »Enrico! Du musst sofort kommen!«

Der Mann, der ihr das Handy zur Verfügung gestellt hatte, wagte einen langen Hals. »Da ist nichts mehr zu machen, ich bin sicher.«

»Sei un medico?«, schrie Violetta ihn an, als hätte er behauptet, die Frau lebe noch, aber er sei nicht bereit, ihr zu helfen.

Der Mann schüttelte den Kopf, die Frage hatte er verstanden, obwohl er kein Italienisch sprach. »Dafür braucht man kein Arzt zu sein.«

Violetta machte auf dem Absatz kehrt und rannte zur Wasserkante. Dort schrie sie das Meer an, machte den Wellen bittere Vorwürfe, beschimpfte die Sonne und verbot dem Wind, einfach so weiterzumachen wie bisher. Das Ganze auf Italienisch, sodass sie zum Glück von den Wasserkantenwanderern nicht verstanden wurde, aber mit derart theatralischen Gesten, dass mehrere stehen blieben und sich zu fragen schienen, ob man dieser schmerzerfüllten Signora helfen müsse. Erst als sie ihre aktuellen Gefühle losgeworden war, kehrte sie zu Carlotta und dem Mann zurück, der ihr besorgt entgegensah.

»Meine Cousine ist immer so«, erklärte Carlotta, was jedoch an der Bestürzung in den Augen des Mannes nichts änderte.

Ein weiterer Tourist gesellte sich zu ihnen, dessen Frau in größerer Entfernung stehen blieb und wohl nicht sicher war, ob man sich in etwas einmischen sollte, was nicht deutlich zu erkennen war. »Gibt's Probleme?«

Mamma Carlotta bat ihn, den Strandwärter zu verständigen, damit er die Polizei, die jeden Moment eintreffen müsse, an den richtigen Ort führte.

Der Mann fragte zum Glück nicht weiter nach, lief zu seiner Frau, griff nach ihrem Arm und zog sie mit sich. Gemeinsam rannten sie, so schnell sie konnten, los, um Fietje Tiensch zu verständigen.

Allerdings ließ sich trotzdem nicht vermeiden, dass auch andere Strandwanderer aufmerksam wurden. Violetta war einfach nicht in der Lage, so zu tun, als hielte sie ihr Gesicht der Sonne entgegen und genösse den frischen Wind auf ihrer Haut, damit sie sonst von niemandem beachtet wurden. Sie warf immer wieder die Arme in die Luft, rief den Himmel an und raufte sich die Haare. Ein Benehmen, das auf Sylt natürlich Aufsehen erregen musste. Ein Spaziergänger nach dem anderen löste sich von der Wasserkante und kam zum Dünenrand, um sich zu erkundigen, ob Hilfe benötigt wurde.

»Vorsicht, es werden ja alle Spuren zertrampelt«, warnte Mamma Carlotta ein ums andere Mal – aber leider vergeblich. Als sie sah, dass Erik, Sören und die Staatsanwältin auf der hohen Holztreppe erschienen, war der Sand am Fuß der Schleifspur zerfurcht und durcheinandergewirbelt. Vor allem von Violetta, die es nicht geschafft hatte, auf dieses aufwühlende Erlebnis anders als mit sinnlosem Herumtrampeln und dutzendfachem Blick auf die leblose Gestalt hinter dem Strandhafer zu reagieren. Mamma Carlotta machte sich Sorgen. Kommissar Vetterich würde außer sich sein, wenn er sah, dass er zumindest am Fuß der Düne keine Spuren finden würde, die zum Täter führten. Sie hoffte inständig, dass wenigstens in unmittelbarer Nähe der Leiche etwas zu finden sein würde, was Erik weiterhelfen konnte. Dort hatte Violetta sich nicht hingetraut, die den Wolken ein ums andere Mal entgegenrief, dass der Anblick einer Leiche ihr schweren psychischen Schaden zufügen würde …

Mamma Carlotta wechselte einen Blick mit dem freundlichen Herrn, der sein Handy zur Verfügung gestellt hatte. Dass er ihre Cousine für eine völlig wirre Person hielt, stand ihm auf die Stirn geschrieben. Und sie war geneigt, ihm recht zu geben.

Die Beschreibung, die seine Schwiegermutter abgegeben hatte, war mehr als ungenau gewesen. Sie seien am Strandübergang neben dem Dünenhof zum Kronprinzen zum Strand hinabgestiegen und dann Richtung Süden gelaufen. »Irgendwo da …«

Erik stellte den Wagen auf dem Parkplatz ab, der eigentlich den Wohnungseigentümern des Dünenhofs vorbehalten war, und lief mit Sören und der Staatsanwältin zu dem Strandwärterhäuschen, in dem Fietje Tiensch sitzen sollte. Aber es war leer.

»Der hockt wohl mal wieder in Käptens Kajüte«, brummte Erik.

Doch sie irrten sich. Fietje Tiensch stand an der Wasserkante und winkte mit beiden Armen. Dann zeigte er in die Richtung, in die sie zu gehen hatten.

»Der weiß anscheinend, wo es passiert ist.«

Die Staatsanwältin hatte, bevor sie losgefahren waren, ihren Koffer geöffnet und bequeme Schuhe herausgesucht. »Sneaker sehen zu einem Minirock eigentlich unmöglich aus«, hatte sie gemurmelt, aber zum Glück nicht darauf bestanden, sich auch noch umzuziehen. Es war Erik so vorgekommen, als dächte sie kurz darüber nach, deswegen hatte er sich beeilt, ihr ein Kompliment zu machen, um sie davon abzuhalten. »Deine Beine sehen immer toll aus. Du hast High Heels eigentlich gar nicht nötig.«

War er verrückt geworden? Wie konnte er so etwas sagen? Lucia hatte sich gelegentlich beklagt, dass er nicht so war wie seine italienischen Geschlechtsgenossen, die auch der unattraktivsten Frau oder einer, die ihnen vollkommen gleichgültig war, mit Schmeicheleien kamen, vor allem, wenn sie etwas erreichen wollten. Doch Lucia hatte immer ergänzt, dass sie eigentlich froh sei, einen Mann zu haben, der anders war als ihre männlichen Verwandten. Es sei gut zu wissen, dass alles, was er zu ihr sagte, ehrlich war.

Aber nun hatte er sich kaum anders verhalten als Lucias Brüder, die einer Frau mit krummen Beinen einredeten, sie habe die schönsten Knie der Welt, sofern es sich um eine Frau handelte, die darüber entschied, ob sie wirklich für das Parken im Halteverbot eine Strafe zahlen mussten oder nach Geschäftsschluss noch in einen Supermercato huschen durften, um sich mit alkoholischen Getränken für ein Treffen auf der Piazza einzudecken.

Das Erstaunliche war für ihn, dass die Staatsanwältin ihm zu glauben schien, obwohl es Erik doch nur darum gegangen war, möglichst schnell am Tatort anzukommen, ohne erst darauf warten zu müssen, dass sie eine Hose anzog, zu der ihre Sneaker passten. Dass sogar eine ansonsten so unbestechliche Frau wie die Staatsanwältin auf ein derart durchsichtiges Kompliment hereingefallen war, hatte ihn verblüfft.

Erik hatte Fietje Tiensch noch nie so erregt erlebt, für seine Verhältnisse geradezu heißblütig. Als der Strandwärter sah, dass die Kriminalbeamten sich auf der hohen Holztreppe auf den Weg zum Strand machten, lief er schon voraus, drehte sich immer wieder um, vergewisserte sich, dass sie ihm folgten, und lief wieder los. Nicht besonders schnell – der Strandwärter hatte es schon vor Jahren aufgegeben, sich zügiger als im Klönschnack-Tempo zu bewegen –, aber für seine Verhältnisse ungewöhnlich flott. Erst als Erik und Sören mit der Staatsanwältin näher herangekommen waren, gab er es auf und zeigte auf die kleine Menschentraube, die am Fuß einer Düne stand. Schwer atmend blieb er stehen, zum Sprechen viel zu abgekämpft. So viel und so schnell wie an diesem Morgen hatte Fietje Tiensch sich schon lange nicht mehr bewegt.

Er brauchte viel zusätzlichen Atem, bis er hervorstoßen konnte: »Sie sehen so anders aus, Herr Hauptkommissar.« Als wäre er nicht sicher, ob Erik mit dem fehlenden Schnauzer auch irgendeine Kompetenz abrasiert worden wäre.

Sören sorgte dafür, dass die Gaffer, die sich vermutlich hilfsbereite Zeitgenossen nannten, verschwanden, bedankte sich bei dem Herrn, der das Handy zur Verfügung gestellt hatte, und bat auch ihn zu gehen. Mamma Carlotta mit dem Hinweis zu kommen, sie habe an einem Tatort nichts zu suchen, wäre ihm nie eingefallen. Längst hatte er sich daran gewöhnt, dass sie überall auftauchte, wo niemand mit ihr rechnete. Aber ihre Cousine? Die redete in unerträglicher Lautstärke auf ihn ein, griff nach Eriks Arm, als wollte sie ihn zurückhalten, prallte ein paar italienische Wörter in Sörens Gesicht, die er nicht verstand, und glaubte sogar, die Staatsanwältin auf sich aufmerksam machen zu müssen. Was sie eigentlich beabsichtigte, war Sören schleierhaft. Er hielt es für möglich, dass diese Frau es selbst nicht wusste.

Erik beugte sich zu seiner Schwiegermutter. »Am besten, du gehst mit Violetta ins Horizont. Die können wir hier nicht gebrauchen. Wie wär's mit einem zweiten Frühstück? Den Prosecco spendiere ich euch.«

Mamma Carlotta gehorchte ihrem Schwiegersohn ungern, sah aber wohl ein, dass Violetta vom Tatort entfernt werden musste. Und als die Staatsanwältin Carlotta zum Abschied umarmte und ihr mehrere Luftküsse links und rechts verpasste, blieb ihr nichts anderes übrig, als den Arm ihrer Cousine zu ergreifen und ihr klarzumachen, dass die Ermittler unter sich sein wollten. Erik war zufrieden. Natürlich ließ sie sich Zeit mit dem Abklopfen ihrer Kleidung, mit der Kontrolle ihrer Schnürsenkel und dem Zuknöpfen ihrer Jacke, aber schließlich sah sie ein, dass sich ihre Anwesenheit nicht weiter ausdehnen ließ. Während Erik mit Sören vorsichtig in die Dünen stieg, um die Tote in Augenschein zu nehmen, bemerkte er, dass die Staatsanwältin winkte und seiner Schwiegermutter »Ciao, Carlotta!« zurief, ehe sie zu ihnen kam. Das half endlich. Als Erik sich das erste Mal wieder aufrichtete, sah er, dass Mamma Carlotta und ihre Cousine Violetta dem Strandübergang zustrebten.

»Die Frau ist bekannt?«, fragte die Staatsanwältin überrascht, nachdem Erik ihren Namen genannt hatte. »Die wohnt auch im Horizont?«

»Wir haben sie gestern sogar vernommen.« Erik erzählte ihr

von dem Kellner, der ausgesagt hatte, dass Amy Wernicke mit Gunnar Thomann in Kontakt stand. »Sie wollte über seinen neuen Film schreiben.«

Die Staatsanwältin machte einen vorsichtigen Schritt auf die Tote zu. Erik schwieg so lange, wie sie die junge Frau betrachtete, und auch Sören wartete respektvoll. Ihm war es mittlerweile genauso wichtig wie seinem Chef, hinter einer Leiche immer noch den Menschen zu sehen, den ein schreckliches Schicksal ereilt hatte. Erik konnte es nicht leiden, wenn ein Mordopfer wie eine Sache behandelt wurde, die vor allem dazu diente, den Mörder zu identifizieren.

Amy Wernicke trug Sportkleidung. In der eng anliegenden Hose und dem knappen Shirt sah man besonders deutlich, wie schlank sie war. Die Jacke war offen, die beiden Vorderteile waren zur Seite gefallen. Ihre Beine waren leicht angewinkelt, neigten sich nach rechts, die Arme lagen ausgestreckt im Dünengras. Ihr Gesicht war dem Himmel zugewandt, die Augen waren geschlossen. Aus der Ferne hätte man sie für eine Sonnenanbeterin halten können. Aus der Nähe jedoch war das viele Blut zu sehen, das aus einer Wunde am Hals gesickert und mittlerweile getrocknet war.

»Wieder ein Stich mit dem Messer?«, fragte Sören leise. »Wie bei Thomann?«

Erik nickte. »Aber das Messer ist weg.«

Sie blickten sich um, ohne sich vom Fleck zu bewegen, aber die Mordwaffe war auf den ersten Blick nicht zu sehen.

»Bei Gunnar …« Die Staatsanwältin räusperte sich. »Ich meine … bei dem ersten Mordopfer steckte das Messer noch im Hals?«

Erik nickte. Er hatte ihr die Einzelheiten erspart, aber natürlich würde es nicht möglich sein, sie zu verschonen. Sie würde erfahren müssen, wie ihr früherer Lebensgefährte ums Leben gekommen war.

Erik blickte zurück und sah, dass sich am Strandübergang

etwas tat. Fietje Tiensch wieselte auf der Treppe herum, winkte einige Leute herunter und stoppte andere, die hinaufwollten. Er gab sich enorm engagiert, aber als er gefragt wurde, ob er etwas beobachtet habe, erntete Sören nur ein Schulterzucken. Nein, Fietje Tiensch hatte wie erwartet nichts gesehen. Sein Engagement als Strandwärter war nicht besonders ausgeprägt. Man konnte nur hoffen, dass er wenigstens mitbekam, wenn an dem Strandabschnitt, den er beaufsichtigen sollte, jemand in Gefahr geriet. So betriebsam wie jetzt sah man ihn sonst nie. Mit der Aufgabe, nur diejenigen zum Tatort zu lassen, die dort gebraucht wurden, schien er über sich hinauszuwachsen. Jetzt hielt er eine junge Familie zurück, damit ein dicker Mann mit einem großen Koffer in der Hand den Abstieg zum Strand ungestört bewältigen konnte.

»Dr. Hillmot«, sagte Erik. »Die KTU wird auch nicht lange auf sich warten lassen.«

Sie folgten dem Gerichtsmediziner auf dem Fuße. Kommissar Vetterich und seine Leute waren trotz des schweren Gepäcks, das sie mit sich führten, schneller am Tatort, denn Dr. Hillmot hatte seine liebe Mühe, den Weg durch den tiefen Sand zurückzulegen. An seiner Seite ging eine junge Frau, die sich Mühe gab, sich so langsam fortzubewegen wie er.

Sören machte einen langen Hals. »Wer ist das?«

Einer der Spurenfahnder beantwortete die Frage: »Hillmots Nachfolgerin.«

Kommissar Vetterich sorgte dafür, dass sich die Spurenlage, die alles andere als übersichtlich war, nicht noch weiter verschlechterte. Er ließ Dr. Hillmot und die junge Frau auf einem Weg zu der Leiche führen, die die wenigen Spuren unberührt ließ, die er sofort erkannt hatte. Und dann sorgte er dafür, dass sie in einigen Metern Abstand stehen blieben. »Moment, Doc! Ihre Arbeit kann ein paar Minuten warten. Hier gibt es einige Schuhspuren, die ich erst sichern muss, ehe Sie sich hier auf den Knien niederlassen.«

Dr. Hillmot verzog das Gesicht. Wenn er eins hasste, dann waren es körperliche Anstrengungen. Man sah ihm an, dass er gerne zu Erik und Sören gegangen wäre, aber zwischen ihnen lagen Spuren, knieten die Spurenfahnder und wachte Kommissar Vetterich über den kleinsten Hinweis, der von Bedeutung sein konnte.

Dr. Hillmot wies auf seine Begleiterin und rief: »Dies ist meine Nachfolgerin, Frau Dr. Mikkelsen. Ich bin dabei, sie einzuarbeiten. Da passt es natürlich ganz gut, dass sie hier gleich ins kalte Wasser geworfen wird.«

»Hallo«, sagte die junge Frau und lächelte liebenswürdig.

Die Staatsanwältin hielt mit ihrer Begeisterung nicht hinterm Berg. »Endlich mal eine Frau! Das müssen Sie mir bei Gelegenheit erzählen, wie Sie auf die Idee gekommen sind, Gerichtsmedizinerin zu werden.«

»Gerne.« Der Blick der jungen Frau wanderte zu Sören, ihr Lächeln sah mit einem Mal amüsiert aus.

Erik blickte seinen Assistenten von der Seite an und begriff es so schlagartig, wie es die junge Gerichtsmedizinerin sofort erkannt hatte: Sören war hingerissen von ihr.

Eriks Idee, dem Hotel Horizont einen Besuch abzustatten, konnte Mamma Carlotta mit der Behauptung begegnen, der Weg dorthin sei viel zu weit, was eine glatte Lüge war. Aber Carolins Warnung hatte sie noch im Ohr. Nein, besser war es, mit Violetta an einen Ort zu gehen, wo sie nicht weiter auffallen würde und wo es keine Rolle spielte, wenn sie plötzlich auf die Idee kam, im Polkaschritt um die Tische herumzutanzen. In Käptens Kajüte musste sich niemand gut benehmen, weder Tove Griess noch Fietje Tiensch waren daran interessiert, dass die Gäste sich still und leise verhielten. Tove wollte, dass etwas konsumiert wurde, und Fietje war erfreut, wenn er unterhalten wurde, alles andere war egal. Als Violetta hörte, sie würde schon jetzt die Lokalität kennenlernen, in der am Nachmittag für die

Wohltätigkeit gehandarbeitet werden sollte, war sie zufrieden. Und da sie in Kalabrien niemals eine Trattoria besuchte, weil es in ihrem Umkreis keine einzige gab, würde sie auch keinen Vergleich anstellen können. Eine schmuddelige Imbissstube würde für sie so etwas sein wie das Hotel Stadt Hamburg für die Cousine, die in Rom lebte und mit einem gut verdienenden Rechtsanwalt verheiratet war.

Sie ließ sich die Worte übersetzen, die über der Eingangstür standen, und folgte Mamma Carlotta wie der Sturm einer vorangegangenen Flaute. »Cabina del capitano? Molto interessante!« In doppelter Lautstärke überfiel sie Tove gleich mit der Frage, ob er der Kapitän wäre, und kreischte Fietje entgegen, dass er dann wohl ein Matrose sei, der eigentlich mit dem Segelsetzen beschäftigt sein müsse. Das Ganze brachte sie unter schallendem Gelächter und außerdem auf Italienisch vor, sodass die beiden kein Wort verstanden, nicht einmal Fietje, der immerhin Grundkenntnisse in der italienischen Sprache besaß.

Tove starrte Mamma Carlottas Begleitung mit offenem Mund an. Dass jemand noch schneller und noch lauter reden konnte als die Schwiegermutter des Kriminalhauptkommissars, machte ihn fassungslos. Mühsam brachte er ein »Moin« heraus.

Und als Violetta rief: »Devo fare pipì!«, starrte er Mamma Carlotta an, damit sie den Satz übersetzte, obwohl er den Sinn aufgrund des letzten Wortes durchaus verstanden hatte.

Mamma Carlotta stellte ihre Cousine vor, zeigte ihr den Weg zur Toilette, orderte zwei Cappuccini und wandte sich an Fietje: »Warum sind Sie nicht mehr am Strand?«

Er starrte sie an, als könnte er nicht begreifen, dass ihm eine solche Frage gestellt wurde. »Da ist eine Leiche gefunden worden! Das wissen Sie doch. Davon muss ich mich erst mal erholen.«

Nun erst stellte Mamma Carlotta fest, dass es einen weiteren Gast in Käptens Kajüte gab. Die Frau, die auch diesmal ein buntes Tuch sehr dekorativ um ihren Kopf gebunden hatte, war ihr schon am Tag zuvor aufgefallen, als der komplette Häkelclub aus dem Horizont herauskomplimentiert worden war und in Käptens Kajüte hatte ausweichen müssen. Gestern hatte sie an der Theke gesessen, diesmal hockte sie an einem der kleinen wackeligen Tische und stocherte in einer Portion Currywurst mit Pommes frites herum. Dass sie sich mit der Bestellung zu viel zugemutet hatte, war auf den ersten Blick zu erkennen.

»Moin«, sagte sie, als Mamma Carlottas Blick auf sie fiel.

»Buon giorno«, antwortete Carlotta, die es aufgegeben hatte, die friesische Form der Begrüßung zu versuchen. Diese gequetschte und in die Länge gezogene Silbe wollte ihr einfach nicht gelingen. »Ein wunderschönes Kopftuch, das Sie da tragen!«, ergänzte sie, um ein Gespräch zu beginnen.

Violetta kam von der Toilette zurück und bestätigte in doppelter bis dreifacher Lautstärke, dass ihre Cousine völlig recht habe, das Kopftuch sei wirklich ausgesprochen elegant. »Molto decorativo.«

Die Frau erhob sich, nahm den Teller, von dem sie nur wenig gegessen hatte, und stellte ihn auf der Theke ab. »Sorry, schmeckt mir nicht«, sagte sie. »Liegt aber nicht an dir, Tove. Ein Salat wäre wohl doch besser gewesen.«

»Kann ich dir noch machen«, kam es von Tove.

Aber mit einem Blick auf seine Salatauswahl entschied sich die Frau anders. »Ich glaube, ich habe keinen Appetit.« Sie legte einen Fünfeuroschein auf die Theke und verschwand mit einem kurzen Gruß.

»Tschö, Malinde!«

Mamma Carlotta blickte ihr nach. Irgendwie kam ihr die Frau bekannt vor. Bereits gestern hatte sie den Eindruck gehabt, das blasse, flächige Gesicht schon einmal gesehen zu haben, und die Art, wie sie sich bewegte, kam ihr ebenfalls bekannt vor.

»Na, das haben Sie ja sauber hingekriegt«, knurrte Tove, als die Frau verschwunden war. »Sie verscheuchen mir meine Gäste.«

»Io?« Mamma Carlotta verstand kein Wort. »Ich war doch nur freundlich.«

»Ist es etwa freundlich«, blaffte Tove, »einer Krebskranken nach der Chemotherapie zu sagen, dass das Kopftuch sehr hübsch ist, das sie trägt?«

»Aber …« Mamma Carlotta musste sich an der Theke festhalten, weil ihr ganz schwach wurde vor Entsetzen. »Dio mio! Das habe ich nicht gewollt. Wie konnte ich ahnen …?« Mit zitternder Stimme übersetzte sie Violetta Toves Vorwurf, die nicht minder erschüttert war.

»Madonna!«, schrie sie.

Die beiden übertrumpften sich gegenseitig mit den Beteuerungen, niemals auch nur im Entferntesten die Absicht gehabt zu haben, diese bedauernswerte Frau zu kränken, und das so lange, bis Tove mit derart lauter Stimme die Bitte vorbrachte, endlich damit aufzuhören, dass auch Violetta ihn verstand.

»Ist ja schon gut. Ich glaub's Ihnen«, brüllte er.

Trotzdem benötigte Violetta für die Verarbeitung dieser unabsichtlichen Entgleisung nach dem Cappuccino noch einen doppelten Espresso, und Mamma Carlotta schloss sich ihr an. Bis dahin hatten sie so laut und lange lamentiert, dass sie sich nun zu fragen trauten, wie die Prognose sei. »Wird sie durchkommen?«

Tove hatte nicht die Absicht, die Leidensgeschichte der Frau, die er schon lange kannte, in allen Einzelheiten zu erzählen, da er sich ja eigentlich nie mit Einzelheiten aufhielt, sondern sich immer auf das Allernötigste beschränkte. Aber Mamma Carlotta und Violetta erfuhren nach mehrmaliger Nachfrage nun doch, dass es sich um Malinde Siefkes handelte, deren Familie auf Sylt bekannt war. Sie besaßen eine Reihe von Ferienapartments, die erfolgreich vermietet wurden. »Die Eltern haben die Firma aufgebaut, die drei Kinder sollten sie weiterführen.

Malindes Geschwister machen das so, wie die Eltern es wollten, aber sie selbst hatte keine Lust dazu. Sie wollte nicht auf Sylt bleiben. Die Wohnungen, die ihr vererbt wurden, vermarkten ihre Geschwister für sie mit. Eine Wohnung wird immer für sie freigehalten, sodass sie jederzeit nach Sylt kommen kann. Dort kann sie sich jetzt von der Chemotherapie erholen.«

»Und Sie ... Sie sind Freunde mit ihr?«, kauderwelschte Violetta so, dass Tove sie tatsächlich verstand.

»Ich habe ihr mal geholfen, als sie wegen Ladendiebstahls geschnappt wurde«, brummte er zurück.

»Sie hat gestohlen, obwohl ihre Eltern vermögend waren?« Carlotta verstand es nicht.

»Die hat immer das Gegenteil von dem gemacht, was von ihr erwartet wurde. Und hat sich immer Freunde gesucht, die ihre Eltern für schlechten Umgang hielten.«

»Deswegen trägt sie auch keine Perücke?«, mutmaßte Carlotta.

»Jedenfalls nicht immer.« Damit wollte Tove das Thema beenden, weil ein Mord auf jeden Fall interessanter war. »Nun erzählen Sie mal. Fietje musste man ja wieder alles aus der Nase ziehen.«

Der Raum, der für Floras Charity freigehalten worden war, stand den Polizisten auch heute zur Verfügung. Carolin erklärte ihrem Vater, dass die Gruppe um Flora Engelbeck sich entschlossen habe, in Zukunft weiterhin in Käptens Kajüte zu arbeiten, wo man sie am Tag zuvor hinbeordert hatte.

»Die Damen sind anscheinend gekränkt«, tuschelte sie ihrem Vater zu. »Freiwillig hält sich doch niemand in Toves Bruchbude auf.« Laut ergänzte sie dann: »Den Raum können wir der Polizei also weiterhin zur Verfügung stellen.«

Erik bedankte sich lächelnd, Sören deutete sogar eine kleine Verbeugung an, und die Staatsanwältin zwinkerte Carolin zu.

Eine halbe Stunde später saßen sie an dem immer noch

U-förmig aufgestellten Tisch in dem viel zu großen Raum und ließen noch einmal die Mitarbeiter erscheinen, die sowohl mit Gunnar Thomann als auch mit Amy Wernicke Kontakt gehabt hatten. Der Erfolg war jedoch gleich null. Niemand hatte bemerkt, dass die beiden ein heimliches Liebespaar gewesen waren. Sie mussten sehr umsichtig vorgegangen sein.

Aber die Sache war eindeutig. Kommissar Vetterich hatte für den Vergleich der Fingerabdrücke nicht lange gebraucht. »Diese Frau hat jede Menge Spuren in dem Zimmer hinterlassen. Die war nicht nur einmal dort, sondern mehrmals. Viele Abdrücke sind schon ein paar Tage alt. Das Zimmermädchen war zum Glück nicht besonders sorgfältig.«

In Amy Wernickes Zimmer gab es jedoch keine Spuren, die darauf schließen ließen, dass Thomann auch bei ihr übernachtet hatte. Die Durchsuchung hatte nicht viel ergeben. Ein gut gefüllter Kleiderschrank, ein beeindruckendes Kosmetikangebot im Bad, aber nichts, was einen Hinweis auf ihre Arbeit gab. Ein Netzteil in der Steckdose neben dem Bett hatten sie gefunden, aber kein dazugehöriges Smartphone.

»Ob der Mörder das an sich genommen hat?«, hatte Erik überlegt. »Möglicherweise hatte sie es bei sich.«

»Dann war er ein Bekannter. Jemand, der übers Handy mit ihr Kontakt hatte. Er wäre zu entlarven gewesen, wenn wir das Smartphone in die Hände bekommen hätten.«

Erik wiegte nachdenklich den Kopf. »Dann musste er aber wissen, dass sie nicht ohne Handy joggen ging.«

»Wenn er sie gut kannte ...« Die Staatsanwältin sprach den Satz nicht zu Ende, sondern wies auf einen kleinen Zettel, der über dem Schreibtisch klebte. Der kleine blassgelbe Aufkleber war kaum zu erkennen. Die Staatsanwältin löste ihn vorsichtig und betrachtete ihn. »Eine vierstellige Nummer. Vermutlich die PIN für ihr Handy.«

Sören runzelte die Stirn. »Wer macht denn so was? Wenn ich mir meine PIN nicht merken kann, dann notiere ich sie mir verschlüsselt. Aber doch nicht so, dass jedes Zimmermädchen sie sieht und in mein Smartphone gucken kann.«

Die Staatsanwältin hob die Schultern und zog die Mundwinkel herab. »Total unprofessionell, finde ich auch. Aber die Menschen haben die merkwürdigsten Gewohnheiten.« Sie sah sich mit einem Mal sehr aufmerksam um. »Wo ist ihr Laptop? Keine Journalistin ist ohne Laptop unterwegs«, hatte die Staatsanwältin gesagt.

Da hatte sie natürlich recht. Und als sich kurz darauf in der Schreibtischschublade eine kabellose Maus fand, war die Sache klar. Amy Wernickes Laptop war gestohlen worden. Warum, ließ sich schnell vermuten.

»Da waren Rechercheergebnisse gespeichert«, erklärte die Staatsanwältin.

Erik nickte. »Vielleicht hat Gunnar Thomann sie ins Vertrauen gezogen? Wenn die beiden eine intime Beziehung hatten, könnte er ihr mehr von dem Film erzählt haben, den er plante.«

»Von dieser Familie«, ergänzte Sören, »die nach der Premiere des Films keine heile Fassade mehr haben wird.«

»Also ist ein Familienmitglied der Mörder?«, fragte Erik provokant.

Die Staatsanwältin war unsicher. »Solche Leute kaufen sich einen Killer. Die machen sich nicht selbst die Hände schmutzig.«

Erik rief bei Enno Mierendorf und Rudi Engdahl an, aber sie hatten noch nichts herausgefunden. »Alle bekannten Unternehmer-Familien haben wir durch. Ergebnislos.«

Sören sah auf seine Armbanduhr. »Die Solinger Kollegen sollten mittlerweile so weit sein.«

Erik und die Staatsanwältin lehnten sich zurück und stellten sich auf weiteres Warten ein. Todesnachrichten wurden grundsätzlich persönlich überbracht, niemals telefonisch. Wer konnte schon wissen, wie ein Angehöriger reagierte, wenn er erfuhr, dass ihm Ehepartner oder Kind genommen worden war? So jemand brauchte Hilfe, er durfte nach der Überbringung der Nachricht auf keinen Fall alleingelassen werden.

Carolin brachte Mineralwasser mit dem Hinweis »Geht aufs Haus«. Während sie die Flaschen aufdrehte und ihnen eingoss, sagte sie leise: »Soweit ich weiß, ist Frau Wernicke jeden Morgen joggen gegangen. Immer in aller Herrgottsfrühe.«

Als sie den Raum verlassen hatte, meinte Erik: »Ihr Mörder kann das gewusst haben. Dann war es leicht, ihr aufzulauern.«

»Aber Mord aus Eifersucht scheidet aus«, sagte die Staatsanwältin. »Ein eifersüchtiger Ehemann bringt den Liebhaber seiner Frau um, aber nicht die Frau selbst.«

In diesem Moment ging Eriks Handy. Am anderen Ende war der Kollege aus Solingen. »Leider haben wir Herrn Wernicke in Solingen nicht erreichen können. In seinem Haus war er nicht, daraufhin haben wir es in seiner Firma versucht. Und dort haben wir erfahren, dass er auf dem Weg nach Sylt ist.«

Erik saß mit einem Mal kerzengerade. »Nach Sylt?«

»Seine Sekretärin sagt, er habe seine Frau mit einem Besuch überraschen wollen.«

Erik bedankte sich und wollte auflegen, da fiel ihm noch etwas ein. »Sie sprachen gerade von einer Firma ...«

»Ja, Herr Wernicke ist ein mittelständischer Unternehmer. Seine Fabrik ist nicht groß, aber ich glaube, er kommt gut zurecht. Hier in Solingen kennt man ihn.«

»Was ist das für eine Fabrik?«

»Bestecke«, kam es kurz und bündig zurück. »Die Firma Wernicke stellt Bestecke her.«

»Auch Messer«, murmelte Erik und ärgerte sich im selben Augenblick über seine geistlose Bemerkung.

Der Solinger Kollege hatte sie für eine Frage gehalten und lachte. »Klar! Messer, Gabeln, Suppen- und Kaffeelöffel! So was nennt man hier in Solingen ein Besteck. Natürlich werden bei Wernicke auch andere Artikel produziert. Wetzstähle, Scheren, Rasiermesser, Kochmesser, Fleischmesser ...«

Erik beendete die Aufzählung, indem er sich noch einmal bedankte und dann auflegte. »Ein Fabrikant, der Messer herstellt.« Er stöhnte diesen Satz heraus, als wöge seine Bedeutung so schwer, dass die Worte kaum herauszubringen waren.

Die Staatsanwältin grinste. »Um an ein scharfes Messer zu kommen, Erik, braucht man kein Messerfabrikant zu sein.«

»Trotzdem …« Erik wollte sich von der Staatsanwältin nicht auslachen lassen. »So einer weiß genau, welches Messer man für einen Stich in den Hals braucht.«

Sören stellte sich an seine Seite. »Ich finde auch, dass das ein merkwürdiger Zufall ist.«

»Ein Zufall«, bestätigte die Staatsanwältin, und ihr Lächeln vertiefte sich zu Eriks Ärger. »Mehr nicht.«

Sören spürte die Spannung, die in der Luft lag, und entschied sich zu einem radikalen Themenwechsel. »Gibt's eigentlich schon nähere Informationen von Dr. Hillmot?«

»So kurz nach dem Auffinden der Leiche?« Der Spott in den Augen der Staatsanwältin züngelte immer höher.

Sörens rotwangiges Gesicht färbte sich noch dunkler. »Ich dachte an die Obduktion von Herrn Thomann.«

Das Lächeln fiel aus dem Gesicht der Staatsanwältin, sie versuchte, diesen Raum innerlich zu verlassen, um nichts davon mitzubekommen, was mit ihrem früheren Lebensgefährten geschehen war.

»Ich habe kurz mit Dr. Hillmot telefoniert«, sagte Sören. »Es hat sich nichts Außergewöhnliches ergeben. Erstochen! Die Halsschlagader genau getroffen.«

Erik behielt Tilla Speck im Auge, während er Sören fragte: »Und was sagt Kommissar Vetterich? Keine Spuren an der Hauswand?« Als Sören den Kopf schüttelte, ergänzte er: »Ich möchte wissen, wie der Kerl ins Zimmer gekommen ist.«

»Es könnte auch eine Frau gewesen sein«, erinnerte Sören. »Dr. Hillmot sagt, es sei nicht mit großer Kraft zugestochen worden.«

»Wie ist er oder sie durchs Fenster geklettert, ohne Spuren zu hinterlassen? Warum hat er oder sie beim zweiten Mal das Messer mitgenommen und beim ersten Mal nicht?«

»Können wir denn überhaupt sicher sein, dass es sich um denselben Täter handelt?«

»Natürlich!« Die Staatsanwältin hatte sich gefangen. »Die beiden Opfer standen in Kontakt zueinander, und sie wurden beide erstochen. Das ist eindeutig.«

Sören zog sein Handy aus der Tasche. »Ich rufe mal eben in der Gerichtsmedizin an und frage, ob Dr. Hillmot etwas Neues hat.«

Während Sören wählte, ergänzte Erik so leise, dass Sören es nicht hören konnte: »Oder die entzückende Frau Dr. Mikkelsen.« Er zwinkerte der Staatsanwältin zu.

Sörens Gespräch dauerte nicht lange. Wenn er den Wunsch gehabt hatte, mit der jungen neuen Gerichtsmedizinerin verbunden zu werden, war er enttäuscht worden. Dr. Hillmot dröhnte ins Telefon: »Der Täter hat sehr genau gezielt. Er wusste, wo man zusticht, damit keine Gegenwehr mehr zu erwarten ist.«

»Und das Tatwerkzeug?«

»Eine glatte Klinge. Bestes Material. Fleischmesser, Fischmesser – alles möglich.«

Die Staatsanwältin packte ihre Sachen zusammen. »Mittagspause!« Sie sah Erik hoffnungsvoll an.

Aber er tat so, als verstünde er die stumme Bitte nicht, die in ihren Augen stand. »Ich schlage vor, wir essen im Pottkieker in der Seestraße. Das ist nicht weit von hier.« Nun sah er die Staatsanwältin bedauernd an. »Meine Schwiegermutter hat im Moment wenig Zeit. Ihre Cousine ist zu Besuch, außerdem hat sie sich Floras Charity angeschlossen. Nachmittags handarbeitet sie für die Wohltätigkeit.«

Die Staatsanwältin machte aus ihrer Enttäuschung keinen Hehl. »Dann hat sie ja gar keine Zeit zum Einkaufen und Kochen.«

Erik hätte sich am liebsten feixend die Hände gerieben. Dr. Tilla Speck sollte nur nicht glauben, dass ihr sein Haus ganz selbstverständlich offen stand, wenn sie auf Sylt erschien. »Selbst wenn … du würdest dich kein zweites Mal von meiner Schwiegermutter einladen lassen, solange ihre Cousine da ist. Eine unerträgliche Person.« Er zog die Schultern hoch. »Und niemand weiß, wie lange sie bleiben wird …«

»Die Frau, die zu wissen glaubt, wer Gunnar Thomann ermordet hat?« Die Stimme der Staatsanwältin klang jetzt scharf. »Mit der würde ich gern persönlich sprechen.«

»Sie weiß nichts«, wehrte Erik ab. »Sie vermutet nur. Damian Staufer hat am Telefon einen Riesenkrach mit Thomann bekommen, weil er ihm eine Rolle in dem Sylt-Film versprochen hatte. Aber … deswegen bringt man doch niemanden um.«

»Wut und Rache sind schwerwiegende Motivationen.« Dr. Tilla Speck lächelte, als hätte sie etwas Freundliches gesagt. »Jedenfalls müssen wir Damian Staufer finden.«

Erik nickte. »Schon klar. Enno Mierendorf und Rudi Engdahl suchen ihn bereits.«

Damit hatte er glatt die Unwahrheit gesagt. Aber wenn er den beiden Kollegen im Laufe der nächsten Stunden diesen Auftrag erteilte, würde aus dieser Notlüge im Nu die reine Wahrheit werden. Dass die beiden eigentlich mit der Suche nach der prominenten Familie, der Thomann auf der Spur gewesen war, genug zu tun hatten, verdrängte er erfolgreich. »Ein Mann wie Damian Staufer wird nicht lange verschwunden bleiben. Der hat ein bekanntes Gesicht, das fällt irgendwann irgendwo irgendwem auf.«

Carlotta fühlte sich nicht wohl, als sie mit Violetta zum Süder Wung zurückkehrte. Es begann zu nieseln, die Wolken hingen tief, wer unterwegs war, machte sich klein, um sich vor dem Wind zu schützen. Die ganze Insel schien sich zu ducken. Aber Carlotta wurde von etwas anderem niedergedrückt. Von der

Aussicht auf den kommenden Abend und von der Erinnerung an den vergangenen Nachmittag in Käptens Kajüte. Er war nicht so angenehm verlaufen wie sie erwartet hatte. Violetta hatte immer wieder das behagliche Plätschern des Redestroms gestört, gerade in dem Moment, in dem eine der Frauen endlich bereit gewesen war, den Namen des Liebhabers der Friseurin zu nennen, mehrmals war sie mit ihrem unverständlichen Kauderwelsch in Gespräche eingebrochen und hatte sie zum Erliegen gebracht. Wiederholt kreischte sie mit ihrer lauten Stimme in eine leise Geschichte, sodass Felix ihr schließlich sogar den Rücken zuwandte und so tat, als wäre ihm Violetta völlig fremd. Fietje hatte es ähnlich gehalten, als ihm bei Violettas Lachsalven zum dritten Mal eine Masche von seinem Nadelspiel gerutscht war, und Frau Kemmertöns hatte Mamma Carlotta leise gefragt, ob in ihrer Verwandtschaft etwa alle so wären wie ihre Cousine Violetta. Dass Flora Engelbeck nur einen kurzen Besuch in Käptens Kajüte machte, lag vielleicht nicht nur daran, dass es ihr in Käptens Kajüte nicht gefiel. Möglicherweise war sie auch durch Violettas Schrei vertrieben worden, der durch die Imbissstube dröhnte, als sie sich gestochen hatte und ein Blutfleck auf das Puppenkleid tropfte, das sie nähte. Sie würde später wiederkommen und sich die Ergebnisse aller Handarbeiten ansehen, sagte sie, bis dahin kämen die Damen sicherlich ohne sie zurecht. Die Puppenkleidung, die Violetta ihr dann präsentierte, war allerdings derart bezaubernd, dass die Charity-Lady sie etwas freundlicher ansah. Und als Mamma Carlotta ihr zutuschelte, dass ihre Cousine nicht lange auf Sylt bleiben würde, atmete Flora Engelbeck hörbar auf. Man wolle ja nicht nur an die Wohltätigkeit denken, tuschelte sie zurück, sondern auch ein paar schöne Stunden verbringen, das sei ihr Konzept. »Charity und Geselligkeit!« Auf dieses Motto war sie sehr stolz. Und Mamma Carlotta pflichtete ihr bei und versprach, das Temperament ihrer Cousine so gut es ging zu zügeln. Das verständnisinnige Zwinkern, das sie erntete, gefiel ihr, wenn sie sich auch sagte, dass die Charity-Lady sich vielleicht nur deshalb mit ihr verschwor, weil sie noch immer Angst hatte, dass Carlotta Capella ihr Geheimnis ausplauderte.

Wenn sie an den kommenden Abend im Fliegenden Varieté dachte, wurde ihr schwer ums Herz. Ebenso wie Carolin, die sich notgedrungen bereit erklärt hatte, ihre Nonna und ihre Großcousine nach List zu fahren. Die Vorstellung wollte sie jedoch auf keinen Fall ein zweites Mal sehen, die Befürchtung, dass es dort zu einem Eklat kommen könnte, versetzte sie in Angst und Schrecken.

»Wenn morgen im *Inselblatt* steht: ›Artist von Zuschauerin angegriffen‹, möchte ich nicht dabei gewesen sein.«

Carolin wollte eine Freundin in List besuchen und versprach, pünktlich wieder vor dem Zelt zu stehen, wenn die Vorstellung zu Ende war.

Mamma Carlotta hatte Verständnis für ihre Enkelin und wäre am liebsten ebenfalls zu Hause geblieben. Aber ihr war bewusst, dass sie selbst an der Entwicklung dieser Angelegenheit schuld war und nun für die Folgen geradestehen musste. Das war nur gerecht.

Was Violetta plante, wusste niemand, sie selbst vermutlich am wenigsten. Allerdings gab sie sich mit ihrem Äußeren verdächtig viel Mühe. Sie zog Leggings an, die ihre wohlgeformten Beine zeigten, darüber eine lange, weite Bluse, bedruckt wie das Fell eines Leoparden und mit großen silbernen Knöpfen, von denen Violetta nur die wirklich wichtigen geschlossen hatte. Ihre Haare hatte sie zu einem kreativen Gebilde auf dem Kopf zusammengedreht, ihre Augen waren schwarz umrandet, ihre Lippen knallrot geschminkt. Die Vermutung war nicht von der Hand zu weisen, dass sie Renato Capotto beeindrucken wollte. Vermutlich sollte er bereuen, dass er sie vor dreißig Jahren so schlecht behandelt hatte. Mamma Carlotta glaubte allerdings eher daran, dass er mit einer seiner brennenden Fackeln nach ihr werfen würde, wenn sie sich ihm zu erkennen gab. So oder so – die Sache konnte nicht gut gehen.

»Was hast du vor?«, fragte sie, als sie durch den Kreisverkehr vor Feinkost Meyer fuhren, wie sie schon ein Dutzend Mal vorher gefragt hatte.

Und Violetta antwortete wie unzählige Male zuvor: »Erst mal sehen, ob er es wirklich ist.«

»Und dann?«

Aber weiter wollte Violetta noch nicht denken. »Vielleicht sollte ich vorher herausfinden, welcher Wohnwagen ihm gehört.«

Davon riet Mamma Carlotta eindringlich ab, unterstützt von Carolin, die keinen Hehl mehr aus ihrer Sorge machte, die Familie Wolf könne durch eine entfernte Verwandte in Verruf geraten.

Nur Violetta schien die Gegenüberstellung mit Renato wie ein aufregendes Abenteuer vorzukommen. Oder tat sie nur so? Wollte sie nicht zu erkennen geben, wie aufgewühlt ihr Inneres war? Als Carolin am Straßenrand anhielt, stieg sie aus, drehte eine Pirouette, ließ sich von einem erschrockenen Passanten auffangen, weil sie ihr schlechter gelungen war als sonst, und bestaunte dann lauthals in ihrem Deutsch-Italienisch-Gemisch das Haus der Naturgewalten. Eine solch ungewöhnliche Architektur hatte sie noch nie zu Gesicht bekommen. Dem Zelt, das die Hälfte des großen Parkplatzes einnahm, schenkte sie erst später Beachtung. »Wo stehen die Wohnwagen?«, fragte sie Mamma Carlotta.

»Vielleicht … wohnen die Artisten in einem Hotel«, gab Mamma Carlotta zurück. »Dieses Fliegende Varieté ist kein gewöhnlicher Zirkus, Violetta. Da gastieren Künstler, bekannte Artisten! Die brauchen Komfort.«

Aber Violetta ließ sich nicht abhalten. Sie ging am Eingang vorbei zur rechten Seite des Zeltes. Und dort konnte man tatsächlich eine Wohnwagenreihe erkennen. Ein gutes Dutzend stand auf der Uferpromenade, die breit genug dafür war. Zwischen der Promenade und dem Parkplatz gab es einen Grünstreifen, der mit Strandhafer bepflanzt war. Ein paar Holzplanken führten hinüber zu dem Hintereingang. Von dort konnten die Varieté-Künstler ins Zelt zu ihrem Auftritt gelangen.

Mamma Carlotta war dem strengen Herrn in der fantasievollen Paradeuniform dankbar, der ein Absperrband bewachte und Violetta den Zugang zu den Wohnwagen verweigerte. »Der Eingang ist auf der anderen Seite, Madame.«

Diese Anrede gefiel Violetta so gut, dass sie sich der Anweisung fügte, ohne zu murren. Sie folgte Mamma Carlotta sogar relativ unauffällig zu dem roten Läufer, der zum Eingang führte, ohne einen einzigen Polkaschritt einzufügen oder beim Gehen rhythmisch in die Hände zu klatschen. Zum Glück war der Regen nicht stärker geworden, in diesem Moment hörte er sogar ganz auf. Die Wolkendecke riss auf und ließ ein wenig Helligkeit sehen. Der Wind schien sich nicht entscheiden zu können, er wechselte zwischen kurzen Flauten und unerwarteten Stößen.

Als sie sich zu den Wartenden gesellten, war es plötzlich mit Violettas Unauffälligkeit vorbei. Sie stieß einen spitzen Schrei aus und stürzte sich auf eine Dame, die in der Nähe des Eingangs stand und sich angeregt mit einer jungen Frau unterhielt. »Signora!«

Flora Engelbeck erschrak zu Tode und griff sich sogar ans Herz, als bekäme sie gesundheitliche Probleme. Erst als Carlotta hinter Violetta erschien und ein paar entschuldigende Worte murmelte, entspannte sie sich. Notgedrungen stellte sie die junge Frau vor, mit der sie im Gespräch gewesen war. »Dr. Mikkelsen, die Tochter von guten Bekannten.«

Mamma Carlotta war begeistert. »Wir kennen uns!«, rief sie und schüttelte Dr. Mikkelsen die Hand. »Wir haben uns am Strand gesehen. Als Sie …« Es kam ihr mit einem Mal unpassend vor, einen Mord und einen Tatort zu erwähnen, deswegen ergänzte sie leise: »Sie wissen schon.«

Dr. Mikkelsen lächelte. »Ja, ich erinnere mich. Sie hatten die Tote gefunden. Ich hoffe, Sie haben sich von dem schrecklichen Anblick erholt.«

Flora Engelbeck gab sich sehr interessiert und ließ sich berichten, was geschehen war. Ihre Aufmerksamkeit kam Mamma Carlotta unecht vor. Ihr wurde klar, dass sie selbst sich ähnlich verhielt, wenn sie sich eine Geschichte von dem Ausbilder ihrer Jüngsten erzählen ließ, die sie schon hundertmal gehört und schon beim ersten Mal nicht bemerkenswert gefunden hatte. Aber natürlich wollte sie ihrer Tochter nicht die Chance verbauen, mit einem guten Abschluss ihre Ausbildung zu beenden. Genau wie Flora Engelbeck sich nicht die Chance verbauen wollte, Carlotta zum Stillschweigen anzuhalten.

Zum Glück hielt Violetta eine Weile den Mund, sodass eine kurze, oberflächliche Plauderei möglich war. Dr. Mikkelsen berichtete lächelnd, sie sei gerade nach Sylt gezogen, während sie bisher stets nur ihre Ferien auf der Insel verbracht habe. Nun aber wolle sie Sylt zu ihrem Lebensmittelpunkt machen, hier wohnen und hier arbeiten. Das Fliegende Varieté habe sie schon mehrmals besucht. »Ich gehe auch gern in den Inselzirkus. Wenn der im Sommer seine Zelte öffnet, bin ich dabei.«

Flora Engelbeck bestätigte sie. »Das Wort Zirkus drückt so viel aus. Freiheit, Ungezwungenheit, Ungebundensein, große Leistungen. Aber andererseits natürlich auch Unseriöses, Leichtlebiges, Anstößiges. Den Artisten wird applaudiert, wenn sie in der Manege stehen, nach der Vorstellung will aber niemand etwas mit ihnen zu tun haben.« Sie sah eine nach der anderen an. »Habe ich recht?«

Mamma Carlotta dachte an Renato Capotto und nickte. Zum Glück hatte Violetta nicht verstanden, was Flora Engelbeck gesagt hatte, und konnte sich somit nicht einmischen.

Dr. Mikkelsen wusste, was sie meinte. »In meiner Klasse erschien mal ein Mädchen, das vier Wochen am Unterricht teilnahm, weil die Eltern mit einem Zirkus in der Stadt gastierten.

Alle fanden das Leben, das sie verkörperte, spannend, aber niemand durfte sie nach Hause einladen, weil Zirkusleuten ja nicht zu trauen war.«

Ein interessantes Thema, das Mamma Carlotta gern vertieft hätte. Aber sie war zu nervös. Violetta neben ihr kam ihr wie eine tickende Zeitbombe vor, die jeden Augenblick explodieren und große Töne in die Luft speien konnte, die falsch verstanden würden. Oder sie bot eine Tanzeinlage, die alle Anwesenden peinlich berührte. Außerdem war nicht zu übersehen, dass Flora Engelbeck und Dr. Mikkelsen in Ruhe miteinander reden wollten. Also fand Mamma Carlotta ein paar höfliche Abschiedsworte, schenkte Flora Engelbeck einen ausdrucksvollen Blick, der ihr Sicherheit geben sollte, und nahm einen Augenaufschlag entgegen, der voller Dankbarkeit war. Dann zog Carlotta ihre Cousine mit sich in die Nähe des Eingangs, wo schon einige Zuschauer warteten, die eingelassen werden wollten. Von denen kümmerte sich niemand um eine überdrehte Italienerin, die zu verhehlen versuchte, dass ihr eine Begegnung bevorstand, von der sie glaubte, dass sie ihr Leben verändern könne.

Mamma Carlotta merkte, dass in ihrem Magen ein Knoten entstand. Hätte sie doch die Vergangenheit ruhen lassen! Was würde dieser Abend bringen?

Sie vergaß die Frage, als hinter dem Zelt eine Person auftauchte. Ganz kurz nur, dann war sie wieder verschwunden. Aber der bunte Turban auf ihrem Kopf war Mamma Carlotta gleich aufgefallen. Den hatte die Frau auch getragen, als sie bei Tove Griess an der Theke gesessen hatte. Wie hieß sie noch? Nein, es wollte ihr nicht einfallen. Aber sie spürte gleich wieder diese dumpfe Unpässlichkeit, die zurückblieb, wenn man einen Fehler gemacht hatte, der mit Entschuldigungen nicht aus der Welt zu schaffen war. Er kroch wie Übelkeit in ihr hoch und konnte zum Brechreiz werden, wenn sie an ihren Lapsus dachte. Womöglich hatte diese schwer kranke Frau den Eindruck gehabt, von Carlotta Capella verhöhnt zu werden, Tove hatte es jedenfalls geglaubt. Dabei hatte Carlotta wirklich nur freundlich sein wollen, als sie ihr ein Kompliment über das bunte Tuch gemacht hatte. Ob sie eine Chance bekommen würde, ihren Fehler wiedergutzumachen?

Sie trat einen Schritt zur Seite und machte einen langen Hals – prompt sah sie die Frau wieder. Sie schien jemanden zu fixieren, ihn unbedingt auf sich aufmerksam machen zu wollen. Mamma Carlotta folgte ihrem Blick und glaubte, dass er an Flora Engelbeck und Dr. Mikkelsen hing. Wen von diesen beiden sie zwingen wollte, sich ihr zuzuwenden, war nicht auszumachen. Aber dass sie es wollte, glaubte Carlotta unbedingt. Doch sie schien keinen Erfolg zu haben. Als der Eingang geöffnet wurde, kam Bewegung in die Wartenden, die Blicke richteten sich nach vorn, die Frau mit dem bunten Turban verschwand, weil sie wohl einsah, dass das Ziel ihres Interesses nicht zu erreichen war. Um wen war es ihr gegangen? Um Frau Dr. Mikkelsen oder um die Charity-Lady? Und warum war sie nicht herangekommen und hatte sie angesprochen? Wo war sie überhaupt geblieben?

Während sie den Vorraum des Varieté-Zeltes betraten, sah sie sich immer wieder um, aber die Frau mit dem bunten Turban war nicht zu sehen. Als sie ihre Plätze eingenommen hatten, blickte Mamma Carlotta sich noch einmal gründlich um, aber den Kopf mit dem auffälligen Tuch konnte sie nach wie vor nicht entdecken. Die Frau hatte offenbar nicht die Absicht, sich die Vorstellung anzusehen. Warum war sie dann nach List gekommen?

Flora Engelbeck winkte Carlotta kurz zu, ehe sie einen Platz auf der anderen Seite der Bühne einnahm, Frau Dr. Mikkelsen verschwand in einer der hinteren Reihen. Carolin hatte von dem Hotelgast Karten für die besten Plätze bekommen. Sie saßen in der ersten Reihe, das Programm spielte sich direkt vor ihren Augen ab. Wenn Renato Capotto die Bühne betrat, würde er Violetta direkt ins Gesicht sehen können. Mamma Carlotta merkte, dass ihre Hände schweißnass wurden bei dieser Vorstellung. Nur gut, dass Renato Capotto erst später auftrat, so blieb noch eine kleine Galgenfrist.

Violetta sah der Vorstellung mit einer Spannung entgegen, die auch Drangsal sein konnte. Sie schien alle Emotionen außen vor lassen zu wollen. Zu jeder Darbietung gab sie eine Beurteilung ab, als hätte sie die kurze Zeit, in der sie mit dem Zirkus Capotto durch Kalabrien getingelt war, zu einer Expertin gemacht. Aber Mamma Carlotta war natürlich klar, warum Violetta es nicht schaffte, sich zurückzulehnen und die Vorstellung zu genießen. Mit der Kommentierung aller Leistungen lenkte sie sich von dem ab, was auf sie zukam.

»Wir müssen nicht bleiben«, flüsterte Mamma Carlotta ihr zu. »Wenn du dir das lieber ersparen möchtest …«

Aber Violetta ließ sie gar nicht zu Ende reden. »Ich bin extra nach Sylt gekommen. O nein! Jetzt nehme ich mir den Kerl vor.«

Was mochte sie darunter verstehen? Wollte sie ihm nach der Vorstellung Vorwürfe machen, ihn womöglich sogar angreifen? Oder sich weinend an seine Brust werfen und ihn anflehen, sie noch einmal in seinem Wohnwagen mitreisen zu lassen? Jeder neue Gedanke, der Mamma Carlotta kam, war schrecklicher als der vorangegangene.

»Schau ihn dir erst genau an. Du musst sicher sein, dass er es ist.«

»Chiaro!«

»Dann fahren wir nach Hause und überlegen gemeinsam, wie du vorgehen willst. Morgen können wir noch einmal nach List fahren, und du redest mit Renato. In aller Ruhe! Carolin hat vormittags frei, und Enrico hat gesagt, wir können das Auto haben.«

Sie war sich nicht sicher, dass Violetta ihr zugehört hatte. »Sì, sì …« Mehr kam nicht zurück.

Mamma Carlotta ließ nicht locker. »Er wird dir morgen erklären können, warum er damals so gehandelt hat. Und dann musst du wirklich mit der Sache abschließen. Versprochen?«

Dummerweise war Violetta nicht bereit, irgendetwas zu versprechen. Als der Conférencier erschien und Mago, den Zauberer, mit seiner Partnerin Peggy ankündigte, krampften sich ihre Hände um die Armlehne ihres Stuhls, und ihr Gesicht versteinerte.

Ein Trommelwirbel, das Aufflammen eines Scheinwerfers, eine Fanfare – und Mago betrat mit ausgebreiteten Armen, strahlend lächelnd, die Bühne. Gefolgt von seiner Partnerin Peggy, der niemand einen Blick schenkte, trotz ihrer schlanken Beine, der schönen Figur und der fast taillenlangen Haare. Bis zu diesem Augenblick hatte Mamma Carlotta geschwankt zwischen dem Wunsch, sie möge sich geirrt haben, und dem peinlichen Eingeständnis, dass Mago doch nicht Renato Capotto war. Aber als sein Gesicht angestrahlt wurde, als jede noch so kleine Falte sichtbar wurde, als seine Miene durch die Schminke hindurchschimmerte, wurde sie wieder ganz sicher. Und Violettas Reaktion zeigte ihr, dass sie sich nicht geirrt hatte. Scharf sog sie die Luft ein, saß mit einem Mal kerzengerade da, die Armlehnen immer noch mit Fäusten umschlossen, als müsse sie sich festklammern oder sich zurückhalten, damit sie nicht auf die Bühne sprang, auf Mago zustürmte, und ihn beim Schlafittchen packte.

Peggy zündete im Hintergrund eine Fackel an und reichte sie Mago, dann die zweite, dann noch eine. Mago begann mit seiner aufsehenerregenden Jonglage. Mamma Carlotta war erneut so gebannt wie bei ihrem ersten Besuch des Fliegenden Varietés. Was für einen Lebensweg hatte Renato zurückgelegt! Von dem verlotterten Zirkus seiner Eltern zum Fliegenden Varieté nach Sylt! Eine atemberaubende Artistenkarriere! Wenn der alte Capotto seinen Sohn hier sehen könnte …

Sie erschrak, als sich auf dem Stuhl neben ihr etwas veränderte. Violettas Hände krampften nicht mehr, sie bewegten sich auf der Lehne, ihre Finger zappelten, ihr Körper geriet in Bewegung. Ihr Gesicht war nicht mehr undurchdringlich, sondern zeigte jedes ihrer Gefühle. Wut, Verzweiflung, Rachedurst.

Mamma Carlotta griff nach ihrer Hand. »Silenzioso, Violetta.«

Aber ihre Worte erreichten ihre Cousine nicht mehr. Peggy hatte Renato gerade die vierte Fackel gereicht, als es Violetta nicht mehr auf ihrem Stuhl hielt. »Renato!« Ihr Ruf gellte zur Decke des Zeltes, durch das gerade in diesem Augenblick der eisige Wind der erwartungsvollen Stille wehte. »Renato!«

So hatte auch Mamma Carlotta nach ihm gerufen, ohne dass er jedoch eine Reaktion gezeigt hatte. Doch ihr Ruf war schüchtern gekommen, fragend, unsicher. Möglicherweise hatte Renato ihn tatsächlich nicht gehört. Violetta jedoch schrie unbeherrscht, kreischte seinen Namen, als müsste sie von Renato gerettet werden oder als käme es darauf an, ihn vor etwas Schrecklichem zu bewahren. Nur wer ihre Geschichte kannte – Carlotta Capella und Renato selbst – wusste, dass dieser Schrei mit einem Schreckschuss zu vergleichen war.

Nun sprang Violetta auf und drängte sich damit ins Scheinwerferlicht. Eine große Frau, über deren Gesicht schnelle Schatten huschten, im Wechsel mit den grellen Blitzen des Spotlights. Mamma Carlotta starrte sie an, als wäre ihr der Leibhaftige erschienen. Tatsächlich sah Violetta in diesem Augenblick zum Fürchten aus.

»Renato! Sei un fottuto figlio di puttana!«

Die Behauptung, Renato sei ein verdammter Hurensohn, war zum Glück auf Italienisch vorgebracht worden, was dann folgte, war jedoch leider international und für jeden verständlich. Violetta warf sich bäuchlings auf die Umrandung der Bühne, die zu hoch war, um sie mit einem Satz zu erklimmen. Mamma Carlotta versuchte, sie zu halten, krallte sich in ihrer Bluse fest, klammerte sich, als ihr der Stoff aus den Händen glitt, an ihr linkes Bein, musste aber aufgeben, als Violetta mit dem rechten nach ihr trat. Violetta stürmte die Bühne, mit hoch erhobenen Fäusten und einer verzerrten Miene, die auch jemanden zum Fürchten bringen musste, der sich mit brennenden Fackeln in der Hand in einer eigentlich guten Verteidigungsposition befand. »Renato Capotto!«

Zwei Fackeln fielen zu Boden, das Publikum lachte, weil es Violettas Auftritt für einen Teil der Show hielt. Einige applaudierten sogar.

Peggy reagierte schneller als Mago. Sie rief ihm etwas zu und verschwand hinter der Bühne. Mago warf auch die anderen Fackeln zu Boden und folgte ihr. Entsetzt beobachtete Mamma Carlotta, wie Violetta über die Bühne hetzte, auf die Stelle zu, wo sich der Vorhang teilte ... aber dort erschien in diesem Moment der Conférencier, ein großer, kräftiger Mann, der Violetta aufhielt ...

Gerald Wernicke war ein großer, schlanker Mann, der so aussah, als hätte er dieselben Gewohnheiten wie seine Frau. Auch er wirkte asketisch und durchtrainiert. Als er in den Raum geführt wurde, in dem Erik mit Sören und der Staatsanwältin saß, trug er einen hellen Trenchcoat, darunter eine schmale Jeans, einen dunkelgrünen Pulli, dazu hellgraue Sneakers. Seine Haare waren kurz geschnitten, seine hellen, wachen Augen ließen ihn jung und unternehmungslustig wirken. Auch jetzt. Seinen Koffer hatte er an der Rezeption stehen lassen. Während er eintrat, hob er den Riemen seiner Umhängetasche über den Kopf, die er bisher quer über den Oberkörper getragen hatte.

»Was ist passiert?«, fragte er statt einer Begrüßung.

Erik nahm ihm den Mantel ab, bot ihm einen Platz an und setzte ihm ein Glas Wasser vor, was Wernicke mit wachsendem Misstrauen beobachtete. »Ich will wissen, was mit meiner Frau los ist.«

Die Staatsanwältin hatte es übernommen, die Todesnachricht auszusprechen. Und sie machte das sehr gut. Erik atmete auf, und auch Sören lehnte sich erleichtert zurück, während Tilla Speck sich auf den Stuhl direkt neben Gerald Wernicke setzte und ihm langsam und mit leiser Stimme sagte, was geschehen war. Sie traf genau das richtige Maß an Mitgefühl und Sachlichkeit, war gerade emotional genug, um die harten Fakten erträglich zu machen, versuchte aber nicht, sie mit schwulstiger Anteilnahme zu verschleiern. Vielleicht war das der Grund, dass es Gerald Wernicke schnell gelang, seine Fassung zurückzugewinnen. Er wischte sich über die Augen, ohne dass Erik Tränen sehen konnte, dann richtete er den Blick an die gegenüberliegende Wand, als könnte er seine Erschütterung nur beherrschen, wenn er niemanden anblicken musste, wenn er sich auf einen feinen Riss im Putz konzentrieren konnte.

»Wissen Sie schon, wer es getan hat?« Seine Stimme war brüchig, er räusperte sich und stellte die Frage noch einmal.

»Wenn Sie sich erst ein wenig ausruhen wollen ...«, bot Erik an. »Sie haben womöglich eine längere Anreise hinter sich?«

Aber Gerald Wernicke winkte ab. »Solingen! Ich bin oft auf Geschäftsreise, acht Stunden Autofahrt machen mir nichts aus.« Seine Stimme wurde lauter: »Ich will wissen, was passiert ist. Alles!«

Sören war es, der fragte: »Wollten Sie Ihre Frau wirklich mit Ihrem Besuch überraschen? Oder ging es Ihnen vielmehr darum ...« Nun zögerte er. »Ich meine ... könnte es sein, dass Sie Ihre Frau kontrollieren wollten? Hatten Sie den Verdacht, dass Sie von ihr betrogen wurden?«

Wernicke starrte noch immer die Wand an. »Habe ich recht? Hat sie sich hier mit einem Mann getroffen?«

Auch als er erfahren hatte, dass Amy offenbar ein Verhältnis mit Gunnar Thomann gehabt hatte, dass sie die Nächte in seinem Zimmer verbracht hatte, nahm er noch immer nicht die Augen von der Wand. Er hatte nichts Neues erfahren. Genau das hatte er befürchtet, sein Verdacht war bereits sehr konkret. »Ich wollte es wissen. Deswegen bin ich hergekommen. Ich merke es schon lange. Amy hat sich so verändert. Eigentlich war der Zeitpunkt gekommen, endlich an Kinder zu denken. Ich wollte, dass sie nicht mehr so viel unterwegs ist, dass sie ihren Job nicht mehr so wichtig nimmt. Aber … « Er sprach nicht weiter, doch es war ohnehin klar, was er sagen wollte.

»Glauben Sie, dass Ihre Frau sich von Ihnen trennen wollte?«, fragte die Staatsanwältin.

Wernicke zuckte unsicher mit den Schultern. »Eigentlich … glaube ich es nicht. Ich dachte an eine Affäre, eine vorübergehende, aber …« Wieder brach er ab, und Erik dachte an das, was Tilla Speck berichtet hatte. Gunnar Thomann hatte von einer Frau gesprochen, in die er sehr verliebt war, die sich aber nicht scheiden lassen wollte.

Dass Gunnar Thomann ebenfalls das Opfer eines Mordanschlags geworden war, hatte Gerald Wernicke angeblich nicht mitbekommen. Erik sah ihn ungläubig an. Jede Zeitung hatte über den Mord berichtet, viele auf dem Titelblatt, da Gunnar Thomann ein bekannter Mann gewesen war. Im Internet stieß man auf diese Meldung, sobald man sein Smartphone oder das Tablet anstellte, sogar die Cousine seiner Schwiegermutter hatte Bescheid gewusst, als sie auf Sylt ankam.

Gerald Wernicke zuckte gleichgültig die Schultern. »Ich habe morgens keine Zeit zum Zeitunglesen. Mein Smartphone benutze ich so selten wie möglich. Und wenn, dann nur um zu telefonieren und Mails zu empfangen, wenn ich unterwegs bin.«

Der letzte Satz war langsam herausgekommen. Sein Sprechtempo hatte sich von Wort zu Wort verringert, so als wäre er mit einem Mal nachdenklich geworden. »Ich habe täglich mit Amy telefoniert. Sie hat mir nichts davon gesagt.«

»Vielleicht wusste sie es nicht«, murmelte Erik. »Vielleicht wusste sie es aber auch eher als alle anderen.«

»Wir fragen uns«, begann Sören vorsichtig, »ob Ihre Frau etwas von dem Mord an Thomann mitbekommen hat. Der Mörder wusste vielleicht nichts davon, dass Thomann die Nächte nicht allein verbrachte. Vielleicht hat er zugestochen, ohne zu merken, dass Ihre Frau neben Thomann lag. Oder sie war nebenan im Bad, hörte Geräusche, kam zurück …«

»Sieht so aus«, ergänzte die Staatsanwältin, »als hätte sie hastig ihre Sachen zusammengepackt. Aber den Lippenstift hat sie übersehen. Kann sein, dass sie von dem Mord etwas mitbekommen und sich eilig in ihr Zimmer zurückgezogen hat, weil sie nicht zugeben wollte, dass sie bei Thomann übernachtet hatte.«

»Möglich sogar, dass sie den Mörder gesehen hat«, ergänzte Sören. »Dass sie sterben musste, damit sie seinen Namen nicht verrät.«

»Dagegen spricht allerdings die Tatsache«, warf Erik ein, »dass der Laptop Ihrer Frau verschwunden ist. Und ihr Handy auch.«

Nun endlich nahm Gerald Wernicke den Blick von der Wand und sah die Staatsanwältin an. Nur sie. Er tat so, als wäre er mit ihr allein im Raum. »Ich möchte in das Zimmer meiner Frau einziehen. Ich will dort sein, wo sie ihre letzten Tage verbracht hat.«

»Das geht leider nicht.« Die Staatsanwältin erhob sich. »Ich werde nachfragen, ob ein anderes Zimmer frei ist.«

Als sie den Raum verlassen hatte, stellte Erik die Frage, die gestellt werden musste, wenn er es auch ungern tat. »Wo waren Sie heute in den frühen Morgenstunden? Und gestern zwischen fünf und sechs in der Frühe?«

Der Mann in der Paradeuniform ließ nicht mit sich reden. »Ab hier ist Schluss, Madame! Hier kommen Sie nicht rein. Zu den Wohnwagen darf niemand.«

Violetta konnte machen, was sie wollte, bitten und flehen,

drohen und einschüchtern, sie kam keinen Schritt weiter. In Mamma Carlotta entstand der Verdacht, dass dieser Mann mitbekommen hatte, was während der Vorstellung passiert war. Dass er keine Autogrammjägerin oder Bewunderin artistischer Kunst vor sich hatte, war ihm jedenfalls klar.

»Kommen Sie morgen wieder, dann kann ich für Sie nachfragen, ob Mago bereit ist, mit Ihnen zu sprechen. Aber heute Abend nicht. Die Vorstellung ist ja noch nicht vorbei.«

»Will der Kerl etwa noch mal auftreten?«

Mit dieser Frage und dem wütenden Ton, in dem sie gestellt wurde, hatte Violetta sich endgültig um sämtliche Chancen gebracht. Spätestens jetzt musste der Mann in der Paradeuniform wissen, dass Mago Ungemach drohte. Vielleicht wusste er es auch längst, wenn er mitangesehen hatte, dass der Artist seine Jonglage abgebrochen hatte und von der Bühne geflohen war. Vermutlich auf direktem Wege in seinen Wohnwagen, wo er nun wohl darüber nachdachte, ob er es wagen konnte, noch einmal auf die Bühne zurückzukehren.

»Ich will zu ihm«, zischte Violetta immer wieder, als sie zurückgingen. »Ich will ihm ins Gesicht sehen. Ich will wissen, wie sein Wohnwagen eingerichtet ist. Ob das Bild noch neben seinem Bett hängt, das ich ihm damals gemalt habe. Ob er noch den kleinen Holzesel besitzt, den meine Oma mir geschenkt hatte. Ich hatte ihn Renato gegeben, er sollte ihn immer bei sich tragen, damit er ihm Glück bringt ...«

Mamma Carlotta griff nach dem Arm ihrer Cousine und hielt sie zurück. »Violetta! Du kannst nicht wirklich glauben, dass es diese Erinnerungen noch gibt. Renato wollte dich nicht mehr. Der hat garantiert alles weggeworfen, was ihn an dich erinnert hat.« Die letzten Worte hatte sie mit großem Nachdruck gesprochen, es war kein Satz geworden, sondern eine Reihe von kategorischen Wörtern.

»Sein Vater war es, der mich nicht wollte. Renato sollte sich für ein Mädchen aus dem Zirkus entscheiden. Eine wie ich passe nicht zu ihm, hat er gesagt. Renato blieb nichts anderes übrig, als ihm zu gehorchen …«

»In Wirklichkeit liebte er dich noch?«, fragte Carlotta anzüglich.

Aber dieser Sarkasmus prallte an Violetta ab. »Das kann doch sein!«

Nun blieb Carlotta stehen und sorgte dafür, dass auch Violetta nicht weiterging. »No!«, rief sie so laut und schneidend, dass sie ihre Cousine endlich erreichte. Die zuckte sogar leicht zusammen, als wäre schon lange nicht mehr so mit ihr gesprochen worden. »No, Violetta! Hör auf, dir diesen Unsinn einzureden. Renato hat dich damals sitzen lassen, weil er genug von dir hatte. Und heute ist er vor dir weggelaufen, weil er mit dir nichts zu tun haben will. Warum willst du das nicht kapieren?«

Endlich! Endlich drehte sich Violetta zu ihr und sah – endlich! – so aus, als hätte sich in ihrem Kopf die Langspielplatte weitergedreht, die bis dahin auf der immer gleichen Stelle gekratzt und die immer gleichen Töne produziert hatte. Jetzt – »Infine!« – schien die Saphirnadel endlich in die nächste Rille zu rutschen, das Leben sich weiterzudrehen, das Verhängnis sein Lied zu Ende zu spielen. Danach würde Violetta vielleicht sogar festgestellt haben, dass es keinen Sinn machte, an Althergebrachtem festzuhalten. Noch vor wenigen Stunden hätte Carlotta ihre Cousine nicht zu schütteln gewagt, weil die Saphirnadel in ihrem Kopf die Platte vollkommen zerkratzt hätte, nun aber war es ihr egal. Diese uralte Platte gehörte auf den Seelenmüll und die vormals kostbare Saphirnadel gleich hinterher. Auch die Liebe musste mit der Zeit gehen. Sie griff nach den Oberarmen ihrer Cousine und schrie es ihr immer wieder ins Gesicht. »Begreif es endlich!«

Violettas Augen waren mit einem Mal groß geworden und kindlich rund, ihr Mund blieb offen stehen, und sogar ihre Stimme klang ruhig und sanft, als sie sagte: »Ich muss mal aufs Klo.«

Mamma Carlotta atmete auf und wies zum Eingang des Zeltes. Hinter der Theke im Vorraum gab es eine Toilette, sie selbst würde in der kühlen Abendluft auf Violetta warten. Das Frische, Klare würde ihr guttun. Auf keinen Fall wollte sie das Zelt noch einmal betreten und hoffte, dass auch Violetta nicht die Absicht hatte, der Vorstellung weiter beizuwohnen. Die Häme, die ihnen entgegenschlagen, das Feixen, mit dem man Violetta betrachten, das Tuscheln und die Schadenfreude, an der jeder der Umsitzenden seine Freude haben würde … Mamma Carlotta wollte sich alldem nicht aussetzen. Es war schlimm genug gewesen, mit vielen verächtlichen Blicken im Rücken das Zelt zu verlassen und das hämische Gekicher noch draußen zu hören. Ein wenig bewunderte sie ihre Cousine sogar dafür, wie gleichgültig diese darüber hinwegging. Anscheinend hatte Violetta in ihrem kalabrischen Dorf nach ihrer Rückkehr aus dem Zirkus so viel Verächtlichkeit erlebt, dass sie gelernt hatte, sie nicht mehr an sich herankommen zu lassen. Die Menschen waren kein Spiegel mehr für sie, der zeigte, wie sie wahrgenommen wurde, sie hatte ihn längst zugehängt und betrachtete stattdessen ihr Leben in den Pfützen auf dem Asphalt und auf der Wasseroberfläche des kleinen Teichs hinter ihrem Haus.

Mamma Carlotta bewegte sich Richtung Straßenrand. Zu dumm, dass sie kein Handy besaß, mit dem sie Carolin alarmieren konnte. Die würde ja erst erscheinen, wenn die Vorstellung zu Ende war. Aber Violetta hatte ihr Smartphone sicherlich dabei. Wenn dort Carolins Nummer eingespeichert war, würden sie dafür sorgen können, so schnell wie möglich zum Süder Wung zurückzukehren.

Sie drehte sich um und stellte fest, dass der Platz vor dem Zelt menschenleer war. Alle Zuschauer, die in der Pause nach draußen getreten waren, um zu rauchen oder sich die Beine zu vertreten, waren wieder im Zelt. Der zweite Teil der Vorstellung hatte begonnen. Wo war Violetta? Hatte sie sich etwa entschlossen, wieder an ihren Sitzplatz zurückzukehren?

Mamma Carlotta ging zurück, sah in den Vorraum, aber dort war alles leer. Auch die jungen Männer, die den Eintritt organisierten, waren verschwunden. Aus dem Zelt drang laute Musik, dann Gelächter und schließlich frenetischer Applaus. Mamma Carlotta fand einen Schlitz in dem schweren Vorhang, der den Vorraum von der Bühne trennte, und spähte hindurch. Ihre beiden Plätze waren leer. Gerade entschloss sich ein Paar, aus der zweiten Reihe in die erste zu wechseln, um noch besser sehen zu können.

War Violetta noch immer auf der Toilette? War ihr schlecht geworden? Nutzte sie die Einsamkeit in einer der Kabinen, um sich Trauer und Verzweiflung von der Seele zu weinen? Mamma Carlotta riss die Tür zur Toilette auf und landete in einer schlecht riechenden Stille. »Violetta?«

Keine Antwort, kein Kleidergeraschel, kein Klappern der Papierrolle.

»Violetta!«

Mamma Carlotta drückte auf jede Klinke. Alle gaben sie nach, aber hinter den Türen war niemand. Sie rannte wieder hinaus, in den Vorraum, der noch genauso leer war wie vorher, auf den Vorplatz, auf dem sich ebenfalls kein Mensch befand. Wo war Violetta geblieben?

Mamma Carlotta drehte sich einmal im Kreis. Dabei fiel ihr Blick auf das Absperrband, das in der Pause noch streng bewacht worden war. Jetzt stand niemand mehr dort. Hatte Violetta die Gelegenheit genutzt, um zu Renatos Wohnwagen zu gelangen?

Mamma Carlotta duckte sich und schob sich unter dem Absperrband hindurch. Vorsichtig sah sie sich um, aber als sie niemanden entdeckte, der sie hätte hindern können, lief sie weiter. Zunächst bis zum Ende des Zeltes, wo sie sich noch einmal umblickte. Als wieder niemand zu sehen war, schlich sie vorsichtig weiter. Jetzt war sie an dem Pflanzstreifen angekommen und stieg durch den Strandhafer, der zurzeit die Grenze zwischen den Wohnwagen und dem Zelt darstellte. Das Meer dahinter lag ruhig da, keine hohen Wellen, keine Brandung, das Wasser schleppte sich müde zum Ufer. Das Mondlicht war schwach, manchmal hinter den Wolken verborgen, nur gelegentlich brach es sich auf den feinen Wellen. Das Meer war mehr zu hören und zu riechen als zu sehen. Ein Wohnwagen nach dem anderen war auf der Uferpromenade aufgereiht, mindestens ein Dutzend. In keinem brannte Licht. Scheinbar waren alle Bewohner im Zelt, auch die, die ihren Auftritt bereits absolviert hatten. Am Ende der Show mussten ja alle ein letztes Mal auf die Bühne, durften sich für den Applaus bedanken und sich verbeugen. Auch Renato Capotto, der im Fliegenden Varieté Mago hieß?

Mamma Carlotta sah sich um. Nein, es war sinnlos, hier nach Violetta zu suchen. Sie traute ihrer Cousine zwar jede Dummheit zu, deswegen hatte sie für möglich gehalten, sie hier zu finden. Aber Violetta schien wohl doch eingesehen zu haben, dass es keinen Sinn machte, Renato hinterherzusteigen. Er war für sie verloren, es war vorbei. Wenn ihre Reise nach Sylt einen Sinn gehabt hatte, dann war es der, endlich mit Renato abzuschließen. Mamma Carlotta musste sich das unbedingt immer wieder sagen, damit sie sich nicht irgendwann einzugestehen hatte, dass Violettas Aufenthalt hier nichts anderes als überflüssig und nervig gewesen war.

Sie drehte sich um, weil sie zurückgehen wollte, doch in dieser Drehung nahm sie etwas wahr. Etwas, was nicht hierherpasste. Etwas, was die Dunkelheit beinahe verschluckt hätte, was sich aber doch im Aufblitzen des Mondes, der gerade durch einen Wolkenspalt sah, verriet. Ein Mensch? Ja, da war jemand. Neben einem Wohnwagen. Und dieser Mensch rührte sich nicht …

Sie saßen in den Admiralsstuben, dem Restaurant des Hotels Windrose, direkt gegenüber dem Kurhaus. Ein gemütlicher, holzvertäfelter Raum mit tief hängenden Lampen, deftigen Ölgemälden an der Wand, die allesamt die christliche Seefahrt zum Thema hatten, gepolsterten Sitzbänken und bequemen Lehnstühlen. Alle Accessoires waren maritim. Wer in den Admiralsstuben einkehrte, glaubte sofort, bei einem Admiral zu Gast zu sein, einem alten Seebär, der weiterhin schön finden wollte, was einmal schön gewesen war.

Die Staatsanwältin machte keinen zufriedenen Eindruck. »Hoffentlich bleibt diese Cousine nicht so lange auf Sylt.«

Erik hatte Mühe, seine Genugtuung, die nah am Triumph war, nicht erkennen zu lassen. In gespieltem Bedauern hob er die Schultern. »Sie hat den Tag des Rückflugs offen gelassen. Sieht schlecht aus, würde ich sagen. Damian Staufer braucht sie ja zurzeit nicht für den Haushalt. Sie kann bleiben, solange sie will.« Ihm fiel ein, dass er mit seiner Zufriedenheit nicht übertreiben sollte. »Nicht, dass mir das gefällt! Aber was soll ich machen?«

Damit hatte er Öl in das Feuer von Tilla Specks schlechter Laune gegossen. »Hoffentlich taucht Damian Staufer bald wieder auf und ruft nach seiner Haushälterin.«

»Wo mag der nur stecken?«, überlegte Sören.

»Bist du sicher, Erik, dass du die richtigen Leute hast, um seinen Aufenthaltsort zu recherchieren?«, fragte Tilla.

Erik nickte so zuversichtlich, wie es ging, und vermied es, Sören dabei anzublicken. Der wusste ja, dass sein Chef noch gar nicht dazu gekommen war, Rudi Engdahl und Enno Mierendorf den Auftrag zu geben, nach Damian Staufer zu suchen. »Der war's nicht«, beschwichtigte er. »Der wird bald wiederauftauchen, auch ohne Fahndung. Da müssen wir sowieso vorsichtig sein.« Er sah die Staatsanwältin an, als hätte sie etwas Wichtiges vergessen. »Was meinst du, was passiert, wenn die Öffentlichkeit erfährt, dass Damian Staufer von der Polizei gesucht wird? Die Yellow Press wird sich auf uns stürzen, und Staufer wird uns in der Luft zerreißen, wenn sich herausstellt, dass er nur mal eine kurze Auszeit nehmen wollte.«

Er war froh, dass der Kellner an den Tisch trat, um die Bestellung aufzunehmen. So blieben ihm die Argumente der Staatsanwältin, die gegen seine Behauptung sprachen, erspart.

Erik bestellte eine Scholle Finkenwerder Art mit Gurkensalat und erklärte, dass seine Schwiegermutter mit diesem Gericht nicht gut zurechtkam. »Die friesische Küche liegt ihr ja gar nicht.«

Mit gerunzelter Stirn widmete sich die Staatsanwältin daraufhin dem Teil der Speisekarte, der mit *Landrattenkram* überschrieben war, und bestellte ein Wildschweingulasch, während Sören sich für Matjesfilets mit Hausfrauensoße entschied. Diese Bestellung sorgte eine Weile für Diskussionsstoff. Über die Frage, wie der Name Hausfrauensoße entstanden war, geriet die kalte Küche am Süder Wung und sogar das Fehlen des Alibis von Gerald Wernicke vorübergehend in Vergessenheit.

»Er kann nicht beweisen, dass er erst im Laufe dieses Tages nach Sylt gekommen ist«, stellte die Staatsanwältin dann aber erneut fest. »Die Fahrt mit dem Autozug hat er bar bezahlt und die Quittung weggeworfen. Ins Horizont ist er zwar heute eingezogen, aber wer sagt, dass er nicht schon zwei Tage vorher woanders eingecheckt hat? Unter falschem Namen!«

Sören hatte mit Wernickes Geschäftsführer telefoniert, und der hatte ausgesagt, Wernicke sei in den letzten beiden Tagen nicht im Büro gewesen. Er wolle ein paar Tage Urlaub bei seiner Frau auf Sylt machen, hatte er gesagt. »Schon vor zwei Tagen«, wiederholte Sören. »Braucht der so lange zum Kofferpacken?«

Wernicke selbst hatte ihnen im Hotel Horizont erklärt, er habe einen Besuch bei seinen alten Eltern eingeschoben. Die seien kürzlich in ein Altenheim in der Nähe von Hamburg gezogen. Er habe sich bei dieser Gelegenheit um ihre Wohnung gekümmert, die in Kürze aufgelöst werden sollte. »Schwer zu überprüfen«, meinte Sören achselzuckend. »Ich habe mit dem Altenheim telefoniert. Zwei Pflegekräfte sagen, sie hätten Wernicke gesehen, wissen aber nicht mehr genau, wann. Und ich brauche gar nicht zu versuchen, Wernickes Eltern zu fragen, die sind beide dement und können keine verlässlichen Aussagen machen. Wernicke sagt, in dem Haus, in dem sich die Wohnung seiner Eltern befindet, hätte er niemanden getroffen.«

»Also kein Alibi.« Erik sah Dr. Tilla Speck fragend an, aber die antwortete schon, bevor er die Frage aussprechen konnte.

»Für eine Verhaftung reicht das nicht. Sollte diese Schnarchnase von Spurenfahnder Wernickes Fingerabdrücke irgendwo finden, sähe die Sache natürlich anders aus. Aber so …« Kommissar Vetterich, dem die Staatsanwältin diesen wenig schmeichelhaften Namen verpasst hatte, hatte nur den Kopf geschüttelt, nachdem er Gerald Wernickes Fingerabdrücke genommen hatte. Nein, in Gunnar Thomanns Zimmer war Wernicke offenbar nicht gewesen. Er hatte nirgendwo Spuren hinterlassen. »Aber ich traue diesem Typen nicht.«

Erik nahm Vetterich in Schutz. »Er ist zwar nicht besonders kommunikativ, aber er arbeitet sehr sorgfältig. Danach allerdings muss man ihm die Ergebnisse seiner Arbeit aus der Nase ziehen.« Er lächelte, während Tilla Speck zornig ihr Bierglas leerte. Über Leute wie Kommissar Vetterich konnte sie sich nicht amüsieren.

Sören versuchte es mit Sachlichkeit. »Wir haben also drei Verdächtige mit drei unterschiedlichen Motivationen. Ein Schauspieler, der Thomann aus Rache umgebracht haben könnte, weil er die versprochene Rolle nicht bekommen hat. Eine prominente Familie, die verhindern will, dass Thomann etwas über sie berichtet, was geheim bleiben soll. Und einen Ehemann, der aus Eifersucht mordet.«

Das Essen wurde gebracht, und eine Weile beschäftigten sie sich alle drei mit dem, was auf ihren Tellern lag. Es schmeckte, niemand hatte etwas zu beanstanden, auch die Staatsanwältin nicht. Trotzdem verglich sie das Essen mit dem, was sie bei Mamma Carlotta vorgesetzt bekommen hätte, und gleich entstand wieder die senkrechte Zornesfalte zwischen ihren Augenbrauen. Als wollte sie Erik dafür bestrafen, dass sie nicht in seiner Küche essen durfte, verriet sie ihm, dass sie sich entgegen seiner Entscheidung doch dazu entschlossen hatte, die Mitarbeiter von Gunnar Thomann zu befragen.

Erik legte das Stück Scholle, das er gerade in den Mund schieben wollte, auf den Teller zurück. »Darum sollten sich Rudi Engdahl und Enno Mierendorf kümmern.«

»Ich kenne mich besser aus. Da arbeiten noch zwei, drei Leute, die ich von früher kenne. Mir verraten sie mehr als den beiden Fischköppen in deinem Revierzimmer.«

Erik hatte Mühe, sich seinen Ärger nicht anmerken zu lassen. »Wenn das so ist ... dann weißt du also Bescheid?«

Das war leider nicht der Fall. Auch Dr. Tilla Speck hatte nicht herausgefunden, um welche bekannte deutsche Familie es in Thomanns neuem Film gehen sollte. »Alles topsecret. Sogar Gunnars Stellvertreter kennt keinen Namen. Er wusste nicht einmal, dass es sich um eine wahre Geschichte handelt. Gunnar wollte wohl auf Nummer sicher gehen und hat dafür gesorgt, dass vorher nichts durchsickert.«

»Also bist du genauso weit wie Rudi und Enno«, stellte Erik zufrieden fest und freute sich an dem Zwinkern in Sörens Augen.

»Aber nun ist es amtlich! Wir können wirklich davon ausgehen, dass die Sache unter Verschluss gehalten wurde. Wären deine beiden Mitarbeiter mit dieser Auskunft gekommen, hätte man drei Fragezeichen dahintersetzen müssen. Bei Befragungen durch die Polizei machen solche Leute sofort dicht, man weiß nie, ob sie alles sagen. Da kann man die Story ja gleich an die *Bild*-Zeitung verkaufen. Wenn ich dagegen frage, bekomme ich die Wahrheit zu hören und nichts anderes als die Wahrheit.

Gunnars Stellvertreter würde mir nichts vormachen. Niemals.« Die Staatsanwältin stocherte in ihrem Gulasch herum, als überlegte sie, ob sie es zurückgeben sollte. »In Gunnars Nachlass wird sich vielleicht etwas finden. Wenn, dann erfahre ich es sofort. Einem Polizeimeister und einem Obermeister können die ja erzählen, was sie wollen. Die beiden merken vermutlich nicht mal, wenn sie abgewimmelt werden.«

Das war zu viel! In Erik war in den letzten Minuten ein Zorn aufgestiegen, der aber trotz seiner Heftigkeit zum Glück immer noch friesisch war. Lucia und ihre Mutter hätten unter den gleichen Gefühlen den Gurkensalat in den attraktiven Ausschnitt der Staatsanwältin gekippt, Erik jedoch presste nur die Lippen zusammen. Doch wer ihn gut kannte, wusste, was in ihm vorging. Irgendwann musste Schluss sein! Auch eine Staatsanwältin konnte sich nicht alles erlauben.

Er legte sein Besteck auf den Teller und beugte sich vor. »Du bist unverschämt, Tilla Speck! Ich lasse nicht zu, dass du so über meine Mitarbeiter sprichst. Ich kann verstehen, dass du vor Ort mit uns ermitteln willst, weil es um deinen ehemaligen Lebensgefährten geht. Ich glaube auch, dass du uns deswegen besonders gut helfen kannst. Aber wenn du so weitermachst, werde ich dich bald bitten, wieder nach Flensburg zurückzufahren und uns hier unsere Arbeit machen zu lassen.«

Sören sackte die Kinnlade herab. Mit offenem Mund staunte er seinen Chef an, doch sein überraschtes Gesicht wurde schnell besorgt, wenn nicht sogar ängstlich. Man sah ihm an, was er dachte: Da hatte sich doch gerade die Beziehung zur Staatsanwaltschaft Flensburg ein wenig entspannt, und nun machte sein Chef alles wieder kaputt?

Erik fühlte Sörens Blick auf sich ruhen, vermied es aber, ihn anzusehen. Er hatte schon ohne die Verwirrung seines Assistenten Mühe genug, ruhig zu bleiben und dem Blick der Staatsanwältin standzuhalten, die … ja, die mit einem Mal amüsiert wirkte.

Nun ging sogar ein Grinsen über ihr Gesicht. »Hoppla! Nur, weil du mich einmal küssen durftest, meinst du, du kannst aufmüpfig werden?«

Was für eine gemeine Rache! Sie fühlte sich angegriffen und konterte, indem sie ausplauderte, was er für ein Geheimnis gehalten hatte! Nun konnte er Tilla Specks Blick nicht mehr standhalten. Er sah Sören an, aus dessen rotbackigem Gesicht eine überreife Frucht geworden war. Die Frage, ob sich die Staatsanwältin einen Scherz mit dem Hauptkommissar erlaubte, erschien zwar in seinen Augen, verschwand aber schnell wieder, als die empörte Reaktion, die er scheinbar erwartet hatte, ausblieb. Wenn sein Chef diese Frechheit nicht zurückwies und energisch bestritt, dann musste sie der Wahrheit entsprechen. Sören sah so entgeistert aus wie sonst nur, wenn ihm eine Möwe an der Kurpromenade das Fischbrötchen klaute.

Erik spürte Trotz in sich aufsteigen. Ja, er hatte die Staatsanwältin einmal geküsst! Das war im November gewesen. Sie hatten einen Ermittlungserfolg gefeiert und waren beide betrunken gewesen. So war es eben passiert. Nichts Besonderes eigentlich. Nichts, was geeignet war, daraus jetzt eine Waffe zu machen und sie gegen ihn zu richten. Hoffentlich glaubte Sören nicht, dass er der Staatsanwältin in ihr Hotelzimmer gefolgt war.

»Ich mag aufmüpfige Männer«, ergänzte Dr. Tilla Speck jetzt, und ihr Lächeln vertiefte sich. »Dass du dir den Schnauzer abrasiert hast, ist das auch Aufmüpfigkeit?«

Das gab Sören anscheinend den Rest. Er schob den Teller beiseite, als wäre er satt, lehnte ein weiteres Bier ab und verkündete, dass er nun dringend für ausgedehnte Bettruhe sorgen müsse. Sein Rennrad stand noch vor dem Hotel Horizont. Das würde er jetzt holen und dann so schnell wie möglich nach Hause fahren.

Als Sören verschwunden war, lächelte Tilla Speck noch immer. »Ist der Barkeeper im Hotel wohl noch derselbe?«

Erik versuchte, nicht zu verstehen, was die Staatsanwältin meinte. »Wieso fragst du?«

»Hieß der nicht Kevin?«

Erik dachte mit Schrecken an den Abend im November zurück, als sie den Entführungsfall aufgeklärt und die Lösung mit einem Cocktail namens Dirty Daniel gefeiert hatten. Zusammen mit dem Barkeeper, der sich gefreut hatte, mal seine Fähigkeiten unter Beweis stellen und etwas anderes produzieren zu dürfen als Gin Tonic und Campari Orange. Die Erinnerung, dass sie sich mit ihm geduzt hatten, gehörte zu seinen unangenehmsten. Erik war nicht der Typ für so was, niemals war er auf Vertraulichkeiten aus, auf schnelles Duzen schon gar nicht. Aber an jenem Abend war es sogar mit der Staatsanwältin dazu gekommen. Und das nur, weil er sie versehentlich geküsst hatte. Ein dummer Zufall! Er hätte es vorgezogen, am nächsten Morgen einfach alles zu vergessen, zum dienstlichen Sie zurückzukehren und so zu tun, als wären die vier Dirty Daniels nicht gewesen … aber Tilla musste ja unbedingt so tun, als wären sie nun beste Freunde. Dazu gehörte auch, dass sie sich von da an mit Küsschen links und Küsschen rechts begrüßten statt mit einem markigen Händedruck. Schrecklich!

»Keine Ahnung, wie der hieß«, gab Erik zurück, obwohl er genau wusste, dass die Staatsanwältin recht hatte. »Kevin allein in der Bar«, hatten sie noch gewitzelt, als sie den Abend endlich beschlossen und Erik die Staatsanwältin zu ihrem Zimmer gebracht hatte.

»Wir sollten mal nachsehen, ob er heute Dienst hat«, meinte Tilla Speck. »Und ob er immer noch so gute Dirty Daniels mixt.«

Unter der dunklen Jacke blitzte ein Stück Leopard hervor.

»Violetta!« Carlotta stürzte sich auf ihre Cousine, griff nach ihren Schultern und begann sie zu schütteln. »Violetta!«

Die dunkle Jacke bewegte sich. Gott sei Dank! Der Leopard

zeigte seine dicken silbernen Knöpfe und den tiefen Ausschnitt. Carlotta hob sich auf die Knie und beobachtete erleichtert, wie Violetta sich aufrappelte. Sie hatte neben dem Wohnwagen gekauert, die Beine umschlungen, den Kopf auf die Knie gelegt.

»Madonna! Du lebst!« Mamma Carlotta schaffte es nicht, ihrer Cousine zu helfen, der Schreck hatte ihr alle Kraft genommen. »Was ist passiert?«

Violetta griff sich an den Hinterkopf und verzog schmerzhaft das Gesicht. »Ich weiß nicht …« Sie führte die Hand vor die Augen und versuchte zu erkennen, wie sie aussah. Trotz der Dunkelheit war zu sehen, dass ihre Fingerspitzen blutig waren.

»Wer hat dich überfallen? Etwa …« Mamma Carlotta wagte es nicht, Renatos Namen auszusprechen.

Violetta zuckte mit den Achseln, wollte etwas antworten … da erstarrte sie. Aus weit aufgerissenen Augen sah sie ihre Cousine an. »Weg!« In erstaunlichem Tempo kam sie auf die Beine, reichte Carlotta die Hand und zog sie ebenfalls in die Höhe. »Schnell weg!«

Mamma Carlotta wollte gerade fragen, was um Himmels willen mit ihr los sei, da hörte sie es ebenfalls. Schritte und leise Stimmen. Jemand, vor dem Violetta Angst hatte? Der Täter, der zurückkehrte, um zu sehen, ob sie noch lebte? Der sein Werk vollenden würde, wenn er merkte, dass er nicht hart genug zugeschlagen hatte?

Es blieb keine Zeit für Fragen. Mamma Carlotta war mit einem Mal voll auf der Höhe und hielt panisch nach Fluchtmöglichkeiten Ausschau. Über die niedrige Mauer, die die Promenade begrenzte? Sie schaute hinüber und stellte fest, dass es dahinter steil hinabging. Zwei, drei Meter Steine und Geröll, darunter das Meer. Sie wandte sich ab, stellte fest, dass ihre Cousine einen anderen Weg gefunden hatte, und huschte ihr nach hinter den Wohnwagen. Dort allerdings war es eng, voller Kabelgewirr, abgestellter Kanister, Plastikflaschen, Getränkekisten, zusammengeklappter Stühle. Ein Versteck für Frauen, die allerhöchstens Größe 40 trugen. Mamma Carlotta jedenfalls schaffte es nicht, den Bauch so weit einzuziehen, dass sie zwischen die Wohnwagenwand und eine Gasflasche passte. Ihr war klar, wer genau hinsah, würde ihr helles Bein erkennen, das hinter dem Wagen einfach nicht mehr unterzubringen war, und auch den Zipfel ihres Mantels, der sich verfangen hatte.

»Still!«, wisperte Violetta, als Carlotta versuchte, die Gasflasche wegzudrängen. »Kein Mucks!«

Mamma Carlotta schaffte es, nur ganz flach zu atmen, obwohl sie bei Angst meist schnaufte und sich unmöglich still verhalten konnte, wenn sie sich fürchtete. Aber diesmal gelang es ihr. Verzweifelt horchte sie auf die Schritte und auf die leisen Stimmen. Kamen sie näher? Gingen sie vorüber? Mit einem Mal war nichts zu hören als das Schwappen der Wellen und der Motor eines Autos, das durch den Kreisverkehr vor der Tonnenhalle fuhr. Dann brandete im Zelt Applaus auf, die Stimme des Conférenciers drang gedämpft herüber. Die Nacht war keineswegs leise, aber diese Geräusche waren weit entfernt. In ihrer Nähe jedoch war es tatsächlich still. So still, dass nun auch wieder die Schritte zu hören waren. Sie kamen näher, sie hielten inne. Eine weibliche Stimme fragte nach einem Schlüssel, eine männliche antwortete: »Ist offen.«

Der Wohnwagen schaukelte, an der anderen Seite der Rückwand, an der Mamma Carlottas Ohr klebte, kratzte und wischte es. Direkt über ihnen wurde das Fenster geöffnet, nur einen Spalt, aber alles, was im Wohnwagen geschah, fegte die Stille nun fort. Der Mann und die Frau da drinnen gaben sich keine Mühe, leise zu sein. Schranktüren wurden geöffnet und wieder geschlossen, Schubladen herausgezogen, Polster verschoben, Gerätschaften gestapelt.

»Hältst du das wirklich für eine gute Idee?«, fragte jetzt die Frau.

»Die beste Idee überhaupt«, antwortete der Mann, den Mamma Carlotta für Renato hielt.

»Also gut.« Ob die Frau seine Assistentin war? Peggy mit den langen Haaren?

»Vor so blöden Weibern kann man ja nur weglaufen. Das wird jeder verstehen.«

Blöde Weiber? Mamma Carlotta war es zu gefährlich, den Kopf zu drehen, um Violetta anzusehen. War etwa von ihr die Rede? Wenn es sich bei dem Mann im Wohnwagen tatsächlich um Renato handelte, würde es wohl so sein.

»Der Chef sowieso«, antwortete die Frau. »Der macht sich ja ohnehin schon seit Langem Sorgen.«

Der Mann gab ein zustimmendes Grunzen von sich. »Also insgesamt – alles genau richtig so.«

Die Tür des Wohnwagens knarrte, er schwankte heftig. Sie hörten das Scharren von Gepäckstücken und dann das Rollen von ein oder zwei Koffern, das sich entfernte. Während die Stille zurückkehrte, hoffte Carlotta, dass Violettas Deutsch nicht gut genug war, um den Begriff »blöde Weiber« verstanden zu haben.

Sie versuchte sich zu entspannen, was jedoch unmöglich war, weil sie dann darauf hätte verzichten müssen, den Bauch einzuziehen. Der jedoch passte nur in diesen Spalt, wenn er nicht gemütlich hervorquoll, wie das normalerweise der Fall war. Es wurde Zeit, dass sie aus dieser unangenehmen Lage herauskam.

Vorsichtig schob Carlotta ihren Körper zur Seite, bis sie ihr zweites Bein nachholen konnte, dann klammerte sie sich an der Ecke des Wohnwagens fest, während sie sich aus der Deckung heraustraute. Violetta folgte ihr zügig und schob ihre Brust zurecht, der es in der Enge wohl so ähnlich ergangen war wie Carlottas Bauch. Sie griff sich an den Kopf, während sie zwei Schritte vor machte und um den Wohnwagen herumlugte. Seine Tür war nicht ganz ins Schloss gedrückt worden, sie klapperte im Rhythmus des Windes.

»War das Renato?«, fragte Carlotta flüsternd.

Sie spürte, dass Violetta nickte. »Mit seiner Partnerin.«

»War er es, der dich niedergeschlagen hat?«

Violetta antwortete nicht, schob Carlotta zur Seite, ging zur Eingangstür des Wohnwagens und öffnete sie.

»Wir sollten lieber gehen, Violetta.« Carlotta ahnte, was ihre Cousine vorhatte.

Aber Violetta stand schon auf der unteren der beiden Stufen, die in den Wohnwagen hineinführten.

»Was willst du da?«

Violetta gab keine Antwort. Vermutlich, weil sie sich selbst nicht erklären konnte, was sie tat. Im Nu war sie verschwunden, und Carlotta folgte ihr notgedrungen. Eine Stufe hinauf, dann die zweite. Weiter wollte sie nicht gehen, nicht ganz in den Wohnwagen hinein, wo Violetta stand und sich umsah, als wäre dies ein Stück Heimat, das sie vor Jahren hatte verlassen müssen.

Ihre Stimme war heiser, als sie sagte: »Unser Wohnwagen war nicht so komfortabel. Wir hatten ein paar Polster auf der Erde zum Sitzen und Schlafen, einen Tisch und zwei Hocker, einen großen Koffer für unsere Klamotten, das war's. Kochen und Waschen, das machten alle Zirkusleute gemeinsam.«

Mamma Carlotta fand nicht, dass sie Rücksicht auf die Erinnerungen ihrer Cousine nehmen musste. Das alles war dreißig Jahre her. Es hatte sich um einen Zirkuswagen gehandelt, der nichts mit diesem Wohnwagen gemein hatte, es gab keinen Grund für Wehmut.

»Komm, Violetta! Wir müssen uns um deine Kopfwunde kümmern.«

Aber Violetta schien sich nicht sattsehen zu können an den kahlen Wänden und den leeren Schrankfächern. Sie schnüffelte, entweder, weil sie sich auf dem Boden neben dem Wohnwagen verkühlt hatte, oder weil sie wissen wollte, ob Renato noch immer das gleiche Rasierwasser wie früher benutzte.

Mamma Carlotta wurde ärgerlich und ungeduldig zugleich. Es reichte jetzt! Violettas Erinnerungen waren doch nichts weiter als billiger, unverkäuflicher Ramsch mit angeschlagenen Ecken auf dem Trödelmarkt der Gefühle. Nichts, was durch das Alter kostbarer geworden war. Nur Krempel, der nichts mehr wert war. Ihre anfängliche Wut auf Renato, ihr Wunsch, es ihm heimzuzahlen, hatte Carlotta jedenfalls erheblich besser gefallen als der sehnsuchtsvolle Blick, den Violetta auf die Vergangenheit richtete. »No!« Als sie Violetta nicht zu erreichen schien, wurde sie eindringlicher. »Die Vorstellung ist bald zu Ende. Danach gehen die Artisten in ihre Wohnwagen. Dann kommen wir hier nicht mehr ungesehen weg. Also komm raus!«

Violetta schien sich endlich losreißen zu können, sie nickte und wandte sich Mamma Carlotta zu. Doch gerade in diesem Moment waren erneut Schritte zu hören. Sehr leise nur, so als sollten sie nicht gehört werden. Auch Renato und seine Partnerin waren leichtfüßig gewesen, ihre Schritte nicht derb und laut, diese jedoch waren heimlich, ein Gang auf Zehenspitzen.

Durch Mamma Carlottas Kopf rasten die Gedanken. Von der Stufe springen und noch einmal Schutz hinter dem Wohnwagen suchen? Oder bis ans Ende der Reihe laufen und hoffen, dass die Person, die herankam, vorher umkehren würde? Was wollte sie überhaupt? Warum schlich sie?

Mamma Carlotta starrte nach links, sah einen Schatten, begriff, dass sie keine Zeit für eine Entscheidung hatte, dass sie jetzt reagieren musste. Irgendwie. Schnell und einfach.

Also tat sie das Naheliegende, machte einen Schritt vor, noch einen zweiten, sodass die Tür hinter ihr zu schließen war, und bereute es im selben Augenblick. Was tat sie hier? Wenn jemand auf die Idee kam, in diesem Wohnwagen nach Violetta zu suchen, dann waren sie verloren.

So geräuschlos wie möglich bewegte sie sich in den Wagen

hinein. Violetta stand bewegungslos da, starrte ihre Cousine nur an, fragte nichts, bewegte sich auch nicht.

»Der Typ, der dich niedergeschlagen hat?«, flüsterte Carlotta und sah trotz der Dunkelheit etwas in Violettas Gesicht, das die argwöhnische Verständnislosigkeit ablöste. Ihre Augen rasten mit einem Mal durch den Wohnwagen. Sie suchte ein Versteck, keine Frage. Konnte es sein, dass Violettas Angreifer nach ihr suchte? Und in diesem Wohnwagen nachschauen würde, wenn er sie draußen nicht fand?

Wieder die schleichenden Schritte, eine Bewegung neben der Tür, als striche jemand darüber, als tastete er sich daran entlang, als suchte er Halt. Dann war die Bewegung wie weggewischt, zwei, drei Schritte waren kräftiger, ein erschrockener Laut war zu hören. Violetta zeigte auf den Vorhang, der den Wohn- vom Schlafbereich trennte. Mamma Carlotta hatte ihn schon im nächsten Augenblick zur Seite geschoben. Sie stand vor einem breiten Bett, das fast den ganzen Raum einnahm. Aber links und rechts gab es einen schmalen Gang, in den ließ sie sich fallen und hörte, dass Violetta sich auf der anderen Seite des Bettes auf den Boden legte. So nah wie möglich an der Bettkante. Mamma Carlotta schoss der Gedanke durch den Kopf, dass ihr Mantel zwar hell war, der Fußboden jedoch ebenfalls. Würden sie zu sehen sein, wenn jemand den Vorhang zur Seite schob? Waren ihre Bewegungen in dem Wohnwagen nach außen gedrungen?

Sie hörte Violetta leise stöhnen und Bewegungen von der anderen Seite des Bettes, die von starkem Zittern herrühren konnten. Auch sie selbst hatte das Gefühl, dass jemand, der in diesen Wohnwagen kam, sofort hören musste, dass sich hier zwei Frauen versteckten, die vor lauter Angst nicht leise atmen konnten.

Und dann … dann geschah es tatsächlich. Die Tür wurde aufgezogen, und die Stufen der kleinen Treppe knarrten …

Erik hatte sich fest vorgenommen, vor seiner Schwiegermutter zu Hause zu sein und im Bett zu verschwinden, bevor er von ihr in die Gesellschaft der beiden Frauen geholt werden konnte, damit er sich anhörte, was sich in List zugetragen hatte. Erstens konnte es sowieso nur in einer Katastrophe enden, wenn er den Abend an der Bar ausdehnte und am Ende mit der Staatsanwältin mehr Dirty Daniels trank, als er vertrug, zweitens wollte er sich vor allem nicht in die Küche zerren, Rotwein aufnötigen und irgendeinen Rest von irgendeiner Mahlzeit aufschwatzen lassen. Und das, während Carlottas Cousine ihm etwas berichtete, was er nicht verstand, mit einer Stimme, die so laut war, als wären alle anderen schwerhörig, und ihrer merkwürdigen Gewohnheit, zwischendurch aufzustehen, eine Pirouette zu drehen oder ein Demi Plié einzuschieben. Vor allem wollte er nicht in epischer Breite erzählt bekommen, was Violetta mit dem Artisten gemacht hatte, falls dieser arme Kerl wirklich als derjenige identifiziert worden war, der Violetta das Herz gebrochen hatte. Er mochte sich nicht vorstellen, welche ausufernden Schilderungen über ihn hereinbrechen würden, wenn es Violetta wirklich gelungen war, irgendeine Form von Vergeltung zu üben.

Er hatte es Tilla erklärt. Höchstens zwei Dirty Daniels, dann wollte er nach Hause gehen. Es waren dann doch drei geworden, was daran gelegen hatte, dass einer aufs Haus gegangen war, denn Kevin, der Barkeeper, hatte sich tatsächlich an sie erinnern können, obwohl er zunächst einen fragenden Blick in Eriks bartfreies Gesicht geworfen hatte. Aber das Dekolleté der Staatsanwältin hatte sein Erinnerungsvermögen dann doch beflügelt. Und der Wiedersehensfreude hatte er unbedingt Ausdruck verleihen wollen, indem er ihnen, als Erik gerade gehen wollte, einen kostenlosen Cocktail mixte. Natürlich wäre es unhöflich gewesen, ihn abzulehnen.

Die Staatsanwältin hatte nur ihren Koffer im Zimmer abgestellt, dann war sie schon an der Bar erschienen, ohne ihre Frisur gerichtet, ihr Make-up erneuert oder sich gar umgezogen zu haben. Das hatte ihm gefallen. Aber er war auch verwundert gewesen, dass sie nicht zunächst auspacken wollte, um später in ein Zimmer zu kommen, das bereits behaglich war. Über Eriks Zurechtweisung hatte sie kein Wort mehr verloren, und erstaunlicherweise schien sie auch nicht gekränkt oder verärgert zu sein. Erik hatte mit einer scharfen Entgegnung gerechnet, aber dann war dieser merkwürdige Satz gekommen … »Ich mag aufmüpfige Männer …« Aus dieser Frau wurde er einfach nicht schlau.

»Du hättest ins Horizont ziehen sollen«, hatte er am Nachmittag gesagt, als sie mit Wernickes Vernehmung fertig waren.

»Wollte ich«, war es zurückgekommen. »Aber die sind ausgebucht. Die Osterferien beginnen. Ich war froh, dass ich in der Windrose noch etwas bekommen habe. Das Hotel Wiesbaden war auch schon voll.« Sie hatte mit einem Mal nachdenklich ausgesehen, verletzlich sogar und wie in einer schweren Erinnerung gefangen. »Vielleicht wäre es gar nicht gut gewesen«, hatte sie leise ergänzt. »Im Horizont wäre ich Gunnar sehr nah gewesen. Es ist besser, ein wenig Abstand zu halten.«

Erik bog in den Risgap ein, der dunkel und still vor ihm lag. Kein Mensch war auf der Straße zu sehen. Die Abende im April waren kalt, selbst wenn die Tage sonnig gewesen waren. Die Touristen zogen es vor, sich in ihre Ferienwohnungen zurückzuziehen oder den Abend in einem Restaurant zu beschließen. Erik gefiel es, dass er niemandem begegnete. Ihm gefiel auch der leichte Wind mit den kalten Spitzen, der Geruch aus Salz, Teer und Sauberkeit. Kurz blieb er stehen und hielt einem kleinen Luftwirbel sein Gesicht hin.

Er hätte Tillas Erzählungen eher unterbinden müssen. »Tilla.« Zornig ging er weiter. Nein, er wollte sie in Gedanken nicht bei ihrem Vornamen nennen. Sie war die Staatsanwältin, auch wenn er sie nun duzen musste. Und was sie ihm von ihrer Familie erzählt hatte, ging ihn nichts an. Es hatte ihn auch überhaupt nicht interessiert. Eine typische Juristenfamilie, Vater, Mutter, Brüder, alle hatten Jura studiert. Tilla … nein, die Staatsanwältin war gar nicht gefragt worden, ob sie vielleicht doch lieber Meeresbiologin oder Ärztin werden wollte. Aber nun war sie froh, dass sie die Tradition fortgesetzt hatte. Sie fühlte sich wohl in ihrem Beruf, was Erik nicht weiter verwunderte. Sie war oft ja geradezu besessen, wenn es darum ging, einen schwierigen Fall zu lösen. Aber interessiert hat ihn das alles kein bisschen. Dumm nur, dass er dann angefangen hatte, von Lucia zu sprechen, sonst wäre er vielleicht mit einem einzigen Dirty Daniel davongekommen. Es passierte ihm selten, dass er seine Gefühle offenbarte, aber an diesem Abend war es ihm ein Bedürfnis gewesen. Er hatte der Staatsanwältin erzählt, wie er seine Frau in Italien kennengelernt hatte, dass sie seine Insel vom ersten Augenblick an geliebt hatte, dass sie auf Sylt glücklich gewesen war. Von dem Autounfall, dem Lucia zum Opfer gefallen war, brauchte er nicht zu reden, davon hatte sie schon gehört. Was für eine Gefühlsduselei! Solche Gespräche führten zu nichts, sie verbrauchten nur Zeit.

Er stöhnte auf, als er sah, dass sein Auto vor der Tür stand. Verdammt! Er würde nicht allein sein, wenn er heimkam! Ob es ihm gelingen würde, unbemerkt ins Haus zu kommen, sich ins Bett zu schleichen und am nächsten Morgen so zu tun, als hätte er dort schon gelegen, als Carolin, seine Schwiegermutter und deren Cousine heimgekommen waren?

Den Versuch wollte er wagen. So leise wie möglich schloss er die Tür auf und drückte sie beinahe unhörbar ist Schloss. Er lauschte. Im Wohnzimmer wurde laut geredet, sein Eintreten war unbemerkt geblieben.

In der ersten Etage öffnete sich die Badezimmertür. Carolin wollte ihren Vater begrüßen, schluckte aber ihre Worte herunter, als er den Finger auf die Lippen legte. Sie grinste, als er die Treppe hinaufschlich und ihr oben zuflüsterte: »Ich will nicht, dass sie mich hören. Ich möchte ins Bett. Und zwar ohne zu erfahren, wie der Abend gelaufen ist.«

Carolin war voller Verständnis. Sie tuschelte zurück: »Das würde lange dauern. Violetta hat eine Beule am Hinterkopf, und Renato scheint abgehauen zu sein.«

Der Zusammenhang zwischen diesen beiden Fakten erschloss sich Erik nicht auf Anhieb, er dachte aber nicht weiter darüber nach. Er wünschte seiner Tochter eine gute Nacht und verdrückte sich in sein Schlafzimmer. Ein paar Minuten später, auf dem Weg zum Bad und wieder zurück, hörte er, dass im Erdgeschoss sein Name fiel. Er blieb am Geländer stehen und lauschte. Zum Glück waren die Stimmen laut, aber leider redeten die beiden Frauen Italienisch und dazu sehr, sehr schnell.

»Enrico müsste es eigentlich erfahren«, sagte seine Schwiegermutter.

»Auf keinen Fall«, gab Violetta mit lauter Stimme zur Antwort. »Ich will das nicht.«

»Warum nicht?«

»Weil er Polizist ist, deshalb. Am Ende fängt er noch an zu ermitteln.«

»Das wäre genau richtig. Wenn jemand einen anderen niederschlägt ...«

»No!«

Eine Weile blieb es still, Erik beugte sich über das Geländer, weil es ihm so vorkam, als würde jetzt so leise gesprochen, dass er deswegen nichts mehr hören konnte.

Aber dann kehrte die Stimme seiner Schwiegermutter sehr deutlich zurück: »Du meinst, es könnte Renato gewesen sein?«

Violetta antwortete nicht, aber Erik war sicher, dass sie nickte. »Oder seine Partnerin. Die ist eifersüchtig! Wetten?«

»Reine Vermutung? Oder gibt es ein Indiz?«

»Dein Schwiegersohn wird mir nicht glauben.«

»Doch, ganz bestimmt. Enrico ist ...«

»… ein guter Polizist, ich weiß. Aber was habe ich davon, wenn Renato verhaftet wird?«

»Hätte Enrico denn einen Grund dazu?«

»Die Polizei findet immer einen Grund. Und im Nu ist einem was angehängt worden, was man nicht wieder los wird.«

»Das würde Enrico niemals tun.«

Aber dieser Einwand reichte Violetta nicht. »Wenn Renato erfährt, dass ich ihn und Peggy angeschwärzt habe …«

Violetta sprach nicht weiter, und Mamma Carlotta schienen die Argumente ausgegangen zu sein. Erik hörte, dass Gläser neu gefüllt wurden, und schüttelte den Kopf. Der Sinn dieses Gespräches war ihm nicht klar geworden. Sein Italienisch war einfach zu schlecht. Er war keineswegs sicher, dass er alles richtig verstanden hatte. Violetta niedergeschlagen und bewusstlos? Nein, unvorstellbar. Renato Capotto auf der Flucht? Das war schon eher denkbar. Jedenfalls, wenn er vorher von Violetta gepackt und durchgeschüttelt worden war. Aber dann war jemand in seinen Wohnwagen geschlichen? Und seine Schwiegermutter und deren Cousine hatten sich verstecken müssen? Nein, da musste er etwas falsch verstanden haben.

»Wer weiß, was uns passiert wäre, wenn wir erwischt worden wären.«

Erik hatte sich gerade zu seiner Schlafzimmertür umgewandt, jetzt stockte er erneut. Die beiden hatten sich vor jemandem gefürchtet? Völlig verrückt. Er musste unbedingt an seinem Italienisch arbeiten. Was er soeben verstanden hatte, konnte unmöglich gesagt worden sein. Wenn doch, würde er jetzt eigentlich eingreifen müssen. Aber er hatte zwei Mordfälle am Hals, da wollte er sich nicht auch noch mit Geschichten befassen, von denen die eine Hälfte erfunden und die andere maßlos übertrieben war.

Dennoch klopfte er leise an Carolins Tür. Als er glaubte, ihre Stimme gehört zu haben, öffnete er leise. »Bist du noch wach, Caro?«

Sie knipste ihre Nachttischlampe an. »Was gibt's, Papa?«

Erik schloss die Tür zunächst sorgfältig. »Hast du mitbekommen, was in List passiert ist?«

Carolin kuschelte sich unter ihre Bettdecke. »Wir können froh sein, dass wir nicht dabei waren. Violetta ist auf die Bühne gestürmt, um Renato an die Gurgel zu gehen.«

»Er war es also wirklich?«

»Scheint so. Aber er ist rechtzeitig abgehauen. Und seitdem ist er verschwunden. Behaupten die beiden jedenfalls.«

»Und Violettas Kopfwunde? Oder habe ich das nicht richtig verstanden?«

»Die hat sich wohl an der Wohnwagentür gestoßen. Sie wollte herausfinden, welcher Wagen Renato gehört, und ist dabei irgendwie ... ach, ich weiß auch nicht. Interessiert mich auch kein bisschen. Die soll einfach wieder abreisen.«

»Dieser Renato ist verschwunden?«

»Am Ende treten alle Artisten noch einmal auf. Da war er jedenfalls nicht mehr dabei.« Carolin gähnte. »Kein Wunder. Wenn eine Furie wie Violetta auf einen zugelaufen kommt, kann man es ja mit der Angst kriegen. Er hat sich nicht noch einmal auf die Bühne getraut. Kann ich gut verstehen.« Sie löschte das Licht. »Das werde ich der Nonna nie verzeihen, dass sie ihre durchgeknallte Cousine nach Sylt geholt hat.«

Erik zog sich zur Tür zurück. »Kannst du nicht morgen im Hotel nach einem Rückflug schauen?«

»Gute Idee. Renato lässt sich vermutlich erst wieder blicken, wenn Violetta nach Italien zurückgekehrt ist.« Carolin gähnte noch einmal. »Mein Dienstplan ist geändert worden, ich habe morgen Frühschicht. Schlaf gut.« Während er leise die Tür zuzog, hörte er Carolin noch sagen: »Kannst du dir bitte den Schnauzer wieder stehen lassen, Papa?«

Aber die Frage war so leise gekommen, dass er sie nicht unbedingt hatte hören und beantworten müssen. Erik hätte nicht gewusst, welche Entgegnung ihm richtig erschienen wäre.

Am nächsten Morgen kam es Mamma Carlotta so vor, als hätte sie am Abend zuvor sehr lange gefeiert und sehr viel Alkohol getrunken. Beides war nicht der Fall gewesen. Gefeiert hatte sie weiß Gott nicht, und an Rotwein am Abend war sie gewöhnt. Das warf sie nicht aus der Bahn. Nein, ihre Beschwerden hatten einen anderen Grund.

Sie stöhnte leise und griff sich an den Kopf, während sie die Treppe hinunterging. Offenbar wirkte Rotwein, wenn er im Zusammenhang mit abenteuerlichen Ereignissen getrunken wurde, stärker. Anders waren ihre Kopfschmerzen nicht zu erklären.

In der Küche traf sie Carolin an, die sich gerade einen Tee kochte. »Madonna, Carolina! Du musst dir doch nicht selbst das Frühstück machen! Dafür bin ich da.«

Carolin winkte ab. Sie ließ heißes Wasser aus dem Kaffeeautomaten in ihre Teetasse laufen und drehte Mamma Carlotta den Rücken zu. »Ich brauche kein Frühstück«, brummte sie, »das weißt du doch. Ich kann mir im Hotel was zu essen machen.«

Mamma Carlotta begann prompt zu klagen und zu jammern. Eine Mahlzeit während der Arbeit sei ungesund, führe zu Magenschmerzen und von dort direkt zu seelischen Verstimmungen und am Ende sogar zu Depressionen. Und wie immer hatte sie eine Geschichte parat. Es ging um irgendeinen Weinbauern, der sich morgens nie die Zeit für einen doppelten Espresso genommen hatte und mit der extrem wichtigen Koffeinzufuhr immer gewartet hatte, bis ihn ein Kunde, dem er seinen Wein verkaufen wollte, dazu einlud. Und das Mittagessen habe er stets während der Fahrt mit dem Trecker durch die Weinberge eingenommen. »Das konnte ja nicht gut gehen.« Es hatte angeblich nur wenige Jahre gedauert, und der Weinbauer war in der Blüte seiner Jahre an einem schweren Magengeschwür erkrankt und hatte bald darauf das Zeitliche gesegnet.

Carolin verdrehte die Augen. »Du hast in deinem Leben noch nie vernünftig gefrühstückt. Ein Espresso und ein Zwieback im Stehen! Mehr nicht!«

Aber so leicht ließ sich Mamma Carlotta nicht vom Gegenteil überzeugen. »Ein Espresso weckt den Menschen auf, macht ihn … ottimista und gibt ihm Kraft.« Sie zog die Mundwinkel herab und blickte so geringschätzig auf den Teebeutel, den Carolin im heißen Wasser schwenkte, als würde dort ein alter Socken gebadet. »Grüner Tee! Davon wird doch kein Mensch wach.«

»Grüner Tee ist gesund.«

Für Mamma Carlotta gab es jedoch nichts Gesünderes als starken Espresso am Morgen, noch gesünder war ein doppelter starker Espresso. »Du brauchst am Morgen doch etwas, was die … wie sagt man … die Geister …«

»Lebensgeister.«

»Esattamente! Die sollen aufwachen.«

»Geweckt werden.«

»Eguale.« Mamma Carlotta trat den Beweis für ihre Behauptung an, indem sie lange auf die Taste für den Espresso drückte und sich ein Gebräu zubereiten ließ, das eine Hundertjährige aus dem Koma geholt hätte. Währenddessen pustete Carolin in ihren Tee, damit er möglichst bald getrunken werden konnte. Dass sie Diskussionen auf nüchternen Magen nur schwer ertragen konnte, wusste Mamma Carlotta eigentlich, aber dass zwei Menschen sich in einer Küche aufhielten, ohne zu reden, war für sie ein Ding der Unmöglichkeit. Sie tat ihrer Enkelin lediglich den Gefallen, sich von ihr weg und gedanklich ihrem Vater zuzuwenden, der offenbar sehr früh schlafen gegangen war. »Als wir heimkamen, war alles still und dunkel. Ich dachte, Enrico käme spät nach Hause. Ich habe nicht geahnt, dass er schon zu Hause war, dann hätte ich ihm noch erzählen können, wie Violetta über die Bühne des Fliegenden Varietés gerannt ist.«

»Das hätte ihn garantiert wahnsinnig interessiert«, murmelte Carolin und schien froh zu sein, dass ihr Tee endlich so weit abgekühlt war, dass sie ihn in großen Schlucken trinken konnte.

Mamma Carlotta holte unter lautem Geklapper das Geschirr aus dem Schrank. »Madonna! Hoffentlich steht heute nicht im *Inselblatt*, wie Violetta sich benommen hat.«

Carolin suchte nach ihrer Jacke. »Solange unser Name nicht gedruckt wird, soll es mir egal sein.« Sie zog sich an und band die Kapuze zu, denn morgens war es noch empfindlich kühl. »Aber sag mal … was hatte Violetta bei den Wohnwagen zu suchen? Wollte sie etwa mit Renato reden? Nachdem sie ihn auf offener Bühne tätlich angegriffen hat? Die hat Nerven.«

»Sì, sì!« Carlotta warf das Besteck auf die Teller, dass es nur so klirrte. »Ich habe versucht, ihr das auszureden, aber … du kennst sie ja.«

»Leider«, seufzte Carolin. »Ich werde gleich nach einem Rückflug nach Lamezia Therme suchen. Es wird Zeit, dass Violetta die Biege macht.« An der Tür wandte sie sich noch einmal um und sah ihrer Nonna eine Weile beim Tischdecken zu. »Kein Wunder, dass Renato abgehauen und nicht wiederaufgetaucht ist.«

Mamma Carlotta stand noch nickend neben dem Tisch, als die Tür schon hinter Carolin ins Schloss gefallen war. »Sì«, murmelte sie. Da hatte das Kind wirklich recht. Und Carolina hatte auch recht, wenn sie sich wünschte, Violetta möge schleunigst wieder nach Kalabrien zurückreisen. Seufzend holte Mamma Carlotta die Eier und den Schinken aus dem Kühlschrank, dazu die Feigenmarmelade, die sie immer für Sören aus Umbrien mitbrachte, und die Butter. Dann stellte sie den Backofen an, um die Panini aufzubacken. Violettas Besuch hatte sie sich auch unterhaltsamer vorgestellt. Jetzt musste man wirklich aufpassen, dass sie keinen Schaden anrichtete, der am Ende Eriks Ansehen schadete. »Madonna!«

Erik hatte sich im Schlafzimmer absichtlich Zeit gelassen, bis es unten an der Tür schellte. »Alle meine Entchen«! Lieber Himmel, wie viele Melodien diese elektronische Klingel gespeichert hatte, war wirklich der helle Wahnsinn. Er zog seinen Pullover über den Kopf und verließ sein Schlafzimmer. Gut, dass Sören so pünktlich war. Wenn seine Schwiegermutter ihn ins Haus gelassen hatte, würden die Schilderungen des vergangenen Abends hoffentlich nicht allzu überspannt ausfallen. Vielleicht würde Mamma Carlotta sogar ganz darauf verzichten, die dramatische Geschichte von Cousine Violetta und Renato Capotto zu erzählen, weil es schließlich um eine Familienangelegenheit ging, die einen Außenstehenden nichts anging. Erik wollte so wenig wie möglich davon hören. Am Ende hatte er, als er am Abend gelauscht hatte, doch mehr verstanden, als gut für ihn war. Violetta niedergeschlagen, Renato verschwunden, jemand, der in seinen Wohnwagen eingedrungen war und die beiden Frauen gezwungen hatte, sich irgendwo zu verstecken. Nein, das durfte einfach nicht wahr sein. Solange es niemand bestätigte, konnte er sich darauf berufen, das Gespräch nicht verstanden zu haben, das schließlich auf Italienisch geführt worden war.

Die Haustür wurde aufgerissen, und Erik hörte einen Jubelschrei: »Tilla!«

Er machte erschrocken einen Schritt zurück. Eigentlich hätte er es sich ja denken können. Die Staatsanwältin nutzte die Gelegenheit, sich von Mamma Carlotta ein Frühstück vorsetzen zu lassen. Er hatte ihr beim Abschied mehrmals erklärt, dass es nicht nötig war, ihm das Auto, das ihm die Bereitschaft zur Verfügung gestellt hatte, in den Süder Wung zu bringen. Er hätte es auch von einem Kollegen abholen lassen können, aber sie hatte sich unbedingt den Schlüssel aushändigen lassen wollen.

»Carlotta!«

Wie er das hasste, wenn die beiden sich wie alte Freundinnen begrüßten!

Gemächlich ging er die Treppe hinab, bemüht, ein wenig gelangweilt und nur mäßig freundlich auszusehen. »Moin, Tilla.«

Verdammt gut sah sie aus, das entging ihm leider nicht. Sie trug eine knallrote Steppjacke zu ihrer knappen Jeans, darüber einen bunten Schal. Der Lippenstift passte exakt zur Farbe ihrer Jacke. Das war aber auch schon das einzig Erfreuliche. Denn natürlich konnte sie ihm nicht, wie es sich gehörte, einfach die Hand reichen, sondern musste ihn wieder mit diesem exaltierten Küsschen links und Küsschen rechts begrüßen. Affig!

»Hast du schon im Albergo gefrühstückt?«, fragte seine Schwiegermutter, und Erik wusste, bevor die Staatsanwältin etwas entgegnen konnte, wie die Antwort ausfiel. Selbstverständlich hatte sie noch nichts zu sich genommen, weil sie ja darauf gehofft hatte, im Hause Wolf am Frühstückstisch Platz nehmen zu können.

Vergnügt hängte sie ihre Jacke an die Garderobe und richtete den Sitz ihres engen Pullis, den sie darunter trug. Unmöglich, dass bei ihr sogar dicke Wollpullover einen tiefen Ausschnitt hatten. Total unprofessionell! Eine Staatsanwältin sollte während der Arbeit wirklich seriöser gekleidet sein!

Erik war froh, dass die Klingel erneut ging, diesmal spielte sie »Hänschen klein«. Scheinbar befand sie sich zurzeit in der Kinderliedersequenz.

Er empfing Sören mit einem Augenverdrehen, das ihm sagen sollte, dass mit einem gemütlichen Frühstück nicht zu rechnen war. Sören fragte mit aufgerissenen Augen nach dem Grund und bekam die Antwort mit einem nickenden Hinweis zu dem Auto der Bereitschaftspolizei.

Darauf konnte Sören nur noch mit Worten reagieren, Gesten reichten nicht mehr aus. »Haben Sie etwa gestern Abend noch getrunken?«

Erik schloss die Haustür und hoffte, dass mit dem Blick auf das Auto auch Sörens Neugier ausgesperrt worden war. Aber er irrte sich. »Schon wieder diese Dirty Daniels?« Sören grinste frech, und Erik wünschte sich, sein Assistent hätte nie erfahren, dass er im letzten November mit der Staatsanwältin an der Hotelbar einen neuen Cocktail ausprobiert und mit dem Barkeeper Brüderschaft getrunken hatte. Wenn Sören sich wenigstens darüber empört hätte! Aber nein, ihm schien es zu gefallen, dass sein Chef es endlich geschafft hatte, dem Polizeirevier Westerland die Furcht vor der Staatsanwältin zu nehmen.

Erik knirschte mit den Zähnen, als er Sören folgte, der keinen Hehl daraus machte, dass ihm der Ausschnitt der Staatsanwältin gut gefiel.

Mamma Carlotta hatte natürlich in Windeseile zu ihrer Hochform gefunden. »Wie schön, Tilla, dass ich dich endlich sehe!«

Als wäre die Staatsanwältin nicht seit einem einzigen Tag, sondern seit zwei Wochen auf der Insel.

»Ich habe deinen Schwiegersohn schon vor Wochen gefragt, wann du endlich wieder nach Sylt kommst.«

Hatte sie das? Erik konnte sich nicht erinnern. Wahrscheinlich nur ein Mittel, seiner Schwiegermutter Honig ums Maul zu schmieren.

Er setzte sich neben Tilla und ließ zu, dass sie ihre Hand kurz auf seinen Unterarm legte, als sie fragte: »Was steht heute an? Nehmen wir uns Wernicke noch einmal vor?«

»Was ist mit Gunnar Thomanns Firma?«, fragte Erik zurück. »Lohnt es sich, dort noch einmal alle Mitarbeiter zu befragen?«

Aber Tilla Speck schüttelte den Kopf. »Wenn Gunnars Stellvertreter nichts weiß, haben die anderen garantiert keine Ahnung.«

»Wir könnten Thomanns Unterlagen sichten«, mischte sich Sören ein. »Hat er einen Tresor im Büro? Irgendwo muss der Name dieser Familie ja vorkommen. Nur in seinem Kopf? Das glaube ich nicht. Er wird Recherchen angestellt haben, und die sind sicherlich schriftlich fixiert worden. Er musste damit rechnen, dass er später Beweise vorzulegen hat. Fotos, Dokumente und so weiter. Die bewusste Familie wird sich nicht kampflos ergeben und hätte Thomann angezeigt.«

Mamma Carlotta trat mit der Pfanne an den Tisch, und alle rückten ihren Stuhl nach hinten, um aus dem Einzugsbereich von heißem Fett und frischem Rührei zu kommen. »Was für eine Famiglia meint ihr?«

Erik schickte einen warnenden Blick sowohl zu der Staatsanwältin als auch zu Sören. Wenn seine Schwiegermutter am Nachmittag im Häkelclub irgendeine Bemerkung fallen ließ – nicht auszudenken. Sie war ja oft derart spontan, dass sie sich schon verplappert hatte, ehe sie sich fragte, ob es besser war, zu schweigen.

Sören verstand sofort, und die Staatsanwältin begriff es auch, nachdem sie mit Erik einen weiteren Blick gewechselt hatte.

Zum Glück klingelte in diesem Augenblick das Telefon, und Mamma Carlotta lief in die Diele, um das Gespräch anzunehmen. Währenddessen flüsterte die Staatsanwältin: »Wir sollten nach Flensburg fahren, Erik. Den Schlüssel für den Tresor in seinem Büro hat Gunnar immer mit nach Hause genommen. Ich versuche seine Haushälterin zu erreichen. Dann holen wir den Schlüssel aus dem Haus, sehen uns dort ein bisschen um und fahren anschließend in die Firma.«

Erik nickte fahrig, war aber nur mit dem rechten Ohr bei der Staatsanwältin und mit dem linken bei dem, was seine Schwiegermutter sagte. »Carolina?«

Auch Sören horchte nun auf. Dass Carolin aus dem Hotel anrief, musste einen besonderen Grund haben.

»Sì, sì. Ich hole ihn.«

Erik stand schon auf, bevor Mamma Carlotta in die Küche zurückgekehrt war. »Deine Tochter will dich sprechen.«

Carolin sprach leise, als wollte sie verhindern, dass jemand mithörte. »Wir haben seit zwei Tagen einen Gast, den ich gerade zum ersten Mal gesehen habe. Er trägt immer ein Käppi mit einem großen Schirm, auch im Haus, und eine getönte Brille. Einen Bart hat er auch, aber der könnte angeklebt sein.«

»Von wem redest du, Caro?«

»Von einem Gast, der inkognito abgestiegen ist.« Carolin holte tief Luft, dann ergänzte sie so leise, dass Erik es kaum verstehen konnte: »Damian Staufer.«

Was für ein Glück, dass Violetta gern lange schlief. Im Haus ihres Bruders wurde sie Tag für Tag früh geweckt, als Kind war sie ebenfalls von der Mutter täglich zeitig aus den Federn geholt worden, entweder um bei der Arbeit zu helfen, zur Schule oder in die Kirche zu gehen. Nachdem sie reumütig vom Zirkus Capotto ins Elternhaus zurückgekehrt war, hatte ihre Mutter nicht den geringsten Müßiggang mehr geduldet. Violetta hatte hart arbeiten müssen, härter als alle anderen, hatte die paar Wochen in Renato Capottos Zirkuswagen wegschuften sollen, bis niemand mehr davon redete und sie wieder ein junges Mädchen war wie alle anderen. Aber das hatte nicht geklappt, das Getuschel hinter ihrem Rücken war nie versiegt. Es war jedoch leiser geworden, seit Violetta sich nicht mehr darum kümmerte. Und seit sie bei Damian Staufer arbeitete und eigenes Geld verdiente, so wenig es auch sein mochte, kümmerte sie das Getuschel überhaupt nicht mehr.

Sie hatte sich mit ihrem Schicksal arrangiert, weil sie wusste, es hätte schlimmer kommen können. Aber sie hatte auch viel Empathie verloren, in ihren Emotionen gab es keine Nuancen mehr, sie war rabiat geworden, wenn es um Urteile ging, und rigoros, wenn von der Zukunft die Rede war. Am Abend zuvor hatte sie zu Mamma Carlotta gesagt, dass sie im Fliegenden Varieté begriffen hätte, was ihr auf dem Weg nach Sylt noch nicht klar gewesen war: dass sie in den vergangenen Jahren ihre Wut nicht mehr von Liebe hatte unterscheiden können, dass sie in der Liebe nur noch wüten konnte und am Ende ihres Lebens wohl einzig ihre Wut würde lieben können. »Es spielt keine Rolle«, hatte sie gesagt, »wie das Gefühl heißt, unter dem du leidest oder mit dem du glücklich bist, Hauptsache, es ist so gewaltig, dass das Leiden und das Glück sich gleich anfühlen.«

Mamma Carlotta war mit diesen Gedanken überfordert gewesen, hatte Violettas Philosophie nicht nachvollziehen und darauf erst recht nichts sagen können und deshalb die Rede auf Damian Staufer gebracht. »Du hast ihn beschuldigt. Ohne jeden Beweis. Vielleicht hast du ihn in Schwierigkeiten gebracht. Wenn er verhaftet wird, wirst du nicht mehr für ihn arbeiten können.«

Violetta hatte nur mit den Schultern gezuckt. »Vielleicht wird ein anderer das Haus kaufen, und ich kann einem anderen den Haushalt führen. Ich könnte auch auf Sylt bleiben oder zu dir nach Panidomino ziehen. Hier wie dort ist genug Platz für mich. Ich war vorher noch nie verreist. Mir ist gar nicht in den Sinn gekommen, dass man auch woanders leben kann, nicht nur dort, wo das Leben einen hingestellt hat.«

Mamma Carlotta war der Schreck in die Glieder gefahren. Violetta in Eriks Haus? Oder bei ihr in Panidomino? Ein weiteres Mal hatte sie sich bittere Vorwürfe gemacht. Wäre sie nur nicht auf die Idee gekommen, ihrer Cousine von Renato zu erzählen!

Seufzend begann Mamma Carlotta mit dem Aufräumen. Hoffentlich schlief Violetta noch eine Weile. Je später sie sich blicken ließ, desto angenehmer würde dieser Vormittag verlaufen. In Carlotta rang die Gastfreundschaft mit der Bequemlichkeit. Ob sie es wagen konnte, einfach zu Feinkost Meyer zu gehen und ihre Einkäufe zu erledigen, ohne darauf zu warten, dass Violetta sie begleitete? Aber Felix mit ihr alleinlassen? Das konnte sie ihm nicht antun. Wer wusste schon, was Violetta einfiel? Felix hatte Ferien, also war sein Anspruch auszuschlafen genauso berechtigt wie Violettas. Und dass Carlotta ihren Enkel vor den Launen ihrer Cousine schützen musste, glaubte sie ebenfalls. Natürlich galt dieses Schutzbedürfnis auch dem

Klima im Haus am Süder Wung, dem Familienfrieden, der Höflichkeit, die nicht verloren gehen durfte. Wie all das zu erhalten war, wenn Violettas laute Stimme in ein Gespräch schnitt und die Gemütlichkeit vertrieb, indem ihr beim Primo Piatto einfiel, Renato Capotto Rache zu schwören, beim Secondo ein Pas de chat vorzuführen und beim Dolce die Staatsanwältin zu bitten, mit ihr Spitze zu tanzen. Dann würde Tilla zum letzten Mal in dieser Küche gegessen haben, jedenfalls solange Violetta zu Besuch war.

Die Küche war aufgeräumt, alle Arbeitsflächen hatte sie abgewischt, das Basilikumtöpfchen auf der Fensterbank gegossen und die Geschirrtücher ordentlich aufgehängt. Nur Felix' Frühstücksgedeck stand noch da. Violetta handhabte es ja wie die meisten Italiener, sie begnügte sich nach dem Aufstehen mit einem Espresso.

Mamma Carlotta sah sich um. Eigentlich wäre jetzt eine gute Gelegenheit, Käptens Kajüte einen Besuch abzustatten, um sich ein wenig abzulenken, um über den Mord an Gunnar Thomann zu reden und zu hören, ob Tove und Fietje sich vorstellen konnten, warum Amy Wernicke umgebracht worden war. Sie musste unbedingt auf andere Gedanken kommen. Seit Carolin angerufen und verraten hatte, dass Damian Staufer inkognito im Horizont abgestiegen war, fühlte sie sich nicht gut. Erik war es ähnlich gegangen, das hatte sie ihm an der Nasenspitze angesehen. Eine Verwandte hatte mit dieser Sache zu tun! Das war nicht angenehm. Bisher hatte Erik Violettas Behauptung, Damian Staufer habe Gunnar Thomann umgebracht, keine große Bedeutung beigemessen. Aber nun sah es so aus, als könnte Violetta recht haben. Damian Staufer war von Kalabrien nach Sylt gekommen. Warum? Weil er sich rächen wollte?

»Wir könnten ihm auf den Kopf zusagen, dass er gekommen ist, um Gunnar umzubringen«, hatte die Staatsanwältin gesagt. »Schließlich haben wir die Aussagen von Carlottas Cousine.«

Carlotta war froh gewesen, als Erik gezögert hatte. »Ich würde Violetta da gerne raushalten.«

»Warum?« Carlotta vermutete stark, dass Tilla Speck sich nicht auf diesen Wunsch eingelassen hätte, wenn sie Erik nach wie vor siezte, ihn mit Handschlag statt mit Küsschen links und Küsschen rechts begrüßte und so unfreundlich mit ihm umging wie früher.

Erik hatte herumgedruckst. »Wenn er es nicht war … wenn Violetta sich geirrt hat … wenn Damian Staufer hört, dass sie ihn beschuldigt hat … dann wird er sie nicht mehr für sich arbeiten lassen. Dann hat sie wieder mal alles verloren und ist auf die Gnade ihres Bruders angewiesen.«

Mamma Carlotta war gerührt gewesen und die Staatsanwältin auch. Erik konnte Violetta nicht leiden, dennoch wollte er dafür sorgen, dass sie nicht in Schwierigkeiten kam. Er war ein feiner Mensch, diese Aussage hatte auch in den Augen der Staatsanwältin gestanden.

»Außerdem glaube ich sowieso nicht«, hatte er ergänzt, »dass Violetta recht hat. Sie redet immer, ohne zu überlegen. Und am Ende hat sie sich um die Chance gebracht, ein Leben zu führen, wie sie es möchte.«

»Ich glaube es auch nicht«, hatte Sören ergänzt. »Staufer wird doch nicht ausgerechnet im Horizont absteigen, wenn er Thomann umbringen will. In einer Verkleidung, die nicht besonders gut ist, sonst hätte Carolin ihn nicht erkannt. Warum ist er nicht gleich nach dem Mord nach Italien zurück? Und was hat er überhaupt mit Amy Wernicke zu schaffen?«

Dann hatten die drei sich diesen Blick zugeworfen, den Carlotta nicht leiden konnte. Der Blick, der sagte, dass es wichtig sei, zu schweigen und nichts zu sagen, was Mamma Carlotta mehr verraten konnte, als sie wissen durfte.

»Vielleicht kann Staufer uns Auskunft über diese Familie geben …«

Aber weiter war Sören nicht gekommen. Eriks scharfer Blick

hatte ihn sofort zum Schweigen gebracht. Von welcher Familie mochte da die Rede gewesen sein? Mamma Carlotta seufzte. Vermutlich ging es um Amy Wernickes Angehörige. Sie hatte ja gar nicht richtig mitbekommen, wie es um Eriks Ermittlungen bestellt war. Das Auftauchen von Renato Capotto, Violettas Besuch, die Charity-Lady, deren Geheimnis sie aufgedeckt hatte … »Madonna!« Sie hatte wirklich alle Hände voll zu tun, um die aufregenden Geschehnisse nicht durcheinanderzuwerfen. Bevor sie nach ihrer Rückkehr in Panidomino auf der Piazza von ihren Abenteuern auf Sylt erzählte, würde sie erst mal Ordnung in ihre Erinnerungen bringen müssen.

Mamma Carlotta beschloss, sich besser mit dem Naheliegenden zu befassen, sich also zu überlegen, was es zum Abendessen geben sollte. Mittags würde niemand Zeit haben, aber abends – diesen Wunsch hatte die Staatsanwältin sehr deutlich durchblicken lassen – wollte man in der Küche am Süder Wung den Tag in gemütlicher Runde beschließen. Hoffentlich machte Violetta ihnen keinen Strich durch die Rechnung. Und hoffentlich fand Mamma Carlotta in dem großen Schatz ihrer Kochrezepte etwas, was gut vorzubereiten und am Abend schnell auf den Tisch zu bringen war, auch wenn sie am Nachmittag in Käptens Kajüte für Flora Engelbeck und ihren Charity-Club einen Schal stricken und mit den anderen Frauen plaudern würde.

Carolin kam um die Rezeption herum und winkte sie an einen verschwiegenen Platz in der Lobby, wo sie nicht belauscht werden konnten. »Er sitzt noch im Frühstücksraum«, raunte sie ihrem Vater zu. »Der bärtige Mann mit dem dunklen Käppi. Im Hotel nennt er sich Dietmar Tigges. Er sitzt mit dem Rücken zum Raum, hinten links in der Ecke.«

Erik bedankte sich, Sören verpasste Carolin einen anerkennenden Stoß mit dem Ellbogen, und die Staatsanwältin zwinkerte ihr zu, als wären sie Verbündete. Als Erik sich an der Tür zum Frühstücksraum noch einmal umblickte, sah er, dass Carolin von dem Hotelier und dem Chef der Rezeption mit sorgenvollen Mienen empfangen wurde. Scheinbar fürchteten sich diese beiden vor einer aufsehenerregenden Verhaftung, die dem Ruf des Hauses schaden konnte.

Erik ging voran, er sprach leise, als er an dem Tisch in der Ecke angekommen war. »Herr Staufer?«

Der Schauspieler blickte überrascht auf. Aber Erik merkte sofort, dass er nicht erschrocken oder gar ängstlich aussah, sondern eher verärgert. »Mein Name ist Dietmar Tigges.«

»Geben Sie sich keine Mühe.« Erik zeigte auf das Käppi mit dem großen Schirm, der einen Teil seines Gesichts verdeckte, und die Brille mit den getönten Gläsern. »Die Verkleidung hilft Ihnen nichts. Und der angeklebte Bart auch nicht.«

Staufer fuhr sich über die Wangen. »Der ist echt.«

Die drei setzten sich zu ihm, ohne auf eine Aufforderung zu warten. »Warum sind Sie hier?«, fragte Erik.

Damian Staufer antwortete mit einer Gegenfrage. »Presse oder Polizei?«

Erik zog seinen Dienstausweis aus der Tasche und legte ihn vor Staufer hin. »In meiner Begleitung sind Oberkommissar Kretschmer und Frau Dr. Speck, die Staatsanwältin.« Er wartete, bis Damian Staufer seinen Ausweis gründlich geprüft hatte. Währenddessen betrachtete er ihn genauer. Ja, das Gesicht war ihm bekannt. Er war sicher, dass er Damian Staufer schon mal im Fernsehen oder in einer Zeitschrift gesehen hatte. »Warum sind Sie auf Sylt?«

»Woher wissen Sie, dass ich hier bin?«

Erik wich aus. »Sie wurden erkannt.«

»Na und? Ist das ein Grund für die Polizei, mir einen Besuch abzustatten?«

»Wir wissen, dass es ein Problem zwischen Ihnen und Gunnar Thomann gab.«

»Woher?«

Erik sah ihn an und antwortete nicht. Auch die Staatsanwältin sagte nichts. Sören war es schließlich, der einwarf: »Ermittlungsarbeit.«

»Also …«, begann Erik noch einmal. »Warum sind Sie auf Sylt?«

»Sie meinen, um Gunnar Thomann umzubringen?« Sein Lächeln war sympathisch, wenn seine Augen auch merkwürdig kühl blieben. Sie waren klein und dunkel, seine Nase war kräftig, sein Mund schmallippig. Schlechte Voraussetzungen für ein liebenswürdiges Äußeres. Aber Damian Staufer schaffte es trotzdem, nicht nur attraktiv, sondern auch anziehend zu wirken. Erik sah es in Tillas Augen. Sie blickte den Schauspieler an, wie er vermutlich von vielen Frauen betrachtet wurde.

»Sie wissen also, dass Thomann ermordet wurde?«

Staufer nickte. »Das sprach sich hier im Hotel schnell herum.«

»Was wollten Sie von ihm?«, fragte Sören. »Was waren das für Probleme?«

Damian Staufer blickte einen nach dem anderen an, als überlegte er, mit wem er reden wollte und wer ihm so wenig sympathisch war, dass er als Gesprächspartner ausfiel. Am Ende sah er auf die Tischdecke, als hätte er sich gegen alle drei entschieden. »Ich hatte etwas mit ihm zu besprechen.«

»Sie wollten ihn überreden«, sagte die Staatsanwältin, »Ihnen die Rolle doch zu geben, die er Ihnen versprochen hatte?«

Staufer sah überrascht auf. »Woher wissen Sie das?«

Die Staatsanwältin lächelte nur, antwortete aber nicht. »Sie waren wütend auf Gunnar Thomann?«

»Natürlich. Ich habe ein anderes Angebot abgelehnt, weil Thomann mir die Rolle in seinem neuen Film versprochen hatte. Aber nur, weil ich wütend auf jemanden bin, bringe ich ihn nicht um.«

»Wie kommen Sie darauf, dass wir Sie verdächtigen?«, fragte Erik.

»Warum sonst sind Sie hier?«

»Wir wären auch zu Ihnen gekommen, wenn Sie sich nicht die Mühe gemacht hätten, sich zu verkleiden.«

Damian Staufer griff nach dem Schirm seiner Käppi und zog sie noch tiefer ins Gesicht. »Ich will meine Ruhe haben. Wenn ich privat unterwegs bin, sorge ich immer dafür, dass mich niemand erkennt. Was meinen Sie, wie nervig das ist, bei einem Spaziergang hundertmal für ein Selfie in ein Handy zu grinsen.«

Erik konnte es sich vorstellen, und die Blicke von Sören und der Staatsanwältin wurden auch mitfühlend. Die drei sahen sich an. Ein kurzer Blick reichte, um sich gegenseitig zu bestätigen, dass ihnen Damian Staufer unverdächtig erschien.

»Kennen Sie Amy Wernicke?«, fragte Sören.

»Das andere Mordopfer?«, fragte Staufer zurück. »Die hat mal eine Homestory von mir gemacht. In Italien.« Nun sah er auf, griff sogar zu seinem angebissenen Brötchen, das noch auf dem Teller lag, und schob es sich in den Mund. Er wartete nicht, bis er heruntergeschluckt hatte, sondern fuhr fort: »Ich habe ein Haus in Kalabrien, da lasse ich normalerweise niemanden rein. Bei Amy Wernicke war das etwas anderes. Die schrieb gut, die recherchierte sauber, und die hielt sich an Vereinbarungen. Der konnte man etwas anvertrauen. Die hat niemandem verraten, wo ich in Italien lebe.«

»Wo genau?«, fragte Erik.

Damian Staufer krauste die Stirn. »Warum wollen Sie das wissen?«

Erik versuchte zu grinsen. »Bei der Polizei ist man auch verschwiegen. Von uns erfährt die Klatschpresse nicht, wo Sie in Italien leben.«

»In Kalabrien, sagte ich ja schon. Nicht in der Toskana, wo meine Kollegen gern ihre Zweitwohnsitze errichten. Nein, in der Nähe von Lamezia Therme. Nicht am Meer, mitten in der Pampa. Da gefällt's mir.«

Die Staatsanwältin beugte sich vor und sah Damian Staufer eindringlich an. »Haben Sie mit Gunnar reden können? Und mit Amy Wernicke?«

»Mit Gunnar nicht«, gab Staufer zurück. »Bevor ich ihm einen Besuch abstatten konnte, war er schon tot. Aber Amy bin ich zufällig begegnet. Wir haben eine Weile geredet.«

»Über Gunnar Thomann und seinen Tod?«

»Nur kurz. Darüber wollte sie nicht sprechen. Sie war ziemlich fertig deswegen.«

Der Kellner erschien am Tisch und fragte nach ihren Wünschen. Erik bestellte Kaffee und fragte Staufer, als der Kellner gegangen war, unvermittelt: »Wo waren Sie vorgestern in den frühen Morgenstunden?« Eigentlich wusste er, dass er mit dieser Frage nichts erreichen würde. Damian Staufer würde antworten, dass er im Bett gelegen und geschlafen habe und dass er dafür, da er allein lebte, keine Zeugen habe. Ein fehlendes Alibi würde ihn also nicht verdächtiger machen.

Staufer lachte, als hätte Erik einen Witz gemacht. »Geht's ein bisschen genauer?«

»Zwischen fünf und sechs.«

Nun schob Damian Staufer sogar sein Käppi nach hinten. »Um diese Zeit gehe ich häufig joggen.«

Erik sah ihn ungläubig an, Sören grinste spöttisch, die Staatsanwältin schüttelte den Kopf, als wollte sie ihm sagen, dass er sich mit einem Alibi, das derart schlecht konstruiert war, lächerlich machte.

»Das habe ich mir angewöhnt«, fuhr Staufer fort. »Jedenfalls in Deutschland. Und erst recht, wenn ich in einem Hotel übernachte. Ich muss joggen, regelmäßige Bewegung ist in meinem Beruf wichtig. Und um diese Zeit ist eben nicht viel los, da werde ich nicht belästigt. In Kalabrien ist das anders. Da kann ich jederzeit durch die Gegend rennen, ohne dass mich jemand anspricht.«

»Und in Berlin?«, fragte Sören.

»Ich wohne in der Nähe vom Koeltzepark. Dort jogge ich auch immer bei Sonnenaufgang. Also je nach Jahreszeit früher oder später. Danach geht's dann noch mal in die Heia.«

»Und gestern?«, fragte Erik. »Da sind Sie auch so früh joggen gegangen?«

»Klar!«

»Es wäre nicht schlecht«, meinte die Staatsanwältin anzüglich, »wenn Sie jemand gesehen hätte. Vorgestern möglichst weit vom Hotel entfernt und gestern so weit wie möglich nördlich von Wenningstedt.«

Damian Staufer wurde nachdenklich. »Die Richtung passt schon mal«, sagte er langsam, »ich laufe nie Richtung Westerland.«

»Und Sie sind nicht zufällig jemandem begegnet?«, fragte die Staatsanwältin.

»Jemandem, der bezeugen könnte«, ergänzte Sören, »dass Sie zur Tatzeit nicht in der Nähe des Tatortes waren?«

Damian Staufer begann mit einem Mal zu lachen. »Sie werden es nicht glauben! Doch, ich habe eine Bekannte getroffen. Vorgestern! Wir sind sogar eine Weile zusammen gelaufen, obwohl ich das eigentlich nicht leiden kann. Erst recht nicht, wenn jemand langsamer ist. Aber in diesem Fall ...« Er sah nun ein wenig verlegen aus. »Obwohl ich zugeben muss, dass ich seitdem eine andere Strecke laufe. Eine Frau, die meine Mutter sein könnte und mit einem Mal gemerkt hat, dass ihr Bewegung guttun würde. Ihr Schneckentempo ... nein, das ist nichts für mich.«

»Von wem reden Sie?«, erkundigte sich Erik ungeduldig.

»Von Flora Engelbeck. Die ist nicht besonders gut trainiert. Aber sie sagt, sie will ihr Leben ändern und in Zukunft täglich joggen. Sie ist Frühaufsteherin ...« Er grinste. »Senile Bettflucht, nehme ich an.«

»Die Charity-Lady?« Die Staatsanwältin war überrascht.

Staufer nickte. »Ja, das ist sie nach wie vor. Immerhin! Mir scheint, das ist ihr sehr wichtig, seit sie nicht mehr die Frau von Ernest Engelbeck ist. Sie hat viel verloren.«

Erik, Sören und auch die Staatsanwältin erinnerten sich an die Berichte in der Boulevardpresse. Wieder mal war eine langjährige Ehe zu Ende gegangen, die ältere Ehefrau hatte für eine junge Geliebte weichen müssen. »Woher kennen Sie die Charity-Lady?«, fragte Sören.

»Presseball, Bambiverleihung ... wo man sich eben so trifft.« Er korrigierte: »Getroffen hat. Mittlerweile taucht Ernest Engelbeck natürlich mit der Nachfolgerin auf.« Er runzelte die Stirn. »Flora tut mir leid. Sie hatte gehörigen Anteil an der Karriere ihres Mannes. Ihre Charity-Veranstaltungen waren gut für sein Image. Sie hat immer hinter ihm gestanden und ihm den Rücken frei gehalten. Jetzt darf sie nur am Zaun der Ferienvilla in Keitum stehen und sich ansehen, wie eine andere unter der Markise liegt. Ich freue mich für sie, dass sie wenigstens ihren Ruf als Charity-Lady verteidigen konnte. Damit hat sie etwas Eigenes. Das ist ihr sehr wichtig. Sie kann sich damit beweisen und zeigen, dass sie nicht mit Haut und Haar von ihrem Mann abhängig war. Obwohl das viele geglaubt haben.«

Erik hatte keine Lust, über Flora Engelbeck zu reden. Er schüttelte ihren Namen ab und richtete seine Aufmerksamkeit auf Damian Staufer: »Warum sind Sie noch hier? Mit Gunnar Thomann werden Sie nicht mehr reden können.«

»Ich habe eine Woche gebucht, Sylt ist schön, ich brauche Zeit zum Nachdenken ...«

»... und Sie wollen die Ermittlungen der Polizei im Auge haben?«

Davon wollte Damian Staufer jedoch nichts wissen. »Wer der Mörder ist, kann ich später aus der Zeitung erfahren.«

»Sie leben allein?«, erkundigte sich Erik, der auf Violetta zu sprechen kommen wollte, um herauszufinden, ob Staufer sie der Indiskretion verdächtigte. »Oder gibt's eine Ehefrau? Eine Lebensgefährtin?«

Damian Staufer sah auf, als wunderte er sich, dass Erik so wenig von ihm wusste. »Meine letzte Beziehung ist vor einem Jahr in die Brüche gegangen. In Berlin lebe ich in einem kleinen Apartment, das reicht mir, in Kalabrien in einem großen Haus. Eine Frau aus der Nachbarschaft hält den Haushalt am Laufen.«

Erik tat, als wäre er beeindruckt. »Ein kostspieliges Leben.«

»Halb so wild. In Kalabrien zahlt man nicht viel, nicht für ein Haus und auch nicht für eine Arbeitskraft. Meine Haushälterin ist froh, dass sie überhaupt ein bisschen Geld verdient.«

»Für jemanden, der arbeitslos ist …«, begann die Staatsanwältin.

Aber Staufer schnitt ihr das Wort ab. »Ich bin nach wie vor gut im Geschäft. Ich habe andere Rollenangebote. Auf Thomanns Rolle war ich nicht angewiesen, aber ich hätte sie gerne gehabt. Und ärgerlich ist, dass ich eine andere abgelehnt habe, weil ich mich auf Thomanns mündliche Zusage verlassen hatte.«

Sören machte einen Versuch: »Der Stoff scheint interessant zu sein. Wir haben das Exposé gelesen. Diese bekannte Familie … wie heißt sie noch? Ich komme gerade nicht drauf …«

»Bekannte Familie?« Damian Staufer sah ihn erstaunt an. »Ich weiß nicht, wovon Sie sprechen.«

»Von der Familie, um die es in Thomanns Film geht.«

»Sie meinen, die Familie gibt es wirklich?«

Die Staatsanwältin mischte sich ein. »Das wussten Sie nicht?«

Staufer schüttelte den Kopf, in sein Gesicht stieg Ärger. »Thomann war ein eiskalter Hund. Mir davon nichts zu sagen … eine Frechheit! Möglicherweise hätte ich die Rolle dann abgelehnt. Ich will doch nicht in einen Skandal verwickelt werden.« Er grinste schief. »Wenn das so ist … dann haben Sie ja Ihren Mörder. Oder zumindest das Motiv.«

»Sie haben also keine Ahnung, um welche Familie es sich handeln könnte?« Erik wollte es noch nicht glauben.

Damian Staufer schüttelte den Kopf, zweimal, dreimal, das vierte Mal so langsam, als wollte er seine Nackenmuskulatur geschmeidig machen. »Ich finde es erstaunlich, dass Flora wegen ihrer Charity-Veranstaltungen extra nach Sylt gekommen ist. Wo sie hier doch immer gern mit Ernest in ihrer Ferienvilla gewesen ist.« Er lachte, als wäre ihm gestern ein Witz erzählt worden, dessen Pointe er jetzt erst verstand. »Vielleicht ist sie gar nicht wegen Charity auf Sylt, sondern wegen Thomann. Die Engelbecks sind eine schillernde Familie. Schon der alte Engelbeck, Ernests Vater, ging über Leichen. Vielleicht ist Flora nach Sylt gekommen, um dafür zu sorgen, dass ihre Rolle in dem Film positiv dargestellt wird. Flora darf man nicht unterschätzen. Sie ist klug.«

Violetta hatte sich nicht davon abhalten lassen, Mamma Carlotta zum Einkaufen zu begleiten. Ihre Kopfwunde war gut verheilt, sie war nur oberflächlich gewesen. Violetta hatte keine Kopfschmerzen, sodass auch keine Gehirnerschütterung befürchtet werden musste, und gab zu, dass es wohl der Schreck gewesen war, der sie am Vorabend zu Boden geschickt hatte. Und dass sie liegen geblieben war, hatte denselben Grund gehabt. Sie war nicht ohnmächtig oder gar bewusstlos gewesen, sondern hatte nur eine Weile gebraucht, um sich von dem Schock zu erholen. Carlottas Angebot, sie zu einem Arzt zu bringen, hatte sie rundheraus abgelehnt. Erstens sei das nicht nötig, zweitens sei sie nicht krankenversichert, drittens sei sie noch nie bei einem Arzt gewesen. Kinderkrankheiten waren von ihrer Nonna geheilt worden, Verletzungen von der Schwester des nächsten Bauern, die in erster Ehe mit einem Rettungssanitäter verheiratet gewesen war. Für alles andere gab es Hausmittel, mit denen so harmlose Erkrankungen wie Lungenentzündungen und Gallenkoliken behandelt wurden. Erkältungen, Magenverstimmungen und Blasenentzündungen zählten gar nicht zu den Krankheiten, sondern gehörten zu dem, was das Leben zu bieten hatte. Eine Platzwunde am Kopf, die am Morgen nicht mehr blutete, wäre von ihrer Familie nur am Rande zur Kenntnis genommen worden.

Als Violetta die Fischtheke im Eingangsbereich von Feinkost Meyer sah, entfuhr ihr ein so markerschütternder Schrei, dass eine Frau erschrocken zu ihr herumfuhr. Und einem Verkäufer hinter der Theke fiel der Krabbensalat, den er gerade in ein Plastiktöpfchen füllen wollte, auf die Schuhe. Violetta bekam davon nichts mit. Sie schrie ihre Begeisterung durch den Laden, weil sie noch nie ein derart umfangreiches Angebot gesehen hatte. Als sie Anstalten machte, den konsternierten Verkäufern ihr Entzücken mit mehreren Pirouetten zu demonstrieren, sorgte Mamma Carlotta für einen Abstand von etwa fünf Schritten und sah konsequent in eine andere Richtung, damit niemand auf die Idee kommen konnte, die verhaltensauffällige Dame befände sich in ihrer Begleitung. Die besonders sympathische Kassiererin, die mittlerweile ihren kompletten Lebenslauf kannte und über deren Eheprobleme Mamma Carlotta genau im Bilde war, schaute misstrauisch herüber, und der Geschäftsführer brachte sich in Position, um sich einem Terroranschlag höchstpersönlich entgegenzustellen. Er als Friese hatte vermutlich keine andere Erklärung für diesen Temperamentsausbruch als eine diffuse Gefahr, die auf seine Kunden zukam.

Während Mamma Carlotta später Zucchini für die Piccata und Tomaten für das Kompott auswählte, versuchte Violetta mit drei Boskopäpfeln zu jonglieren und erklärte dabei, dass Renato so etwas mit sechs Bällen zustande gebracht hatte. Die Eier, die Mamma Carlotta für die Vorspeise brauchte, versteckte sie vorsichtshalber tief unten im Einkaufswagen. Stattdessen ließ sie Violetta den Rucola aussuchen, was ihr ungefährlich erschien, und ging währenddessen zur Tiefkühltruhe, um Spinat herauszunehmen. Dabei hatte sie jedes Mal ein schlechtes

Gewissen, wenn sie sich für diese einfache Variante entschied. Aber da sie mit Violettas Hilfe nicht rechnete und ohnehin vermutete, dass der Versuch ihrer Cousine, sich an den Vorbereitungen fürs Abendessen zu beteiligen, eher für Chaos als für Arbeitserleichterung sorgen würde, musste sie eben darauf achten, dass alles möglichst schnell ging.

»Für die Zucchini-Piccata mit dem Tomatenkompott habe ich alles«, überlegte sie. »Nun noch zwei Kugeln Mozzarella für das Primo, das Nudelgericht. Schalotten und Sardellenfilets sind im Haus.« Anschließend ging sie auf die Fleischtheke zu, wo der Metzger Stellung bezog, als er sie sah, denn er kannte ihren kritischen Geschmack und wusste, dass sie sich nicht mit schlechter Qualität abspeisen ließ. »Jetzt das Fleisch für das Ossobuco.«

Der Metzger konnte leider nicht mit Kalbshaxen dienen, so entschied sich Mamma Carlotta für Rinderbeinscheiben. Natürlich erst nach längeren Diskussionen, die für sie zu einem angenehmen Einkauf dazugehörten. Violetta schickte sie, damit sie dabei nicht gestört wurde, in die Gemüseabteilung zurück, damit sie Petersilie für die Gremolata holte, und Möhren und Sellerie für das Ossobuco. Die Zutaten für die Latte dolce fritto, die gebratene süße Milch, gehörten zu den Lebensmitteln, die immer im Vorrat waren, wenn sie sich um den Haushalt auf Sylt kümmerte.

Während sie zum Süder Wung zurückkehrten, machte Violetta viel wieder gut, indem sie die schweren Taschen schleppte und darauf bestand, dass Mamma Carlotta nur den Beutel mit dem Gemüse trug. Violetta machte einen langen Hals zum Drogeriemarkt Budnikowsky, verzichtete aber auf einen Besuch dort, weil es ihr wichtiger war, mit ihrer Cousine ihr weiteres Vorgehen zu besprechen. »Ob Carolin mich heute noch einmal nach List fährt?«

»Warum?«, fragte Mamma Carlotta zurück, die die Hoffnung gehegt hatte, dass Violetta nun einsah, wie gefährlich es war, in Ecken herumzuschnüffeln, in denen sie nichts zu suchen hatte. »Renato ist gestern vor dir weggelaufen.«

»Das war ja nur der erste Schreck.«

»Warum musstest du gleich auf ihn losgehen? Und das sogar auf offener Bühne. Du hast ihn zum Gespött der Zuschauer gemacht.«

Violetta erreichten diese Vorwürfe nicht. »Die haben doch geglaubt, das gehörte zu seiner Nummer. Alle haben sich totgelacht. Renato sollte sich lieber überlegen, ob er demnächst mit mir statt mit der langweiligen Peggy durchs Land zieht. Gemeinsam wären wir sehr erfolgreich.«

Mamma Carlotta gingen die Argumente aus. So was passierte ihr selten, aber wenn jemand derart starrköpfig wie Violetta war, fiel es ihr schwer, Überzeugungsarbeit zu leisten. »Du warst mal wieder viel zu spontan«, sagte sie erschöpft. »Du hättest warten müssen.«

Violetta schwenkte die Taschen so zornig, dass Mamma Carlotta um die Eier fürchtete. »Warten? Dazu bin ich nicht fähig, das weißt du doch.«

Mamma Carlotta nickte. Ja, daran hätte sie denken sollen, bevor sie auf die Idee gekommen war, ihre Cousine zu alarmieren. »Was hast du jetzt vor?«

»Ich will mit ihm reden.«

»Er aber garantiert nicht mit dir.«

»Ich muss ihn zwingen.«

»Warum? Was hast du davon?«

»Ich will wissen ...«

»Was? Warum er dich verlassen hat? Das ist doch klar! Weil er dich nicht liebt! Das war schon vor dreißig Jahren klar und jetzt erst recht.« Carlotta stellte ihre Tasche an einer Hecke ab, weil ihre Erregung schon schwer genug war. »Und aus diesem Grunde ist er auch vor dir weggelaufen. Warum musst du noch mit ihm reden? Wir haben gehört, dass er von blöden Weibern gesprochen hat ...«

Nun hatte auch Violetta ihre Taschen abgesetzt. »Du glaubst wirklich, dass er mich damit gemeint hat?«

Ja, das glaubte Mamma Carlotta unbedingt. Aber sie brachte es nicht fertig, es auszusprechen, sondern sah ihre Cousine nur ernst an. So sanft wie möglich sagte sie: »Er hat seinen Wohnwagen ausgeräumt. Wir haben es gehört.«

»Aber er kann doch nicht einfach ... Sein Name steht auf dem Programm. Er muss wieder auftreten.«

»Was wissen wir von den Gewohnheiten in einem Varieté?«

»Er wird eine Konventionalstrafe zahlen müssen, wenn er nicht auftritt.«

»Das tut er vielleicht gerne, wenn er dir dafür nicht begegnen muss.«

Violetta fiel die Kinnlade herab. »Das glaubst du wirklich?«

Mamma Carlotta nickte. Und es erschien ihr angebracht, daraus keinen Hehl mehr zu machen, sondern Violetta an die Tatsachen heranzuführen, mochten sie auch noch so schaurig sein. Sie nahm ihre Tasche wieder auf, und Violetta tat es ihr gleich. Allerdings sah sie mit einem Mal so aus, als hätte jemand unbemerkt Pflastersteine hineingepackt.

Mamma Carlotta suchte noch nach zartfühlenden Worten, die Violetta einerseits die Wahrheit vor Augen führten, sie aber andererseits nicht verletzten, da sah sie Frau Kemmertöns. Die Nachbarin bog gerade mit dem Fahrrad vom Süder Wung in den Osterweg ein und hielt auf Feinkost Meyer zu. Sie winkte, als sie Mamma Carlotta erkannte, und riskierte eine scharfe Bremsung, statt wie gewohnt ihr Fahrrad auslaufen zu lassen und erst abzusteigen, wenn es umzukippen drohte. »Gut, dass ich Sie treffe«, rief sie atemlos. »Ich habe gerade etwas Interessantes erfahren.« Sie warf Violetta, die ihr nach wie vor eher unheimlich als sympathisch war, einen unsicheren Blick zu und ergänzte: »Im Kurhaus ist die Rede davon, dass ein Fernsehteam nach Sylt gekommen ist.«

Mamma Carlotta war tatsächlich sehr interessiert. Frau Kemmertöns, die halbtags am Informationsschalter des Kurhauses arbeitete, erfuhr ja vieles als Erste. Zwar hatte die Insel selbst einen eigenen Fernsehsender, aber dessen Programme waren natürlich nur auf der Insel und auf dem nahen Festland zu sehen. Wenn ein Fernsehteam auf die Insel kam, musste es sich um einen Sender handeln, der seine Reportagen in ganz Deutschland verbreitete. Womöglich sogar bis nach Italien?

»Sie kommen wegen Floras Charity«, verkündete die Nachbarin.

Das verstand sogar Violetta. »Davvero?«, schrie sie so schrill, dass sich ein Fenster des Hauses öffnete, vor dem sie standen.

Frau Kemmertöns war nur kurz zusammengezuckt. »Es soll ein Bericht über Flora Engelbeck werden.« Sie brauchte eine Weile, um wieder befreit Atem schöpfen zu können. »Und jetzt kommt's!« Sie öffnete den Reißverschluss ihrer Jacke ein Stück, denn Neuigkeiten erhitzten sie genauso wie Mamma Carlotta. Aber etwas war bei ihr anders. Frau Kemmertöns besaß eine Fähigkeit, die Carlotta immer wieder faszinierte. Wenn sie sich aufregte, war das nicht etwa an fahrigen Gesten, schnellem Reden oder hektischen Bewegungen zu erkennen, sondern daran, dass ihre Brüste zu vibrieren begannen. So wie jetzt! Sie setzten sich in Bewegung, und in Frau Kemmertöns' Dekolleté wurde es erst wieder ruhig, als sie hervorgebracht hatte, dass das Fernsehteam auch die eifrigen Helfer filmen wolle, die für den guten Zweck handarbeiteten. »Wir kommen ins Fernsehen! Ist das nicht großartig?«

Mamma Carlotta blieb vor Freude beinahe die Luft weg. »Meinen Sie wirklich? Vielleicht wollen die bloß Frau Engelbeck filmen.«

Frau Kemmertöns mochte das auf keinen Fall glauben. Sie wollte nun vielmehr in aller Ausführlichkeit mit Mamma Carlotta besprechen, wie es zu schaffen war, dass nicht irgendjemand von der Fernsehkamera aufgenommen wurde – womöglich noch die sehr merkwürdige Cousine, die sich durch ihr auffälliges Verhalten vielleicht in den Vordergrund spielte – sondern die richtigen. Und das waren ohne Zweifel Frau Kemmertöns und die Schwiegermutter von Kriminalhauptkommissar Wolf.

Violetta hatte zum Glück nicht verstanden, was die Nachbarin berichtete, und fing an, sich zu langweilen. Mamma Carlotta hatte nichts dagegen, dass sie schon mal nach Hause gehen wollte, um dort die Einkäufe auszupacken. Sie bürdete sich ohne Probleme auch den Beutel mit dem Gemüse auf, sodass Mamma Carlotta befreit von Einkaufslasten mit Frau Kemmertöns besprechen konnte, wie sie taktisch am besten vorgehen sollten, um später auf dem Bildschirm zu sehen zu sein. »In voller Größe«, betonte Frau Kemmertöns, »nicht nur am Rande.« Dann beugte sie sich vor und tuschelte: »Können Sie nicht Ihre Cousine zu Hause lassen? Die ist so verrückt, die fällt diesen Fernsehfritzen bestimmt sofort auf. Und dann stiehlt sie uns die Show.«

Die Staatsanwältin ging auf Eriks Idee, bei Gosch einen Imbiss einzunehmen, nur widerwillig ein. »Bei deiner Schwiegermutter bekämen wir sicherlich ein paar Panini mit mariniertem Gemüse und Oliven …«

»Heute Abend«, vertröstete Erik sie, als sie sich am Hotel Horizont aufmachten und dem Meer entgegengingen. »Wahrscheinlich kocht sie jetzt schon, weil sie ja heute Nachmittag keine Zeit hat.«

»Warum nicht?«

»Sie muss zu ihrem Häkelclub. Floras Charity ist ihr sehr wichtig. Frau Engelbeck schafft es wirklich, die hilfswilligen Frauen zu begeistern.«

Die Staatsanwältin griff, als sie in die Dünenstraße einbogen, nach seinem Arm, als brauchte sie Unterstützung gegen den Wind. »Ich freue mich auf heute Abend.«

Erik hätte ihre Hand gern abgeschüttelt. »Könnte sein, dass es ungemütlich wird. Diese Cousine ...«

»Vielleicht wäre es richtig gewesen, sie heute Mittag schon mal kennenzulernen.«

Erik schüttelte über Tillas Hartnäckigkeit so stark den Kopf, dass ihre Hand von seinem Arm fiel. Es war nicht beabsichtigt, aber er war froh darüber. Sörens anzüglicher Blick machte ihn schon seit einer Weile nervös. »Wir müssen in Ruhe über Staufers Aussage reden. Es geht nicht an, dass wir Dienstgespräche in der Gegenwart meiner Schwiegermutter führen.«

Die Handbewegung, die er im Augenwinkel wahrnahm, sollte wohl aussagen, dass die Staatsanwältin seine Schwiegermutter für verschwiegen hielt. Die hatte vielleicht eine Ahnung! Sören sah sogar so aus, als wollte er einwenden, dass die Signora schließlich nicht zum ersten Mal eine Menge von ihrer Ermittlungsarbeit mitbekam.

»Jedenfalls nicht, solange ihre Cousine zu Besuch ist. Und auch nicht, solange sie nachmittags diese Wohltätigkeitsveranstaltung besucht. Ein falsches Wort – und ganz Sylt weiß Bescheid. Meiner Schwiegermutter passiert das häufig. Ihr rutschen die Wörter heraus, ob sie will oder nicht.«

Gegen dieses Argument sollte eine Staatsanwältin keine Einwände haben. Erik war entschlossen, unnachgiebig zu bleiben, wenn Tilla Speck auf dem Wunsch, im Hause Wolf einen ungeplanten Mittagsimbiss einzunehmen, beharren sollte. Aber sie schwieg zum Glück. Erik fühlte sich wie der Sieger einer Schlacht, obwohl ihm klar war, dass in diesem Fall die Cousine, die er hatte ins Feld führen können, eine stärkere Waffe gewesen war als seine Überzeugungskraft. Vielleicht war der Staatsanwältin sogar eingefallen, dass sie früher, als sie Erik noch unfreundlich angeblafft und für einen unfähigen und trotteligen Polizeibeamten gehalten hatte, der zufällig mit einer scharfsinnigen und liebenswerten Schwiegermutter gesegnet war, unerbittlich auf alle polizeilichen Vorschriften gepocht hätte.

Kurz darauf standen sie an der Kliffkante, jeder mit einem Fischbrötchen in der Hand, sahen aufs Meer hinaus und versuchten, die Möwen im Blick zu haben, die über den Fischbrötchenessern schwebten und auf ihre Chance warteten. Es erleichterte Erik, dass die Staatsanwältin sich sogleich seinen Gewohnheiten anschloss. Mit Sören schwieg er immer erst eine Weile, wenn sie hier standen, sie ließen sich in das Bild hineinziehen, das sich ihnen bot, wurden eins mit dem Meer, mit dem Wind, ließen das Rauschen und Brausen und Branden in den Rhythmus ihres Atems übergehen und folgten mit den Blicken den Strandwanderern, als wollten sie das Ziel dieser Menschen erkennen.

Die Staatsanwältin wartete, bis sie die riesigen Zwiebelringe ohne größere Unfälle in den Mund bekommen hatte. »Was wissen wir von den Engelbecks?«

Sie hatte nach dem Gespräch mit Staufer sofort ihr Smartphone aus der Tasche gezogen und zu googeln begonnen, während Erik Polizeimeister Enno Mierendorf und Obermeister Rudi Engdahl angerufen und sie beauftragt hatte, so viel wie möglich über Ernest und Flora Engelbeck herauszubekommen. Er hoffte, dass das Gemurre der beiden nicht an das Ohr der Staatsanwältin gedrungen war.

Nun wussten sie, dass Ernest Engelbeck aus einer alteingesessenen Unternehmerfamilie stammte und schon früh, als er gerade mit dem Studium fertig geworden war, eine Italienerin geheiratet hatte. Flora hatte er während eines Urlaubs in Süditalien kennengelernt und sich Hals über Kopf in sie verliebt. Seine Eltern waren nicht gerade entzückt gewesen, denn Flora stammte aus kleinen Verhältnissen und hatte nur eine minimale Bildung genossen. Aber Ernest war stur geblieben: Die oder keine! So hatten seine Eltern schließlich nachgegeben, als sie Angst bekamen, den Junior zu verlieren, der einmal das Familienunternehmen weiterführen sollte. Im Übrigen änderten sie ihre Meinung schnell. Flora Engelbeck erwies sich als intelligent und geschickt im Umgang mit anderen Menschen. Sie war bildhübsch und wickelte manchen Geschäftspartner um den Finger, dem mit unternehmerischen Fakten nicht beizukommen war. Außerdem sorgte sie dafür, dass die Familie Engelbeck einen guten Ruf genoss. Von Anfang an war Wohltätigkeit ihr größtes Anliegen. Sie kümmerte sich um die Angestellten ihres Mannes, sorgte für Kinderbetreuung in der Firma, half Arbeitern, die in Not geraten waren, und wurde schließlich von vielen karitativen Einrichtungen zur Schirmherrin erkoren. Dann kam sie auf die Idee, Floras Charity zu gründen. In vielen Städten entstanden Arbeitsgruppen, die für den guten Zweck handarbeiteten und bastelten und die Ergebnisse verkauften. Der Erlös kam immer denen zugute, die es in der betreffenden Stadt am nötigsten hatten. Dass Ernest Engelbeck ein knallharter Geschäftsmann war, der notfalls auch mal über Leichen ging, wurde in der Öffentlichkeit gern übersehen, da der Name Engelbeck immer mit Nächstenliebe in Verbindung gebracht wurde. Ernest Engelbeck machte nie einen Hehl daraus, dass er stolz auf seine Frau war, die beiden schienen eine glückliche Ehe zu führen. Nur dass sie keine Kinder bekommen hatten, fehlte zum ganz großen Glück.

»Die Scheidung kam total überraschend«, sagte die Staatsanwältin und versuchte den überhängenden Matjes abzubeißen, als würde das Fischbrötchenessen leichter, wenn erst mal Ordnung zwischen den Brötchenhälften herrschte. »Niemand hatte damit gerechnet. Aber letztlich ging es Flora Engelbeck dann so wie vielen anderen Ehefrauen, die an der Seite ihres Mannes älter geworden waren. Sie mussten einer jungen Geliebten weichen.«

Erik waren diese Gedanken vollkommen fremd. Eine Frau über ihr Alter, über ihre glatte oder runzlige Haut, über ihren straffen oder schlaffen Körper zu definieren, auf ihre jugendliche Neugier oder auf ihre Erfahrung zu reduzieren, wäre ihm nie in den Sinn gekommen. Seine Gedanken flogen zu Lucia, und er war sicher, dass seine Liebe zu ihr von den Veränderungen, die das Alter mit sich brachte, nicht angetastet worden wäre.

»Was für ein Idiot!«, murmelte er und sah, dass die Staatsanwältin kurz das Brötchen sinken ließ und ihm einen Blick zuwarf, den seine Schwiegermutter vermutlich zu heimlichen Entzückensrufen veranlasst hätte.

Zum Glück schien Sören nichts davon mitzubekommen. Es war schon schwierig genug, ein Fischbrötchen unfallfrei zu verzehren und dabei ein wichtiges Gespräch zu führen, da konnte er nicht auch noch auf zwischenmenschliche Feinheiten achten. »Was weiß man eigentlich von Flora Engelbecks Herkunft?«

Bevor ihm die Frage beantwortet werden konnte, ging sein Handy. Er streckte sein Fischbrötchen weit von sich weg, während er es aus seiner Jackentasche zog. Das Gespräch war nur kurz. »Rudi sagt, über Flora Engelbeck gäbe es so gut wie keine Informationen. Nur dass sie Italienerin ist und aus kleinen Verhältnissen stammt. Von ihrem Leben vor ihrer Heirat weiß niemand etwas.«

»Kleine Verhältnisse«, wiederholte Erik und drehte das Fischbrötchen vor seinen Augen, als suchte er die Stelle, die sich am besten zum Hineinbeißen eignete. »Was kann damit gemeint sein?«

»Arbeitermilieu«, mutmaßte die Staatsanwältin, die mit ihrem Bratheringbrötchen schon ziemlich weit gekommen war. »Kinderreiche Familie mit einem saufenden Vater und einer Mutter, die die Kinder als Putzfrau durchbringt, Bauern, die sich mit ihrem kleinen Hof nur über Wasser halten können, indem sie die Kinder nicht zur Schule schicken, sondern auf den Feldern arbeiten lassen ... Es gibt viele Möglichkeiten.«

Erik sah einem Hund zu, der unten am Strand einen Kampf gegen die Brandung führte. Wann immer eine Welle auf ihn zukam, bellte er sie an und schien jedes Mal, wenn sie sich zurückzog, zu glauben, dass er sie vertrieben hatte. »Passt die Geschichte, die Thomann verfilmen wollte, wirklich zu den Engelbecks? Ein minderjähriges Mädchen, das vergewaltigt wird. Flora Engelbeck? Dann muss sie von Ernest Engelbeck vergewaltigt worden sein, hat heimlich ein Kind zur Welt gebracht und es weggegeben.«

»Es heißt aber, sie habe keine Kinder bekommen können«, warf Sören ein und bereute im nächsten Moment, dass er sich auf das Gespräch und nicht auf sein Fischbrötchen konzentriert hatte. Dass eine Möwe über ihm kreiste und auf genau diesen Augenblick gewartet hatte, war ihm nicht aufgefallen. Erschrocken schrie er auf, als sie sich auf ihn stürzte und er plötzlich mit leeren Händen dastand.

Die Umstehenden lachten, froh darüber, dass es ihnen nicht passiert war. Erik dagegen reagierte nicht. Diebische Möwen gehörten zu seinem Alltag, und auch die Staatsanwältin grinste nur kurz. »Vielleicht ist bei der Geburt etwas schiefgegangen, und sie ist seitdem unfruchtbar«, meinte sie.

»Ich habe aber nie davon gehört, dass Ernest Engelbeck schon mal verheiratet war«, überlegte Erik.

»Vielleicht eine kurze, unbedeutende Ehe? Eine, von der niemand etwas weiß?« Der Staatsanwältin erschien diese Vermutung aber wohl selber unglaubhaft.

»Und dann lassen sich beide scheiden, sehen sich wieder, und Ernest heiratet das Mädchen, das er als Vierzehnjährige vergewaltigt hat, ohne es zu erkennen.« Erik hatte schon die Zähne in seinem Fischbrötchen, löste sie aber wieder. »So jedenfalls steht es im Exposé.«

»Aber laut Drehbuch heiratet sie ihn, um sich an ihm zu rächen, und tut es, indem sie ihn wirtschaftlich ruiniert.« Sören sah erst Erik und dann die Staatsanwältin an. »Wir müssen herausbekommen, wie Engelbeck finanziell dasteht.«

»Die beiden waren lange verheiratet«, gab die Staatsanwältin zu bedenken. »Wenn sie sich rächen wollte, hat sie sich verdammt viel Zeit gelassen.«

»Vielleicht hat sie so lange gebraucht. Oder sie ist nicht mehr dazu gekommen, und er hat sich scheiden lassen, als er merkte, was seine Frau plante.«

Wieder schwiegen sie und boten eine ganze Weile das Bild von drei Touristen, die sich von der Natur überwältigen ließen.

»Das passt nicht«, sagte Sören schließlich und warf einen sehnsüchtigen Blick zu dem Matjesbrötchen, von dem Erik noch die Hälfte in der Hand hielt.

»Vergessen Sie nicht«, erwiderte Erik, »dass ein Drehbuch nicht das wirkliche Leben spiegelt.«

»Blöd nur, dass Flora Engelbeck nicht im Hotel ist«, meinte die Staatsanwältin. »Ich würde gerne mit ihr reden.«

»Spätestens heute Nachmittag werden wir sie erwischen«, sagte Erik. »Sie lässt sich garantiert in Käptens Kajüte blicken und richtet dort freundliche Worte an die Leute, die für Floras Charity arbeiten.«

»Floras Charity«, wiederholte die Staatsanwältin nachdenklich. »Ich habe mal irgendwo gelesen, wie wichtig es ihr ist, weiterhin die Charity-Lady zu bleiben, wenn sie schon nicht mehr die Frau des Unternehmers bleiben durfte.«

»Das hat auch Damian Staufer erzählt«, warf Erik ein.

»Sie wollte, dass ihre Charity-Veranstaltungen nur ihr Werk sind, dass sie nichts mit dem Namen ihres Mannes zu tun haben.« Und gedankenvoll fügte sie hinzu: »Irgendwie verständlich.«

Sören schnitt in die Überlegungen, während Erik den Rest des Fischbrötchens in sich hineinstopfte, weil er es nicht schaffte, aus dem Rest zwei Bissen zu machen, von denen der erste den Matjes aus dem Rest des Brötchens gepresst hätte. »Ich darf mal eben daran erinnern, dass sie ein Alibi hat, was den Mord an Thomann angeht. Da war sie mit Damian Staufer joggen.«

Erik antwortete nicht, er schien den Satz nicht einmal gehört zu haben. Er sah einem Mann aufmerksam hinterher, der auf den hinteren Eingang von Gosch zuging und im Restaurant verschwand. »Gerald Wernicke«, murmelte er. »Der hat auch ein Familienunternehmen geerbt, wenn auch nur ein kleines.« Er sah Sören an. »Sagen Sie Enno und Rudi, dass sie auch ihn und seinen familiären Hintergrund untersuchen sollen.«

Mamma Carlotta betrachtete zufrieden ihr Werk. Die Zucchini-Piccata und das Tomaten-Kompott waren fertig und brauchten am Abend nur erhitzt zu werden. Auch die Nudeln mit Mozzarella und Spinat waren gut vorbereitet, und das Ossobuco stand fertig auf dem Herd. Nach dem Secondo würde sie dann nur noch die Latte dolce fritto braten und mit Zucker und Zimt bestreuen müssen, das Gebäck stand bereits fix und fertig im Kühlschrank. Die Staatsanwältin würde sich freuen.

Kükeltje merkte, dass die Chance, einen weiteren Leckerbissen zu erwischen, nicht mehr groß war, und verschwand, als sich die Küchentür öffnete und Felix eintrat. Wie immer, wenn die italienischen Temperamente aufeinanderprallten und die ausgleichenden friesischen Wesensformen fehlten, kam es zu einem Wortwechsel, der sich anhörte wie ein Familienzwist, von beiden aber mit großem Vergnügen geführt wurde. An Felix' Äußerem fand seine Großmutter immer vieles zu beanstanden. Ohrringe, das war was für Mädchen! Ein Nasenring, Madonna, an so etwas wurden in Panidomino die Stiere zum Schlachthaus geführt. Zerrissene Jeans, dio mio, so etwas überließ man einem armen Menschen, der sie flicken und anschließend froh sein würde, ein Kleidungsstück zu haben, das ihn wärmte. Und nun noch die Häkelnadel in seiner linken und das Wollknäuel in der rechten Hand!

»Handarbeit ist Frauensache, Felice!«

Natürlich wollte Felix das nicht einsehen, und dummerweise hatte er viele Argumente, zu denen seine Nonna schwer Gegenargumente fand. Am Ende stand lediglich die Behauptung im Raum, dass Mädchen sich in Fußballer und Gitarrenspieler verliebten, aber niemals in junge Männer, die Mützen häkelten. Darüber konnte Felix nur lachen, der von der hübschen Verena schon auf dem Fußballplatz bewundert worden war, der ihr bereits mehrmals *Tage wie diese* von den Toten Hosen vorgesungen hatte, aber mit genauso leuchtenden Augen betrachtet wurde, wenn ihm eine Reihe makelloser Häkelmaschen gelungen war. Das behauptete er mit großer Überzeugungskraft. »Du bist eben total altmodisch.«

Mamma Carlotta wollte das auf keinen Fall glauben, beendete aber bereitwillig die Diskussion, als Felix mit einem Mal auffiel, dass es sehr ruhig im Hause war. »Hast du Violetta geknebelt und im Heizungskeller eingesperrt?«

Mamma Carlotta fiel ein, dass sie ihre Cousine über die Essensvorbereitung glatt vergessen hatte. »Sie wollte, als ich von Frau Kemmertöns aufgehalten wurde, schon mal vorgehen. Ich vermute, sie macht einen Spaziergang.« Dabei fiel ihr die unerhörte Neuigkeit ein, dass am Nachmittag das Fernsehen bei Floras Charity auftauchen und das soziale Engagement von Flora Engelbeck dokumentieren würde. Das war natürlich viel wichtiger als Cousine Violetta, die darüber erneut in Vergessenheit geriet. Und am allerwichtigsten war, dass Felix seiner Nonna den Gefallen tun sollte, sich unauffällig zu verhalten. Aber wie nicht anders zu erwarten, wurde Carlottas flehentliche Bitte an ihren Enkel, sich hinter einer strickenden Dame zu verstecken, sobald sich die Fernsehkamera näherte, rundweg abgelehnt. »Was ist mit der Emanzipation, Nonna? Gleichberechtigung! Nicht nur für Frauen, auch für Männer.«

»In Panidomino wird man über mich lachen. Ein Enkel, der eine Mütze häkelt! Terribile.« Mamma Carlotta blieb dabei, Häkel- und Stricknadeln gehörten in die Hände von Frauen.

Nachdem sie sich noch ein Weilchen darüber empören durfte, von ihrem Enkel ausgelacht zu werden, fiel ihr erneut ihre Cousine ein. Länger als zwei Stunden war sie nun schon unterwegs. »Ob sie sich verlaufen hat?«

»Wo wollte sie hin?«

Aber Carlotta zuckte hilflos die Achseln. Eigentlich war sie davon ausgegangen, dass Violetta durch den Keller, unter Benutzung des Schlüssels, der dort unter einem Blumentopf versteckt lag, ins Haus gehen und in der Küche auf sie warten würde. Als sie ihre Cousine jedoch nicht antraf, hatte sie an einen Spaziergang geglaubt und sich an die Vorbereitung des Abendessens gemacht. Nun aber fragte sie sich, ob sie zu gleichgültig gewesen war. »Ein so langer Spaziergang?«

Aber Felix winkte ab. »Wenn sie an der Wasserkante entlangwandert, kann sie sich nicht verlaufen. Die wird schon wiederkommen.« Er seufzte, als gäbe er damit nicht seiner Hoffnung, sondern eher einer Befürchtung Ausdruck.

»Violetta ist so vertrauensselig«, überlegte Mamma Carlotta. »Was, wenn sie einem Mann mit finsteren Absichten in die Hände gefallen ist?«

»Der wird sie an der nächsten Kreuzung laufen lassen«, behauptete Felix, »und die Flucht ergreifen. So wie dieser Renato.«

Carlotta wollte ihre Cousine in Schutz nehmen, weil man eben jede Verwandte in Schutz zu nehmen hatte, wenn der Kontakt mit ihr auch noch so strapaziös war. Aber sie kam nicht dazu, denn in diesem Moment ging die Türglocke. *Fuchs, du hast die Gans gestohlen* ertönte diesmal. Die Kinderliederphase war immer noch nicht vorbei.

Frau Kemmertöns erschien in der Küche. Sie wollte mit Mamma Carlotta noch ausgiebig erörtern, welche Strategie zu verfolgen sei, damit die Fernsehkameras sich später auf Jale Kemmertöns und Carlotta Capella richteten. Darüber geriet Violetta erneut in Vergessenheit. Erst als die Zeit gekommen war, zu Floras Charity aufzubrechen, wurden die Fragen zu echten Sorgen. »Wenn sie einen Unfall erlitten hat? Wenn sie sich verletzt hat?«

Ehe Carlotta ihre Mutmaßungen weiterführen konnte, meinte Frau Kemmertöns: »Sie ist eine erwachsene Frau. Kein Kind, auf das aufgepasst werden muss.«

Da hatte sie nun auch wieder recht. Felix vergewisserte sich, dass der Schlüssel zur Kellertür noch immer in seinem Versteck lag. So würde Violetta, wenn sie von ihrem ausgedehnten Spaziergang zurückkam, ins Haus kommen, die Tüte mit den Stoffresten nehmen und, wenn auch verspätet, in Käptens Kajüte erscheinen, um Puppenkleidung zu produzieren. Ein wenig schadenfroh fügte Frau Kemmertöns an, dass die Cousine, für die die Nachbarin keinerlei Sympathie aufbringen konnte, sich ganz schön ärgern würde, wenn sie hörte, dass sie einen Auftritt im Fernsehen verpasst hatte. Sie war hochzufrieden, dass Violetta ihnen nicht die Schau stehlen konnte, und beruhigte Mamma Carlottas Gewissen so lange, bis auch diese glauben konnte, dass Violetta sich in einem Strandbistro aufwärmte und dort einfach die Zeit vergaß. Warum? Vermutlich, weil sie den Kellnern und den anderen Gästen bewies, dass sie das Zeug zur Zirkusprinzessin gehabt hätte, wenn sie nicht daran gehindert worden wäre, dieses Talent auszuleben. Möglich natürlich auch, dass sie mal wieder von akutem Harndrang überfallen worden war und sich ein verschwiegenes Örtchen in den Dünen gesucht hatte, deren Betreten verboten war, wenn das Bedürfnis auch noch so dringend war. Dann hatte jemand die Polizei gerufen, Violetta bis zu ihrem Eintreffen festgehalten und dafür gesorgt, dass sie zur nächsten Wache befördert wurde. So was dauerte …

Sie gingen zu Fuß zum Hochkamp. Der Weg war nicht weit, alle drei hatten das Bedürfnis, sich zu bewegen und dabei nachzudenken.

»Amy Wernickes Laptop«, murmelte die Staatsanwältin. »Wenn wir den hätten!«

»Erstaunlich, dass Gunnar Thomann ohne Laptop unterwegs ist«, meinte Erik.

Aber die Staatsanwältin wunderte das nicht. »Als wir noch zusammen waren, besaß er nicht einmal einen eigenen Computer. Er hatte seinen PC in der Firma, das war's. Notizen machte er sich handschriftlich.«

Erik wechselte das Thema. »Was ist mit Wernicke? Was wissen wir von ihm? Seine Herkunft, seine …«

Sören unterbrach: »Wernickes familiärer Hintergrund braucht uns nicht zu interessieren.«

»Warum nicht?«, fiel die Staatsanwältin sofort ein. »Er hat kein Alibi.«

Aber Sören war anderer Meinung. »Nein, nicht Wernicke!« Zwar hatte er der Anweisung seines Chefs Folge geleistet und Eriks Auftrag an Enno Mierendorf und Rudi Engdahl weitergeleitet, aber er versprach sich nichts davon. »Gunnar Thomann wird sich nicht ausgerechnet Amy Wernicke an seine Seite holen, wenn es bei seinem Film um ihre Familie geht.«

»Es sei denn«, antwortete die Staatsanwältin nachdenklich, »dieser Film ist die Rache, auf die sie schon lange gewartet hat.«

»Und Wernicke hat beide ermordet, um den Film zu verhindern?« Sören wurde prompt sehr nachdenklich.

Weder Erik noch Sören beantworteten diese Frage, die vielmehr eine Feststellung gewesen war. Sie schwiegen, während sie am Dünenhof zum Kronprinzen vorbeigingen, Erik nahm das Gespräch erst wieder auf, als sie in den Hochkamp einbogen. »Ist es überhaupt richtig, mit Flora Engelbeck zu reden? Wenn sie schuldig ist, wird sie Verdacht schöpfen.«

»Warum nicht?«, fragte die Staatsanwältin zurück. »Wer Angst bekommt, macht Fehler.«

Sörens Stimme klang ungeduldig. »Ich habe schon mal gesagt, dass sie ein Alibi hat. Sie war joggen, Damian Staufer hat das bestätigt. Der Portier vom Horizont übrigens auch. Er hat gesagt, sie habe bisher täglich um diese frühe Uhrzeit in Joggingklamotten das Haus verlassen.«

»Sie kann die Morde in Auftrag gegeben haben«, meinte Erik.

»Besser, wir konfrontieren sie nicht mit einem Verdacht. Wir bitten sie um ihre Hilfe. Dann fühlt sie sich sicher und gibt vielleicht, ganz nebenbei, etwas preis, was uns weiterhilft.«

»Sie haben recht.« Sören erhielt einen anerkennenden Blick von der Staatsanwältin. »Die Engelbeck kennt sich aus in der Welt der Reichen, die hat sicherlich schon das ein oder andere Mal hinter die Kulissen einer Unternehmerfamilie geschaut. Wir fragen sie, ob sie eine Familie kennt, über die es sich lohnt, einen Film zu drehen.«

»Also gut«, sagte Erik, stutzte aber im nächsten Moment und blieb stehen. »Was ist denn vor Käptens Kajüte los?«

Mamma Carlotta und Frau Kemmertöns machten sich frühzeitig auf den Weg, und auch Felix packte seinen Handarbeitskorb, um Verena abzuholen. Dass sie ebenfalls an den Fernsehkameras interessiert sein würde, hielt er für sehr wahrscheinlich.

Die Sonne brach gerade durch die Wolken, als sie in den Hochkamp einbogen. Schon von Weitem sahen sie einen dunklen Lieferwagen mit der Aufschrift *NDR*.

»Das sind sie!« Frau Kemmertöns wurde prompt von einer Hitzewallung ereilt und riss die oberen Knöpfe ihrer Jacke auf, als wollte sie ihre vibrierenden Brüste zeigen.

Vor der Tür von Käptens Kajüte wurde eine Kamera aufgebaut, die Sonne blitzte in den Gerätschaften, die aus dem Lieferwagen gehoben wurden. Drei junge Männer stellten Apparate auf, die Mamma Carlotta noch nie gesehen hatte und deren Sinn sich ihr nicht erschloss. Umso aufregender war die ganze Angelegenheit! Frau Kemmertöns' Brust geriet in geradezu besorgniserregende Bewegung, und durch Mamma Carlotta schoss eine Hitzewelle, als wäre sie noch mitten im Klimakterium. Auch sie öffnete ihre Jacke, als bräuchte sie ein Ventil für ihre Körperwärme.

Die Tür der Imbissstube stand weit offen, der Wirt erschien mit einem Tablett in der Tür, auf dem mehrere Kaffeetassen und Wassergläser standen, und stellte es auf einem Tisch ab, der an der Hauswand stand. Er wischte sich zufrieden die Hände an dem Geschirrtuch ab, das er sich vor den Bauch gespannt und mit zwei Wäscheklammern am Hosenbund befestigt hatte, als er hörte, dass er später eine Rechnung an den Fernsehsender schicken dürfe.

Flora Engelbeck sprach mit einem Mann, der schwarz gekleidet war und seinen Mantel bis zum Hals zugeknöpft hatte, als fröre er. Auch seine Körperhaltung zeigte, dass die Sonne bei ihm nichts bewirkte. Er hatte die Schultern und Arme nach vorn gezogen und sich rund gemacht, als könnte ihn das vor der Kälte schützen. In beiden Händen hielt er eine Kladde, in die er sich gelegentlich Notizen machte.

Flora Engelbeck stand vor ihm, kerzengerade, den Kopf leicht in den Nacken gelegt, als wollte sie auf ihr Gegenüber herabsehen. Sie trug eine beige Hose mit braunen Stiefeletten, eine Lederjacke im gleichen Ton wie die Schuhe und einen hellen Seidenpulli unter der Jacke. Auffälliger goldener Schmuck klimperte an ihrem Hals und an den Armgelenken. Die Haare hatte sie streng zurückgekämmt, sodass ihr ebenmäßiges Gesicht zur Geltung kam. Eine Schönheit! Als junges Mädchen musste sie atemberaubend gewesen sein.

Mamma Carlotta hörte, dass sie zu dem Mann sagte: »Eigentlich arbeiten wir im Hotel Horizont. Es wäre besser gewesen, dort die Aufnahmen zu machen.«

Aber der Mann winkte ab. »Dann müssten die handarbeitenden Frauen ja erst alle dorthin gelotst werden. Das dauert zu lange.«

Die Charity-Lady fügte sich. Sie folgte dem Aufnahmeleiter in die Imbissstube, Frau Kemmertöns und Mamma Carlotta auf den Fersen, die sich in aller Ruhe den besten Platz aussuchen wollten.

»In der Nähe der Tür«, flüsterte Frau Kemmertöns. »Wenn der Kameramann hereinkommt, sind wir sofort im Bild.«

Mamma Carlotta schloss sich ihrer Meinung an. Sie legten beide ihre Handarbeitsutensilien auf den ersten Tisch, und Mamma Carlotta ging zur Theke, um zwei Cappuccini zu bestellen.

»Wieso sind Sie so früh?«, fragte Tove. »Floras Charity beginnt doch erst in einer halben Stunde.«

Carlotta informierte ihn flüsternd, dass die Kunde, ein Fernsehsender wolle über Floras Charity berichten, bis zu ihr gedrungen sei. »Frau Kemmertöns und ich wollen zu sehen sein, wenn die Sendung ausgestrahlt wird.«

Tove Griess hatte vollstes Verständnis für diesen Wunsch, ihm ging es ja nicht anders. »Das ist super Werbung für mich. Hoffentlich wird der Name meiner Imbissstube genannt.«

Mamma Carlotta hatte ihn selten so tatendurstig erlebt. Schwungvoll drehte er sich zu seinem Kaffeeautomaten um und drückte dynamisch die Taste für den Cappuccino. Sie sah sich unauffällig um. Ob es wirklich gute Werbung bedeutete, wenn das Fernsehen dieses Ambiente einfing? Mamma Carlotta kamen Bedenken. Wahrscheinlich wäre es vernünftiger, den kompletten Verlauf der Aufzeichnung nach draußen zu verlegen. Sie nahm den ersten Cappuccino entgegen und trug ihn zu Frau Kemmertöns an den Tisch. Aber vielleicht würde niemand die schlammgrünen Fliesen und die fettglänzende Holzvertäfelung sehen, wenn hier viele fröhliche Frauen saßen, die Geselligkeit und Wohltätigkeit miteinander verbanden?

Während Mamma Carlotta auf den zweiten Cappuccino wartete, lauschte sie unauffällig auf das, was Flora Engelbeck mit dem Aufnahmeleiter zu besprechen hatte. Die beiden waren mittlerweile hereingekommen, lehnten jetzt an der Theke und drehten Mamma Carlotta den Rücken zu. »Ich möchte nicht, dass der Name meines Ex-Mannes fällt«, sagte Flora Engelbeck gerade. »Diese Charity-Veranstaltungen sind ganz allein mein

Werk. Ich will nicht die geschiedene Frau von Ernest Engelbeck sein, sondern Flora Engelbeck, die eine ganz eigene Idee hat, den Bedürftigen in unserem Land zu helfen. *Charity und Geselligkeit!* Das Konzept funktioniert!«

Der Aufnahmeleiter nickte so gleichmütig, als hätte er nicht richtig zugehört, und kritzelte etwas in sein Notizbuch. Daraufhin wiederholte Flora Engelbeck in scharfem Ton: »Wenn der Name meines Mannes in dieser Reportage vorkommt, werden Sie von meinem Anwalt hören. Mein Ex-Mann hat mit Floras Charity nichts zu tun.«

Nun war dem Redakteur aufgegangen, worauf es ankam, und er nickte dienstfertig. »Wir können auch jederzeit die Aufnahme stoppen, wenn es in eine falsche Richtung geht, oder später herausschneiden, was Ihnen nicht gefällt. Kein Problem!«

Flora Engelbeck schien beruhigt. Als jemand rief: »Können Sie mal eben kommen, Chef?«, entließ sie ihren Gesprächspartner zu den Technikern, die noch immer mit der Kamera, den Stativen und Scheinwerfern hantierten. Sie bat Tove um ein Mineralwasser, zog einen Zettel aus der Tasche ihrer Lederjacke und betrachtete ihn, als müsste sie über die Notizen nachdenken, die dort vermerkt waren. Möglich aber auch, dass sie einfach nicht angesprochen werden wollte, um sich mental auf die Fernsehaufnahmen einzustellen. Dafür hatte Mamma Carlotta Verständnis. Sie nahm die zweite Cappuccinotasse und trug sie an den Tisch, wo sie neben Frau Kemmertöns Platz nahm.

Fietje Tiensch setzte so zögernd einen Fuß in die Imbissstube, als müsste er sich überlegen, ob er dort überhaupt einkehren wollte, wenn vor der Tür eine Kamera aufgebaut wurde. Im Gegensatz zu Mamma Carlotta verzog er sich in die hinterste Ecke der Imbissstube, wo er am wenigsten auffiel, und hängte den Stoffbeutel mit seinem Handarbeitszeug an die Rückenlehne, als müsste er sich erst überlegen, ob er unter diesen Umständen überhaupt mit dem Stricken der Mütze weitermachen wollte. Felix, der in diesem Augenblick mit Verena Käptens Kajüte betrat, ließ sich jedoch breit grinsend neben seiner Großmutter nieder. »Hier sieht man uns wenigstens«, sagte er zu Verena und zwinkerte ihr zu, als wäre sie eine Komplizin im Kampf für die Emanzipation handarbeitender Männer.

Und Verena bestätigte das Gefühl prompt, als sie zu Mamma Carlotta sagte: »Ich finde es gut, wenn die veralteten Rollenbilder verschwinden. Heutzutage reparieren Frauen ihre Autos selbst, und Männer stricken sich ihre Mützen selbst. Das ist doch toll.«

Dazu hätte Mamma Carlotta einiges zu sagen gehabt, aber ihre Aufmerksamkeit wurde abgelenkt. Eine Frau mit einem bunten Turban auf dem Kopf betrat Käptens Kajüte. Carlotta spürte, wie sich in ihrer Körpermitte etwas verknotete, Schuldgefühl, Mitleid und das Bewusstsein, einen Fehler nicht wiedergutmachen zu können. Dass sie Malinde Siefkes einmal durch eine unbedachte Bemerkung vertrieben hatte, setzte ihr immer noch zu. Wie hatte sie nur so gedankenlos sein können? Sie konnte es sich immer noch nicht verzeihen.

Malinde Siefkes sah sich unsicher um. »Was ist denn hier los?« Sie zögerte, ehe sie sich entschloss, ihre Jacke auszuziehen und sie an einen der drei Nägel zu hängen, die Tove seine Garderobe nannte.

»Käptens Kajüte im Fernsehen«, antwortete Tove protzend, als ginge es dem NDR um einen Bericht über seine Imbissstube.

Mamma Carlotta folgte Malinde Siefkes mit den Augen, betrachtete ihre Gestalt, als könnte sie erkennen, was der Krebs mit ihrem Körper anrichtete, und starrte in ihr Gesicht, in dem sie so gerne lesen wollte, dass die Chemotherapie, so schwer sie auch gewesen war, zu Optimismus und Zuversicht geführt hatte. Aber Malindes Miene blieb verschlossen, als sie sich an die Theke setzte und ein Mineralwasser bestellte. Sie sah nur einmal kurz auf, als auch Flora Engelbeck den Blick hob. Es war, als träfen sich ihre Augen, als gäbe es in Flora Engelbecks Blick eine Frage und in Malinde Siefkes eine Antwort. Aber dann schaute jede von ihnen in eine andere Richtung.

Mamma Carlotta stöhnte leise. Die Charity-Lady hatte scheinbar eine bessere Intuition. Auch ihr war der Turban offenbar aufgefallen, aber ihr war gleich klar gewesen, wie es um Malinde Siefkes bestellt war, sie hatte sich zu keiner Bemerkung hinreißen lassen. Nur sie, Carlotta Capella, war so unvorsichtig gewesen und hatte diese arme Frau schwer gekränkt. Wieder überfiel sie Übelkeit, als hätte sie zu viel gegessen oder getrunken. Dieses Magendrücken und der Brechreiz waren dem Unwohlsein ganz ähnlich, das entstand, wenn man einen Menschen unabsichtlich gekränkt hatte und wusste, dass dieses Schuldgefühl nicht erbrochen oder mit Tabletten behandelt werden konnte, damit es einem bald besser ging.

Tove kam von draußen hereingehastet und begann in rasender Eile die Gläser zu spülen. »Gut, dass ich heute Morgen noch zum Getränkegroßhändler gefahren bin. Mir wäre glatt das alkoholfreie Bier ausgegangen. So was wird bei mir nur selten bestellt.«

Dieser Satz war an Flora Engelbeck gerichtet, die aber tat so, als hätte sie ihn nicht zur Kenntnis genommen, oder sie glaubte, er hätte sich an einen anderen gewandt.

»Ist Ihre komische Cousine noch nicht wieder zurück?« Diese Frage richtete sich eindeutig an Mamma Carlotta. »Oder kommt die erst, wenn's hier richtig losgeht?«

Mamma Carlotta fuhr zu Tove herum. »Come?«

Er betrachtete sie erstaunt. »Das ist doch Ihre Cousine, oder? Diese durchgeknallte Person, die einem das Trommelfell perforiert, wenn sie neben einem sitzt. Die ist ja noch schlimmer als Sie.«

»Violetta? Was wissen Sie von ihr?«

»Die wollte unbedingt mit mir fahren.«

»Wohin?«

»Nach List. Ich musste zu einem Getränke-Großhändler, schließlich weiß ich ja, dass jede Menge Prosecco fließt, wenn Floras Charity bei mir einkehrt.«

»Sie haben Violetta mitgenommen? Nach List?«

»Rede ich Chinesisch? Das sage ich doch die ganze Zeit.« Tove war an Eile nicht gewöhnt, ihm rutschte das Glas, das er abtrocknete, aus den Händen und zurück ins Spülwasser. Statt froh darüber zu sein, dass es nicht zu Boden gefallen war, begann er zu schimpfen. »Heute Abend kriege ich einen Herzinfarkt, wenn das so weitergeht. Erst das Fernsehen, anschließend volles Haus – und nun Sie mit Ihrer Fragerei! Das hält ja kein Mensch aus.«

»Was wollte Violetta in List?«

»Woher soll ich das wissen? Normalerweise nehme ich nie Anhalter mit. Aber die ist mir ja direkt vors Auto gesprungen, damit ich bremse. Ich bin einfach zu gutmütig ...«

»Wo ist sie ausgestiegen?«

»An der Tonnenhalle. Da gibt es ja eine öffentliche Toilette. Sie ist mir die ganze Zeit auf den Zwirn gegangen, weil sie so dringend musste. Kann man so was nicht vorher erledigen?«

Zu einer ausführlicheren Konversation war Tove nicht bereit. Und Mamma Carlotta verzichtete auf weitere Informationen. Erst mal musste sie verarbeiten, was sie soeben gehört hatte. Violetta hatte sich nach List fahren lassen! Was sie dort wollte, war klar. Sie versuchte erneut, Renato zu treffen. »Dio mio!«

»Was ist los?«, erkundigte sich Frau Kemmertöns. »Meinen Sie, Ihrer Cousine könnte etwas zugestoßen sein?«

Mamma Carlotta dachte daran, was Violetta am Abend zuvor geschehen war, und nickte. Wie konnte sie sich nur ein zweites Mal dieser Gefahr aussetzen? Verzweifelt dachte sie nach. Hatte Violetta erneut versucht, in Renatos Wohnwagen einzudringen? Sie schüttelte unmerklich den Kopf. Nein, das war unsinnig. Sie hatte ja gesehen und gehört, dass Renato seinen Wagen geräumt hatte. Oder war sie nach List gefahren, um sich die Proben anzusehen, die jeden Vormittag stattfanden? Währenddessen passten die Türsteher nicht besonders gut auf, es war wesentlich leichter, in den Zuschauerraum zu gelangen, wenn die Artisten sich aufwärmten und ihre schwierigsten Übungen trainierten. Violetta wusste von diesen Proben, Carolin hatte während der Fahrt nach List davon gesprochen, dass sich eine ihrer Freundinnen, die sich keine Eintrittskarte leisten konnte, häufig diese Proben ansah. Vielleicht wollte Violetta schauen, ob auch Renato an den Proben teilnahm.

Fieberhaft dachte Carlotta nach. Musste sie etwas unternehmen? Violetta vermisst melden? Sie suchen lassen? Erik bitten, einen Streifenwagen nach List zu schicken? Aber bevor sie zu einem Entschluss gekommen war, geschah etwas, was sie Violetta vergessen ließ. Flora Engelbeck erhob sich und ging, ohne den Blick von ihren Notizen zu nehmen, zur Tür. Ihr Weg führte an der Garderobe vorbei. Sie zog ihre Lederjacke aus, als wollte sie sie aufhängen, besann sich dann jedoch anders und schlüpfte wieder hinein. Wer nicht genau hinschaute, würde glauben, dass ihr mit einem Mal auffiel, wie kalt es in Käptens Kajüte war. Mamma Carlotta jedoch hatte gesehen, dass Flora Engelbeck in die Tasche von Malinde Siefkes Jacke gegriffen und etwas herausgeholt hatte. Sie schob es in die Tasche ihrer eigenen Jacke und ging nach draußen.

Mamma Carlotta saß da wie erstarrt. Dann drehte sie sich vorsichtig zu Malinde Siefkes herum. Die saß gleichmütig am kurzen Ende der Theke, neben Fietje, der mit dem Wollfaden spielte, der sich aus dem Rand seiner Mütze gelöst hatte. Scheinbar hatte sie nichts bemerkt.

Es war also schon wieder geschehen! Was dachte sich Flora Engelbeck? Und was mochte Malinde Siefkes in ihrer Jackentasche haben? Bargeld, das Flora Engelbeck nicht nötig hatte? Medikamente, die für Flora Engelbeck ohne Wert, für Malinde

Siefkes aber lebenswichtig waren? Bei Feinkost Meyer hatte sie versprochen, nie wieder zu stehlen und dafür die Zusicherung erhalten, sie nicht an den Pranger zu stellen. Aber Flora Engelbeck hatte ihren Part nicht eingehalten. Jetzt bestahl sie sogar eine schwer kranke Frau!

»Una vergogna!« Das war wirklich eine Schande! Musste Carlotta Capella sich in einem solchen Fall noch an ihr Versprechen halten? »No!« Sie würde wohl mit ihrem Schwiegersohn reden müssen. Flora Engelbeck hatte es sich selbst zuzuschreiben, dass sie Mamma Carlottas Verschwiegenheit verspielt hatte …

Erik, Sören und die Staatsanwältin blieben in einiger Entfernung stehen. »Kein guter Zeitpunkt«, meinte Erik.

»Besser, wir warten«, sagte Sören.

Aber die Staatsanwältin war anderer Meinung. »Bald geht's los mit dem Handarbeiten. Vorher sollten wir mit ihr reden.«

»Du siehst doch, dass sie sich auf ein Interview vorbereitet.«

»Okay.« Tilla Speck gab nach. »Warten wir also so lange.« Sie ging auf Käptens Kajüte zu. »Ein Espresso wird uns nach den Fischbrötchen guttun. Ein voller Magen macht müde.«

Erik und Sören waren sich noch nicht sicher, ob sie der Staatsanwältin folgen wollten, da hörten sie einen doppelten Jubelschrei durch die geöffnete Tür.

»Tilla!«

»Carlotta!«

Erik stöhnte auf. »Meine Schwiegermutter! Sie ist also schon vor Ort, ich hätte es mir denken können. Wetten, dass sie mitbekommen hat, was hier abgeht? Sie will natürlich unbedingt ins Fernsehen. Damit sie auf der Piazza von Panidomino damit angeben kann.«

Ein junger Mann winkte sie ungeduldig weiter. »Hier können Sie nicht stehen bleiben. Entweder weitergehen oder rein in die Imbissstube!«

Sie hatten keine Wahl. Die Staatsanwältin war in Käptens Kajüte verschwunden, also mussten sie hinterher.

Erik wusste, als er den ersten Schritt in den Raum gesetzt hatte, dass er hier so schnell wie möglich wieder rauswollte. Er fühlte sich in Käptens Kajüte niemals wohl, war hier immer nur eingekehrt, wenn er Fragen an Tove Griess oder Fietje Tiensch hatte, die ja nicht selten in die Fälle, die er zu bearbeiten hatte, verstrickt waren, als Beschuldigte, Zeugen oder Mitwisser. Jetzt fühlte er sich besonders unwohl. Seine Schwiegermutter und die Nachbarin in der Nähe der Tür, aufrecht, erwartungsvoll, auf der Lauer, daneben sein Sohn mit Häkelzeug vor sich, Fietje Tiensch mit einem Nadelspiel in der Hand, das er betrachtete wie eine Mutter ihr schmutziges Kleinkind, wenn keine Waschgelegenheit in der Nähe und kein Feuchttuch in der Tasche war. Wenn in einer Viertelstunde die Imbissstube von fröhlichen Frauen bevölkert sein würde, die mit den Nadeln klapperten und sich kichernd Neuigkeiten zutuschelten, würde er sich noch unwohler fühlen. Der Augenblick, in dem seine Schwiegermutter und die Staatsanwältin sich begrüßten, als wären sie alte Freundinnen, als hätten sie sich lange nicht gesehen und sich währenddessen in Sehnsucht nacheinander verzehrt, war für ihn ohnehin nicht angenehm. Erik war mit einem Spruch seines Opas groß geworden: Friesen begrüßen sich mit »Moin«, »Moin, Moin« ist schon Gesabbel.

Flora Engelbeck betrat den Raum und stutzte, als sie Erik und Sören erkannte. »Schon wieder ein Todesfall?« Das fragte sie so leise, dass nur Erik es verstehen konnte.

Er schüttelte den Kopf und spürte, dass Sören sich an seine Seite stellte, während die Staatsanwältin und seine Schwiegermutter versuchten, über die Freude hinwegzukommen, dass man sich am Abend zum Essen im Süder Wung wiedersehen würde.

Erik sprach ebenso leise wie Flora Engelbeck. »Wir würden

gern mit Ihnen reden. Wir glauben, Sie könnten uns bei unseren Ermittlungen helfen. Können wir uns im Horizont treffen? Wenn das hier …« Er bedachte die Einrichtung von Käptens Kajüte und die Mitarbeiter des Fernsehsenders mit einem vielsagenden Blick. »Wenn das hier vorbei ist?«

»Natürlich.« Sie schien weder erschrocken noch schuldbewusst zu sein. »Ich gehe danach ins Hotel. Sie können an der Rezeption nach mir fragen.«

»Danke.«

Sie zeigte auf ein paar Notizen, die sie auf einem Tisch vergessen hatte, nahm sie an sich und murmelte: »Jetzt habe ich aber alles beisammen.« Dann drehte sie sich um und ging wieder hinaus. Das Interview sollte scheinbar vor der Tür der Imbissstube geführt werden. Nun betraten die ersten Frauen mit Handarbeitskörben und Stoffbeuteln, aus denen Wolle und Stricknadeln hervorsahen, Käptens Kajüte. Obwohl es sich durchweg um Friesinnen handelte, verstärkte sich die Geräuschkulisse auf beängstigende Weise. Die Tatsache, dass ein Wagen vom NDR vor dem Haus stand und eine Kamera vor dem Eingang postiert war, sorgte für helle Aufregung.

»Wollen die uns etwa filmen?«

»Zu blöde, dass ich den Friseurtermin abgesagt habe.«

»Warum hat man das nicht vorher erfahren? Dann hätte ich mich nach der Arbeit umgezogen.«

Die Imbissstube füllte sich zusehends. Erik gab Sören und der Staatsanwältin mit einem Wink zu verstehen, dass er sich hier nicht länger aufhalten wolle. »Ich bekomme Beklemmungen.«

Auf Toves Frage, ob er ein Bier oder lieber einen Kaffee wünsche, winkte er ab. Akustisch zu ihm durchzudringen, war einen Versuch nicht wert. Die hellen und zum Teil schrillen Stimmen der Frauen deckten alles, was tiefer und ruhiger war, zu.

Die Eingangstür von Käptens Kajüte wurde geschlossen, die Drohung des Kameramanns war unverhohlen. Wer es wagte, während des Interviews aus der Imbissstube zu treten und damit die Aufnahme zu stören, musste damit rechnen, mit den eigenen Stricknadeln erdolcht zu werden. Erik und Sören drückten sich an die Theke und bereuten nun, dass sie die Gelegenheit verpasst hatten, auf den Hochkamp zu entkommen und zum Hotel Horizont zu gehen, um dort auf Flora Engelbeck zu warten.

Das Gelächter war groß, die Bestellungen für Prosecco, Hugo, Aperol Spritz und Cappuccino flogen zur Theke. Tove vergaß sein stoisches Gemüt, ließ die Korken knallen und den Kaffeeautomaten zischen. Die Staatsanwältin hatte sich zu Mamma Carlotta gesetzt und ließ sich von ihr erklären, wie man einen Schal strickte. Sie war sogar entschlossen, den Schal, den Eriks Schwiegermutter in Arbeit hatte, zu kaufen, wenn er auf dem Basar angeboten wurde. Dann steckten die beiden die Köpfe zusammen und redeten so leise miteinander, dass kein Wort mehr bis zu Erik an der Theke drang.

Die Staatsanwältin stand auf und kam zu ihm. Sie beugte sich an sein Ohr, den Duft ihres leichten Parfüms hätte Erik am liebsten aus der Luft gewischt. »Carlotta hat mir gerade gesagt, dass ihre Cousine verschwunden ist.«

In Erik stieg Hoffnung auf. »Abgereist?«

»Verschwunden, habe ich gesagt.«

Erik setzte sich zu seiner Schwiegermutter, ließ sich zunächst von Felix erklären, wie man eine Mütze häkelte, und erst dann, was mit Violetta geschehen war. »Sie ist schon mehrere Stunden weg. Ich dachte, sie macht einen langen Spaziergang. Aber nun habe ich von Tove Griess gehört, dass er Violetta nach List gefahren hat. Was, wenn sie versucht hat, per Anhalter zurückzukommen und einem Sextäter in die Hände gefallen ist! Dio mio!«

Erik unterband den Schwall böser Vermutungen. »Du willst, dass ich sie suche? Ich habe zwei Mordfälle am Hals! Schon vergessen?«

»No, Enrico! Veramente no. Aber der Mörder, den du suchst, könnte auch Violetta …«

Erik ließ sie nicht ausreden. »Der wird höchstens der Hals umgedreht, weil sie einem Mitmenschen auf die Nerven geht.«

Carlotta verzichtete auf die Ermahnung, dass man so nicht über eine Verwandte reden dürfe. »Es könnte ihr etwas zugestoßen sein. Vielleicht kannst du deine Kollegen vom Lister Polizeirevier bitten, nach ihr zu suchen?«

Erik dachte an den Vorabend, an dem Violetta mit seiner Schwiegermutter losgezogen war, um sich an ihrem früheren Liebhaber zu rächen, und dann an das, was er später belauscht hatte. Mit einem Mal fürchtete er, dass sein Italienisch doch besser war, als er gedacht hatte. »Was ist gestern passiert?«

Carlotta zögerte. »Violetta wollte eigentlich nicht, dass ich darüber rede …« Aber natürlich sah sie sofort ein, dass sie jetzt mit der Wahrheit herausrücken musste. Und Erik bekam es nun bestätigt: Er hatte die auf Italienisch geführte Unterhaltung richtig verstanden. Violetta war zwischen den Wohnwagen der Artisten niedergeschlagen worden. Und später war jemand herangeschlichen, von dem Carlotta glaubte, dass er Violettas Leiche beseitigen wollte. »Er hat sie gesucht, ganz sicher, Enrico. Zum Glück konnten wir uns in Renatos Wohnwagen verstecken. Der war kurz vorher leer geräumt worden. Renato hat scheinbar die Flucht ergriffen.«

Die Tür öffnete sich, der Aufnahmeleiter kam herein, gefolgt von Flora Engelbeck, die rote Wangen hatte, als läge ein aufregendes Erlebnis hinter ihr.

»Jetzt filmen wir die Charity-Gruppe«, rief der Aufnahmeleiter. »Sie arbeiten, als wäre alles wie immer, und Frau Engelbeck geht von Tisch zu Tisch und redet mit Ihnen über Ihre Handarbeiten. Tun Sie so, als wären wir gar nicht da.«

Der Kameramann ließ sich einmal mitsamt der Kamera im Eingang blicken und erläuterte: »Ich fahre langsam herein, aber keiner von Ihnen schaut in die Kamera. Kapiert?«

Der Aufnahmeleiter beruhigte die aufgeregten Frauen. »Wir werden viele Szenen aufnehmen und später einen netten Beitrag zusammenschneiden. Was nicht passt, fliegt raus. Sie brauchen sich also keine Sorgen zu machen.«

Natürlich war es nun nicht mehr möglich, mit Mamma Carlotta zu reden. Als Erik nachfragen wollte, winkte sie ab. »Ich muss stricken, Enrico. Und du solltest besser verschwinden. Schlimm genug, dass Felix hier sitzt und häkelt, als wäre er ein Mädchen.«

Felix zwinkerte seinem Vater zu, und Erik zwinkerte zurück. Zu seiner Schwiegermutter sagte er: »Du solltest mitkommen nach List.«

»Du willst also persönlich nach Violetta suchen?«

Nein, eigentlich wollte Erik das nicht. Aber noch weniger wollte er sich in den nächsten Tagen vorhalten lassen, dass er sich nicht ausreichend um seine italienische Verwandtschaft gekümmert habe. »Besser, du begleitest uns und zeigst uns, wo Violetta niedergeschlagen wurde und in welchem Wohnwagen ihr euch versteckt habt.«

»Aber erst, wenn der NDR mit den Filmaufnahmen fertig ist, Enrico. Nun ist Violetta schon seit Stunden verschwunden, da kommt es auf zehn Minuten nicht an.«

Erik seufzte, ging zur Theke und raunte Sören und der Staatsanwältin zu: »Wir sollten besser draußen warten.«

Der Parkplatz zwischen dem Gosch-Zentrum und dem Haus der Naturgewalten war normalerweise ausreichend groß, auch in der Hauptsaison. Jetzt aber, da das Fliegende Varieté die Hälfte okkupiert hatte, war es nicht leicht, den Wagen abzustellen. Erik schimpfte genauso wie alle anderen, die vergeblich nach einem Parkplatz Ausschau hielten. Schließlich entschloss er sich, direkt vor dem Eingang des Varietézeltes zu parken. »Wir sind die Polizei, wir dürfen das!«

Carlotta sprang als Erste aus dem Auto. Wenn sie auch die

Älteste war, ihre Bewegungen waren jünger und dynamischer als die der anderen drei. Erik quälte sich sowieso immer sehr langsam hinter dem Steuer hervor, die Staatsanwältin musste erst ihre Kleidung ordnen, ehe sie einen Fuß auf die Erde setzte, und Sören gähnte ausgiebig, bevor er ausstieg. Bis der Wagen abgeschlossen war, die Staatsanwältin sich überlegt hatte, dass es doch sinnvoll sei, eine Jacke gegen den starken Wind anzuziehen, und Sören noch immer gegen die Müdigkeit ankämpfte, stand Mamma Carlotta schon vor dem Eingang und wartete ungeduldig. Am liebsten hätte sie nach Eriks Arm gegriffen und ihn mit sich gezerrt. Ihre Toleranz gegenüber langsam Denkenden, langsam Reagierenden und langsam sich Fortbewegenden war nicht besonders ausgeprägt. Sie wartete auch nicht, bis die drei anderen bei ihr waren, sondern betrat das Varieté-Zelt schon, als sie sicher sein konnte, dass ihre Begleiter nachgekommen sein würden, wenn sie herausgefunden hatte, wo der Chef des Varietés zu finden war.

Er sah aus, wie Lieschen Müller sich einen Zirkusdirektor vorstellte. Und das, obwohl er, als er auf sie zukam, keine geschmückte Uniform trug, keinen Zylinder auf dem Kopf hatte und auch der gezwirbelte Schnurrbart fehlte, den er sich offensichtlich für die Vorstellungen anklebte. Aber vieles war geblieben, die große, kräftige Gestalt, der stattliche Bauch, die laute Stimme, die großen Gesten. »Polizei? Hoffentlich nichts Unangenehmes!«

Er führte die vier in einen winzigen Raum hinter der noch winzigeren Kasse. Erik hatte eigentlich erwartet, das Gespräch in einem Wohnwagen zu führen, aber der Direktor schob sie in das fensterlose Büro, in dem es nur einen kleinen Schreibtisch gab, auf dem ein Laptop stand. Mamma Carlotta bekam den Schreibtischsessel hingeschoben, die Staatsanwältin durfte auf einem einigermaßen bequemen Stuhl Platz nehmen, Erik auf einem Hocker, Sören blieb nur ein umgedrehter Bierkasten, während Mario Brozowski stehen blieb.

Dass eine Frau am Vorabend auf dem Gelände des Fliegenden Varietés niedergeschlagen worden war, und dass dieselbe Frau nun vermisst wurde, hörte er sich ohne jegliche Gemütsregung an. Er schien sogar zu meinen, dass ihn das nichts anging, sondern ausschließlich Sache der Polizei war. »Aber wenn ich Ihnen helfen kann …« Er bemühte sich, liebenswürdig und zuvorkommend auszusehen.

Dann bekam er zu hören, dass es um die Frau ging, die die Vorstellung am vergangenen Abend empfindlich gestört hatte. Und schlagartig ging ihn diese Angelegenheit doch etwas an. »Diese Furie! Zum Glück haben die Zuschauer geglaubt, sie gehöre zu unserem Ensemble. Die haben sich totgelacht! Meine Assistentin meinte sogar, man müsse der Frau ein Angebot machen. So eine verrückte Nudel kann man in jedem Varieté gebrauchen.«

»Erst Furie, dann verrückte Nudel?« Erik sah Mario Brozowski fragend an.

Der winkte ab. »Die Nummer ist sowieso aus dem Programm genommen worden.«

»Sie meinen die Show von Mago und Peggy?« Die Staatsanwältin hatte vorher auf den Zettel sehen müssen, auf dem sie sich die Namen aufgeschrieben hatte.

Der Varieté-Direktor nickte. »Mago hat sich nur mit Mühe vor dieser Frau in Sicherheit bringen können. Eine ganz frühe Liebschaft, das hat er mir später erzählt. Die Frau muss verrückt sein. Mago hat sich derart bedroht gefühlt, dass er sofort seine Sachen gepackt hat.«

Sören wunderte sich. »Er hatte doch sicherlich einen Vertrag unterschrieben.«

Aber Mario Brozowski winkte ab. »Der besaß schon keine Gültigkeit mehr. Eigentlich sollten die beiden gar nicht mehr auftreten. Peggy ist sehr krank. Sie kann ja nur noch schmückendes Beiwerk sein und Mago hin und wieder etwas anreichen. Mehr schafft sie nicht. Aber es war ihr wichtig, mal wieder aufzutreten. Sie muss hin und wieder Varieté-Luft schnuppern, hat sie gesagt, damit sie an etwas anderes als an ihre Krankheit denken kann.« Er fuhr sich durch die Haare und merkte nicht, dass Schuppen durch die Luft flogen. »Ich hatte Verständnis dafür.«

Die Staatsanwältin war beeindruckt. »Jetzt hat sie ihm nur noch die Dinge gereicht, mit denen er jongliert?«

Mario Brozowski nickte. »Stress ist Gift für sie. Eine Furie wie diese Frau, die gestern auf die Bühne gestürmt ist, macht sie fertig. Mago und Peggy haben sofort ihren Wohnwagen ausgeräumt und sind weg.«

»Hals über Kopf?«

»Gewissermaßen. Vor einer Stunde waren sie noch mal da und haben einige Sachen abgeholt. Wenn Peggy wieder gesund ist, wollen sie weitermachen. Sie haben auch schon eine Idee für ein tolles neues Programm. Bis dahin hat sich diese zeternde Rachegöttin hoffentlich wieder eingekriegt. Nicht zu glauben! Was gibt es doch für blöde Weiber!«

Durch Mamma Carlotta ging ein Ruck. Blöde Weiber! Diesen Begriff hatte sie doch schon mal gehört! Violetta war der Meinung gewesen, Renatos Stimme vernommen zu haben. Aber war es vielleicht der Varieté-Direktor gewesen?

Mario Brozowski stutzte, streckte sein Ohr zur Tür und lauschte kurz. »Was ist da los?«

Nun hörte Mamma Carlotta es auch. Ein Hämmern, das von weit her kam. Erik, die Staatsanwältin und Sören kümmerten sich nicht darum.

»Wo haben Mago und Peggy ihren Wohnsitz?«, fragte die Staatsanwältin. »Ich gehe davon aus, dass sie ein Paar sind?«

Der Varieté-Direktor nickte, war aber nicht mehr bei der Sache. Er öffnete die Tür, um besser hören zu können, was sich im Varieté-Zelt abspielte. Nun war das Hämmern deutlicher zu hören. »Woher kommt dieser Lärm?«

Es war niemand da, der ihm antworten konnte, und er schloss die Tür wieder.

»Woran ist Peggy erkrankt?«, fragte Erik.

Doch auf diese Frage erhielt er keine Antwort mehr. Die Tür wurde aufgerissen, eine junge Frau erschien auf der Schwelle. »In den Toilettenräumen ist irgendwas los.«

»Was?«

Sie zögerte. »Ich weiß nicht. Ich … ich trau mich nicht rein.«

Der Varieté-Direktor schob sie zur Seite. »Ich fasse es nicht. Keine Angst auf einem Trapez, zwanzig Meter über dem Boden. Aber zu feige, auf dem Klo nachzusehen …«

Er rauschte hinaus, ohne sich um seine Gäste zu kümmern, Mamma Carlotta sprang auf und folgte ihm. Dass Erik sie zurückhalten wollte, nahm sie nicht zur Kenntnis. Sie blieb dem Direktor und der Trapezkünstlerin auf den Fersen, die nun, in Gesellschaft, mutiger wurde. Sie durchquerten den Eingangsbereich und liefen auf die Tür zu, auf der *WC* stand. Das Klopfen wurde lauter, nun war auch ein Rufen zu vernehmen. Und als Mario Brozowski die Tür zu der Toilettenanlage aufriss, wusste Mamma Carlotta, wem die Stimme gehörte.

»Violetta! Dio mio!«

Kriminalhauptkommissar Erik Wolf kochte vor Wut, Oberkommissar Sören Kretschmer sah aus, als trüge er sich mit Mordgedanken, und die Augen der Staatsanwältin waren eiskalt, als Violetta Menardo aus dem Toilettenraum stolperte. Diese sah in keinem Gesicht Mitgefühl oder auch nur das geringste Verständnis. Nicht einmal ihre Cousine Carlotta stellte sich auf ihre Seite. Im Gegenteil! Sie überschüttete Violetta mit einem Schwall italienischer Beschimpfungen, die Erik nicht zu übersetzen versuchte. Der Tonfall genügte ihm, er konnte sich ausmalen, was seine Schwiegermutter ihrer Cousine an den Kopf warf. Violetta wurden schwere Vorwürfe gemacht, weil sie sich einfach davongeschlichen und die Familie in Angst und Aufregung versetzt hatte. »Was hast du dir dabei gedacht?«

Es stellte sich schnell heraus, dass Violetta kein bisschen

nachgedacht hatte, sondern nur ihrer Intuition gefolgt war, ihrer Wut, ihrem Rachedurst. Sie wollte Renato unbedingt sehen, ihm von Angesicht zu Angesicht gegenüberstehen, ihm sagen, was sie ihm seit dreißig Jahren sagen wollte, und sich anhören, wie er sein Verhalten erklärte oder entschuldigte. Dass sie mit ihm noch nicht fertig war, dass es noch eine kleine Hoffnung in ihrem Herzen gab, ließ sie unerwähnt. Aber sie hatte ihm auf den Kopf zusagen wollen, dass er ein feiger Hund sei, der sich nicht einmal einem klärenden Gespräch stellte, und sich noch immer mit Gewalt, Egoismus und Rücksichtslosigkeit alle Probleme vom Halse schaffte. Damals hatte er sie einfach ihrem Schicksal überlassen, und heute brachte er es sogar fertig, sie in einem Toilettenraum einzuschließen und sie dort ihrem Schicksal zu überlassen.

Das sprudelte sie heraus, von allen Anwesenden verständnislos betrachtet, allenfalls von ihrer Cousine verstanden, was Erik jedoch auch nicht mit Sicherheit wusste, denn es schien ihm, als spräche Violetta in ihrer Erregung ein Kauderwelsch, das aus Italienisch und Deutsch, vor allem aus Hottentottisch und Suaheli bestand.

»Was sagt sie?«, fragte Erik.

Nachdem auch Violetta noch in das winzige Büro gedrängt worden war und Sören ihr seinen Platz auf dem Bierkasten abgetreten hatte, übersetzte Mamma Carlotta, was ihre Cousine ihr erklärt hatte. Sie habe erst einen langen Spaziergang gemacht, nachdem sie sich erkundigt hatte, wann die Proben beginnen würden. Als die Zeit gekommen war, hatte sie sich ins Varieté-Zelt geschlichen, das außerhalb der Vorstellung nicht besonders gut gesichert war, um sich die Proben anzusehen, weil sie hoffte, dass Renato dabei sein würde. Aber sie war gar nicht bis zu den Zuschauerrängen gekommen. Dass sie auf erregende Ereignisse, wenn andere unter Lampenfieber litten, mit akutem Harndrang reagierte, übersetzte Mamma Carlotta nur flüchtig. Jedenfalls hatte Violetta vorsichtshalber die Toiletten aufgesucht, die es hinter dem Eingang für die Zuschauer gab. Dass ihr jemand nachgeschlichen war, hatte sie zwar gehört, aber geglaubt, dass sie in einer verschlossenen Kabine sicher sein würde. Dass die Tür, die zu den Toilettenräumen führte, abgeschlossen wurde, hatte sie natürlich auch bemerkt. Dort hatte sie nun seit einer knappen Stunde vergeblich gegen die Tür geschlagen. »Niemand hat mich gehört.«

Sie wiederholte es immer wieder, mal auf Deutsch, mal auf Italienisch und dazu in einer Sprache, die keiner verstand. »Niemand hat mich gehört.«

Mario Brozowski wunderte das nicht. »Während der Proben ist hier niemand. Alle sind im Hauptzelt, die Musik spielt, es ist laut. Die Artisten haben eigene Toiletten, sie befinden sich im hinteren Teil des Zeltes. Den Haupteingang benutzt auch keiner von uns. Die Artisten gehen durch den hinteren Eingang, wenn sie das Zelt verlassen und zu ihren Wohnwagen wollen.«

Zwischendurch hatte Violetta sich schon in ihr Schicksal ergeben, sich auf einer Toilettenbrille niedergelassen und darauf gewartet, dass die Abendvorstellung begann und damit die Toiletten für die Zuschauer geöffnet wurden. »Hätte ich nur mein Telefonino mitgenommen!«

Der Varieté-Direktor konnte sich endlich vorstellen, wie die Sache abgelaufen war. Mago und Peggy hatten nicht mehr an den Proben teilgenommen, waren aber kurz da gewesen. Vermutlich hatten sie Violetta beobachtet und wollten verhindern, dass sie ein weiteres Mal auf ihren früheren Geliebten losging. »Nun weiß ich, warum Mago es mit einem Mal so eilig hatte. Ich wollte mich noch in aller Ruhe von ihm verabschieden ... aber er hat mir nur einen schnellen Gruß zugeworfen und war auch schon verschwunden.«

Erik erhob sich und entschuldigte sich bei dem Varieté-Direktor, dass sie seine Zeit so lange beansprucht hatten. Mario Brozowski war ein höflicher Mann und wies die Entschuldigung zurück. Der Hauptkommissar könne ja nichts dafür. Mit einem finsteren Blick zu Violetta ergänzte er, dass nun hoffentlich Schluss sei mit der Verfolgung und Belästigung seines Artisten. »Mago hat es schwer genug. Er weiß nicht, wie es mit ihm und der Karriere weitergehen wird, er macht sich Sorgen um Peggy ...«

Als Carlotta ihrer Cousine diese Worte übersetzte, war endlich Scham und Reue auf Violettas Zügen zu erkennen. Ihre Stimme war tatsächlich tränenerstickt, als sie sagte: »Aber er hat mich gestern niedergeschlagen. Ich war ohnmächtig. Es kann doch nicht sein, dass er ungestraft davonkommt.«

»Haben Sie gesehen, wer Sie niedergeschlagen hat?«, fragte Mario Brozowski lauernd. »Wissen Sie genau, wer es war?«

»Renato! Oder Peggy! Wer sonst?«

»Du hast niemanden erkannt?«, fragte Erik.

Dass Violetta zögerte und verlegen wurde, sahen sie alle. Und damit war jedem von ihnen klar, dass Violettas Beschuldigungen nur auf einem Verdacht gründeten. »Er muss es gewesen sein. Wenn Carlotta mir nicht aufgeholfen hätte, läge ich womöglich noch immer zwischen den Wohnwagen.«

Das glaubte ihr erst recht keiner. Und wenn Mamma Carlotta nicht bestätigt hätte, dass sie ihre Cousine am Boden kauernd vorgefunden hatte, wäre ihr vermutlich nicht einmal geglaubt worden, dass es diesen Überfall auf sie überhaupt gegeben hatte.

»Vermutlich ein Missverständnis«, meinte der Varieté-Direktor. »Vielleicht hat jemand diese Dame für einen Dieb gehalten. Wenn eine Unbekannte zwischen den Wohnwagen herumschleicht, darf sie sich nicht wundern, wenn so was passiert.« Er witterte seine Chance. In komplizierten, sinnverdrehten Sätzen, sodass Violetta ihn nicht verstehen konnte, äußerte er seinen Verdacht, dass die Jugendliebe von Mago psychisch labil sei, womöglich sogar unter Wahnvorstellungen leide und nicht in der Lage war, Fantasie und Realität zu unterscheiden.

Mamma Carlottas Deutsch war mittlerweile gut genug, um

auch den Sinn von verzwickten Satzzusammenhängen zu verstehen. »Wollen Sie sagen, meine Cousine ist verrückt?«

Das wies der Direktor selbstverständlich weit von sich, obwohl er den Eindruck haben musste, dass mit dieser drakonischen Zusammenfassung von Violettas auffälligem Verhalten durchaus der Nagel auf den Kopf getroffen worden war. In den Gesichtern von Erik, Sören und der Staatsanwältin las er vermutlich, dass sie Carlottas Frage alle mit einem klaren Ja beantwortet hätten, wenn sie nicht als Kinder eine gute Erziehung genossen hätten.

Mario Brozowski bekam damit Oberwasser. Er bestritt rundheraus, dass sein Artist zur Gewalt fähig sei, wollte nichts davon hören, dass er Violetta zwischen den Wohnwagen aufgelauert und sie sich vom Hals geschafft hatte, indem er zuschlug und sie dann ihrem Schicksal überließ. »Später soll er zurückgekommen sein, um ihre Leiche wegzuschaffen? Nun geht aber die Fantasie mit Ihnen durch, Herr Hauptkommissar.«

Erik wollte ihm eigentlich erklären, dass seine Fantasie die eines einfallslosen Friesen sei, der zufällig eine italienische Verwandtschaft habe, die ihn gelegentlich zur Weißglut trieb – doch in diesem Moment ging sein Handy. So übernahm es die Staatsanwältin, sich für die Unannehmlichkeiten zu entschuldigen und sich dafür zu bedanken, dass der Varieté-Direktor seine kostbare Zeit der Polizei gewidmet hatte, obwohl es nicht um eine Polizeiaktion, sondern um eine private Angelegenheit gegangen war.

Bis sie fertig war, hatte Erik sein Handy in der Jackentasche gefunden und sah aufs Display, ehe er den grünen Knopf drückte. »Caro? Was gibt's?«

Die Stimme seiner Tochter klang ungehalten. »Wann kommst du endlich zurück? Frau Engelbeck sagt, du wolltest sie sprechen.« Vorwurfsvoll ergänzte sie: »Und jetzt lässt du sie warten …«

»Wir kommen sofort.«

»Sie ist gerade zum Strand gegangen. Gib dir Mühe, Papa, damit du sie schnell findest. Frau Engelbeck wartet nicht gern.«

»Was willst du von Flora Engelbeck?« Mamma Carlotta hatte es schon dreimal gefragt, ohne bisher eine befriedigende Antwort erhalten zu haben. Auch diesmal hörte sie nur undeutliches Gemurmel vom Fahrersitz, und nicht einmal Tilla Speck war bereit, sie umfassend zu informieren. Das war besonders frustrierend, weil Carlotta sich bisher eingebildet hatte, mit der Staatsanwältin so gut befreundet zu sein, dass sie von ihr behandelt wurde, als wäre sie ein Teil der Sylter Polizei. Sören, der hinten zwischen ihr und Violetta saß, zuckte nur bedauernd die Schultern. Mamma Carlotta verstand ihn. Wenn sein Chef nichts verriet, musste auch er schweigen. Auf keinen Fall wollte sie ihn in Loyalitätskonflikte bringen.

»Ich könnte auch etwas von Frau Engelbeck erzählen. Etwas sehr Merkwürdiges ...« Die letzten drei Wörter hatte sie langsam gesprochen und jede Silbe in die Länge gezogen. Madonna, das musste doch Neugier erzeugen! Wie konnte jemand gleichgültig auf die Straße blicken, ohne sofort nachzufragen, was hinter ihrer kryptischen Andeutung steckte. So was brachten nur Friesen fertig. Zu Hause, in Panidomino, hätte schon jeder weibliche Angehörige die Arbeit beiseitegelegt und jeder männliche zwar etwas von Klatsch und Tratsch gemurmelt, aber von da an geschwiegen, um nichts zu verpassen. Doch ein warnender Blick von Erik im Rückspiegel war alles, was sie erntete. Natürlich wusste sie, was er meinte, aber Violetta verstand erstens viel zu wenig Deutsch und war zweitens hörbar damit beschäftigt, sich an den Text von *Un'estate italiana* zu erinnern, mit dem sie immer wieder von vorne begann, weil der Text, wie sie sich an ihn erinnerte, sich nicht mit der Melodie verbinden wollte. Es war also völlig überflüssig, darauf zu achten, dass Violetta nichts erfuhr, was sie nichts anging. Sie hörte ja sowieso nicht zu.

Sören tat Mamma Carlotta schließlich den Gefallen. »Was wissen Sie denn von Frau Engelbeck, Signora?«

Aber auf diese lapidare Frage wollte Carlotta keine Antwort geben. So nicht! Die Sensation, dass die Charity-Lady eine Diebin war, durfte nicht so unspektakulär auf dem Rücksitz eines Autos preisgegeben werden, während auf den Vordersitzen Desinteresse herrschte. Nein, wenn schon, dann richtig! Davon würde sie erst berichten, wenn alle Anwesenden an ihren Lippen hingen.

»Vielleicht ist es besser, ich rede nicht davon«, antwortete sie und gab Erik und der Staatsanwältin damit eine letzte Chance, endlich neugierig zu werden. Aber die beiden begannen eine leise Unterhaltung, in der es um irgendeine Familie ging, die nicht beim Namen genannt wurde. Von so einer Familie war schon mal die Rede gewesen. Sie musste unbedingt dahinterkommen, worum es da ging. Dass sie nichts davon erfahren sollte, war klar. »Man will ja niemandem etwas Böses nachsagen«, schloss sie und stellte fest, dass Sören zufrieden damit war, nichts erfahren zu müssen, was sein Chef nicht hören wollte.

Erik hielt an der Ecke zum Süder Wung. »Den Rest könnt ihr zu Fuß gehen?«

»Naturalmente, Enrico!« Mamma Carlotta stieg aus, schloss aber die Wagentür noch nicht. »Wird die Unterredung mit Signora Engelbeck lange dauern?«

»Keine Angst, Carlotta«, antwortete die Staatsanwältin. »Ich werde dafür sorgen, dass wir pünktlich zum Abendessen zurück sind.« Sie lachte. »Verrätst du mir, was es als Vorspeise gibt?«

Diese Frage gefiel Mamma Carlotta. »Zucchini-Piccata mit Tomatenkompott.«

»Hm, das klingt gut. Ich freue mich.«

Mamma Carlotta gab Violetta einen Wink, die noch immer damit beschäftigt war, für das Lied, das ein Hit von Gianna

Nannini gewesen war, den richtigen Text zu finden. Darüber hatte sie nicht mitbekommen, dass Erik angehalten hatte, und wand sich nun so erstaunt vom Rücksitz, als wäre sie auf eine stundenlange Autofahrt eingestellt gewesen. Dann, als sie die Tür ins Schloss warf und Erik anfuhr, winkte sie ihm exaltiert hinterher, sodass Carlotta sich heimlich umsah, um sicherzugehen, dass sie nicht beobachtet wurden. Sie griff nach Violettas Arm und sorgte dafür, dass ihre Cousine nicht in den Süder Wung einbog, sondern weiter der Westerlandstraße folgte.

»Dove vuoi andare?«

Carlotta zeigte auf das Straßenschild, das in den Hochkamp wies. »Ich glaube, ich habe mein Strickzeug in Käptens Kajüte vergessen.«

Violetta folgte bereitwillig. Es schien, als habe die Stunde, die sie in der Toilette des Varietés hatte zubringen müssen, zu einer Veränderung geführt. Violettas Anwesenheit war nicht mehr so breit, als wollte sie jede Ritze und jeden Zentimeter ausfüllen, der sie umgab. Ihre Präsenz war schmaler geworden, bereit, sich anzupassen und einzufügen. Hatte sie endlich eingesehen, dass sie die vergangenen dreißig Jahre einer Rachsucht gewidmet hatte, die ihr wie ein Ziel erschienen, nun aber zu einem ersten Schritt geworden war? Sicherlich musste sie sich darüber klar werden, wohin die nächsten Schritte führen sollten. Das nahm sie voll und ganz in Anspruch. Sie trottete hinter Carlotta her, voll und ganz mit ihren Gedanken beschäftigt, die sie während der Fahrt an den Gianna-Nannini-Song weitergegeben hatte, damit sie eine Heimat fanden. Violetta Menardo hatte noch Angst, ihren Gedanken Freiheit zu verschaffen, sie wollte sie singen lassen, ehe sie stark genug waren, mit ihr in ein neues Leben zu gehen. Mamma Carlotta warf ihrer Cousine einen Blick zu, und als er nicht erwidert wurde, überkam sie Sorge. Was hatte Violetta vor? Wie würden die nächsten Tage aussehen? Würde sie weiter nach Renato suchen oder sich wirklich endlich damit abfinden, dass er vor ihr auf der Flucht war und sich ihr niemals ergeben würde? Selbst dann nicht, wenn sie ihn fand …

Kurz vor der Tür von Käptens Kajüte fing Violetta schon wieder an, sich im Polkaschritt weiterzubewegen, und drehte sich in die Imbissstube hinein, statt sie zu betreten wie jeder normale Mensch.

»Moin!« Tove Griess warf Violetta einen misstrauischen Blick zu. Eine Italienerin wie Mamma Carlotta, temperamentvoll und redselig, neugierig und mitteilsam, war ihm schon ziemlich suspekt. Eine Italienerin, die sich tanzend und summend fortbewegte und die, wenn sie redete, glatt einen Sturm übertönte, der mit Windstärke zehn an den Fensterläden rüttelte, gehörte für ihn in die Kategorie »Spinatwachtel«. Eine Daseinsberechtigung hatte sie für ihn nur, wenn sie an seiner Theke reichlich konsumierte.

Violetta schien beschlossen zu haben, den Rest ihres Lebens singend zu verbringen. Zu der Melodie von Wolfgang Petrys *Wahnsinn,* die aus Toves Musikanlage plärrte, summte sie die Frage, wo denn nur Carlottas Strickzeug geblieben sei. Tatsächlich fügte es sich einigermaßen in den Rhythmus, den Wolfgang Petry vorgab.

Tove wischte mit der flachen Hand vor seinem Gesicht hin und her, während Fietje, der auf seinem Stammplatz an der schmalen Seite der Theke hockte, der Faden seiner sich aufribbelnden Mütze ins Bier geriet.

Nachdem Tove sich von seinem Erstaunen erholt hatte, setzte er Carlotta darüber in Kenntnis, dass sie ihr Strickzeug eingepackt habe, ehe sie vorzeitig Käptens Kajüte verließ. »Ich hab's genau gesehen.«

Fietje hatte den Wollfaden aus seinem Bier gezogen und unter die Mütze gesteckt. »Wieso waren Sie denn so plötzlich verschwunden? Das Handarbeiten war heute besonders lustig. Frau Engelbeck hat mehrere Runden geschmissen, weil wir alle dem NDR gezeigt haben, wie gut es uns mit Floras Charity geht.«

Drei Sätze an einem Stück! Mamma Carlotta staunte. So was kam bei Fietje selten vor. Die Wohltätigkeit schien einen guten Einfluss auf seine Kommunikationsfreude zu haben.

Nun fügte er sogar noch einen vierten Satz an. »Ich glaube, ich werde meine Mütze bald fertig haben.«

Violetta war einmal um alle Stühle herumgetanzt, nun warf sie sich auf den Barhocker neben Fietje, der erschrocken zusammenfuhr. Er war es gewöhnt, dass man Abstand zu ihm hielt, dieses spontane Interesse an seiner Gegenwart brachte ihn derart in Verlegenheit, dass ihm der ribbelnde Wollfaden unter seiner Mütze wegrutschte, weil anscheinend seine Stirnfalten in Bewegung geraten waren. Dass Violetta es zu ihrer Aufgabe machte, ihn wieder zurückzustecken, dabei mindestens zwei weitere Reihen aufribbelte und sich schließlich ein Wollfaden von beachtlicher Länge aus Fietjes Bommelmütze gelöst hatte, sorgte für eine Erstarrung bei Fietje, die ihn unfähig machte, sich gegen Violettas Eingriff zu wehren.

Carlotta nutzte die Gelegenheit, Tove etwas zuzuraunen, was Fietje und vor allem Violetta nicht zu hören bekommen sollten. »Ihre Freundin … die Frau mit dem bunten Turban … die so schwer krank ist … mir fällt ihr Name nicht ein.«

»Malinde Siefkes«, antwortete Tove.

»Hat die etwas vermisst, als sie heimging?« Carlottas Blick ging zu den drei Garderobenhaken, die alle leer war. »Hat sie, als sie ihre Jacke anzog, in die Taschen gegriffen und festgestellt, dass ihr etwas gestohlen worden war?«

Tove Griess starrte sie entgeistert an. »Nö. Wie kommen Sie darauf?«

Da Violetta noch dabei war, dem konsternierten Fietje die Bommelmütze zu retten, erklärte Mamma Carlotta auf die Schnelle, was sie beobachtet hatte. »Frau Engelbeck hat in die Jackentasche gegriffen, ich bin ganz sicher«, schloss sie, als Tove sie ungläubig anstarrte. »Vielleicht hat sie Geld rausgenommen.«

Ehe Tove antworten konnte, öffnete sich die Tür, und herein kam … Malinde Siefkes. Sie stutzte, als hätte sie nicht erwartet, dass sich außer dem Wirt und seinem einzigen Stammgast noch jemand hier aufhielt. »Moin.« Nur zögernd kam sie näher.

Mamma Carlotta sah, dass sie dieselbe Jacke wie am frühen Nachmittag trug, und warf Tove einen vielsagenden Blick zu. Der erwiderte ihn kurz, dann zog er ein Gesicht, das Carlotta schon öfter gesehen hatte. Eine Schlaumeiermiene, wenn er sich besonders gewitzt oder geschäftstüchtig vorkam. »Du kommst genau richtig, Malinde. Ich wollte ein Schild dort anbringen.« Er zeigte auf die drei Haken an der holzvertäfelten Wand. »*Für Garderobe wird nicht gehaftet.* Was hältst du davon?«

Malinde Siefkes wollte etwas sagen, ihr blieb jedoch der Mund offen stehen, als Violetta sich in diesem Augenblick umdrehte, die sich bisher zu Fietje und seiner Bommelmütze gewandt und der Tür den Rücken zugekehrt hatte. Es musste wohl daran liegen, dass Violetta sich entschlossen hatte, dem Duett, das Roy Black mit der kleinen Anita zum Besten gab, eine dritte Stimme hinzuzufügen. Sie übertönte mit ihrer Darbietung von *Schön ist es, auf der Welt zu sein* mühelos die Musikanlage, während Tove sich zu fragen schien, ob er sie lauter drehen sollte oder ob dann zu befürchten war, dass auch Violetta lauter sang. Malinde Siefkes hatte jedenfalls Mühe, ihren Fluchtreflex zu unterdrücken, und starrte Violetta an, als hätte sie gern gefragt, wie es um die Prognose für ihre merkwürdige Krankheit bestellt war.

Tove bemerkte nicht viel davon. »Ist dir heute Nachmittag was aus der Jackentasche geklaut worden?«

Malinde Siefkes hatte Mühe, sich von Violetta loszureißen. »Nein. Wie kommst du darauf?«

»Es hat Klagen gegeben«, behauptete Tove. »In der Gruppe von Floras äh … Sherry scheint eine diebische Elster zu sein.«

»Mir fehlt nichts«, sagte Malinde Siefkes und griff in ihre

Jackentaschen, als wollte sie den Beweis erbringen. »Ich komme nachher noch mal vorbei.«

»Und was ist mit deinem Espresso?«

Malinde Siefkes ging zur Tür und entgegnete, ohne sich noch einmal umzudrehen: »Später.«

Sie verschwand so eilig, dass Tove zu keiner Entgegnung mehr kam. Wütend knallte er die Espressotasse auf die Theke und fuhr Violetta an: »Wenn Sie mir mit Ihrem Gejaule die Gäste verjagen, lege ich keinen Wert darauf, dass Sie hier noch einmal auftauchen.«

Carlotta war drauf und dran, ihre Cousine zu verteidigen, obwohl Tove natürlich recht hatte. Aber eine Verwandte hatte das Recht auf Loyalität, egal, wie sie sich benahm. Doch durch Carlottas Kopf schoss mit einem Mal ein Gedanke, eine Erinnerung. Als sie mit Violetta und Carolin das Fliegende Varieté besucht hatte, war ihr Malinde Siefkes aufgefallen. Sie war hinter dem Zelt aufgetaucht und hatte versucht, Flora Engelbeck auf sich aufmerksam zu machen. Vielleicht auch Dr. Mikkelsen, die neue Rechtsmedizinerin, die eine Bekannte von Frau Engelbeck war. An diesem Abend war Carlotta nicht klar gewesen, um wen es Malinde Siefkes gegangen war, aber jetzt glaubte sie, dass diese versucht hatte, mit der Charity-Lady Kontakt aufzunehmen. Oder war es ihr doch um Frau Dr. Mikkelsen gegangen? Was hatte Malinde Siefkes überhaupt im Fliegenden Varieté zu suchen gehabt? Carlotta hatte sie später nicht im Eingang und auch nicht unter den Zuschauern gesehen. Und warum war sie nicht einfach zu einer der beiden Frauen gegangen, die sie augenscheinlich hatte sprechen wollen?

Sie stellten den Wagen auf dem großen Parkplatz neben dem Minigolfplatz ab, wo es immer freie Plätze gab, jedenfalls in der Nebensaison. Sie mussten sich gegen Wind stemmen, als sie aufs Kurhaus zugingen, das Haus am Kliff, wie es genannt worden war. Er riss an ihrer Kleidung und fuhr ihnen in die Haare, was Erik mit seinem dichten, drahtigen Haar nicht weiter anfocht. Sören jedoch, dessen Kopf von dünnen, weichen Flusen bedeckt war, schien zu bereuen, dass er auf Haarspray verzichtet hatte, und die Staatsanwältin versuchte, wenn auch vergeblich, ihre Frisur mit beiden Händen festzuhalten. Sie ahnte sicherlich nicht, dass es Erik gefiel, als ihr Äußeres nicht mehr perfekt war, als die Seitenhaare abstanden, als der Pony hochgepustet worden war, und sich lange Haare im Nacken gelöst hatten.

Aber als sie das Haus am Kliff hinter sich gelassen hatten und es nichts zwischen ihnen und dem Meer gab, spielte es keine Rolle mehr, was der Wind mit den Haaren, mit den Schals, mit den Mänteln machte. Seine Kraft war mitreißend, aber sie war noch kein Angriff. Der Wind war gerade so heftig, dass man ihm das Gesicht mit geschlossenen Augen hinhalten und genießen konnte, was er auf der Haut zurückließ.

Sie gingen an die Kliffkante und suchten mit den Augen den Strand ab. Die Staatsanwältin entdeckte Flora Engelbeck als Erste. »Da ist sie.«

Sie wanderte an der Wasserkante entlang, ihnen entgegen. So schnell der Wind es zuließ, liefen sie zu der neuen Strandtreppe, die seit ein paar Jahren eine Attraktion des Kurviertels war. Zehn Meter breit, mit großen Podesten, darauf gepolsterte Sitzbänke, und als besonderer Clou in der Mitte der Treppe eine Rutsche für die Kinder. Sechzig Stufen zum Strand hinab, vierzig Meter lang, ein Schmuckstück für Wenningstedt! Wer auf ihrer obersten Stufe stand, erhielt einen ganz anderen Blick aufs Meer. An der Kliffkante war es weit weg, aber wenn man diese breite Treppe hinabstieg, kam es einem näher, es erwartete alle, die die Stufen nehmen wollten, ganz anders als bei den anderen Treppen, die Kehren hatten, die sich mal dem Meer zu- und dann wieder abwandten. Die neue Treppe von Wenningstedt erzeugte in jedem die Erwartung, auf etwas Großartiges zuzugehen.

Während sie zum Strand hinabstiegen, Flora Engelbeck fest im Blick, fragte Sören: »Müssen wir nicht etwas unternehmen? Wenn Violetta Menardo wirklich niedergeschlagen wurde, haben wir es mit einem Angriff zu tun. Körperverletzung! Wir müssen den Täter finden. Oder ... die Täterin.«

Erik wäre beinahe gestolpert und konnte sich im letzten Augenblick am Geländer festhalten. »Sie glauben ihr?«

»Ihre Schwiegermutter hat sie gefunden. Der Überfall hat stattgefunden. Sie hat sogar eine Kopfverletzung davongetragen.«

»Eine sehr unbedeutende, eigentlich nur eine Beule. Wenn sie ohnmächtig war, dann höchstens vor Schreck. Und wenn sie liegen geblieben ist, dann nur vor Angst.«

»Reicht das nicht?«

Erik knurrte etwas, was ein Ja sein sollte, sich aber wie ein Nein anhörte.

Die Staatsanwältin legte eine Hand auf Eriks Arm, wodurch er beinahe noch einmal ins Straucheln geraten wäre. »Herr Kretschmer hat recht.«

Erik hatte sich jetzt wieder im Griff. »Violetta behauptet einfach, dass es Renato gewesen ist. Der ist aber weg, sie selbst hat ihn schließlich vertrieben.« Trotzig fügte er hinzu: »Und überhaupt kann ich ihn gut verstehen. Violetta ist ihm schrecklich auf die Nerven gegangen, er sah keinen anderen Ausweg ...«

»Aber, Erik«, unterbrach die Staatsanwältin so sanft, wie er ihre Stimme noch nie gehört hatte. »So etwas darf man doch nicht beschönigen. Wir können nicht Gewalt tolerieren, nur weil wir die Motivation des Täters verstehen.«

Erik wusste natürlich, dass sie recht hatte. »Also geben wir eine Fahndung raus. Meinetwegen. Aber mehr können wir nicht tun. Im Übrigen gibt es überhaupt keinen Beweis, dass es wirklich Renato war.«

Er merkte, wie Tilla und Sören sich mit Blicken verständigten, versuchte aber, es nicht zur Kenntnis zu nehmen. »Hoffentlich hat Carolin einen Flug gefunden, damit diese dämliche Cousine endlich wieder nach Italien abreist.«

Flora Engelbeck nahm sie in diesem Augenblick zur Kenntnis, blieb stehen und sah ihnen entgegen. Sie war ungehalten, das war schnell zu erkennen. »Sie haben lange gebraucht.«

»Es tut uns sehr leid. Aber wir wurden unerwartet zu einem Fall von Körperverletzung nach List gerufen.«

Das schien Flora Engelbeck zu besänftigen. »Also gut. Was wollen Sie mit mir besprechen? Wie kann ich Ihnen helfen?«

Sie ging weiter, den Blick aufs Meer gerichtet, und Erik informierte sie über ihren Verdacht, dass jemand Gunnar Thomann zum Schweigen gebracht haben könnte, der nicht wollte, dass ein Familiengeheimnis ans Licht kam. Er sprach absichtlich leise, beugte sich an Flora Engelbecks Ohr, zeigte mit seiner Körpersprache, dass es um eine vertrauliche Information ging, die nur jemand bekam, der über jeden Zweifel erhaben war. »Sie kennen sich aus in der guten Gesellschaft, Frau Engelbeck. Ist Ihnen eine Familie bekannt, die ihr Vermögen verloren hat? Oder eine, die sich zurzeit in finanziellen Schwierigkeiten befindet? Vermutlich steckt ein Unternehmer dahinter, der auf nicht ganz legale Weise reich geworden ist.«

Er sah, dass es ihm gelungen war: Sie ließ sich gern zur Komplizin machen und überlegte bereitwillig. Viele Namen nannte sie, in den Wind murmelnd, die sie aber gleich wieder verwarf und die in Erik schon bald den Eindruck erweckten, dass es ihr darum ging, zu zeigen, wie gut sie sich in der Upperclass auskannte, dass Prominente zu ihren Freunden gehörten und dass es steinreiche Leute gab, die sich nach der Scheidung von ihrem Mann abgewandt und ihr Solidarität bewiesen hatten.

Es war die Staatsanwältin, die es mit weiblicher Intuition schaffte, das Gespräch auf Flora Engelbecks Familie zu bringen. Sie führte sozusagen ein Gespräch von Frau zu Frau mit ihr, und Erik wunderte sich mal wieder über ihre Einfühlsamkeit, die er ihr noch vor wenigen Monaten rundheraus abgesprochen hätte. Und er sah, dass Sören es genauso empfand.

Flora Engelbeck ging gern auf Tilla Specks Fragen ein, schien von Befriedigung erfüllt zu sein, als sie erzählen konnte, wie übel ihr mitgespielt, wie ungerecht sie behandelt worden war. »Natürlich bin ich abgefunden worden, aber unsere Ferienvilla in Keitum zum Beispiel gehört nach wie vor ihm, nicht mir. Dabei war ich es, die sich um dieses Haus gekümmert hat. Ich habe dafür gesorgt, dass dort der Rasen gemäht und jedes Bett frisch bezogen war, wenn wir ankamen. Ob meine Nachfolgerin dazu Lust hat ...?«

»Ernest Engelbeck hat das Haus behalten?«, erkundigte sich die Staatsanwältin.

»Natürlich.«

»Nun ja ... wenn es wirtschaftliche Schwierigkeiten gibt, wenn Investitionen nötig werden, für die die finanziellen Mittel fehlen ... dann ist es am leichtesten, sich von einer Ferienvilla zu trennen.«

»Wie kommen Sie darauf, dass Ernest finanzielle Schwierigkeiten hat?«

Die Staatsanwältin gab sich überrascht. »Ich dachte ... weil er Sie großzügig abgefunden hat.«

Flora Engelbeck machte eine wegwerfende Handbewegung. »Das hat er aus der Portokasse bezahlt.« Ihr Gesicht verschloss sich, ihre Miene versteinerte, sie blickte aufs Meer, als könnte die waagerechte Linie des Horizonts verhindern, dass ihr die Tränen kamen. »Er hat mir viel genommen, aber Floras Charity ist mir geblieben. Die Wohltätigkeitsgruppen leben nur von meinem Namen, nicht vom Namen meines Mannes.« Ihr Blick schnellte zurück, sie schien entschlossen, ihre kurze Trauer zu überwinden, indem sie sich der Sachlichkeit zuwandte. »Wenn dieser Filmproduzent wegen seines neuen Films sterben musste, warum wurde dann auch die Journalistin ermordet? Oder haben die Fälle nichts miteinander zu tun?«

»Wir wissen es nicht genau«, antwortete die Staatsanwältin, »aber wir glauben, dass die beiden Mordfälle zusammengehören. Gunnar Thomann und Amy Wernicke haben ja zusammengearbeitet. »Ach, übrigens … kennen Sie die Wernickes? Sie haben eine Besteckfabrik in Solingen. Gerald Wernicke ist also auch ein Unternehmer. Vielleicht sind es die Wernickes …« Sie ließ den Satz in der Luft hängen und wartete darauf, dass Flora Engelberg ihn sich schnappte und zu Ende führte. Aber da hatte sie sich getäuscht. Die Charity-Lady zuckte nur die Schultern. »Den kenne ich nicht. Vermutlich eine kleine Firma. Man kann ja nicht die Besitzer jeder Klitsche kennen.« Dann blieb sie stehen, als wäre sie überrascht über ihre eigenen Gedanken. »Moment, da fällt mir etwas ein. Doch, über die Wernickes habe ich mal etwas munkeln hören. Probleme mit einem neuen Design, auf das Wernicke gesetzt hatte, was aber nicht gut ging. Die Planung eines neuen Gebäudes, die er aufgeben musste, weil dann plötzlich das Geld fehlte.« Sie sah erst Erik, dann die Staatsanwältin und schließlich auch Sören mit einem langen Blick an. »Natürlich alles Gerüchte. Ich habe keine Ahnung, ob daran etwas Wahres ist.«

Die Staatsanwältin schaffte es, noch ein wenig Small Talk anzufügen, dann bedankten sie sich herzlich bei Flora Engelbeck und wünschten ihr noch einen schönen Tag. Natürlich hatte Tilla Speck es auch geschafft, ihr während der Abschiedsworte noch Bewunderung für ihre Wohltätigkeitsveranstaltungen zu zollen.

»Also ist Wernicke unser Mann?«, fragte Sören, als sie zurückgingen.

»Er hat kein Alibi«, bestätigte Erik.

»Seine Frau hat sich demnach hinter Gunnar gestellt, um ihren Mann fertigzumachen.«

»Oder Thomann hat sie ausgenutzt«, überlegte Sören. »Er hat ihr nicht verraten, dass es um ihre eigene Familie ging. Er lässt sie über seinen neuen Film schreiben, und dann kommt der Knaller!« Er stieß seine rechte Faust in die linke Handfläche. »Die Reporterin hatte über ihre eigene Familie berichtet!«

»Damit hätte sein Film noch vor der Premiere große Aufmerksamkeit bekommen«, ergänzte die Staatsanwältin tonlos.

Sören warf ihr einen unsicheren Blick zu. »Wäre er dazu fähig gewesen?«

Tilla Speck wandte sich abrupt wieder der Treppe zu, ohne zu antworten. Als sie die ersten Stufen erklomm, hatte Erik das Gefühl, jede Stufe fiele ihr schwer. Sie tat ihm leid. Am liebsten hätte er nach ihrer Hand gegriffen, um ihr Kraft zu geben. Aber das kam natürlich nicht infrage. Am Ende würde sie noch glauben, dass der unüberlegte Kuss vom letzten Herbst, den er noch immer schwer bereute, irgendwas zwischen ihnen geändert hatte. Schlimm genug, dass sie ihn jetzt Erik nannte und er sie mit diesem schrecklichen Vornamen anreden musste, der gar nicht zu ihr passte.

Nicht nur Carolin kam pünktlich nach Hause, auch Felix erschien, obwohl er wusste, dass die Staatsanwältin anwesend sein würde. Noch immer erzeugte ihr Name ja einen Fluchtreflex bei den Kindern, er war allerdings nicht mehr ganz so ausgeprägt wie früher. Seit Erik von Frau Dr. Speck geduzt und freundlich angesehen wurde, schien die Gefahr, die sie bis dahin personifiziert hatte, zu einer risikoloseren Irritation geworden zu sein. Die bestand hauptsächlich darin, dass Erik nach wie vor seinen Oberkörper nach hinten bog, wenn Umarmung und Luftküsse auf ihn zukamen, und dass Mamma Carlottas Gejubel, wenn die Staatsanwältin auftauchte, an Lautstärke und schrillen Tönen derart zunahm, dass sie wie nach einer Drehbuchanweisung zu frohlocken schien. Kurzum – der Besuch von Frau Dr. Tilla Speck wirkte noch immer wie eine Inszenierung, aber immerhin schien daraus keine Tragödie mehr zu werden. Die Nonna spielte ihre Rolle immer ein bisschen überdreht, zu angespannt, ihr Vater schien seine Rolle nie sorgfältig einstudiert zu haben, und Carolin und Felix selbst fragten sich häufig, auf welche Regieanweisungen es eigentlich ankam, wenn die Staatsanwältin zu Gast war. Also insgesamt alles andere als eine entkrampfte Situation.

Violettas Anwesenheit trug sowieso nie zur Entspannung bei, andererseits sorgte sie aber für einen zuverlässigen Unterhaltungsfaktor, den Felix und Carolin zumindest dann zu schätzen wussten, wenn es möglich war, sich der Situation flugs zu entziehen, sobald aus der Komödie doch ein Drama zu werden drohte.

Mamma Carlotta kannte ihre Pappenheimer, was die Sache aber nur scheinbar einfacher machte. Da sie alle Probleme voraussah und ihr die Schwächen ihrer Angehörigen vertraut waren, wurden alle anderen schwindelig, wenn sie wieder einmal versuchte, sämtliche Untiefen vorauszusehen, alle Klippen zu umschiffen, mit warnend aufgerissenen Augen für die erwünschten Reaktionen zu sorgen und denen ins Wort zu fallen, die drauf und dran waren, etwas Falsches zu sagen.

Violetta hatte sich von ihrem Abenteuer erstaunlich gut erholt und fühlte sich in der Lage, den Tisch zu decken. Summend lief sie in den Garten und kam pfeifend mit grünen Ranken zurück, die sie um die Teller wand, während Felix und Carolin sich von ihrer Großmutter erzählen ließen, wo und wie Violetta gefunden worden war, ohne dass diese davon etwas verstand.

Carolin zog einen Zettel mit Notizen hervor und reichte ihn Violetta. »Du willst sicher wissen, welche Flüge in den nächsten Tagen gehen.«

Aber Violetta hatte erschreckend wenig Interesse daran. Die Nonna und ihre Enkel sahen sich besorgt an. Wie lange wollte Violetta bleiben? Mamma Carlotta hatte noch ihre Ankündigung im Ohr, sie könne auch nach Sylt zu Erik oder nach Panidomino zu Carlotta ziehen, statt in das Haus ihres Bruders zurückzukehren. Verzweifelt schickte sie ein stilles Gebet zum Himmel, er möge Violetta den deutschen Schauspieler erhalten, der ihre Dienste in Anspruch nahm und sie dafür bezahlte.

In diesem Moment fuhr ein Auto vor. Erik, Sören und die Staatsanwältin erschienen kurz darauf in der Küche. Erik schweigend und stoisch, Sören nervös und ebenso schweigend, Tilla Speck dagegen trällernd und kichernd. Auf Carlottas Wink ließ Erik den Korken einer Proseccoflasche knallen und füllte sieben Gläser, womit die Flasche so gut wie leer war. Sie stießen an, als gäbe es keinen toten Filmproduzenten, keine ermordete Journalistin und keinen Artisten, der eine Frau niederschlug und dann abhaute, weil er sich vor ihren Gefühlen fürchtete.

Mamma Carlotta holte die gebratenen Zucchini aus der Pfanne, legte sie auf eine Platte, umrahmte sie mit dem Tomatenkompott und schmückte alles mit dem Rucola. Sie hatte gerade die aufgebackenen Panini aus dem Ofen geholt, da ging die Türglocke. Diesmal spielte sie *Das Wandern ist des Müllers Lust*.

Frau Kemmertöns war noch immer von der neuen Klingel der Familie Wolf begeistert, drückte sie gleich noch einmal und ließ *Kein schöner Land in dieser Zeit* ertönen. Strahlend fragte sie zur Begrüßung, ob die Klingel auch etwas von Helene Fischer könne, da bemerkte sie, dass sie ungelegen kam. Da Frau Kemmertöns jedoch nicht die Schnellste war und immer erst registrierte, was Mamma Carlotta tat, wenn es bereits erledigt war, stand sie schon neben dem Tisch, hatte ein Proseccoglas in der Hand und kam erst, als es leer war, auf die Idee, dass es störend sein könnte, ins Abendessen zu platzen. Doch bevor sie sich entschuldigen und das Haus wieder verlassen konnte, hatte Mamma Carlotta schon einen achten Stuhl herangerückt und einen weiteren Teller aufgelegt.

»Wenigstens ein bisschen Antipasti«, wehrte sie Frau Kemmertöns' Beteuerungen ab, dass im Nebenhaus Leberwurstbrote warteten, die ihr Mann allein verzehren würde, wenn sie nicht zurückkam, womit er dann viel zu viel gegessen hätte und seine Fettleibigkeit nie in den Griff bekommen würde.

Mit diesen Erklärungen war sie jedoch erst fertig, als sie schon eine Zucchinischeibe auf dem Teller hatte. Mamma Carlotta überflog die Anzahl und stellte fest, dass es für alle reichen würde. Selbst dann, wenn Frau Kemmertöns eine ihrer Heißhungerattacken bekommen sollte, während der sie sämtliche guten Vorsätze vergaß. Sie hatte sich schon erklären lassen, wie die Zucchini-Piccata zuzubereiten war, als ihr einfiel, warum sie gekommen war. Erstens natürlich, um die Ereignisse des Nachmittags zu kommentieren, an dem sie schließlich von einer Fernsehkamera aufgenommen worden waren, und zweitens, um sich zu erkundigen, was mit Carlottas Cousine geschehen war. Aber da diese gesund und munter am Tisch saß, erübrigte sich eine diesbezügliche Frage. Dann jedoch fiel ihr ein, dass ihr noch etwas Bedenkliches aufgefallen war, als sie vom Nachbarhaus herübergekommen war. »Ein Mann, der auf der anderen Straßenseite hin und her ging. Bis zur Westerlandstraße und wieder zurück. Der kam mir irgendwie bekannt vor.«

Mamma Carlotta sprang auf und sah aus dem Fenster. Tatsächlich! Auf der anderen Straßenseite ging ein Mann, den sie aber nur von hinten sehen konnte. »War der es?«

Frau Kemmertöns brachte es nicht fertig, für die Beantwortung dieser Frage extra ihr Gewicht in die Höhe zu stemmen, die Zucchinischeiben im Stich zu lassen und zum Fenster zu gehen. Vermutlich wäre dann der Mann auch längst außer Sichtweite gewesen. So brummte sie nur »ja, ja« und aß weiter.

Carlotta sah ihren Schwiegersohn beunruhigt an. »Wer kann das sein?«

Aber Erik winkte ab, Sören murmelte etwas Unverständliches, die Staatsanwältin weigerte sich, an etwas anderes zu denken als an Zucchini-Piccata und Tomatenkompott, Carolin und Felix hatten längst gelernt, über eine Frage ihrer Nonna hinwegzuhören. Violetta, die nichts verstanden hatte, spielte mit ihrem Messer, als hätte sie Renato vor Augen und überlegte, wo sie zustechen sollte. Mamma Carlotta erzählte von dem Schal, den sie strickte, und zettelte eine weitere Diskussion darüber an, ob es die richtige Beschäftigung für einen Mann sei, eine Mütze zu häkeln. Während die Staatsanwältin sich vehement auf Felix' Seite schlug, berichtete Carolin, dass ihr Chef ziemlich ungehalten darüber sei, dass er Floras Charity an Käptens Kajüte verloren hatte. Er war fest davon ausgegangen, dass der Wohltätigkeitsclub es dort nicht lange aushalten und schleunigst ins Hotel Horizont zurückkehren würde.

Darüber hatte niemand das vorfahrende Auto zur Kenntnis genommen, und das Klingeln wäre auch beinahe überhört worden. Die Titelmelodie zum *Tatort* hatte sich zunächst so gut in den Rhythmus der Gespräche gefügt, dass sie beinahe unbemerkt geblieben wäre. Aber dann sagte Erik: »Hat es etwa geklingelt?«

Wie immer hatte er Erfolg mit dieser Frage. Ehe er selbst aufstehen musste, sprang seine Schwiegermutter schon in die Höhe, lief zur Tür und riss sie auf.

Vor ihr stand Kommissar Vetterich, erschrocken und konsterniert. Augenscheinlich hatte er damit gerechnet, Erik anzutreffen und nicht dessen Schwiegermutter, die ihm immer ein bisschen unheimlich war.

»Buon giorno, Commissario! Entra! Kommen Sie rein!«

Kommissar Vetterich gab etwas von sich, was sich wie eine Ablehnung anhörte, wollte sich auch erst weigern, einen Schritt ins Haus zu machen, tat dann aber doch, was die Schwiegermutter des Hauptkommissars von ihm verlangte. Hilflos und überfordert. So reagierte er immer, wenn er mit ihr konfrontiert wurde. Manchmal sah er sogar so aus, als hätte er Angst vor Mamma Carlotta. Ihr lautes Reden, ihre Freundlichkeit, ihre vielen einladenden Gesten – das alles schüchterte ihn dermaßen ein, dass er auch in diesem Moment wieder so aussah, als würde er gerne auf dem Absatz kehrtmachen.

»Ich wollte nur ...« Mehr brachte er nicht heraus und hielt Erik verstört ein Papier hin. Dann erst bemerkte er, dass auch die Staatsanwältin am Tisch saß, und sein Gesicht färbte sich dunkelrot.

Erik nahm das Blatt entgegen und überflog es. Er bot Kommissar Vetterich keinen Platz an, wofür Mamma Carlotta nicht das geringste Verständnis hatte. Er forderte ihn auch nicht auf, sich an der Vorspeise zu bedienen, was für Mamma Carlotta ebenfalls in den Bereich unverzeihlicher Unhöflichkeiten fiel. Zwar hatte Erik ihr schon oft erklärt, dass der Spurenfahnder keine Geselligkeiten liebte und, wenn er ins Haus kam, nichts lieber wollte, als so schnell wie möglich wieder zu verschwinden, aber das konnte sie einfach nicht glauben. Auch, dass es für Vetterich keine schwerere Strafe gab, als etwas Essbares vorgesetzt zu bekommen, das nicht mit seinen Ernährungsgewohnheiten übereinstimmte, hatte sie schon von Erik gehört. Doch das erschien ihr ebenfalls ausgeschlossen. Sie war davon überzeugt, dass man Vetterich nur oft genug einladen musste, bis er schließlich dankbar dafür sein würde. Also griff sie nach einem Küchenhocker, den sie für sich selbst an den Tisch zog, drückte Vetterich auf ihren eigenen Stuhl und war froh, dass sie vorsichtshalber den Tisch ausgezogen hatte und so ein weiterer Teller ohne Probleme Platz fand.

Vetterichs abwehrende Gesten übersah sie natürlich und legte ihm etwas von der Vorspeise auf. »Buon appetito! Mein Schwiegersohn kann in der Zwischenzeit lesen, was Sie ihm Wichtiges mitgebracht haben.« Sie machte einen langen Hals, konnte aber leider nicht erkennen, was Erik las.

Nun reichte er das Blatt an Sören weiter, der sich zusammen mit der Staatsanwältin darüberbeugte. »Spuren an dem Baum? Meinen Sie wirklich, die könnten mit dem Mord an Thomann in Zusammenhang stehen?«

Vetterich legte das Besteck zur Seite. »Es ist merkwürdig, dass wir keine Spuren an der Hauswand gefunden haben. Nichts! Wir sind uns ja sicher, dass der Täter durchs Fenster hereingekommen sein muss und nicht durch die Zimmertür spaziert ist. Aber ohne Spuren zu hinterlassen? An einer rauen Wand, an der Efeu heraufwächst? Undenkbar! Und da dachte ich …«

»Donnerwetter!«, warf die Staatsanwältin ein. »Gute Arbeit, Vetterich!«

Nun war der Leiter der Kriminaltechnischen Untersuchungsstelle fix und fertig. Ein Lob von der Staatsanwältin? Das war ja noch nie passiert. Bisher hatte er von ihr nur Verächtlichkeit zu spüren bekommen. Sie hielt ihn für zu langsam und zu umständlich und hatte kein Verständnis dafür, dass er sein Tempo auch dann nicht änderte, wenn die Ermittler unter größtem Zeitdruck standen. Mamma Carlotta bemerkte, dass sich Vetterichs Blick veränderte. Der dankbare und gleichzeitig erstaunte Blick, mit dem er die Staatsanwältin zunächst angesehen hatte, wurde mit einem Mal aufmerksamer und wanderte zwischen Erik und Tilla Speck hin und her. Vermutlich war ihm nun eingefallen, was seit Wochen als Gerücht durchs Polizeirevier huschte: Zwischen dem Hauptkommissar und der Staatsanwältin hatte sich etwas verändert. Die beiden duzten sich neuerdings, und das Polizeirevier Westerland stand nicht mehr unter ständigem Beschuss, sobald Frau Dr. Speck sich einmischte. Möglicherweise hatte Vetterich diesem Gerücht bisher keinen Glauben geschenkt. Jetzt jedoch änderte sich seine diesbezügliche Meinung, und er wurde mutiger.

»Es ist jemand auf diesen Baum geklettert«, erklärte er, »das ist offensichtlich. Und es ist noch nicht lange her. Es gibt frische Spuren an der Baumrinde und abgeknickte Zweige an dem Ast, der dem Zimmerfenster des Toten am nächsten kommt.«

»Die Linde im Innenhof?«, fragte Carolin ungläubig.

Vetterich nickte, Felix legte die Ellbogen auf den Tisch, ohne von seiner Nonna gerügt zu werden, und beugte sich interessiert vor, während Frau Kemmertöns das Essen vergaß und froh zu sein schien, dass man sie vergessen hatte. So nah war sie noch nie an polizeilichen Ermittlungen gewesen. Nur Violetta spielte weiter mit ihrem Messer und verhielt sich erstaunlich unauffällig. Der Schatz der deutschen Vokabeln, die sie sich angeeignet hatte, ging eben nicht über das Alltägliche hinaus. Sie verstand kein Wort.

Sören konnte es noch nicht glauben. »Sie meinen, der Täter ist von dem Ast in das Zimmer gesprungen?« Er versuchte sich die örtlichen Gegebenheiten ins Gedächtnis zu rufen, dann ergänzte er: »Nein, das geht nicht.«

Darin wurde er von Carolin bestätigt, die sich schließlich am besten auskannte. »Undenkbar.«

Auch Vetterich war dieser Meinung. »Dann hätten wir ja ebenfalls Spuren am Fenstersims finden müssen.«

Es gab eine kurze Stille, nur ein oder zwei Sekunden lang. Dann ertönte *Mein Hut, der hat drei Ecken* aus der Diele.

Mamma Carlotta warf einen unruhigen Blick auf die Vorspeisenplatte, auf der es nur noch Reste gab, ehe sie zur Tür lief. »Dottore!«

Dr. Hillmot, der schwergewichtige Gerichtsmediziner, stand vor der Tür, so dick und breit, dass die Person, die hinter ihm wartete, zunächst gar nicht zu sehen war. »Sie kommen gerade richtig. Die Vorspeise steht auf dem Tisch.«

Mamma Carlotta wusste, dass Dr. Hillmot ihre Kochkünste liebte, und sie wusste auch, dass er sich selbst überwiegend von Fast Food ernährte, und nur dann etwas anderes zu sich nahm, wenn seine Schwester sich erbarmte, die in einer Fischhandlung arbeitete. Gelegentlich briet sie ihm ein Fischfilet mit dicker Panade und machte ihm einen Kartoffelsalat mit viel fetter Mayonnaise, was für Dr. Hillmot der Gipfel der kulinarischen Raffinesse war. Jedenfalls dann, wenn Mamma Carlotta nicht auf Sylt weilte. Er ließ selten eine Gelegenheit aus, im

Hause Wolf zu erscheinen, wenn er von ihrer Anwesenheit erfahren hatte, und schaffte es immer, gerade dann aufzukreuzen, wenn eine Mahlzeit eingenommen werden sollte. Jedes Mal gab er sich dann total überrascht, wehrte Mamma Carlottas Einladung ab, so wie Vetterich, ließ aber deutlich durchblicken, dass er sich gern überreden ließ, ganz anders als Vetterich.

»Dottoressa!«

Endlich war der Gerichtsmediziner eingetreten und hatte damit den Blick auf seine junge Nachfolgerin freigegeben. Frau Dr. Mikkelsen stand noch verlegen auf der Treppe und schien sich zu fragen, ob es richtig gewesen war, dass sie sich von Dr. Hillmot zu einem Besuch im Haus Wolf hatte überreden lassen. Dass es so gewesen war, davon war Mamma Carlotta überzeugt. Jetzt kam sie nur zögernd die restlichen Stufen hoch und entschuldigte sich für den überraschenden Besuch. »Ich möchte nicht stören.«

Sie trug Bluejeans und eine helle Strickjacke, ihre Füße steckten in weißen Sneakers. Die blonden Haare hatte sie zu einem Pferdeschwanz gebunden, ihr ungeschminktes Gesicht war so hell und leuchtend, als hätte sie es gerade gewaschen und mit einem rauen Frottiertuch abgerubbelt, das für rosige Wangen gesorgt hatte.

»Wir freuen uns über jeden Gast!«, behauptete Mamma Carlotta, obwohl sie wusste, dass sie die Einzige in diesem Hause war, die Überraschungsbesuche liebte.

Mit großer Geste bat sie die junge Rechtsmedizinerin herein, während Dr. Hillmot bereits die Küchentür öffnete und einen Schrei der Überraschung ausstieß. Das tat er immer, wenn er in der Küche erschien, obwohl er niemals überrascht war, sondern immer damit rechnete und darauf hoffte, dass er an einen reich gedeckten Tisch gebeten wurde. Nur ein Teil seiner Überraschung mochte jetzt echt sein, denn seinen Kollegen von der Spurenfahndung hatte er vermutlich nicht am Süder Wung vermutet und die Staatsanwältin erst recht nicht.

Wie immer begrüßte er sie mit besonderer Höflichkeit, diesmal sogar mit Handkuss. Und als er feststellte, dass sie nicht die einzige Dame am Tisch war, beugte er sich auch über Frau Kemmertöns' Hand, was diese derart erfreute, dass sie sich zurücklehnte und erkennbar darauf einstellte, ein wenig länger hier zu verweilen, als sie ursprünglich vorgesehen hatte. Carolin steckte beide Hände vorsichtshalber unter den Tisch und entging so dem Charme des dickbäuchigen Gerichtsmediziners, Violetta jedoch streckte seinen Lippen sogar die Hand entgegen, sodass er sich das Bücken ersparen konnte. Das erfreute ihn sehr, denn Dr. Hillmot hasste nichts so sehr wie körperliche Bewegung. Obwohl es durchaus den Anschein hatte, dass es ihm diesmal leichtgefallen wäre. Dr. Hillmot liebte die Frauen, daraus machte er keinen Hehl, ließ auch gelegentlich durchblicken, dass er in jungen Jahren ein Casanova gewesen und deshalb nicht dazu gekommen war, sich für eine einzige Frau zu entscheiden. Violettas Anblick schien jedoch mehr in ihm auszulösen als routinierte Komplimente.

»Ich bin entzückt«, behauptete er und sah so aus, als meinte er es ernst.

Dr. Antje Mikkelsen ließ sich widerstrebend in die Küche schieben. Ihre Überraschung, als sie die Tischrunde erblickte, war echt. Vermutlich hatte Dr. Hillmot ihr nicht gestanden, dass er darauf hoffte, im Hause Wolf bewirtet zu werden, nachdem er erfahren hatte, dass die Schwiegermutter des Hauptkommissars auf Sylt zu Besuch war. Was mochte er ihr für einen Grund genannt haben, Erik Wolf zu Hause zu besuchen, statt bei ihm im Polizeirevier vorzusprechen?

»Wir werden selbstverständlich sofort wieder gehen«, verkündete Dr. Hillmot, der genau wusste, dass man ihn zum Bleiben nötigen würde. »Ich wollte nur eben …« Nun wurde er tatsächlich ein wenig verlegen, was Mamma Carlotta noch nie erlebt hatte. »Meine junge Kollegin hat da eine sehr interessante Entdeckung gemacht. Und ich dachte …«

Was er dachte, blieb zunächst ungesagt, denn Dr. Mikkelsen fand es an der Zeit, die Tischrunde zu begrüßen. Ob sie merkte, dass Sörens Gesicht knallrot wurde und er nur mit Mühe ein »Moin« herausbrachte? Mamma Carlotta stellte es natürlich sofort fest, ihr war ja schon am Strand, als sie die Leiche von Amy Wernicke gefunden hatten, klar geworden, dass sie einem neuen Fall von spontaner Verliebtheit auf die Spur gekommen war.

Dass Dr. Mikkelsens Interesse über Sören hinwegging und sich auf eine andere Person richtete, wurde Carlotta erst klar, als sie die erstaunte Stimme der jungen Gerichtsmedizinerin hörte: »Wir haben uns auch schon kennengelernt«, sagte sie, während sie Violetta begrüßte. »Waren Sie das nicht, die …« Sie schien unsicher zu werden. »Das war im Fliegenden Varieté …« Sie wurde verlegen, als wüsste sie nicht, ob sie das peinliche Vorkommnis wirklich erwähnen sollte. Und da Violetta sie nicht verstand und arglos dreinblickte, Mamma Carlotta es vorzog, so zu tun, als dächte sie über die Menüfolge nach, und Erik nicht einsah, dass er sich zu etwas äußern sollte, womit er nichts zu tun haben wollte, versickerte der Satz. Es sah so aus, als wäre Dr. Mikkelsen nicht mehr ganz sicher, ob es tatsächlich Violetta gewesen war, deren Auftritt sie miterlebt hatte.

Während der Begrüßung entstand eine Unruhe, die Mamma Carlotta nutzte, um ihren beiden Enkelkindern mit einem Stoß ihres Ellbogens klarzumachen, dass es besser war, wenn sie jetzt ihre Teller stehen ließen und irgendeine wichtige Erledigung vortäuschten, damit ihre Stühle frei wurden und auf dem Tisch Platz für zwei weitere Teller war. Begeistert waren sie beide nicht, denn die Vorspeise hatte sie nicht satt gemacht und beide wussten, dass von der Hauptspeise nichts übrig sein würde, wenn Dr. Hillmot sich daran bedient hatte. Da waren sie mittlerweile Kummer gewöhnt. Aber sie fügten sich dennoch, weil beide einsahen, dass es in der Küche eng wurde und überdies unbehaglich, weil es jetzt vermutlich um gerichtsmedizinische Fakten gehen würde. Mit seinen Obduktionsergebnissen ging Dr. Hillmot ja immer sehr unbekümmert um und merkte nur selten, dass allen anderen der Appetit verging, wenn er mit vollem Mund über den Mageninhalt eines Toten oder das Sezieren seines Gehirns sprach.

Mamma Carlotta warf Frau Kemmertöns einen Blick zu, aber die reagierte nicht. Im Nachbarhaus war Geselligkeit nicht an der Tagesordnung, Gäste saßen dort selten am Tisch. Frau Kemmertöns schien die interessante Runde zu genießen, von der sie unversehens ein Teil geworden war. Mamma Carlotta wurde unruhig. Hoffentlich wurden jetzt trotzdem alle interessanten Dinge beim Namen genannt, die normalerweise nicht mal der Schwiegermutter des Ermittlers zu Ohren kommen durften. Schlimm genug, dass Violetta am Tisch saß, aber die konnten sie schlecht wegschicken, und sie verstand ja zum Glück nur wenig Deutsch.

»Ich dachte wirklich«, fuhr Dr. Hillmot fort, als er Platz genommen hatte, »dass Sie sofort Bescheid wissen müssen, Wolf. Was Dr. Mikkelsen da herausgefunden hat ...«

Mamma Carlotta wies auf die beiden frei gewordenen Stühle, behauptete, dass ihre Enkel schon seit Stunden einer Fernsehsendung entgegenfieberten, die in wenigen Augenblicken beginnen würde, sorgte für zwei frische Gedecke und stellte die der Kinder in die Spüle. Dabei fiel ihr Blick aus dem Fenster. Wieder ging ein Mann auf der anderen Straßenseite auf die Westerlandstraße zu. Derselbe, den sie kurz vorher gesehen hatte, da war sie ganz sicher. Frau Kemmertöns hatte recht gehabt. Der Mann schien auf und ab zu gehen, als wartete er auf etwas, als brauchte er Zeit, um einen Entschluss zu fassen oder ihn in die Tat umzusetzen. Was hatte das zu bedeuten?

Und jetzt – tatsächlich! – jetzt schien er sich entschlossen zu haben, die Straßenseite zu wechseln. Er kam aufs Haus zu! Vor den Treppenstufen, die zur Eingangstür führten, zögerte er kurz, dann stieg er sie empor, und kurz darauf ertönte das *Wolgalied.*

Frau Dr. Mikkelsen, die gerade berichten wollte, was sie entdeckt hatte, stockte …

Erik wachte langsam auf, sehr langsam. Zunächst mischten sich die Erinnerungen an den vergangenen Abend in seine Träume, dann wurden sie zu Klarheiten, bewahrten aber seinen Glauben, er träume. Schließlich ließ er sie hinter sich und wusste wieder, was geschehen war. Aber wirklich wach war er noch immer nicht. Das merkte er, als er neben sich tastete und wohl tatsächlich erwartet hatte, dass seine Fingerspitzen auf schlafwarme Haut trafen. Diese Erkenntnis reichte aus, um ihn jäh zu wecken. Er richtete sich auf, schob sich ein Kissen in den Nacken und zwang sich, die Augen zu öffnen. Die Gardine bauschte sich, einen frecher Wind drang durch das gekippte Fenster. Er trug Morgenduft herein, salzige Luft und den Geruch der Sonne, die auf Sylt an Zuckerwatte erinnerte. Das hatte jedenfalls Lucia gesagt, als sie das erste Mal in seinem Haus übernachtete. In Umbrien, so hatte sie behauptet, läge Himbeergeschmack auf den Lippen, wenn man mit der Sonne auf dem Gesicht erwachte.

Er lauschte ins Haus hinein. Aus der Küche war bereits leises Rumoren zu hören. Seine Schwiegermutter war wie immer als Erste auf den Beinen. Felix hatte Osterferien, er würde vermutlich bis mittags im Bett liegen, mit Kükeltje am Fußende. Carolin hatte Spätschicht, auch sie würde länger schlafen. Und Violetta? Von ihr wusste er nicht einmal, ob sie überhaupt im Haus war. Bei seiner Rückkehr hatte er kein Licht gesehen, und alles war ruhig gewesen. Vermutlich war sie vor ihm nach Hause gekommen, sonst hätte er Mamma Carlotta in Warteposition vorgefunden. Sie konnte ja immer erst einschlafen, wenn die ganze Familie dort war, wo sie hingehörte. Bis es so weit war, hielt sie meist in der Küche die Stellung, ein Glas Rotwein vor sich, und genoss, wenn sich die Tür endlich öffnete, den Moment, in dem sich herausstellte, dass kein Familienmitglied durch einen Unfall ums Leben gekommen war. Nur bei ihm machte sie eine Ausnahme, weil er ihr einmal verboten hatte, den Zeitpunkt seiner Rückkehr zu kontrollieren. So hatte er es genannt, während sie natürlich diesen bösen Verdacht weit von sich gewiesen und nur von ihrer Sorge um ihn gesprochen hatte. Tatsächlich tat es ihm gut, wenn jemand zu Hause auf ihn wartete, nachdem er zu einem Verbrechen gerufen worden war und womöglich sogar vor einer Leiche gestanden hatte. Lucia hatte dann immer auf ihn gewartet, hatte ihm wortlos ein Glas Wein und ein paar Reste des Abendessens hingestellt. Dann hatte sie gewartet, bis er zu reden anfing, so lange, bis er sich den größten Schreck und das heftigste Entsetzen von der Seele geredet hatte, bis er hoffen konnte, in den Schlaf zu finden. Wenn seine Schwiegermutter es so machte wie Lucia, war er ihr dankbar. Wenn sie ihn jedoch erwartete, wie sie früher ihre halbwüchsigen Söhne erwartet hatte, die gern mit ihren getunten Autos über die Serpentinen rasten, zu viel Alkohol tranken und sich mit den falschen Mädchen abgaben, dann ärgerte er sich. Zum Glück hatte seine Schwiegermutter das mittlerweile verstanden.

Erik stand vorsichtig auf und überprüfte seinen körperlichen Zustand. Müde? Es ging. Kopfschmerzen? Negativ. Glückszustand? Verwirrend. Gefühle? Schwer zu sagen …

Er beschloss, darüber nicht länger nachzudenken, stand auf und ging ins Bad. Unter der Dusche hielt er sich länger auf als sonst, stellte das Wasser mal sehr heiß, dann wieder lauwarm und trocknete sich erst ab, als seine Haut rot und weich geworden war. Der Spiegel war beschlagen, er musste ihn abwischen, ehe er sich betrachten konnte. Aber er sah aus wie immer, nichts hatte sich verändert, wenn man einmal von dem fehlenden Schnauzer absah. Wer ihn nachher anblickte, würde nichts bemerken. Nicht mal seine Schwiegermutter, die ja mit einem sechsten Sinn gesegnet war und sich vieles schon ausmalte, was derjenige, den es betraf, noch nicht einmal ahnte.

Erik hatte Frau Kemmertöns nach dem Eintreffen der beiden Gerichtsmediziner einen langen Blick zugeworfen, der ihr sagen sollte, dass für sie an diesem Abend kein Platz in seiner Küche war. Zwei Kriminalbeamte und die Staatsanwältin! Dann auch noch der Chef der Spurensicherung und am Ende der alte Gerichtsmediziner mit seiner Nachfolgerin! Wieso kam sie nicht auf die Idee, dass sie sich aus Gründen der Diskretion verabschieden musste? Schon was Kommissar Vetterich herausgefunden hatte, war nun wirklich nicht für fremde Ohren bestimmt gewesen. Schlimm genug, dass seine Schwiegermutter so viel von dem mitbekam, was eigentlich streng dienstlich war! Und nun auch noch Frau Kemmertöns? Aber es war Erik nicht gelungen, Vetterichs Bericht hinauszuzögern. Erstens, weil der altgediente Spurenfahnder so schnell wie möglich alles loswerden wollte, damit er das Haus wieder verlassen konnte, und zweitens, weil er vermutlich gar nicht registriert hatte, wer am Tisch saß. Für Vetterich war jede Runde, die aus mehr als drei Gesprächsteilnehmern bestand, bereits unübersichtlich. Dass eine Nachbarin mit großem Interesse seinen neuen Ermittlungsergebnissen lauschte, hatte er augenscheinlich nicht bemerkt. Erik konnte nur hoffen, dass Frau Kemmertöns damit nichts anzufangen wusste. Und zunächst war er selbst ja auch der Meinung gewesen, dass Vetterichs Erkenntnissen keine besondere Bedeutung beigemessen werden musste. Da hatte er eben noch nicht gehört, was Frau Dr. Mikkelsen zu vermelden hatte …

Erik ging ins Schlafzimmer und öffnete den Schrank. Zum ersten Mal hatte auch er Freude daran, dass darin automatisch die Beleuchtung anging, was seine Schwiegermutter jedes Mal in Entzücken versetzt und ihm bis jetzt gleichgültig gewesen war. Eigentlich griff er immer blind hinein und holte heraus, was ihm in die Finger kam, aber an diesem Tag legte er Wert darauf, gut gekleidet zu sein. Warum? Diese Frage gestand er sich nicht zu, und eine Antwort wollte er auf keinen Fall geben.

Er entschied sich für eine unbequeme, aber gut sitzende Jeans und ein helles Hemd mit blauen Knöpfen und blauen Ziernähten. Dann holte er die neuen dunkelblauen Slipper hervor, die er bisher nur einmal getragen hatte, weil sie zu Hause drückten, nachdem sie ihm im Schuhgeschäft bequem erschienen waren.

Obwohl er sich für den Tag rüstete, konnten sich seine Gedanken nicht vom vergangenen Abend lösen. In der Küche war es still geworden, als seine Schwiegermutter zur Tür gegangen war und geöffnet hatte. Jeder wollte hören, was aus der Tischrunde werden würde. Weiterer Besuch, der das dienstliche Gespräch ganz und gar unmöglich machte? Herr Kemmertöns, der seine Frau nach Hause holen wollte? Gäste für die Kinder, die in die erste Etage geschickt werden konnten?

»Mein Name ist Dietmar Tigges«, sagte da eine Stimme. »Ich würde gern Violetta Menardo sprechen.«

Dietmar Tigges? Diesen Namen hatte Erik doch schon mal gehört. Es fiel ihm schlagartig ein, während seine Schwiegermutter in der Diele höfliche Worte von sich gab und Violetta sich so langsam erhob, als wüsste sie nicht genau, ob sie überhaupt aufstehen wollte. Als sie die Brust herausreckte und die Kinnspitze hob, als suchte sie nach der richtigen Position für die ersten Tanzschritte, hatte Erik seine Überraschung überwunden. Damian Staufer hatte sich mit dem Namen Dietmar Tigges im Hotel eingeschrieben. Du lieber Himmel! Was wollte er bei ihm?

Die Staatsanwältin hatte ihn fragend angesehen, sie schien zu spüren, dass er wusste, wer in wenigen Sekunden in die Küche treten würde.

»Damian Staufer«, flüsterte er ihr zu und sah aus den Augenwinkeln, dass Frau Kemmertöns, die gerade ihren Körper gelüftet hatte, um die Höflichkeit über ihre Neugier siegen zu lassen, sich zurücksinken ließ. Die Neugier hatte gewonnen.

Damian Staufer hatte auch diesmal alles getan, um nicht

erkannt zu werden. Seine Haare waren unter einer Mütze versteckt, die er sich tief in die Stirn gezogen hatte, und er trug eine Sonnenbrille, die er nur zögernd abnahm. Und das wohl auch nur deshalb, weil er merkte, dass seine Verkleidung überflüssig war.

»Damian!« Violetta stieß seinen Namen hervor wie eine Lokomotive ein Alarmsignal. »Was machst du denn hier?«

»Dieselbe Frage wollte ich dir auch stellen.« Damian Staufer sah sich um, blickte in weit aufgerissene Augen und offene Münder. Aber daran war er wohl gewöhnt. »Tut mir leid, dass ich störe.« Dann erkannte er Erik, und nun war es an ihm, die Augen aufzureißen und Mund und Nase aufzusperren. »Sie?«

Erik erhob sich, kam um den Tisch herum und begrüßte ihn. »Sie wussten nicht, dass ich ein Verwandter von Violetta bin?«

Damian Staufer hatte nun auch Sören und die Staatsanwältin erkannt. »So ist das also«, stieß er hervor. »Dann brauche ich mich ja nicht zu wundern, dass die Polizei so gut informiert ist.«

Der Blick, den er Violetta zuwarf, war alles andere als freundlich. Sie sank auf ihren Stuhl zurück, als wäre auf sie gezielt worden, der Schuss aber zum Glück danebengegangen.

Mamma Carlotta witterte Unfrieden, redete vom Wetter, das auf Sylt noch kalt war, während in ihrer Heimat längst der Frühling angebrochen war, holte in Windeseile ein weiteres Gedeck aus dem Schrank und ließ die grünen Ranken, mit denen Violetta den Tisch geschmückt hatte, unauffällig verschwinden, weil sie störten. Dann versuchte sie, Frau Kemmertöns zu hypnotisieren, damit sie sich endlich verabschiedete, und nahm, als das misslang, dankend das Angebot von Sören an, der seinen Stuhl für Damian Staufer frei machte. Dieser sträubte sich zwar, suggerierte Violetta, ihn bitte aus dieser Tischrunde zu befreien, gab aber schnell auf, als er erkannte, wer die Herrscherin in dieser Küche war: Mamma Carlotta ließ keine Widerrede gelten. Sie beteuerte, es sei eine große Ehre für sie, einen

Filmstar an ihrem Tisch sitzen zu haben, klagte, dass sie sich beim Kochen nicht genug Mühe gegeben habe, weil sie nicht hatte ahnen können, dass sie ihr bescheidenes Mahl einem Prominenten würde vorsetzen dürfen, legte ihm die letzte Zucchini-Piccata auf den Teller, kratzte das restliche Tomatenkompott von der Servierplatte und legte es daneben. Dann machte sie sich am Herd zu schaffen, um schleunigst die Nudeln für das Primo zu kochen, damit das Essen weitergehen konnte und die Gäste nicht vor leeren Tellern und Schüsseln saßen. »Dio mio!«

Während Carlotta die Bandnudeln so hastig ins kochende Wasser warf, dass Frau Kemmertöns zur Seite rückte, um nicht verbrüht zu werden, wollte Erik nach dem Grund von Damian Staufers Besuch fragen, kam aber nicht zu Wort, weil Dr. Hillmot soeben auch erkannt hatte, dass er es mit einem Prominenten zu tun hatte. Er konnte sogar zeigen, wie gut er über Damian Staufers Filmografie Bescheid wusste, und redete lang und breit über dessen letzte Rolle im *Tatort,* den Dr. Hillmot am Sonntagabend nur dann versäumte, wenn ihm eine Leiche dazwischenkam. Damian Staufer lächelte, bedankte sich und ließ dann seinen Blick auf Dr. Antje Mikkelsen ruhen, durch deren Erscheinen Sören komplett verstummt war. Erik glaubte sogar, dass sein Assistent, wenn er in diesem Moment zu ihren beiden Mordfällen befragt worden wäre, nicht einmal die Namen der Opfer auf die Reihe bekommen hätte.

Damian Staufer schien sich genau wie Kommissar Vetterich damit abgefunden zu haben, dass sein eigentlicher Wunsch, ein Gespräch mit seiner Haushälterin zu führen, nur über den Verzehr der Vorspeise ging. Er würdigte Violetta keines Blickes mehr, sondern wandte sich der jungen Gerichtsmedizinerin zu. »Sie kommen mir bekannt vor. Habe ich Sie nicht neulich mit Flora Engelbeck zusammen gesehen?«

»Kann schon sein. Wir kennen uns flüchtig.« Dr. Mikkelsen schien am wenigsten von Damian Staufers Prominenz beeindruckt zu sein. Sie lächelte nur unverbindlich und sah eher belustigt als fasziniert aus. Das lag sicherlich auch daran, dass Damian Staufer in dieser Küche die Hauptrolle in einer Komödie zu spielen schien, die er sich selbst wohl nicht ausgesucht hätte. Er saß da, eingequetscht zwischen dem dicken Gerichtsmediziner und Sören, mit einem Besteck, das er betrachtete, als könnte er sich nicht erklären, wie es in seine Hände geraten war, und mit einer Verwirrung im Gesicht, die zu gut war, um gespielt zu sein.

»Ich wollte eigentlich nur ...«, versuchte er es noch einmal, brach aber gleich wieder ab, als sich die Tür erneut öffnete.

Offenbar hatten Carolin und Felix mitbekommen, wer geklingelt hatte. Beide erschienen in der Küche, die Augen voller Neugier, die Gesichter so harmlos, als hätte sie nur der Hunger hergetrieben.

»Herr Tigges!« Carolin zeigte, dass sie Insider war und Diskretion zu ihrem Geschäft gehörte. »Wie schön, Sie zu sehen.« Sie war im Nu in die Rolle der Hotelkauffrau geschlüpft und sorgte mit einem Stoß ihres rechten Ellbogens dafür, dass Felix den Schauspieler nicht gleich mit einem Autogrammwunsch verschreckte.

Damian Staufer blieb erneut der Mund offen stehen. »Ich kenne Sie doch. Sie arbeiten im Horizont.«

Dass er auf der Insel quasi mit der ganzen Familie des leitenden Ermittlers zu tun hatte, ohne es zu ahnen, machte ihn fassungslos – und auch ein bisschen misstrauisch. Er warf Violetta einen Blick zu, als wollte er ihr jetzt schon klarmachen, dass er später eine gute Erklärung für diesen merkwürdigen Umstand haben wollte.

Kommissar Vetterich bereitete verzweifelt seine Flucht vor, aber das bekam niemand mit, alle Aufmerksamkeit war auf den prominenten Gast gerichtet. Doch da Carolin und Felix die Tür nicht wieder geschlossen hatten, war der Leiter der KTU auf seiner linken Seite hinter dem Türblatt und auf der rechten von

Dr. Hillmots breiter Bedeutsamkeit gefangen. Seine Versuche, die Tür unauffällig mit dem Zeigefinger Richtung Schloss zu bewegen, waren nicht von Erfolg gekrönt. Felix blockierte den Eingang so lange, bis Carolin auf die Idee kam, einen Hocker aus dem Gäste-WC und eine Blumenbank aus dem Wohnzimmer zu holen, damit sie und ihr Bruder ebenfalls am Küchentisch Platz fanden. Dass sie von der Nonna weggeschickt worden waren, wollten sie unbedingt vergessen. Ein Abendessen zusammen mit Damian Staufer ließ sich schließlich niemand gern entgehen.

Von da an war es derart eng, dass Vetterich die Hoffnung auf einen überstürzten Rückzug aufgab und sich damit abfand, die lästige Gastfreundschaft noch länger ertragen zu müssen …

Erik musste lächeln, als er an den Vorabend dachte, ging die Treppe hinunter und öffnete die Küchentür. Wie zu erwarten, war der Frühstückstisch gedeckt, seine Schwiegermutter würfelte den Schinken fürs Rührei, die Pfanne stand schon auf dem Herd, die Flasche mit dem Olivenöl daneben.

»Buon giorno, Enrico!« Sie ging zur Kaffeemaschine und drückte auf die Tasse, die zwei starke Espressi produzierte. »Was war das für ein verrückter Abend! Non è vero?«

Er ließ sich auf einen Stuhl sinken. »Frau Kemmertöns hat viel zu viel mitbekommen. Kannst du sie bitte noch einmal daran erinnern, dass sie nicht darüber reden darf?«

»Naturalmente, Enrico.«

Erik seufzte. Es war nur gut, dass die Staatsanwältin dabei gewesen war. Sie war schließlich die Herrin der Ermittlungen, auch sie hatte nicht verhindert, dass in der Gegenwart von Außenstehenden über dienstliche Angelegenheiten geredet worden war. Manchmal hatte er tatsächlich das Gefühl, dass sie ihre komplette Dienstauffassung vergaß, wenn sie sich in seiner Küche im Kreise seiner Familie aufhielt. Jedenfalls hatte auch Tilla Speck hingenommen, dass Frau Kemmertöns sich mit großen Augen anhörte, was Kommissar Vetterich zu berichten hatte. Oder vielmehr … Tilla hatte wohl wie alle anderen vergessen, dass die Nachbarin am Tisch saß. Die Runde war unübersichtlich geworden, und auch sie hatte sich mittlerweile daran gewöhnt, dass in seiner Küche genauso viel über Dienstliches gesprochen wurde wie im Büro.

»Besonders in eurem Häkelclub«, ergänzte Erik.

»Naturalmente, Enrico.«

Er wollte noch anfügen, dass eigentlich auch seine Schwiegermutter in diesem Fall nichts hatte erfahren dürfen, um sie nicht in Versuchung zu bringen, am Nachmittag bei Floras Charity das eine oder andere Wort fallen zu lassen, aber das unterließ er. Mamma Carlotta wäre tödlich beleidigt gewesen. Sie hielt sich ja für verschwiegen. Dass sie die Einzige mit dieser Meinung war, konnte sie noch immer nicht glauben.

»Du bist sehr spät nach Hause gekommen«, sagte sie nun und machte mit dem Schinkenwürfeln weiter. Vermutlich, weil sie ihm dabei den Rücken zudrehen konnte.

»Ich hatte mit Tilla einiges zu besprechen, was nun wirklich vertraulich war.«

»Ohne Sören?«

Sie merkte, dass sie ihren Schwiegersohn mit dieser Frage verärgert hatte. Aber er sollte ruhig wissen, dass er ihr nichts vormachen konnte. Am späten Abend, nach dem Secondo und dem Dolce ans Meer gehen, um über Dienstliches zu reden? Che assurdità! In der Nacht ging man ans Meer, so wie man in Umbrien in den Weinberg stieg. Natürlich, um die romantische Stimmung zu genießen, das war doch wohl klar. Sie hatte das selbstverständlich gleich gespürt, sich aber nichts anmerken lassen. Schließlich war sie sehr diskret, in jeder Lebenslage. Das wurde ihr zwar von ihren Familienangehörigen ständig abgesprochen, aber gestern Abend hätte jeder sehen können, wie taktvoll sie war.

»Madonna!«, seufzte sie. »Ein Filmstar in unserem Haus!

Und ich hatte keinen frischen Spinaci gekauft, sondern eine Packung Tiefkühlspinat.«

»Das interessiert doch niemanden«, knurrte Erik. »Ist Violetta überhaupt schon zurück?«

Mamma Carlotta fuhr herum. »Es ist heller Morgen, Enrico! Du hältst es für möglich, dass meine Cousine noch nicht zurückgekommen ist? Dann hätte ich längst deine Kollegen alarmiert.«

»Wie lange war sie weg?«

»Nicht so lange wie du.« Ob Erik merkte, dass ihre Antwort eine kleine Anzüglichkeit enthielt? »Aber lange genug, um mir Sorgen zu machen. Damian Staufer war sehr wütend auf Violetta.«

»Kennst du jemanden, der nicht wütend auf Violetta ist? Sie bringt einfach jeden auf die Palme.«

»Enrico!«

»Ist doch wahr! Ich kann Staufer verstehen. Von seiner Haushälterin sollte man Loyalität erwarten können. Und was tut sie? Sie kommt auf Sylt an und beschuldigt ihn, Thomann umgebracht zu haben. Er hat mich, als ich ihn vernahm, gleich gefragt, wie ich auf ihn gekommen bin.«

»Und dann hat er Violetta in Wenningstedt gesehen«, fügte Mamma Carlotta an, schlug die Eier in eine Schüssel und verrührte sie. »Da konnte er sich denken, wie du auf ihn gekommen bist.«

Erik machte sich einen weiteren Espresso. Als das Mahlwerk der Maschine nicht mehr dröhnte und der Kaffee geräuschlos in die Tasse tropfte, sagte er: »Staufer hat sich schwergetan, einfach hier zu klingeln. Ich werde gleich noch mal zu ihm gehen. Ins Hotel. Er verheimlicht uns etwas! Und ich glaube, jetzt, wo er weiß, dass seine Haushälterin eine Verwandte von mir ist, wird er gesprächiger sein. Vieles von dem, was er aussagt, lässt sich jetzt besser nachprüfen, das muss ihm klar geworden sein. Ich brauche nur Violetta zu fragen. Mir scheint, er hat uns was verschwiegen. Dass er nach seiner Ankunft auf Sylt mit Amy Wernicke reden konnte, hat er ja bereits zugegeben. Thomann war angeblich schon tot.«

Mamma Carlotta rührte die Eier noch heftiger. Zu dumm, dass Erik nicht mehr hatte nachfragen können, weil Frau Kemmertöns noch immer nicht bereit gewesen war, ihren Horchposten zu verlassen. Sie hatte sogar um eine weitere Portion Latte dolce fritto gebeten, als eine Stille eingetreten war, in die eigentlich nur ein Satz gepasst hätte: Ich glaube, ich sollte jetzt gehen.

Nur gut, dass Herr Kemmertöns schließlich angerufen und sich nach seiner Gattin erkundigt hatte. Es war schon mehrfach vorgekommen, dass Frau Kemmertöns mit einem unbedeutenden Ansinnen ins Nachbarhaus gegangen und erst viel später, voll mit Vino und Grappa, zurückgekommen war. Er ging nicht mehr gern schlafen, wenn er befürchten musste, dass seine Frau nebenan zusammen mit der Schwiegermutter des Hauptkommissars über die Stränge schlug.

Frau Kemmertöns hatte nach dem Anruf ihres Mannes so ausgesehen, als hoffte sie darauf, jemand würde sie zurückhalten, aber als alle Anwesenden nickend Verständnis für ihren besorgten Mann signalisiert hatten, war ihr nichts anderes übrig geblieben, als das Haus der Wolfs zu verlassen. Mit überschwänglichem Dank für den außerordentlich interessanten Abend!

Da es, als sie sich erhob, notwendig wurde, dass auch andere aufstanden, damit sie in der Enge zur Tür gelangen konnte, fand Vetterich endlich die Gelegenheit, sich ebenfalls zu verabschieden. Mit großer Erleichterung, woraus er längst keinen Hehl mehr machte.

»Grazie tante«, rief Mamma Carlotta, während Erik nur ein einfaches »Danke« von sich gab. »Mein Schwiegersohn hat sich sehr gefreut, dass Sie extra vorbeigekommen sind.«

Das hatte Erik unkommentiert gelassen, dem bis zu diesem

Moment noch keine Erklärung für die Spuren am Baum vor dem Fenster des ersten Opfers gekommen war.

Damian Staufer hatte Violetta schon nach dem Secondo einen Wink gegeben: »Wir müssen miteinander reden.«

Violetta hatte sich noch eine Weile damit herausgeredet, dass sie zu wenig Deutsch verstand, um seine Aufforderung zu begreifen, dann fand sie, dass er viel zu schlecht Italienisch sprach, um zu verstehen, was er von ihr wollte, aber kurz darauf war Mamma Carlotta als Übersetzerin eingesprungen, und Violetta konnte sich nicht mehr dagegen wehren, ein Gespräch unter vier Augen mit ihrem Arbeitgeber zu führen.

»Ein kleiner Spaziergang wird uns nach dem Essen guttun«, hatte Staufer gesagt und Mamma Carlotta hoch und heilig versprochen, ihre Cousine wieder vor der Haustür abzuliefern, damit ihr im Dunkeln nichts passierte.

Carolin und Felix hatten zusammen mit Damian Staufer die Küche verlassen. Mit ihm war alles Unterhaltsame verschwunden, die dienstlichen Gespräche ihres Vaters interessierten sie nicht. Endlich hatte Erik die Frage stellen können, die ihn seit dem Erscheinen von Dr. Hillmot und Frau Dr. Mikkelsen auf den Lippen lag. Die Frage, die auch Mamma Carlotta bewegte, die sie ihrem Schwiegersohn am liebsten abgenommen hätte ...

Er hatte sich mit großer Liebenswürdigkeit der jungen Ärztin zugewandt. »Was haben Sie herausgefunden?«

Bevor Antje Mikkelsen antworten konnte, hob Dr. Hillmot noch einmal an, ihre Kompetenz zu loben, und verlieh seiner Freude Ausdruck, dass gerade diese junge Frau seine Nachfolge antreten wolle ... dann endlich kam sie dazu, eine Antwort zu geben: »Ich habe beide Opfer noch einmal untersucht.« Sie warf Dr. Hillmot einen Blick zu, mit dem sie sich wohl entschuldigen wollte. »Natürlich nicht, um Dr. Hillmots Arbeit zu kontrollieren, sondern nur ...« Sie stockte und sah ausgerechnet Sören an, dessen stets rotbäckiges Apfelgesicht sich noch dunkler färbte. »Ich habe noch viel zu lernen«, sagte sie schlicht, »und habe mir deswegen die Toten ein zweites Mal auf den Tisch geholt.«

Dr. Hillmot tätschelte ihren Arm, um ihr zu zeigen, dass sie alles richtig gemacht hatte. »Gut, dass mein Ruhestand gekommen ist. Mir hätte das selbst auffallen sollen.«

Dr. Mikkelsen fuhr mit leiser Stimme fort: »Beide Opfer, Gunnar Thomann in seinem Hotelzimmer, und Amy Wernicke am Strand, sind erstochen worden. Oder vielmehr … sie sind mithilfe eines Messers ums Leben gekommen.«

Die Staatsanwältin horchte auf. »Wo ist der Unterschied?«

»Mir ist aufgefallen, dass die Waffe, also das Messer, nicht mit großer Kraft geführt worden ist. Dass die beiden Opfer dennoch sofort tot waren, lag daran, dass das Messer jedes Mal mit großer Präzision gehandhabt worden ist.«

»Also wirklich eine Frau?«, fragte Erik, während Sören nur hingebungsvoll an Antje Mikkelsens Lippen hing. »Eine, die sich auskennt?«

Sie schüttelte den Kopf. »Vielleicht, vielleicht auch nicht.« Sie sah einen nach dem anderen an, ehe sie anfügte: »Ich bin davon überzeugt, dass das Messer geworfen wurde. Dazu passen auch die Erkenntnisse von Kommissar Vetterich.«

Erik blieb der Mund offen stehen. »Ein Messerwerfer?«

»Einer, der sein Handwerk versteht.«

Die Staatsanwältin sprang auf, als hielte sie nichts mehr auf ihrem Stuhl. »Der ist also auf den Baum geklettert und dann …?« Sie führte den Satz nicht zu Ende. »Und Amy Wernicke hat er am Strand aufgelauert, mit einem Messer im Ärmel?«

»Sie musste nur kurz stehen bleiben«, bestätigte Erik. »Jeder tut das mindestens einmal, wenn er am Morgen den Strand entlangläuft. Wenn die Sonne aufgeht, ist es herrlich dort. Amy Wernicke war zwar besessen vom Sport, aber ein Sonnenaufgang auf Sylt …«

Endlich trug Sören mal wieder etwas zum Gespräch bei: »… der lässt niemanden kalt.«

»Sie bleibt also stehen, sieht aufs Meer hinaus …«, sagte Erik. »Vielleicht hat der Täter sich als Jogger getarnt, bleibt in einiger Entfernung ebenfalls stehen, sodass er keine Gefahr für sie darstellt … er scheint wie sie das Morgenlicht zu genießen … und dann …!«

Sören fuhr fort: »Er zieht sie in die Dünen, nimmt ihr das Handy ab und joggt weiter. Diesmal hat er das Messer mitgenommen. Das war beim ersten Mord ja nicht möglich.«

Mamma Carlotta hatte bis dahin nur atemlos zugehört. Jetzt ging sie in die Vorratskammer und holte eine Flasche Grappa heraus. So was war ja nur mit Alkohol zu ertragen. Da reichte ein harmloser Rotwein bei Weitem nicht aus.

»Ein Messerwerfer aus dem Zirkus?«, fragte sie, während sie Gläser aus dem Schrank holte und erfreut feststellte, dass niemand den Grappa zurückwies.

»Zirkus?«, wiederholte die Staatsanwältin, schüttelte dann aber den Kopf. »Der Inselzirkus hat noch nicht geöffnet. Und Messerwerfer gibt's dort sowieso nicht.«

Erik nahm seiner Schwiegermutter die Grappaflasche aus der Hand und goss selber ein, als traute er ihr nicht zu, beim Eingießen eine Frage zu beantworten. »Habt ihr im Fliegenden Varieté einen Messerwerfer gesehen?«

»Nein.« Mamma Carlotta hatte das Glas gehoben. »Salute!«

So also war der Vorabend verlaufen. Erik sah aus dem Fenster. »Sören kommt heute aber spät.«

»Tilla auch«, gab Mamma Carlotta zurück. »Aber das ist ja kein Wunder.« Sie warf ihm einen Blick zu, den er nicht zu deuten verstand. »Erstaunlich, wie frisch du aussiehst. Dabei hast du höchstens fünf Stunden geschlafen.«

Erik verdrehte die Augen. Sie hatte natürlich mitbekommen, wann er nach Hause gekommen war. Angeblich rein zufällig, weil sie gerade in dem Moment, in dem er die Haustür aufgeschlossen hatte, wach geworden war. Der Hund eines Nachbarn hatte gebellt, dadurch war sie aufgeschreckt worden. Andererseits war ihm schon beim Heimkommen klar gewesen, dass er ihr am Morgen nicht würde weismachen können, er habe die Staatsanwältin in ihr Hotel gebracht und wäre dann auf direktem Wege zurückgekehrt. Dafür hätte er nicht länger als eine halbe Stunde gebraucht und dann hätte er seiner Schwiegermutter noch beim Aufräumen helfen und mit ihr einen Schlummertrunk nehmen können.

»Wir hatten einiges zu besprechen. Die Aussage von Frau Dr. Mikkelsen wirft ja ein ganz neues Licht auf die beiden Mordfälle.«

»Ihr habt euch also an den Strand gesetzt und überlegt, ob einer von euch einen Messerwerfer kennt?«

»Woher weißt du …?« Er biss sich auf die Lippen. Da war er also prompt auf ihre Art zu fragen hereingefallen. Lucia hatte ihm früher oft erzählt, wie geschickt ihre Mutter die Wahrheit aus den Kindern herausfragen konnte. Zum Beispiel, indem sie vorgab, etwas zu wissen, was sie höchstens erahnte.

»Ja, wir waren noch kurz am Strand«, gab er ärgerlich zu. »Danach habe ich Tilla zum Hotel gebracht.«

Er rief im Revier an und bekam Enno Mierendorf an den Apparat. Der Polizeimeister erhielt den Auftrag, sich über Messerwerfer zu informieren. »Es gibt Agenturen, die Artisten vertreten und vermitteln. Da müssten wir fündig werden. Wie viele professionelle Messerwerfer mag es in Deutschland geben? Viele können es nicht sein. Der Messerwerfer muss sehr gut sein. Er hat millimetergenau getroffen.«

Erik ging in den Garten, obwohl es noch kühl war und er keinen Pullover trug. Aber jetzt brauchte er das Kalte, Klare der Sylter Luft. Sie konnte seine Erinnerungen an den vergangenen Abend aufwirbeln und neu ordnen, konnte den Gedanken an die kleine weiche Hand, an die vorwitzige Locke, die ihn gekitzelt hatte, an den fremden Duft und all das merkwürdig Vertraute, das beim Aufwachen noch dunkel und verschwommen gewesen war, kristallklar und hell machen.

Sie waren über den Parkplatz von Gosch zur Kliffkante gegangen, dann hatten sie eine Weile auf der oberen Stufe der neuen Treppe gestanden. In ihrem Rücken hatte es noch Licht gegeben, aber das Meer war schwarz gewesen, nur die auslaufende Brandung hatte sich gezeigt, wie sie mit weißen, gischtigen Fingern auf den Strand griff. Die Staatsanwältin hatte seine Hand genommen, und gemeinsam waren sie die Treppe hinabgestiegen. Wie am Nachmittag, aber diesmal zu zweit, diesmal ohne laute Stimmen, ohne hektisches Erlebenwollen um sie herum.

Sie hatten sich in einen Strandkorb gesetzt, der so nah an der Wasserkante stand, dass er gelegentlich von einer auslaufenden Welle erreicht wurde. Tilla Speck hatte dann jedes Mal die Beine hochgezogen und gekichert. Erik war der Gedanke durch den Kopf geschossen, dass er sie noch nie so hatte kichern hören. Wie ein junges Mädchen, das auf einen aufwühlenden Moment mit Albernheit reagierte, weil es in angemessenen Reaktionen noch nicht geübt war. Konnte es sein, dass dies ein aufwühlender Moment für die Staatsanwältin Dr. Tilla Speck war?

Es hatte ihn Mühe gekostet, dienstlich zu bleiben. Erst recht, als sie sich an seine Seite lehnte und er schon glaubte, sie würde ihren Kopf auf seine Schulter legen.

»Vielleicht sollten wir im Fliegenden Varieté nachfragen«, hatte er geflüstert. »Der Direktor kennt sich in der Szene aus. Sicherlich hat er schon mal einen Messerwerfer engagiert.«

»Und der ist dann unser Mörder?«

Er konnte ihr Gesicht zwar nicht sehen, aber er war dennoch sicher, dass sie nun so lächelte, wie es ihn früher oft geärgert hatte, herablassend oder ein wenig geringschätzig. Diesmal war es ihm egal.

Und dann hatte sie tatsächlich ihren Kopf auf seine Schulter gelegt – und er seine Wange auf ihr Haar. Erik konnte nicht mehr sagen, wie lange sie so gesessen hatten. Jetzt, am Morgen, glaubte er, es müsste eine kleine Ewigkeit gewesen sein.

Irgendwann hatte er gefragt: »Was bin ich für dich?« Und als sie nicht geantwortet hatte: »Spielst du mit mir?«

Ihre Antwort war entwaffnend gewesen. »Nein!« Nicht mehr. Nur dieses Nein, keine Erklärung, keine Ergänzung. Nein! Und er glaubte ihr. Ja, er war sicher, dass sie nicht mit ihm spielte. Aber was geschah dann zwischen ihnen?

In ihrer Nähe erschienen zwei Paare, von denen sie nicht bemerkt wurden. Die vier unterhielten sich laut, riefen gegen den Wind an, lachten die Stille weg und drückten mit ihren Stimmen jeden Windstoß zu Boden. Tilla Speck nahm den Kopf von seiner Schulter und richtete sich auf. Erik sorgte durch eine kleine Korrektur seiner Haltung dafür, dass zwischen ihnen eine Lücke entstand. Das Besondere war vorbei, sie waren wieder Kriminalhauptkommissar und Staatsanwältin. Die kleine Besonderheit, die noch blieb, war nur, dass sie bei Dunkelheit in einem Strandkorb miteinander sprachen. Und als die Staatsanwältin wortlos über seine Oberlippe strich, änderte sich nichts mehr daran. Was wollte sie ihm zeigen? Anerkennung, weil er sich von dem altmodischen Schnauzer getrennt hatte? Oder Missbilligung, weil er sich zu einer Veränderung entschlossen hatte? Er wusste es nicht.

»Was hältst du von Damian Staufer?«, fragte Tilla Speck.

Erik war um eine Antwort verlegen. »Ein Messerwerfer ist er jedenfalls nicht.«

»Er hat mal in einer Zirkus-Serie mitgespielt. Vor Jahren, als er noch nicht bekannt war. Jeden Freitagabend im Ersten. Die Serie spielte in einem echten Zirkus, die Schauspieler haben mit den Artisten zusammengearbeitet. Hast du nie davon gehört?«

Nein, Erik hatte keine Ahnung. Er saß selten vorm Fernseher, und Serien interessierten ihn sowieso nicht. »Warum hast du das vorher nie erwähnt?«

Tilla lachte leise. »Ich wusste nichts von einem Messerwerfer. Ich habe mir nur genau angesehen, was deine Mitarbeiter recherchiert haben.«

»Die, die angeblich zu nichts taugen?«

Erneut griff sie nach seiner Hand. »Tut mir leid, das war dumm von mir. Verzeih mir bitte.«

Ihre Entschuldigung war so einnehmend, dass er sofort kapitulierte und kein Wort mehr darüber reden wollte. »Du meinst«, lenkte er ab, »Damian Staufer könnte während der Filmarbeiten das Messerwerfen gelernt haben?«

»Möglich wäre es.«

Erik zweifelte: »Der Messerwerfer muss exzellent gewesen sein. Der hat auf eine Entfernung von mehreren Metern exakt getroffen. Millimetergenau!«

»Du hast recht, da muss man ständig in Übung sein.«

Das Schweigen, das folgte, sorgte bei Erik für Entspannung. Ihm wurde klar, dass in ihm alles weich und schmiegsam geworden war, als er sich mit der Staatsanwältin in den Strandkorb setzte, und dass er jetzt wieder angespannt war. Erst als die beiden Paare sich an der Wasserkante von ihnen entfernten, als er sich wieder mit Tilla Speck allein fühlen durfte, konnte er sich wieder fallen lassen, und er merkte, dass auch sie sich erneut entspannte. Ihr Körper wurde schwerer, die Dynamik, die Erik oft an die körperliche und emotionale Kraft seiner Schwiegermutter erinnerte, schien von ihr abzufallen. Obwohl er sie nicht ansah und nicht wusste, ob ihr Gesichtsausdruck weich oder gesammelt, träumerisch oder wachsam war, glaubte er, dass sie die Augen geschlossen hielt. Die Stille, die entstand, tat ihm gut, sie passte zu diesem Augenblick.

Deswegen erschrak er, als sie fragte: »Warum kannst du mich nicht ausstehen, Erik?« Das kam so leise, dass Erik den Worten erst Silbe für Silbe nachgehen musste, bis er sicher war, dass die Staatsanwältin sie tatsächlich ausgesprochen hatte.

»Ich …« Er merkte, dass er lange brauchen würde, um zu

erklären, wie es ihm mit ihr ging, wie es ihm lange gegangen war, wie es ihm jetzt ging, wenn er an sie dachte und mit ihr zusammenarbeitete. »Das stimmt nicht«, brachte er schließlich nur heraus – und schämte sich, weil er log und weil er wusste, dass sie ihm nicht glauben würde. »So ist es nicht«, versuchte er abzuschwächen. »Nur …«

»Ich hab's dir ja auch nicht leicht gemacht.«

Erik war ihr dankbar für diesen Einwurf. Die Erkenntnis, dass sie es für möglich hielt, einen Anteil daran zu haben, dass die Beziehung zwischen dem Polizeirevier Westerland und der Staatsanwaltschaft Flensburg nicht zum Besten stand, gab ihm Mut. »Ich konnte es nie leiden, wenn du angerufen hast, ohne deinen Namen zu nennen. Und das Telefonat beendet hast, ohne dich zu verabschieden.«

Sie rückte ungläubig von ihm ab. »Das hat dich gestört?«

Nun konnte Erik ihr ins Gesicht sehen. »Natürlich. So was ist unhöflich.«

»Warum hast du mir das nie gesagt?«

Am liebsten hätte er geantwortet, dass ein Mensch, der ein gesundes Einfühlungsvermögen besaß, so etwas nicht gesagt bekommen musste. Der wusste oder spürte zumindest, wenn er einen anderen verletzte. »So was hat mit Herzensbildung zu tun«, sagte er, plötzlich mutig geworden.

Ihre Stimme war jetzt wieder ganz leise. »Gunnar hat mir auch einmal vorgeworfen, dass ich so barsch bin, dass ich kein Feingefühl im Kontakt mit meinen Mitmenschen besitze. Aber er hat nicht nur das bemerkt, sondern noch etwas anderes. Er hat mir auf den Kopf zugesagt, dass ich vor allem dann so bin – so borstig, schnodderig und schroff, wenn ich verliebt bin. Je lieber mir jemand ist, desto ungehobelter werde ich. Mir war das gar nicht klar, und Gunnar habe ich es nicht geglaubt. Aber eine Freundin hat es mir auch mal erklärt, seitdem könnte ich mir vorstellen, dass da etwas dran ist.«

Erik saß da wie erstarrt. Was wollte sie damit sagen? Hatte er sie richtig verstanden, hatte er ihre Worte so interpretiert, wie sie gemeint waren? Oder war es möglich, dass er etwas falsch deutete und sich lächerlich machte, wenn er nun von Gefühlen sprach, während Tilla vielleicht etwas ganz anderes meinte?

Er war stocksteif sitzen geblieben, hatte nicht gewagt, sich zu bewegen, hätte am liebsten sogar das Atmen eingestellt. Auch innerlich war etwas komprimiert worden, hatte sich etwas verdichtet, was bis dahin leicht und locker und sogar lange völlig unbemerkt geblieben war.

Er hörte das Geräusch der Terrassentür, die er hinter sich geschlossen hatte, um der Morgenkälte den Weg ins Haus zu versperren, und dann Schritte im Gras. Er wusste, wer auf ihn zukam, ohne sich umzudrehen.

»Guten Morgen«, sagte er leise, kurz bevor die Person zu ihm trat.

»Moin, Erik.« Die Staatsanwältin schob zur Begrüßung ihre Hand in seine, ohne sie zu drücken. Er rechnete damit, dass sie sich auf die Zehenspitzen heben würde, um ihm die Begrüßungszeremonie aufzuzwingen, die er nicht mochte, diese Luftküsse, mit denen sich sogar Fremde begrüßten, die ihm affektiert erschienen, die eine Herzlichkeit vortäuschten, die nicht da war, und für echte Herzlichkeit zu banal war. Ihre Hand in seiner, ja, das gefiel ihm.

Er wandte sich ihr zu und betrachtete sie lächelnd. An diesem Morgen trug sie die Haare offen, sie fielen ihr auf die Schultern, was sie jünger machte, unbekümmert und verspielt. Sie trug eine dunkle Jeans, die noch enger war als seine eigene, eine sportliche weiße Bluse und darüber einen himmelblauen Hoodie. Ihre Stiefeletten hatten hohe Pfennigabsätze, sodass sie sich auf Zehenspitzen bewegen musste, um nicht im weichen Boden einzusinken. Sie duftete wie eine Wiese, die gerade gemäht worden war, ihre Lippen glänzten, ihre Wangen schimmerten. Ob es sich um das Ergebnis einer raffinierten Kosmetik handelte, konnte er nicht beurteilen, aber er wusste, dass sie hübsch aussah und dass es ihm gefiel.

Er legte den Arm um sie und drückte sie kurz an sich. »Es war schön gestern Abend.«

»Ja, sehr schön.«

Zwei, drei Atemzüge lang war es still auf Sylt, dann flog eine Möwe schreiend über sie hinweg, der Wind schüttelte die Äste des Kirschbaums, aus dem Nachbarhaus drang ein Ruf, auf der anderen Seite, bei den Kemmertöns, wurde in der ersten Etage ein Fenster geöffnet.

»Herr Kretschmer ist gerade gekommen. Ich soll dich zum Frühstücken holen.«

Sein Lächeln vertiefte sich, er griff nach Tillas Hand. »Dann lass uns reingehen. Wir müssen überlegen, wie wir diesem Messerwerfer auf die Spur kommen.«

Während sie ins Haus gingen, wurde aus Tilla Speck mit den schulterlangen Haaren und dem jugendlichen, unkonventionellen Hoodie prompt wieder die Staatsanwältin. »Wir sollten nach List fahren. Der Direktor vom Fliegenden Varieté kennt bestimmt einige Messerwerfer. Er wird uns vielleicht helfen können.«

»Erst mal schauen, ob Enno und Rudi etwas herausgefunden haben.«

»Carlotta hat noch einiges von der Latte dolce fritto übrig behalten. Sie brät sie gerade, statt Rührei.«

Erik wusste nicht, warum er mit einem Mal lachen musste. Er war nicht amüsiert, nicht aufgeheitert. Er war auch nicht glücklich oder wonnetrunken, dennoch löste dieser scheinbar unbedeutende Satz etwas in ihm, zog ihn von den Dienstpflichten weg, flatterte für Augenblicke herum und setzte sich dann wie ein Schmetterling, schwerelos und spinnwebfein, auf das, was den Namen »Familie« trug.

Mamma Carlotta lauschte ins Haus hinein, nachdem Erik, Sören und Tilla aufgebrochen waren. Nach wie vor war alles still. Sie hatte nicht erwartet, dass Felix zum Frühstücken erscheinen würde, das tat er in den Ferien nie, und sie konnte auch verstehen, dass Violetta es genoss, so lange schlafen zu dürfen, wie sie wollte. Womöglich war es das erste Mal in ihrem Leben, dass sie nicht von einem Hahnenschrei geweckt und aus den Federn geholt wurde und dass niemand sie faul und nichtsnutzig nannte, wenn sie nach dem Aufwachen noch die Wärme des Bettes genoss, ohne zu schlafen. Auch Carolin würde lange in ihrem Zimmer bleiben. Sie hatte am Abend Spätschicht im Hotel, da hatte sie natürlich ein Anrecht darauf, den Vormittag im Bett zu verbringen.

Carlotta warf die Geschirrtücher so nachlässig über ihre Haken, dass sie wieder herunterrutschten und zu Boden fielen, dann goss sie das Basilikumtöpfchen auf der Fensterbank und winkte der Kassiererin von Feinkost Meyer zu, die am Haus vorbeihastete, um pünktlich zur Arbeit zu kommen. Sie stellte sich nur kurz vor, wie es sein mochte, aufzuwachen, im Bett liegen zu bleiben, sich mit offenen Augen unter die Bettdecke zu kuscheln, wieder einzudösen, schweren oder schönen Gedanken nachzuhängen oder in aller Ruhe Pläne für den Tag zu machen. Sie schüttelte sich bei diesem Gedanken. Ihr Leben lang war sie direkt nach dem Aufwachen aufgestanden und hatte sich an die Arbeit gemacht. Und nie hatte es in ihr den Wunsch gegeben, ein paar Stunden im Bett zu verbringen, ohne zu schlafen. Das war für sie schon schlimm genug, wenn sie krank war und der Arzt verordnet hatte, das Bett zu hüten, bis das Fieber gesunken war, der Rücken nicht mehr schmerzte oder eine Wunde verheilt war. Nein, so was mochten Carolin und Felix und auch Violetta genießen, nicht aber Carlotta Capella. Sie brauchte Leben um sich herum, Stimmen, Lachen oder ruhig auch mal Ärger, alles war besser als diese Stille, die andere Menschen zu genießen verstanden. Und aus diesem

Grunde würde sie jetzt nicht das Radio einschalten, damit es Stimmen gab, auf die sie lauschen konnte, sondern einkaufen gehen, um Stimmen zu hören, denen sie etwas entgegnen konnte. So ein Radiomoderator ließ sich ja durch keinen Zwischenruf stoppen, er redete weiter, ein Dialog war nicht möglich. Zu Hause in Umbrien gab es immer Menschen in ihrer Nähe, mit denen ein Gespräch zu führen war, notfalls ein Baby, auf das sie so lange einreden konnte, bis es ein glucksendes Lachen von sich gab. Auf Sylt dagegen musste sie das Haus verlassen, um Gesellschaft zu finden. Aber sie wusste schon, wie und wo. Sie würde Brot einkaufen und mit dem Bäcker über seine Schwester reden, die in der Türkei verheiratet war, sich schon seit Jahren scheiden lassen wollte, es aber doch nicht fertigbrachte, nach Sylt zurückzukehren. Ein Thema, das dem Bäcker sehr am Herzen lag und über das er deswegen jederzeit sehr gern und sehr ausgiebig sprach.

Aber leider war er in der Backstube unabkömmlich und seine Verkäuferin nicht halb so kommunikationsfreudig wie er. Auf Carlottas Fragen nach ihrem Wohlergehen antwortete sie immer gleich: »Läuft.«

Eine Antwort, die einer Italienerin erklärt werden musste, als sie ihr zum ersten Mal entgegengenuschelt worden war. Mittlerweile aber wusste Carlotta, was diese Entgegnung bedeutete, die sie beim ersten Mal so interpretiert hatte, als sei der Ehemann der Verkäuferin auf und davon oder als habe die Schwiegermutter ihre Bettlägerigkeit endlich überwunden. In Panidomino hieß es »Bene, grazie!«, wenn die Verkäuferin des Bäckers »Läuft!« sagte.

Als sie mit dem Brot unter dem Arm wieder auf die Straße trat, war sie daher noch nicht zufrieden. In solchen Situationen gab es nur eins: einen Besuch in Käptens Kajüte. Zu einem lebhaften Dialog kam es dort zwar auch nur selten, aber immerhin konnte sie selber reden und alles loswerden, was rauswollte. Wenn Tove sie auch meist nur anglotzte oder sie fragte, ob sie fürs Reden bezahlt würde, und wenn ja, dann müsse sie steinreich sein.

In der Imbissstube wurde gerade eine Debatte geführt, als sie eintrat, was ihr gefallen hätte, wenn sie nicht so aggressiv geführt worden wäre. Ein Frühstücksgast beschwerte sich über das trockene Toastbrot, das er von Tove serviert bekommen hatte. »Das schmeckt ja wie Tapetenkleister.«

Toves Antwort, er wisse nicht, wie Tapetenkleister schmecke, und habe auch nicht vor, ihn zu probieren, trug nicht zur Besänftigung bei. Mamma Carlotta bemerkte schnell, dass Tove drauf und dran war, einen seiner wenigen Frühstücksgäste zu verlieren, die noch nicht zur Bäckerei Raffelhüschen im Haus am Kliff oder zu Jessens Landbäckerei an der Westerlandstraße abgewandert waren.

»Es müssen ja keine knackigen Brötchen sein«, beharrte der Mann, ein Tourist von etwa fünfzig Jahren, »ein gutes Brot, frisch und körnig, tut es auch.«

Ehe Tove dem Gast etwas von skrupellosen Großhändlern und Getränkelieferanten erzählen konnte, die allesamt Halsabschneider waren, und sich damit vermutlich die letzten Sympathien verscherzt hätte, schob Mamma Carlotta das Brot über die Theke, das sie soeben gekauft hatte. »Meinen Sie so etwas?«

Der Gast nickte. »Na, also! Geht doch! Warum nicht gleich?«

Tove zwinkerte ihr zu und drehte sich dann zu seinem Kaffeeautomaten um. »Dafür gibt's einen Cappuccino XXL.«

Gleichzeitig drückte er auf eine Taste seiner Musikanlage und ließ zu, dass ein gewisser Mickie Krause ein Lied von zehn nackten Friseusen sang.

Mamma Carlotta wollte sich gerade erkundigen, warum Fietje nicht bei seinem Frühstücks-Jever saß und ob er etwa schon am Strand seiner Arbeit nachging, da öffnete sich die Tür, und ein weiterer Frühstücksgast trat ein.

»Moin, Malinde!«, grüßte Tove erfreut.

Diesmal trug sie einen knallroten Turban, auf dem, direkt

über der Stirn, eine grüne Brosche prangte. Über der bunten Hose trug sie einen breiten Ledergürtel, als wäre sie ihr zwei Nummern zu groß und Malinde Siefkes müsste dafür sorgen, dass sie ihr nicht vom Körper fiel. Ihre weite weiße Folklorebluse sollte wohl dafür sorgen, dass ihr magerer Körper nicht zu erkennen war.

»Frühstück? Ich habe gutes Brot heute Morgen. Dunkel, körnig, gesund.«

Malinde Siefkes warf Mamma Carlotta einen Blick zu, dann wählte sie einen Tisch weit von ihr entfernt. Carlotta hatte das ungute Gefühl, dass Malinde gern an der Theke Platz genommen hätte, darauf aber verzichtete, um ihr nicht nahe zu sein. Der Frau, die sie einmal schwer gekränkt hatte. Carlotta starrte in ihre Tasse und dachte wieder einmal darüber nach, wie es ihr gelingen könnte, diesen Fehler gutzumachen.

»Körniges Brot vertrage ich nicht«, sagte Malinde Siefkes. »Gib mir lieber eine Scheibe Toastbrot.«

Tove machte den Frühstücksteller zurecht, den er auf einem Schild vor der Tür anpries: *So startet ein Käpten in den Tag!*

Zwei Scheiben Toastbrot, ein Stück Butter, eine quadratische Scheibe Emmentaler Käse, eine Schinkenscheibe vom gleichen Format, auf Toastbrotscheibengröße zusammengepresst. Darauf kam ein Petersilienblatt und daneben eine saure Gurke. Ein Schälchen mit Erdbeermarmelade vervollständigte das Angebot. »Milchkaffee wie immer?«

Malinde Siefkes nickte, ohne ihn anzusehen. Sie starrte auf ihre Hände, die sie auf die Tischplatte gelegt hatte, als dächte sie darüber nach, wann die nächste Maniküre fällig war.

Carlotta beobachtete sie unauffällig. An diesem Tag wäre auch ihr sofort aufgefallen, dass die Frau krank war und den Turban nicht trug, weil sie ihn für attraktiven Kopfschmuck hielt. Ihr Gesicht war blass, sie hatte eingefallene Wangen und schuppige Haut.

Tove trug den Frühstücksteller an ihren Tisch. Carlotta

konnte hören, dass er fragte: »Was hat die letzte Untersuchung ergeben?«

Malinde Siefkes Stimme klang mühsam beherrscht. »Noch eine Chemo. Und ich dachte, es wäre endlich vorbei.«

»Verdammt!« Tove reagierte so wie immer, wenn ihn Gefühle übermannten: mit Wut und indem er sich einen Schuldigen suchte, auf dem er seinen Zorn abladen konnte. In diesem Fall waren es die Ärzte, die es einfach nicht schafften, Malinde Siefkes zu heilen, ohne ihr eine weitere Chemotherapie zuzumuten. Als er fertig war, rückte er den Teller vor Malinde zurecht, als wollte er an dem Punkt weitermachen, an dem er ihr das Frühstück serviert hatte. »Nun iss erst mal. Damit du zu Kräften kommst. Sonst wird das nie was mit deinen Auftritten im Varieté. Du willst doch wieder arbeiten, so wie früher.«

Varieté? Auftritte? Arbeiten? Mamma Carlotta konnte diese Reizwörter unmöglich aufnehmen, ohne darauf zu reagieren. Sie fuhr herum und starrte Malinde Siefkes an, die sie eigentlich nie wieder ansprechen wollte, damit ihr keine weitere Entgleisung passierte. »Sie arbeiten im Varieté?«

Malinde Siefkes antwortete nicht, griff nach dem Toastbrot und zerteilte es mit den Fingern in kleine Stücke.

Tove übernahm das Antworten: »Da hat sie mal gearbeitet. Aber jetzt ist Schluss. Erstens die Scheißkrankheit. Und zweitens hat Mago ja alles hingeschmissen.«

»Mago?« Mamma Carlotta hätte sich gern dezent zurückgedreht, aber es war ihr einfach nicht möglich. Mit einem Mal wusste sie, warum ihr Malinde Siefkes bekannt vorgekommen war, als sie sie zum ersten Mal sah. Auf der Bühne, als Renatos Partnerin, hatte sie eine Langhaarperücke getragen, war stark geschminkt gewesen, hatte in einem knappen Trikot gesteckt, das über und über mit Glitzersteinen besetzt gewesen war, dazu eine schimmernde Strumpfhose und Schuhe mit sehr hohen Absätzen. Eine Zier für Mago, den Jongleur, der mit Bällen, Reifen und brennenden Fackeln zauberte, dem sie anreichte, was er brauchte, dessen Leistungen sie mit großen Gesten dem Publikum präsentierte, strahlend lächelnd.

Tove ging hinter die Theke zurück. »Ach ja, Sie waren im Fliegenden Varieté«, sagte er zu Mamma Carlotta. Und zu Malinde Siefkes: »Das ist eine Italienerin, die auf Sylt häufig die Familie ihrer Tochter besucht. Sie macht einen ganz verrückt mit ihrem vielen Gerede.« Er grinste Mamma Carlotta an, damit sie merkte, dass er einen Scherz machte. »Aber noch schlimmer ist ihre Cousine. Die redet nicht nur viel und laut, die dreht sich auch ständig wie ein Brummkreisel.«

Während Malinde Siefkes bisher teilnahmslos auf ihr zerbröseltes Toastbrot geblickt hatte, schaute sie nun mit einem Mal auf. Mamma Carlotta konnte die Gedanken in ihrem Gesicht lesen. Unauffällig griff sie sich an die Brust, als wollte sie ihr Herz daran hindern, aus dem Ausschnitt zu springen. Madonna! Malinde Siefkes hatte sie erkannt! Sie dachte in diesem Augenblick sicherlich auch an Violetta, wie sie auf die Bühne gestürmt und auf Renato zugelaufen war. Scheinbar hatte sie auch Carlotta zur Kenntnis genommen, die versucht hatte, ihre Cousine zurückzuhalten.

Malinde Siefkes erhob sich und ging zur Tür. »Sorry, Tove. Ich habe keinen Appetit.«

Tove schaute verblüfft die Tür an, die ins Schloss gefallen war. Dann blaffte er Mamma Carlotta an: »Dass Sie es aber auch immer fertigbringen, Malinde zu vertreiben!«

»Was habe ich denn getan? Niente! Nichts!«

»Warum sonst läuft sie plötzlich weg? Und das sogar, ohne zu bezahlen?« Er hielt ihr die Hand hin. »Sie schulden mir vier Euro neunzig.«

»Wenn das so ist, schulden Sie mir ein Brot.« Carlotta hielt ebenfalls die geöffnete Hand über die Theke.

Tove zog seine Pranke wieder zurück und räumte Malindes Frühstücksteller ab.

»Ich habe nichts getan«, beteuerte Mamma Carlotta immer wieder.

»Sie haben sie angestarrt«, beharrte Tove.

»No! Ich habe nur ...«

»Waren Sie etwa dabei, als irgendeine Verrückte auf Mago losgegangen ist? Während der Show! Auf offener Bühne!«

Carlotta antwortete nicht, sondern griff nach ihrem Löffel und rührte in ihrer Tasse herum, die längst leer war.

»Seitdem ist Schluss mit Mago und Peggy!« Tove öffnete wütend den Abfalleimer und ließ Malindes Frühstück darin verschwinden. »Ist aber auch schon egal. Wenn sie noch eine Chemo braucht, hätte sie in den nächsten Wochen sowieso nicht auftreten können.«

In diesem Moment fiel ihm Carlottas ungewöhnliche Schweigsamkeit auf. »Was hat Ihnen denn die Sprache verschlagen? Sonst reden Sie doch immer ohne Punkt und Komma.«

Mamma Carlotta hörte auf zu rühren. »Sì, sì, ich war an dem Abend im Fliegenden Varieté, als ... als diese Frau ...« Sie brach ab und überlegte, ob sie wirklich verraten sollte, dass ihre Cousine Violetta die Frau gewesen war, die Mago und Peggy vertrieben hatte.

Aber Tove stellte unter Beweis, dass er schlauer war, als gemeinhin angenommen wurde. Er hatte im Nu die Zusammenhänge durchschaut. »Ihre durchgeknallte Cousine war das? Jetzt verstehe ich!« Prompt platzte ihm wieder der Kragen. »Verdammt, Signora! Konnten Sie Ihre Cousine nicht zurückhalten? Was wollte die überhaupt von Mago? Jedenfalls sind Sie schuld, dass Malinde jetzt nicht mehr auftreten kann.«

»Ma perché? Warum? Ho solo ... ich habe doch nur ...«

»Mago ist weg. Auf der Flucht vor Ihrer Cousine. Mannomann, mich hat nicht mal der Klabautermann in die Flucht schlagen können, und als mein Kahn vor Gibraltar von Piraten angegriffen wurde, war ich der Erste, der dem Anführer eins auf die Rübe gegeben hat. Aber wenn diese Frau bei mir an Bord gekommen wäre, hätte ich sie sofort kielholen lassen.«

Eine düstere Wolkendecke lag über der Insel, es gab keinen Wind, der sie vertreiben konnte. Der Regen fiel senkrecht herab, in dicken Schnüren prasselte er auf den Wagen. Die Scheibenwischer hatten Mühe, die Sicht freizuhalten. Die Insel verschwand hinter einem Regenschleier. Als sie aus Wenningstedt herausfuhren, wurden aus der Dünenlandschaft graue Schatten, die sich vor einem blassen Hintergrund übereinanderschoben, ein Grau-in-Grau, das sich zum Glück auf Sylt nie lange hielt.

Sie fuhren nach List. Sören saß am Steuer, Erik neben ihm, die Staatsanwältin hatte es vorgezogen, hinten Platz zu nehmen. Vorher hatten sie versucht, Mario Brozowski telefonisch zu erreichen, das war ihnen jedoch nicht gelungen. Seine Assistentin hatte ihn vergeblich gesucht und ihnen schließlich geraten, es später noch einmal zu versuchen.

Doch Erik hatte beschlossen, einfach loszufahren, um den Varieté-Direktor vor Ort zu suchen. »Wenn die Assistentin sagt, dass er in der Nähe ist, werden wir ihn schon finden«, hatte er gemeint, und die Staatsanwältin war einverstanden gewesen.

Vorher jedoch waren sie ins provisorische Polizeirevier gefahren, um zu sehen, was Eriks Mitarbeiter in der Zwischenzeit herausgefunden hatten.

Enno Mierendorf hatte bereits eine umfangreiche Liste von professionellen Messerwerfern angefertigt. »Sportsfreunde, die mit Messern trainieren, und andere Hobby-Artisten habe ich außen vor gelassen. Wir suchen ja wohl einen professionellen Messerwerfer.«

Erik war erstaunt gewesen, als er sah, wie viele Vereine es gab, in denen sportliche Hobby-Messerwerfer organisiert waren. Enno Mierendorf hatte bereits mit den Trainingsleitern gesprochen. »Das sind natürlich keine Profis, die so genau werfen, dass sie es schaffen, um Personen herum zu werfen. So was ist hohe Schule. Dazu sind nur Artisten in der Lage. Nur Profis können dieses Risiko eingehen.« Er hatte ein schiefes Grinsen gezeigt. »Und nur Profis finden Personen, die sich so was gefallen lassen.«

Als sie beschlossen hatten, nach List aufzubrechen, waren Enno Mierendorf und Rudi Engdahl noch dabei gewesen, die Listen durchzugehen, in denen professionelle artistische Messerwerfer aufgeführt waren, die vieles im Angebot hatten, was für Zirkus- und Varieté-Auftritte und für Film- und Fernsehaufnahmen interessant war: Westernshows, Indianer-Stunt-Shows, große Bühnenshows, die nicht nur mit Messern auskamen, sondern auch Schwerter und Äxte einsetzten. Bis jetzt waren sie noch auf keinen Artisten gestoßen, der auf Sylt sein konnte, eine Verbindung zu Gunnar Thomann oder Amy Wernicke hatte oder irgendeine Motivation erkennen ließ, die beiden umzubringen.

»Es kann natürlich ein Auftragsmord gewesen sein«, hatte Rudi Engdahl gemeint. »Andererseits stehen auf diesen Listen eigentlich nur Artisten von seriösen Agenturen.«

Die Staatsanwältin beugte sich vor, so weit, dass Erik ihr Parfüm riechen konnte. »Ob Brozowski uns wirklich helfen kann? Ich kann mir nicht vorstellen, dass unser Messerwerfer einer ist, den man auf Sylt kennt.«

Sören war aber anderer Meinung. »Er wird damit rechnen, dass wir gar nicht darauf kommen, ein Messerwerfer könnte der Mörder sein. Ohne Dr. Mikkelsen hätte es niemand gemerkt.«

Erik warf einen Blick zur Seite und lächelte, als er Sörens leuchtende Augen sah. Es hatte ihn scheinbar schwer erwischt. »Sie haben recht«, gab er zu. »Ich glaube auch, dass der Mörder sich sicher fühlt. Er geht davon aus, dass niemand an einen Messerwerfer denkt.«

Die Staatsanwältin lehnte sich wieder zurück. »Kann sein.«

In diesem Augenblick ging Eriks Handy. Er runzelte die Stirn, als er die Nummer im Display sah, die ihm vollkommen fremd war. Eine Sylter Telefonnummer!

Ein paar Minuten später gab er Sören ein Zeichen und lenkte ihn auf den Parkplatz von Buhne 16, dessen Einfahrt hinter dem Regenvorhang kaum zu erkennen war. »Da können Sie wenden. Wir müssen sofort zurück.«

Als sie in Westerland von der Norderstraße aufs Gelände der Nordseeklinik einbogen, wussten Sören und die Staatsanwältin Bescheid. Ein diensthabender Arzt hatte Erik angerufen.

»Mein Name ist Dr. Korsmeier. In der vergangenen Nacht ist eine Frau bei uns eingeliefert worden. Das Opfer einer Gewalttat. Sie hatte keine Papiere bei sich und war bis vor einer halben Stunde nicht ansprechbar. Jetzt aber konnte sie uns sagen, wie sie heißt und wo sie wohnt. Sie haben Violetta Menardo offenbar noch nicht vermisst?«

Als Mamma Carlotta heimkam, stand Felix im Flur, den Telefonhörer in der Hand.

»Buon giorno, Felice! Bist du endlich wach? Hast du gefrühstückt? Ich kann dir ...« Sie stockte, als sie merkte, wie verstört ihr Enkel war. »Ist was passiert?«

Felix reichte ihr ohne ein Wort den Hörer und ging in die Küche.

»Pronto?«

»Ich bin's.«

»Ah, Enrico! Come va?«

Sie prallte zurück, als die wütende Stimme ihres Schwiegersohns an ihr Ohr prallte. »Du fragst mich, was los ist? Wir haben einen Gast im Haus, und du merkst nicht, dass er verschwindet?«

»Violetta?« Mamma Carlotta suchte verzweifelt nach einem Halt, weil sie das Gefühl hatte, die Beine gäben unter ihr nach. »Was ist mit ihr?« Stöhnend lehnte sie sich an die Wand.

»Hast du nicht gemerkt, dass sie gar nicht im Haus ist?«

»Ich dachte, sie schläft. Sie bleibt ja gern so lange im Bett liegen. Du weißt doch, in Kalabrien muss sie täglich früh raus. Da dachte ich …«

»Es ist bald Mittag.«

»Ich komme gerade zur Tür herein. Ich war … einkaufen.« Gut, dass sie tatsächlich ein Brot gekauft hatte und somit die Wahrheit sagen konnte. »In wenigen Augenblicken wäre mir natürlich aufgefallen, dass Violetta …«

Aber Erik ließ sie nicht ausreden. »Sie ist überfallen worden. Heute Nacht!«

»Aber … sie war doch mit Herrn Staufer …« Mamma Carlotta schnappte nach Luft. »Dio mio! Was ist ihr geschehen?«

»Noch weiß ich es nicht. Wir warten auf den Arzt, dann erfahren wir mehr.«

Carlotta schleppte sich in die Küche, wo Felix sie erwartete, blass und eingeschüchtert. Mit zitternden Fingern drückte sie auf eine Taste der Kaffeemaschine. Ein solcher Schreck war nur mit reichlich Koffein zu ertragen. Stöhnend ließ sie sich auf den nächsten Stuhl sinken und nippte an ihrem Espresso, während sie lamentierte: »Warum bin ich nicht wach geblieben, bis alle im Haus waren? Dann wäre mir eher aufgefallen, dass mit Violetta etwas passiert ist.«

Seit ihre Kinder in das Alter gekommen waren, dass sie die Abende außer Haus verbringen wollten, war sie stets erst schlafen gegangen, wenn alle daheim waren, wenn sie wusste, das keiner ihrer Söhne auf den Serpentinen nach Panidomino verunglückt und keine Tochter in die Hände eines skrupellosen Verführers geraten war. Erst, wenn alle in ihren Betten lagen, konnte auch sie sich schlafen legen. Das war auch auf Sylt so, wenn Carolin zu einer Party eingeladen war und Felix mit seinen Freunden loszog, um etwas zu erleben, von dem seine Nonna nicht einmal eine Vorstellung hatte. Nur Erik hatte sich diese Art von Fürsorge verbeten, hatte sich sogar unterstanden, sie Kontrolle zu nennen. Wenn er später heimkam, zwang sie sich also, nicht in der Küche auf ihn zu warten, mit einem Glas Rotwein vor sich, die Beine weit von sich gestreckt, den Kopf auf die Rückenlehne des Stuhls gelegt. Einigermaßen bequem, sodass sie lange aushalten konnte, andererseits unbequem genug, um sofort aufzuschrecken, falls sie einschlafen sollte.

»Warum habe ich nicht auf Violetta gewartet?«

Sie war froh, dass Felix auf diese Frage keine Antwort gab. Sie wusste ja selbst, wie sie ausgefallen wäre: Violetta war nicht wichtig genug, Violetta wurde nicht gemocht, schon gar nicht geliebt. Jeder wünschte sich, dass Violetta so bald wie möglich wieder aus dem Haus war.

»Madonna!«, stöhnte Mamma Carlotta. Was war nur los mit ihr? Hatte sie ihr Mitgefühl, ihre Empathie, ihre Einfühlsamkeit komplett verloren? Erst ihr unverzeihlicher Fehler, eine krebskranke Frau auf ihren Turban anzusprechen, mit dem sie ihre Glatze verbarg! Und nun noch das! »Wenn Zia Galatea das wüsste!« Carlotta hatte nichts getan, als Violetta in der Nacht verschwand, hatte es nicht einmal zur Kenntnis genommen. »Imperdonabile!«

Sie griff nach ihrer Jacke und suchte nach dem Fahrradschlüssel. »Ich muss in die Nordseeklinik. Ich will Violetta erklären, warum wir sie nicht gesucht haben. Sie muss wissen, dass sie uns dennoch wichtig ist, dass wir sie lieben …«

»Übertreib's nicht«, brummte Felix dazwischen. »Ich für meinen Teil liebe Violetta trotzdem nicht.«

»Felice!« Mamma Carlotta war entrüstet.

»Sie tut mir leid, okay. Aber Mitleid und Liebe sind zwei verschiedene Paar Schuhe.«

»Scarpe? Was haben deine Schuhe damit zu tun?«

»Das ist eine Redensart, Nonna!«

Mamma Carlotta hatte mittlerweile ihre Strickjacke übergezogen und den Fahrradschlüssel gefunden.

»Du brauchst eine Regenjacke, Nonna.«

Mamma Carlotta riss die Tür auf und machte einen Schritt auf das Treppenpodest. Felix hatte recht. Zwar hatte der Regen nachgelassen, aber er sprühte nach wie vor vom Himmel, und die dunklen Wolken sahen so aus, als könnte er jederzeit wieder stärker werden.

Sie riss sich die Strickjacke herunter, warf sie übers Treppengeländer und griff nach Eriks wetterfester Jacke, die an der Garderobe hing. »Devo andare!«

Felix verteilte die Rollen neu. »Reißverschluss zu und Kapuze auf! Sonst bist du morgen erkältet.«

Mamma Carlotta reagierte so, wie sie es sich bei Felix täglich wünschte. Sie schloss den Reißverschluss, zog die Kapuze über den Kopf und band sie unter dem Kinn fest.

Als sie zum Schuppen lief, wo das Fahrrad stand, hörte sie eine Stimme: »Moin, Signora.«

Frau Kemmertöns machte sich auf den Weg zum Kurhaus, wo sie am Informationsstand arbeitete. Jetzt blieb sie auf dem Bürgersteig stehen und wartete unter ihrem aufgespannten Schirm darauf, dass Mamma Carlotta das Fahrrad durch den Vorgarten schob. »Heute Nachmittag können wir uns im Fernsehen bewundern. Gegen fünf in der Magazinsendung! Wir sollten Tove Griess Bescheid sagen, damit er den Fernseher anmacht.« Sie betrachtete Mamma Carlotta von oben bis unten und nahm wohlwollend zur Kenntnis, dass sie wetterfest gekleidet war. »Können Sie bei ihm vorbeifahren? Seine Glotze ist ein uraltes Modell. Er soll mal gucken, ob das Ding überhaupt noch funktioniert. Nicht, dass es kaputt ist, wenn wir den Bericht über Floras Charity sehen wollen. Dann verzichte ich auf den Häkelclub heute Nachmittag und gucke mir den Bericht zu Hause an.«

Mamma Carlotta nickte geistesabwesend. »D'accordo! Aber jetzt muss ich erst mal …« Sie wollte aufs Fahrrad steigen, fand dann aber, dass Frau Kemmertöns zunächst erfahren sollte, was passiert war. Damit war sie an der Straßenecke noch nicht ganz fertig, obwohl sie sich Mühe gegeben hatte, sich auf das Wesentliche zu konzentrieren und auf alles, was die Spannung erhöhte, zu verzichten.

Frau Kemmertöns war dennoch erschüttert. Vermutlich ließ sie wieder ihre Brüste vibrieren, aber das war diesmal nicht zu erkennen, denn sie trug ihre Jacke natürlich ebenfalls bis zum Hals geschlossen. »Du meine Güte! Nicht, dass ich Ihre Cousine besonders sympathisch finde, aber so was gönnt man ja seinem ärgsten Feind nicht ...« Der Regenschirm, mit dem sie ihre Dauerwelle vor dem Sprühregen schützte, zitterte, als übertrüge sich die Bewegung ihrer Brust auf ihre Hände. »Was ist denn mit ihr passiert? Hat man ihr eins auf den Schädel gegeben?«

Mamma Carlotta erschauerte bei der Vorstellung und dachte mit Schrecken daran, wie sie ihre Cousine zwischen den Wohnwagen beim Fliegenden Varieté gefunden hatte. Damals war sie mit einem Schlag niedergestreckt worden. Und nun schon wieder? Wer hatte es auf Violetta abgesehen?

Sie wollte sich gerade in Mutmaßungen ergehen, da fiel ihr Blick auf etwas, was vor der Hecke des Eckgrundstücks lag. Ein Messer! »Dio mio! Wer wirft denn ein Messer weg?«

Frau Kemmertöns lugte unter ihrem Schirm weg. »Scheint ein sehr gutes Messer zu sein. Noch ganz neu.«

»Wie unbenutzt.« Mamma Carlotta sah genauer hin. »Oder der Regen hat es abgewaschen.«

Kopfschüttelnd überquerten sie gemeinsam die Westerlandstraße. »Was die Leute alles wegwerfen!«

»Vielleicht hat es jemand verloren?«, überlegte Frau Kemmertöns. »Dann sollten wir es zum Fundbüro bringen.«

Aber Mamma Carlotta hielt das für ausgeschlossen. »Ein Messer verliert man doch nicht. Ein Taschentuch kann einem aus der Tasche rutschen, eine Geldbörse und der Schlüssel auch, aber ein Messer? Das trägt man doch nicht spazieren und verliert es zufällig.«

»Da haben Sie auch wieder recht.« Die Nachbarin musste sich nun nach rechts wenden, während Mamma Carlotta nach links Richtung Westerland fahren wollte.

Sie setzte einen Fuß auf die Pedale. »Ich muss nachsehen, wie es Violetta geht.«

Frau Kemmertöns winkte mit ihrem Schirm. »Bis heute Nachmittag!«

Mamma Carlotta schwang sich auf den Sattel und raste die Westerlandstraße hinab, von ihrem Schuldgefühl getrieben und von dem Wunsch, etwas wiedergutzumachen. In weniger als fünf Minuten war sie an der Einfahrt zur Nordseeklinik angekommen. Und sie brauchte nur weitere fünf Minuten, um ihr Fahrrad abzustellen und dem Portier der Klinik derart lästig zu werden, dass er sich augendrehend bereit erklärte, ihr die Abteilung zu zeigen, in der eine gewisse Violetta Menardo behandelt wurde.

Dort empfing sie nicht nur Erik, der sie anstarrte, als fühlte er sich von ihr verfolgt, sondern auch Sören, der sich nicht weiter zu wundern schien, dass die Schwiegermutter seines Chefs auftauchte, und die Staatsanwältin, die sich erwartungsgemäß freute, Carlotta zu sehen.

Ein Arzt, der sich als Dr. Korsmeier vorstellte, hatte nicht bemerkt, dass Mamma Carlotta gerade erst zu den anderen getreten war, begrüßte sie ebenfalls und bedachte sie mit der gleichen sachlichen Aufmerksamkeit wie die anderen drei. »Es geht Frau Menardo so weit gut. Sie hat den Schock überwunden und die Operation gut überstanden.«

»Un' operazione?« Mamma Carlotta spürte, dass ihr die Beine weich wurden.

Dr. Korsmeier lächelte leicht. »Sie sind eine Verwandte?«

»Sì, sua cugina!« Wenn Mamma Carlotta besonders erschüttert war, fielen ihr deutsche Vokabeln schwer. »Ihre Cousine.«

»Wir mussten den Schnitt nähen, zum Glück war er nicht tief.«

Erik machte mit einer kategorischen Handbewegung klar, dass er keine weitere Einmischung seiner Schwiegermutter wünschte. »Schnitt? Sie ist also mit einem Messer attackiert worden?«

Dr. Korsmeier sah ihn erstaunt an. »Sagte ich das nicht?«

»Sie sprachen von einem Überfall ...«

»Ja, natürlich. Das muss ein Überfall gewesen sein.«

»Gibt es Zeugen?«, fragte die Staatsanwältin.

»Soviel ich weiß, nein. Ein Passant hat Frau Menardo gefunden. Sie lag am Boden und blutete aus einer Wunde am Hals. Er hat sofort den Rettungswagen gerufen.«

»Ist der Name des Passanten registriert worden?«

Dr. Korsmeier zuckte mit den Schultern. »Nicht, dass ich wüsste. Die Sanitäter hatten genug mit der Patientin zu tun. Aber zum Glück ist ja alles nicht so schlimm, wie es hätte werden können.« Der Arzt warf einen verstohlenen Blick zur Uhr. »Die Patientin litt zunächst unter einer retrograden Amnesie. Das ist eine Gedächtnisstörung, nicht ungewöhnlich nach einem traumatischen Ereignis. Die Patienten sind dann unfähig, sich an den Unfallhergang zu erinnern. Diese Amnesie kann für längere Zeit anhalten, aber Frau Menardo hat sie bereits überwunden. Sie wusste, als sie aus der Narkose aufwachte, ihren Namen wieder und konnte erklären, wo sie zurzeit wohnt.« Sein Blick verlor die Freundlichkeit, er sah Erik nun an, als wollte er ihm Vorwürfe machen. »Wir haben bei Frau Menardo eine Verletzung festgestellt, die nur wenige Tage alt ist. Eine Kopfverletzung! Wissen Sie etwas darüber?«

Erik blickte verlegen zu Boden, als wäre er selbst es gewesen, der Violetta diese Verletzung beigebracht hätte. Dann sah er seine Schwiegermutter an, als wollte er sie bitten, die Sache zu erklären.

Aber Mamma Carlotta, die sonst immer gerne von jedem Erlebnis ausführlich berichtete, wurde genauso verlegen wie ihr Schwiegersohn. So fiel ihre Aussage auch nur kurz und knapp aus und wurde immer wieder von dem Satz begleitet: »Ich war ja nicht dabei, so genau weiß ich das nicht.«

»Sie hat sich also nicht in ärztliche Behandlung begeben?«

»Sie wollte es nicht«, versicherte Mamma Carlotta. »Sie war der Meinung, es sei nicht nötig. Und außerdem …« Mamma Carlotta sah verlegen von einem zum anderen, »… ist sie nicht krankenversichert. Jedenfalls nicht außerhalb von Italien.«

Erik übernahm die weiteren Erklärungen. »Dort gibt es eine medizinische Grundversorgung, die für alle Bürger kostenlos ist, aber …«

»… sie hat keine Auslandskrankenversicherung?«, ergänzte Dr. Korsmeier.

Erik nickte. »Natürlich übernehme ich alle Kosten, die entstehen.«

Sie mussten die Nordseeklinik verlassen, ohne Violetta einen Besuch abgestattet zu haben. Aber Dr. Korsmeier hatte ihnen versichert, dass sie sich keine Sorgen machen müssten. »Heute Nachmittag kann sie Besuch empfangen, und in zwei, drei Tagen wird sie entlassen.«

Der Regen hatte aufgehört, aber die dunkle Wolkendecke war geblieben. Langsam und voll schwerer Gedanken gingen sie zum Parkplatz, Mamma Carlotta hinterher, obwohl sie ihr Fahrrad direkt neben dem Eingang abgestellt hatte.

»Dio mio!«, flüsterte sie. »Warum hat Herr Staufer sie nicht nach Hause gebracht? Hat ein berühmter Schauspieler es nicht nötig, sich wie ein Cavaliere zu benehmen?«

Die Staatsanwältin blieb stehen. »Carlotta hat recht. Wir müssen sofort zu ihm. Hoffentlich ist er im Hotel.«

Sören, der vorausgegangen war, drehte sich um und fragte: »Wo ist der Überfall eigentlich passiert? Wissen wir das?«

Erik sah die Staatsanwältin an, die wich seinem Blick aus und zuckte mit den Schultern.

Sören holte sein Handy hervor. »Ich rufe die Einsatzzentrale an.«

Es dauerte nur wenige Augenblicke, bis er erfahren hatte, was er wissen wollte. »Verdammt, sie wäre bald zu Hause gewesen! Direkt an der Ecke zum Süder Wung ist es passiert.«

Mamma Carlotta schrie auf, als hätte jemand einen schweren Schrank auf ihren Fuß gestellt. »Madonna!«

Erik schreckte zusammen, die Staatsanwältin griff nach seinem Arm, als fürchtete sie, das Gleichgewicht zu verlieren, Sören rutschte das Handy aus der Hand und fiel zu Boden. Direkt neben eine Pfütze.

»Das Messer! In der Hecke!«

Erik starrte seine Schwiegermutter zornig an. »Was für ein Messer? In was für einer Hecke?« Dann fiel die Wut schlagartig aus seinen Augen und machte freundlichem Wissensdurst Platz. »Was für ein Messer?«, wiederholte er, und seine Stimme bebte.

In Rekordzeit waren sie an der Einmündung in den Süder Wung angekommen. Mamma Carlotta hatte ihr Fahrrad an der Nordseeklinik stehen lassen und war in Eriks Wagen gestiegen. Nun zeigte sie auf das Messer, das noch immer dort lag, wo sie es kurz vorher gesehen hatte.

Erik sorgte dafür, dass ihm niemand zu nahe kam. »Die KTU muss jeden Moment kommen.«

Er hatte den Satz kaum ausgesprochen, als Kommissar Vetterich mit zwei Mitarbeitern in den Süder Wung einbog. Sie untersuchten zunächst die unmittelbare Umgebung des Fundstücks, ehe sie es vorsichtig anhoben, in einen Plastikbeutel schoben und es zur gründlicheren Begutachtung im Auto verstauten.

»Ob wir noch Spuren finden?«, fragte Kommissar Vetterich zweifelnd und beantwortete seine Frage gleich selbst: »Unwahrscheinlich. Der Regen hat womöglich schon alles verwischt. Auch Blutspuren sind kaum noch vorhanden. Wenn wir Pech haben, hat ein Hund draufgepinkelt.«

Sören besah sich das Messer durch die Plastikhülle, in die es gesteckt worden war. »Dr. Mikkelsen muss sich unbedingt die Wunde von Violetta Menardo ansehen.«

»Wozu?«, fragte Erik. »Sie ist versorgt und genäht worden. Da lässt sich nicht mehr erkennen, ob das Messer geworfen worden ist oder ob jemand mit aller Kraft zugestochen hat.«

Mamma Carlotta lief ein Schauer des Entsetzens über den Rücken. »Madonna, die arme Violetta!«

Sie sah Kommissar Vetterich und seinen beiden Mitarbeiterin zu, wie sie Spuren sicherten, und wunderte sich darüber, dass Erik, Tilla und Sören so geduldig danebenstanden, als handelte es sich um eine sehr spannende und spektakuläre Aufgabe.

Sie selbst langweilte sich schon nach wenigen Minuten. »Wollt ihr nicht ein paar Antipasti essen, während il commissario hier arbeitet? Ein Mittagessen habe ich nicht vorbereitet, weil ihr ja keine Zeit habt. Molto lavoro!«

»Heute Abend«, entgegnete Erik.

»Hast du denn überhaupt Zeit zu kochen?«, fragte Tilla Speck. »Am Nachmittag ist doch wieder Floras Charity. Wenn der Basar stattfindet, müsst ihr viel präsentieren können, was sich gut verkaufen lässt.«

Aber Mamma Carlotta war unbesorgt. »Ich habe immer etwas im Vorrat. Mariniertes Gemüse ist da, Pasta natürlich auch. Die Käse-Kräuter-Koteletts gehen molto veloce, und die Mascarpone-Espresso-Creme ist schon fast fertig. Ich brauche nichts mehr einzukaufen.«

»Mmh.« Tilla Speck verdrehte die Augen. »Das hört sich gut an.«

Mamma Carlotta betrachtete besorgt die Arbeit der Spurensicherung. »Werdet ihr am Abend lange zu tun haben?«

Die Staatsanwältin und Sören sahen so aus, als wollten sie alles tun, um die Sache voranzutreiben, damit das Essen nicht kalt wurde. Erik dagegen hatte andere Gedanken. »Wir fahren jetzt ins Horizont und fragen nach Damian Staufer.«

»Sì, giusto!«, rief Mamma Carlotta. »Sagt ihm, dass es sich nicht gehört, eine Dame des Nachts allein nach Hause gehen zu lassen.« Sie sah zu, wie die drei ins Auto stiegen. »Was ist mit meinem Fahrrad?«

»Ihr Schwiegersohn kann mich nach Feierabend an der Nordseeklinik absetzen«, rief Sören. »Ich fahre es Ihnen dann zurück, Signora!«

»Tante grazie!« Sie winkte Eriks Auto nach, wartete noch einen Augenblick, dann machte sie sich daran, die Westerlandstraße zu überqueren. Sie hatte Frau Kemmertöns versprochen, dafür zu sorgen, dass Tove Griess einen funktionierenden Fernseher präsentierte, und natürlich musste sie dringend loswerden, was passiert war. »Madonna!«, flüsterte sie. »Schon wieder ein Messer. Erst Gunnar Thomann, dann Amy Wernicke und nun auch noch Violetta. Wo soll das noch hinführen?«

Carolin sah ihrem Vater besorgt entgegen. »Was ist los? Die Nonna war weg, als ich aufstand, Felix hat mir gesagt, dass Violetta überfallen wurde ...«

Erik unterbrach sie. »Das erzähle ich dir heute Abend. Wir müssen jetzt mit Herrn Staufer sprechen. Sofort.«

Sie warf einen Blick aufs Schlüsselbrett, dann griff sie zum Telefon. Als Damian Staufer, verkleidet als Dietmar Tigges, in die Lobby kam, hatte sie dafür gesorgt, dass ein Tisch im Restaurant frei war, an dem sie ungestört sein würden.

Staufer wirkte beunruhigt. »Was ist passiert?«, fragte er, als sie Platz genommen hatten.

Erik ließ ihn warten und bestellte zunächst eine Flasche Wasser mit vier Gläsern. »Schönen Gruß von meiner Schwiegermutter«, sagte er dann und sorgte dafür, dass der Sarkasmus durch seine Worte drang. »Ich soll Ihnen sagen: Es gehört sich nicht, eine Frau bei Dunkelheit allein nach Hause gehen zu lassen.«

»Finde ich auch«, kam es wie aus der Pistole geschossen

zurück. »Aber was soll man machen, wenn die Frau das unbedingt will?«

Die Staatsanwältin mischte sich ein. »Was ist vorgefallen?«

Damian Staufer reagierte gereizt: »Erst sagen Sie mir, warum Sie mich das fragen.«

»Gerne«, antwortete Erik mit kalter Ruhe. »Violetta Menardo wurde heute Nacht überfallen. Sie liegt in der Nordseeklinik.«

»Wie bitte?« Staufer wurde blass. »Was ist geschehen?«

Als er informiert worden war, wurde er noch eine Spur blasser. »Das ist ja schrecklich.«

»Noch einmal«, forderte Erik ihn auf. »Warum haben Sie Violetta nicht begleitet?«

»Wir hatten Streit.« Staufer sah auf seine Hände. »Sie hat mich angeschwärzt, und ich habe ihr deswegen Vorwürfe gemacht.« Nun blickte er einem nach dem anderen kampfeslustig in die Augen. »Ich habe mich gleich gewundert, als Sie zu mir kamen. Woher wussten Sie, dass ich Probleme mit Gunnar Thomann hatte? Dass ich wütend auf ihn war? Dass er mir übel mitgespielt hatte?« Er holte tief Luft und stieß dann hervor: »Das wurde mir klar, als ich Violetta auf Sylt sah. Sie ist die Einzige, die meine Telefonate mit Gunnar Thomann mitbekommen hat. Sie hat es sogar zugegeben.«

Sören hakte nach, als wäre er nicht sicher, Damian Staufer richtig verstanden zu haben. »Sie hat zugegeben, Sie angeschwärzt zu haben?«

»Sie hatte nicht mal ein schlechtes Gewissen. Typisch.« Kopfschüttelnd ergänzte er: »Wer sie positiv beschreiben will, nennt sie geradlinig, wer unter ihrer Art leidet, spricht dann eher von Gedankenlosigkeit und Oberflächlichkeit. Sie macht sich oft nicht klar, was sie anrichtet, wenn sie drauflosredet, ohne nachzudenken. Loyalität ist für sie ein Fremdwort. Kein Wunder, dass sie in ihrem Dorf eine Außenseiterin ist.«

»Sie braucht den Job bei Ihnen«, mahnte Erik mit leiser Stimme.

»Und ich brauche jemanden«, konterte Staufer, »auf den ich mich verlassen kann. So jemand ist Violetta Menardo nicht. Und deshalb habe ich ihr gestern Abend gekündigt.«

»Daraufhin wollte sie sich nicht mehr von Ihnen nach Hause bringen lassen«, mutmaßte Sören.

Es entstand eine kurze Stille. Erik und Sören tranken einen Schluck Wasser, die Staatsanwältin knöpfte ihre Strickjacke zu und wieder auf, Damian Staufer sah einem Kellner hinterher, der sich im Zickzackkurs zwischen den Tischen hindurchwand. Tilla Speck war es, die das Schweigen brach. »Sie haben vor Jahren bei einer Zirkusreihe im Fernsehen mitgewirkt. Ihr Durchbruch, wenn ich mich recht erinnere. Sie spielten einen Messerwerfer. Richtig?«

Die Emotion, die über Damian Staufers Miene zog, war zunächst positiv, die Freude daran, bekannt zu sein, die Genugtuung, dass die Stationen seiner Karriere von anderen zur Kenntnis genommen wurden. Dann aber entstand Misstrauen daraus. »Warum fragen Sie?«

»Violetta Menardo wurde mit einem Messer angegriffen. So wie Gunnar Thomann und Amy Wernicke.«

Mamma Carlotta lief, so schnell sie konnte, die Westerlandstraße entlang und bog so hastig in den Hochkamp ein, dass sie beinahe einem Auto vor die Räder geraten wäre, dessen Fahrer nicht mit ihrem Tempo gerechnet hatte. Als er die Seitenscheibe herunterdrehte und ihr mit wütender Stimme Vorhaltungen machte, antwortete sie mit ein paar derben italienischen Flüchen, die der Mann zum Glück nicht verstand. Eilig lief sie weiter und musste vor Käptens Kajüte erst mal kurz innehalten und warten, bis ihre Stimme wieder ohne Atemnot funktionierte. Dann erst riss sie die Tür auf und ließ sie, obwohl sie wusste, dass Tove Griess es nicht leiden konnte, donnernd ins Schloss fallen.

»Buon giorno!«

Doch der Wirt war zurzeit froh gestimmt. Dass er jeden Nachmittag das Haus voller fröhlicher und trinkfreudiger Frauen hatte, gefiel ihm außerordentlich gut. So beließ er es diesmal bei einem Stirnrunzeln und einem »Moin«, das sogar ziemlich freundlich herauskam.

Fietje Tiensch saß wie immer am schmalen Ende der Theke und nahm sein Mittagessen ein: ein Jever, diesmal in Begleitung einer Bratwurst.

Mamma Carlotta zeigte auf den Wollfaden, der über seinem Ohr hing. »Es wird Zeit, dass sie mit Ihrer Mütze fertig werden.«

Der Strandwärter griff neben sich und hielt sein Strickzeug hoch. »Ich bin schon ziemlich weit. Vielleicht schaffe ich heute Nachmittag die letzte Reihe.«

»A proposito … übrigens …« Mamma Carlotta drehte sich zu Tove Griess. »Heute Nachmittag muss il TV funktionieren.« Sie wies auf den Bildschirm, der über dem Grill hing. »Um fünf wird über Floras Charity berichtet. Das wollen wir alle sehen. Ich bin gebeten worden, dafür zu sorgen, dass das klappt.«

So klang das schön wichtig, fast wie der Auftrag einer bedeutenden Persönlichkeit, womöglich von Flora Engelbeck selbst.

Der Wirt reckte sich zu dem Knopf, mit dem der Fernseher eingeschaltet wurde. Tatsächlich flackerte der Bildschirm kurz darauf und zeigt ein Bild, das zwar nicht scharf war, aber ausreichen würde. »Alles okay.«

Mamma Carlotta war zufrieden. »D'accordo!«

Sie bestellte einen Cappuccino, blickte auf die Uhr, erwähnte, dass sie nicht viel Zeit habe, dass es aber eine Neuigkeit gäbe, die sie weder dem Wirt nach dem Strandwärter vorenthalten wolle.

Die beiden glotzten sie an, als dächten sie darüber nach, ob sie ihr verraten sollten, dass ihre Neuigkeiten meist nicht an die Ergebnisse eines Bundesligaspiels heranreichten und deswegen höchstens Unterhaltungswert hatten, aber selten von bahnbrechender Bedeutung waren.

»Meine Cousine ist letzte Nacht überfallen worden!«

Fietje holte gelangweilt sein Nadelspiel hervor und begann zu stricken, Tove drehte die Bratwürste um, die noch keine Abnehmer gefunden hatten.

»Wen wundert's«, brummte er. »Vermutlich von einem, dem sie dermaßen auf den Keks gegangen ist, dass er es nicht mehr ausgehalten hat.«

»Signor Griess!« Mamma Carlotta war entrüstet, was den Wirt meistens dazu veranlasste, zu bereuen, was er gesagt hatte. Diesmal allerdings nicht. »Wenn ich die den ganzen Tag aushalten müsste, würde ich ihr auch den Hals umdrehen.«

»Ich möchte nicht, dass Sie schlecht über meine Cousine Violetta reden.«

In Mamma Carlottas Rücken wurde die Tür der Imbissstube geöffnet und fiel wieder ins Schloss. Aber sie war noch viel zu empört, um nachzusehen, ob jemand eingetreten war, den sie kannte, den sie nach seiner Gesundheit oder nach dem Wohlergehen seiner Kinder fragen konnte.

»Sie wurde mit einem Messer angegriffen, man stelle sich das vor! Genau wie der Filmproduzent und die Journalistin. Vermutlich derselbe Täter! Ich frage Sie: Was hat meine Cousine mit Gunnar Thomann und Amy Wernicke zu tun? Nichts! Gar nichts! Hoffentlich kommt mein Schwiegersohn schnell dahinter, wer das war. Sonst müssen am Ende noch mehr Menschen sterben.«

Nun merkte sie, dass Tove an ihrem rechten Ohr vorbeiblickte und seine Aufmerksamkeit auf eine Person richtete, die hinter Mamma Carlotta aufgetaucht war.

»Moin. Was darf's sein?«

Aber es wurde ihm keine Bestellung aufgetragen, sondern eine weibliche Stimme fragte: »Was sagen Sie da? Ihre Cousine ist ermordet worden?«

Mamma Carlotta fuhr herum. Hinter ihr stand Flora Engelbeck, schön und gepflegt wie immer, elegant gekleidet, mit einem besorgten Ausdruck im Gesicht. »Das ist ja schrecklich. Dass sie eine Varietéveranstaltung stört, ist doch kein Grund, sie umzubringen.«

»No, no!« Mamma Carlotta beeilte sich, zu versichern, dass ihre Cousine zum Glück noch am Leben sei, dass sie aber operiert werden musste und noch in der Nordseeklinik liege.

Frau Engelbeck zeigte sich angemessen erschüttert, bedauerte, dass Violetta mit der Herstellung der Puppenkleider in Verzug geraten würde, und reagierte nicht so lapidar wie Tove und Fietje. Eine wirklich angenehme Frau. Wenn sie nicht ... Mamma Carlotta war froh, dass sie nichts bei sich trug, was die Begierde einer notorischen Taschendiebin wecken konnte.

Flora Engelbeck orderte einen Espresso, als Tove Griess sie zum zweiten Mal nach ihren Wünschen fragte. »Eigentlich bin ich nur vorbeigekommen, um nachzusehen, ob Sie einen Fernseher besitzen.«

Tove warf sich in die Brust. »Alles schon geregelt. Der Fernseher funktioniert, ich habe es soeben überprüft.«

Flora Engelbeck war sehr zufrieden. Sie trank ihren Espresso, legte ein Geldstück auf die Theke und ging zur Tür. »Wir sehen uns dann heute Nachmittag.«

Mamma Carlotta blickte ihr nach. Durchs Fenster konnte sie sehen, wie Flora Engelbeck den Hochkamp hinunterging. »So vornehm, so elegant! Und trotzdem ...«

»... eine diebische Elster«, ergänzte Fietje. Dann fluchte er erst mal ausgiebig, weil ihm eine Masche von der Nadel gerutscht war, die er erst nach vielen vergeblichen Versuchen wieder dorthin bugsiert hatte, wo sie hingehörte. »Die hat komische Sachen in ihrem Hotelzimmer.«

Tove schlug mit der Faust auf die Theke. »Warst du schon wieder nachts unterwegs?« Er sah aus, als wollte er Fietje sein Strickzeug entreißen. »Ich weiß gar nicht, was ich schlimmer finde, eine strickende Schwuchtel in meiner Imbissstube oder einen verfluchten Spanner.«

Mamma Carlotta stand auf und ging zum Fenster, als wollte sie Flora Engelbeck so lange wie möglich hinterhersehen. Wenn von Fietjes merkwürdiger Gewohnheit die Rede war, durch die Fenster fremder Leute zu sehen und sich in die Intimitäten anderer einzuschleichen, nahm sie sich gerne zurück, bis das Thema erledigt war. Dass Fietje ein Spanner war, konnte sie leicht vergessen, wenn Tove nicht darüber redete und Fietje nichts tat, womit er sich verriet. So wie jetzt.

»Selber schuld, wenn sie die Gardinen nicht zuzieht«, sagte er. »Wer komische Gewohnheiten hat, sollte im Übrigen kein Zimmer im Erdgeschoss beziehen.«

»Du bist es, der komische Gewohnheiten hat«, schimpfte Tove. »Was hast du davon, wenn du anderen beim Ausziehen oder beim Bumsen zuguckst?«

»Finito!« Nun wurde es Carlotta zu bunt. Das wollte sie nicht hören. »Hat die Signora etwa Diebesgut in ihrem Zimmer?«

Fietje zuckte mit den Schultern. »Zwei Laptops und ganz viele Fotografien, die sie sich manchmal stundenlang anguckt. Vermutlich geklaut.«

»Zwei Laptops?« Tove sah seinen Stammgast an, als fragte er sich, ob er bis zwei zählen könne. »Wozu braucht ein Mensch zwei Laptops? Einer reicht doch wohl.«

»Finde ich auch«, meinte Fietje. »Also wird einer davon wohl geklaut sein. Vielleicht sogar beide.«

»Madonna«, flüsterte Mamma Carlotta. Nun würde sie wohl wirklich mit Erik reden und ihm erklären müssen, dass Flora Engelbeck trotz ihrer Vornehmheit und Prominenz eine Diebin war.

Fietje sah sie scharf an, als hätte er ihre Gedanken erraten. »Kommen Sie bloß nicht auf die Idee, Signora, Ihrem Schwiegersohn davon zu erzählen. Ich will keinen Ärger.«

»Den kriegst du garantiert«, schimpfte Tove, »wenn der Hauptkommissar davon erfährt. Den hast du auch verdient.«

Fietje sah weiterhin nur Mamma Carlotta an. »Ich werde alles abstreiten, damit Sie's nur wissen.«

»Das wird nix nützen«, höhnte Tove.

»Eine Durchsuchung ihres Hotelzimmers würde auch nix nützen«, kam es von Fietje. »Die Engelbeck hat das Diebesgut nämlich schon weggebracht. Anscheinend gibt es einen Hehler. Dort hat sie einen Laptop hingebracht. Nur einen! Den anderen hat sie behalten.«

Mamma Carlotta sah ihn entgeistert an. »Das haben Sie auch gesehen?«

Fietje nickte, als hätte er nur eine belanglose Beobachtung gemacht. »Sie hat das Ding in eine schwarze Tasche gesteckt und ist zu dem großen weißen Apartmenthaus neben dem Haus am Kliff gegangen. Schloss am Meer! Ein ziemlich großspuriger Name. Wie ein Schloss sieht das Haus nun wirklich nicht aus. Da ist sie nicht lange geblieben. Und als sie wieder rauskam, hatte sie die schwarze Tasche nicht mehr dabei.« Erschöpft verstummte er und winkte ein weiteres Jever herbei, um sich neue Kraft anzutrinken.

Die Staatsanwältin hatte viel von ihrer Friedfertigkeit verloren, die sie an den Tag gelegt hatte, seit sie im Mordfall Gunnar Thomann ermittelte. Der Tod des Mannes, den sie einmal geliebt, mit dem sie sogar eine Weile zusammengelebt hatte, schien ihr gezeigt zu haben, dass das Leben nicht nur aus Arbeit und Karriere bestand, dass es vieles gab, was wichtiger war, und einiges, was seine Zeit hatte und sich dann, wenn sie abgelaufen war, nicht wiederholen oder gar nachholen ließ. Diese Erkenntnis hatte eine weiche Seite zum Vorschein gebracht, von der Erik vorher nichts geahnt hatte, nicht einmal nach ihrem ersten Kuss. In den letzten Tagen war Dr. Tilla Speck durchweg freundlich, großzügig und sogar zurückhaltend gewesen, sie hatte Erik nicht reingeredet und nie darauf gepocht, dass sie, die Staatsanwältin, die Herrin der Ermittlungen war.

Nun schien es damit vorbei zu sein. Sie bewegte sich wieder mit knallenden Absätzen vorwärts, mit zurückgeworfenem Kopf und rhythmischen Schulterbewegungen, ihre Stimme war nicht mehr sanft, sie schlug ihren Gesprächspartnern die Worte wieder um die Ohren. »Wir müssen der Sache nun endlich auf den Grund kommen, Erik.«

Er hatte sogar erwartet, dass sie ihn wieder »Wolf« nennen würde, und es wäre ihm nicht einmal unrecht gewesen. Der Abend am Meer war mit einem Mal weit weg.

Die Staatsanwältin war stets einen halben Meter vor Erik und Sören und ihnen immer einen Schritt voraus. Vielleicht wäre es richtig, nach ihrer Hand zu greifen, um die Harmonie wieder herzustellen, die es in den letzten Tagen gegeben hatte. Aber Erik war klar, dass sie ihn abgeschüttelt hätte. Und natürlich wollte er auch keine Vertraulichkeiten in Sörens Gegenwart austauschen. Eigentlich war er nicht einmal sicher, ob er diese Harmonie überhaupt zurückhaben wollte. Er fühlte sich Tilla noch immer nicht gewachsen. Nicht einmal in der vergangenen Nacht am Meer, das wurde ihm jetzt klar. Die Berührungen, das Sich-einander-Anvertrauen, das Zärtliche in der Stimme, die weichen Lippen – all das war nicht selbstverständlich gewesen, es war von Staunen begleitet worden. Und die Frage, ob es richtig war, ob es vernünftig, sogar ob es schön war, hatte der Wind nicht mitnehmen können.

Erik spürte den Blick, den Sören ihm zuwarf, erwiderte ihn jedoch nicht. Sein Assistent hatte offenbar auch bemerkt, dass die Staatsanwältin verärgert war, über sich selbst, über Erik und Sören, über das Polizeirevier Westerland, über Gott und die Welt. Womöglich fragte Sören sich, was in der vergangenen Nacht zwischen seinem Chef und der Staatsanwältin geschehen war.

Erik stolperte über eine winzige Unebenheit und wäre beinahe gestürzt. Würde so seine berufliche Zukunft aussehen, wenn er sich weiter auf Tilla Speck einließ? Würde er dann privat alles Dienstliche regulieren müssen und das Dienstliche nicht aus dem Privaten heraushalten können? Kein schöner Gedanke.

Auf ein Fischbrötchen würden sie verzichten müssen, das wurde schnell klar. Die Staatsanwältin schlug nicht den Weg zum Kurzentrum ein, sondern visierte den Strandübergang am Dünenhof zum Kronprinzen an. Sie hatten beschlossen, zum Strand zu gehen, und Erik war sicher, dass Sören genau wie er daran gedacht hatte, sich bei Gosch an die Kliffkante zu stellen und mit einem Fischbrötchen in der Hand über ihren Fall nachzudenken, zu reden und die weiteren Maßnahmen zu besprechen. Aber wie es aussah, brauchte Tilla die Einsamkeit. Und sie kam nicht auf die Idee, sich rückzuversichern, ob auch Erik und Sören diesen Wunsch hatten. Erik merkte, dass Ärger in ihm aufstieg. Noch vor wenigen Stunden hätte er gesagt, die Staatsanwältin habe sich positiv verändert, jetzt neigte er eher zu der Meinung, dass sie launisch war, mal besser, mal schlechter aufgelegt, meistens eben mürrisch und unausstehlich.

Sie blieb erst auf der hohen hölzernen Treppe stehen, die zum Strand hinabführte, und lehnte sich an das Geländer. »Damian Staufer war es nicht«, sagte sie, als duldete sie keinen Widerspruch.

Erik hätte ihr gerne schwerwiegende Indizien entgegengehalten, aber auch er glaubte nicht daran, dass der Schauspieler aufgrund einer Rolle, die er vor Jahren gespielt hatte, zu einem brillanten Messerwerfer geworden war. Außerdem war seine Motivation nicht stark genug. Violetta hat ihn geärgert, deswegen brachte man niemanden um. Er hatte ihr diese Illoyalität heimgezahlt, indem er ihr kündigte. Das reichte.

»Vielleicht gibt es etwas zwischen Violetta Menardo und Damian Staufer, was wir nicht wissen?«, überlegte Sören. »Vielleicht hat sie ihn in der Hand? Kann sie ihn erpressen? Weiß sie etwas, was für einen Prominenten wie Damian Staufer tödlich sein kann?«

Erik schüttelte den Kopf, sehr langsam und bedächtig. Und er merkte, dass er von der Staatsanwältin gereizt beobachtet wurde. Jetzt war er also wieder der viel zu behäbig agierende Kriminalhauptkommissar, dem sie immer so gerne Beine machte.

»Unser Täter war niemand, der sich ein interessantes Hobby ausgesucht hat. Wer aus einer Entfernung von mehreren Metern haargenau eine Stelle im Hals seines Opfers trifft, ist sehr, sehr gut. Mit Sicherheit ein artistischer Messerwerfer, auf keinen Fall ein Hobbywerfer. Wenn Damian Staufer sich intensiv mit dem Messerwerfen befasst hätte, wäre das längst in den Zeitschriften erschienen. Die Yellow Press stürzt sich doch auf alles, was ein Prominenter an Besonderheiten zu bieten hat.«

Sören wiegt den Kopf. »In Kalabrien? Da kriegt doch niemand mit, wenn ein Schauspieler Unterricht im Messerwerfen nimmt.«

»Wohl aber seine Haushälterin«, meinte Erik.

»Wenn dieser Schauspieler heimlich trainiert«, entgegnete die Staatsanwältin, »würde das ja bedeuten, dass er von langer Hand einen Mord geplant hat. Die Probleme mit Gunnar haben sich aber erst in letzter Zeit ergeben. Und Amy Wernicke ...? Wie die da drinhängt, wissen wir sowieso nicht.«

»Was ist überhaupt mit dem ersten Überfall auf Violetta Menardo?«, erinnerte Sören. »Ich habe schon mal gesagt, dass wir uns auch darum kümmern müssen.«

Nun herrschte wieder Einvernehmen zwischen Erik und der Staatsanwältin. Sie sahen sich an und wussten beide, dass Sören recht hatte. Tilla Specks Stimme klang regelrecht schuldbewusst. »Sie meinen, auch das war unser Täter?«

»Keine Ahnung.« Sören zuckte die Schultern. »Aber es war jemand, dem eine Gewalttat angelastet werden muss. Und wir? Wir suchen ihn nicht einmal.«

Die Staatsanwältin sah aufs Meer hinaus, Erik folgte ihrem Blick. Beide sahen sie nicht die Schiffe am Horizont, nicht die Möwen, die auf dem Wind segelten, nicht die Farbe des Wassers, nicht die Gischtkronen oder die auslaufende Brandung. »Was haben Gunnar Thomann, Amy Wernicke und Violetta Menardo miteinander zu tun?«, fragte die Staatsanwältin. »Es muss doch einen gemeinsamen Nenner geben.«

Aber sie bekam keine Antwort.

»Und Wernicke?«, fuhr sie nach einer Zeit des Wartens fort. »Der hat kein Alibi, aber ein Motiv. Jedenfalls, was den Mord an Gunnar angeht. Warum er aber seine Frau und Violetta Menardo umbringen sollte ...« Es war ihr ein Rätsel, sie musste es nicht aussprechen. »Warum hat er sich dann nicht damit begnügt, den Liebhaber seiner Frau umzubringen? Und kann der überhaupt mit einem Wurfmesser umgehen?«

Aber auch auf diese Frage erhielt sie keine Antwort. Nach einer kurzen Zeit des Schweigens sagte Erik: »Hätte er dann den Laptop und das Handy seiner Frau verschwinden lassen?«

»Vielleicht, um uns auf eine falsche Spur zu lenken«, meinte die Staatsanwältin. »Wir sollen glauben, ihr Tod hätte etwas mit ihrer Arbeit zu tun.«

Sören sah aus, als wollte er endlich einen Knoten durchhacken. »Was ist mit dem Varieté-Direktor? Wir haben vergessen, dass wir ihn befragen wollten. Wir waren schon auf dem Weg nach List ...«

Erik nickte. »Ich rufe ihn an. Vielleicht ist er jetzt zurück.«

Carlotta hatte es noch immer nicht geschafft, die beiden Männer von Fietjes unangenehmer Gewohnheit abzubringen. Dass er ein Spanner war, der schon mehr als einmal nicht nur mit der Polizei, sondern auch mit der Kurverwaltung in Konflikt geraten war, wollte sie einfach nicht zur Kenntnis nehmen. Und wenn sie mit der Nase darauf gestoßen wurde, ging es ihr nur darum, so schnell wie möglich zu vergessen, dass Fietje womöglich irgendwann seinen Arbeitsplatz verlieren würde. Es war ihm schon mehrfach angedroht worden.

»Reiß dich endlich am Riemen«, schimpfte Tove. »Was willst du machen, wenn die Kurverwaltung dich rausschmeißt? Auf Sylt findest du nie im Leben einen neuen Job.«

Darauf antwortete Fietje nicht. Er nahm wieder sein Strickzeug zur Hand, zählte die Maschen auf jeder seiner vier Nadeln und nahm die fünfte, um sich an die nächste Reihe zu machen. »Ich muss jetzt abnehmen«, sagte er zu Mamma Carlotta. »Die Reihen müssen immer kürzer werden, damit die Mütze oben irgendwie zusammenwächst. Wissen Sie, wie das geht?«

»Einfach in jeder Reihe viermal zwei Maschen zusammenstricken«, antwortete sie mechanisch, obwohl sie noch immer bei dem war, was Fietje gerade verraten hatte.

Tove ging in die Küche, kam mit einem Smartphone zurück und legte es vor Fietje hin. »Hier! Habe ich aufgeladen! Jetzt kauf dir aber endlich ein Netzteil.«

Fietje starrte das Smartphone feindselig an. »Erst mal gucken, ob sich das lohnt.« Er legt das Strickzeug zur Seite und nahm es vorsichtig zur Hand, als könnte er sich daran verbrennen. »Wenn ich eine PIN brauche, kann ich es gleich wieder wegwerfen.«

Mamma Carlotta bat um einen weiteren Cappuccino. »Sie haben Ihre PIN vergessen?«, fragte sie, stolz darauf, dass sie sich mit derart aktuellen Begriffen auskannte. Aber da Carolin und Felix und natürlich auch ihr Schwiegersohn Besitzer von Smartphones waren, hatte sie schon oft davon reden hören, dass vor der Benutzung eines solch modernen Gerätes die Eingabe einer vierstelligen Zahl stand. Sie wusste sogar, dass in Italien dann von »perno« die Rede war, denn natürlich hatten auch ihre Kinder und die älteren Enkelkinder dort Smartphones.

Fietje hatte den Ein-und-Aus-Schalter gefunden und ließ das Display des Smartphones flackern. Darauf legte er es resigniert zur Seite. »War ja klar. Ich brauche die PIN.«

»Habe ich dir doch gleich gesagt«, gab Tove zurück. Mit einem Blick auf Mamma Carlotta ergänzte er mit einer Stimme, die nicht zu ihm passte: »Wenn man ein Smartphone findet, muss man es im Fundbüro abgeben.«

Mamma Carlotta setzte sich aufrecht hin und funkelte Fietje an. »Sie haben das Smartphone gefunden? Und haben es behalten?«

Fietje warf Tove einen zornigen Blick zu und widmete sich wieder seinem Strickzeug, damit er der Schwiegermutter des Kriminalhauptkommissars nicht in die Augen blicken musste. Ob ihre Vorwürfe zu ihm durchdrangen, war nicht zu erkennen, er hatte in seinem Leben schon so viel zu hören bekommen, was ihm nicht gefiel, dass er sich eine dickhäutige Ignoranz zugelegt hatte. Was nicht zu ändern war, ließ er zum einen Ohr rein und zum anderen wieder raus, und was er nicht ändern wollte, ebenfalls.

Erst als Mamma Carlotta fertig war mit ihren Vorhaltungen, die ihr so glatt von der Zunge gegangen waren, weil sie sie ihren sieben Kindern früher regelmäßig gemacht hatte, sagte Fietje: »Was kann ich dafür, wenn die Leute von der Spurensicherung so schlampig arbeiten?«

Was das bedeuten sollte, begriff Mamma Carlotta erst, nachdem sie einen Schluck Cappuccino getrunken und Tove erklärt hatte, dass das, was er seinen Gästen anbot, in Italien mit einer Geldbuße bestraft würde … da verstand sie. »Intende … Sie meinen … Vuole dire … Sie wollen sagen …« Nur mit großer Mühe fand sie zu den deutschen Vokabeln zurück. »Das Telefonino gehört der Toten, die am Strand gefunden wurde?«

Fietje sah nicht auf und widmete sich mit einer solchen Aufmerksamkeit seinem Strickzeug, dass sein schlechtes Gewissen über seine zur Schau getragene Gleichmut siegte. »Wissen tu ich's nicht. Aber ich habe es in der Nähe gefunden. Es war wohl die Düne runtergerutscht, dort haben die Leute von der Spurensicherung scheinbar nicht gesucht.«

Mamma Carlotta, die große Stücke auf Kommissar Vetterich hielt, wenn er auch leider nicht zu denen gehörte, die sich gern an ihren Tisch bitten ließen, war sicher, dass die KTU die ganze Umgebung des Fundortes abgesucht hatte. »Signor Tiensch!« Sie erhob sich und baute sich vor ihm auf. »Sie haben das Telefonino nicht gefunden, sondern gestohlen.«

»Was herumliegt, wird gefunden und nicht gestohlen.«

»Was in der Nähe einer ermordeten Frau herumliegt, ist wichtig für die Ermittlungen.« Mamma Carlotta zeigte aufgeregt auf das Smartphone. »Das müssen Sie bei meinem Schwiegersohn abgeben.«

Fietje Tiensch wollte sich an die Stirn tippen, vergaß, dass er eine Stricknadel in der Hand hatte, und hätte sich beinahe ein Auge ausgestochen. »So was gibt man entweder sofort ab oder nie. Wenn ich jetzt damit ankomme, wird mir Ihr Schwiegersohn die Ohren lang ziehen.«

»Sie hätten es verdient! Auf dem Telefonino könnten Fingerabdrücke sein, die den Täter verraten. Oder diese Journalistin hat vor ihrem Tod mit dem Mörder telefoniert. Oder ...«

»Fingerabdrücke können Sie vergessen«, unterbrach Fietje. »Da sind höchstens meine drauf. Alle anderen sind garantiert weg.«

»Das weiß man nie. Kommissar Vetterich hat schon häufig etwas gefunden, woran vorher niemand geglaubt hat.«

»Und wenn nicht? Dann kriege ich Ärger, weil meine Fingerabdrücke die von dem Mörder überdeckt haben.«

»Das geschieht Ihnen dann ganz recht.« Mamma Carlotta hielt ihm ihre geöffnete Hand hin. »Sie geben mir jetzt das Telefonino.«

»Wozu?«

»Damit ich es meinem Schwiegersohn geben kann.«

»Nun mach schon, Fietje«, ging Tove dazwischen. »Jetzt hast du dich verplappert, jetzt kannst du das Ding nicht mehr behalten.«

»Ohne PIN nützt mir das ja sowieso nix«, maulte Fietje und bat Tove um eine Serviette. Damit wischte er das Smartphone so gründlich ab, bis er hoffen konnte, dass kein Fingerabdruck von ihm mehr zu erkennen war. »Nun sorgen Sie mal dafür, dass möglichst viele Fingerabdrücke von Ihnen da draufkommen«, sagte er, während er Mamma Carlotta das Smartphone aushändigte. »Und dann behaupten Sie, Sie hätten das Ding gefunden.«

»Io? Aber ... ich war doch heute gar nicht am Strand.«

»Dann sagen Sie eben, Sie wären dort gewesen. Sie haben das Ding gefunden und es zunächst mir gegeben.«

Tove lachte hämisch. »Heute? Ein Smartphone, das zwei Tage im Sand gelegen hat, sieht anders aus. Das ist wahrscheinlich nicht mehr zu gebrauchen.«

Fietje wurde nervös. »Dann sagen Sie eben, Sie hätten es am Fuß der Treppe gefunden.«

»Und wie soll ich auf die Idee gekommen sein, dass das Handy etwas mit dem Mord zu tun hat?«

Fietje bestellte erst mal ein neues Jever, dann antwortete er: »Im Grunde weiß das ja niemand. Es ist nur eine Vermutung, dass das Smartphone der Toten gehört hat.«

»So ein Quatsch!«, knurrte Tove. »Wenn das Ding in der Nähe gelegen hat, wird es ihr gehört haben. Und wenn es nicht völlig versandet ist, dann hat es nicht die ganze Nacht am Strand gelegen.«

»Dann sagen Sie eben ...« Fietje war erstaunlich schnell im Erfinden neuer Lügen. »Dann sagen Sie eben, das Ding wäre bei mir abgegeben worden. Ich habe es Ihnen erzählt – rein zufällig – und Sie sind auf die Idee gekommen, dass Ihr Schwiegersohn Interesse daran haben könnte.« Er zählte die Maschen auf jeder seiner vier Nadeln, dann fragte er, als wäre nichts gewesen: »Auf jeder Nadel und in jeder Reihe eine Masche abnehmen?«

Mamma Carlotta bestrafte ihn, indem sie seine Frage nicht

beantwortete. Sie knetete das Telefon mit beiden Händen, versah es mit Unmengen von Fingerabdrücken und klagte währenddessen lauthals darüber, dass sie gezwungen sei zu lügen, um ihrem Schwiegersohn bei der Arbeit zu helfen und einen Amico vor der Verhaftung zu retten. Das deutsche Wort »Freund« war ihr zu gewagt erschienen. Zwar nannte sie Tove und Fietje ihre Sylter Freunde, aber die beiden selbst wussten nichts davon. Dass sie damit einverstanden wären, mit der Schwiegermutter des Kriminalhauptkommissars befreundet zu sein, bezweifelte Mamma Carlotta stark. Die beiden waren ja nicht einmal damit einverstanden, sich gegenseitig Freunde zu nennen. Wann immer Mamma Carlotta von der Freundschaft zwischen ihnen sprach, bestritten sie heftig jedes freundschaftliche Gefühl und behaupteten sogar in seltener Einigkeit, den jeweils anderen überhaupt nicht leiden zu können.

Sie waren mittlerweile im provisorischen Polizeirevier angekommen. Zunächst gingen sie ins Revierzimmer, um sich zu erkundigen, ob Enno Mierendorf und Rudi Engdahl neue Erkenntnisse gewonnen hatten. Erik wäre es lieber gewesen, wenn die Staatsanwältin sie nicht begleitet hätte. Die Geringschätzigkeit, mit der sie die beiden bedenken würde, wenn sie nichts vorzuweisen hatten, was ihnen weiterhelfen konnte, machte ihm jetzt schon zu schaffen. Sie würde sich ja doch nicht ändern.

Aber tatsächlich strahlte Enno Mierendorf ihnen entgegen. »Sie kommen genau richtig. Gerade bin ich auf einen Messerwerfer gestoßen, der zurzeit auf Sylt arbeitet.«

Erik sah ihn überrascht an. »Er arbeitet hier? Etwa im Fliegenden Varieté?«

»Bingo!« Enno Mierendorf strahlte. »Er tritt da als Jongleur auf. Mago nennt er sich. Ein Italiener.«

»Renato Capotto«, sagte die Staatsanwältin so leise, dass sie kaum zu verstehen war.

Enno Mierendorf warf einen Blick auf seine Unterlagen. »Stimmt!« Dann sah er aus, als wäre er schwer enttäuscht. »Sie kennen ihn schon?«

Erik ließ sich auf den nächsten freien Stuhl sinken, die Staatsanwältin auf einen anderen, Sören blieb stehen, als wollte er zeigen, dass er sich von einer noch so sensationellen Nachricht nicht von den Beinen holen ließ.

»Was hat Renato Capotto mit Gunnar Thomann und Amy Wernicke zu tun?«, fragte Erik.

»Vielleicht gar nichts«, gab die Staatsanwältin zurück.

»Ja, es kann Zufall sein«, bestätigte Sören. »Was für ein Motiv sollte er haben?« Er wandte sich an Enno Mierendorf. »Schau mal nach der Telefonnummer des Fliegenden Varietés. Wie können wir den Varieté-Direktor erreichen?«

Rudi Engdahl war schneller als sein Kollege und reichte Sören einen Zettel mit einer Handynummer. Und diesmal ging Mario Brozowski schon nach dem ersten Klingeln dran.

»Stimmt«, bestätigte er, nachdem er sich Sörens Frage angehört hatte. »Mago war mal ein hervorragender Messerwerfer. Aber seit Peggy krank ist, musste er das Messerwerfen aufgeben. Sie hatte nicht mehr die Nerven dafür. Peggy hat sich jahrelang an eine Wand gestellt, und Mago hat die Messer geworfen, zwei, drei Zentimeter von ihrem Körper entfernt. Wenn sie die Wand verließ, hatten die Messer den Umriss ihres Körpers hinterlassen. Später hat sie sich sogar auf eine drehende Scheibe schnallen lassen, und Mago hat Messer mit brennenden Fackeln geworfen. Als sie gerade mit dem Axtwerfen angefangen hatten, kam die Krankheit. Mit ihr hat Peggy Sicherheit und Vertrauen verloren. Ob sie es jemals zurückgewinnt? Man weiß es nicht.«

Sören hatte den Lautsprecher des Telefons angestellt, damit Erik und die Staatsanwältin mithören konnten, und fragte zum besseren Verständnis noch einmal nach. »Jetzt hat sie ihm nur noch die Dinger gereicht, mit denen er jonglierte?«

»Er ist ein ebenso exzellenter Jongleur«, kam es zurück. »Aber ich weiß, dass er täglich seine Messer wirft, um nicht aus der Übung zu kommen. Er liebt die Gefahr. Wenn Peggy gesund ist, werden die beiden eine neue Show einüben. Irgendwas Außergewöhnliches, das haben sie mir schon verraten. Aber sie wollen es geheimhalten, damit sie niemand nachahmen kann, ehe sie so weit sind.« Die Stimme des Varieté-Direktors wurde sehr ernst. »Messerwerfer brauchen viel Ruhe, private Sorgen sind Gift für sie. Sie nehmen ihnen die ruhige Hand.«

Als Sören aufgelegt hatte, sah er mürrisch aus. »Der Direktor kennt keine Adresse, er konnte uns nur Magos Handynummer nennen. Er hat mit ihm telefoniert, aber wo er sich aufhält, weiß er nicht. Mago hat Hals über Kopf die Insel verlassen.«

»Das ist doch verdächtig«, rief Rudi Engdahl.

»Leider nicht.« Die Stimme der Staatsanwältin klang, als sollte ein trockener Scherz folgen. »Er ist vor einer Frau davongelaufen.«

Enno und Rudi lachten ungläubig. »Ist sie so hässlich?«

Sören war der Einzige, der mitlachte. »Sie hat ihn auf offener Bühne vor versammeltem Publikum attackiert, weil er ihr vor dreißig Jahren das Herz gebrochen hat. Das hat ihm wohl mehr Angst gemacht, als wenn er abends, am Ende seiner Show, an einem Seil an die Decke des Varieté-Zeltes gezogen wird.«

Rudi Engdahl meinte nach einer Weile des Nachdenkens, das könne er verstehen, während Enno Mierendorf behauptete, dieser Mago sei eine Memme. Und es sah so aus, als würde sich die Diskussion zwischen den beiden, wann ein Mann ein Feigling und wann er ein kluger Kopf war, noch eine Weile hinziehen.

Erik, Sören und die Staatsanwältin gingen nach nebenan ins Telekomgebäude, fuhren mit dem Aufzug in die dritte Etage und öffneten die Tür zu Eriks Büro. Die Staatsanwältin machte gleich wieder kehrt und begab sich auf die Suche nach einem

Kaffeeautomaten. »Bestimmt gibt es hier so was. Die Leute von der Telekom brauchen ja auch mal was zur Stärkung.«

Tatsächlich kam sie ein paar Minuten später mit drei Kaffeebechern zurück, einen in jeder Hand, den dritten zwischen die beiden geklemmt. Sie trat mit dem Fuß gegen die Tür, damit sie eingelassen wurde. »Sorry, Hände und auch Ellbogen waren nicht einsatzfähig.«

Während sie ihren Kaffee schlürften, breitete sich die Stille zwischen ihnen wie ein kalter Windstoß aus, der sich nur allmählich in der Raumtemperatur auflöste. Erik und Sören konnten gut gemeinsam schweigen, keiner fühlte sich vom anderen gedrängt, etwas zu sagen, für keinen war das Schweigen unangenehm. Zusammen mit der Staatsanwältin war das natürlich etwas anderes. Aber zu Eriks Erstaunen fügte sie sich in die Stille. Vielleicht lag es daran, dass sie mit der Umgebung nicht vertraut waren, alle drei gleichermaßen. Der Geruch des Bodens und der Wände war fremd, die Geräusche, die hereindrangen, ebenfalls, und das Mobiliar hatte noch keine Probe bestanden. Erik lehnte an seinem Schreibtisch, ohne eine bequeme Position zu finden, die Staatsanwältin am Aktenschrank und Sören an der Fensterbank. Alle rutschten sie hin und her und fanden nichts, an das ihr Rücken, ihre Schulterblätter, ihre Hüftknochen gewöhnt waren.

Schließlich gab Erik es auf, ging an seine Schreibtischschublade und holte eine Tafel Schokolade heraus. Trauben-Nuss! Er teilte sie in handliche Stücke, dann erst wickelte er sie aus und reichte sie herum.

Tilla Speck murmelte »aber nur ausnahmsweise«, und Sören brummte, dass ihm Salmiakpastillen eigentlich lieber wären. Er kaute sein Stück hastig, die Nüsse knackten hörbar, die Staatsanwältin machte es dagegen so wie Erik. Er ließ die Schokolade immer im Mund schmelzen, bis auf seiner Zunge nur noch Trauben und Nüsse lagen, dann erst biss er zu.

»Was haben wir bis jetzt?«, fragte die Staatsanwältin und

hielt den Daumen in die Höhe. »Eine Unternehmerfamilie, die einen Film verhindern möchte.« Nun kam der Zeigefinger dran. »Ein Schauspieler, der eine Rolle haben will und sie nicht bekommt.« Mit dem Mittelfinger spreizte sie die drei so weit wie möglich. »Und ein Ehemann, der von seiner Frau betrogen wird.«

Sören ergänzte so trocken, als wollte er einen Scherz machen: »Und einen Artisten, der mal Messerwerfer war, der vor einer Frau geflüchtet ist und sowieso kein Motiv hat.«

Erik wurde nachdenklich. »Vielleicht sollten wir uns näher mit ihm befassen. Womöglich gibt es doch eine Verbindung zwischen ihm und den beiden Opfern.«

Die Staatsanwältin warf ihren Kaffeebecher in den Papierkorb. »Ich schlage vor, wir fahren nach Flensburg und nehmen Gunnars Büro auseinander. Vielleicht hätte ich mich doch nicht auf die Auskünfte des Geschäftsführers verlassen sollen.«

Mamma Carlotta richtete das marinierte Gemüse auf einer großen Platte an, garnierte es mit frischen Kräutern und schob die Panini in den Backofen. Alles war vorbereitet. Den Tisch hatte sie bereits gedeckt, die Nudeln waren gekocht, Tomaten und Mozzarella gewürfelt, das Pesto stand bereit. Und natürlich wartete die Mascarpone-Espresso-Creme längst im Kühlschrank. Dass Erik, Sören und Tilla am Nachmittag nach Flensburg hatten fahren müssen, war wirklich ärgerlich. Tilla hatte Carlotta aus dem Auto angerufen und ihr gesagt, dass noch völlig unklar sei, wann sie heimkommen würden. Aber – und das hatte Mamma Carlotta sofort versöhnt – sie würden mit größtem Appetit zurückkehren und während der Durchsuchung in Flensburg an nichts anderes denken als an Antipasti, Primo, Secondo und Dolce. Und Tilla werde sich auf dem Rückweg auf ihrem Laptop die Sendung des NDR ansehen, in der es um Floras Charity ging.

Mamma Carlotta hatte sich also die Zeit nehmen können,

einen Besuch bei Violetta im Krankenhaus zu machen. Dafür hatte sie sogar darauf verzichtet, mit allen anderen noch lang und breit darüber zu reden, wie schrecklich kurz die Berichterstattung ausgefallen war und wie flüchtig der Kameraschwenk über die handarbeitenden Wohltäter gewesen war. Von Mamma Carlotta und Frau Kemmertöns waren lediglich die Beine zu sehen gewesen, und das auch nur eine knappe Sekunde. Groß ins Bild waren nur die beiden Männer gekommen: Fietje Tiensch an der Theke und Felix Wolf neben Verena, die sich auf diese Weise ebenfalls über einen bevorzugten Platz hatte freuen können. Obwohl ihr Enkel am selben Tisch gesessen hatte, war von seiner Großmutter nicht mal eine Fingerspitze zu erkennen gewesen. Eine herbe Enttäuschung! Und was für eine Ungerechtigkeit! Nur weil Männer sich neuerdings trauten, in aller Öffentlichkeit etwas zu tun, was nach Carlottas Auffassung nach wie vor den Frauen vorbehalten sein sollte, wurden sie umgarnt und mit einer Sonderbehandlung belohnt.

Über Flora Engelbeck und ihr Engagement war natürlich umfangreich berichtet worden, sie war ausführlich zu Wort gekommen, hatte aber nicht vergessen, ihre Helferlein und Heinzelmännchen, wie sie die handarbeitenden Männer und Frauen scherzhaft nannte, ausgiebig zu loben. »*Wohltätigkeit und Geselligkeit*, das ist das Prinzip meiner Charity-Veranstaltungen.« Alles in allem war die Sache jedoch ziemlich unbefriedigend gewesen. Mamma Carlotta, die sich schon darauf gefreut hatte, auf der Piazza von Panidomino einen ausführlichen Bericht zu geben, wollte nun alles andere als das. Ihr Enkel Felix mit der Häkelnadel in der Hand! »Imbarazzante!« Sehr peinlich.

In ihrem Dorf würde man tagelang darüber diskutieren, ob ein Junge, der früh seine Mutter verloren hatte, mehr Beaufsichtigung nötig hatte als einer, der von seiner Mama zu geballter Männlichkeit erzogen wurde. Darum bemühte sich jede italienische Mutter, und Mamma Carlotta würde sich den Vorwurf gefallen lassen müssen, in diesem Fall nicht rechtzeitig eingegriffen zu haben. Also musste sie dafür sorgen, dass in Panidomino niemand etwas von diesem Fernsehbericht zu sehen bekam.

Dieser Ansicht war auch Violetta gewesen, die regen Anteil an dem nahm, was sie verpasst hatte. Ihr ging es erstaunlich gut, als Mamma Carlotta an ihr Bett trat. Die Fleischwunde war augenscheinlich nicht tief gewesen, der Operateur hatte ihr versichert, dass er sie sorgfältig genäht hatte, dass die Narbe später kaum zu sehen sein würde.

Violetta hatte sich auch wieder gesund genug gefühlt, um sich lauthals über Damian Staufer aufzuregen. »Er meint, ich hätte schweigen sollen, als ich von Gunnar Thomanns Tod erfuhr? Was denkt er sich? Ich habe doch gehört, wie er gesagt hat: Den Kerl bringe ich um. Der Schwiegersohn meiner Cousine ist Polizist, er musste doch darüber Bescheid wissen.«

Mamma Carlotta pflichtete ihr in allem bei, vor allem deswegen, um Violettas laute Stimme zu mäßigen. Sie lag in einem Dreibettzimmer, in dem auch zwei ältere Frauen untergebracht waren, die ruhebedürftig waren. Die beiden fuhren mehrmals erschrocken zusammen, als Violetta sich darüber ereiferte, dass die Nachthemden der Station schrecklich altmodisch seien und der Fernseher kein italienisches Programm zu bieten habe. Als sie darauf zu sprechen kam, dass Damian Staufer ihr gekündigt hatte, zeigte sich ihr Temperament derart ungezügelt, dass eine Schwester hereinstürzte, um sich zu erkundigen, ob jemand ein Schmerzmittel brauche.

An den Überfall selbst hatte Violetta keine Erinnerungen. Sie hatte die Westerlandstraße überquert, das wusste sie noch, wollte in den Süder Wung einbiegen und ... von diesem Augenblick an versagte ihr Gedächtnis. Sie wusste nicht, ob ihr jemand gefolgt war oder ihr jemand aufgelauert hatte, ob jemand mit einem Messer auf sie zugetreten war, ob der Angriff von vorne oder von hinten gekommen war. »Das muss ein Versehen gewesen sein. Wer sollte mich umbringen wollen?«

Mamma Carlotta erinnerte zaghaft an das, was zwischen den Wohnwagen des Fliegenden Varietés geschehen war, aber dafür hatte Violetta eine einfache Erklärung. »Renato wollte abhauen, und diese schreckliche Peggy wollte sich nicht von mir zurückhalten lassen. Das war etwas ganz anderes.«

Mamma Carlotta war froh, dass sie bald mit der Begründung heimfahren konnte, das Abendessen vorbereiten zu müssen. Während sie sich auf der Norderstraße die kleine Anhöhe am Nordwäldchen hinaufquälte, musste sie sich eingestehen, dass ihr der Gedanke gefiel, Violetta an diesem Abend nicht am Tisch sitzen zu haben.

»Madonna!«, stöhnte sie mehrmals in dem Rhythmus, in dem sie in die Pedale trat. So was durfte man eigentlich nicht denken, wenn es um eine Verwandte ging, noch dazu um eine, der das Schicksal übel mitgespielt hatte. Was sollte aus Violetta werden, wenn sie demnächst nicht mehr für Damian Staufer arbeiten konnte?

Zu Hause entschloss sie sich, die Koteletts schon zu braten, damit sie später nur noch überbacken werden mussten. Während sie das Pesto mit dem Parmesan zu einer Paste verrührte, die später auf die Koteletts gestrichen werden sollten, dachte sie an das Handy, das sie in ihren Handarbeitskorb gesteckt hatte. Dass sie Erik nicht die volle Wahrheit würde sagen können, belastete ihr Gewissen. Andererseits ... kam es nicht nur darauf an, dass er schleunigst dieses Handy erhielt, das womöglich ein Beweismittel war? Dass sie damit einen Diebstahl deckte, durfte in diesem Fall nicht so wichtig sein.

Sie legte die Koteletts in die Pfanne und sah ihnen beim Bräunen zu. Ja, es war ein Diebstahl gewesen, da konnte Fietje noch so viele Beschönigungen vorbringen. Er hatte das Handy aus dem Sand geklaubt, damit die Spurenfahnder es nicht in die Finger bekamen. Die Behauptung, Kommissar Vetterich und seine Leute hätten es übersehen, war eine glatte Lüge gewesen. Sie würde Fietje bei Gelegenheit noch eine kräftige Standpauke halten müssen. Was er getan hatte, war ja nicht weniger schlimm als die Diebstähle von Flora Engelbeck. Trotzdem war es natürlich undenkbar, Fietje zu verraten. Wenn Erik nun das Handy bekam und es ihm bei seinen Ermittlungen half, war ja alles noch mal gut gegangen.

Felix erschien mit seiner Häkelmütze in der rechten und dem Wollknäuel in der linken Hand, gefolgt von Kükeltje, die sich vor den Kühlschrank stellte und maunzte. »Ich bin bald fertig, Nonna!« Stolz präsentierte er einen gehäkelten Teller, dessen Rand sich tatsächlich wölbte. Noch ein paar Stäbchenreihen, und die Mütze würde auf seinen Kopf passen. »Ich glaube, ich hab's jetzt raus. Die nächsten Mützen für den Basar gehen ruckzuck, wetten?« Er ließ sich am Tisch nieder und machte sich hoch konzentriert an die Vollendung seiner Häkelmütze.

»Was ist mit Violetta?«, fragte er, bevor er das Finale anvisierte. Die letzten Reihen, die seine Mütze am Oberkopf schließen würden. »Ich hoffe, sie bleibt noch eine Weile im Krankenhaus?«

»Zwei, drei Tage, hat il medico gesagt.«

»Warum nicht eine Woche?«

»Felice! Du bist … molto cattivo!«

»Frauen!« Felix verdrehte die Augen, als hätte er jede Menge Erfahrungen mit dem weiblichen Geschlecht. »Was ist eigentlich mit der Staatsanwältin? Ist die scharf auf Papa?«

Mamma Carlotta ließ die Koteletts im Stich. »Glaubst du das etwa?«

»Das sieht doch ein Blinder. Aber Papa? Ist der auch scharf auf sie?«

Mamma Carlotta wandte sich wieder der Pfanne zu, damit Felix ihr Gesicht nicht sehen konnte. »Non so, Felice. Woher soll ich das wissen?«

»Weil du immer behauptest, du wärst ein Spezialist in Sachen Amore.«

Dieser Ansicht war Mamma Carlotta tatsächlich. Aber in diesem Fall wollte sie sich mit Vermutungen, erst recht mit Behauptungen zurückhalten. »Die Staatsanwältin ist eine wichtige Frau für deinen Vater. Dienstlich ...«

»Bisher konnte er sie nicht ausstehen.«

»Ich weiß.«

»Was hat sich denn eigentlich geändert?«

»Non so, Felice.«

»Sie sieht nicht schlecht aus.« Mit einem Mal verfiel er ins Bayerische, was seine Oma sich nicht erklären konnte. »Die hat ordentlich Holz vor der Hütt'n.«

Carlotta verstand kein Wort. »Holz? Hütte? Was meinst du?«

Zum Glück konnte Felix auch ein wenig Italienisch. »Grandi Titten, Nonna!«

»Felice! Das heißt grandi tette.«

»Sag ich doch.«

Es entspann sich eine temperamentvolle Diskussion darüber, was an einer Frau wichtig sei, wie man es ausdrücken sollte und mit welchen Worten alles Weibliche diskriminiert wurde. Bei solchen Fragen konnte Felix im Allgemeinen die meisten Punkte für sich verbuchen. Er suchte immerhin nach Argumenten, wenn sie auch noch so hanebüchen waren, während seine Oma argumentativ sehr schnell ins Leere lief und am Ende nicht mehr zu bieten hatte als: »Das gehört sich nicht!« und »Das war schon immer so«.

An diesem Punkt waren sie angekommen, als sie hörten, dass ein Auto vor dem Haus hielt. Carlotta stellte den Backofen an, damit die Panini ein paar Minuten später warm und knusprig auf den Tisch kommen würden, Felix ging, um die Tür zu öffnen, und Kükeltje stellte sich in Position, da sie gern die Rolle der Empfangsdame übernahm, allen Eintretenden schnurrend um die Beine ging und sich dafür kraulen ließ.

Die Durchsuchung von Gunnar Thomanns Büro war schneller vonstattengegangen, als sie erwartet hatten. Die Firma bestand nur aus drei Räumen, einem kleinen Chefbüro mit einem winzigen Vorraum, in dem Gunnar Thomanns Sekretärin residierte, einem großen Raum, in dem vier Mitarbeiter ihrer Arbeit nachgingen und einem kleinen Raum dahinter, in dem sich der Geschäftsführer eingerichtet hatte. Ein Mann von etwa vierzig Jahren, der eilfertig aufsprang, als er die Staatsanwältin erkannte.

»Tilla! Was für eine Überraschung!«

Sie begrüßten sich wie alte Freunde, trotzdem bemerkte Erik das Oberflächliche, Flüchtige. So wie die Staatsanwältin begrüßte Wieland Blum vermutlich jeden, den er kannte. Auch den beiden Polizeibeamten schüttelte er die Hände, als freute er sich über ihr Erscheinen. Erst als ihm Dr. Speck den Durchsuchungsbeschluss unter die Nase hielt, fiel das Verbindliche von ihm ab. »Wir haben doch schon darüber gesprochen. Vertraust du mir nicht?«

»Wieland ...« Die Staatsanwältin sprach ihn an wie eine Altenpflegerin einen renitenten Schutzbefohlenen. »Du kannst dir sicherlich denken, dass es nicht reicht, dir zu glauben. Ich brauche Fakten, die vor Gericht verwertbar wären. Da wir immer noch nicht weitergekommen sind, müssen wir jetzt genauer hinsehen.«

»Es geht immer noch um den Film, der auf Sylt gedreht werden sollte?«

»Um die Familie, die im Mittelpunkt steht. Wir haben noch keinen Namen gefunden.«

»Im Film werden es die Schüllers sein. Natürlich ein fiktiver Name.« Sein Gesicht verdüsterte sich. »Jetzt wird vermutlich nichts mehr draus.«

»Dann hätte der Mörder ja sein Ziel erreicht«, gab die Staatsanwältin zurück.

Wieland Blum machte eine große Geste, die sämtliche Büro

räume umfasste. »Was mag aus der Firma werden? Ich sehe mich schon nach einem neuen Job um.«

»Kann ich verstehen«, antwortete Tilla Speck. Dann hielt sie ihm die Hand hin. »Ich brauche alle Schlüssel, auch den des Tresors. Wir durchsuchen jetzt Gunnars Büro sehr gründlich.«

Nach zwei Stunden waren sie nicht klüger als zuvor. Auch im Tresor fand sich nichts, was auf die Familie hindeutete, die vermutlich dafür gesorgt hatte, dass ihre Fassade weiterhin glänzte.

»Alles sieht so aus wie ein ganz normaler Filmstoff«, hatte Sören gestöhnt.

Und Wieland Blum hatte ein weiteres Mal versichert, dass er nichts von einer Familie wüsste, die als reales Vorbild dienen sollte. »Gunnar hätte doch mit mir darüber gesprochen.«

Dass Amy Wernicke scheinbar mehr gewusst hatte als er, der Geschäftsführer, war ein schwerer Schlag für ihn gewesen. »Das verstehe ich nicht. Gunnar hat mir vertraut, wir hatten ein sehr gutes Verhältnis. Dass er Amy Wernicke eingeweiht hat und mich nicht ...« Wieland Blum hatte es nicht verstehen können.

Sie waren enttäuscht, als sie am Süder Wung ankamen. Erik stellte den Motor aus und öffnete die Fahrertür. »Mir scheint, da kommen wir nicht weiter. Jetzt essen wir erst mal und überlegen uns, welche Spur wir morgen weiterverfolgen.«

Die Staatsanwältin lachte, als ihr die Haustür von einem jungen Mann geöffnet wurde, der sein Häkelzeug in der Hand hielt. »Du bist gut rübergekommen, Felix«, sagte sie. »Ich habe mir die Übertragung auf dem Rückweg angesehen.« Sie begrüßte Mamma Carlotta mit einer herzlichen Umarmung. »Wie gemein, dass du kein einziges Mal im Bild warst.«

Mamma Carlotta gab sich bescheiden. »Flora Engelbeck war schließlich die Hauptperson.«

Die Staatsanwältin widersprach: »Ohne die vielen Helfer wären ihre Charity-Veranstaltungen nichts wert.«

»Eine tolle Frau«, sagte Sören. »Über sie wird mehr geschrieben und geredet als über ihren Mann. Auch nach der Scheidung noch.«

Erik bestätigte es. »Während der Ehe war sie es, die den Namen Engelbeck bekannt gemacht hat. Durch ihre Wohltätigkeitsveranstaltungen. Er hat nur das große Geld verdient.«

Sie nahmen Platz, jeder hatte ein Proseccoglas vor sich stehen, sie prosteten sich zu und bedienten sich an der Vorspeisenplatte. Für eine Weile waren nur Komplimente und beifälliges Gemurmel zu hören.

Die Staatsanwältin schob nachdenklich mit der Gabel einen Champignon von einem Tellerrand zum anderen. »Könnten die Engelbecks die Familie sein, die wir suchen?«

»Zu blöde, dass Amy Wernicke keinen Namen genannt hat«, meinte Erik.

Er schreckte zusammen, als seine Schwiegermutter aufsprang. »Da fällt mir etwas ein, beinahe hätte ich es vergessen ...« Sie lief in die Diele, wo sie ihren Handarbeitskorb an der Garderobe abgestellte hatte. Mit einem Smartphone in der Hand kehrte sie zu Eriks Erstaunen zurück. »Das hat mir der Strandwärter gegeben.«

Mamma Carlotta beschloss, die Überraschung erst mal wirken zu lassen, und kümmerte sich darum, die Nudeln fürs Primo anzubraten. Wenn sie nicht einfach die Wahrheit sagen konnte, sondern berücksichtigen musste, dass ein Teil der Wahrheit nicht ans Licht kommen durfte, war es ihr immer lieber, wenn sie sich mit einer dringenden Beschäftigung genauerer Beobachtung entziehen konnte. So gab sie die Tomaten und den Mozzarella in die Pfanne, vermischte alles mit den Nudeln, zögerte, als fiele es ihr schwer, neben dem Kochen gut verständliche Sätze zu formulieren, und schmeckte alles lange und umständlich ab, wenn sie Zeit brauchte, um sich den nächsten unverfänglichen Satz zu überlegen.

Als sie die Basilikumblätter hackte, um die Nudeln damit zu garnieren, hatte Erik nebenbei erfahren, dass sie am Nachmittag, während sie den Schal für Floras Charity strickte, ganz zufällig mit dem Strandwärter Fietje Tiensch ins Gespräch gekommen war. Und der hatte ihr, ebenfalls rein zufällig, von dem Smartphone erzählt, das bei ihm abgegeben worden war. Von jemandem, der es in der Nähe der Düne gefunden hatte, in der Amy Wernickes Leiche gefunden worden war.

Erik verzog das Gesicht. »Fietje Tiensch ist die Idee gekommen, das Smartphone könnte der Toten gehört haben?«

»Esattamente!« Mamma Carlotta gab sich Mühe mit dem Würzen der Nudelpfanne, damit ihr Schwiegersohn keine falschen Schlüsse zog, wenn er ein versalzenes Essen vorgesetzt bekam. So gleichgültig wie möglich fügte sie hinzu: »Es kann natürlich auch einer der Neugierigen verloren haben. Du weißt ja am besten, Enrico, ob das Smartphone der Toten gehören könnte.«

»Wer hat es abgegeben?«

Mamma Carlotta zog die Schultern bis zu den Ohren hoch. »Das habe ich ihn auch gefragt. Aber er hatte nicht nach dem Namen gefragt.« Hastig ergänzte sie: »Ihm ist erst später die Idee gekommen, das Smartphone könnte der Toten gehören, sonst hätte er sicherlich den Namen des Finders aufgeschrieben.«

Erik sah Sören und die Staatsanwältin an. »Könnte es sein, dass Vetterich und seine Leute das Smartphone übersehen haben?« Er drehte es zwischen den Händen und betrachtete es von allen Seiten.

Man sah der Staatsanwältin an, dass sie der KTU jede Schlamperei zutraute, aber Sören ließ sie nicht zum Antworten kommen: »Ausgeschlossen! Vetterich arbeitet immer sehr sorgfältig. Ich habe gesehen, wie seine Leute die Umgebung der Leiche abgesucht haben.« Er nahm Erik das Smartphone aus der Hand. »Das hat nicht lange im Sand gelegen.«

»Vermutlich ist es Amy Wernicke, als sie stürzte, aus der Tasche gefallen«, meinte die Staatsanwältin. »Wenn es wirklich ihr Smartphone ist.«

»Oder es ist ihr aus den Händen gerutscht«, ergänzte Erik. »Es könnte sein, dass sie stehen geblieben war, um eine Nachricht abzuhören oder zu lesen.«

Sören betrachtete das Smartphone nachdenklich. Dann wies er auf einen roten Punkt auf der Rückseite. »Was mag das zu bedeuten haben?« Er holte sein eigenes Mobiltelefon hervor, ebenfalls ein Modell von Samsung, und löste es aus dem Etui, in dem er es aufzubewahren pflegte. Auf dessen Rückseite befand sich kein roter Punkt. Sören benutzte den Fingernagel seines Zeigefingers und stellte fest, dass der Punkt abzulösen wäre, wenn er sich darum bemühte. »Aufgeklebt.«

»Da standen eine Menge Leute rum«, überlegte Erik. »Also hat einer von denen das Handy eingesteckt und mitgenommen.«

»Warum hat er es dann später abgegeben?«, fragte Sören.

»Vielleicht hat er erst am nächsten Tag begriffen, dass es der Toten gehört haben könnte«, überlegte Erik. »Da hat er Bedenken bekommen, wollte es aber natürlich nicht bei der Polizei abgeben. Dann hätte er ja zugeben müssen, es an sich genommen zu haben.«

»Genau!« Die Staatsanwältin strahlte Carlotta an. »Deswegen hat er es dem Strandwärter gegeben. Und weil der ein Typ ist, dem man im Gehen die Hose flicken kann, hat der sich natürlich Zeit gelassen, es ins Polizeirevier zu bringen. Deswegen hat der bei dir das Thema darauf gebracht. Weil er dir das Ding dann einfach in die Hand drücken konnte und sich selbst nicht mehr darum kümmern musste.«

Mamma Carlotta strahlte nicht minder, als sie mit der Nudelpfanne an den Tisch trat und jedem eine Portion auf den Teller gab. »So wird es gewesen sein.«

Erik wählte die Nummer der Hotelrezeption. »Caro? Kannst du mich bitte mit Herrn Wernicke verbinden? Es ist dringend.« Aber schon bald legte er das Telefon resigniert zurück. »Er ist nicht im Haus.«

Sören starrte das dunkle Display des gefundenen Smartphones an. »Blöd, dass ich mein Netzteil nicht dabei habe. Wir könnten es aufladen.«

Erik ging zur Tür und rief nach Felix, der es vorgezogen hatte, mit einem gut gefüllten Teller in seinem Zimmer zu verschwinden, statt Konversation mit der Staatsanwältin zu machen.

Wenige Minuten später erschien sein Sohn mit dem Netzteil seines Handys in der Küche. »Was willst du damit?« Er schien sich Sorgen zu machen, dass sein Vater es konfiszieren wollte, und blieb vorsichtshalber am Tisch stehen, während Erik das Smartphone mit dem Netzteil verband.

Es passte, obwohl Felix ein anderes Modell besaß. Ein flackernder Punkt zeigte, dass das Smartphone geladen wurde.

»Es funktioniert also noch«, stellte Sören zufrieden fest. »Der Sand hat ihm nichts anhaben können.«

»Das wird uns nicht viel helfen«, meinte Erik. »Wir kennen die PIN nicht.«

Die Staatsanwältin wandte sich an Mamma Carlotta. »Erst einmal genießen wir das Essen. Carlotta hat sich so viel Arbeit gemacht. Dann warten wir, bis Wernicke wieder im Hotel auftaucht. Vielleicht kennt er ja die PIN seiner Frau.«

Die Käse-Kräuter-Koteletts waren bereits gegessen und das Dolce aufgetragen worden, als Carolin sich endlich meldete. Gerald Wernicke war soeben ins Hotel zurückgekehrt und hatte sich seinen Zimmerschlüssel an der Rezeption aushändigen lassen.

»Verbinde mich mit ihm«, bat Erik.

Wernickes Stimme zitterte, als er fragte: »Haben Sie etwas herausgefunden? Wissen Sie jetzt, wer meine Frau umgebracht hat?«

»Wir haben ihr Handy gefunden«, gab Erik zur Antwort. »Oder vielmehr … es hat sich ein Smartphone gefunden, das Ihrer Frau gehören könnte. Ein Samsung-Gerät, richtig?«

»Ja.«

»Auf der Rückseite trägt es einen roten Klebepunkt.«

Wernickes Stimme festigte sich. »Das ist das Smartphone meiner Frau. Den roten Punkt hat sie aufgeklebt, damit wir unsere Geräte nicht ständig verwechseln. Ich habe dasselbe Modell. Es ist öfter vorgekommen, dass ich mir versehentlich Amys Handy geschnappt habe, wenn ich in die Firma fuhr.«

Erik wunderte sich. »Die meisten verwahren ihr Handy in einem Etui.«

»Ich habe darauf verzichtet, mit Etui ist es mir zu dick, um es in die Brusttasche zu stecken. Und Amy ging es ähnlich. Sie begann ja jeden Tag mit Joggen. Ein Smartphone samt Etui hätte sie nicht in ihrer Laufhose unterbringen können.«

»Dann können wir also davon ausgehen, das Smartphone Ihrer Frau in Händen zu halten. Kennen Sie die PIN?«

»Nein, tut mir leid.«

»Hat sie die PIN irgendwo aufgeschrieben? Vielleicht verschlüsselt?«

»Nicht, dass ich wüsste.«

Erik seufzte. »Nun gut … wir werden das Ding trotzdem knacken. Es ist nur ein bisschen umständlicher und kostenaufwendiger.«

Er wollte das Gespräch beenden, das schien Wernicke zu spüren. Hastig, als hätte er Angst, dass Erik den roten Knopf betätigen könnte, fragte er: »Was erhoffen Sie sich von dem Handy meiner Frau?«

»Nichts Konkretes. Aber eine Journalistin erledigt viel über ihr Handy. Vielleicht finden wir dort einen Hinweis auf ihren Mörder.«

Erik war verärgert, als er sein Handy weglegte. »Schade! Mit PIN wäre es jetzt ganz einfach gewesen.«

Die Staatsanwältin zog ihr eigenes Handy hervor. »Ich kümmere mich darum. Das LKA nutzt ja ein Tool von einer IT-Firma, damit knacken die jedes Handy. Wenn sie das nicht hinbekommen, macht die IT-Firma, die das Tool zur Verfügung stellt, mit eigenen Möglichkeiten weiter.«

»Dafür brauchen wir den Auftrag und die Genehmigung der Staatsanwaltschaft.« Erik grinste Tilla Speck an. »Ich gehe davon aus, dass wir die Genehmigung bekommen?«

Die Staatsanwältin lächelte nicht zurück. Sie war jetzt wieder Frau Dr. Speck, die man im Dienst selten lächeln sah. Sie stand auf und ging in die Diele. Dort hörte Erik sie telefonieren, in der wohlbekannten Art, die ihm nie gefallen hatte und ihm auch jetzt nicht gefiel: barsch, ohne jede Höflichkeit oder gar Freundlichkeit. Sie bat nicht, sie ordnete an.

Nur wenige Minuten später erschien sie wieder in der Küche und ließ sich von Mamma Carlotta die Mascarpone-Espresso-Creme auftun. »Mmh, lecker.« Sie probierte erst ausgiebig, ehe sie Sören und Erik informierte: »Es lässt sich zum Glück hier vor Ort erledigen. Sie kommen mit dem ersten Zug. Morgen Mittag wissen wir mehr.«

Mamma Carlotta holte die Grappaflasche aus dem Vorrat und braute mehrere Espressi. Den Einwand von Sören, er bekäme danach kein Auge zu, wischte sie vom Tisch. Ein Espresso schloss den Kreis des Essens, er gehörte einfach zu einer guten Mahlzeit dazu. Genau wie Vino rosso. »Basta.«

Wie zu erwarten, fügte Sören sich und trank seinen Espresso ohne weitere Widerrede. Auch den Grappa nahm er und ließ sich nicht lange zu einem zweiten bitten. Die nächste Rotweinflasche erschien auf dem Tisch, die Gedanken gingen von beiden Toten weg zu Violetta Menardo, die zweimal das Opfer eines Überfalls geworden war. Mamma Carlotta beklagte, dass die Polizei – und dabei sah sie Erik streng an – bis jetzt nicht viel getan hatte, um den ersten Überfall aufzuklären und damit vielleicht den zweiten zu verhindern. »Nur weil Violetta jedem auf die Nerven geht?«

Das bestritten Erik, Sören und die Staatsanwältin vehement, obwohl Erik zugeben musste – natürlich ohne es auszusprechen – dass er tatsächlich den ersten Überfall nicht ernst genommen hatte. Sören war der Einzige gewesen, der gelegentlich daran erinnert hatte. Wäre seine Schwiegermutter nicht dabei gewesen und hätte bestätigt, dass Violetta neben dem Wohnwagen von Renato gelegen hatte, wäre Erik sogar der Gedanke gekommen, Violetta hätte sich das alles nur ausgedacht, um Aufmerksamkeit zu bekommen.

»Sie hat behauptet, Renato hätte sie neben seinem Wohnwagen niedergeschlagen«, sagte er. »Oder Peggy. Aber dafür gibt es keine Indizien, Beweise sowieso nicht. Violetta vermutet es nur.«

»Und in diesem Fall?« Jeder wusste, dass die Staatsanwältin die Messerattacke meinte, der Violetta in der vergangenen Nacht zum Opfer gefallen war. »Hat sie da auch eine Vermutung?« Als Mamma Carlotta den Kopf schüttelte, sagte Tilla Speck: »Wir müssen morgen mit ihr reden, anscheinend ist sie ja vernehmungsfähig. Sie ist schließlich die Einzige, die einen Angriff des Messerwerfers überlebt hat.«

Sören fragte die Schwiegermutter seines Chefs: »Glaubt sie, dass es auch diesmal Renato war?«

Carlotta zuckte mit den Schultern. »Wir haben kaum darüber gesprochen. Nur über die schrecklichen Nachthemden, das ungenießbare Essen, die langweiligen Bettnachbarinnen, den attraktiven Assistenzarzt, den unfreundlichen Chefarzt und die humorlosen Krankenschwestern.« Verlegen gab sie zu, dass sie es nicht lange bei Violetta ausgehalten hatte und froh gewesen war, als sie das Krankenzimmer wieder verlassen konnte.

Die Staatsanwältin sah Erik nachdenklich an. »Ich würde schon ganz gerne mit Mago und Peggy sprechen. Aber wie es aussieht, sind sie nicht mehr auf Sylt. Zumindest Renato Capotto nicht.«

»Kein Wunder«, meinte Erik. »Hier könnte er jederzeit Violetta begegnen, das will er sicherlich nicht.«

»Er muss sich ein neues Engagement suchen«, überlegte Sören. »Wenn er wieder auf irgendeinem Plakat steht, wissen wir, wo er ist.«

»Bis dahin haben wir unsere beiden Mordfälle hoffentlich gelöst«, sagte Erik. »Renato kann uns dabei sicherlich nicht behilflich sein.«

»Ob Peggy mit ihm zusammen auf der Flucht vor Violetta ist?«, überlegte die Staatsanwältin. »Die beiden sind ja ein Paar, wenn ich mich recht erinnere.«

Nun war es Carlotta, dic antwortete: »Nein, Peggy ist noch auf Sylt.« Sie genoss die allgemeine Verblüffung und kostete sie lange aus, bis sie ergänzte: »Ich habe sie in Käptens Kajüte kennengelernt. Sie heißt Malinde Siefkes. Ihre Familie lebt auf Sylt.«

Der Morgen kündigte sich an einem wolkenlosen Himmel an, die Osterwoche begann mit Sonnenschein und einem sanften Wind, der die Bäume, Büsche und Gräser wiegte, sie nur gelegentlich schüttelte oder an ihnen zerrte. Ein schöner Frühlingsmorgen! Mamma Carlotta ging nach dem Aufstehen durchs Haus und rückte die Osterdekoration zurecht, die hölzernen Hasen, die Lucia für die Fensterbänke gekauft hatte, die bemalten Eier, die an den Kirschbaumzweigen hängen mussten, die Erik aus dem Garten geholt und in eine große Vase gestellt hatte, die Porzellanküken, die auf den Regalbrettern ihren Platz bekamen. Ach, Lucia! »Mia piccola«, flüsterte Mamma Carlotta. Unzählige Osterfeiertage hätten noch vor ihr liegen müssen, aber dann … Wäre sie fünf Minuten später oder früher losgefahren, hätte der Lkw-Fahrer ein paar Augenblicke früher oder später das Lenkrad losgelassen, wäre es selbstverständlich gewesen, noch unzählige Male Ostereier zu färben und für die Kinder Nester zu verstecken. Sie hatte diesen deutschen Brauch mit Begeisterung übernommen und jedes Jahr aufs Neue bedauert, dass es in Italien nicht üblich war, die Kinder auf diese Weise zu überraschen.

Carlotta ging in die Küche und stellte die Kaffeemaschine an. Während sie den Tisch deckte, tropfte der Espresso in die Tasse, ohne den sie keinen Tag beginnen konnte. Was würde er bringen? Sie musste sich zuerst überlegen, was sie am Abend kochen würde, dann einkaufen, das Essen so weit wie möglich vorbereiten und natürlich Violetta einen Besuch im Krankenhaus abstatten. Am Nachmittag war wieder Floras Charity dran. Darauf freute sie sich. *Charity und Geselligkeit* war wirklich ein wunderbares Motto. Dass Flora Engelbeck sie manchmal von der Seite beobachtete, ihr gelegentlich einen misstrauischen Blick zuwarf und dann wieder von besonderer, jedoch künstlicher Freundlichkeit war, ließ sich leicht erklären. Sie hatte nach wie vor Angst, von Carlotta verraten zu werden. Aber bei Feinkost Meyer hatte sie es versprochen: Wenn die Ware zurückgelegt wird, würde sie schweigen. Und sie hatte tatsächlich geschwiegen. Dass sie in Käptens Kajüte ein paar Andeutungen gemacht hatte, fiel nicht weiter ins Gewicht. Irgendwie musste es ja raus, was sie beschäftigte. Und Tove und Fietje waren viel zu phlegmatisch, um eine Geschichte weiterzuerzählen. Man konnte den beiden viel vorwerfen, aber Klatsch und Tratsch gehörten sicherlich nicht dazu. Ihnen ein Geheimnis zu verraten war genauso, als schlösse man es in sich ein.

Sie holte die Feigenmarmelade für Sören heraus und richtete die Käseplatte für Tilla an. Dann schlug sie die Eier in eine Schüssel und bereitete das Rührei vor. Diese Geräusche holten Kükeltje auf den Plan, die Felix offenbar mit ihrem Gemaunze so lange lästig gefallen war, bis er sich erhoben und sie aus dem Zimmer gelassen hatte.

Natürlich erhielt sie den Fettrand des Schinkens, den Carlotta aus dem Kühlschrank holte, um ihn für das Rührei zu würfeln. Derweil blieben ihre Gedanken bei Flora Engelbeck. Nein, eigentlich war Carlotta nicht mehr an ihr Versprechen gebunden. Sie hatte beobachtet, dass die Charity-Lady in Malinde Siefkes' Jackentasche gegriffen hatte. Merkwürdig nur, dass Malinde trotzdem behauptet hatte, ihr sei nichts abhandengekommen. Aber Carlotta wollte Flora Engelbeck weiterhin im Auge behalten. Und wenn sie sie noch einmal beim Diebstahl erwischte, würde sie mit Erik darüber reden müssen. Eine Frau, die einerseits als Wohltäterin galt, bestahl andererseits ihre Mitmenschen? Wenn die Öffentlichkeit davon etwas wüsste! Flora Engelbeck, die allseits geachtete Charity-Lady, die Frau, die den Namen der Unternehmerfamilie mit Glanz versehen hatte, die bekannter war als ihr geschiedener Mann und mit Filmstars und Politikern befreundet war! Carlotta konnte sich vorstellen, wie groß Flora Engelbecks Sorge war, dass ihre Diebstähle ans Licht kamen. Was brauchte sie? Ging es ihr finanziell schlechter, als es den Anschein hatte? Musste sie für die Kaschmirpullis und die teuren Lederjacken etwas tun, was ihr als Gattin von Ernest Engelbeck nicht in den Sinn gekommen wäre? Mamma Carlotta dachte an das Matchboxauto, das Flora Engelbeck bei Feinkost Meyer hatte stehlen wollen. Gab es ein Kind, dem sie ein Geschenk machen wollte, das sie nicht bezahlen konnte?

Sie stellte die Pfanne auf den Herd, als sie hörte, dass Sören sein Rennrad am Gartenzaun festkettete. Erik kam die Treppe herunter und öffnete seinem Assistenten die Tür.

»Moin, Sören.«

»Moin, Chef.«

Hingemurmelt, herausgenuschelt, in die Länge gezogen und durchgekaut. So kam Mamma Carlotta dieser friesische Gruß noch immer vor.

»Buon giorno!«

Wohlklingende Selbstlaute, ein rollendes R, ein auslautendes O. So musste ein Gruß klingen, mit dem ein neuer Tag begann.

Trotzdem verzog Erik noch immer das Gesicht, wenn sie ihn herausjubelte.

Das Olivenöl floss in die Pfanne, der Schinken wurde im rekordverdächtigen Tempo klein geschnitten, aus ein paar Schnittlauchstängeln wurden in Sekundenschnelle millimeterdicke Röllchen. Die Eimasse breitete sich zischend in der Pfanne aus, der Espresso duftete, die Panini schienen, als sie aus dem Ofen kamen, den ganzen Raum zu erwärmen. Sören saß am Tisch und strahlte, Erik ließ sich neben ihm nieder und gab sich Mühe, sein Wohlbefinden nicht so deutlich zu zeigen wie sein Assistent, damit sich keine Rührung breitmachte, die bei seiner Schwiegermutter immer schnell entstand und die ihn jedes Mal der Hilflosigkeit auslieferte.

Kurz darauf erschien die Staatsanwältin im Hause Wolf und blieb schnuppernd in der Tür stehen. »Es riecht bei dir mal wieder nach einem schönen Morgen, Carlotta.«

Sie trug an diesem Tag wieder eine sehr enge Jeans, Stiefeletten mit sehr hohen Absätzen und ein Shirt mit einem sehr tiefen Ausschnitt. Mamma Carlotta stellte zufrieden fest, dass Erik vor allem Letzteres zur Kenntnis nahm. Endlich! Jahrelang hatte sie verständnislos zugesehen, wie er über die Reize von Tilla Speck hinwegsah, nun bemerkte er endlich, dass sie mehr zu bieten hatte als juristischen Sachverstand.

Erik sah auf die Uhr. »Die Immobilienbüros öffnen im Allgemeinen um neun. Ich rufe dann gleich bei Immo-Siefkes an und frage nach Malinde.«

»Kennst du die Familie?«, fragte Tilla Speck.

»Klar, die kennt hier jeder. Die alten Siefkes haben klein angefangen und waren bald Besitzer von vielen Apartments, die sie vermieteten. Darüber hinaus vermarkten sie heute Wohnungen von Investoren. Sie haben drei Kinder, Malinde ist die Jüngste. Natürlich sollte auch sie, wie ihre beiden älteren Geschwister, bei Immo-Siefkes einsteigen, aber Malinde hatte nie Interesse am Geschäft.« Erik griff zu einem Panino und schnitt ihn auf. Eine warme Duftwolke stieg von ihm auf. »So viel habe ich mitbekommen. Auch, dass Malinde was ganz anderes gemacht hat. Etwas mit Kunst, dachte ich. Seit sie die Insel verlassen hat, habe ich sie nie wieder gesehen.«

Sören wischte sich die Feigenmarmelade vom Kinn. »Ich habe gehört, dass die Familie sich von ihrer Jüngsten distanziert hat. Die Eltern haben alles versucht, um sie von dem Mann, mit dem sie weggegangen ist, zu trennen. Aber vergeblich.«

»Renato?«, fragte die Staatsanwältin.

Sören hob die Schultern. »Seinen Namen habe ich nie gehört. Aber vermutlich war es Renato Capotto. Einen Zugvogel haben sie ihn genannt, der sich nirgendwo niederlassen wollte. Niemand konnte glauben, dass Malinde mit ihm glücklich werden könnte.«

»Ist sie es geworden?«, fragte Tilla.

Darauf konnte Sören keine Antwort geben. Vermutlich, weil er die Antwort nicht kannte, aber auch, weil er nicht zum Antworten kam. Denn in diesem Moment ertönte die Melodie aus *Wiener Blut*. Jemand hatte die Klingel betätigt, außerdem war das Geräusch eines Wagens zu hören, dessen Fahrer gerade Gas gab.

Erik schaute auf die Uhr. »So früh? Wer kann das sein?«

Mamma Carlotta war schon aufgesprungen und zur Tür gelaufen. Sie riss sie auf … und erstarrte. »Madonna!«

Erik, Sören und die Staatsanwältin hatten sich bald verdrückt. Mit der duftenden Behaglichkeit in der Küche war es vorbei gewesen, zu einem ruhigen Gespräch hatte es nicht mehr kommen können. Sogar Kükeltje hatte sich verzogen, und Felix, der verschlafen im Pyjama die Treppe heruntertappte, hatte auf dem Absatz kehrtgemacht und war in sein Zimmer geflüchtet.

»Warum hat sie das gemacht?«, fragte die Staatsanwältin, als sie in Westerland ankamen. »Ist das nicht viel zu gefährlich?

Das Krankenhaus auf eigene Verantwortung zu verlassen, das ist leichtsinnig.«

Erik entdeckte einen Parkplatz in der Andreas-Dirks-Straße, nicht weit von Immo-Siefkes entfernt. Antworten konnte er erst, als sein alter Ford sicher zwischen einem Porsche Cayenne und einem BMW-Cabrio stand. »Sie ist nicht krankenversichert. Jedenfalls nicht im Ausland.« Leise, mit einer Stimme, die Rührung und Erstaunen verriet, ergänzte er: »Sie hat wohl Angst, mir auf der Tasche zu liegen.«

»Hoffentlich geht das gut«, meinte die Staatsanwältin und berührte flüchtig seine Hand, ehe sie ausstieg.

Erik, der fürchtete, dass Sören vom Hintersitz Zeuge dieser kurzen Vertraulichkeit geworden war, reagierte nicht darauf. Er wollte es nicht. Wenn Tilla auch heute wieder eine Frau war, die lächeln, bitten und danken konnte und Vorschläge machte, statt Anordnungen und Forderungen abzufeuern, hatte er noch ihre Stimme im Ohr, wie sie am Vorabend geklungen hatte, als sie am Telefon dafür sorgte, dass heute das Smartphone von Amy Wernicke geknackt wurde. Barsch, unhöflich, unfreundlich. Er durfte nicht vergessen, dass sie wohl immer so bleiben würde, auch wenn sie gelegentlich anders war.

Bertus Siefkes schloss die Tür auf, als sie auf den Eingang des Immobilienbüros zugingen. Als sie eintraten, entriegelte seine Schwester Witta den Schrank, in dem die Schlüssel aller Apartments hingen, die von Immo-Siefkes vermarktet wurden. Sie richteten sich ein, um mit der Arbeit zu beginnen.

Sie erschraken, als sie Erik und Sören erkannten. »Die Polizei?«, fragte Bertus Siefkes. »Ist was passiert?«

Die beiden Geschwister sahen sich sehr ähnlich. Beide waren sie blass und blond, hatten flächige Gesichter, in denen der spitze Mund, die kurze, schmale Nase und die kleinen Augen noch kleiner wirkten, als sie ohnehin schon waren. Zwei unauffällige Menschen, die durch ihre unauffällige Kleidung unscheinbarer wirkten, als sie eigentlich waren.

Trotz der erkennbaren Sorge reagierten sie sehr freundlich auf den Besuch und baten die drei in ein gemütliches Büro. Es lag hinter dem großen Raum, in dem die eintreffenden Gäste empfangen, Schlüssel herausgegeben und wieder abgegeben wurden, wenn die Gäste abreisten. Bertus Siefkes bot ihnen einen Platz an, Witta fragte, ob sie etwas trinken wollten. Den Platz nahmen sie an, die Getränke lehnten sie dankend ab. »Es wird nicht lange dauern.«

»Können wir Ihnen irgendwie helfen?«, fragte Bertus Siefkes.

»Es geht um Ihre Schwester ...«, begann Erik.

Er konnte die Vorrede kurz halten. Die Erwähnung Malindes kam einer Eruption gleich, die einen Erdrutsch nach sich zog. Weder Bertus noch Witta Siefkes waren gut auf ihre Schwester zu sprechen. »Sie hat immer gemacht, was sie wollte. Während wir uns hier abrackerten, ist sie durch die Weltgeschichte getingelt. Mit diesem ... diesem Zirkusheini, der kaum etwas verdiente. Ohne Malindes Erbe wären die beiden nicht zurechtgekommen. Und jetzt? Was soll demnächst geschehen? Malinde kann ja zurzeit nicht arbeiten.«

»Warum nicht?«, fragte die Staatsanwältin, obwohl sie den Grund kannte.

Witta Siefkes und auch ihr Bruder setzten nun eine andere Miene auf. Der Zorn verschwand, Traurigkeit trat an seine Stelle. »Sie ist krank. Sehr krank«, sagte Witta leise. »Brustkrebs. Eine Chemotherapie hat sie schon hinter sich. Bald steht die zweite an.«

»Wo wohnt sie?« Sören beugte sich gespannt vor.

Bertus Siefkes sah aus, als wunderte er sich über diese Frage, als müssten sie doch wissen, wo Malinde lebte. »Unsere Eltern haben uns die Firma zu drei gleichen Teilen vererbt. Jeder von uns hat ein paar Apartments bekommen, Malinde auch. Die Firma leiten nur Witta und ich, Malindes Apartments vermieten wir für sie.«

»Eins jedoch«, fuhr die Schwester fort, »hat Malinde persönlich eingerichtet, es wird nie vermietet. Gelegentlich kommt sie ja mal nach Sylt, dann wohnt sie dort mit ihrem Freund. Die beiden haben ja sonst kein richtiges Zuhause. Obwohl Renato wohl ganz gut im Geschäft ist und viele Anfragen erhält. Aber natürlich gibt es zwischen den Engagements freie Zeit, die sie dann hier verbringen.«

»Dort wohnen die beiden zurzeit?«, fragte Erik, damit das Gespräch nicht seine Richtung verlor.

»Malinde wohnt dort. Ihr feiner Freund hat ja das Weite gesucht.«

Mit einer Verächtlichkeit, gegen die sie einfach nicht ankamen, berichteten sie, wie ungern sich Renato Capotto auf Sylt aufhielt, wie schwer er den Sturm, die Kälte, den Wind ertrug und dass er auf das Engagement in List nur eingegangen war, weil Malinde ihn so sehr darum gebeten hatte. »Sie will zu Hause sein, wenn es ihr schlecht geht«, sagte Witta Siefkes. »Das ist doch verständlich.«

»Andererseits vermisst sie auch die Bühne«, ergänzte Bertus. »Sie war froh, dass sie wenigstens in dieser Statistenrolle weitermachen konnte. Auf eine Drehscheibe ließ sie sich nicht mehr schnallen. Dafür hatte sie nicht mehr die Nerven.«

»Ich habe ja nie begriffen, warum sie das riskierte«, meinte Witta Siefkes. »Aber sie vertraute ihm blind. Sie hat immer gesagt: Er ist gut, er ist der Beste, mir wird nichts passieren, ich muss nur ganz ruhig sein.«

»Aber wie es aussieht, ist ja jetzt Schluss«, sagte Bertus. »So haben wir den Kerl eingeschätzt. Wenn es schwierig wird, haut er ab. Plötzlich ist ihm Sylt unerträglich, Malindes Krankheit ebenfalls, und er muss mal wieder Heimatluft schnuppern.« Sie lachte böse. »Ausgerechnet jetzt! Wo Malinde ihn so dringend braucht!«

Bertus ahmte ihren Tonfall nach. »Er muss doch sein neues Programm einüben.« Mit seiner eigenen Stimme sprach er weiter: »Mit Malinde ist ja in nächster Zukunft nicht zu rechnen. Er braucht ein Solo-Programm. Oder ein Programm mit einer Frau, die gesund ist. Und für die Vorbereitung braucht er Zeit und Ruhe.« Er machte eine Handbewegung, als sei Renato Capotto mit einer Rakete in den Süden unterwegs. »Die beiden haben einen Riesenkrach gehabt, hat Malinde erzählt.«

»Schön für ihn«, sagte Witta Siefkes. »So muss er nicht zugeben, dass er gegangen ist, weil Malinde ihm lästig wurde. Nein, er musste gehen, weil sie ihn rausgeschmissen hat.«

»Der Arme«, sagten die Geschwister unisono, aber ihr Zynismus gelang nicht gut.

»So einem Kerl hat sie vertraut«, sagte Witta Siefkes bitter. »Würden Sie sich auf eine große Scheibe schnallen lassen, die sich dreht, und sich jemandem ausliefern, der mit Wurfmessern die Umrisse Ihres Körpers in die Scheibe wirft?«

»Der Ihnen am Ende sogar ein brennendes Messer direkt auf den Scheitel setzt?«, fügte Bertus Siefkes an.

»Mit mir hätte der Kerl das nicht machen können.« Witta Siefkes war sich da ganz sicher.

Mamma Carlotta kochte schon den dritten Espresso, weil jemand, der gerade aus dem Krankenhaus gekommen war, natürlich eine Stärkung brauchte. »Madonna! Wie konntest du nur! Der Arzt hat gesagt ...«

Aber Violetta wollte nichts davon hören. »Weißt du, was ein Krankenhaus kostet? Und für dieses Geld bekommst du kratzige Nachthemden, schlechtes Essen und wirst unfreundlich behandelt. No!« Sie zeigte auf ihren Hals. »Ich soll zum Verbandwechseln wiederkommen. Das reicht. Signora Engelbeck meinte das auch.«

Carlotta wollte ihrer Cousine gerade Rühreier offerieren, nun aber setzte sie sich zu ihr an den Tisch und schob ihr den Brotkorb, die Butter und die Feigenmarmelade hin. »Signora Engelbeck? Was hat die damit zu tun?«

»Sie hat mich besucht. Gestern. Du warst gerade gegangen, da stand sie plötzlich an meinem Bett.«

»Warum?«

»Weil ich zu ihrer Charity-Gruppe gehöre. Sie wollte wissen, was mir geschehen war, und wie es mir ging.« Dann hatte Violetta, nach Mamma Carlottas Vermutungen, sehr laut und durchdringend geschildert, dass es ihr in der Nordsee-Klinik nicht gefalle, dass sie zum Süder Wung zurückwolle, weil so eine Fleischwunde schließlich auch dort heilen könne. »Ohne dass ein Arzt einmal am Tag einen kurzen Blick darauf wirft und sich dafür fürstlich bezahlen lässt.«

Mamma Carlotta schnitt ein Brötchen auf, bestrich es mit Butter und Marmelade und stellte es so dicht vor Violetta hin, dass diese begriff, was sie tun sollte. Folgsam biss sie hinein.

»Kannst du dich wirklich an gar nichts erinnern?«

»Das habe ich doch schon deinem Schwiegersohn erzählt. Aber ich weiß trotzdem, wer es war.«

Mamma Carlotta seufzte. »Peggy! Weil sie eifersüchtig auf dich ist. Renato, weil er wütend auf dich ist …«

»Peggy ist an allem schuld. Wahrscheinlich hat sie Renato damals verhext, und er hat mich deswegen einfach in diesem dreckigen Dorf sitzen lassen. Ihretwegen!«

Violetta machte Anstalten, aufzuspringen und zu demonstrieren, wie sie damals, als sie feststellen musste, dass Renato mit seinem Zirkus, aber ohne sie weitergezogen war, alles kurz und klein geschlagen hatte, was ihr in die Finger gekommen war. Carlotta bekam nicht nur Angst um die Küchenutensilien und die Osterdekoration, sondern auch um Violettas Operationsnarbe. Kein Wunder, dass Erik, Sören und die Staatsanwältin ihr Frühstück schleunigst beendet hatten und aufgebrochen waren, als ihnen klar wurde, dass es mit der Gemütlichkeit vorbei war, nachdem Violetta aufgetaucht war.

»Vermutlich hat es in der Zwischenzeit fünf weitere Peggys gegeben«, meinte Carlotta. »Ich glaube nicht, dass Renato diese Peggy, die wir im Fliegenden Varieté gesehen haben, damals schon kannte.«

»Ich wollte mit ihm zusammen die Nummer einstudieren.«

»Was für eine Nummer?«

»Mago und Pomposa! Das klingt doch viel besser als Mago und Peggy. Wir haben uns diesen Namen für unsere Nummer ausgedacht. Der Magier und die Prunkvolle.«

Violetta wurde plötzlich so ruhig, wie Carlotta sie noch nie erlebt hatte. Es war, als würde sie zum ersten Mal konkret in dem, was ihre Erinnerungen betraf. Schlagartig wurde Carlotta klar, dass es bisher immer nur um das große Ganze gegangen war, um Renatos Untreue, Renatos Feigheit, Violettas Unglück, Violettas Wut, eine Zukunft mit Renato, das Elend ohne Renato. Carlotta hatte nie gehört, in welchem Dorf Violetta zurückgelassen worden war, wie das kurze gemeinsame Leben mit Renato ausgesehen hatte, was die beiden verbunden hatte, wie Violetta mit der Familie Capotto ausgekommen war, wie sie die Tage im Zirkus verbracht hatte. All diese Einzelheiten waren bisher nie aus der großen Wut und der allumfassenden, universellen Enttäuschung Violettas herausgelöst worden.

»Renatos Mutter hatte mir ein pompöses Kleid aus Samt und Spitze genäht. Damit sollte ich mich auf die Scheibe legen. Vorn wurde das Kleid nur notdürftig geschlossen. Durch zwei Stoffe, die aneinander hafteten, mehr nicht. Wenn Renato mit seinen Messern mein Kleid auf das große Brett genagelt hatte, sollte ich den Verschluss mit einem Handgriff lösen und aus dem Kleid steigen. In einem atemberaubenden …«

»Moment!« Carlotta unterbrach ihre Cousine. »Renato mit seinen Messern?«

Violetta nickte. »Aber es ist nie so weit gekommen. Ich hatte jedes Mal Angst, wenn ich sah, wie er sein Messer zückte. Dann habe ich zu schreien angefangen oder bin weggelaufen. Irgendwann hat der alte Capotto gesagt, das könne nichts werden mit uns.«

Mamma Carlotta stand auf, ging zum Fenster, kehrte zum Tisch zurück, ging erneut zum Fenster, drehte das Basilikumtöpfchen herum und ging wieder zum Tisch zurück. Dann hatte sich ihre Atmung einigermaßen normalisiert. »Du willst sagen, Violetta, Renato war damals Messerwerfer?«

Ihre Cousine blickte auf und schenkte ihr ein unschuldiges Lächeln. »Sì.«

»Wieso hast du Enrico nie etwas davon gesagt?«

Nun füllte sich ihr Lächeln mit Staunen. »Warum hätte ich das tun sollen?«

»Weil die beiden Mordopfer durch ein Messer zu Tode gekommen sind!«, schrie Mamma Carlotta so laut, dass Violetta sich erschrocken an die Rückenlehne des Stuhls drückte, als fürchtete sie einen Angriff. »Durch ein geworfenes Messer!«

»Das wusste ich nicht«, stotterte Violetta.

Mamma Carlotta starrte sie an. Konnte das wirklich sein? War es möglich, dass Violetta nicht mitbekommen hatte, dass Erik einen Messerwerfer suchte, der so gut mit seinem Wurfmesser umgehen konnte, dass er sein Opfer genau an der Stelle traf, die den sofortigen Tod bedeutete? Sie dachte nach … und ließ sich dann aufseufzend neben Violetta nieder. »Dio mio!« Schon im nächsten Augenblick sprang sie wieder auf. »Ich muss sofort Enrico verständigen.«

Sie klingelten ein zweites Mal, aber nichts geschah. Das Schloss am Meer war ein beliebtes Haus, das aus zwei Gebäudeteilen bestand. Die Wohnungen hatten fast alle Meerblick, auch die, deren Balkons an der Seite des Hauses angebracht waren. Vorne, zur Straße hin, gab es einen Parkplatz, der ausschließlich den Bewohnern des Hauses gehörte. Hier war auch der Eingang, der in ein rundes Treppenhaus führte, das dem Gebäude vorgesetzt worden war. In jeder Etage gingen von dort Laubengänge ab, die zu den Apartments führten.

»Vielleicht schläft sie noch«, meinte Sören.

»Oder sie frühstückt in Käptens Kajüte.«

Erik sah so aus, als könnte er sich nicht vorstellen, dass jemand, der nicht weit vom Café Lindow entfernt wohnte, zu Tove Griess ging, um dort den Tag mit schlappem Toastbrot, billiger Marmelade und Käsescheibletten aus einer Plastikverpackung zu beginnen. Aber Witta Siefkes hatte ihnen gesagt, dass ihre Schwester Malinde immer zu Tove Griess ging, wenn sie Gesellschaft suchte. »Sie kennt ihn von früher. Sie hat gesagt, Tove gehöre zu den wenigen, die immer loyal gewesen sind. Er hat sie nicht schief angesehen oder hinter ihrem Rücken getuschelt. Es gibt ja so viele, die nicht verstehen können, wie Malinde lebt. Tove Griess ist da anders.«

»Kein Wunder«, murmelte Erik, während sie zum Auto zurückgingen. »Tove Griess ist ja selbst ein Außenseiter.«

»Versuchen wir es also in Käptens Kajüte«, rief die Staatsanwältin, als brächen sie in einen Erlebnispark auf.

Dass sie die richtige Entscheidung getroffen hatten, sahen sie sofort. Die Frau, die an einem Tisch am Fenster saß, musste Malinde Siefkes sein. Sie trug eine weite, schwarze Hose, einen ebenso weiten, schwarzen Pullover, dazu rote Stiefel und einen roten Turban auf dem Kopf. Ihre Lippen waren knallrot geschminkt, sie wirkten wie eine klaffende Wunde in dem bleichen Gesicht. Der Teller, der vor ihr stand, war unberührt. Sie beschäftigte sich mit ihrem Smartphone.

»Moin«, grüßte Tove Griess feindselig, als Erik, Sören und die Staatsanwältin die Imbissstube betraten. »Die Polizei am frühen Morgen! Was verschafft mir die Ehre?«

Erik beantwortete die Frage nicht, orderte drei Cappuccini und ging zu Malindes Tisch. »Moin.«

Sie war auf die neuen Gäste aufmerksam geworden und blickte auf. »Sie wollen zu mir?«

Das konnte sie erst glauben, als sie alle drei ihre Dienstausweise vorgelegt und erklärt hatten, dass es nicht um sie, sondern um Renato Capotto ging. »Wir würden ihn gern sprechen.«

»Da kann ich Ihnen nicht helfen«, gab sie zurück. »Ich weiß nicht, wo er ist.«

Tove servierte den Cappuccino. Erst, als er wieder hinter der Theke stand, fragte Erik: »Heißt das, dass Sie sich von ihm getrennt haben?«

Ihr Gesicht zeigte keine emotionale Regung. »Beruflich und privat. Beruflich, weil ich nicht mehr arbeiten kann, privat, weil …« Jetzt sah sie nur Tilla Speck an. »Wie würden Sie reagieren, wenn Ihr Mann abhaut, weil ihn eine frühere Geliebte verfolgt? Wenn es ihm wichtiger ist, dass diese Furie ihn nicht erwischt, als Sie zu unterstützen?«

Die Staatsanwältin heuchelte Erstaunen. »Dem hätte ich den Laufpass gegeben.«

»Sehen Sie? Das habe ich auch getan.« Sie biss von dem Toastbrot ab, als wollte sie ihren guten Willen beweisen. »Ich kann ja verstehen, dass er sich vor diesem Weibsbild fürchtet. Aber kann ich vielleicht weglaufen, weil ich mich vor der nächsten Chemo fürchte?« Sie biss ein weiteres Mal von ihrem Toast ab und sah dann so aus, als würde sie den Bissen am liebsten ausspucken. »Ich habe ihm gesagt, wenn er jetzt geht, braucht er nicht wiederzukommen.«

Es entstand eine kurze, aber sehr schwere Stille, die anhielt, bis die Staatsanwältin sagte: »Und er ist trotzdem gegangen.«

Malinde Siefkes nickte. »Vermutlich kam ihm das ganz gut zupass. Nun kann er allen erzählen und sich selbst vormachen, ich hätte ihn weggeschickt. Er ist nicht schuld, nein, ich selbst bin es! Er kann nichts dafür! Aber er ist jetzt frei und kann sich eine neue Partnerin suchen. An der Messerwerfer-Nummer hat ja immer sein Herz gehangen, die Jonglage war nur zweite Wahl.« Sie machte Anstalten, ein drittes Mal von ihrem Toastbrot abzubeißen, legte es aber wieder zurück. »Warum suchen Sie Renato? Hat er was verbrochen?«

»Wir suchen einen Messerwerfer«, wich Erik aus. »Vielleicht haben Sie von den beiden Mordfällen gehört.«

»Der Filmproduzent und die Journalistin? Klar, das habe ich mitbekommen.«

»Sie sind durch ein fliegendes Messer getötet worden.«

»Sie glauben, das war Renato?« Malinde Siefkes sah so aus, als wollte sie sich an die Stirn tippen.

»Wir würden vor allem gern mit ihm reden«, wandte Sören ein. »Er kennt sich in der Szene aus. Er könnte uns vielleicht helfen.«

»Schon möglich.« Malinde wirkte mit einem Mal uninteressiert. »Aber wie gesagt … ich habe keine Ahnung, wo er ist.«

Erik bemühte sich jetzt um einen sehr sachlichen Tonfall. »Und Sie? Sie kennen sich vielleicht genauso gut in der Szene aus wie Renato Capotto. Ist Ihnen ein anderer Messerwerfer bekannt, ein sehr guter, der als Täter infrage käme?«

Sie grinste spöttisch. »Bestimmt nicht.«

Erik hatte Mühe, ruhig und höflich zu bleiben. »Wären Sie so nett, darüber nachzudenken? So viele artistische Messerwerfer gibt es nicht. Wir suchen einen, der Kontakt zu Gunnar Thomann und Amy Wernicke hatte.«

»Ich werde mir überlegen, ob einer von denen, die ich kenne, infrage kommt.«

Obwohl sie nicht mehr grinste, war ihre Stimme noch spöttischer geworden. Sie gab sich konziliant und machte dennoch deutlich, dass ihre Zuvorkommenheit rein rhetorisch war.

»Kannte Renato Capotto die beiden Toten?«, fragte die Staatsanwältin »Gunnar Thomann und Amy Wernicke?«

Malinde sah sie an, als zweifelte sie an ihrem Verstand. »Nein! Woher sollte er sie kennen?«

»Er hätte also keine Motivation, ihnen nach dem Leben zu trachten?«

»Nein!«

»Wissen Sie zufällig, wo er sich am Donnerstag und Freitag in den frühen Morgenstunden aufgehalten hat? Zwischen fünf und sechs?«

Malinde lachte. »Ja, das weiß ich zufällig sehr genau. Neben mir im Bett.«

»Da sind Sie ganz sicher? Es könnte ja sein …«

Sie ließ ihn nicht weitersprechen. »Ganz sicher. Ich schlafe schlecht. Renato dagegen hat einen sehr gesunden Schlaf. Er geht spät zu Bett und schläft morgens sehr lange. Während ich mit ihm zusammen war, hat er um fünf Uhr morgens immer noch fest geschlafen. Das ist sicher.«

»Wann ist er ausgezogen?«, fragte die Staatsanwältin.

»Vorgestern! Am frühen Abend hat er den Zug aufs Festland genommen.«

»Mit welchem Ziel?«

»Keine Ahnung. Vielleicht Italien.«

Sören räusperte sich, ehe er eine Frage anfügte: »Am Freitagabend und vorgestern Abend wurde außerdem auf eine Frau ein Anschlag verübt. Auf ein und dieselbe Frau. Freitagabend wurde sie auf dem Gelände des Fliegenden Varietés niedergeschlagen und vorgestern Abend mit einem Messer schwer verletzt.«

Malinde Siefkes' Lächeln wurde spöttisch. »Das soll auch Renato gewesen sein?«

»Diesmal gäbe es ein Motiv. Es handelt sich um die Frau, vor der er weggelaufen ist.«

»Die Furie, die ihn auf offener Bühne angegriffen hat?«

Alle drei nickten, Erik verlegen, Sören mit dienstlichen Ernst und die Staatsanwältin mit einem amüsierten Ausdruck in den Augen.

Malinde musste nicht lange nachdenken. »Vorgestern Abend war er schon nicht mehr auf der Insel. Freitagabend … da war ich die ganze Zeit mit ihm zusammen. Erst die Vorstellung, die wegen dieser schrecklichen Frau gründlich danebengegangen ist, dann haben wir den Wohnwagen ausgeräumt. Gemeinsam! Renato hat an nichts anderes gedacht, als schleunigst zu verschwinden, damit ihn dieser Drachen nicht erwischt.«

Sie suchte mit zitternden Fingern nach Eriks Handynummer, als sie durch die getönten Scheiben einen Schatten bemerkte, der auf die Haustür zukam. Sie hatte die Nummer noch nicht gefunden, als *Dancing Queen* durchs Haus tönte.

Mamma Carlotta stand nur einen Schritt von der Haustür entfernt, riss sie auf – und wäre um ein Haar schuld daran gewesen, dass Frau Kemmertöns vor Schreck rückwärts die Treppe herunterfiel. Im allerletzten Augenblick konnte sie sich am Treppengeländer festhalten und blieb dort erst mal, mit der Hand am Herzen, schwer atmend stehen, bis ihr Kreislauf sich stabilisiert hatte. Schließlich stieß sie zitternd hervor: »Bei Ihnen zu klingeln ist ja lebensgefährlich.«

Mamma Carlotta griff nach ihrem Arm. »Kommen Sie rein, Signora! Ich muss eben schnell mit meinem Schwiegersohn telefonieren, dann …«

Frau Kemmertöns zögerte. Hektische Begrüßungen waren nicht nach ihrem Geschmack. Und »nur eben schnell« war eine Formulierung, die in ihrem Sprachschatz niemals vorkam und sie zurückschrecken ließ. »Ich wollte nur …«, begann sie – und fand sich schon in der Diele wieder, ohne recht zu wissen, wie sie ins Haus gekommen war, »… mich nur erkundigen, wie es Ihrer Cousine geht.«

»Molto gentile!«, rief Mamma Carlotta und riss die Küchentür auf. »Sehr freundlich von Ihnen! Sie ist schon wieder aus dem Krankenhaus zurück.«

Frau Kemmertöns zuckte ein weiteres Mal zusammen, als sie Violetta in der Küche am Tisch sitzen sah. Diese Möglichkeit war ihr nicht in den Sinn gekommen. Man sah ihr an der Nasenspitze beziehungsweise an den vibrierenden Brüsten an, dass sie nicht geklingelt hätte, wenn sie damit hätte rechnen müssen.

»Un Espresso, Signora?« Mamma Carlotta schob die Nachbarin in die Küche, drückte sich an ihr vorbei zur Kaffeemaschine und betätigte die entsprechende Taste, ohne dass Frau

Kemmertöns die Chance bekommen hatte, sich das Angebot zu überlegen und eventuell abzulehnen.

»Nehmen Sie Platz, Signora. Ich muss nur eben schnell meinen Schwiegersohn …«

»Den habe ich eben in Käptens Kajüte gehen sehen«, teilte Frau Kemmertöns mit, die diese Information schon an der Haustür hatte loswerden wollen.

Carlotta starrte sie an. »Enrico? In Käptens Kajüte?«

»Das hat mich auch gewundert.« Frau Kemmertöns sah Violetta misstrauisch an, die sich bis jetzt noch nicht gerührt und noch keinen Ton über die Lippen gebracht hatte. Die Nachbarin schien zu überlegen, ob sie es mit einer Wachsfigur zu tun bekommen hatte, wandte sich aber beruhigt wieder Mamma Carlotta zu, als Violetta anfing, ihre Hände zu kneten, als bereite sie sich auf einen Boxkampf vor, und die Fingergelenke knacken zu lassen, als wollte sie einem Gegner Angst machen. »Sie waren zu dritt. Der Mitarbeiter Ihres Schwiegersohns und die Staatsanwältin waren dabei. Ich dachte noch … mein Gott, habe ich mir gesagt …«

Weiter kam sie nicht. Mamma Carlotta riss ihre Jacke vom Haken und bedankte sich überschwänglich, dass Frau Kemmertöns auf die großartige Idee gekommen war, ihrer Cousine einen Krankenbesuch abzustatten. Da man eine Rekonvaleszentin nicht allein lassen dürfe, sei Carlotta damit Gott sei Dank in der Lage, ihrem Schwiegersohn persönlich eine äußerst wichtige Mitteilung zu machen. So was ginge von Angesicht zu Angesicht einfach besser, und vor allem bekäme sie dann gleich mit, welche Folgerungen diese Mitteilung habe, welche Maßnahmen ergriffen werden müssten und welche aufregenden Dinge nun geschehen könnten. »Grazie, Signora! Grazie!«

Frau Kemmertöns, die mitnichten die Absicht gehabt hatte, Violetta einen Krankenbesuch abzustatten, versuchte die Vermutung zu äußern, dass Erik Wolf sicherlich längst die Imbissstube wieder verlassen und den Weg ins Polizeirevier angetreten habe. Es sei also womöglich doch sinnvoller, das Telefon zu benutzen und sie nicht mit Violetta Menardo allein zu lassen, die ihr nach wie vor ein bisschen unheimlich war ... aber natürlich kam sie nicht zu Wort. Carlotta versprach, so schnell wie möglich zurückzukehren, und schüttelte Frau Kemmertöns' verzweifelten Blick ab, während sie zum Schuppen hastete, um das Fahrrad herauszuholen. Hoffentlich hielt die Nachbarin durch! Und hoffentlich verzichtete Violetta darauf, Frau Kemmertöns mit Spitzentanz oder der Demonstration ihres Stimmvolumens zu erschrecken.

Erik zuckte zusammen, als die Tür von Käptens Kajüte aufsprang und jemand hereinplatzte, der unmöglich ein Friese sein konnte. Tove hatte zwar mittlerweile, genau wie Erik, Erfahrung mit Italienerinnen, die seine Imbissstube nicht betraten, sondern stürmten, aber er schrak dennoch jedes Mal zusammen, wenn die Schwiegermutter des Hauptkommissars ihm einen Besuch abstattete.

»Enrico!«

Seine Schwiegermutter rauschte auf ihn zu wie eine Springflut, und obwohl er hoffen durfte, dass ein solcher Auftritt eine bahnbrechende Neuigkeit für ihn bringen könnte, ärgerte er sich und ließ es sie merken. »Was willst du hier?«

Sie zog einen fünften Stuhl heran und schien erst jetzt Malinde Siefkes zur Kenntnis zu nehmen, die ihren Turban zurechtrückte, als wäre er ihr durch Carlottas Auftreten verrutscht.

»Ich habe erfahren, dass Renato früher mal Messerwerfer war.«

Erik lächelte müde, aber die Staatsanwältin tat Carlotta den Gefallen, Überraschung zu zeigen. »Wie hast du das herausbekommen?«

»Violetta hat es gerade erwähnt. Dio mio, sie hatte keine

Ahnung, dass Signor Thomann und Signora Wernicke von einem Messerwerfer ermordet worden sind.« Sie bedachte Malinde Siefkes mit einem scharfen Blick. »Sie müssen doch gewusst haben, dass Renato mal Messerwerfer war.«

»Stimmt«, gab Malinde Siefkes lächelnd zurück. »Ich habe es dem Hauptkommissar auch gerade erzählt.« Sie zog eine kleine Geldbörse aus der Hosentasche. »War's das?«

Erik nickte, und Sören sagte: »Wir wissen ja, wie wir Sie erreichen können, wenn wir noch Fragen haben.«

Die Staatsanwältin zeigte, dass Malinde Siefkes für sie nicht nur eine Zeugin war, sondern auch eine Frau, die eine schwere Zukunft vor sich hatte. »Wann ist die nächste Chemo fällig?«

Erik schämte sich, dass er in diesem Augenblick nicht mehr an die schwere Erkrankung von Malinde Siefkes gedacht, sondern nur an das, was sie auszusagen hatte. Tilla Speck rückte ihm damit wieder ein wenig näher.

»Übernächste Woche.« Malinde stand auf, legte Tove Geld auf die Theke und verließ die Imbissstube.

Erik erhob sich ebenfalls. Auch er zahlte an der Theke und sagte lächelnd zu Tove: »Machen Sie meiner Schwiegermutter einen Cappuccino, den zahle ich mit. Sie hat ihn verdient.«

Die Staatsanwältin beugte sich zu Mamma Carlotta und umarmte sie, Sören bedankte sich formvollendet bei ihr, und Erik winkte ihr freundlich zu, während sie Käptens Kajüte verließ. »Du konntest ja nicht wissen, dass wir es längst erfahren hatten.«

Auf dem Hochkamp blieben sie stehen. Erik bohrte wütend die Fäuste in die Jackentaschen. »Hätte ich nur mit Violetta darüber gesprochen! Dann hätten wir eher Bescheid gewusst.«

Aber Sören beruhigte ihn. »Was hätte es gebracht? Renato Capotto ist nicht der Mann, den wir suchen. Er hat ein Alibi für die beiden Morde und auch für die Überfälle auf Violetta Menardo.«

»Aber was ist dieses Alibi wert?«, überlegte Erik. »Es kommt von der Lebensgefährtin.«

»Von der ehemaligen Lebensgefährten«, korrigierte Tilla Speck. »Malinde Siefkes ist schrecklich enttäuscht von ihm. Die hätte ihm kein Alibi gegeben, wenn er zu den fraglichen Zeiten nicht wirklich mit ihr zusammen gewesen wäre.«

»Außerdem hat er kein Motiv«, ergänzte Sören. »Er kannte weder Gunnar Thomann noch Amy Wernicke. Und Violetta? Dass er sie umbringen will, weil sie ihm lästig fällt, ist nicht sehr wahrscheinlich.«

Sie stiegen ins Auto, aber Erik machte zunächst keine Anstalten, den Zündschlüssel zu drehen. Kopfschüttelnd starrte er durch die Windschutzscheibe. »Kann man das wirklich glauben? Dass ein Mann wie Renato Capotto abhaut, weil er Angst vor einer rachedurstigen Geliebten hat?«

»Nein, so nicht.« Die Staatsanwältin hatte wieder auf dem Rücksitz Platz genommen, griff jetzt zwischen den beiden Vordersitzen hindurch nach Eriks Schulter und berührte sie leicht. »Violetta hat ihm eine wunderbare Ausrede präsentiert, das ist es. Er brauchte Malinde nicht zu sagen, dass ihm seine Karriere wichtiger ist als ihre Gesundheit. Dass sie für ihn nur von Bedeutung ist, wenn sie in seinem Sinne funktioniert. Er konnte behaupten, dass er von Sylt verschwinden muss, weil Carlottas Cousine ihn verfolgt und er sich ihrer Rache nicht aussetzen will.« Sie zog die Hand wieder zurück und schnalzte verächtlich mit der Zunge. »Von solchen Kerlen gibt's jede Menge.«

»Dann sind wir also noch nicht weiter als vorher«, stellte Sören fest.

Erik startete den Wagen und fuhr langsam, sehr langsam an. Wie immer, wenn er voll schwerer Gedanken war, kam er übers Schritttempo nicht hinaus.

»Versuch's mal mit dem zweiten Gang«, schlug die Staatsanwältin vor, als sich der alte Ford bockend auf die Einmündung in die Westerlandstraße zubewegte. »Wir haben noch ein Eisen im Feuer. Das Smartphone von Amy Wernicke.«

Mamma Carlotta fiel mit einem Mal ein, dass sie Malinde Siefkes nicht einmal gute Besserung und einen positiven Verlauf der nächsten Chemotherapie gewünscht hatte. »Madonna! Was mag sie von mir denken?«

»Sie ist froh, wenn sie nicht ständig auf ihre Krankheit angesprochen wird«, erklärte Tove.

Aber Mamma Carlotta konnte nicht glauben, dass ein kranker Mensch auf Genesungswünsche verzichten wollte. »Ich war so überrascht, dass Enrico schon Bescheid wusste ... deswegen habe ich es vergessen ... ich glaube, ich habe mich nicht einmal von ihr verabschiedet.«

»Nun hören Sie schon auf, Signora. Oder meinen Sie, Sie können Ihren Fehler wiedergutmachen?«

Mit Schrecken und großer Beschämung dachte Carlotta an ihre unbedachte Bemerkung zurück, die Malindes Turban gegolten hatte. »Sie wird mich für sehr unhöflich halten.«

Ehe Tove etwas entgegnen konnte, öffnete sich die Tür. Fietje betrat die Imbissstube. Auf dem Kopf trug er etwas, was ihn fremd erscheinen ließ. Seine selbst gestrickte Mütze!

»Signor Tiensch!« Mamma Carlotta vergaß vorübergehend Malinde Siefkes und Renato Capotto. »Wie sehen Sie denn aus?«

Fietje schlurfte zu seinem Platz am schmalen Ende der Theke. »Wollten Sie nicht eigentlich sagen: Wie gut steht Ihnen die neue Mütze, Signor Tiensch!?«

»Dio mio!« Nun war sie schon wieder unhöflich gewesen! »Mir scheint«, setzte sie noch einmal vorsichtig an, »die Mütze ist ein wenig zu klein.«

»Die Wolle war alle«, gab Fietje zurück und zeigte Tove mit einer klaren Geste, dass er sein zweites Frühstück zu sich nehmen wollte: ein frisch gezapftes Jever.

Mamma Carlotta war gerade aufgefallen, dass es Fietje bei diesem Modell nicht möglich sein würde, seine Mütze so tief in die Stirn zu ziehen, dass seine Augen kaum noch zu sehen waren. Dieser Gedanke gefiel ihr. »Aber was ist mit dem Bommel? Eine Bommelmütze ohne Bommel, das ist doch wie …« Sie wedelte mit beiden Händen ein Beispiel herbei, fand aber auf die Schnelle keins, was sich fassen ließ.

Tove war es, dem sogar mehrere einfielen. »… wie ein Bierfass ohne Bier, ein Strandwärter ohne Strand, eine Imbissstube ohne Imbiss.« Stolz strahlte er in die Runde, als hätte er etwas literarisch Anspruchsvolles von sich gegeben.

»Oder Käptens Kajüte ohne Käpten?«, meinte Fietje anzüglich.

»Du hast wohl vergessen, dass ich mal zur See gefahren bin?«, raunzte Tove seinen Stammgast an.

»Aber nicht als Käpten«, gab Fietje zurück.

Er grinste, und Mamma Carlotta stellte fest, dass sich sogar sein Lächeln unter der neuen Mütze verändert hatte. Während früher Fietjes gesamte Mimik unter dem aufgeschlagenen Rand seiner Mütze verschwinden konnte, lag das Lächeln nun so breit und offen in seinem Gesicht, dass es nicht mehr verlegen oder schüchtern wirkte, sondern ungeniert und sogar ein bisschen anmaßend.

»Ich werde Ihnen Wolle besorgen«, bot sie an. »Dann können Sie heute Nachmittag noch ein bisschen weiterstricken. Und ich zeige Ihnen, wie man einen Bommel macht.« Sie versuchte, an beiden Händen abzuzählen, wie viele Bommel sie in ihrem Leben schon für Babymützchen produziert hatte, merkte aber, dass ihre zehn Finger nicht ausreichten. »Wie wäre es mit roter Wolle? Das passt gut zu Dunkelblau.«

»Nix da!«, antwortete Fietje rigoros. »Eine Mütze muss blau sein. Nur marineblau! So wie mein Troyer. Da kommt mir nix Rotes dran.«

»Dann muss es genau dieselbe Wolle sein. Das wird schwierig.« Mamma Carlotta überlegte, während sie den Rand von Fietjes Mütze betrachtete, der nicht umgeschlagen werden konnte und der gerade bis zum Haaransatz reichte. »Von wem haben Sie die Wolle bekommen?«

»Von Frau Engelbeck natürlich.«

»Dann werde ich sie fragen, ob sie noch mehr davon hat oder noch welche besorgen kann.«

Fietje war hocherfreut. Auf eine Frau wie die Charity-Lady zuzugehen und um etwas zu bitten, wäre ihm sehr schwergefallen. Wohl auch deshalb, weil er wusste, dass er sich eigentlich zu schämen hatte. Schließlich war die Charité-Gruppe nicht dafür da, etwas für sich selbst anzufertigen und dafür das Material zu verwenden, das der Gruppe zur Verfügung gestellt wurde. Fietje war klar, dass er die Wohltätigkeit missbrauchte, wenn er auch die Absicht hatte, demnächst noch etwas zu handarbeiten, was auf dem Basar verkauft werden könnte.

»Sie dürfen die Mütze noch nicht tragen, Signor Tiensch. Wenn Flora Engelbeck Sie damit sieht … oder ein anderer aus dem Häkelclub … Dann merkt jeder, dass Sie ein Betrüger sind.«

Fietje erschrak, zog sich die Mütze vom Kopf, steckte sie in die linke Jackentasche und holte aus der rechten seine alte Mütze hervor. »Und Sie besorgen mir wirklich neue Wolle?«

Mamma Carlotta wusste, wie schwerfällig Fietjes Rhetorik war und wie ungern er etwas erklärte, wenn dafür mehr als zwei Sätze nötig waren. Also versprach sie ihm, sich um Wolle zu kümmern. »Die Mütze braucht noch mindestens zwanzig Reihen. Und natürlich muss man sie umschlagen können, von dem Bommel ganz zu schweigen.« Sie zeigte auf das Exemplar auf Fietjes Kopf. »Diese Mütze wird Ihnen schon bei Windstärke sechs vom Kopf gerissen.«

Sie trank ihren Cappuccino und dachte daran, einen weiteren zu bestellen … da fielen ihr Violetta und Frau Kemmertöns ein. »Madonna! Die beiden habe ich ja total vergessen. Violetta wird womöglich einen Handstand vorführen und sich dabei erneut verletzen, und Frau Kemmertöns hat Genickschmerzen, weil sie aus dem Kopfschütteln gar nicht wieder herauskommt. Ich muss so schnell wie möglich nach Hause.«

Dafür hatte Tove vollstes Verständnis. »Mit Ihrer Cousine hielte ich es keine halbe Stunde aus.«

Mamma Carlotta hastete auf den Hochkamp zurück, um sich eilig auf den Heimweg zu machen. Sie würde etwas zur Wiedergutmachung benötigen, etwas, was Frau Kemmertöns besänftigte und Violetta beim Gesundwerden half. Das Beste war in einem solchen Fall immer etwas, was man sich auf der Zunge zergehen lassen konnte. Ein Stück Kuchen! Frau Kemmertöns liebte Friesentorte und Donauwellen, beides bereitete der Bäcker, bei dem Mamma Carlotta einzukaufen pflegte, in besonders guter Qualität zu. Sie musste nur dafür sorgen, dass sie mit ihm nicht in ein intensives Gespräch geriet, damit Frau Kemmertöns möglichst bald von ihrer Aufgabe, ein Auge auf Violetta zu haben, erlöst wurde.

So eilte sie an der Einmündung zum Süder Wung vorbei, nur die Tür des Bäckers vor Augen und Friesentorte und Donauwellen im Sinn … als ihr eine Frau, nein … eine Dame ins Auge fiel, die auf den Eingang von Annanitas Modestübchen zuhielt. Flora Engelbeck! Mamma Carlotta stockte, ging langsamer und blieb schließlich stehen. Was hatte die Charity-Lady vor? Wollte sie sich ein neues Kleidungsstück kaufen oder eins in ihrer großen Tasche verschwinden lassen? Würde sie ungestört sein wollen, oder war dies eine gute Gelegenheit, für Fietje um ein weiteres Knäuel von der marineblauen Wolle zu bitten?

Mamma Carlotta wusste noch nicht, worauf es ihr wirklich ankam, aber vorsichtshalber überquerte sie die Straße und ging ebenfalls auf die Eingangstür von Annanitas Modestübchen zu. Mit einem Gesicht, in dem ausschließlich das Interesse an Mode stand und an dem nur die Frage abzulesen war, ob sie die Sonderangebote, die vor dem Laden auf runden Ständern präsentiert wurden, zu dem Erwerb eines Schnäppchens verführen konnten.

Flora Engelbeck hatte diesen preisgünstigen Angeboten keinen Blick gegönnt. Mamma Carlotta sah, dass sie sich im Laden nur kurz suchend umblickte und sich dann einem Ständer im hinteren Bereich zuwandte, auf dem diverse Blusen auf neue Besitzerinnen warteten. Mamma Carlotta hatte noch nicht entschieden, ob sie es wagen konnte, Flora Engelbeck zu folgen, da beobachtete sie etwas, was jedes Zaudern überflüssig machte. Malinde Siefkes trat hinter einem Spiegel hervor und stellte sich neben Flora Engelbeck, als hätte sie Interesse an den gleichen Blusen wie sie. Aber Mamma Carlotta erkannte sogar von draußen, dass die beiden ohne jedes Interesse das Angebot durchsahen, aber ein Gespräch begannen, als wären sie an diesem Ständer verabredet gewesen.

Sie öffnete die Tür und grüßte mit einem unauffälligen »Moin«, obwohl sie wusste, dass ihr dieser Gruß selten gut gelang. Aber ein »Buon giorno«, wäre in diesem Fall zu auffällig gewesen.

»Kann ich Ihnen helfen?«, fragte eine Verkäuferin und trat mit einem professionell-freundlichen Lächeln auf sie zu.

»Ich …« Mamma Carlotta, die keine geübte Boutiquenkundin war, begann zu stottern. »Ich würde nur gerne …«

»… sich ein wenig umsehen? Natürlich gerne. Wenn Sie Fragen haben, melden Sie sich einfach.«

Erleichtert bedankte sich Mamma Carlotta und stellte erfreut fest, dass Flora Engelbeck und Malinde Siefkes sie nicht bemerkt hatten. Sie drehten ihr und auch der Verkäuferin weiterhin den Rücken zu und sprachen leise miteinander.

Zum Glück gab es in ihrer Nähe einen Ständer mit Hosen in der Größe 44. Dass Carlotta sich dort umsah, war also unauffälliger, als wenn sie gezwungen gewesen wäre, sich für Jeans, Chinos, Paperbag- oder Haremshosen in Größe 34 und 36 zu interessieren. Sie hatte nicht einmal eine Ahnung, was das für Hosentrends waren, und hätte ihr Interesse daran nur schwer erklären können.

So aber sah sie sich intensiv eine Hose nach der anderen an, alle vernünftig weit geschnitten, mit einem Stretchanteil und einem Gummizug im Bund. Zum Glück war es ruhig im Laden. Die Verkäuferin hatte an der Kasse mit irgendwelchen Listen zu tun, der Verkehrsstrom vor dem Haus floss langsam, das Telefon schwieg, es kamen keine weiteren Kunden in den Laden.

»Keine Ahnung, wie die Polizei auf einen Messerwerfer gekommen ist«, flüsterte Malinde gerade. »Aber sie haben natürlich eingesehen, dass er kein Mörder ist.«

»Gott sei Dank«, murmelte Flora Engelbeck zurück. »Das ist ja auch völlig abwegig.« Sie lachte, als hätte sie eine Bluse gefunden, die ihr nicht altersgemäß erschien. Immer noch lachend hielt sie eine gestreifte Hemdbluse hoch, die am Kragen mit Möwen bestickt war. »Aber er hat einen Fehler gemacht. Einen unverzeihlichen Fehler!«

»Mach dir keine Sorgen.« Malinde sprach jetzt etwas lauter. »Es wird schon alles gut gehen.«

Nun wurde die Verkäuferin aufmerksam. Sie sah wohl die Chance, einer Frau, die an hohe Preise gewöhnt war, etwas Teures zu verkaufen. Malinde Siefkes, deren Kleidungsstil von Annanitas Modestübchen nicht unterstützt wurde, beachtete sie nicht weiter.

Mamma Carlotta drehte sich weg, als Malinde zum Ausgang ging, nachdem sie Flora Engelbeck kurz den Oberarm getätschelt hatte. Sie reichte die Klinke an eine Gruppe lustiger Frauen weiter, die einen so leichtsinnigen Eindruck machten, dass die Verkäuferin erneut aufmerkte. In so guter Urlaubslaune saß das Geld locker, sie witterte mehrere gute Geschäfte, ließ nun von Flora Engelbeck ab und kümmerte sich um die neuen Kundinnen.

Mamma Carlotta hatte die Möglichkeit, Flora Engelbeck den Rücken zuzukehren und sie trotzdem zu beobachten. Denn in der gegenüberliegenden Schaufensterscheibe konnte sie genau sehen, was die Charity-Lady machte. An Wolle für Fietjes Mütze und an Kuchen für Frau Kemmertöns dachte sie überhaupt nicht mehr.

Die Gedanken rasten durch ihren Kopf. Was lief da ab zwischen Malinde Siefkes und Flora Engelbeck? In Käptens Kajüte waren die beiden aneinander vorbeigegangen, als wären sie sich fremd. Aber hatte sie nicht einen Blick aufgefangen, der ihr merkwürdig erschienen war? Und dann hatte Flora Engelbeck in Malindes Jackentasche gegriffen, doch Tove hatte gesagt, seine alte Freundin vermisse nichts. Und wie war das noch vor dem Fliegenden Varieté gewesen? Dr. Mikkelsen und Flora Engelbeck hatten sich unterhalten, während Malinde versucht hatte, eine der beiden auf sich aufmerksam zu machen. Jetzt war Carlotta sicher, dass es Flora Engelbeck gewesen sein musste, um die es Malinde gegangen war. Damals hatte sie sich gefragt, was Malinde im Fliegenden Varieté zu suchen hatte. Das wenigstens wusste sie mittlerweile. Sie war wenig später als Peggy mit einer Langhaarperücke auf der Bühne erschienen, um Mago zu assistieren. Was für eine verworrene Angelegenheit!

Mamma Carlotta machte einen langen Hals, um Flora Engelbeck weiter beobachten zu können. Sie hatte eine große Tasche bei sich, die sie neben ihre Füße stellte. Der Reißverschluss war geöffnet, ein wunderbares Versteck für gestohlene Waren. Würde sie es wagen? Mamma Carlotta bückte sich, als gäbe es unter dem Hosenständer etwas, was sie interessierte. Aber sie beschäftigte sich mit dem, was viele taten, die einerseits unerkannt und andererseits stehen bleiben und nicht auffallen wollten. Sie schnürte sich die Schuhe. Erst öffnete sie beide Senkel, dann band sie die Schleifen wieder, sehr gewissenhaft und langsam.

Die Verkäuferin war mit den ausgelassenen Kundinnen beschäftigt, die ein Teil nach dem anderen von den Ständern nahmen und die Umkleidekabinen stürmten. Flora Engelbeck betrachtete eine Bluse sehr eingehend, nahm sie vom Bügel, schien zu überlegen, ob die Größe richtig war, zu welchen ihrer Hosen oder Röcke sie passen könnte, nahm dann mit der rechten Hand eine neue Bluse vom Ständer und ließ mit der linken die Bluse ohne Bügel in ihre Tasche fallen. Mit dem Fuß schob sie die Tasche anschließend so weit unter den Ständer, dass sie nicht zu sehen war. Dann hängte sie die Bluse zurück, tat so, als sähe sie sich weiter im Laden um und griff dann mit einer schnellen Bewegung zu ihrer Tasche. Mamma Carlotta hörte das Schnarren des Reißverschlusses und richtete sich auf. Nun wagte sie es, sich umzudrehen und Flora Engelbeck anzusehen. Die aber war voll und ganz auf die Verkäuferin fixiert, die gerade nach einem Shirt in einer anderen Größe suchte und nicht auf sie achtete. Flora Engelbeck hatte es nun mit einem Mal eilig. Dass Mamma Carlotta auf sie aufmerksam geworden war, schien sie nicht wahrzunehmen. Sie hatte jetzt einen Tunnelblick, und am Ende des Tunnels sah sie nichts als die Ladentür. Es schien Carlotta, als hätte Frau Engelbeck ihr einen kurzen Blick zugeworfen und sie sogar erkannt, aber sie war nicht sicher. Jedenfalls grüßte sie nicht, lächelte nicht einmal, sah Carlotta entweder nicht oder wollte sie nicht sehen. Sie verließ den Laden mit einem flüchtigen Gruß, den die Verkäuferin mit professioneller Freundlichkeit erwiderte. Wäre sie nicht so beschäftigt und wäre Flora Engelbeck nicht so schnell gewesen, hätte sie sicherlich die ausgelassene Frauenrunde kurz verlassen, um der Charity-Lady höflich die Tür zu öffnen.

Mamma Carlotta starrte ihr nach. Schon wieder! Bei Feinkost Meyer hatte sie ihr eine Chance gegeben. Aber hier? Nein, die Charity-Lady war scheinbar unverbesserlich. So was durfte man nicht tolerieren. Eine Diebin laufen lassen? Nicht mit Mamma Carlotta!

Sie lief zu der Verkäuferin, die gerade in einem Stapel bunter T-Shirts nach einem weißen fahndete. »Ich habe gesehen, dass gerade eine Bluse gestohlen wurde.« Sie zeigte durch die Schaufensterscheibe auf Flora Engelbeck, die am Straßenrand darauf wartete, die Fahrbahn überqueren zu können. »Die

Bluse steckt in ihrer Tasche.« Nun zeigte sie auf den leeren Kleiderbügel. »Dort hing die Bluse.«

Die Verkäuferin machte empört zwei, drei Schritte auf die Tür zu, griff nach der Klinke, bereit, sie aufzureißen und der dreisten Diebin nachzurufen … da ließ sie plötzlich die Hände sinken. »Das ist Flora Engelbeck.«

»Na und? Sie hat trotzdem gestohlen.«

»Das kann nicht sein. Das hat die doch nicht nötig.«

»Ich hab's gesehen!«

Die Verkäuferin zögerte immer noch. »Das kann ich nicht machen. Unmöglich! Ich kann nicht Flora Engelbeck eine Diebin nennen.«

»Sie brauchen nur in ihre Tasche zu gucken. Dann ist der Beweis erbracht.«

»Und dann?«

»Dann rufen Sie die Polizei.«

Aber die Verkäuferin wandte sich von der Tür ab und ging wieder in den Laden hinein. »Das gibt Ärger«, meinte sie. »Meine Chefin macht mich zur Schnecke, wenn die Engelbeck sich über mich beschwert.«

In diesem Augenblick trat eine junge Frau aus einer Umkleidekabine, mehrere Kleidungsstücke über dem Arm, die sie neben die Kasse legte. »Es handelt sich vermutlich um ein Versehen«, sagte sie. »Ich kenne Frau Engelbeck gut.«

Mamma Carlotta wollte gerade ihre Beobachtungen verteidigen, da erkannte sie die Kundin, die sich für zwei Jeans, drei Shirts und einen Pullover entschieden hatte. »Dottoressa!«

Dr. Mikkelsen lächelte. »Wie nett, Sie wiederzusehen.«

Mamma Carlotta vergaß Flora Engelbeck, wie sie immer alles um sich herum vergaß, wenn sie Bekanntschaften erneuern oder vertiefen konnte. Erst recht, wenn es um eine so interessante Bekanntschaft wie die mit einer jungen, attraktiven Gerichtsmedizinerin ging. Die Verkäuferin zog sich erleichtert zurück, redete der Frauengruppe zu, sich kollektiv mit rosa

Sweatshirts einzudecken, und war augenscheinlich heilfroh, die allseits beliebte und geachtete Flora Engelbeck nicht in aller Öffentlichkeit des Diebstahls bezichtigen zu müssen.

Carlotta Capella und Dr. Mikkelsen vertieften sich derweil in den Austausch von Höflichkeiten. Die Gerichtsmedizinerin erinnerte sich mit freundlichen Worten an den schönen Abend im Hause Wolf und an das gute Essen, und Mamma Carlotta ließ wissen, wie sehr es ihrem Schwiegersohn geholfen habe, dass Frau Dr. Mikkelsen etwas entdeckt hatte, was Dr. Hillmot entgangen war.

Die Verkäuferin traute sich wieder in die Nähe der beiden, als ihr klar geworden war, dass sie das Gesprächsthema gewechselt hatten. Dr. Mikkelsen zahlte einen beachtlichen Betrag mit ihrer Kreditkarte, währenddessen fiel Mamma Carlotta der entrückte Gesichtsausdruck von Sören ein, den sie beobachtet hatte, als er am Strand neben Amy Wernickes Leiche der neuen Ärztin ansichtig geworden war. Und auch während des Abendessens hatte er gelegentlich nicht wie ein gewiefter Kriminalbeamter, sondern eher wie ein verliebter Einfaltspinsel ausgesehen.

»Wollen Sie uns heute Abend nicht noch einmal beehren, Dottoressa?«, fragte sie mit großer Freundlichkeit. »Wir würden uns alle sehr freuen.«

Sie war hingerissen, als Dr. Mikkelsen freundlich lächelnd zustimmte. »Ja, gern. Wenn es Ihnen keine Umstände macht.«

»Certo che no! Natürlich nicht! Al contrario! Im Gegenteil!«

Dr. Mikkelsens Miene wurde mit einem Mal zweifelnd. »Aber Dr. Hillmot ...«

Carlotta ließ sie nicht ausreden. »Dio mio! Natürlich muss dann auch Dr. Hillmot kommen. Der Arme wäre sonst vermutlich molto triste. Er bekommt ja so selten etwas Vernünftiges zu essen, etwas Nahrhaftes, Vitaminreiches.«

Dr. Mikkelsen beugte sich vertraulich zu Mamma Carlotta. »Vor allem würde er gerne Ihre Cousine wiedersehen.«

Carlotta starrte sie entgeistert an. »Come?«

Die Erinnerungen rasten durch ihren Kopf, schlugen Purzelbäume, rempelten sich übermütig an und stießen sich gegenseitig vor sich her. Dr. Hillmot hatte, als er Violetta kennenlernte, tatsächlich seinen ganzen Charme aktiviert, aber das tat er immer, wenn er eine Frau begrüßte. Er hatte Violettas Hand geküsst, aber das wollte er auch bei der Staatsanwältin und bei Mamma Carlotta jedes Mal, die ihm jedoch beide immer rechtzeitig die Hände entzogen. Und er pries stets alles, was weiblich war, ohne dass je der Verdacht entstanden war, er meine es ernst. Und nun …? Ausgerechnet Violetta?

»Er ist ganz hingerissen von ihr«, flüsterte Dr. Mikkelsen. »Seit dem Abend bei Ihnen redet er von nichts anderem als davon, wie er sie wiedersehen könnte. Er hat sogar schon darüber nachgedacht, einen Italienischkurs zu besuchen.«

»Das gibt's doch nicht!«, stöhnte Erik. »Das ist ja …«

»… phänomenal!«, ergänzte Tilla und strahlte ihn an.

»Wir haben ihn«, flüsterte Erik. »Wir haben ihn tatsächlich. Er ist unser Täter. Er muss es sein.«

Kurz vorher war einer der IT-Spezialisten bei ihnen erschienen und hatte das Smartphone von Amy Wernicke auf Eriks Schreibtisch gelegt. »Geknackt!« Mehr hatte er nicht gesagt. »War kein großes Problem.«

Die Ovationen, die ihm angeboten wurden, hatte er auf keinen Fall entgegennehmen wollen, und auch den Dank in Form von Kaffee und Kuchen hatte er zurückgewiesen. Er wollte nur so schnell wie möglich zurück aufs Festland, damit war er sehr zufrieden gewesen.

»Wahnsinn«, hatte die Staatsanwältin gesagt und noch eine Weile die Tür angestarrt, die sich hinter dem IT-Spezialisten geschlossen hatte. »Diese Computer-Freaks sind wirklich so, wie sie in Karikaturen dargestellt werden.«

Sören hatte den freudigen Schreck und die wunderbare Erkenntnis, dem Täter auf die Spur gekommen zu sein, als Erster verarbeitet. Er erbot sich, Kuchen zu holen. Nicht weit entfernt, neben dem Rathaus, gab es eine Bäckerei mit einem sehr guten Kuchenangebot. Michels Backhüs war erst vor wenigen Jahren eröffnet worden, in den Räumen, in denen es früher ein asiatisches Restaurant gegeben hatte. Dort war Lucia gern eingekehrt, wenn sie der friesischen Küche überdrüssig war und der Besuche in italienischen Restaurants, die ihr meist zu wenig italienisch waren, ebenfalls.

Sören kam mit einer Tüte und einem Papptablett zurück, die Staatsanwältin hatte in der Zwischenzeit für Kaffee gesorgt. Auf Eriks Schreibtisch wurde das Angebot an gedecktem Apfelkuchen, Rosinenschnecken, Puddingbrezeln, Zitronenrollen und Butterkuchen aufgebaut.

»Lassen Sie uns erst noch alle anderen Nachrichten durchgehen, Chef«, schlug Sören vor. »Auf zehn Minuten kommt es nicht an.«

Die Staatsanwältin stellte sich auf seine Seite. »Wir dürfen jetzt keinen Fehler machen.«

Erik gab nach. »Er weiß ja, dass wir das Handy haben. Wenn er irgendwelche Maßnahmen ergriffen hat, ist es ohnehin zu spät.«

»Vielleicht wartet er ab«, meinte Tilla. »Es gibt ja diese Täter, die versteinert darauf warten, zur Schlachtbank geführt zu werden, weil es keinen Ausweg gibt.«

»Wenn er einen Ausweg sieht, hat er längst gehandelt.«

»Vielleicht nicht.« Die Staatsanwältin blieb bei ihrer These. »Dann hätte er gleich, direkt nach der Tat, das Smartphone an sich genommen.«

»Es war Amy Wernicke scheinbar aus der Tasche gerutscht.«

»Er hätte es gesucht, und als er es nicht fand, sofort etwas unternommen. Er konnte ja nicht davon ausgehen, dass das Smartphone unauffindbar sein wird. Weil irgendein Idiot es sich schnappt und erst Tage später ein schlechtes Gewissen bekommt.«

»Warum hat er es am Strand liegen lassen?«, überlegte Sören. »Er muss sich doch gesagt haben, dass mit dem Smartphone seine Täterschaft bewiesen werden kann. Die Ermordung seiner Frau war nur der erste Schritt, ihr Smartphone verschwinden zu lassen der notwendige zweite.«

»Als er daran dachte, war es womöglich schon gefunden worden«, gab die Staatsanwältin zurück. »Direkt nach der Tat befindet sich ein Mörder im Ausnahmezustand.«

Erik zuckte die Achseln. »Vielleicht ist er gestört worden? Er hat die Nerven verloren. Der Mann ist ja vermutlich kein eiskalter Killer. Man versetze sich mal in seine Lage. Er hat seine Frau umgebracht. Die Frau, die er noch immer liebt. Die er mit dem Mord an ihrem Liebhaber zurückgewinnen will. Der Mann stand also unter Strom. So einer denkt nicht unbedingt daran, das Smartphone mitzunehmen, das ihn verrät.«

Sören schüttelte den Kopf. »Wir sind davon ausgegangen, dass wir es mit einem professionellen Messerwerfer zu tun haben. Gerald Wernicke ist Fabrikant.«

»Was wissen wir schon von ihm?«, antwortete die Staatsanwältin. »Vielleicht ist das Messerwerfen sein Hobby. Sonst hätte seine Frau ihn nicht verdächtigt. Sie muss es ihm zugetraut haben.«

»Oder er hat den Mord an Thomann in Auftrag gegeben.«

»Das glaube ich nicht«, widersprach Tilla Speck. »Dann hätte er für ein Alibi gesorgt. Jemand, der einen Killer engagiert, achtet darauf, dass er zur Tatzeit in der Öffentlichkeit gesehen wird.«

Erik griff zum Telefon und wählte die Nummer des Horizont. Zum Glück war Carolin sofort am Apparat. Sie schien nicht erfreut zu sein, als sie die Stimme ihres Vaters hörte. Erik stellte mal wieder fest, dass sie sich veränderte, sobald sie hinter der Rezeption des Horizont stand. Dann gehörten Sympathie, Loyalität und Solidarität ausschließlich ihrem Ausbilder, die Wünsche ihres Vaters waren ihr lästig. Auf seine Frage, ob

Gerald Wernicke im Haus war, reagierte sie sogar ausgesprochen unfreundlich. Sie könne den Gästen nicht hinterherspionieren und wolle solche Auskünfte auf keinen Fall geben. Wenn ihr Vater den Gast zu sprechen wünsche, könne sie versuchen, das Telefonat durchzustellen. Mehr sei nicht möglich.

Eriks Stimme wurde laut. »Hör mal zu, Caro! Dieser Mann ist ein mutmaßlicher Mörder! Soll ich etwa Herrn Gravenaar sagen, dass du polizeiliche Ermittlungsarbeit behinderst?«

Die Staatsanwältin legte erschrocken einen Zeigefinger auf die Lippen, Sören schaute ungläubig, als könnte er nicht fassen, was sein Chef da äußerte.

Natürlich wusste Erik selbst, dass er nicht im Recht war, aber er hatte erreicht, was er wollte, und nur darauf kam es ihm an. Carolin war eingeschüchtert und erklärte sich bereit, unauffällig herauszufinden, ob Gerald Wernicke sich im Hotel aufhielt. Sie versprach sogar, ebenso unauffällig in Erfahrung zu bringen, wohin er gegangen sei, falls er sich nicht im Hotel befand.

Zufrieden legte Erik auf und griff nach einer Rosinenschnecke. »Sie ruft an, wenn sie was weiß.«

Sowohl die Staatsanwältin als auch Sören verzichteten darauf, Erik dafür zu rügen, dass er seine Tochter derart unter Druck gesetzt hatte. Sören griff nach der Zitronenrolle und hatte von da an eine Menge damit zu tun, hineinzubeißen, ohne dass die Füllung an den Seiten herausquoll.

Der Staatsanwältin war das Smartphone von Amy Wernicke wichtiger. Sie scrollte sämtliche Listen durch, alle WhatsApp-Nachrichten, und untersuchte jede SMS, die ein- oder ausgegangen war. Auch die E-Mails checkte sie noch einmal gewissenhaft.

»Weitere Erkenntnisse?«, fragte Sören mit vollem Mund.

Tilla Speck schüttelte den Kopf. »Diese eine WhatsApp-Nachricht reicht ja.«

Zwischen Amy Wernicke und ihrem Mann war es scheinbar üblich gewesen, per WhatsApp miteinander zu kommunizieren. Aus den Formulierungen ging hervor, dass sie abends häufig miteinander telefonierten, ansonsten aber darauf verzichteten, sich tagsüber gegenseitig bei der Arbeit zu stören. Informationen liefen übers Smartphone, vorzugsweise per WhatsApp-Nachrichten. Die Information, auf die es den Ermittlern ankam, war wohl eine, die Amy Wernicke schwergefallen war. Sie fiel nicht in den Bereich »Informationsaustausch«, sondern drang ins intime Zusammenleben des Ehepaares.

»Vermutlich hatte sie Angst vor der Reaktion ihres Mannes«, murmelte Tilla Speck. »So etwas auszusprechen ist nicht einfach. Deswegen hat sie es ihm geschrieben.«

Erik nickte. »Vielleicht wollte sie ihm auch Gelegenheit geben, sich die Antwort darauf genau zu überlegen.«

Er machte einen langen Hals, um die Nachricht noch einmal lesen zu können. Ein weiteres Mal! Dabei kannte er sie längst auswendig! Sören sprach sie aus, ohne aufs Smartphone zu blicken. »Ich weiß, dass du Gunnar umgebracht hast. Dabei wäre es nicht nötig gewesen. Ich hatte nicht vor, dich zu verlassen.«

Die Staatsanwältin schob das Handy zur Seite. »Aber sie plante vermutlich, ihren Mann der Polizei auszuliefern. Deswegen musste sie auch sterben.«

Erik überlegte eine Weile hin und her und nahm sich so lange dafür, bis er seine Rosinenschnecke vertilgt hatte. »Sie muss es gleich gewusst haben. Und er muss gewusst haben, dass sie es wusste. Warum hat er also so erstaunt getan?«

Die drei Fragezeichen, die Gerald seiner Frau als Antwort geschickt hatte, waren umgehend beantwortet worden. »Glaubst du wirklich, ich hätte es nicht sofort kapiert?«

Eriks Telefon ging, Carolin war am anderen Ende. Ihre Stimme klang jetzt sehr aufgeregt. Es war keine Rede mehr davon, dass sie ihre Gäste vor der Polizei schützen wollte. »Er ist weg«, stieß sie hervor. »Das Zimmermädchen hat mir gesagt, dass sein Bett heute Morgen unberührt war. Auch sein Gepäck ist nicht mehr da.«

Mamma Carlotta war in Hochform. Besuch, mit dem niemand gerechnet hatte, eine Menüfolge, die gestreckt werden musste, wichtige Gäste, die beeindruckt werden mussten – das war ihre Spezialität. Und dann noch eine Liebesgeschichte, mit der niemand gerechnet hatte! Ein herrlicher Tag!

Sie überquerte derart blindlings die Westerlandstraße, dass sie die Notbremsung eines Autofahrers nicht einmal bemerkte und die Beleidigungen, die er durch die Seitenscheibe herausschimpfte, nicht zur Kenntnis nahm. Für solche Reaktionen war einfach keine Zeit. Sie war sogar versucht, gleich zu Feinkost Meyer weiterzulaufen, ohne Frau Kemmertöns zu erlösen, weil es ja nun auf eine halbe Stunde mehr oder weniger auch nicht mehr ankam … aber das brachte sie dann doch nicht übers Herz. Auch deshalb, weil sie den Kuchen, mit dem sie sich bei Frau Kemmertöns bedanken wollte, vollkommen vergessen hatte. Außerdem musste sie die Einkaufstasche aus dem Haus holen, und vielleicht bekam sie auf die Schnelle noch die Gelegenheit, Frau Kemmertöns zuzutuscheln, was sie in Annanitas Modestübchen beobachtet hatte. Auf jeden Fall würde sie, bevor sie zum Einkaufen aufbrach, noch flugs berichten können, dass am Abend hoher Besuch erwartet wurde. Drei Menschen, die einen Doktortitel trugen, würden an ihrem Tisch sitzen. »Madonna!« Das war ja beinahe so, als hätten in Panidomino der Pfarrer, der Bürgermeister und der Schulleiter gleichzeitig ihren Besuch angekündigt.

Sie stieß die Haus- und eine Sekunde später die Küchentür auf und hätte damit um ein Haar Frau Kemmertöns vom Stuhl gekippt. Die war so nahe an die Tür gerückt, weil sie wohl befürchtete, dass Violetta, die ihr gerade demonstrierte, worauf es beim Seiltanzen ankam, auf ihrem Schoß landen könnte. Und das, wo sie doch als Rekonvaleszentin unbedingt Ruhe brauchte!

Leider war Frau Kemmertöns derart erleichtert, von der Beaufsichtigung Violettas befreit zu werden, dass nicht einmal brisante Neuigkeiten sie davon abhalten konnten, auf der Stelle das Haus zu verlassen. Violetta nahm es nicht zur Kenntnis. Sie setzte nach wie vor einen Fuß nach dem anderen auf eine Linie, die nur sie selbst sah, wedelte mit den Armen, um zu zeigen, wie das Gleichgewicht zu halten war, und behauptete murmelnd, damit hätte sie gut und gerne im Zirkus Capotto die Attraktion werden können, wenn Renato ihr nur die Gelegenheit gegeben hätte, diese Kunst zur Vollendung zu bringen.

Mamma Carlotta sah sich das nicht lange an. Die Vorstellung, mit Violetta zusammen zum Einkaufen zu gehen, war nicht besonders verlockend. Sie würde dem Bäcker, dem Metzger, dem Fischhändler und der Kassiererin erklären müssen, warum ihre Cousine durch den Laden tanzte, statt hindurchzugehen wie jeder normale Mensch, warum sie einen Verband am Hals trug, aber so tat, als sei sie kerngesund. Das würde so lange dauern, dass sie die Einkäufe noch nicht nach Hause getragen hätte, wenn sie zu Floras Charity aufbrechen musste. Außerdem sah Violetta derart gesund aus, dass sie wohl ein halbes Stündchen würde allein bleiben können.

Eine Frage allerdings konnte sie sich nicht verkneifen. »Dr. Hillmot wird heute Abend zum Essen kommen. Wie gefällt er dir eigentlich?«

Violetta tat so, als fiele sie vor Schreck vom Seil, lächelte dann aber erfreut. »Der Dicke? Der ist süß.«

Mamma Carlotta war zufrieden. Wenn Dr. Mikkelsen recht haben sollte, ließe sich am Abend vielleicht etwas in die Wege leiten. Über die Folgen dachte sie allerdings erst auf dem Weg zu Feinkost Meyer nach. Wenn Dr. Hillmot es schaffen sollte, Violettas Herz zu erobern, würde ihre Cousine womöglich nach Sylt ziehen. Dieser Gedanke war alles andere als verlockend. Aber wäre das nicht für Violetta eine wunderbare Fügung des Schicksals? Sie hatte ihre Anstellung verloren, an Dr. Hillmots Seite winkte ihr ein angenehmes Leben.

Kopfschüttelnd ging sie durch den Laden, legte Mangos, Avocados, rote Paprikaschoten und Frühlingszwiebeln, die sie für die Crostini mit Paprika-Mango-Avocado-Salsa brauchte, in den Einkaufswagen. »Dio mio!« Statt der Pinienkerne hätte sie beinahe Paranüsse gekauft, so sehr verwirrte sie der Gedanke an die möglichen Konsequenzen. Sollte Erik demnächst jederzeit Besuch von Violetta bekommen können? Sollten sich die Kinder, wenn ihre Nonna nicht auf Sylt war, Violettas lästiger Fürsorge unterordnen müssen? »Madonna!« Sie musste sich zusammenreißen und sich darauf konzentrieren, dass der Metzger die Schweineschnitzel sehr dünn schnitt, damit sie sich später leicht rollen ließen, und sich nicht wieder bei der Anzahl der Schinkenscheiben verzählte. Was brauchte sie noch? Ein paar Kirschtomaten für die Schweineröllchen, einen großen Topf Joghurt, Ahornsirup und Kokosraspeln für das Dolce. Der Kokos-Joghurt mit Birnen und Ahornsirup würde jedem schmecken und ging zum Glück schnell. Alles andere war im Haus. Ja, jetzt konnte sie nach Hause laufen mit dem beruhigenden Gefühl, gut für den Abend gerüstet zu sein. Hoffentlich hatte Violetta das Alleinsein verkraftet. Schließlich gehörte sie eigentlich noch ins Krankenhaus und musste sich schonen. Das sagte sie sich so oft vor, bis sie nicht mehr unter Schuldgefühlen litt, weil sie froh war, eine halbe Stunde ohne ihre Cousine auszukommen.

Felix erschien mit Kükeltje auf dem Arm in der Küche, um sich zu erkundigen, ob er mit einem Mittagsimbiss rechnen durfte. Dass dies nicht der Fall war, wurde ihm schnell klar. Wenn seine Nonna noch rasanter mit Geschirr, Gerätschaften und Lebensmitteln hantierte als sonst, war Vorsicht geboten. Dann versuchte sie, in einer Stunde etwas zu erledigen, wofür jeder normale Mensch mindestens drei Stunden gebraucht hätte, dann war sie reizbar und begegnete irgendwelchen Bitten mit der Aufforderung, gefälligst zu helfen und nichts von ihrer kostbaren Zeit zu stehlen. Also zog Felix sich unauffällig wieder zurück, ließ aber Kükeltje in der Küche, die genau wusste, wann die Chance bestand, dass ein Stück Schinken oder Käse zu Boden fiel.

Violetta erklärte sich bereit, die Paprikaschoten zu waschen, zu entkernen und zu würfeln und das Gleiche mit den Mangos und Avocados zu machen, während Carlotta Essig und Öl verrührte, dass es nur so spritzte.

Violetta versuchte, die Hektik zu lindern. »Wir müssen ja heute Nachmittag nicht unbedingt zum Handarbeiten gehen.«

Doch Mamma Carlotta war anderer Meinung. Während sie sich um die Parmesanfüllung für die Schweineröllchen kümmerte, erzählte sie Violetta, was sie in Annanitas Modestübchen beobachtet hatte. Ob es richtig war, ihre Cousine einzuweihen, wusste sie nicht und sie nahm sich vorsichtshalber nicht die Zeit, darüber nachzudenken. Violetta war für ihre unbedachten Äußerungen in der ganzen Familie bekannt, sie würde womöglich etwas verraten, wenn es besser war, zu schweigen, oder sich die falschen Zuhörer aussuchen, um sie mit einem pikanten Geheimnis zu unterhalten. Ihr fehlte da jegliches Fingerspitzengefühl, es war also eigentlich nicht klug, sie in etwas einzuweihen, was vertraulich behandelt werden musste. Andererseits sprach sie so schlecht Deutsch, dass vermutlich niemand etwas verstehen würde, wenn sie darüber redete, und wenn sie einfach ins Italienische wechselte, würde außer Mamma Carlotta nur Flora Engelbeck der Sinn ihrer Worte erreichen. Und der geschah es ja eigentlich ganz recht.

Es musste jetzt einfach raus. Da Frau Kemmertöns keine Zeit gehabt hatte, sich die neuesten Sensationen anzuhören, musste es eben Violetta sein. Und diese war derart fasziniert von den zwei Gesichtern der Flora Engelbeck, dass sie sich ohne Weiteres die Schnitzel zuschieben ließ, die Füllung daraufgab, sie aufrollte und mit Holzspießen zusammensteckte. Sie wehrte auch nicht ab, als sie die Birnen für das Dolce würfeln sollte und die Aufgabe erhielt, sie mit dem Joghurt, den Rosinen und dem Ahornsirup zu vermengen. Am Ende tat Violetta ihrer Cousine noch den Gefallen, genauso empört zu sein wie sie, und bestätigte Carlotta darin, sich nicht mehr ans Stillschweigen gebunden zu fühlen. Flora Engelbeck hatte ihren Part nicht eingehalten, also brauchte auch Mamma Carlotta sich nicht mehr an ihr Versprechen zu halten.

»Ich werde es Enrico erzählen. Die Polizei muss das wissen.« Nun stand es für Carlotta fest.

Gemeinsam deckten sie den Tisch und stellten mit einem Blick auf die Uhr fest, dass die Zeit reichte, um den Nachmittag in Käptens Kajüte zu verbringen. Auch Violetta wollte nun unbedingt dabei sein. Sie plädierte sogar dafür, die Charity-Lady vor versammelter Handarbeitsmannschaft bloßzustellen. Das allerdings wollte Mamma Carlotta auf keinen Fall und bereute nun, Violetta ins Vertrauen gezogen zu haben. Eindringlich bat sie sie, den Mund zu halten und nichts von sich zu geben, was eine Italienerin verstand und womöglich zu Reaktionen hinriss, die für alle unangenehm waren. Nein, Violetta musste versprechen zu schweigen, bevor Carlotta mit ihrem Schwiegersohn geredet hatte. Aber sie sollte ein Auge auf die Charity-Lady haben und verhindern, dass sie in Toves Kasse oder in fremde Jackentaschen griff.

Violetta versprach es, und als sie sich auf den Weg machten, blieb noch genug Zeit, um sich ausgiebig darüber zu wundern, dass die neue Gerichtsmedizinerin ebenfalls in Annanitas Modestübchen gewesen war und dort sogar hatte verhindern wollen, dass Flora Engelbeck wegen Ladendiebstahls festgenommen wurde …

Der gedeckte Apfelkuchen und eine Rosinenschnecke waren noch da, Sörens Euphorie, den Täter gefunden zu haben, hatte eindeutig das Maß der Belohnung überschritten, die den erfolgreichen Ermittlern zustehen sollte. Tilla Speck stöhnte, zog den Bauch ein und demonstrierte Übelkeit, als hätte sie drei Stück Buttercremetorte gegessen. Erik lag der Ratschlag auf der

Zunge, einfach eine Hose anzuziehen, die etwas mehr Raum ließ und deren Bund nicht gleich den Knopfverschluss sprengte, wenn ihre Besitzerin einmal über die Stränge schlug. Er schluckte die Bemerkung jedoch herunter und überlegte, ob Lucia jemals aus einem Genuss das Gegenteil gemacht hatte, indem sie im Nachhinein die Reue über den Genuss gestellt hatte. Er brauchte nicht lange zu überlegen. Nein, so etwas hatte es bei Lucia nicht gegeben. Dr. Tilla Speck war eben eine Frau, mit der kein Mann das Leben genießen konnte. Dass sie gelegentlich eine sanfte Seite zeigte und manchmal sogar ausgelassen sein konnte, änderte nichts daran. Wie sollte die Freizeit mit ihr schön sein, wenn sie durch den Kauf einer zu engen Jeans sich selbst und denen, die zu ihr gehörten, die Freude am Genuss von vornherein versagte? Kein Wunder, dass niemand zu ihr gehören wollte.

Sie hielt sich noch immer den Bauch, während sie die Mailbox von Amy Wernickes Handy abhörte. Mehrere Nachrichten gab es dort, die die Tote scheinbar nicht mehr erreicht hatten. Sie betrafen allesamt Amys Beruf. Anrufe von Redakteuren, die um Rückruf baten oder Fragen zu einer Reportage hatten, die Amy mitteilten, wann ein Artikel erscheinen würde oder dass ein Termin sich verschoben hatte. Der übliche Journalistenalltag. Zum Schluss aber fand sich noch eine andere Nachricht. Ein Italiener meldete sich, der seinen Namen laut und deutlich aussprach, dann aber in einen grauenhaften Dialekt fiel und dazu leise und undeutlich und viel zu schnell sprach. Die Nachricht, die Pasquale Mazzuco hinterließ, konnte Erik nicht einmal nach dem dritten Abhören verstehen. Sören und die Staatsanwältin, die kein Italienisch sprachen, waren erst recht ratlos. Nur einen Vornamen, der mehrmals vorkam, konnte Erik wiederholen: »Bartolo.«

Sören sah ihn verwundert an. »Sprach Amy Wernicke so gut Italienisch?«

Diese Frage konnte niemand beantworten. Schließlich sagte

Erik: »Wir sollten uns um diese Nachricht kümmern. Vorsichtshalber.«

Sören protestierte: »Wir haben den Mörder. Gerald Wernicke! Seine Frau hat ihn klipp und klar beschuldigt. Und er ist getürmt. Das macht kein Unschuldiger.«

Erik zögerte, blieb aber dabei: »Wir sollten herausfinden, was dieser Italiener von Amy Wernicke wollte.«

Die Staatsanwältin warf einen Blick aufs Display von Amy Wernickes Smartphone, griff nach einem Zettel, notierte eine Handynummer und schob ihn Erik hin. »Willst du dort anrufen? Ich kann kein Italienisch.«

Erik wehrte ab. »Mein Italienisch ist mehr als dürftig. Dieser Pasquale Dingsbums spricht außerdem einen merkwürdigen Dialekt. Er wird mich garantiert nicht verstehen und ich ihn sowieso nicht.«

Die Staatsanwältin lächelte. »Dann gibt's nur eins: Carlotta muss ran.«

Erik seufzte. Wenn er eins hasste, dann war es, auf seine Schwiegermutter angewiesen zu sein. »Ob die mit diesem Dialekt zurechtkommt ...«

»Sie muss es versuchen. Und wie ich Carlotta kenne, wird sie irgendetwas aus dem Mann herauskitzeln. Die Stimme klang greisenhaft und schwach. So einen alten Knacker wickelt sie locker um den Finger.«

Erik brach ärgerlich das Gespräch ab, indem er im Revierzimmer anrief und sich vorwurfsvoll erkundigte, ob die Fahndung nach Gerald Wernicke etwa immer noch keinen Erfolg gebracht hatte.

Enno Mierendorf war beleidigt. »Dann hätte ich Sie doch längst verständigt.«

Dass sie in Annanitas Modestübchen erkannt worden war, wurde Mamma Carlotta schnell klar. Der Blick, den Flora Engelbeck ihr zuwarf, war so misstrauisch, aggressiv und ängstlich zugleich, dass sie sich damit auf der Stelle verriet. Aber warum sollte Flora Engelbeck auch versuchen, etwas zu bestreiten? Sie hatte Mamma Carlotta augenscheinlich beim Verlassen von Annanitas Modestübchen erkannt und sicherlich auch deren empörten Blick registriert. Machte sie sich nun Sorgen? Fragte sie sich, ob sie kurz vor der Entlarvung als Ladendiebin war? Oder vertraute sie auf die Kraft ihres Namens und auf das Image, das sie genoss? Mamma Carlotta wurde klar, dass es nicht leicht sein würde, die allseits beliebte Charity-Lady eine Diebin zu nennen. Sie hatte es ja in der Boutique erlebt: Die Verkäuferin hatte es nicht gewagt, Flora Engelbeck zu verdächtigen.

Violetta schien ebenfalls dem Charme und dem Ansehen Flora Engelbecks zu erliegen. Es sah ganz so aus, als hätte sie vergessen, was ihre Cousine Carlotta berichtet hatte. Sie ließ sich von Flora Engelbeck feiern, die so tat, als hätte Violetta nur deshalb frühzeitig die Klinik verlassen, weil sie die Charity-Gruppe nicht im Stich lassen wollte.

Frau Kemmertöns setzte sich neben Mamma Carlotta und holte ihr Strickzeug hervor. Mit einem Blick auf Violetta flüsterte sie: »Konnte die nicht ein paar Tage im Krankenhaus bleiben?«

Fietje kam in die Imbissstube, am Arm einen Stoffbeutel, aus dem seine Stricknadeln schauten, auf dem Kopf wieder seine alte Mütze, deren ribbelnder Wollfaden nun so lang war, dass Fietje ihn sich hinter die Ohren geschoben hatte. Mamma Carlotta hatte ihm eingeschärft, den Faden nicht abzuschneiden, dann würde sich seine Mütze noch schneller auflösen.

Er blieb neben ihr stehen. »Sie wollten doch nach Wolle für mich fragen, Signora.«

Mamma Carlotta erschrak. Madonna! Die Wolle für Fietjes Mütze hatte sie vergessen. Sie machte ihm ein Zeichen, dass er sich zu ihr setzen solle, und beugte sich dann an sein Ohr. Fietje erfuhr, dass sie nicht etwa vergessen hatte, Flora Engelbeck nach marineblauer Wolle zu fragen, sondern durch ein ungeheures Vorkommnis davon abgehalten worden war. »Sie hat schon wieder gestohlen«, raunte sie ihm zu. »Stellen Sie sich das vor.«

Fietje stellte es sich vor und nickte. »Mit der Frau stimmt was nicht.«

»Was meinen Sie?«, zischte Carlotta zurück.

Aber Fietje winkte ab. »Darüber muss man ganz in Ruhe schnacken.«

Diesen Satz vergaß Carlotta gleich wieder. Mit Fietje ein Gespräch führen? In aller Ruhe, also in angemessener Ausführlichkeit? Völlig unmöglich. Fietje kam selten über zwei, drei Sätze hinaus, Konversation mit ihm war unmöglich, sie strengte ihn mehr an als acht Stunden Dienst im Strandwärterhaus.

Er schlurfte zu seinem Platz, wo schon ein Jever wartete, Frau Kemmertöns und Mamma Carlotta bekamen einen Hugo serviert. Die junge Zwillingsmutter hatte Geburtstag und gab einen aus. Sie hatte schon einmal erzählt, wie froh sie über Floras Charity sei, weil ihre Schwiegermutter bereit war, in diesen Tagen auf die beiden Einjährigen aufzupassen. »Bis alles fertig ist für den Basar! Herrlich, diese Handarbeitsnachmittage! Nicht halb so anstrengend, als mit den Zwillingen auf den Spielplatz zu gehen, und natürlich viel unterhaltsamer.«

Man ließ sie hochleben, und sie strahlte, als alle ein Geburtstagslied anstimmten. Im Nu war die Stimmung so gut, dass Flora Engelbeck sicherlich gern die Presse oder das Fernsehen im Raum gehabt hätte, um zu beweisen, wie leicht sich Wohltätigkeit und Geselligkeit verbinden ließen.

Tove machte einen unruhigen Eindruck. »Ich bin bestohlen worden«, raunte er Mamma Carlotta ins Ohr, als er ein Schälchen mit Erdnüssen auf den Tisch stellte.

»Was?« Sie verschluckte sich an ihrem Hugo. »Sie meinen …?« Nein, Flora Engelbecks Namen wollte sie nicht aussprechen.

Tove wusste trotzdem, was sie sagen wollte. »Der Schlüssel von Malindes Wohnung ist weg.« Er hing angeblich immer an dem Haken neben der Küchentür, damit er bei seiner alten Freundin nach dem Rechten sehen konnte, wenn sie nicht zu Hause war oder Hilfe brauchte. »Der hat da vor einer Stunde noch gehangen.«

Mamma Carlotta war aufs Höchste alarmiert. Was war los zwischen Flora Engelbeck und Malinde Siefkes? Wenn sie sich in Käptens Kajüte begegneten, würdigten sie sich keines Blickes, in Annanitas Modestübchen dagegen flüsterten sie miteinander, tuschelten über einen Messerwerfer, über einen Mann, der einen schweren Fehler gemacht hatte ... und nun wollte Flora Engelbeck sogar in Malindes Wohnung eindringen?

»Soll ich mit meinem Schwiegersohn darüber reden? Zum Schweigen bin ich nicht mehr verpflichtet. Sie ist selber schuld, wenn die Polizei erfährt, dass sie eine Diebin ist.«

Doch davon wollte Tove nichts wissen. Mit der Polizei hatte er nie gern zu tun, selbst dann nicht, wenn von dort Hilfe kommen konnte. Er regelte seine Angelegenheiten gern allein. Auf seine Weise! Zum Beispiel mit Drohungen, mit den Fäusten oder einer kleinen Erpressung, jedenfalls nicht mit wahrheitsgemäßen Aussagen.

Mamma Carlotta beobachtete Flora Engelbeck genau. Sie ging von Tisch zu Tisch, ließ sich zeigen, wie weit die handarbeitenden Frauen gekommen waren, ließ sich aushändigen, was fertig war, und wies zu der großen Korbtruhe vor der Theke mit den gestifteten Wollknäulen, den Stoffen und Filzplatten, damit sich dort bedienen konnte, wer neues Material benötigte.

»Ich habe noch mehr im Auto. Ein Handarbeitsladen hat mir Wolle gebracht, und ein Stofffabrikant, mit dem ich befreundet bin, hat mir viele Stoffmuster überlassen. Sie sind noch in meinem Wagen. Ich hole sie gleich herein.«

Sie war in ihrem Element. Die Schönste im Raum, die am besten Gekleidete, die Eleganteste, die Charmanteste ... eine echte Lady. Erstaunlich, dass Ernest Engelbeck irgendwann einer Jüngeren den Vorzug gegeben hatte. Oder hatte er die Ehe aufgekündigt, weil er gemerkt hatte, dass seine Frau mit ihren Diebereien seinen Ruf schädigen konnte? Nein, das konnte nicht sein. Sicherlich hatte sie damit erst angefangen, als die Zeit vorbei war, sich bedenkenlos alles leisten zu können, was sie wollte, jeden Luxus zu genießen, ohne sich fragen zu müssen, was er kostete.

Mamma Carlotta stand auf, als wollte sie zu dem Korb gehen, um nachzusehen, ob sich dort nicht doch die richtige Wolle für Fietje fand. Der Weg dorthin führte an der Theke vorbei, wo Tove emsig ein Glas nach dem anderen füllte.

Sie zeigte auf den Nagel, der neben der Küchentür in die Wand geschlagen worden war. »Wieso haben Sie nicht gemerkt, dass der Schlüssel gestohlen wurde?«

Tove zeigte in den Raum. »Ich war in der letzten Stunde an den Tischen. Die Kasse habe ich abgeschlossen, aber wer denkt denn daran, dass Malindes Schlüssel gestohlen werden könnte?«

»Pscht. Nicht so laut.« Mamma Carlotta sah sich nach Flora Engelbeck um. »Dass sie das nur nicht hört. Besser, sie weiß nicht, dass wir sie verdächtigen.« Sie spürte diese Unruhe, die sie immer überfiel, wenn sie glaubte, einem Geheimnis auf der Spur zu sein.

Tove stellte die Flasche, die er gerade geleert hatte, zur Seite und vergaß, die nächste zu öffnen. »Sie führen was im Schilde, Signora. Das sehe ich Ihnen an.«

Mamma Carlotta blickte sich um und antwortete erst, als sie sicher war, dass niemand sie beachtete. »Wenn der Schlüssel in ihrer Tasche steckt, wäre der Beweis erbracht.«

»Was für ein Beweis?« Tove glotzte sie verständnislos an.

»Dass die Engelbeck eine Diebin ist.«

»Und dann?«

»Dann werde ich mit meinem Schwiegersohn darüber reden.

Es kann ja nicht sein, dass sie nicht bestraft wird, nur weil sie Flora Engelbeck heißt.«

Toves Gesicht verzog sich zu einer Grimasse. »Ich soll sie dann anzeigen?«

»Natürlich!«

Tove griff zur nächsten Proseccoflasche und ließ den Korken knallen. »Ich weiß nicht, ob mir das gefällt, Signora. Mir ist es lieber, ich erwische jemanden auf frischer Tat, gebe ihm einen auf die Glocke und verlange zurück, was er mir geklaut hat. Anschließend kriegt er noch einen auf die Nase, und dann passiert so was nie wieder. So gibt es weniger Ärger, als wenn die Bullen da mitmischen.«

Aber Mamma Carlotta hörte nicht auf ihn. Sie nickte unauffällig zu der großen Tasche, die Flora Engelbeck an der Garderobe abgestellt hatte, und dann zu Flora Engelbeck, die die Imbissstube verließ. Durchs Fenster war zu beobachten, wie sie zu ihrem Auto ging, das vor dem Haus geparkt war, und den Kofferraum öffnete, der bis obenhin gefüllt war.

»Sie spielen jetzt mal il cavaliere«, zischte Mamma Carlotta dem Wirt zu. »Los, helfen Sie ihr! Und sorgen Sie dafür, dass es schön lange dauert.«

Tove sah so aus, als wollte er sich zunächst den Begriff »cavaliere« übersetzen lassen, aber Carlotta unterband alles, was zu einer Verzögerung führen konnte. »Avanti!«

Ihr Blick war wie ein kräftiger Stoß in den Rücken, Tove bewegte sich vorwärts, als könnte er nicht anders, mit einem Gesichtsausdruck, als wunderte er sich über sich selbst, als wäre ihm gerade aufgefallen, dass er wusste, wie das Wort »Höflichkeit« buchstabiert wurde.

Mamma Carlotta schob eine Kiste mit Limonadenflaschen neben Flora Engelbecks Tasche und beugte sich darüber, als wäre sie, bevor sie nach neuer Wolle suchte, beauftragt worden, die vollen Flaschen zu zählen und die leeren auszutauschen. Zum Glück achtete niemand auf sie. Die Frauen waren auf ihre

Handarbeiten und auf das Plaudern mit ihren Tischnachbarinnen konzentriert, niemand merkte, dass Carlotta heimlich den Reißverschluss von Flora Engelbecks Tasche aufzog. Verblüfft starrte sie auf das Durcheinander, das sich ihr bot. Mindestens ein Dutzend Lippenstifte, alle noch mit Preisetiketten versehen, mehrere Präparate für die Augenpflege, zwei Parfümfläschchen in Originalverpackung und violetter Nagellack, wie Carlotta ihn kürzlich bei Budnikowsky, dem Drogeriemarkt in der Nähe von Feinkost Meyer, gesehen hatte. Kosmetikartikel, die Flora Engelbeck rechtmäßig erworben hatte? Mamma Carlotta glaubte keinen Augenblick daran. Das war gestohlene Ware, sie war sich ganz sicher. Aber wie sollte sie das beweisen? Zugeben würde Flora Engelbeck einen Diebstahl nur, wenn sie nicht anders konnte, wenn sie überführt war. Das aber würde nur gelingen, wenn der Schlüssel zu Malinde Siefkes Wohnung in ihrer Tasche gefunden wurde.

Mamma Carlotta schob ihre Hände in eine Nebentasche, in der Hoffnung, mit den Fingerspitzen auf einen Schlüssel zu stoßen, aber was sie zu fassen bekam, war etwas anderes. Ein Schlüsseletui? Nein, es handelte sich um Flora Engelbecks Portemonnaie, prall gefüllt mit Geldscheinen. Es waren so viele, das Scheinfach war so dick geworden, dass sich die Börse nicht mehr richtig schließen ließ. Ihre beiden Hälften fielen auseinander, es zeigten sich die Fächer, in denen Flora Engelbecks Papiere steckten, ihr Führerschein, ihre Kreditkarten, ihr Personalausweis. Das schöne, ebenmäßige Gesicht Flora Engelbecks lag auf den Drogerieartikeln und sah Carlotta ernst entgegen. Daneben stand ihr Name. Mamma Carlotta starrte ihn an, unfähig, daran zu denken, was sie in dieser Tasche suchte. Sie kam erst wieder zu sich, als eine Stimme hinter ihr fragte: »Was machen Sie da?«

Gerald Wernicke war und blieb verschwunden. In seiner Wohnung ging niemand ans Telefon, und in der Firma war lediglich bekannt, dass der Chef seine Frau auf Sylt besuchen wolle. Da sich natürlich mittlerweile herumgesprochen hatte, dass Amy Wernicke einem Gewaltverbrechen zum Opfer gefallen war, wunderte sich niemand, dass Gerald Wernicke noch nicht wiederaufgetaucht war. Natürlich hatte er zurzeit andere Prioritäten, das sah jeder ein. Sein Stellvertreter hatte zwei Tage zuvor mit ihm telefoniert und ihm versprochen, in der Firma alles zu seiner Zufriedenheit zu erledigen. Dass der Chef überstürzt das Sylter Hotel verlassen hatte und abgereist war, konnte er sich nicht erklären. Er wusste auch nicht, bei wem Gerald Wernicke Unterschlupf gefunden haben könnte. Seine Eltern waren in einem Pflegeheim, Kinder gab es nicht, von Geschwistern oder sehr guten Freunden war ihm nichts bekannt. »Herr Wernicke ist niemand, der viel über Privates spricht.«

Also blieb Erik nichts anderes übrig, als auf das Ergebnis der Fahndung zu hoffen. Um Solingen herum waren die Kollegen um besondere Aufmerksamkeit gebeten worden.

»Viele Täter verstecken sich dort, wo sie sich auskennen«, hatte die Staatsanwältin gesagt, was Erik nur mit einem ärgerlichen Stirnrunzeln beantwortet hatte. Glaubte Tilla etwa, das wüsste er nicht?

Das leichte Unwohlsein, das er mit einem Mal spürte, hatte nichts mit den Puddingbrezeln zu tun, sondern war in Wirklichkeit der Wunsch, es ihr heimzuzahlen. Was eigentlich? Er hätte es nicht beim Namen nennen können. Höchstens die Tatsache, dass er sie duzen musste, ohne es zu wollen, dass er ihren Vornamen aussprechen musste, der ihm nicht gefiel, dass sie sich in seiner Küche breitmachte, dass sie mit seiner Schwiegermutter paktierte, dass sie attraktiv war und Sören und die Kollegen im Revier von ihm erwarteten, aus der bisher schwierigen Beziehung zur Staatsanwaltschaft Flensburg eine angenehme zu machen.

»Wie erklärst du eigentlich dem Oberstaatsanwalt, dass du tagelang auf Sylt bist, um mit uns zusammen zu ermitteln?«

Die Frage sollte provokant sein, da machte er sich nichts vor, und er wollte ihr damit klarmachen, wie wenig es ihm gefiel, dass sie vor Ort war, dass er sich kontrolliert fühlte, dass er ihre Einmischungen nicht leiden konnte und dass sein anfängliches Verständnis dafür, dass ihr der Mord an ihrem früheren Lebensgefährten besonders naheging, sich allmählich auflöste.

Eigentlich wollte er sie nicht anblicken, während er auf ihre Antwort wartete, wollte nicht sehen, ob sie die Staffage seiner Frage erkannte, ob sie verstand, dass es ihm lieb wäre, wenn sie sich wieder nach Flensburg zurückzog ... da fiel sein Blick doch auf ihr Gesicht. Und ihm wurde schlagartig klar, dass er sich mit seiner Frage selbst eine Kränkung zugefügt hatte. Wenn sie es schaffen sollte, ehrlich zu sein, würde sie ihm jetzt sagen, dass der Oberstaatsanwalt sehr einverstanden sei mit ihrem Einsatz, weil der lahme Haufen in Westerland sonst nie aus den Puschen käme. Es stand in ihren Augen, aber was sie sagte, klang dann doch anders. »Ein Staatsanwalt kann immer auch selbst ermittelnd tätig werden, das weißt du doch. Staatsanwälte am Tatort sind bei Kapitalverbrechen keine Seltenheit. Und bei Gefahr im Verzug ...«

»Die Gefahr, dass wir ohne dich die beiden Morde nicht aufklären?«

Sie stutzte. »Warum bist du so empfindlich?«

Sören wurde die Sache zu heiß. Sein Apfelgesicht hatte sich in den letzten Augenblicken gerötet, mittlerweile sah er aus wie ein überreifer Boskop. Er sprang so plötzlich auf, als hätte er es bis jetzt nur mit großer Anstrengung auf einer heißen Herdplatte ausgehalten, und lief zur Tür. »Ich schau mal, was Enno und Rudi erreicht haben.«

Tilla wartete, bis seine Schritte auf dem Flur zu hören waren. »Du kommst nicht auf die Idee, dass ich einfach nur gern hier bin?«

Erik sah sie verblüfft an. »Du wolltest vor Ort sein, weil Gunnar Thomann ...«

»Ja, ja«, unterbrach sie ihn gereizt. »Anfänglich war das so. Aber seit ich hier bin, ist mir klar geworden, dass ich schon lange fertig mit ihm bin. Schöne Erinnerungen, ein paar Sentimentalitäten … dann ist mir wieder eingefallen, warum unsere Beziehung gescheitert ist. Wenn es mir nur um Gunnar gegangen wäre, hätte ich Sylt längst wieder verlassen.«

»Und warum bist du geblieben?«

Erik hatte diese Frage kaum ausgesprochen, als er merkte, dass er einen Fehler gemacht hatte. Ihm wurde schlagartig klar, dass ihm die Antwort nicht gefallen würde.

Leider bekam er sie trotzdem zu hören. »Weil ich gern hier bin. Ich nutze die beiden Morde, um auf Sylt zu sein. Es ist schön hier.«

Erik starrte sie an. Was war schön für sie auf Sylt? Die Landschaft, die gute Luft, die Dünen, der Strand? Nein, diese Frage durfte er nicht stellen, das wusste er. Es musste etwas mit den Menschen zu tun haben. Seine Schwiegermutter, die zu den wenigen gehörte, die die Staatsanwältin mochten? Oder etwa …?

»Schön«, wiederholte er nachdenklich. »Ja, es ist schön … dass du hier bist. Ich meine …«

War er verrückt geworden? Wie konnte er so etwas sagen? Sie hatte sich abfällig über seine Mitarbeiter geäußert, sie wurde zu einer unangenehmen Person, wenn sie einer Sache auf die Spur kommen wollte, vergaß dann jede Höflichkeit, wurde barsch und unfreundlich …

Sie stand auf, machte einen Schritt auf ihn zu, schien darauf zu warten, dass er sich erhob … aber Erik hatte viel zu viel Angst, ihr Auge in Auge gegenüberzustehen. Er blieb sitzen und sah zu ihr hoch wie ein Kaninchen, das damit rechnete, gefressen zu werden.

Und dann … dann beugte sie sich tatsächlich zu ihm hinab … und … mein Gott, sie küsste ihn. Nur ganz kurz, sehr flüchtig. Ihre Lippen berührten seine wie ein Schmetterlingsflügel. Ein Hauch, nicht mehr. Und doch …

»Merkst du wirklich nicht, dass ich deinetwegen hier bin?«

Nun wollte er sich erheben, aber sie war zu nah. Wenn er jetzt aufgestanden wäre, hätten sie Bauch an Bauch gestanden, Nase an Nase, Stirn an Stirn. Er hätte nach ihr greifen müssen, um sie entweder in seine Arme zu ziehen oder von sich wegzuschieben. Aber beides wollte er nicht, beides konnte er nicht. Also blieb er sitzen wie hypnotisiert, registrierte die sanfte Berührung ihrer Hand auf seinem Oberarm, als sie an ihm vorbei zur Tür ging. Jetzt hätte er aufstehen können, hätte aufstehen müssen, aber er schaffte es nicht. Er blieb sitzen, stocksteif, hörte ihre Schritte, das Öffnen der Tür, das leise Schließen – und fragte sich dann, was für ein hirnverbrannter Idiot er war.

Mamma Carlotta versuchte dem Blick standzuhalten. Sie fühlte sich im Recht. Sie war im Recht! Also musste sie nicht ausweichen, nicht mit ihrer Verlegenheit kämpfen, sich erst recht nicht entschuldigen.

»Was machen Sie da?«, wiederholte Flora Engelbeck.

»Sie haben es schon wieder getan«, stieß Mamma Carlotta hervor. »Bei Feinkost Meyer haben Sie versprochen, damit aufzuhören, wenn ich Sie nicht verrate.«

»Der Inhalt meiner Tasche geht Sie nichts an.« Flora Engelbeck nahm sie auf und zog den Reißverschluss zu. »Wagen Sie es nicht noch einmal, in meinen Sachen herumzuschnüffeln.«

Carlotta zeigt auf die Tasche. »Das ist alles geklaut worden. So wie die Bluse in Annanitas Modestübchen.«

»Woher wollen Sie das wissen?«

Mamma Carlotta überging diese Frage, weil ihr schlagartig klar wurde, dass sie es nicht wusste, sondern nur vermutete. »Und den Schlüssel … den haben Sie auch geklaut.«

Flora Engelbeck schüttelte den Kopf, als hätte sie ein Kind vor sich, das mit verrückten Ausreden versuchte, die Schuld von sich zu weisen.

»In eine fremde Jackentasche haben Sie auch gegriffen.«

Flora Engelbeck wandte sich der Tür von Käptens Kajüte zu. »Ich nehme an, Sie wollen in Zukunft nicht mehr im Charity-Club mitmachen? Ich kann Sie verstehen. Wenn man sich nicht wohlfühlt, ist es besser, zu gehen.«

»Ich werde meinem Schwiegersohn sagen, dass Sie eine Ladendiebin sind.«

Flora Engelbeck drehte sich um. »Was hat Ihr Schwiegersohn damit zu tun?«

»Er ist Kriminalhauptkommissar.« Mamma Carlotta sprach absichtlich langsam, damit sie dieses schwierige deutsche Wort nicht heraushaspelte, sondern mit gebührendem Nachdruck von sich gab.

Tatsächlich schien sie Flora Engelbeck beeindruckt zu haben. Aber nur kurz, dann ließ sie die hochgezogenen Augenbrauen wieder sinken und lächelte spöttisch. »Ein Hauptkommissar, der sich um Ladendiebstähle kümmert? Noch dazu um welche, die gar nicht stattgefunden haben?«

»Mein Schwiegersohn ermittelt in den beiden Mordfällen«, gab Mamma Carlotta empört zurück.

»So, so.« Flora Engelbeck ging zur Tür der Imbissstube. »Dann wollen wir mal nicht so sein. Nicht, dass ich verhaftet werde, weil ich die Schwiegermutter des Hauptkommissars aus der Charity-Gruppe geworfen habe.«

Eigentlich hätte Mamma Carlotta jetzt gern auf dem Absatz kehrtgemacht und wäre mit festen Schritten und hoch erhobenem Kopf nach Hause gegangen. So wie damals, als die Urlaubsvertretung des Pfarrers sie nicht im Kirchenchor mitsingen lassen wollte, weil ihre Schwangerschaft schon offensichtlich, ihre Ehe jedoch noch nicht geschlossen worden war. Nach der Hochzeit wollte er sie gnädig aufnehmen und sie sogar einen Solo-Part singen lassen, aber da war Carlotta so nach Hause gegangen, wie sie es jetzt gern getan hätte: entschlossen, die Nase in die Luft gesteckt, mit einem Schlager auf den Lippen, der in der Kirche nie gesungen werden durfte.

Hinter Flora Engelbeck herzugehen, auf ihr Entgegenkommen angewiesen zu sein, sich wieder in die Gruppe zu fügen, weil sie es erlaubte, gefiel ihr gar nicht. Aber den Kopf zurückzuwerfen und »Ph!« zu sagen, würde in diesem Fall nur für einen Augenblick Genugtuung bereiten. Danach würde sie zusehen müssen, wie Frau Kemmertöns mit ihrem Handarbeitskorb am Haus vorbeiging, würde Violettas Puppenkleidchen erst am Abend bewundern dürfen, würde sich sagen müssen, dass Fietje mit seiner Mütze nicht weiterkam, und musste außerdem damit rechnen, dass Felix seinem Vater erzählte, wie die Nonna mit Schimpf und Schande aus Käptens Kajüte geworfen worden war. Wie sollte sie Erik das erklären? Dass sie Flora Engelbecks Tasche durchsucht und darin Diebesgut entdeckt hatte, würde er nicht verstehen können. Vor allem deshalb, weil sie nicht beweisen konnte, was sie Flora Engelbeck vorwarf. Möglicherweise hatte Flora Engelbeck alles, was sie mit sich trug, rechtmäßig erworben. Und dass Carlotta einen Schlüssel gesucht hatte, den Tove vermisste, konnte sie erst recht nicht zugeben. Erik würde sich fragen, wie der übel beleumundete Wirt es geschafft hatte, die Schwiegermutter des Kriminalhauptkommissars dazu anzustiften, wo er doch glaubte, sie habe auf seinen Rat gehört und mache um die Imbissstube immer einen großen Bogen.

Carlotta setzte sich zu Frau Kemmertöns und zu Violetta, griff zu ihren Stricknadeln und machte mit dem Schal weiter, ohne sich um die fragenden Blicke der Nachbarin und ihrer Cousine zu kümmern. Sie war in diesem Augenblick nicht in der Lage, an einem Gespräch teilzunehmen, was wirklich selten vorkam. Aber das Bild des Personalausweises stand noch immer vor ihren Augen. Flora Engelbeck, geborene Capotto. Was hatte das zu bedeuten? Musste Erik wissen, dass Flora Engelbeck womöglich eine Verwandte von Renato Capotto war? Aber wie sollte sie ihm das verraten? Gestehen, dass sie in Flora Engelbecks Tasche geschnüffelt hatte? Den Vorhaltungen, die er ihr machen würde, wollte sie sich unter gar keinen Umständen aussetzen. Aber was konnte sie tun, damit er erfuhr, was er wissen musste?

Tove ging mit einem leeren Tablett an ihr vorbei und tuschelte ihr zu: »Der Schlüssel ist wieder da. Er lag in der Kasse. Keine Ahnung, wie der da reingekommen ist.«

Die Stimmung war gedrückt. Nein, eigentlich nicht gedrückt, eher angespannt, geradezu explosiv. Sören saß auf dem Rücksitz, ohne sich anzulehnen, so als rechnete er damit, bei einer Vollbremsung sofort aus dem Auto springen zu müssen. Erik starrte auf die Straße, als führe er in dichtem Nebel und hätte Schwierigkeiten, den Straßenverlauf zu erkennen. Nur die Staatsanwältin wirkte entkrampft. Zwar war sie ernst, runzelte aber nicht die Stirn, wie sie es gern tat, wenn sie mit dem Verlauf der Ermittlungen unzufrieden war. Sie sah so aus, als hätte sie einen Entschluss in die Tat umgesetzt, mit dem sie sich schon lange quälte, und als wäre sie jetzt einerseits erleichtert, aber andererseits unsicher, ob sie richtig gehandelt hatte. Sie schien auf Bestätigung oder Ablehnung zu warten und sich erst danach eine eigene Meinung bilden zu wollen.

Als Erik in den Süder Wung einbog, sagte sie: »Ich bin gespannt, was Carlotta gekocht hat.«

Es waren die ersten Worte, die während der Fahrt vom Polizeirevier nach Wenningstedt fielen, und sowohl Erik als auch Sören griffen danach, als könnte ein Gespräch über das Menü, dass sie erwartete, etwas Grundsätzliches ändern. Erik glaubte, mitbekommen zu haben, dass es Nudeln mit selbst gemachtem Pesto gab, und Sören wusste genau, dass das Dolce aus Kokos-Joghurt mit Birnen und Ahornsirup bestehen würde. Er hatte es schon einmal vorgesetzt bekommen und köstlich gefunden.

Als sie ausstiegen, war die Stimmung wieder so, als wäre die Staatsanwältin noch immer eine unangenehme Person, während sie auf die Haustür zugingen, wurde sie dann aber doch zu einer Frau, die man gernhaben konnte. Erik wischte sich über die Lippen, weil er das Gefühl hatte, dort immer noch ihren Kuss zu spüren.

Seine Schwiegermutter wirkte gestresst. Ihre dunklen Locken standen über der Stirn ab, als hätte sie sich schon mehrmals den Schweiß abgewischt, und kräuselten sich im Nacken, wie sie es taten, wenn sie feucht geworden waren. Violetta sah nicht so aus, als wäre sie eine große Hilfe gewesen. Sie tänzelte um den Tisch herum, beschäftigte sich hingebungsvoll mit der Anordnung der Bestecke und trällerte ihnen statt einer Begrüßung *O sole mio* entgegen.

Erik zählte die Gedecke. »Die Kinder werden mit uns essen?«

»No, no! Felix hat Fußballtraining und will anschließend mit Ben und Finn in die Dönerbude. Carolin hat sich mit zwei Freundinnen in Westerland getroffen. Wusstest du, dass Nele und Ella Zwillinge sind? Dio mio, sie sehen sich gar nicht ähnlich. Ich glaube, sie wollen al cinema. In ... Madonna, wie hieß der Film noch mal? Ich glaube ...«

Erik unterbrach sie. »Und warum hast du für sieben Personen gedeckt?«

»Wir bekommen una visita. Ich habe Dr. Hillmot und Dr. Mikkelsen eingeladen.« Während sie die Vorspeise anrichtete, erzählte sie, wie es dazu gekommen war.

Erik wunderte sich über das Treffen in Annanitas Modestübchen und fragte: »Hast du dir neue Klamotten gekauft?«

Das konnte er sich eigentlich nicht vorstellen, denn seine Schwiegermutter war sparsam – musste sparsam sein – und legte eigentlich keinen großen Wert auf modische Kleidung. In ihrem Dorf war es ja noch immer so, dass ältere Frauen sich in dunkle Kittelschürzen kleideten. Spätestens mit vierzig war es so weit, und wenn das erste Enkelkind erwartet wurde, gehörte jede angehende Oma zu den Matronen, die ihren Schmuck für die Tochter zurücklegten und das Kleid, das sie für die Taufe des jüngsten Kindes angeschafft hatten, so lange wie möglich trugen. In der Stadt sah es ganz anders aus, das wusste Erik. In Città di Castello begegnete man vielen älteren Frauen in figurbetonter, sehr modischer Kleidung, in Rom, Florenz oder Bologna sowieso. Aber in Panidomino war die Zeit stehen geblieben, in italienischen Bergdörfern änderte sich wenig.

»Was ist es denn? Ein neues Sommerkleid?«

»Io? No!« Mamma Carlotta war geradezu entrüstet über diese Unterstellung. »Ich habe … allora … Dr. Mikkelsen habe ich gesehen und wollte sie kurz begrüßen. Wir haben nett geplaudert, und da dachte ich …«

»… du könntest sie zum Abendessen einladen.« Erik warf Sören einen Blick zu und stellte fest, dass sein rundes, rotbäckiges Gesicht schon wieder aussah, als hätte er lange in der Sonne gelegen. Er glättete sich die Haare, die sich bei ihm häufig plusterten wie bei jungem Federvieh. Dann sah er an sich herab, als bereute er, dass er sich an diesem Tag nicht sorgfältiger gekleidet hatte. Erik beschlich ein ungutes Gefühl. Ob Dr. Mikkelsen die Richtige für Sören war? Hoffentlich kam da keine unglückliche Liebe auf ihn zu, die sich womöglich negativ auf die Arbeit auswirkte!

»Sì! Und weil Dr. Hillmot immer so hungrig ist, will Dr. Mikkelsen ihn mitbringen.« Ein Motor röhrte vor dem Haus, der auf einen PS-starken Wagen schließen ließ. »Da sind sie schon.«

Sie hastete zur Tür, während Erik einen langen Hals zum Fenster machte. »Donnerwetter!« Vor der Tür war ein knallblauer Porsche vorgefahren. Heraus stieg die neue Gerichtsmedizinerin, die blonden Haare zu einem niedlichen Dutt auf dem Kopf gedreht, in einer sportlichen Lederjacke und engen Jeans. Erik warf seinem Assistenten einen Blick zu, sodass dieser neugierig neben ihn trat. Erik konnte hören, wie er schluckte, und fühlte, dass er ein paar Zentimeter kleiner wurde. Armer Sören! Mit dieser Frau würde er womöglich nicht einmal einen Augenflirt wagen.

Die beiden beobachteten, wie Antje Mikkelsen die Beifahrertür öffnete, um dem dicken Dr. Hillmot aus dem Wagen zu helfen. Er hatte es inzwischen geschafft, die Beine vom Fußraum auf den Gehsteig zu setzen, und griff nun hilflos zu den Händen seiner jungen Nachfolgerin. Sie zerrte daran, versuchte es mit Schwung, aber Dr. Hillmot fiel immer wieder in den Sitz zurück, wenn er es ein paar Zentimeter in die Höhe geschafft hatte.

»Los!« Erik gab Sören einen Stoß mit dem Ellbogen. »Helfen Sie ihr.«

Das ließ sich Sören nicht zweimal sagen. Er drängte sich an Mamma Carlotta vorbei aus der Tür, die dort bereits darauf wartete, ihre Gäste begrüßen zu können. Erik beobachtete durchs Fenster, wie Sören der jungen Gerichtsmedizinerin irgendetwas Nettes sagte, was sie zum Lachen brachte, und dann offenbar das Angebot unterbreitete, Dr. Hillmot aus dem Porsche zu hieven. Erik tat es weh, zu sehen, dass Sören Dr. Hillmot, der keinerlei Beitrag leistete, zwar einmal beinahe auf die Beine gestellt hatte, dass ihm aber im letzten Moment die Kräfte versagten und der dicke Gerichtsmediziner auf den Sitz zurückfiel. Schade! Sören hätte sicherlich gerne gezeigt, dass er ein starker Mann war. Erst gemeinsam schafften sie es, Dr. Hillmot auf die Beine zu stellen. So konnte Sören also nicht auf bewundernde Blicke hoffen, doch die gemeinsame Anstrengung schien ihnen Spaß gemacht zu haben. Sie lachten sich an und sahen dem Gerichtsmediziner grinsend hinterher, der sich nun an das nächste Problem machte: das Erklimmen der vier Treppenstufen, die ihn zu der Köchin hochführten, die ihn auf dem Treppenpodest erwartete. »So ein Sportwagen ist nichts für mich«, prustete er.

»Dottore!« Erik konnte durchs Fenster beobachten, wie Mamma Carlotta ihm die Hand entgegenstreckte, sie aber nicht nur drückte, sondern ihn daran die letzte Stufe hinaufzog.

Pustend und schnaufend trat Dr. Hillmot in die Küche, wo er

Erik glatt übersah, als sein Blick auf Violetta fiel. »Signora!« Überschwänglich griff er nach ihrer Hand, beugte sich darüber und hauchte ihr einen Kuss auf den Handrücken, was Violetta erstaunlicherweise beeindruckte. Erik hatte noch nie gesehen, dass eine Frau sich gern von Dr. Hillmot die Hand küssen ließ. Bisher hatten ihm alle die Hände so schnell wie möglich entzogen. So wie die Staatsanwältin, die ihm erklärte, ein Handkuss sei altmodisch und passe nicht mehr in die heutige Zeit.

Sie ließen sich am Tisch nieder, Erik goss Prosecco ein, sie prosteten sich fröhlich zu. Dr. Hillmots Stimme dröhnte, Violetta hatte mit einem Mal eine Piepsstimme, als wollte sie ein kleines Mädchen sein, Sören ließ sich von Dr. Mikkelsen erklären, wie sie Dr. Hillmot allein in ihren Porsche bekommen hatte, und Tilla erkundigte sich bei Mamma Carlotta nach dem Rezept der Paprika-Mango-Avocado-Salsa. Erik lehnte sich zurück und genoss den Lärm, die Wärme, die vom Ofen kam, das Lachen Dr. Hillmots, bei dem sein dicker Bauch wackelte, Sörens leuchtendes Gesicht, wenn er Dr. Mikkelsen ansah, ihr helles Lachen, mit dem sie seinen Versuch zu flirten quittierte … und dann den Händedruck der Staatsanwältin, die neben ihm saß.

Niemand sonst hörte, was sie sagte: »Schön bei dir.«

Und obwohl er sich eigentlich darüber ärgern wollte, dass sie so selbstverständlich in seiner Küche saß, als wäre sie hier zu Hause, genoss er diesmal ihre geflüsterten Worte. Und die Berührung ihrer Hand genoss er ebenfalls.

Aber mit dem Genuss war Schluss, als er Mamma Carlottas Blick sah. Sie hatte ihre Augen mal wieder überall, sah das kurze Glück der Zuwendung zwischen Erik und Tilla, lächelte über die leise Annäherung zwischen Sören und Dr. Mikkelsen und das laute Werben von Dr. Hillmot. Für sie würde es ein wunderbarer Abend werden, so viel stand fest. Wenn sie Zeuge von junger Verliebtheit werden konnte, tat sie ja später immer gerne so, als hätte die Liebe nur deshalb eine Chance bekommen, weil sie dabei geholfen hatte. Erstaunlich, dass sie es noch nicht geschafft hatte, Verena ins Haus zu holen, um der zarten Liebe zwischen Felix und seiner Mitschülerin einen sanften Stoß in die Richtung zu verpassen, die sie für die richtige hielt.

Erik hatte das dringende Bedürfnis, ihre Pläne zu durchkreuzen, die sich womöglich schon um Verlobung und Hochzeit drehten. »Es gibt was Dienstliches zu besprechen«, sagte er, und prompt hörte Violetta auf zu kichern, Dr. Hillmot konnte den Blick aus ihrem Dekolleté lösen, und Dr. Mikkelsen sah erstaunt in Sörens Gesicht, der sich sekundenlang nicht erinnern konnte, was sie zuvor im Polizeirevier besprochen hatten.

Erik holte Amy Wernickes Smartphone aus der Tasche und winkte seine Schwiegermutter, die eigentlich die Vorspeisenteller abräumen wollte, an seine Seite. »Hör dir das mal an. Kannst du das verstehen?«

Dr. Hillmot fragte, ob es sich um die erste oder die zweite Leiche handle, sodass Erik noch mal von vorne anfangen musste, und Violetta stimmte ein kleines Lied an, weil ihr langweilig wurde. Ein weiteres Mal spulte Erik zum Anfang zurück und fuhr Violetta an: »Hör bitte auch zu!«

So viel Deutsch verstand Violetta, dass sie begriff, was von ihr verlangt wurde. Aber als Dr. Hillmot ihr ein paar italienische Satzbrocken ins Ohr flüsterte, war es mit ihrer Aufmerksamkeit schon wieder vorbei.

Mamma Carlotta musste sich die Aufnahme von Pasquale Mazzuco dreimal anhören, ehe sie verstand, was er Amy Wernicke mitzuteilen hatte. Sie ging zum Herd und vermengte die Nudeln mit dem Pesto, während sie erklärte: »Da ist von einem Bartolo die Rede. Er hat versucht, den Zirkus zu retten, aber er konnte seine Artisten nicht mehr bezahlen. Pasquale selbst war wohl Clown in diesem Zirkus und hat nie mehr bekommen als ein Dach über dem Kopf und zu essen und zu trinken. Ihm hätte das gereicht, sagt er, dem Sohn aber nicht. Und die Tochter hätte schon vorher die Familie verlassen, sie wollte mit dem Zirkus nichts zu tun haben.« Mamma Carlotta schloss den

Topf und wandte sich wieder zum Tisch. »Diese Tochter hat dann früh geheiratet und scheinbar ihr Glück gemacht. Mehr habe ich nicht verstanden.«

Erik starrte das Smartphone nachdenklich an. »Was mag das zu bedeuten haben?« Er blickte erst die Staatsanwältin und dann Sören fragend an. Sein Assistent verspürte scheinbar keinerlei Lust, sich mit dem dienstlichen Aspekt dieser Zusammenkunft zu befassen, er wies erneut darauf hin, dass man einen Täter habe, dass Gerald Wernicke nur noch gefasst werden müsse. Die Staatsanwältin dachte immerhin darüber nach, was der Anruf zu bedeuten habe. Dann aber sah sie verlangend Mamma Carlotta dabei zu, wie sie das Nudelgericht in eine große Schüssel gab, die kurz darauf dampfend auf dem Tisch erschien. »Vermutlich irgendeine Reportage, die mit ihrem Tod nichts zu tun hat.«

»Habe ich doch gleich gesagt«, meinte Sören und zwinkerte Dr. Mikkelsen zu.

Erst als alle die Nudeln probiert und das Pesto gelobt hatten, sagte Violetta: »Renatos Vater hieß Bartolo. Bartolo Capotto.«

Der nächste Morgen begann kühl und regnerisch. Felix war am Abend spät nach Hause gekommen und schlief noch, Carolin hatte Frühschicht und daher zeitig aufbrechen müssen. Das Wehklagen ihrer Nonna war ihr gefolgt. Wer so früh aufstehen und leistungsfähig sein musste, durfte am Abend vorher nicht lange mit Freundinnen unterwegs sein, sodass nur fünf Stunden Nachtruhe übrig blieben.

»In deinem Alter braucht man mindestens sieben Stunden Schlaf.«

Und dass Carolin sich angewöhnt hatte, das Frühstück im Hotel einzunehmen, statt sich von ihrer Großmutter am Beginn des Tages Fürsorge und Liebe zufüttern zu lassen, ehe sie sich auf den Weg ins Erwerbsleben machte, gefiel Carlotta ebenfalls überhaupt nicht. Kinder, die erwachsen wurden, waren von jeher ein Problem für sie gewesen. Schon bei ihren eigenen Kindern war es ihr schwergefallen, sie loszulassen, bei den Enkelkindern war es noch um einiges schwieriger.

Als Erik und Sören zur Arbeit aufgebrochen waren, deckte sie den Frühstückstisch ab und lauschte ungeduldig ins Haus. Aus dem Gästezimmer drang kein Laut. Hatte Violetta vergessen, dass sie an diesem Vormittag zum Verbandswechsel in der Nordseeklinik erscheinen musste? Dr. Hillmot hatte sich freundlicherweise bereit erklärt, sie zu fahren. Alle hatten grinsend dagesessen, als er so tat, als hätte er sowieso in der Gegend zu tun und sei gern bereit, einen Stopp an der Nordseeklinik zu machen, und selbstverständlich sei es kein Problem für ihn, Violetta später nach Wenningstedt zurückzufahren.

Carlotta ging in den Garten, als sie feststellte, dass es nicht mehr regnete. Immer wieder staunte sie darüber, wie schnell sich das Wetter auf Sylt ändern konnte. Aus einer dunklen Wolke konnte Sekunden später die Sonne hervorscheinen, und Regen und Sturm pusteten häufig harmlose weiße Schäfchenwolken heran. Sie wickelte ihre Strickjacke fest um den Oberkörper und nahm in Kauf, dass ihre Pantoletten nass wurden, als sie von der Terrasse auf den Rasen trat. Der Regen hatte die Luft gewaschen, sie duftete wie frisch gemangelte Bettlaken. Mamma Carlotta legte den Kopf in den Nacken und blickte in den Himmel. Die Wolken jagten über ihr dahin, Möwen lagen auf dem Wind und ließen sich treiben, manche stumm, andere schreiend. Wieder einmal genoss sie den Morgen auf Sylt, der so ganz anders war als ein Tagesanbruch in Panidomino, rau statt lau, mit prickelnder statt mit bewegungsloser Luft, mit frischem Duft statt mit dem Aufgewärmten des Vortages. Als Lucia nach Sylt gezogen war, hatte Carlotta sich zunächst nicht vorstellen können, dass ein Mensch, der in der Wärme groß geworden war, mit Kälte und Sturm leben konnte. Aber mittlerweile hatte sie eingesehen, wie leicht es war, Sylt und sein Klima zu lieben.

Sie ging ins Haus zurück, als sie hörte, dass die Tür des Gästezimmers klappte. Violetta versuchte gerade, sich einen Espresso zu kochen, als sie in die Küche kam. Mamma Carlotta nahm ihr die Aufgabe ab, drückte ihre Cousine auf einen Stuhl, holte einen Zwieback aus dem Vorrat, der für eine Italienerin Frühstück genug war, und setzte sich zu ihr. »Hast du die Schwester von Renato wirklich nie gesehen?«

»Das habe ich doch gestern Abend schon gesagt. Es wurde gelegentlich von ihr gesprochen, von Lola war dann die Rede. Wie sie wirklich hieß, habe ich nie erfahren. Flora … Lola …« Sie ließ den Namen und den Kosenamen eine Weile klingen. »Renato hatte wohl, als er klein war, den Namen seiner Schwester nicht aussprechen können. So wurde aus Flora Lola, und dieser Name war geblieben.«

Das hatte Violetta schon am Abend vorher erzählt. Erik hatte sie regelrecht ins Verhör genommen, als er von Bartolo Capotto gehört hatte. Aber natürlich hatte es Zweifel gegeben, ob der Bartolo, von dem Pasquale Mazzuco gesprochen hatte, wirklich mit Nachnamen Capotto hieß. »Er spricht von einem Zirkus«, hatte Erik immer wieder gesagt. »Und Renato war auf Sylt. Ein Mann, der mal als Messerwerfer gearbeitet hat. Der aus einem Zirkus stammt, der früher durch Kalabrien tingelte.«

»Der aber ein Alibi hat«, meinte die Staatsanwältin. Doch diesen Einwand hatte Erik nur mit einer wegwerfenden Handbewegung beantwortet.

Daraufhin hatte sich ein Streit zwischen den beiden entwickelt. Ob Tilla vergessen habe, dass das Alibi von der Lebensgefährtin Renatos gekommen sei? Ob Erik vergessen habe, hatte Tilla gekontert, dass die Beziehung zwischen den beiden längst zu Ende sei? Und zwar auf eine Weise zu Ende gegangen, die in Malinde Siefkes garantiert viel Wut erzeugt habe. »Also kein Alibi aus Liebe!«

Erik hatte ihr vorgehalten, dass diese Angaben allesamt von Malinde Siefkes selbst gekommen waren. Tilla Speck hatte dagegengehalten, dass Renato Capotto kein Motiv hatte, Gunnar Thomann und Amy Wernicke nach dem Leben zu trachten. »Die kannten sich nicht einmal.«

»Auch das wissen wir nur von Malinde Siefkes.«

»Siehst du irgendwo einen Zusammenhang zwischen den beiden Opfern und Renato Capotto?« Die Staatsanwältin war immer gereizter geworden. Immerhin gäbe es einen Zusammenhang zwischen Violetta Menardo und Renato Capotto.

Aber prompt hatte Erik daran erinnert, dass in diesem Fall die Motivation für einen Mord nicht zwingend genug sei. »Außerdem hat der Angreifer nicht besonders gut getroffen. Vermutlich ein Trittbrettfahrer.«

Dr. Hillmot und Dr. Mikkelsen hatten nur mit offenem Mund danebengesessen, ohne sich einen Reim auf die vorgebrachten Argumente machen zu können. Auch Sören hatte Schwierigkeiten gehabt, einen Einwand vorzubringen. Erst als er den Vorschlag machte, Carlotta Capella nun endlich bei Pasquale Mazzuco anrufen zu lassen, glätteten sich die Wogen. Die Staatsanwältin hatte Mamma Carlotta das Smartphone in die Hand gedrückt und für sie auf »Antworten« gedrückt. »Frag ihn, was für ein Geschäftskontakt zwischen ihm und Amy Wernicke bestand.«

Aber Erik hatte seiner Schwiegermutter das Smartphone mit einer herrischen Bewegung aus der Hand gerissen. »Nun mal langsam! Wir müssen erst festlegen, was sie sagen soll.«

Während sich nun eine hitzige Debatte darüber entwickelte, welche Strategie Mamma Carlotta bei dem Telefonat verfolgen solle, hatte sie selbst sich um das Dolce gekümmert, bis Erik und Tilla zu einer gemeinsamen Meinung gekommen waren. Sören hatte schon die ersten Löffel genommen und die Köchin mit Lob überschüttet, als endlich klar war, wie das Telefonat laufen sollte.

»Du tust so, als wärst du Dolmetscherin der deutschen Kriminalpolizei«, sagte Erik. »Erzähl dem alten Mann, dass Amy

Wernicke tot ist. Ermordet! Kann ja sein, dass er das noch nicht weiß. Die italienischen Zeitungen werden sicherlich nicht darüber berichtet haben.«

»Und dann«, fügte Tilla Speck an, »fragst du ihn, was er mit Amy zu schaffen hatte.«

Mamma Carlotta machte zur Bedingung, dass zunächst das Dolce gegessen werden musste und sich beim Espresso dann eine gute Gelegenheit ergab, dieses Gespräch zu führen. Alle Einwände wischte sie vom Tisch. »In Italien geht niemand so früh schlafen wie auf Sylt. Dieser Pasquale wird noch am Tisch sitzen und Rotwein oder Grappa trinken. Di sicuro!«

Sie war nervös, das war der eigentliche Grund dafür, dass sie das Telefonat aufschob, das für die ermittelnden Beamten so wichtig war. Zwar war sie jedes Mal stolz, wenn ihr Schwiegersohn und sogar die Staatsanwältin auf ihre Hilfe angewiesen waren und ihr etwas Schwieriges zutrauten, aber die Sorge, dass sie einen Fehler machte, war nun doch größer als ihre Freude. Als sie das Smartphone von Amy Wernicke erneut ans Ohr gedrückt bekam, zitterten ihre Hände, und sie musste aufstehen und sich aus der Tischrunde entfernen, damit sie sich konzentrieren konnte. Unter den Augenpaaren, die sie zu hypnotisieren schienen, schaffte sie es nicht, einen klaren Gedanken zu fassen.

Sie starrte in die Fensterscheibe der Küche, hinter der es so dunkel war, dass sich der Kreis um den Tisch darin spiegelte. Alle starrten sie an, aber dennoch war es, wenn sie ihnen den Rücken zukehren konnte, einfacher.

»Pronto!«

Die Stimme klang alt und brüchig. Carlotta war sicher, Pasquale Mazzuco am Ohr zu haben. Im selben Augenblick vergaß sie, dass sie beobachtet wurde, und fing an zu reden, wie sie mit dem alten Onkel Rodolfo redete, der immer eine Weile brauchte, bis er begriff, wer von seiner weitverzweigten Verwandtschaft ihn anrief. Sie nannte ihren Namen, obwohl Erik ihr geraten hatte, darauf zu verzichten, erklärte, woher sie stammte, erläuterte, wo Panidomino lag, und ließ nicht unerwähnt, dass sie dort geboren war, das Dorf nie verlassen und sieben Kinder dort großgezogen hatte. Auch dass ihr Mann vor einer Weile verstorben sei, berichtete sie Pasquale Mazzuco, der sich erstaunlicherweise geduldig anhörte, was ihm zu Ohren kam. »Er war krank und litt mehr am Leben, als es noch zu genießen. Aber dass meine Lucia schon so früh sterben musste …«

Sie sah in der Fensterscheibe, dass Erik ihr aufgeregte Handzeichen machte, und wusste, was sie zu bedeuten hatten. Sie sollte sich kürzer fassen und endlich aufs Wesentliche kommen. Aber natürlich musste sie nun erst mal darauf lauschen, was Pasquale Mazzuco entgegnete, der sich dann aber ziemlich bald erkundigte, warum er von einer Signora angerufen wurde, von der er noch nie etwas gehört hatte.

Nun erläuterte Mamma Carlotta das, was ihr eingebläut worden war. Sie lebe mittlerweile in Deutschland, behauptete sie, und arbeite für die deutsche Kriminalpolizei als Dolmetscherin. Ob er bemerkt habe, dass sie von Amy Wernickes Handy anrufe?

Nein, das war Pasquale nicht aufgefallen. Ehe er fragen konnte, erklärte sie ihm, dass Amy Wernicke einem Gewaltverbrechen zum Opfer gefallen war. Natürlich brauchte der alte Mann danach eine Weile, um seiner Erschütterung Herr zu werden, da konnte Erik noch so aufgeregt mit beiden Händen wedeln. Was dachte er sich denn? Sollte sie sofort zum Geschäftlichen kommen, noch ehe sie gemeinsam mit Pasquale über das Schlechte in der Welt philosophiert hatte? So etwas brauchte eine Weile. Mamma Carlotta kam es so vor, als wäre Erik drauf und dran, den Kopf auf den Tisch fallen zu lassen, als sie endlich so weit war, Pasquale die entscheidende Frage zu stellen.

»Woher kannten Sie Amy Wernicke? Was hatten Sie mit ihr zu tun? Was hatte es mit der Nachricht auf sich, die Sie ihr auf die Mailbox gesprochen haben?«

Und wieder dauerte es eine Weile, für Erik viel zu lange, bis sie endlich in die Zielgerade der Verabschiedung einbog. Natürlich musste Pasquale Glück gewünscht werden, sie musste ihm versprechen, ihn und seine Magengeschwüre in ihr Abendgebet einzuschließen, und ausgiebig der Hoffnung Ausdruck verleihen, sich vielleicht irgendwann mal persönlich kennenzulernen. Zum Beispiel, wenn Carlotta ihre Verwandten in Kalabrien besuchen würde. Denn dort lebte auch Pasquale Mazzuco, der Carlotta sehr ausgiebig dazu einlud, in dem Hotel seines Sohnes in Tropea Urlaub zu machen.

Als sie das Telefonat beendet hatte, drehte sie sich um und sah in Gesichter, die unterschiedliche Regungen ausdrückten. Erik war eindeutig genervt, Sören voller Bewunderung für ihre Fähigkeit, unkompliziert mit einem Fremden in Kontakt zu treten, Tilla Speck voller Heiterkeit, während die Miene von Dr. Mikkelsen nichts als Staunen verriet. Dr. Hillmot schien gar nicht zugehört zu haben, er hatte nur Augen für Violetta, die sich aus dem gleichen Grunde ebenfalls nicht um das Telefonat gekümmert hatte.

»Er spricht einen grauenhaften Dialekt«, erklärte Mamma Carlotta, als wollte sie sich schon vorab dafür entschuldigen, dass sie nicht alles verstanden hatte, was ihr erzählt worden war. »Außerdem hat er gerade ein neues Gebiss bekommen, was noch nicht richtig sitzt. Deswegen seine undeutliche Aussprache …«

Wie Amy Wernicke auf ihn gekommen war, hatte er nicht genau sagen können. Angeblich hatte sie jemanden gefunden, der jemanden kannte, der ebenfalls aus Kalabrien stammte, der wiederum mit jemandem befreundet war, der mit einem bekannt war, der den Zirkus Capotto kannte … »Irgendwie ist Amy Wernicke dann auf Pasquale Mazzuco gekommen. Für eine gute Journalistin ist so was wohl kein Problem.«

Sie sah ihrem Schwiegersohn an, dass er sich nur mühsam beherrschte. »Und was wollte Amy Wernicke nun von ihm?«

Er schrie diese Frage fast, konnte sich aber gerade noch beherrschen, als Tilla ihm sanft eine Hand auf den Unterarm legte.

Mamma Carlotta fiel es schwer, zu antworten. Ob sie Pasquale Mazzuco richtig verstanden hatte, war ihr nicht ganz klar. Sie hatte Angst, etwas Falsches zu sagen, tat es dann aber doch, weil sie schließlich bei dem bleiben musste, was sie erfasst hatte, sollte es auch noch so falsch sein. »Amy Wernicke hat nach Renato Capottos Schwester gefragt. Und Pasquale kannte Lola Capotto. Er sagt, heute heißt sie Engelbeck.«

Die Staatsanwältin ließ sich nicht blicken. Erik und Sören waren schon seit einer Stunde im Büro und hatten Enno Mierendorf und Rudi Engdahl bereits zur Verzweiflung gebracht, weil die Fahndung nach Gerald Wernicke noch zu keinem Erfolg geführt hatte. Warum meldete sie sich nicht? Warum sagte sie nicht Bescheid, wenn sie an diesem Tag nicht ins Büro kommen wollte? Oder war sie bereits wieder nach Flensburg aufgebrochen? Auch dann war es doch wohl das Mindeste, sich abzumelden und die frühzeitige Abreise zu erklären.

Erik fühlte sich unwohl. War er schuld? Hatte er zu deutlich gemacht, dass ihm die Gegenwart der Staatsanwältin lästig war? Hatte er sie gekränkt? Er versuchte, sich einzureden, dass es ihm gleichgültig war, aber es gelang ihm nicht. Er wollte wissen, wo Tilla war und wie es ihr ging. Und er wollte keine Entscheidungen ohne sie treffen. Ja, das auch!

Nach dem Telefonat, das seine Schwiegermutter für sie geführt hatte, waren sie ja leider erneut in Streit geraten. Konnte es wirklich sein, dass Lola Capotto heute Flora Engelbeck hieß? Violetta hatte behauptet, dass Renatos Familie immer von Lola gesprochen hatte, wenn es um die Schwester gegangen war, die nicht im Zirkus leben wollte. Sie war schon mit vierzehn Jahren in einem Dorf geblieben, in dem der Zirkus Capotto gastierte, weil ihr dort eine Stelle als Kindermädchen angeboten worden war.

»Das passt doch«, hatte Erik gesagt. »Die Engelbecks sind die Familie, die wir suchen. Gunnar Thomann wollte sie an den Pranger stellen.«

»Und Flora Engelbeck wollte es verhindern, indem sie ihn umbringt? Und Amy Wernicke gleich mit?« Die Staatsanwältin hatte verächtlich gegrinst. »Sie hat ein Alibi. Vergiss das nicht! Sogar von Damian Staufer!«

»Dafür aber einen Bruder, der Messerwerfer ist.«

An diesem Punkt hatte sich Dr. Mikkelsen eingemischt, während Dr. Hillmot Violettas Hände küsste und so aussah, als wollte er es noch an diesem Abend auch mit ihren Lippen versuchen. »Ich kenne Flora Engelbeck. Nicht besonders gut, zugegeben, aber doch gut genug, dass mir etwas aufgefallen ist.« Sie schenkte Mamma Carlotta ein Lächeln. »Wir haben uns im Fliegenden Varieté zum ersten Mal gesehen, Sie erinnern sich? Ich hatte Flora Engelbeck dort zufällig getroffen, und ich habe etwas Merkwürdiges beobachtet. In der Pause verschwand sie. Genauer gesagt ... sie reagierte auf einen Wink von Peggy und folgte ihr. Heimlich, das war unschwer zu erkennen, wenn man genauer hinsah. Wer nicht auf sie achtete, dem fiel vermutlich nichts auf. Aber ich habe bemerkt, dass sie sich nach allen Seiten umsah, und dann, als sie sich unbeobachtet fühlte, durch einen Vorhang huschte.«

Dr. Hillmot ließ nun von Violetta ab. »Und Sie hinterher, wie ich Sie kenne?«

Dr. Mikkelsen entschuldigte sich mit einem kleinen Lächeln. »Sorry, eigentlich wollte ich Kriminalbeamtin werden. Aber für meine Eltern kam ja nichts anderes als ein Medizinstudium infrage ...«

»Die Mikkelsens sind allesamt medizinische Kapazitäten«, warf Dr. Hillmot ein. »Vater, Mutter, die Brüder ...«

Aber Antje Mikkelsen winkte ab. »Ja, ich bin Flora Engelbeck und Peggy gefolgt. Sie haben durch den hinteren Ausgang das Zelt verlassen, der für die Artisten bestimmt ist. Dort geht es zu den Wohnwagen, in denen sie leben. Und dort sind sie dann in der Dunkelheit verschwunden.«

»Dort wurde Violetta niedergeschlagen«, rief Carlotta dazwischen. »In der Pause.«

»Diesmal sind Sie nicht hinterher?«, fragte Erik, während Sören nur dasaß und Antje Mikkelsen betrachtete, als hätte er nie etwas Schöneres gesehen.

»Wäre ich gern.« Sie verzog das Gesicht. »Aber ich wurde zurückgehalten. Der Varieté-Direktor höchstpersönlich hat mich wieder an meinen Platz gebracht und mir dringend geraten, dortzubleiben.«

Die Staatsanwältin sah die junge Gerichtsmedizinerin aufmerksam an. »Und was, glauben Sie, hat Ihre Beobachtung zu bedeuten?«

Dr. Mikkelsen zuckte mit den Achseln. »Ich fand es nur komisch, dass die beiden sich später nicht zu kennen schienen. Und in Annanitas Modestübchen haben sie heimlich miteinander getuschelt.« Carlotta erhielt ein weiteres Lächeln. »Sie haben das ja ebenfalls beobachtet, Signora.«

Erik sah seine Schwiegermutter erstaunt an. »Davon hast du nichts gesagt.«

»Nun ja ...« Carlotta wand sich, ehe sie verriet: »Ich habe Frau Engelbeck beim Ladendiebstahl erwischt. Und das nicht zum ersten Mal! Ich wusste nicht, ob ich es der Polizei melden musste, Enrico. Ich weiß ja, dass du immer Beweise brauchst. Allein meine Beobachtung reicht da nicht aus. Und die Verkäuferin wollte die Tasche von Frau Engelbeck nicht kontrollieren. Sie sagte, sie bekommt Ärger mit ihrer Chefin, wenn sich eine so wichtige Dame über sie beschwert.«

»Kleptomanie!« Die Staatsanwältin nannte diesen Begriff, als Carlotta nun auch von ihrer Beobachtung bei Feinkost Meyer erzählt hatte. »Wenn Flora Engelbeck das junge Mädchen ist, über dessen Schicksal Gunnars Film erzählen sollte ...«

Sie kam mit ihrer Überlegung nicht zu Ende, Sören griff den

Gedanken auf. »Nach diesen schrecklichen Erlebnissen in ihrer Jugend war sie garantiert traumatisiert. Darunter muss sie zeitlebens gelitten haben. Kein Wunder, dass sie sich ein Ventil gesucht hat. Kleptomanie ist eine psychische Erkrankung.«

Die Staatsanwältin stand auf. »Wir müssen mehr über die Engelbecks herausbekommen. Wenn es sich bei ihnen um die Familie handelt, die wir suchen, dann muss es leicht sein, Beweise zu finden. Wir haben bisher scheinbar in die völlig falsche Richtung recherchiert. Ernest Engelbeck ist es, der hinter den Morden steckt.«

Erik starrte sie mit offenem Munde an. »Wie kommst du darauf?«

»Er hat eine Ferienvilla in Keitum! Richtig? Frau Engelbeck hat das kürzlich erwähnt. Er ist vielleicht auf der Insel, ohne dass wir es wissen.«

»Und er ist ein geübter Messerwerfer?«, fragte Sören spöttisch.

»Wohl kaum«, hatte Tilla Speck kalt zurückgegeben. »Aber er hat vielleicht einen Pakt mit Renato Capotto geschlossen ...«

Erik zuckte zusammen, als die Tür aufsprang. Er hatte sogar ein paar Augenblicke Mühe, sich in der Wirklichkeit zurechtzufinden, so tief war er in seine Gedanken versunken gewesen. Ernest Engelbeck und Renato Capotto! Ja, warum eigentlich nicht?

Sören erschien, und er sah nicht gerade freudig erregt aus. »Ernest Engelbeck können wir vergessen, Chef. Er liegt mit einem schweren Herzinfarkt im Krankenhaus. Ob er wieder gesund wird, ist ungewiss. Er liegt im Koma, es sieht schlecht für ihn aus.«

Erik stöhnte auf. »Also doch Flora Engelbeck?«

»Nein, es könnte durchaus Ernest Engelbeck gewesen sein. Vor dem Herzinfarkt hätte er Renato Capotto engagieren können. Oder irgendeinen anderen Messerwerfer.«

»Warum denn unbedingt ein Messerwerfer?« Erik runzelte die Stirn. »Das ist doch riskant, das hätte ich an seiner Stelle nicht gemacht. Das weist ja direkt auf Renato Capotto hin.«

»Wahrscheinlich hat niemand damit gerechnet, dass wir eine fähige junge Gerichtsmedizinerin haben, die merkt, wenn ein Opfer durch ein fliegendes Messer ermordet wird.« Sörens Lächeln war leicht zu durchschauen.

»Aber wie kommen wir an die Engelbeck ran?«, fragte Erik. »Wir dürfen sie nicht mit Verdächtigungen misstrauisch machen. Wir brauchen Beweise. Mindestens handfeste Indizien.«

Sören hockte sich auf Eriks Schreibtischkante. »Wie soll das überhaupt vonstattengegangen sein? Flora Engelbeck bekommt heraus, dass ein Film über ihre Familie gedreht wird, mit ihrem eigenen Schicksal in der Hauptrolle. Wie kann sie das erfahren haben?« Er sah eine Weile auf seine Schuhspitzen, ehe er ergänzte: »Okay, sie kennt viele Leute, sicherlich auch aus der Filmbranche …« Dann fuhr er fort: »Sie will den Film verhindern und bittet ihren Bruder, den Filmproduzenten umzubringen, und die Journalistin, die darüber schreiben will, gleich mit.« Er sah Erik an, der nun ein ähnlich ratloses Gesicht zog. »Woher konnte sie wissen, dass sonst niemand über die genauen Planungen Bescheid wusste? Hätte Gunnar Thomann nur einen einzigen Mitarbeiter eingeweiht oder einem guten Freund etwas davon erzählt, dann wären beide Morde umsonst gewesen. Wie konnte sie so sicher sein, dass nichts von den Hintergründen dieses Films an die Öffentlichkeit dringen wird, wenn Gunnar Thomann und Amy Wernicke tot sind?«

Darauf konnte Erik keine Antwort geben. Er kam auch nicht dazu, darüber nachzudenken. Denn die Tür öffnete sich erneut. Sie wurde nicht leise aufgedrückt, sondern jemand schlug schwungvoll von außen auf die Klinke und stieß sie auf.

»Moin, Erik!« Tilla Speck stand in der Tür, dynamisch, aufgeräumt, tatkräftig. Sören übersah sie kurzerhand.

»Warum kommst du so spät?« Erik wollte sich nicht von

ihrer positiven Ausstrahlung besänftigen lassen. »Ich habe auf dich gewartet.«

»Das hat seinen Grund. Schau mal, wen ich mitgebracht habe.« Dr. Tilla Speck trat zur Seite und gab den Blick auf den Mann frei, der hinter ihr stand: Gerald Wernicke.

Dr. Hillmot war pünktlich. Er quälte sich sogar aus seinem Kleinwagen, was er sonst nur tat, wenn es sich gar nicht umgehen ließ, wenn er zum Beispiel unter allen Umständen einen Blick auf eine Leiche werfen musste. Zwar war das Aussteigen hier nicht so schwer wie bei einem Porsche, aber dass er sich überwinden musste, war Mamma Carlotta klar. Lächelnd beobachtete sie, wie Dr. Hillmot seinen Bauch auf den Eingang zuschwang und dynamisch – jedenfalls für seine Verhältnisse – die vier Stufen zur Haustür erklomm.

Violetta hatte sich für ihn hübsch gemacht. Die Haare hatte sie im Nacken zusammengebunden, zu einer schwarzen Hose trug sie eine weiße Bluse aus einem Spitzenstoff, den Carlotta vor Jahren als Gardine vor dem Küchenfenster von Violettas Mutter gesehen hatte. Dr. Hillmot duftete nach einem teuren Rasierwasser, Violetta nach einem billigen Parfüm. Beide waren voneinander hingerissen.

Mamma Carlotta betrachtete vom Küchenfenster aus, wie Dr. Hillmot ihrer Cousine galant die Beifahrertür öffnete, dann so hurtig, wie sie ihn noch nie gesehen hatte, den Wagen umrundete und sich diesmal nicht wie ein schwerer Mehlsack auf den Fahrersitz plumpsen ließ, sondern zumindest den Versuch machte, seine Oberschenkelmuskulatur am Einsteigen zu beteiligen.

Dr. Hillmot hatte Glück gehabt, der Regen setzte erst ein, als er angefahren war. Carlotta, die eigentlich das Fahrrad nehmen wollte, entschloss sich, zu Fuß zu Käptens Kajüte zu gehen, auch deshalb, weil mit dem Regen der Wind aufgefrischt hatte. Wie sie erreichen wollte, was sie sich vorgenommen hatte, wusste sie noch nicht, aber sie wollte nichts unversucht lassen. Erik musste geholfen werden! Und sie war die Einzige, die wusste, wie das möglich war. Außer Fietje Tiensch natürlich …

Sie merkte, dass sie Glück hatte, noch ehe sie die Tür zu Käptens Kajüte aufgestoßen hatte. Die Stimmen drangen bis nach draußen, einige sangen sogar das Lied mit, das aus Toves Gesangsanlage kam: »Hello again …«

Die Fahrräder, die vor dem Eingang standen, gehörten der munteren Truppe, die sich bei Toten Tanten und Pharisäern so lange vor Toves Theke aufhalten wollten, bis der Regen vorbei war.

Tove hatte jede Menge zu tun, Fietje, der wie immer an seinem Stammplatz saß, hockte vor einem leeren Glas. Scheinbar hatte der Wirt für ihn und seine Bedürfnisse an diesem Tag keine Zeit.

Mamma Carlotta schob sich an seine Seite. »Gut, dass ich Sie treffe, Signor Tiensch.«

Fietje sah sie misstrauisch an. »Wenn Sie mir so kommen, wollen Sie immer was von mir.«

»No, no! Ich mache Ihnen ein Angebot. Sie können froh und dankbar sein …«

Diese Behauptung machte Fietje nur noch misstrauischer. Und kurz darauf, nachdem ihm Carlottas Angebot unterbreitet worden war, sah er so aus, als hätten sich alle Befürchtungen bestätigt. »Nö, Signora! Da mache ich nicht mit.«

Mamma Carlotta warf Tove einen Blick zu, aber der hatte keine Zeit, ihr Gespräch zu belauschen. »Mein Schwiegersohn braucht den Laptop von Amy Wernicke. Und Sie sind der Einzige, der weiß, wo er ist. Sie haben beobachtet, dass Flora Engelbeck ihn zu Malinde Siefkes brachte. Allora … ›Beobachtet‹ ist vielleicht nicht der richtige Ausdruck.« Sie ließ ihre Worte eine Weile klingen, dann fügte sie an: »Niemand soll erfahren, dass Sie noch immer als Spanner unterwegs sind, è vero?«

Fietje ersparte sich eine Antwort, er schenkte Mamma Carlotta nur einen zornigen Blick.

»Wenn es Ihnen egal ist, kann ich meinem Schwiegersohn sagen, dass Sie wissen, wo der Laptop ist. Wenn nicht ... bin ich bereit, Ihnen das zu ersparen. Aber dann müssen Sie mir natürlich helfen, den Laptop aus der Wohnung zu holen.«

»Wie soll das gehen?«

Mamma Carlotta warf einen vielsagenden Blick zu dem Schlüssel, der in der Nähe der Theke an einem Nagel hing. Der Schlüssel zu Malinde Siefkes' Wohnung. Und schon im nächsten Augenblick sah sie ihre Chance gekommen. Noch ehe Fietje zustimmen oder ablehnen konnte. Tove ging zu einem der Tische, wo eine Radfahrerin ihm erklären wollte, wie viel Prosecco in einen Hugo gehörte. Carlotta stand auf, als wollte sie die Toilette aufsuchen, und griff im Vorübergehen nach dem Schlüssel. Sollte einer der Radfahrer sie dabei beobachtet haben, würde er garantiert glauben, dass es sich um den Schlüssel handle, mit dem der Wirt dafür sorgte, dass nur Befugte Zutritt zu seiner Toilette bekamen.

Sie suchte diese Örtlichkeit sehr ungern auf und nur in absoluten Notfällen. Diesmal blieb sie in dem winzigen Vorraum vor dem Waschbecken stehen und betrachtete sich in dem blinden Spiegel. Tat sie das Richtige? Nachdenklich wusch sie sich die Hände und war danach zu der Überzeugung gekommen, dass es nicht falsch sein konnte, was sie plante. Sie half ihrem Schwiegersohn und schützte einen guten Freund. Was konnte daran falsch sein?

Als sie zurückkam, gab sie Fietje einen Wink, den er sofort verstand. Er legte einen Fünfeuroschein auf die Theke, erhob sich schwerfällig, als trüge er die Last der Welt auf seinen Schultern, und folgte Mamma Carlotta. Tove bekam nichts davon mit, er hatte genug damit zu tun, die Qualität der Schlagsahne zu verteidigen, die seine Toten Tanten zierte.

»Und was, wenn Malinde zu Hause ist?«, fragte Fietje.

Er hatte Pech. Kaum glaubte er, eine wunderbare Ausrede gefunden zu haben, da öffnete sich die Tür, und Malinde Siefkes trat ein. Sie ging an Carlotta und Fietje vorbei, ohne sie anzusehen, hockte sich in eine Ecke der Imbissstube und holte ihr Handy hervor.

Als sie auf den Hochkamp traten, sah Fietje trotzdem immer noch so aus, als wollte er seine Entscheidung rückgängig machen. »Es regnet.«

Aber Mamma Carlotta überhörte seine Empörung. Sie lief ihm voraus, wartete, dass er nachkam, lief wieder los und schaffte es erst, als das Haus am Kliff schon in Sicht gekommen war, ihr Tempo seinen langsamen Schritten anzupassen. Vor dem überdachten Eingang des Kurhauses blieben sie stehen, und Carlotta wiederholte ein letztes Mal, was sie Fietje eingeschärft hatte: »Sie klingeln, wenn Sie Malinde kommen sehen. Dann habe ich genug Zeit, die Wohnung zu verlassen, ohne von ihr entdeckt zu werden. Aber sie hält sich ja immer länger in Käptens Kajüte auf.«

Fietje nickte, als wäre ihm aufgetragen worden, im Käfig eines hungrigen Eisbären auf Carlotta zu warten, und er sah ihr nach, als bestünde der begründete Verdacht, sie nie im Leben wiederzusehen.

Gerald Wernicke saß vor ihnen wie ein Schüler, der sich unerlaubt vom Schulhof entfernt und an der nächsten Straßenecke Hasch geraucht hatte. »Es war dumm von mir, einfach abzuhauen.«

»Warum haben Sie es dann getan?«, fragte die Staatsanwältin.

Gerald Wernicke sah sie schuldbewusst an. »Ich hoffe, es wird mir zugutegehalten, dass ich freiwillig zurückgekehrt bin.«

Die Staatsanwältin winkte ab. »Also … warum?«

»Ich wusste ja, was Sie finden würden, wenn Sie Amys Smartphone geknackt haben. Eigentlich habe ich von Anfang an nicht glauben können, dass ich davonkommen sollte. Dass das Smartphone weg war, kam mir vor wie ein riesengroßes Glück. Das Schicksal schien auf meiner Seite zu sein.« Sein Gesicht nahm einen trotzigen Ausdruck an. »Warum auch nicht? Ich hatte ja nichts getan. Amys Verdacht war unsinnig. Aber sie war davon nicht abzubringen.«

»Sie haben später telefoniert? Nachdem Sie diese WhatsApp von Ihrer Frau bekommen haben?«

»Ja, natürlich. Ich habe ihr geschworen, dass ich Gunnar Thomann nicht umgebracht habe. Dazu wäre ich nie fähig, und das hätte sie eigentlich wissen müssen. Ich war empört, dass sie mir so etwas zutraute.«

»Aber ihr Misstrauen ist geblieben?«, fragte Erik.

Wernicke wurde unruhig. »Sie gab vor, mir zu glauben, aber es schien, als hätte sie weiterhin den Verdacht, ich könnte es gewesen sein. Sonst hätte sie ja diese Geschichte nicht erfunden.«

Die Staatsanwältin beugte sich vor. Ihr Gesicht war jetzt sehr aufmerksam, ihre Augen, wie immer in solchen Momenten, eiskalt. »Was für eine Geschichte?« Ihre Stimme klirrte regelrecht.

Wernicke sah sie ängstlich an. Dann ging sein Blick zu Erik, als erwartete er von dort ein bisschen Anteilnahme und Freundlichkeit. »Amy wollte sich nicht scheiden lassen, das hat sie immer wieder beteuert. Natürlich hat sie zugeben müssen, dass sie ein Verhältnis mit Gunnar Thomann hatte, aber sie sagte, sie wolle bei mir bleiben. Thomann hat sie wohl bedrängt, sie solle sich scheiden lassen, aber sie habe ihm klipp und klar erklärt, das käme für sie nicht infrage. Deswegen wollte sie auch verhindern, dass ich verhaftet werde.« Gerald Wernicke sah von einem zum anderen, als hoffte er darauf, dass sowohl die Staatsanwältin als auch Erik verstünden, worauf seine Erzählung hinauslief. Erst als er merkte, dass das nicht der Fall war, fuhr er fort: »Ich habe ihr gesagt, das könne nicht geschehen. Ich war es nicht, also würde mich auch niemand verhaften.

Aber sie wollte es nicht glauben. Sie meinte, Eifersucht sei immer ein gutes Motiv, und sobald die Polizei herausbekommen hätte, dass sie ein Verhältnis mit Thomann eingegangen war, stünde ich automatisch auf der Liste der Verdächtigen.« Er atmete tief ein und aus, als fiele ihm das Sprechen immer schwerer. »Das ist nicht schlimm, habe ich ihr gesagt, ich war es ja nicht, das wird die Polizei dann schon merken. Aber sie wollte trotzdem vorsichtshalber dafür sorgen, dass der Verdacht gar nicht erst auf mich fiel. Sie meinte, es würde schon reichen, für eine Weile in Untersuchungshaft zu sitzen, um die Firma anschließend dichtmachen zu können. Von so einem Verdacht wird man ja nie wieder ganz reingewaschen.«

Erik verstand immer noch nicht, und auch die Staatsanwältin sah nicht so aus, als begriffe sie, worauf Wernicke hinauswollte. Dann aber kam Erik ein Gedanke: »Wollen Sie etwa sagen, Ihre Frau hat uns angelogen, als sie etwas von dem Film erzählt hat, den Gunnar Thomann drehen wollte?«

Gerald Wernicke nickte, und die Staatsanwältin warf Erik einen Blick zu, der voller Erstaunen war. Wenn er sich nicht irrte, war dem Erstaunen sogar ein bisschen Anerkennung beigemischt. »Amy hat gesagt, wenn die Polizei in die falsche Richtung ermittelt, kann es lange dauern, bis sie die richtige findet. Bis dahin sind alle Spuren verwischt. Sie hatte mal irgendwo gelesen, dass die Aufklärung eines Mordes immer unwahrscheinlicher wird, je länger die Ermittlungen dauern.«

Die Staatsanwältin konnte es nicht fassen. »Alles nur Lüge? Wir haben völlig vergeblich nach einer Familie gesucht, die von Gunnar in den Dreck gezogen werden sollte?«

Wernickes Gesicht wurde schuldbewusst, als wäre er selbst der Lügner. »Amy war von dieser Idee nicht abzubringen. Ich habe es versucht, habe ihr immer wieder gesagt, dass ich kein Mörder bin …« Nun traten Tränen in seine Augen. »Vielleicht hat sie kurz vor ihrem Tod erfahren, wer der Schuldige ist. Wenn sie ihren Mörder noch gesehen hat, bevor er zustach …«

Die Staatsanwältin stöhnte. »Deswegen hat sonst niemand von diesen Plänen gewusst. Das ist uns ja gleich komisch vorgekommen.«

Und dann erzählte Gerald Wernicke, was ihm von seiner Frau berichtet worden war. Sie hatte ihm verraten, was sich am frühen Morgen in Gunnar Thomanns Zimmer zugetragen hatte. »Sie war früh aufgestanden. Wie immer! Nicht einmal, wenn sie bei ihrem Geliebten übernachtete, hat sie davon Abstand genommen. Sie musste ja unbedingt in aller Herrgottsfrühe schon joggen gehen, weil während des Tages vielleicht keine Zeit mehr dafür war.« Das sagte er, als hätte er sich schon oft darüber geärgert, dass seine Frau niemals davon abließ.

Amy war also leise aufgestanden, um Gunnar nicht zu wecken, und ins Bad gegangen, um sich fertig zu machen. Er war aber doch kurz aufgewacht, hatte ihr ein verschlafenes Lächeln geschenkt und sich auf die andere Seite gedreht. »Als Amy aus dem Bad zurückkam, hat sie das ganze Blut gesehen. In dieser kurzen Zeit musste jemand im Zimmer gewesen sein, um Gunnar Thomann zu erstechen. Sie konnte nicht fassen, dass sie nichts davon bemerkt hatte. Natürlich war sie völlig konfus, hat ihre Sachen zusammengerafft und ist Hals über Kopf in ihr Zimmer gerannt.« Sie habe große Angst gehabt, ergänzte Wernicke noch, dass sie in der Eile etwas vergessen habe, was die Polizei finden könnte. »Dann wäre sie selbst am Ende noch in den Fokus der Ermittlungen geraten.«

Erik war genauso fassungslos wie die Staatsanwältin. Aber er fragte sich keinen Augenblick, ob Gerald Wernicke die Wahrheit sprach. Er war sicher, dass sie von ihm nicht belogen wurden. »Der Laptop Ihrer Frau fehlt. Ihr Mord könnte also etwas mit ihrer Arbeit zu tun haben. Wissen Sie, was Ihre Frau zurzeit recherchierte?«

Gerald Wernicke zögerte. »Ich weiß nur, dass sie über Thomanns Film schreiben wollte. Deswegen musste sie nach Sylt.« Er stieß ein freudloses Lachen aus. »Mir war von vornherein klar, dass es den beiden nicht nur um den Film ging. Sie wollten diese Gelegenheit nutzen, um …« Er sprach nicht weiter, als Erik und die Staatsanwältin nickten, weil sie ihn verstanden hatten.

»Wussten Sie üblicherweise, woran Ihre Frau arbeitete?«

Wieder zögerte Wernicke. »Nein, eher selten. Eigentlich war mir ihr Beruf sogar ein rotes Tuch. Ich wollte, dass sie weniger arbeitet, am besten ganz aufhört. Wir hatten Kinder geplant, aber Amy hat diesen Wunsch von Jahr zu Jahr hinausgeschoben. Ich dachte, das könnte mit Thomann zusammenhängen.« Er wurde mit einem Mal nachdenklich, als wäre ihm etwas eingefallen. »Doch, da gab es noch ein anderes Projekt, von dem ich weiß … Sie hat vor ihrer Abreise nach Sylt öfter mit Italien telefoniert. Sie müssen wissen, dass meine Frau ganz gut Italienisch konnte. Ich dagegen nur sehr stümperhaft. Aber einmal habe ich mitbekommen, dass sie mit einem italienischen Zirkus telefonierte …«

Die Staatsanwältin bedachte Erik mit einem vielsagenden Blick. Der jedoch nahm ihn kaum zur Kenntnis. Dass Amy Wernicke mit einem Zirkus telefoniert hatte, trieb sich noch vor der Tür seines Bewusstseins herum, es hatte noch nicht mal angeklopft. Tilla Speck hätte ihm den Titel des langsamsten Polizisten Deutschlands verliehen, wenn sie gewusst hätte, dass seine Gedanken noch an der Aussage hingen, die Gerald Wernicke zuvor gemacht hatte. »Ihre Frau hat Ihnen erzählt, dass Gunnar Thomann kurz wach wurde und sich dann auf die andere Seite gedreht hat, um weiterzuschlafen?«

Wernicke sah ihn erstaunt hat, der Blick der Staatsanwältin wurde sogar geringschätzig. In beiden Gesichtern stand die Frage, was Erik an dieser Aussage bemerkenswert fand. Aber erst als Wernicke entlassen worden und Sören dazugekommen war, machte Erik deutlich, was ihm in den Sinn gekommen war: »Man stelle sich das mal genau vor … Amy Wernicke steht auf und geht ins Bad, Gunnar Thomann wacht kurz auf und dreht sich auf die andere Seite. Auf welche andere Seite? Auf seine andere Körperseite? Oder vielleicht auf die andere Bettseite? Dorthin, wo kurz vorher Amy gelegen hatte?«

Die Staatsanwältin verdrehte die Augen, Sörens Blick aber wurde aufmerksam. »Dorthin, wo es noch die Körperwärme des anderen gibt.« Sören wurde rot, als käme ihm eine schöne Erinnerung.

Erik lächelte. Er freute sich immer wieder, wie gut die Zusammenarbeit mit Sören funktionierte. »Vielleicht hat er ihr Kissen umarmt, ihren Duft eingeatmet ...«

Nun entstand in Tillas Blick schlagartig Neugier. »Was wird das jetzt? Eine Liebesgeschichte?«

Erik sah sie mitleidig an. Hatte sie noch nie das Bedürfnis gehabt, den Menschen, in den sie verliebt war, länger bei sich zu behalten, indem sie sich an das klammerte, was er zurückließ? Hatte Gunnar Thomann es jemals so gemacht, wenn Tilla das gemeinsame Bett verließ? Oder hatte er sie gehen lassen, ohne sich nach ihrer Wärme und ihrem Duft zurückzusehnen?

Sören hatte Erik längst verstanden. »In einem Doppelbett hat jeder seine Seite. Ich kenne niemanden, der mal links und mal rechts schläft. Der eine nimmt sich die rechte Seite, der andere die linke, und dabei bleibt es.«

Nun schien auch die Staatsanwältin endlich zu verstehen. Mit großen Augen sah sie Erik an. »Du meinst ... Gunnar hat sich auf die Seite des Bettes gewälzt, auf der vorher Amy Wernicke gelegen hatte?« Sie schnappte nach Luft. »Das würde ja bedeuten ...«

Erik nickte bedächtig. »Ja, das würde bedeuten, dass Gunnar Thomann nur versehentlich umgebracht worden ist. Er lag auf der Seite zum Fenster hin. Der Mörder hat nicht erkannt, dass er das falsche Opfer anvisierte.«

Es war ganz leicht. In der zweiten Etage gab es nur eine einzige Klingel, neben der ein Name stand. Und das war Malinde Siefkes' Name. Ohne zu zögern, steckte Mamma Carlotta den Schlüssel ins Schloss. Er ließ sich drehen, die Tür schwang auf. Sie drückte sie so leise zu, als könnte jemand durch ein lautes Geräusch gestört werden.

Zunächst blieb sie in der Nähe der Eingangstür stehen. Es roch nach feuchter Kleidung und Arztpraxis. Mamma Carlotta fiel es nun doch schwerer als gedacht, in diese fremde Wohnung einzudringen. Wieder mal war ihr das geschehen, was ihr Mann ihr früher oft vorgehalten hatte. »Du handelst erst, Carlotta, und dann denkst du. Wann wirst du lernen, dass es umgekehrt laufen muss?«

Anscheinend war sie unbelehrbar. Das sah sie jetzt ein. Aber einen Rückzieher machen? Nein, sie war in Malindes Wohnung eingedrungen, jetzt musste sie erledigen, was sie sich vorgenommen hatte.

Von der kleinen quadratischen Diele gingen vier Türen ab. Drei standen offen, die geschlossene führte vermutlich ins Bad. Carlotta warf einen Blick in die winzige Küche, die sehr aufgeräumt wirkte. Am Küchenschrank hing ein Röntgenbild, auf der Arbeitsfläche waren mehrere Medikamente aufgebaut, auf der Fensterbank stand ein Kaktus in einem pinkfarbenen Übertopf. Nichts deutete darauf hin, dass in dieser Küche jemals der Herd gebraucht wurde. Die anderen beiden Türen führten ins Schlaf- und ins Wohnzimmer. Gerade überlegte sie sich, im Schlafzimmer mit ihrer Suche zu beginnen, weil Frauen ja gerne etwas, was niemand entdecken sollte, unter die Wäsche steckten, aber dann ... dann war ihr, als hörte sie ein Geräusch im Wohnzimmer. Sie erschrak, und dann erstarrte etwas in ihr. War da jemand? Die Angst war eine gerade Linie vom Scheitel bis zur Fußsohle, die sie aufrecht hielt und gleichzeitig verhinderte, dass sie herumfuhr und floh. War sie nicht allein? Diese Frage hallte in ihrem Kopf, wurde aber bald zu einem Flüstern. Nein, unmöglich! Malinde Siefkes saß in Käptens Kajüte, es konnte niemand hier sein. Sie wagte einen kleinen Schritt, und sofort löste sich die Erstarrung. Der Schritt hatte ein Geräusch verursacht, das kein Echo erzeugte. Es war wieder alles still. Und als sie der Wohnzimmertür näher kam, sah sie, woher das Geräusch gekommen war. Die Balkontür war geöffnet, der Regen rauschte herein. Auf der Straße fuhr ein Auto vorbei, Stimmen waren zu hören. Das Geräusch, das sie angehalten hatte, war zwar näher gewesen, aber als sie nun hörte, dass ein Blumentopf klapperte, war sie beruhigt. Der Wind auf Sylt! Er sorgte immer und überall für Leben, wo es in Italien oft nur verschlafene Stille gab.

Sie war froh, dass die Balkontür geöffnet war, es tat ihr gut, akustisch nicht von der Außenwelt abgeschnitten zu sein. So fühlte sie sich nicht ganz so allein, und was sie tat, war nicht ganz so heimlich und nicht ganz so falsch. Sie sah sich um. Das Wohnzimmer war spärlich möbliert, man sah auf den ersten Blick, dass es nur selten bewohnt wurde. Es fehlten Bilder, Fotos von Angehörigen, Topfpflanzen, Erinnerungsstücke, Decken und Kissen. All das, was im Laufe von Jahren Platz in einem Raum findet, in dem es behaglich sein soll. Davon war hier nichts vorhanden. Ein funktionaler Raum, der nur das bot, was auch eine Ferienwohnung bieten sollte.

So einen Raum zu durchsuchen, war leicht. Mamma Carlotta öffnete einen Schrank nach dem anderen. Der Inhalt war genauso spärlich wie die Möblierung. Was sie vorfand, war nur das, was ein Tourist für zwei, drei Wochen mitbrachte, oder was jemand mit sich führte, der ständig auf Reisen war. Nicht mehr, als in einem Wohnwagen Platz fand.

Schon im dritten Fach, das sie durchsah, wurde sie fündig. Scharf sog sie die Luft ein, als sie die schwarze Tasche sah. Eine Laptoptasche! Das erkannte sie auf den ersten Blick. Carolin und Felix bewahrten ihre Laptops auch in solchen Taschen auf, ihre Enkel in Panidomino ebenfalls. Nur … war der Laptop darin auch der richtige? Womöglich hatte Malinde Siefkes einen eigenen Laptop. In Mamma Carlotta schoss die Hitze hoch.

Wie konnte sie feststellen, dass sie den Laptop mitnahm, der Amy Wernicke gehört hatte?

Sie wollte die Tasche aus dem Schrank heben … und fuhr erneut zusammen. Ein Geräusch auf dem Balkon! Die Tür hatte sich bewegt, irgendetwas hatte geknarrt. Dann plötzlich ein Windstoß, der die Tür weiter öffnete! Sie schlug an die Wand, die Gardine wurde aufgewirbelt, Regen drang ins Wohnzimmer.

Rasch ging Carlotta zur Balkontür und schloss sie. Sie musste nur daran denken, sie wieder zu öffnen, bevor sie ging. Das war wichtig. Malinde Siefkes musste alles so vorfinden, wie sie es verlassen hatte.

Sie ging zurück zum Schrank, nahm die Tasche heraus und betrachtete sie von allen Seiten. Nichts Außergewöhnliches war zu erkennen. Sie legte sie auf den Tisch und öffnete den Reißverschluss. Nun lag der Laptop vor ihr, das Modell, das auch Carolin besaß. Sie nahm ihn vorsichtig heraus und betrachtete ihn von allen Seiten. Wem gehörte er? Malinde Siefkes oder Amy Wernicke?

Als sie den Laptop aufklappte, sah sie es: eine Visitenkarte hinter einem durchsichtigen Plastikschild im Futter der Laptoptasche. Sie brauchte das Kärtchen nicht herauszunehmen, der Name Amy Wernicke war auch so deutlich zu erkennen. Sie hatte also den richtigen Laptop gefunden. Eilig legte sie ihn in die Tasche zurück und schloss sie.

In diesem Moment klingelte es. Fietje! Malinde Siefkes kam also die Westerstraße herunter. Sie musste sehen, dass sie verschwand! Mit dem Laptop unter dem Arm huschte sie zur Wohnungstür und öffnete sie leise. Sie lauschte auf den frei liegenden Gang, ehe sie hinaustrat. Nichts war zu hören. Hastig lief sie zu dem runden Treppenschacht, der ins Erdgeschoss führte. Hoffentlich hatte Fietje rechtzeitig Bescheid gegeben. Wenn sie Malinde Siefkes auf der Treppe begegnete, war es zu spät für eine vernünftige Erklärung.

Aber sie traf niemanden, während sie die Treppe hinablief.

Unten riss sie die Haustür auf und sah sich hektisch nach allen Seiten um. Mehrere Radfahrer fuhren vorbei, die Kapuzen tief in die Stirn gezogen, den Blick starr auf den Radweg gerichtet, blind für alles, was links und rechts passierte. Carlotta wollte gerade den Parkplatz überqueren, als sie Malinde Siefkes sah. Sie kam vom Kurhaus herüber, über den Parkplatz vom Schloss am Meer auf den Hauseingang zu.

Was für ein Glück, dass mehrere Autos auf dem Parkplatz standen! Mamma Carlotta huschte hinter das größte, einen SUV, und duckte sich. Mit angehaltenem Atem beobachtete sie, wie Malinde Siefkes das Haus betrat. Sie konnte sie in dem gläsernen Treppenschacht mit den Augen bis nach oben verfolgen, konnte sehen, dass sie immer langsamer wurde, als sie die erste Etage bewältigt hatte, dass sie während des Anstiegs zur zweiten stehen blieb und verschnaufen musste. Dann ging sie den Laubengang entlang auf ihre Wohnungstür zu, schloss sie auf und verschwand.

Sofort gab Carlotta ihre Deckung auf und rannte los. Sie atmete tief durch, als sie auf der anderen Straßenseite angekommen war, und presste die Laptoptasche an sich, als müsste sie befürchten, dass sie ihr entrissen wurde. Wenn sie Glück hatte, bemerkte Malinde erst viel später, dass der Laptop nicht mehr da war.

In diesem Augenblick fiel ihr die Balkontür ein. »Madonna!« Sie hatte vergessen, sie wieder zu öffnen. Ob es Malinde Siefkes auffiel? Sie schüttelte leicht den Kopf, als sie sich nach Fietje umblickte. Wie oft hatte sie selbst schon gedacht, sie hätte vor dem Verlassen der Wohnung irgendeine Tür geschlossen, ein Fenster geöffnet oder den Herd ausgestellt. Wenn sie dann zurückkehrte, wäre sie niemals auf die Idee gekommen, ein Eindringling wäre dafür verantwortlich, dass das Fenster geschlossen, die Tür geöffnet und die Kartoffeln trocken gekocht waren. In so einem Fall dachte jeder an eigene Nachlässigkeit.

Sie wechselte zum Kurhaus hinüber, hielt aber vergeblich nach Fietje Ausschau. Wo war er geblieben? Er hatte doch versprochen zu warten. War er vor dem Regen ins Kurhaus geflüchtet? Mamma Carlotta zögerte. Sie wollte das Foyer nicht durch den Haupteingang betreten, denn dann kam sie am Infostand vorbei, wo Frau Kemmertöns arbeitete. So gern sie im Vorübergehen einen kurzen Plausch einschob, in diesem Fall war es ihr nicht recht, von ihrem eigentlichen Plan abgelenkt zu werden. Der Laptop musste zu Erik gebracht werden, alles andere war jetzt unwichtig.

Sie beschloss, das Kurhaus durch den Seiteneingang zu betreten, der nicht am Infostand vorbei, sondern direkt ins Foyer führte und von dort in den großen Kursaal. Sie fand Fietje tatsächlich in der Nähe der Tür, zitternd, und, wie ihr schien, schlotternd vor Angst. »Was ist los, Signor Tiensch?«, fragte sie erschrocken.

Er konnte nicht antworten, zeigte nur nach oben. Carlotta trat wieder aus dem Foyer heraus, aber nur bis unter die Überdachung, die um das Kurhaus herumlief, damit sie sich nicht dem Regen aussetzte. Vorsichtig blickte sie hoch zu dem Balkon, der zu Malinde Siefkes Wohnung gehörte. Und da sah sie es auch. »Madonna!«

Auf dem Balkon stand ein Mann.

»Nun noch mal ganz langsam«, sagte Erik, und es war ihm egal, dass die Staatsanwältin die Augen verdrehte, weil für sie längst alles sonnenklar war. »Der Mörder wusste also, dass Amy Wernicke immer in Gunnar Thomanns Zimmer übernachtete?«

»Und zwar auf der Bettseite am Fenster«, übernahm Sören.

»Gunnar sollte gar nicht sterben«, sagte die Staatsanwältin leise. »Es ging nur um Amy.« Sie sah jetzt mit einem Mal verloren aus, ihr Blick richtete sich nach innen, sie starrte zwischen Erik und Sören hindurch an die Wand. »Dann hat der

Mord nichts mit dem Film zu tun, über den Amy berichten wollte. Mit einer Familie, die ihren Namen retten wollte, sowieso nicht.«

Erik schlug mit der Faust auf den Schreibtisch, sodass Sören und Tilla zusammenfuhren. »Verdammt! Wir brauchen den Laptop von Amy Wernicke!«

»Immerhin wissen wir, dass sie mit einem italienischen Zirkus telefoniert hat«, besänftigte Sören ihn. »Es ging um den Zirkus Capotto, wetten? Das ist ja schon durch das Telefonat mit diesem Pasquale Dingsbums klar geworden.«

»Um wen ging es Amy Wernicke?«, fragte die Staatsanwältin. »Um Flora Engelbeck? Um Ernest Engelbeck? Oder um Renato Capotto?«

»Wenn es um die Engelbecks geht«, antwortete Erik, »dann muss sie etwas Skandalöses gefunden haben. Renato Capotto kann bisexuell, Sado-Maso-Fan und notorischer Fremdgänger gleichzeitig sein, das interessiert niemanden.«

»Was hat Malinde Siefkes damit zu tun?«, überlegte Sören. »Sie benimmt sich merkwürdig. Einerseits tut sie so, als wäre ihr die Schwester ihres Lebensgefährten unbekannt, dann wieder flüstern sie in dieser Boutique miteinander, als würden sie sich gut kennen. Frau Dr. Mikkelsen hat es so bezeichnet. Sie haben getuschelt, als hätten sie ein Geheimnis.«

Erik bereute nun, dass er keinen Schnauzer mehr hatte, den er glatt streichen konnte. Das hatte ihm immer beim Nachdenken geholfen. Verzweifelt fuhr er sich durch die Haare, aber das war einfach nicht das Gleiche. »Wir sollten uns Malinde Siefkes noch mal vornehmen.« Er stand auf. »Wir kennen ja ihre Adresse.«

»Blöde nur«, sagte Sören im Rausgehen, »dass niemand weiß, wo Renato Capotto steckt. Den müssen wir unbedingt finden. Er ist Messerwerfer! Er könnte der Täter sein.«

Die Staatsanwältin stimmte ihm zu. »Jetzt, wo wir mehr Zusammenhänge kennen, sehe ich das auch so. Vielleicht wollte er seine Schwester schützen, wollte verhindern, dass Amy eine Skandalstory über sie schreibt.«

»Woher wusste er das?«, fragte Sören.

Die Staatsanwältin zuckte mit den Schultern. »Das würde ich ihn gerne fragen.«

»Oder Flora Engelbeck selbst«, warf Erik ein.

Aber Tilla zögerte. »Besser, wir lassen sie erst mal im Unklaren. Sie sollte sich noch sicher fühlen.« Sie griff nach Eriks Arm und winkte Sören mit einer Kopfbewegung hinter ihnen her. »Auf zu Malinde Siefkes.«

Während der Fahrt zum Kurhaus sagte Sören: »Hoffentlich sitzt sie nicht wieder in Käptens Kajüte.«

»Dann fahren wir eben gleich weiter nach Wenningstedt.«

»Was hat das zu bedeuten?« Mamma Carlotta konnte die Frage nur flüstern. Ob Fietje sie verstand, war unwichtig. Er würde sie sowieso nicht beantworten können.

Er tat es dennoch und kam mit einer Gegenfrage. »Haben Sie denn nicht gemerkt, dass da jemand auf dem Balkon war?«

Mamma Carlotta brauchte nicht lange nachzudenken. Ihr fielen die Geräusche ein, die sie gehört hatte, und ein Schauer des Entsetzens lief über ihren Rücken, als ihr einfiel, dass sie die Balkontür geschlossen und nicht wieder geöffnet hatte. Der Mann auf dem Balkon musste sich an die Mauer neben der Balkontür gedrückt haben, damit sie ihn nicht sah. Aber … hatte er sie erkannt?

»Wer mag das sein?«, fragte Fietje.

Mamma Carlotta wagte nicht zu antworten. Den Namen, der durch ihren Kopf schoss, hätte sie am liebsten laut herausgeschrien. War das möglich? Hielt Renato Capotto sich heimlich in Malindes Siefkes' Wohnung auf? War er gar nicht vor Violetta geflohen, sondern versteckte sich bei Malinde?

»Ich hau ab«, flüsterte Fietje. »Der Schlüssel muss wieder an seinen Platz zurück, ehe Tove was merkt.«

»Gehen Sie nur«, sagte Carlotta. »Ich werde …«

Welche Absicht sie hatte, konnte sie nicht mehr aussprechen. Denn in diesem Moment hörten sie die festen Schritte von drei Menschen, die keinen Spaziergang machten, sondern einen Auftrag zu erledigen hatten. Mamma Carlotta fuhr auf dem Absatz herum und ging zwei, drei Meter ins Kurhaus hinein.

»Moin! Das ist aber auch ein Regen heute!« Zum Glück war es nicht Frau Kemmertöns gewesen, die Mamma Carlotta begrüßte, sondern deren Kollegin. Carlotta murmelte etwas Bestätigendes, dann wandte sie sich dem Ständer mit dem Informationsmaterial zu. Fietje war nicht mehr zu sehen. Vielleicht hatte Erik ihn zur Kenntnis genommen, hatte ihn gegrüßt und sich weiter nichts dabei gedacht, dass der Strandwärter sich in der Nähe des Kurhauses herumtrieb.

Mamma Carlotta schlug die Hand vor den Mund, als sie sah, dass die drei auf den Eingang vom Schloss am Meer zugingen. »Madonna!«, flüsterte sie. Was wollte Erik von Malinde Siefkes? Suchte er dort nach Amy Wernickes Laptop? Hatte die Staatsanwältin etwa einen Durchsuchungsbeschluss in der Tasche? Dann würde sich in wenigen Minuten Malinde Siefkes sehr wundern, dass bei ihr nichts gefunden wurde. Was dann?

Mamma Carlotta war zu aufgeregt, um bewegungslos zu bleiben. Trotz des Regens verließ sie das Kurhaus wieder und ging zum Minigolfplatz hinüber, wo es einen Stand gab, der Crêpes verkaufte. Der Besitzer sah ihr hoffnungsvoll entgegen. Anscheinend war sie die Erste, die Interesse daran zeigte, im strömenden Regen einen Crêpe zu verzehren.

Sie zog die Kapuze ihrer Jacke über den Kopf und studierte die Tafel, auf der der Besitzer des Standes sämtliche Variationen seiner Crêpes aufgelistet hatte, wobei sie in Wirklichkeit keinen Blick für sein Angebot übrighatte. Erik, Sören und die Staatsanwältin waren längst an der Haustür angekommen und klingelten. »Madonna!«

Sie hatten einen Parkplatz direkt vor der Badebuchhandlung gefunden und waren ausgestiegen. Eriks Blick war über die Fassade des Apartmenthauses gewandert, in dem Malinde Siefkes' Wohnung lag. Er hatte gestutzt. »Was ist das denn?«

Es regnete immer noch heftig, trotzdem stand auf dem hinteren Eckbalkon in der zweiten Etage ein Mann.

»So ist das eben«, meinte Sören lakonisch, »wenn man eine Frau hat, die keinen Zigarettenrauch in der Wohnung duldet. Dann muss man auch im Regen ...«

Die Staatsanwältin unterbrach ihn. »Ist das nicht Malinde Siefkes' Wohnung?«

Sie spannte den Schirm auf, den sie aus ihrer Handtasche gezogen hatte, und hielt ihn so, dass sie trotzdem einen Blick zu dem Balkon hatte. »Wer kann das sein?«

In diesem Augenblick öffnete sich die Balkontür. Sie wurde förmlich aufgerissen, und eine Frau erschien in der Tür, die alle drei sofort als Malinde Siefkes erkannten. Der heftige Wortwechsel drang bis nach unten, wenn auch das Gespräch nicht zu verstehen war. Eine zornige Männer- und eine schrille Frauenstimme! Kurz darauf krachte die Balkontür ins Schloss.

Sören war der Erste, der die Sprache wiederfand. »Das war Renato Capotto.«

»Sicher?« Die Staatsanwältin sah ihn stirnrunzelnd an.

»Wer sonst?«

Diese Gegenfrage missfiel Tilla Speck. »Sie haben ihn also nicht erkannt.«

Sören musste es zugeben, und Erik beeilte sich, den beginnenden Streit gar nicht erst entstehen zu lassen. »Lasst uns hochgehen. Dann werden wir ja sehen.«

Als Sören klingeln wollte, hielt die Staatsanwältin ihn zurück. Sie drückte den Knopf einer Erdgeschosswohnung und entschuldigte sich, als sich die Haustür geöffnet hatte. »Sorry! Ich habe mich vertan.«

Der Bewohner der Erdgeschosswohnung brummte etwas

und schloss die Tür wieder. »Besser, wir stehen nach dem Klingeln gleich vor der Wohnungstür.«

Sie hatte recht. Der Schreck, den sie in Malinde Siefkes' Gesicht sahen, als sie ihnen öffnete, war es wert, den Bewohner der Erdgeschosswohnung vom Sofa geholt zu haben. Sie trug ihren Turban nicht, ihr kahler Kopf veränderte sie sehr. Sie wirkte klein und zerbrechlich, ihre Augen waren größer und ihre Gesichtszüge feiner. Ihre Blässe trat noch deutlicher hervor. »Was wollen Sie?«, fragte sie barsch.

»Können wir reinkommen?«, fragte Erik.

Die Staatsanwältin machte schon einen Schritt auf sie zu, ehe Malinde Siefkes zugestimmt hatte. Notgedrungen trat sie zur Seite und ließ sie eintreten. Sie führte die drei ins Wohnzimmer und fragte noch einmal: »Was wollen Sie?«

Erik antwortete so ruhig wie möglich: »Wir möchten gern den Herrn sprechen, der sich in Ihrer Wohnung aufhält.«

»Wie kommen Sie darauf, dass ich Herrenbesuch habe?«

»Wir haben einen Mann auf Ihrem Balkon gesehen. Im strömenden Regen. Scheinbar war er nicht freiwillig dort.«

Sören platzte der Kragen. Er ging zur Schlafzimmertür und riss sie auf. Dort schien er niemanden zu sehen, also griff er nach der Klinke der Badezimmertür. Der empörte Schrei, der ertönte, ließ ihn kalt. »Kommen Sie bitte heraus!« Er zog die Tür wieder zu, trat einen Schritt zurück und wartete, bis der Mann aus dem Bad kam. Er war in ein Badelaken gewickelt und hatte nasse Haare. »Ich musste mich erst mal unter die heiße Dusche stellen, damit ich mir keine Erkältung hole.«

Erik sah ihn aufmerksam an. »Herr Capotto, wenn ich nicht irre?«

»Wen interessiert das?«, kam es bockig zurück.

Erik hielt ihm seinen Dienstausweis unter die Nase. Dann zeigte er auf Sören und Tilla. »Das sind Oberkommissar Kretschmer und die Staatsanwältin Frau Dr. Speck.« Er griff nach Tillas Arm und hätte sie beinahe an sich gezogen. »Sie können sich gerne etwas Trockenes anziehen, ehe wir mit Ihnen sprechen.«

»Will ich das überhaupt?« Renato Capotto sah Malinde Hilfe suchend an.

»Es wird Ihnen nichts anderes übrig bleiben.«

»Also gut. Meinetwegen.« Wie eine beleidigte Diva rauschte Renato Capotto ins Schlafzimmer.

Sören verhinderte, dass er die Tür hinter sich zuwarf. »Die bleibt offen. Ich verspreche Ihnen, dass ich nicht hingucke.«

Erik durchquerte das Wohnzimmer und ging zur Balkontür. Sie war von innen zu verschließen, indem die Klinke gedreht wurde. Scheinbar hatte Malinde Siefkes ihn versehentlich ausgeschlossen, und er hatte im Regen warten müssen, bis sie zurückkam. Das erklärte auch seine Erregung, als sie ihn endlich aus seiner misslichen Lage befreit hatte. Wie wäre dieser Besuch abgelaufen, wenn ihr dieser Fehler nicht passiert wäre, wenn sie Renato Capotto nicht auf dem Balkon entdeckt hätten? Erik kam es so vor, als wäre das einer dieser glücklichen Zufälle, ohne die eine erfolgreiche Ermittlungsarbeit oft nicht auskam. Er drehte sich zu der Staatsanwältin um und bemerkte, dass sie ihn anlächelte. Anscheinend hatte sie die gleichen Gedanken wie er. Er lächelte zurück und nahm sich vor, sie zu bitten, später dem Barkeeper ihres Hotels einen Besuch abzustatten. Kevin würde sich freuen, ihnen wieder zwei Dirty Daniels zu mixen. Oder auch mehr …

Als Carlotta zu Hause ankam, sah sie Violettas Kopf hinter der Küchengardine. Sie war also schon wieder daheim! Carlotta hatte damit gerechnet, dass Dr. Hillmot den Verbandswechsel in der Nordseeklinik zu einem kleinen Zusammensein in einem Bistro oder einem Café genutzt hätte. Sie überlegte nicht lange. Nein, Violetta durfte die Laptoptasche nicht zu Gesicht bekommen. Besser, sie ging über die Terrasse und versteckte die Tasche im Wohnzimmer. Später würde sich sicherlich eine Gelegenheit finden, sie in die erste Etage in ihr Zimmer zu tragen.

Ungesehen huschte sie in den Garten, und die bange Frage, ob die Terrassentür aufzuschieben sein würde, war schnell beantwortet. Sie selbst war am Morgen, als es noch nicht regnete, in den Garten gegangen und hatte eine Prise von der guten Sylter Luft genommen, ehe sie sich darangemacht hatte, das Frühstück zuzubereiten. Dass man auf Sylt besser darauf achten sollte, das Haus zu verschließen, vergaß sie ein ums andere Mal. Auch an diesem Morgen hatte sie es so gehandhabt wie in Panidomino. Die Tür war offen geblieben, damit jede Nachbarin die Möglichkeit hatte, zu ihr zu kommen, ohne erst um Einlass zu bitten. Frau Kemmertöns dagegen würde so etwas niemals tun, und Erik hatte seine Schwiegermutter oft ermahnt, die Türen abzuschließen, aber jetzt war sie froh, dass sie nicht darauf gehört hatte.

Leise schob sie die Terrassentür auf – und erschrak heftig, als die Wohnzimmertür aufgerissen wurde und Violetta sich in den Raum drehte. Mit hoch erhobenen Armen, die Fingerspitzen anmutig zueinander geführt und einem Trällern auf den Lippen, das den Schrei der Möwe übertönte, die gerade übers Haus hinwegflog.

Sie schrak zusammen, als sie ihre Cousine sah. »Carlotta! Warum kommst du durch den Garten?«

Mamma Carlotta entschloss sich, mit einer Gegenfrage abzulenken, als Violetta anfing, einen Schrank nach dem anderen aufzureißen: »Was suchst du?«

»Zwei Likörgläser! Il dottore möchte …«

»Dr. Hillmot ist da?«

»Sì! Und er hätte gerne einen Limoncello.«

Mamma Carlotta ließ die Laptoptasche unauffällig hinter einem Terrassenstuhl verschwinden, wo sie fürs Erste sicher war. »Im oberen Fach!«

Sie ließ Violetta suchen, lief in die Küche, begrüßte Dr. Hillmot mit großer Freundlichkeit, ließ sich sogar bereitwillig beide Hände küssen und sich von ihm erzählen, dass Violettas Wunde gut verheile. Während er sich von ihr den Limoncello eingießen ließ und jede ihrer Bewegungen mit Entzücken beobachtete, klingelte es. »Felice? Hat er wieder seinen Schlüssel vergessen?«

»Felice ist im Haus«, antwortete Violetta, ließ sich neben Dr. Hillmot nieder und prostete ihm zu.

Vor der Tür stand ein Mann, dessen Erscheinen Mamma Carlotta für ein paar Augenblicke den Atem nahm. »Signor Staufer!«

»Ich hoffe, ich störe nicht.«

»Sie wollen zu Violetta?«

Ja, das wollte er. Und er war froh, dass er keine großen Erklärungen abzugeben hatte. »Ich muss noch mal mit ihr reden.«

»Sì, certo!«

Sie öffnete die Küchentür, ließ ihn eintreten, hörte Violettas erstaunten Ausruf, Dr. Hillmots verwirrten Gruß ... und lehnte sich an die Wand der Diele, weil ihr mit einem Mal alles zu viel war. »Che casino!« Was war das für ein Durcheinander. Konnte sie einfach hoch in ihr Zimmer gehen und alles, was in der Küche geschah, geschehen lassen? Oder musste sie wirklich Damian Staufer einen Espresso anbieten, ihm einen Limoncello aufnötigen und ihren Vorrat nach Gebäck durchsuchen? Was sie sonst mit Leidenschaft tat, kam ihr mit einem Mal wie eine schwere Last vor. So musste es Frau Kemmertöns gehen, die sich nie so recht über Besuch freuen wollte, erst recht nicht über unangekündigten.

Aber dann riss sie sich zusammen. Ein berühmter Schauspieler saß in ihrer Küche, der Gerichtsmediziner war so etwas wie sein Rivale, und Violetta brauchte vielleicht ihre Hilfe. Madonna! Da konnte sie sich wirklich nicht entziehen, weil ihr die ganzen Konfusionen über den Kopf wuchsen. Sie dachte daran, was ihre Nachbarinnen in Panidomino zu diesen Ereignissen sagen würden, wenn sie auf der Piazza davon erzählte, und fühlte sich gleich stärker. Bevor sie die Küchentür aufriss, setzte sie jedoch vorsichtshalber die strahlende Miene auf, die sonst wie von selbst auf ihrem Gesicht auftauchte.

Damian Staufer schien alle Höflichkeitsformeln übersprungen zu haben, er war bereits bei dem Anliegen angekommen, das ihn hergetrieben hatte. Ohne sich von Violetta unterbrechen zu lassen, legte er ihr dar, dass sie erwachsene Menschen seien, die über einen Fehler hinwegsehen sollten, dass er bereit sei, ihr zu verzeihen, da er ja wisse, dass es keine böse Absicht gewesen sei, sondern ihrer Unbedachtheit geschuldet war. Kurzum, er sei bereit, sie wieder als Haushaltshilfe einzustellen. Was Mamma Carlotta am besten gefiel, war der Vorschlag, gleich am nächsten Tag gemeinsam nach Kalabrien zu fliegen – auf seine Kosten – und dort so zu tun, als wäre nichts gewesen. »Ich muss natürlich erst noch Hauptkommissar Wolf fragen, ob ich mich weiter zur Verfügung halten muss. Aber das glaube ich nicht.«

Zu Carlottas Entsetzen zögerte Violetta. Der Blick, den sie Dr. Hillmot schenkte, war nicht anders zu interpretieren, als dass von ihm ein ähnliches Angebot gekommen war. Das Angebot, bei ihm auf Sylt zu bleiben. Mamma Carlotta brach der Schweiß aus. Dio mio, was würde nun kommen?

Gar nichts! Denn im selben Moment sprang die Küchentür auf, und Felix erschien auf der Schwelle. Voller Empörung! »Warum machte mir keiner die Tür auf, wenn ich klingle? Es hat angefangen zu regnen!« Noch bevor er eine Antwort erhielt, fuhr er fort: »Und wer hat meine Laptoptasche auf die Terrasse gestellt?« Mit beiden Händen hielt er sie am Trageriemen hoch. »War das Caro? Oder Papa?« Er sah seine Nonna fragend an. Dass sie selbst sich daran vergriffen haben könnte, kam nicht infrage. Mamma Carlotta hatte sich noch nie für Computertechnik interessiert.

Sie wurde nervös. Madonna! Lief denn heute alles aus dem

Ruder? »Wer weiß, wem die gehört, Felice! Am besten, du stellst sie wieder zurück. Vielleicht ...«

Aber obwohl sie von ihrem großen Talent überzeugt war, sich in Windeseile eine Ausrede einfallen zu lassen, war sie diesmal überfordert. Zu dieser Angelegenheit fiel ihr tatsächlich nichts ein. Gar nichts!

Felix legte die Tasche auf den Tisch, warf einen entschuldigenden Blick in die Runde und öffnete dann den Reißverschluss. Schon während er das tat, sagte er: »Ne, das ist doch nicht meine. Aber die sieht genauso aus.« Er verdrehte die Augen. »Die meisten Laptoptaschen sehen so aus.«

»Dann ist es wohl Carolinas Tasche«, rief Mamma Carlotta, der nun einfiel, dass der Laptop von Amy Wernicke das gleiche Modell wie das ihrer Enkelin war. »Vielleicht wollte sie ihren Laptop mit ins Hotel nehmen, hat die Tasche dann kurz auf der Terrasse abgestellt und am Ende vergessen. Basta!«

Felix tippte sich an die Stirn. »Das glaubst du doch selbst nicht. Caro stellt sich immer schrecklich pingelig mit ihrem Laptop an.«

Damian Staufer nahm die Tasche näher in Augenschein. Am liebsten hätte Mamma Carlotta sie ihm aus den Händen gerissen, aber das traute sie sich nicht. Wie sollte sie verhindern, dass er den Laptop anhob? Sie wusste ja, dass dann das Fach für die Visitenkarten sichtbar war. Und er würde genauso wie sie ...

Ehe sie diesen schrecklichen Gedanken zu Ende denken konnte, sah er es schon. Er hatte die Visitenkarte ebenfalls entdeckt. »Das ist die Laptoptasche von Amy Wernicke.«

Als Eriks Handy ging, schreckten sie auf. Sören und Tilla machten einen langen Hals zu dem Display, als Erik das Handy aus der Jackentasche holte.

Er dämpfte ihre Neugier. »Nur meine Schwiegermutter.«

Aber nicht Carlotta, sondern Felix war am Apparat, seine

Stimme klang jedoch ähnlich wie die seiner Nonna, wenn sie aufgeregt war. Auch Lucia hatte, wenn sie Erik im Büro anrief, oft den Eindruck erweckt, das Haus stünde in Flammen, wenn er in Wirklichkeit nur erfahren sollte, dass ihre beste Freundin in Panidomino ihrem Dauerverlobten den Laufpass gegeben hatte.

»Papa, du glaubst es nicht ...«

Erik verdrehte die Augen, um Tilla und Sören zu zeigen, dass ein guter Vater auch mal das Private über das Dienstliche stellen musste.

Dann jedoch ging ein Ruck durch seinen Körper. Das merkten auch Sören und die Staatsanwältin. »Was sagst du da?«

Wenige Minuten später saßen sie im Auto und fuhren nach Wenningstedt. Sören hatte sich hinters Steuer geschwungen, er wusste ja, wie es um Eriks Fahrkünste bestellt war, wenn sein Chef in Gedanken woanders war. Er fuhr dann wie ein ängstlicher Fahrschüler in seiner ersten Fahrstunde. Manchmal musste man ihm sogar sagen, dass es dem Motor schaden konnte, wenn man eine lange Wegstrecke im ersten Gang zurücklegte.

»Wie kann das sein?« Die Staatsanwältin hatte diese Frage schon mehrmals vom Rücksitz zu den Vordersitzen geschickt. »Wer kann Amy Wernickes Laptop auf eure Terrasse gestellt haben?«

Aber Erik konnte es sich nicht erklären. Er wusste nur, dass Felix mal wieder seinen Schlüssel vergessen hatte. Deswegen war er über die Terrasse gekommen, als ihm niemand öffnete, und hatte den Laptop entdeckt.

Zu Hause wurden sie von mehr Leuten erwartet, als Erik angenommen hatte. Verblüfft sah er Dr. Hillmot und Damian Staufer an. Die Frage, was sie bei ihm zu suchen hatten, konnte er zum Glück rechtzeitig herunterschlucken. Dass seit ihrem Besuch bei Malinde Siefkes Stunden vergangen waren, in denen sie nichts gegessen hatten, wurde ihm jetzt bewusst. Als er die

Cantuccini, Amaretti und Profiteroles auf dem Tisch stehen sah, lief ihm das Wasser im Mund zusammen. Und er sah, dass es Sören und Tilla nicht anders ging. Zum Glück hatte seine Schwiegermutter den Tisch, den sie am Vorabend ausgezogen hatte, noch nicht wieder zusammengeschoben. Stühle waren auch ausreichend vorhanden, und so saßen sie kurz darauf um den Laptop herum, der auf dem Tisch prangte wie eine Trophäe, die einer von ihnen errungen hatte.

Erik sah seine Schwiegermutter an, die es nicht auf dem Stuhl hielt, die ständig zwischen der Kaffeemaschine und der Vorratskammer hin und her lief, um nach weiteren Köstlichkeiten zu suchen, die sie ihren Gästen vorsetzen konnte. »Warum bist du so nervös?«

»Io? Non sono nervosa. Ich bin nur …«

Was sie war, ließ sich offenbar nicht in Worte fassen. Aber Erik konnte sich auch so vorstellen, was seine Schwiegermutter aus der Fassung gebracht hatte. Eine Neuigkeit! Eine Sensation! So etwas brachte sie ja immer aus dem Häuschen.

Er warf Dr. Hillmot und Damian Staufer, die Violetta einrahmten, einen Blick zu. Er hätte gerne nach dem Grund ihres Besuches gefragt, fand es aber dann nicht mehr wichtig genug. Felix sollte nun endlich erzählen, wie er den Laptop entdeckt hatte.

Das tat sein Sohn gern und sehr ausführlich. Wie bei seiner Mutter und seiner Großmutter musste man immer besonders kritisch hinhören, denn Felix hielt es wie alle italienischen Verwandten. Er schmückte jede Erzählung aus, bis sie unkenntlich geworden war. »Reiner Zufall«, endete er, »dass ich das Teil entdeckt habe. Ich habe ein Mäuschen hinter den Terrassenstuhl flitzen sehen und wollte dafür sorgen, dass es nicht ins Haus kommt.«

Als Erik zu wissen glaubte, was geschehen war, breitete sich nachdenkliche Stille aus. Tatsächlich war Felix' Erzählung nicht besonders sensationsheischend gewesen. Er hatte die Laptoptasche auf der Terrasse entdeckt und sie für seine eigene gehalten. Basta!

»Wer kann die da hingestellt haben?«, fragte Sören schließlich.

»Der Mörder!«, rief Felix. »Ist doch klar! Der war in unserem Garten.«

Erik sah seine Schwiegermutter an. »Hast du etwas bemerkt? Du warst doch sicherlich zu Hause?«

»No, no!« Sie redete mal wieder viel zu schnell und warf italienische und deutsche Vokabeln durcheinander, als sollte er nicht verstehen, was sie zu sagen hatte. Scheinbar war sie einkaufen gewesen, hatte jemanden getroffen, sich verplaudert ... Er hörte gar nicht richtig hin. Das war ja bei seiner Schwiegermutter immer dasselbe. Ihre Kommunikationsfreude, die er, wenn er sie ärgern wollte, Geschwätzigkeit nannte, brachte immer wieder ihren Zeitplan durcheinander.

Die Staatsanwältin stand auf. »Ob es Spuren gibt?«

Erik sorgte dafür, dass sich ihnen nur Sören auf dem Weg durchs Wohnzimmer anschloss. Als sie auf der Terrasse standen, rief Erik seinen Sohn zu sich, um sich genau erklären zu lassen, wo er den Laptop gefunden hatte. Kopfschüttelnd betrachtete er die Stelle hinter einem Terrassenstuhl. »Das sieht ja aus, als wäre die Tasche dort versteckt worden.«

»Vor dem Regen«, meinte Sören und sah zum Himmel.

»Wir sollten Vetterich bestellen«, schlug Erik vor. »Vielleicht findet er Spuren.« Er wartete nicht auf die Zustimmung der Staatsanwältin, sondern wählte Vetterichs Telefonnummer.

Als er das Gespräch beendet hatte, fragte die Staatsanwältin: »Warum macht der Täter so was? Das ergibt doch keinen Sinn.«

Sören schüttelte den Kopf. »Ich glaube nicht, dass es der Mörder war. Das hat jemand getan, dem an der Aufklärung des Falls gelegen ist. Vielleicht derjenige, der in Verdacht geraten ist. Oder der glaubt, dass wir ihn im Visier haben.«

»Renato Capotto?« Die Staatsanwältin grinste spöttisch. »Der sitzt in Gewahrsam.«

»Wir wissen nicht, wie lange die Laptoptasche schon hier steht.«

Sie kehrten in die Küche zurück, bedienten sich großzügig mit dem Gebäck, das auf dem Tisch stand, und Erik unterdrückte ein letztes Mal den Wunsch, sich zu erkundigen, warum eigentlich Dr. Hillmot und Damian Staufer in seiner Küche saßen.

Auch diesmal setzte sich Sören ans Steuer, ohne lange zu fragen. Die Staatsanwältin wählte wieder den Rücksitz und hielt die Laptoptasche auf dem Schoß wie etwas sehr Kostbares. »Wenn der Laptop wie Amy Wernickes Handy passwortgeschützt ist, müssen wir wieder die IT-Spezialisten nach Sylt holen, damit sie uns Zugang verschaffen. Hoffentlich haben die Zeit.«

Erik fuhr so plötzlich zu ihr herum, dass sie erschrak. »Mir fällt da was ein ... Sören, fahren Sie bitte zum Hotel Horizont.«

Mamma Carlotta fühlte sich schlecht, sehr, sehr schlecht. Sie allein hätte etwas ändern, hätte der Wahrheit ans Licht verhelfen können, aber sie hatte es nicht getan, und jetzt war es zu spät. Manchmal wurde eben aus der Wahrheit, wenn man sie zu lange vorenthielt, eine neue Lüge. Madonna! Kommissar Vetterich würde erscheinen, um nach Spuren zu suchen! Spätestens in diesem Augenblick würde der Zeitpunkt vorbei sein, um mit der Wahrheit herauszurücken. Wie peinlich wäre es für Erik, zugeben zu müssen, was seine Schwiegermutter getan hatte. Der Polizeiapparat wurde vergeblich bemüht, die KTU suchte völlig unnütz nach Spuren, und Kommissar Vetterich und seine Mitarbeiter würden nicht einmal bereit sein, Mamma Carlotta mit Gebäck und Espresso dafür sorgen zu lassen, dass ihr Gewissen etwas leichter wurde. Nicht nur der Leiter der Kriminaltechnischen Untersuchungsstelle wollte von der Bewirtung durch die Schwiegermutter des Hauptkommissars nie etwas wissen, seine Mitarbeiter hielten es genauso.

Unter anderen Umständen hätte sie die Dramatik genossen, hätte mit den anderen die Ereignisse gedreht und gewendet und von allen Seiten betrachtet und beurteilt, hätte Vermutungen angestellt und mit Wonne Klatschgeschichten in die Welt gesetzt. Aber diesmal machte es ihr keinen Spaß. Sie blieb vor der Tür der Gerüchteküche stehen und wollte auf keinen Fall eintreten, um das, was sie getan hatte, nicht noch schlimmer zu machen. Dabei hatte sie es doch gut gemeint! Sie hatte Erik helfen wollen, ohne Fietje dabei verraten zu müssen. Nein, sie hatte sich nichts vorzuwerfen, wenn es jetzt auch so aussah, als hätte sie Eriks Arbeit gehörig durcheinandergebracht. Und dass Erik die Angelegenheit ganz anders beurteilen würde, machte ihr mächtig zu schaffen.

Sie war froh, als Damian Staufer sich zum Gehen entschloss und Dr. Hillmot einfiel, dass er noch ein paar Tage zu arbeiten hatte, bis er sich pensioniert nennen und über seine Zeit frei verfügen durfte. Er beugte sich ausgiebig über Violettas Hände, während Damian Staufer ihr mit einem kräftigen Händedruck klarmachte, dass er möglichst bald auf ihre Entscheidung hoffte.

Felix suchte sein Häkelzeug, Violetta packte die Puppenkleidchen zusammen, Mamma Carlotta behauptete, sie müsse noch beim Bäcker vorbei, um Ciabatta für den Abend zu bestellen. »Wir sehen uns gleich im Häkelclub!«

Natürlich war der Besuch beim Bäcker eine glatte Lüge gewesen, aber da sie sich nun schon so sehr in Unwahrheiten verstrickt hatte, kam es auf diese eine auch nicht mehr an. Sie wollte unbedingt mit Tove und Fietje reden, bevor es mit Floras Charity losging, wollte wissen, wie Malinde reagiert hatte, ob Tove aufgegangen war, dass Carlotta und Fietje ein Geheimnis vor ihm hatten, und ob Fietje fix genug gewesen war, den Schlüssel wieder an seinen Platz zu hängen.

Der Regen hatte aufgehört, der Wind hatte alle dunklen Wolken weggepustet und weiße herangeweht, der Himmel war übersät mit blauen Fetzen, und gelegentlich schaffte es die Sonne sogar, sich in den Pfützen zu spiegeln. Eine kalte Sonne, die nicht wärmte, die mit ihrem Licht nur ein wenig Glanz auf die nassen Bäume, Blumen und Straßen brachte, ohne sie zu trocknen.

Das Leben war im selben Moment wieder erwacht. Die Türen öffneten sich, Fahrräder wurden aus den Häusern geschoben, Kinderwagen erschienen wieder auf den Wegen, die Regenjacken flatterten offen im Wind, Kinder sprangen begeistert durch die Pfützen. Die Luft duftete nach frischer Erde und Möwendreck, nach feuchtem Hundefell und gerade aufgesprungenen Frühlingsblüten. Eine herrliche Mischung!

Doch davon war nichts in die Imbissstube gedrungen, wo es so roch wie immer: nach kaltem Fett, Curry, Ketchup und frittiertem Fisch. Tove war gerade dabei, seine Sitzgelegenheiten für Floras Charity zu erweitern, Fietje sah ihm dabei zu und ärgerte ihn mit guten Ratschlägen.

»Pack mit an, statt hier klug rumzuschnacken!«, knurrte Tove.

Als Mamma Carlotta den Raum betrat, bedachte sie Fietje mit einem intensiven Blick, der genauso intensiv erwidert wurde. Sie atmete heimlich auf. Wenn Fietje etwas misslungen war, schaute er in sein Bier und mied jeden Augenkontakt. In diesem Fall sah er so aus, als hätte er Erfolg gehabt und wäre mit sich sehr zufrieden.

Wenn Tove jetzt geglaubt hatte, die zupackende Schwiegermutter des Hauptkommissars würde ihm einen Teil der Arbeit abnehmen, dann hatte er sich getäuscht. Sie setzte sich neben Fietje und behauptete, sie müsse mit ihm besprechen, wie der Rand seiner Mütze zu verlängern sei. Das machte Tove so wütend, dass er lärmend mit den Stühlen klapperte, die Tische laut verrückte und so heftig vor sich hin schimpfte, dass ein

Gespräch kaum zu verstehen war. Aber das war Mamma Carlotta sehr recht, denn so konnte sie Fietje unauffällig fragen, ob alles gut gegangen sei. Was sie erfuhr, war in Fietjes undeutlichem Gemurmel kaum zu verstehen, aber am Ende meinte sie, herausgefunden zu haben, dass Fietje einen seiner hellen Momente gehabt hatte. Er war zu spät gekommen, um den Schlüssel an den Nagel zu hängen, wo er seinen Platz hatte, ihm war jedoch eingefallen, wo Tove ihn am Tag zuvor versehentlich abgelegt hatte. Malinde hatte Tove prompt Vorwürfe gemacht, weil der Nagel, an dem der Schlüssel ihrer Wohnung zu hängen pflegte, leer war, und Tove hatte natürlich jede Schuld von sich gewiesen. Erst Fietjes Bemerkung, Tove leide wohl an Demenz, hatte für Ruhe gesorgt. Tatsächlich fand sich der Schlüssel in der Kasse, wo er schon einmal reingeraten war, und Tove machte sich nun wirklich Gedanken über den Zustand seiner Gehirnzellen. Zweimal hintereinander derselbe Fehler? Tove begann sich Sorgen zu machen.

Die vergaß er jedoch schnell wieder, als er feststellte, dass Malindes Zorn in sich zusammenfiel wie ein Feuer, das erstickt worden war. »Wie ist das möglich? Wie ist jemand in meine Wohnung gekommen? Die Tür wurde nicht aufgebrochen.«

Sie sei regelrecht verzweifelt gewesen, tuschelte Fietje. Und als Tove fragte, ob ihr etwas gestohlen worden sei, habe sie sogar zu weinen begonnen. Ja, es sei etwas weggekommen, aber was es gewesen war, hatte sie nicht verraten.

Fietje packte frohgemut sein Strickzeug aus. »Das ist ja noch mal gut gegangen.« Er nickte zur Tür, in der Malinde Siefkes erneut erschien. »Ich glaube, sie will mit der Engelbeck reden.«

»Kein Wunder«, tuschelte Mamma Carlotta zurück. »Die beiden stecken unter einer Decke.«

Allerdings erschien die Charity-Lady nicht. Die Zeit war gekommen, die Charity-Gruppe versammelt, alle Häkel-, Näh- und Stricknadeln waren gezückt, aber Flora Engelbeck ließ sich nicht blicken.

»Egal!«, sagte die Kellnerin vom Restaurant Roth. »Wir können auch ohne sie anfangen. Hauptsache, der Wirt ist da und serviert uns den Prosecco.«

»Das kann doch sein«, beharrte Erik. »Wir müssen es wenigstens versuchen.«

Er hatte sich die Laptoptasche über die Schulter gehängt und ging Sören und der Staatsanwältin ins Hotel Horizont voraus.

Carolins Miene wechselte prompt von konziliant zu misstrauisch. »Was willst du denn schon wieder hier, Papa?«

Er überhörte ihren unfreundlichen Tonfall. »Wir müssen in das Zimmer von Amy Wernicke. Gib uns bitte den Schlüssel.«

Carolin zögerte. »Ich weiß nicht ...«

Erik streckte die Hand aus. »Jetzt keine Zicken, Caro.«

Das reichte. Carolin überließ ihm den Schlüssel und vergewisserte sich mit einem Blick zu Herrn Winter, dass sie richtig gehandelt hatte. Der Chef der Rezeption nickte ihr beruhigend zu. Die Polizei konnte verlangen, was sie wollte, der Polizei musste man helfen.

Erik betrat Amy Wernickes Zimmer als Erster, ging sofort zum Schreibtisch und fuhr mit dem rechten Zeigefinger an der Holzleiste entlang, die dafür sorgte, dass die weiße Wand keinen Schaden nahm. Der kleine Zettel blieb an seiner Fingerkuppe haften. »2170.« Als er vermutet hatte, es könnte sich um die PIN für das Smartphone handeln, hatte er die Nummer noch im Kopf gehabt.

Sören und die Staatsanwältin sprachen kein Wort, lehnten sich nebeneinander an die Fensterbank und sahen Erik zu, wie er den Laptop aus der Tasche nahm und ihn aufklappte. »Diese vier Zahlen waren nicht die PIN fürs Handy«, murmelte er. »Aber vielleicht die für den Laptop?«

Wenige Minuten später strahlte er sie an. »Bingo!«

Nun kam Leben in Sören und die Staatsanwältin. Mit einem Schritt waren beide bei Erik und beugten sich mit ihm gemeinsam über den Laptop. Tilla Speck zeigte im Explorer auf ein Verzeichnis mit dem Namen »Engelbeck«.

Erik öffnete es, eine Vielzahl von Dokumenten listete sich auf. Sie mussten nicht alle lesen, es reichte, sie zu überfliegen, um zu wissen, was Amy Wernicke geplant hatte.

Erik sprang auf und lief zurück in die Lobby. »Ist Frau Engelbeck noch im Haus?«, fragte er Carolin. »Oder hat sie sich schon auf den Weg zu Käptens Kajüte gemacht?«

Noch ehe Carolin antworten konnte, betrat Flora Engelbeck die Lobby. »Sie wollen mich sprechen? Das ist jetzt ungünstig.«

»Es muss leider sein«, sagte Erik so bestimmt, dass sie sich umdrehte und zu ihrem Zimmer zurückging. Sie blickte sich nicht um, vergewisserte sich nicht, ob Erik ihr folgte. An der geöffneten Tür von Amy Wernickes Zimmer stockte sie kurz, ging dann aber weiter, als wäre ihr nichts aufgefallen.

Erik gab Sören und der Staatsanwältin einen Wink, damit sie ihm und Flora Engelbeck folgten. Die war überrascht, als sie ihr Zimmer aufschloss und mit einem Mal nicht nur Erik, sondern drei Personen gegenüberstand. Aber noch immer sprach sie kein Wort. Sie ließ die drei eintreten, schloss die Tür sorgfältig, ging zu einem Regal, stellte sich davor, als wollte sie es verdecken, und sah Erik dann erwartungsvoll an. »Was ist los?«

Sie bot ihnen keinen Platz an, sie schien damit zu rechnen, dass die Unterredung nicht lange dauern würde. Erik schossen mehrere Fragen durch den Kopf, von denen er keine stellen konnte. Wusste Flora Engelbeck, dass sie Malinde Siefkes' Wohnung durchsucht hatten? Wusste sie, dass sie dort den Laptop vermutet hatten? Hatte sie sich heimlich gefreut, dass er unauffindbar gewesen war? Möglich war es. Damit wäre jedenfalls ihre Selbstsicherheit zu erklären. Aber wusste sie auch, dass Renato Capotto festgenommen worden war?

»Frau Engelbeck«, begann er langsam und ausgesucht höflich, »wir haben festgestellt, dass Amy Wernicke Sie in Schwierigkeiten gebracht hat. Sie wollte eine Story über Sie veröffentlichen, die Ihrem guten Ruf erheblich geschadet hätte.«

Flora Engelbeck setzte eine arrogante Miene auf, die ihr ausgezeichnet gelang. »Ach ja? Wie kommen Sie denn darauf?«

»Wir haben ihren Laptop gefunden«, erwiderte Erik und lächelte, als hätte er ihr gesagt, dass der Wetterbericht für die nächsten Tage viel Sonne angekündigt habe. »Es hat ein Weilchen gedauert, aber nun wissen wir, dass Amy Wernicke Ihre Vergangenheit ans Licht bringen und dass sie vor allem Ihre psychische Erkrankung publik machen wollte. Alle, die Sie bisher bewundert hatten, sollten erfahren, dass Sie aus einem kleinen verkommenen Zirkus stammen, dass es dort sehr ärmlich zugegangen war, dass Sie immer das Zirkuskind waren, mit dem niemand etwas zu tun haben wollte, dass Sie oft nicht mal genug zu essen hatten und abgelegte Kleidung tragen mussten, die Ihnen geschenkt wurde, wenn Sie Glück hatten.«

Flora Engelbecks Blick wurde dunkel, sie sah durch ihn hindurch. »Na und? Kann man mir meine Herkunft vorwerfen? Es kommt nur darauf an, was man aus einem Leben macht. Wer mit dem goldenen Löffel im Mund geboren wird, braucht sich nichts darauf einzubilden, dass er es zu etwas bringt. Aber ich …« Sie sprach den Satz nicht zu Ende. Vielleicht hörte sie selbst heraus, dass er klang wie auswendig Gelerntes, wie die Vorlage eines Psychotherapeuten, die sie nachplapperte.

Die Staatsanwältin mischte sich ein. »Es ist bewundernswert, was Sie erreicht haben. Alle Welt achtet Sie! Und es ist ungerecht, dass Ihr Mann Sie verlassen hat, obwohl Sie so viel für ihn getan haben.«

Flora Engelbeck entspannte sich, sie brachte sogar ein kleines Lächeln zustande. »Ich bin Flora Engelbeck, nicht die Ex-Frau von Ernest Engelbeck. Ich habe mir etwas Eigenes geschaffen. Meine Charity-Veranstaltungen haben nichts mit meinem Mann zu tun.« Ihre Stimme vibrierte, sie klang wie ein Glas, über dessen Rand ein Metallstück gezogen wurde.

Sören unterbrach sie: »Sie haben recht, wenn Sie sagen, dass niemand etwas für seine Abstammung kann. Aber Ihrem Mann und seiner Familie war es immer sehr wichtig, dass niemand erfuhr, woher Sie kamen. Ein kalabrischer Zirkus, der es kaum schaffte, seine Tiere durchzufüttern!«

»Ihre Kleptomanie wurde dann ja von guten Psychotherapeuten behandelt«, fügte die Staatsanwältin an. »Während Ihrer Ehe sind Sie in dieser Hinsicht nicht oder nur selten auffällig geworden.«

»Aber dann die Scheidung«, sagte Erik. »Mit aller Macht haben Sie versucht, Ihren Ruf zu retten, wenn Sie schon die Ehe und alle Privilegien verloren, die damit zusammenhingen. Das war harte Arbeit. Und sicherlich hat es häufig Rückschläge und Enttäuschungen gegeben. Kein Wunder, dass Sie in alte Muster zurückgefallen sind. Die Kleptomanie hat Sie wieder im Griff. Und diesmal fehlt Ihnen das Geld für die teuren Psychologen und Therapeuten.«

In Flora Engelbecks Blick entstand ein Flackern. Ein gefährliches kleines Feuer, das blitzte und züngelte. »Ich bin die Charity-Lady! Das ist MEIN Titel! MEIN Werk! Damit hat mein Mann nichts zu tun. Damit …«

»Ich verstehe«, sagte Erik, »dass Sie sich das nicht von Amy Wernicke kaputt machen lassen wollten. Deshalb haben Sie Ihren Bruder gebeten, mit dieser unliebsamen Journalistin ein Ende zu machen. Niemand wusste von Renato. Sie standen zwar in gutem Kontakt mit ihm, aber stets heimlich. So hatten es Ihre Schwiegereltern verlangt. Ein Zirkusartist! So was war ja nicht passend für die Familie Engelbeck!«

Sören versuchte zu lächeln, aber es gelang ihm nicht. »Sie haben dafür gesorgt, dass Sie nicht in Verdacht geraten. Jeden Morgen joggen, so wie Amy Wernicke. Toll, dass sogar Damian Staufer Ihnen ein Alibi geben konnte. Das war ja noch besser, als wenn der Hotel-Portier bestätigt hätte, dass Sie jeden Morgen zum Strand aufbrechen, um zu joggen.«

»Und dass wir eine Unternehmerfamilie suchten, die einen Film verhindern wollte, kam Ihnen natürlich auch zupass. Sie konnten sogar gegen die Wernickes einen falschen Verdacht säen.« Die Staatsanwältin schaffte das mit dem Lächeln besser als Sören. »Alles schien sich prächtig zu entwickeln. Die Polizei ermittelte in eine völlig falsche Richtung, der Liebesbeweis Ihres Bruders würde unentdeckt bleiben. Dachten Sie …«

»Wagen Sie es nicht, meinem Bruder die Morde anzuhängen!«, fauchte Flora Engelbeck.

Erik zog sein Smartphone hervor und schaute aufs Display. »Wir erwarten jeden Augenblick eine Nachricht von der KTU. Damit wird dann Ihr Bruder überführt sein. Ach, wissen Sie eigentlich, dass wir ihn vorsichtshalber festgenommen haben?« In diesem Moment ging eine Mail ein. Ein Blick zeigte Erik, dass sie von Vetterich stammte. Er drehte sich um, damit Flora Engelbeck keine Emotion von seinem Gesicht ablesen konnte.

Die Fingerabdrücke stammen NICHT von Renato Capotto. Die Daktyloskopie hat nichts ergeben. KEINE der Spuren weist auf Renato Capotto hin.

Dass sie ihr Strickzeug zu Hause vergessen hatte, fiel ihr erst ein, als jemand Flora Engelbecks Part übernahm und die Gruppe mit so schönen Worten begrüßte, wie die Charity-Lady es üblicherweise tat. Im allgemeinen Gelächter ging der Aufschrei von Carlotta unter, der in diesem Moment klar wurde, dass ihr Schal, der an diesem Nachmittag vollendet werden sollte, im Flur auf der Kommode lag.

»Warum hast du meinen Handarbeitsbeutel nicht gesehen«, fuhr sie Felix an, »als du gegangen bist?«

Felix zuckte nur die Schultern und grinste. Er ließ sich gerade von Verena dabei helfen, mit einer weiteren Mütze zu beginnen, die nicht für ihn, sondern endlich für den guten Zweck entstehen sollte. »Lauf und hol dein Strickzeug. Ist doch nicht weit.«

Frau Kemmertöns, die selbst niemals den Weg vom Süder Wung zum Hochkamp zweimal bewältigt hätte, ohne sich Sorgen um ihren Kreislauf zu machen, stupste Mamma Carlotta an. »Felix hat recht. In zehn Minuten sind Sie zurück!«

Also ließ Mamma Carlotta ihren Prosecco stehen und rannte den Hochkamp hinunter, überquerte die Westerlandstraße und bog in den Süder Wung ein. Dass Eriks Auto vor dem Haus stand, sah sie schon von Weitem. Was hatte das zu bedeuten?

Sie bemühte sich, die Haustür besonders leise aufzuschließen. Vielleicht bekam sie, wenn sie nicht gehört wurde, etwas mit, was nicht für ihre Ohren bestimmt war? Zum Beispiel, wer in den Verdacht geraten war, den Laptop auf der Terrasse versteckt zu haben.

»Das geht gar nicht, Erik«, hörte sie die Staatsanwältin sagen. »Völlig unmöglich.«

»Das können Sie doch nicht machen«, schlug Sören in dieselbe Kerbe.

Eriks Stimme klang ärgerlich. »Wir gehen gleich ins Hotel zurück, dann kann Caro die Fotos zurücklegen.«

»Das ist ja noch schlimmer«, sagte die Staatsanwältin, »dass du deine Tochter da mit reinziehst.«

»Es wird niemand mitkriegen.« Eriks Stimme wurde immer ungehaltener. »Deswegen sind wir extra hierher gefahren.« Nun war es mit seiner Sicherheit vorbei. »Ich weiß, dass es nicht in Ordnung ist. Aber ich habe gleich gemerkt, dass sie sich vor dieses Regal stellte und versucht hat, einen Stapel Fotos hinter ihrem Rücken zurückzuschieben, sodass sie nicht mehr zu sehen waren.«

»Und da hast du dir gedacht …«

»Ja, da habe ich mir gedacht«, fuhr Erik der Staatsanwältin ins Wort, »ich könnte die Gelegenheit nutzen, als sie nicht hinsah …«

»Unmöglich, Chef!«

Nun wurde es still, Mamma Carlotta begriff, dass von nun an

jedes Geräusch zu hören sein würde, das aus der Diele in die Küche drang. Sie musste sich zu erkennen geben, wenn sie nicht beim Lauschen ertappt werden wollte. Eigentlich brauchte sie noch Zeit, um zu verarbeiten, was sie gehört hatte. Fotos ins Flora Engelbecks Hotelzimmer! Davon hatte Fietje gesprochen. Er hatte durchs Fenster beobachtet, dass die Charity-Lady sich Fotos angesehen hatte.

Sie stieß die Küchentür auf und lachte, als sie das Erschrecken auf allen drei Gesichtern sah. »Was macht ihr hier?«

Die Antwort war ein dreistimmiges Stottern. »Wir wollten …«

»Wir dachten …«

»Hier sind wir ja unbeobachtet …«

Erik sah seine Schwiegermutter fragend an. »Müsstest du nicht in deinem Häkelclub sein?« Er nickte wissend. »Ach ja, Flora Engelbeck ist nicht erschienen. Fällt das Handarbeiten jetzt aus?«

»No, veramente no! Warum? Was … ist denn mit Signora Engelbeck?«

»Ein paar private Probleme. Nichts Besonderes.« Eriks Interesse an den Fotos war scheinbar größer als sein Wunsch, seine Schwiegermutter so schnell wie möglich wieder loszuwerden. Er breitete sie auf dem Küchentisch aus und sorgte dafür, dass Sören und die Staatsanwältin sie genauso aufmerksam betrachteten wie er selbst.

Tilla Speck war es, die als Erste etwas äußerte. »Das ist ja ein Ding.« Diesen Satz stöhnte sie heraus, als fiele es ihr schwer, ihn über die Lippen zu bringen.

Mamma Carlotta machte einen Schritt auf den Tisch zu und versuchte zu erkennen, was die Fotos zeigten. Im Vordergrund war eine junge Frau zu sehen, mit einem Messer in der rechten Hand, mit dem sie auf einen Mann zielte, der auf einer hölzernen Scheibe festgeschnallt war. Renato Capotto! Und die Frau war zweifellos Malinde Siefkes. Auf weiteren Fotos war zu sehen, welche Nummer die beiden einübten. Trainingsfotos!

Sie trugen beide Alltagskleidung, die Aufnahmen waren in einer Turnhalle gemacht worden. Auf den nächsten Bildern war Renato Capotto mit unzähligen Messern zu sehen, die seinen Körper umrahmten, auf dem letzten hatte er die hölzerne Scheibe verlassen und wies auf die Umrisse seines Körpers, die Malinde Siefkes mit den Messern gezeichnet hatte.

Sören blickte auf und starrte seinen Chef an, als fiele ihm dessen Name nicht mehr ein. Auch die Staatsanwältin sah nicht so aus, als verstünde sie die Zusammenhänge, die sich vor ihren Augen klärten und ihr doch unverständlich blieben.

Erik sprang auf, riss sein Handy aus der Tasche und durchsuchte die Liste der ausgegangenen Anrufe. Dann wählte er einen Eintrag aus und horchte auf den Ton, der rausging.

»Wen rufst du an?«, fragte Tilla Speck.

Aber Erik antwortete nicht, denn in diesem Augenblick wurde auf der anderen Seite abgenommen.

»Herr Brozowski!« Erik räusperte sich und rückte seine Stimme zurecht. »Sie haben während unseres letzten Gesprächs davon berichtet, dass Mago und Peggy eine neue Show einstudieren wollten. Peggys schwere Erkrankung kam dann leider dazwischen. Können Sie uns verraten, was das für eine Nummer war?«

Er stellte den Lautsprecher seines Handys an, sodass Tilla und Sören und damit auch Mamma Carlotta das Gespräch verfolgen konnten. Mario Brozowski fragte nicht, warum Erik sich für diese Einzelheiten interessierte. Es schien, dass der Varieté-Direktor in Eile war und das Telefonat so kurz wie möglich halten wollte.

»Bei der Show der Messerwerfer ist es immer das Gleiche: Ein Mann wirft seine Messer auf eine Frau. Mir ist keine Messerwerferin bekannt. Mago und Peggy wollten das ändern. Die Nummer sollte starten wie immer, Mago als Messerwerfer, Peggy als lebende Zielscheibe. Todernst und ganz professionell! Dann aber sollte die Show witzig werden. Peggy wollte durch Gesten klarmachen, dass sie das Messerwerfen mal probieren wolle, so, als hätte sie es noch nie versucht. Mago wollte dann so tun, als stelle er sich zur Verfügung, habe aber große Angst ... Die beiden haben das toll gemacht, ich habe die ersten Proben schon gesehen. Die Zuschauer hätten sich totgelacht, ganz sicher. Die eigentliche Sensation, dass eine Frau die Messer auf einen Mann wirft, hätten sie vermutlich gar nicht erkannt.«

»Wie weit waren die Proben fortgeschritten?«, fragte Erik und fasste Tilla ins Auge, als wollte er herausfinden, ob sie auch endlich so weit war, ihre beiden Mordfälle zu durchschauen.

»Sie waren schon ziemlich weit. Peggy hat sich sehr geschickt angestellt und ...«

»Sie ist also eine gute Messerwerferin? So gut wie Mago?«

»Nicht ganz so gut. Ihr fehlt noch die Erfahrung, die Routine. Aber ja ... sie ist eine sehr gute Messerwerferin.«

Nach einem kurzen Abschied legte Erik das Telefon zurück, als sei es aus Porzellan und könne bei unsachgemäßer Behandlung zerbrechen.

Der Basar war gut besucht. Und das, obwohl die Charity-Lady selbst nicht anwesend war. Oder vielleicht gerade deswegen? Ihre Abwesenheit räumte viel Platz für Fantasie ein. Die Nachrichten im *Inselblatt* hatten für viel Gerede und Tratsch gesorgt. Wer den Basar besuchte, der wusste, dass Flora Engelbeck festgenommen worden war. Das war der Grund, warum sie nicht anwesend sein konnte. Eine spannende Angelegenheit!

Der Bürgermeister hatte es übernommen, eine kleine Ansprache zu halten und all denen zu danken, die so selbstlos für die Nächstenliebe tätig geworden waren. Diese Aufgabe oblag natürlich eigentlich Flora Engelbeck, das wusste jeder, aber der Bürgermeister ließ nicht durchblicken, warum die Charity-Lady fehlte.

Erik, Sören und Tilla gingen von einem Stand zum nächsten

und betrachteten, was unter Flora Engelbecks Anleitung entstanden war. »Sie hat ihren Bruder gebeten, Amy Wernicke mundtot zu machen, das ist sicher«, murmelte die Staatsanwältin. »Ein Messerwerfer hinterlässt keine Spuren an der Leiche. Dass Renato ihr Bruder war, wusste niemand, und wer ihn verdächtigte, musste sich sagen, dass er kein Motiv hatte. Eine sichere Sache! Aber jetzt ... Beihilfe beziehungsweise Anstiftung zum Mord werden wir ihr nachweisen können.«

Erik starrte ein paar Wollstrümpfe an, bis er merkte, dass er der Verkäuferin Hoffnungen machte, die er nicht erfüllen wollte. Hastig wandte er sich ab und betrachtete – mit genauso wenig Kaufabsicht – die Fäustlinge am Nachbarstand. Flora Engelbecks Zusammenbruch hatte Spuren in seiner Gemütsruhe hinterlassen, mit der er sonst Straftätern gegenübertrat. So sehr er ihre Motivation verachtete, wie er jedes Motiv verachtete, das zu einem Mord führte, so sehr hatte es ihn auch erschüttert zu sehen, wie brüchig ein Persönlichkeitsbild sein konnte, dass so hart erarbeitet worden war wie das der Charity-Lady. Dafür war sie bereit gewesen, ein Leben auf dem Gewissen zu haben und ihren Bruder zu einem Mord anzustiften. Sie hatte die Armut hinter sich gelassen, die Verächtlichkeit ihrer Mitmenschen, die Zeit, in der ihr Name abfällig geäußert worden war, in der sie abwertend angeblickt wurde, weil sie ein Zirkuskind war, eine Vagabundin, eine Streunerin, liederlich, nichts wert. Daraus hatte sie sich befreit. Dank ihrer Schönheit, ihrer Intelligenz und ihrem Mut hatte sie den Weg in ein Leben geschafft, in dem sie geachtet und sogar bewundert wurde. Sie hatte ihr Ziel erreicht. Ein großes Ziel, ein gewagtes Ziel, etwas, was ihr niemand zugetraut hatte. Aus diesem Paradies wollte sie sich niemals mehr vertreiben lassen. Ihr Mann hatte es versucht, indem er sich von ihr scheiden ließ, aber sie hatte ihm getrotzt. So wie sie als Kind auf die Familie verzichtet hatte, um nicht mehr Zirkuskind sein zu müssen, hatte sie jetzt auf die Ehe verzichtet. Nicht freiwillig, wie sie als Vierzehnjährige auf eigenen Wunsch in einem Dorf geblieben war, um fortan zu den Sesshaften zu gehören, mit einem anständigen Beruf und einem achtbaren Leben. Nein, diesmal war ihr der Verzicht aufgezwungen worden. Ernest Engelbeck hatte sich von ihr scheiden lassen, hatte einer anderen den Vorzug gegeben und hätte sie damit beinahe wieder hinabgestoßen in ihre Vergangenheit als Zirkuskind. Aber das war ihm nicht gelungen. Flora Engelbeck war die Charity-Lady geblieben, geachtet, bewundert, von vielen hofiert. Dass sie in alte Muster verfallen war, dass sie wieder begonnen hatte, sich ein bisschen Glück zu stehlen, das hatte niemand wissen sollen.

»Ich habe alles aus eigener Kraft geschafft«, hatte sie geschrien. »Ich ganz allein! Das ist mein Werk!« Der Speichel war aus ihrem Mund gespritzt, Schweiß hatte auf ihrer Stirn gestanden und in ihren Augen der Wahnsinn. »Das sollte ich mir von einer Journalistenschlampe kaputt machen lassen?«

Die Staatsanwältin stieß Erik sanft an. »Du denkst auch an Flora Engelbecks Verhaftung?« Als er nickte, sagte sie leise: »Ich sehe dir an, dass sie dir genauso leidgetan hat wie mir.«

Erik musste es zugeben. Aussprechen wollte er es nicht, aber ein Kopfnicken ließ sich nicht vermeiden.

»Sie muss ihren Bruder angefleht haben, Amy Wernicke umzubringen«, sagte Tilla.

»Aber er wollte nicht«, bestätigte Erik. »So sehr er seine Schwester auch liebte, einen Mord wollte er für sie nicht begehen. Er hat gezögert, es fiel ihm schwer, ihr den Wunsch abzuschlagen …«

»Aber dann hat Malinde Siefkes die Aufgabe übernommen, ohne dass die Engelbeck es wusste. Malinde war klar, dass sie sterben würde. Mit dieser Tat band sie Renato noch fester an sich, konnte ihm ihre Liebe beweisen und gab ihm die Gelegenheit, auch seine Liebe zu beweisen. Sie wird Haftverschonung bekommen, und er wird bei ihr bleiben bis zu ihrem Ende.«

»Eine große Liebe«, flüsterte die Staatsanwältin.

Erik räusperte sich und kehrte zur Sachlichkeit zurück. »Vetterich hat übrigens keine Spuren auf meiner Terrasse gefunden. Wie der Laptop hinter den Terrassenstuhl gekommen ist, wissen wir immer noch nicht.«

Mamma Carlotta hatte die drei endlich gefunden und trat zu ihnen. »Warum der Angriff auf Violetta?«, fragte sie.

Die Staatsanwältin nahm nachdenklich ein paar gefilzte Pulswärmer zur Hand. »Malinde ist größenwahnsinnig geworden. Sie fühlte sich wie die Herrin über Leben und Tod. Ihr eigenes Leben war ihr aus der Hand geglitten, ihren frühen Tod würde sie hinnehmen müssen, das wusste sie längst. Violetta, die Renato gefährdete, sollte ein Opfer ihrer Macht werden. Eine ganz neue Macht. Eine, die sie bisher noch nicht kennengelernt hatte. Erst im Angesicht des Todes bekam sie plötzlich eine ungeahnte Kraft. Damit konnte sie scheinbar nicht umgehen.«

Mamma Carlotta sah Tilla an, als habe sie nicht verstanden. »Pazzo! Total verrückt! Psicologia ist nichts für mich.« Sie krauste die Stirn, als gäbe es ein weiteres Rätsel, das sie entwirren musste. »Ich habe gesehen, dass sie in Malindes Jackentasche gegriffen hat. Auf diese Weise haben die beiden sich wohl Informationen zugespielt.«

Die Staatsanwältin stimmte ihr zu. »Sie hat erwähnt, dass sie so an den Wohnungsschlüssel im Schloss am Meer gekommen ist.«

Überrascht fuhr Mamma Carlotta zusammen, machte einen Schritt auf einen Stand zu und griff zu einem Kaffeewärmer, der dort auf einen Käufer wartete. »So etwas wollte ich eigentlich machen, aber Frau Kemmertöns meinte, das kauft heutzutage kein Mensch mehr.«

Die sauertöpfische Miene der handarbeitenden Ehefrau eines Eisenbahners gab Frau Kemmertöns recht. Während ihre bunten Kinderpullis, die Socken und Mützen reißenden Absatz fanden, blieb der Kaffeewärmer stehen, wo er stand, und würde wohl, wenn der Basar geschlossen wurde, in ihren eigenen Hausstand übergehen müssen, wo möglicherweise schon diverse Kaffeewärmer im Schrank darauf warteten, irgendwann von den Erben mit spitzen Fingern entsorgt zu werden.

Als Mamma Carlotta sich wieder beruhigt hatte, fragte sie Erik: »Wer hat Violetta zwischen den Wohnwagen niedergeschlagen? Hat Flora Engelbeck das zugegeben?«

Erik nickte. »Deine Cousine hat ihr Angst gemacht. Erst später ist ihr aufgegangen, dass Violetta ein Glück für sie war. Renato konnte verschwinden, ohne dass der Verdacht entstand, er wäre geflohen, um nicht als Mörder verhaftet zu werden.«

»Er war ja auch keiner!«, rief Mamma Carlotta.

Erik lächelte Tilla an, während er seiner Schwiegermutter antwortete: »Das wusste Flora Engelbeck nicht. Sie glaubte, ihr Bruder hätte aus Liebe zu ihr gemordet.«

»In Wirklichkeit«, fügte Tilla an, ohne Erik aus den Augen zu lassen, »war es aber Malinde, die aus Liebe zu Renato gemordet hat.«

»Pazzo«, murmelte Carlotta und gab vor, sehr interessiert an gehäkelten Serviettenringen zu sein, von denen die Sparkassenangestellte Dutzende produziert hatte. »Das ist schon eine verrückte Sache mit der Liebe.«

Sören nickte und schien dabei in Gedanken bei Dr. Mikkelsen zu sein. Carlotta dachte an ihre Cousine, die mit Damian Staufer nach Kalabrien zurückgereist war. Dr. Hillmot hatte ihr sehnsüchtig hinterhergewinkt und in Aussicht gestellt, ihr zu folgen, sobald die feierliche Überreichung seiner Abschiedsurkunde über die Bühne gegangen war, seine Schwester sich damit abgefunden hatte, demnächst nach Süditalien fahren zu müssen, wenn sie mit ihrem Bruder einen Klönschnack halten wollte, und Dr. Hillmots Hausarzt ihn für ein Leben in der Sonne gerüstet hatte.

Mamma Carlotta hörte, dass Tilla sagte: »Eine große Liebe! Ist das nicht wunderbar?«

Erik antwortete nicht, aber Mamma Carlotta sah genau, dass er den Arm um Tillas Schulter legte und sie ganz fest an sich zog. Und sie hörte auch, dass Tilla sagte: »Wenn ich einen Wunsch frei hätte, Erik, würde ich dich bitten, dir wieder den Schnauzer stehen zu lassen.«

Sören allerdings nahm der Situation die Romantik, indem er fragte: »Wir wissen immer noch nicht, wie die Laptoptasche auf Ihre Terrasse gekommen ist, Chef.«

»Madonna!«, schrie Mamma Carlotta so laut und unerwartet, dass alle anderen zusammenzuckten. Dann schien sie sich dieselbe Frage zu stellen, die in den Augen von Erik, Tilla und Sören stand: Was war los? Warum hatte sie geschrien?

»Wann küsst ihr euch endlich?«

Damit waren eindeutig Erik und die Staatsanwältin gemeint.

Sören vergaß seinen letzten Satz und sah seinen Chef gespannt an. Würde er wirklich …? In aller Öffentlichkeit …?

Ja, er tat es. Und das so ausgiebig, bis ihm jemand auf die Schulter tippte und ihn fragte, ob er die Knutscherei nicht woanders fortsetzen könne, damit die Verkaufstätigkeiten hier nicht behindert wurden.

REZEPTANHANG

Zucchini-Curry-Suppe

2 Zucchini, ½ Stange Lauch, ½ Stange Staudensellerie oder 1 kleines Stück Sellerie, 2 Schalotten, ¼ Apfel, 70 g Butter, 1 Knoblauchzehe, 1 TL Curry, 1 TL Kurkuma, 600 ml Gemüsebrühe, 200 ml Milch, 1 TL Zitronensaft, Salz und Pfeffer, Crème fraîche zum Anrichten

Als mein Dino noch lebte, hat er immer die Zucchini, die Sellerie und den Lauch geputzt, gewaschen und in feine Scheiben geschnitten. Nur für die Dekoration der Suppe hatte er nichts übrig. Die Zucchinischeiben, die ich immer für die Garnitur beiseitelege, hat er stets mit in die Suppe gegeben. Allora, so wichtig ist es auch nicht … aber die Schalotten und den Apfel hat er immer sehr dünn geschält und schön klein geschnitten. Beim Rest hat er mir immer gern zugesehen. Dino hat oft gesagt, dass es ihn beruhige, wenn er beim Kochen dabei sein kann. Also habe ich weitergemacht, während er mir von der Arbeit, von seinem Chef und den Kollegen erzählt hat.

Als Erstes 50 g Butter zerlassen, die Schalotten darin andünsten, das restliche Gemüse und den Apfel sowie den fein gewürfelten Knoblauch zufügen. Mit Curry und Kurkuma bestäuben, mit Brühe aufgießen und ca. 15 Minuten köcheln lassen.

Milch dazugeben, nochmals aufkochen lassen, die Suppe pürieren, mit Salz, Pfeffer und Zitronensaft abschmecken.

Für die Garnitur die beiseitegelegten Zucchinischeiben in der restlichen Butter goldbraun anbraten und in die Suppe geben. Oder es eben lassen, wenn einem nichts an der Dekoration liegt, so wie meinem Dino.

Beim Servieren einen Klecks Crème fraîche auf den Teller geben und evtl. mit Zitronengras verschönern. Das sollte man nicht vergessen, die Augen essen schließlich auch mit.

Ravioli di Gavi

Für die Füllung nehme ich immer:
400 g Rindernacken und 100 g mageres Schweinefleisch, dazu etwas Olivenöl, 10 g Butter, trockener Weißwein, Salz, Pfeffer, 100 g Wurst, 100 g Bries, 200 g Borretsch, 3 Eier, 2 Zweige Majoran und 100 g Parmesan

Für den Teig brauche ich:
300 g Mehl, 2 Eier, 6 EL Wasser, Salz

Dann geht's los: Fleisch in Stücke schneiden, in Olivenöl und Butter anbraten. Mit einem Schuss Weißwein ablöschen, salzen und pfeffern. Ich stelle immer gerne etwas mehr Wein bereit, weil ein kleiner Schluck für die Köchin die Zubereitung leichter macht.

Dann Wurst und Bries getrennt davon anbraten. Sie merken schon, dieses Gericht macht ziemlich viel Arbeit.

Borretsch in Salzwasser blanchieren, abgießen und ausdrücken und schließlich alle Zutaten samt Eiern und Majoran durch den Fleischwolf drehen. Dann ist das Schlimmste geschafft. Den Nudelteig mache ich mit links.

Einfach alle Zutaten gut verkneten und so dünn ausrollen, dass er fast durchsichtig ist.

Auf eine Teighälfte mit einem Esslöffel kleine Häufchen der Fleischmasse setzen, mit der anderen Teighälfte bedecken und Ravioli mittlerer Größe (ca. 3 cm Seitenlänge) ausschneiden. Den Teig an den Rändern gut zusammendrücken, sodass die Füllung nicht heraustreten kann. Die Ravioli vor dem Kochen etwas trocknen lassen.

In kochendes Salzwasser geben und mit einer Schöpfkelle herausnehmen, wenn sie an die Oberfläche kommen. Dann gleich servieren und mit reichlich frisch geriebenem Parmesan bestreuen.

Einmal ist tatsächlich die Mutter von Sören Kretschmer, Eriks

Mitarbeiter, in meiner Küche erschienen, weil sie wissen wollte, wie ich die Ravioli zubereite. Sie hatte bisher immer alle Nudeln aus dem Kühlregal von Feinkost Meyer genommen. Madonna! So etwas dürfte in meinem Dorf niemand sehen. Eine Hausfrau, die den Nudelteig nicht selber macht, hat in Panidomino einen schlechten Ruf.

Soufflé gelato al mandarino

Dieses Dessert hat sich mein Ältester Guido immer zum Geburtstag gewünscht.

Dafür braucht man:
5–6 Eigelb, 90 g Zucker, 2 Bl. Gelatine, 70 ml Mandarinenlikör, geriebene Schalen von 2 Mandarinen, 500 ml Sahne

Die Eigelbe werden mit dem Zucker schaumig geschlagen, dann wird die Gelatine in etwas Wasser aufgelöst, man muss sie quellen lassen und anschließend kurz erhitzen. Mit dem Likör und den geriebenen Schalen der Mandarinen vermengen und dem geschlagenen Zucker-Eigelb-Gemisch unterrühren. Was den Likör angeht, hatte ich immer ein schlechtes Gewissen, aber Guido hat das bisschen Alkohol jedes Mal anstandslos vertragen. Dann die Sahne schlagen und in kleinen Mengen vorsichtig unterheben. Die Masse in eine Schale oder ein Dessertschüsselchen füllen und 4–5 Stunden ins Gefrierfach stellen. Mit in Scheiben geschnittenem Frischobst servieren. Das hat Guido leider immer zur Seite gelegt. Er war nur an dem Soufflé interessiert.

Spaghetti Bolognese

Das Essen, das alle Kinder mögen. Keins meiner sieben Kinder hat es je zurückgewiesen. Zum Glück ist es schnell gemacht, und die Zutaten habe ich meist im Haus.

60 g Zwiebeln, 80 g Karotten, 60 g Staudensellerie, 60 g Petersilienwurzel, 2 EL Olivenöl, 300 g Rinderhack, 130 ml Fleischbrühe, 1 Dose stückige Tomaten, 2 EL Tomatenmark, ½ TL Salz, Pfeffer, 1 EL geschnittene Petersilie, Spaghetti, Basilikum

Zwiebeln schälen und fein hacken. Gemüse putzen bzw. schälen und alles in sehr feine Würfel schneiden. Öl erhitzen, Zwiebeln und Gemüse zugeben und darin andünsten. Die Hitze erhöhen, Fleisch zugeben, stark anbraten und dabei ständig rühren. Fleischbrühe angießen, Tomaten und Tomatenmark, Salz, Pfeffer und Petersilie zugeben. Aufkochen, Hitze reduzieren und zugedeckt die Soße ca. 45 Minuten schmoren lassen. Evtl. nochmals abschmecken.

Spaghetti in kochendem Salzwasser bis zur gewünschten Bissfestigkeit garen, abgießen und gut abtropfen lassen. Basta!

Paprika-Reis-Pfanne mit Cabanossi

Das ist ein Rezept von meinem Onkel Alfonso, der es sich sogar auf dem Sterbebett wünschte, aber leider schon für immer die Augen geschlossen hatte, als seine Frau mit dem Topf ins Krankenhaus gelaufen kam.

250 g Reis, etwas Salz, 750 g Paprikaschoten, 200 g Zwiebeln, 300 g Cabanossi, 1 EL Öl, 1 halbe Tube Tomatenmark, 1 Dose stückige Tomaten, etwas Pfeffer, 1 TL Paprika, ½ TL Thymian, etwas Salz

Den Reis in Salzwasser garen. Inzwischen Paprikaschoten putzen, halbieren und entkernen. Etwa $^2/_3$ in breite und $^1/_3$ in feine Streifen schneiden. Zwiebeln abziehen, in dünne Ringe, die Cabanossi in etwas dickere Scheiben schneiden. Das Öl in einem Topf erhitzen, Zwiebeln sowie breite Paprikastreifen zugeben und mit aufgelegtem Deckel bei mittlerer Hitze ca. 10 Minuten dünsten. Thymian abbrausen, gut trocken schütteln und Blättchen abzupfen. Tomatenmark, geschälte Tomaten und Cabanossi zum Paprikagemüse geben. Mit Pfeffer, Salz und Paprikapulver abschmecken, Thymian zufügen. Einmal aufkochen lassen und mit geschlossenem Deckel noch ca. 15 Minuten weitergaren. Den Reis untermengen. Die feinen Paprikastreifen zugeben und die Reispfanne würzig abschmecken.

Ossobuco mit Gremolata

3 Kalbshaxen oder ersatzweise Rinderbeinscheiben, Petersilie, Knoblauchzehen, 1 unbehandelte Zitrone, Salz, Pfeffer, 2 EL Mehl, 4 EL Olivenöl, 2 EL Tomatenmark, 400 ml trockener Rotwein, 400 ml Kalbsfond, 2 Möhren, 150 g Knollensellerie

Zwiebeln und die Knoblauchzehen abziehen, in feine Würfel schneiden. Das Fleisch mit Salz und Pfeffer würzen, mit Mehl bestäuben. Das Öl in einem großen Topf erhitzen, das Fleisch rundherum scharf anbraten, aus dem Topf nehmen. Die Zwiebeln und den Knoblauch in das Bratenfett geben, darin glasig dünsten, anschließend das Tomatenmark einrühren, kurz anschwitzen, mit 100 ml Wein ablöschen und einkochen lassen. Nochmals Wein angießen und wiederum einkochen, diesen Vorgang ein drittes Mal wiederholen. Anschließend die Fleischstücke wieder zugeben. Den restlichen Wein mit etwas Fond zugeben. Die Möhren und den Sellerie schälen und beides klein würfeln. Mit in die Soße geben und alles zugedeckt bei geringer Hitze ca. 2 Stunden sanft schmoren lassen, dabei zwischendurch bei Bedarf Fond zugießen und das Fleisch wenden.

Für die Gremolata die Petersilienblätter fein hacken, den Knoblauch abziehen und ebenfalls fein hacken. Die Zitrone heiß waschen und die Schale abreiben. Alles vermengen und über das Ossobuco streuen. Kurz ziehen lassen, dann abschmecken und servieren.

Latte dolce fritto

650 ml Milch, 1 Vanillestange, Abrieb von 1 halben Zitrone, 100 g Mehl, 100 g Zucker, 3 Eigelbe, 80 g Mehl zum Mehlieren, 2 Eigelbe für die mehlierten Stücke, Zucker-Zimt-Gemisch

400 ml Milch mit dem Abrieb der Zitrone, dem Zucker und der Vanillestange langsam aufkochen und mindestens 10 Minuten ziehen lassen. Das Gemisch durch ein Sieb in einen neuen Topf geben und langsam wieder aufkochen. Die Hitze herunterdrehen. Das Mehl in der restlichen Milch in einer Schale komplett auflösen und in die kochende Milch geben. Unter ständigem Rühren den Mehlgeschmack in ca. 10 Minuten »auskochen«. Die Eigelbe verrühren. Den Topf vom Herd nehmen, die Eiermasse unterrühren und das Ganze weitere 2 Minuten rühren. Eine Form mit Klarsichtfolie auslegen und die Masse auf die Folie geben. Eine weitere Folie direkt auf die Masse legen. Sobald sie abgekühlt ist, die Latte dolce fritto in den Kühlschrank stellen, am besten über Nacht. Vor dem Servieren kleine Stücke daraus schneiden, sie mehlieren und durch das Eigelb ziehen. Im Olivenöl beidseitig braten und durch das Zucker-Zimt-Gemisch ziehen.

Zucchini-Piccata mit Tomatenkompott

1 Zucchini, 2 Eier, 80 g Parmesan, 1 Zwiebel, 1 Knoblauchzehe, 2 EL Olivenöl, 8 Tomaten, 1 Zweig Thymian, Salz, Pfeffer, Zucker, 400 g Nudeln, 100 ml Olivenöl, 1 Bund Rucola, 2 EL Pinienkerne, 1 Knoblauchzehe, 2 EL Parmesan

Zucchini putzen und in dünne Scheiben schneiden. Eier verquirlen, den Parmesan zufügen und vermengen. Die Zucchinischeiben darin wenden und in einer beschichteten Pfanne von beiden Seiten mit etwas Olivenöl kurz braten und würzen. Zwiebel würfeln, Knoblauchzehen andrücken, Tomaten würfeln, Zwiebel und Knoblauch im Öl goldgelb angehen lassen, Tomaten zufügen, Thymian abrebeln und dazugeben. Kurz angehen lassen, mit Salz, Zucker und Pfeffer abschmecken. Rucola putzen, waschen, trocken schleudern und klein schneiden, Pinienkerne in einer Pfanne ohne Fett rösten und abkühlen lassen. Knoblauch abziehen und Rucola mit dem Öl vermischen. Pinienkerne, Knoblauch und Parmesan zufügen und noch einmal vermischen.

Mariniertes Gemüse

Dafür habe ich kein Rezept. Das mache ich immer so, wie es mir gerade einfällt und je nachdem, was ich im Haus habe. Also frisches Gemüse nehmen, das im Garten gerade zu ernten oder im Supermercato preiswert zu haben ist, viele Kräuter und Knoblauch, feinstes Olivenöl und Balsamicoessig und Gewürze – mehr braucht man nicht. Ich schmore dann das Gemüse in der Pfanne im Olivenöl kurz an. Aber nicht zu lange, es muss noch knackig bleiben. Dann lösche ich es mit Balsamico ab und lasse es in der Pfanne erkalten. Am nächsten Tag wird es kräftig gewürzt. Basta!

Käse-Kräuter-Koteletts

Dieses Rezept macht Arbeit, ist aber andererseits gut vorzubereiten. Solche Gerichte sind genau richtig, wenn ich auf Sylt bin. Sie wissen ja, dass ich dann viel unterwegs bin, in Käptens Kajüte, an den Tatorten, an denen mein Schwiegersohn ermittelt … da kann ich nicht stundenlang am Herd stehen.

4 Koteletts, Salz, Pfeffer, 3 EL Öl, 50 g geriebener Parmesan, 3 EL Basilikumpesto, 300 g Nudeln, 1 Bund Lauchzwiebeln, 100 g Crème fraîche

Den Backofen auf 120 Grad vorheizen. Die Koteletts an den Rändern einschneiden, danach salzen und pfeffern. 2 EL Öl in einer Pfanne erhitzen und das Fleisch darin auf jeder Seite 3 Minuten anbraten. Den Parmesan mit dem Pesto verrühren, auf die obere Kotelettseite streichen und im Ofen in einer Auflaufform 15 Minuten backen. Zwischenzeitlich die Nudeln kochen, anschließend in ein Sieb gießen und 100 ml Kochwasser auffangen. Lauchzwiebeln in Ringe schneiden. In der Pfanne, in der die Koteletts gebraten wurden, das restliche Öl erhitzen, Zwiebelringe darin andünsten, Crème fraîche und Nudelwasser dazugeben. Dann die gekochten Nudeln untermischen und mit Salz und Pfeffer abschmecken. Koteletts aus dem Ofen nehmen. Den Fleischsaft über die Nudeln geben, alles mischen und zusammen mit dem Fleisch servieren.

Mascarpone-Espresso-Creme

6 TL Espressopulver, 125 g Mascarpone, 500 g Magerquark, 50 g Zucker und 2 EL Zucker, 200 g Schlagsahne, 4 EL schokolierte Kaffeebohnen, 1 TL Puderzucker

Das Espressopulver in 6 EL heißem Wasser auflösen und abkühlen lassen. Mascarpone, Quark, die Hälfte vom Espresso und 50 g Zucker glatt rühren. Sahne steif schlagen, dabei 2 EL Zucker einrieseln lassen. Sahne unter die Creme heben. Den Rest des Espressos mit einer Gabel vorsichtig in die Creme ziehen.

Mascarpone-Creme in vier Gläser füllen und mit je einem EL schokolierten Kaffeebohnen bestreuen. Mit Puderzucker bestäuben. Mmh! Grande!

Crostini mit Paprika-Mango-Avocado-Salsa

Wir brauchen 1 Baguette, 1 rote Paprika, 1 Avocado, 1 Mango, 2 kleine Frühlingszwiebeln, 2 EL Olivenöl, etwas Balsamico, 1 TL Salz, frisch gemahlenen schwarzen Pfeffer und 2 Zweige Koriander.

Und so geht's: Das Baguette in Scheiben schneiden und im Backofen rösten. Paprika waschen, entkernen und in sehr kleine Würfel schneiden. Die Mango schälen und ebenfalls würfeln. Die Avocado halbieren, entkernen, schälen, erst in Streifen, dann in sehr kleine Würfel schneiden. In einer Schüssel den Balsamico und das Olivenöl verrühren und die Salsa mit Salz und frisch gemahlenem Pfeffer abschmecken. Den Koriander waschen, abtrocknen und die Blättchen abzupfen. Anschließend die Baguettescheiben auf einem Teller anrichten und mit der Salsa belegen. Die Korianderblättchen darüberstreuen.

Italienische Schweineröllchen mit Bandnudeln

Eins meiner Lieblingsgerichte:
35 g Parmesan, geröstete und gesalzene Pistazien in der Schale, 2 Knoblauchzehen, 3 Zweige Rosmarin, 50 g Paniermehl, 85 ml Milch, Salz, Pfeffer, 4 Schweineschnitzel, 8 Scheiben Parmaschinken,

1 Bund Suppengrün, 5 EL Öl, 1½ EL Tomatenmark, Zucker, ½ TL Edelsüß-Paprika, 75 ml trockener Rotwein, 700 ml Gemüsebrühe, 1 Dose (425 ml) Kirschtomaten, 6 EL Himbeeressig, Frischhaltefolie, Holzspieße

Zuerst den Parmesan fein reiben, dann die Pistazien aus der Schale lösen und grob hacken. Knoblauch schälen und durch eine Knoblauchpresse drücken. Rosmarin waschen, trocken schütteln, die Nadeln von den Zweigen zupfen und fein hacken. Parmesan, Pistazien, Knoblauch, Rosmarin, Paniermehl und Milch vermengen und ca. 10 Minuten quellen lassen. Mit Salz und Pfeffer würzen.

Schnitzel zwischen 2 Lagen Folie etwas flacher klopfen, dann mit Salz und Pfeffer würzen. Auf jedes Schnitzel je 2 Scheiben Schinken legen und je ¼ der Parmesanfüllung in Form eines Knödels in die Mitte des Fleisches legen. Seitenränder einschlagen, Schnitzel zur Roulade aufrollen und mit Holzspießchen feststecken. Suppengrün putzen bzw. schälen, waschen und alles in gleichmäßig große Stücke schneiden.

2 EL Öl in einem Bräter erhitzen, Rouladen darin rundherum ca. 5 Minuten scharf anbraten und herausnehmen. Suppengrün im heißen Bratöl ca. 5 Minuten anbraten, Tomatenmark, eine Prise Zucker und Paprika zugeben und ca. 2 Minuten mitbraten. Mit Rotwein, Brühe und Kirschtomaten ablöschen, Schweineröllchen daraufsetzen und zugedeckt bei mittlerer Hitze ca. 1½ Std. schmoren.

Salat waschen und gut abtropfen lassen. Essig, einen TL Zucker, Salz und Pfeffer verquirlen, dabei 3 EL Öl im dünnen Strahl unterschlagen. Schweineröllchen samt Gemüse und Soße auf einer Platte anrichten und mit Rosmarinnadeln garnieren. Salat mit Vinaigrette mischen. Dazu schmecken Bandnudeln.

Mmh! Während ich das schreibe, ist mir das Wasser im Mund zusammengelaufen.

Kokos-Joghurt mit Birnen und Ahornsirup

150 g Magermilchjoghurt, 1 kleine Birne, 1 EL Rosinen, 1 TL Ahornsirup, 1 TL Kokosraspeln, 1 TL Kokoschips

Joghurt in ein Glas füllen, Birne waschen, trockenreiben, das Kerngehäuse entfernen und würfeln. Rosinen, Birnenwürfel und Ahornsirup vermengen und auf den Joghurt geben. Mit den Kokosraspeln bestreuen und mit Kokoschips verzieren.

Pasta mit Pesto und Pinienkernen

Immer eine schnelle Sache, vorausgesetzt, man hat Pesto im Haus. In Panidomino hat jede Hausfrau ein paar Gläser mit selbst gemachtem Pesto im Vorrat stehen.

350 g Penne, 1 Bund Basilikum, 1 Bund glatte Petersilie, 2 Knoblauchzehen, 50 g Pinienkerne, 1 rote Zwiebel, 1 Bio-Zitrone, 4 EL Walnussöl, 100 ml Olivenöl, 200 g Parmesan

Penne nach Packungsanweisung gar kochen. Die Kräuter mit den Knoblauchzehen und dem Olivenöl in den Mixer geben, nach ein paar Minuten die Hälfte des Parmesan dazugeben und alles gründlich vermengen. Das Walnussöl in die Pfanne träufeln, die Pinienkerne darin rösten und in das Pesto rühren. Die Zwiebel in Würfel schneiden und zusammen mit dem Abrieb sowie etwas Saft der Zitrone dazugeben. Das fertige Pesto zusammen mit den Nudeln in einer großen Schüssel vermengen. Mit Salz und Pfeffer abschmecken. Den restlichen Parmesan reiben und nach Belieben über die Pasta streuen.